GOLDMANN

Buch

Der elfjährige Herbie Bookbinder und die hübsche Felicia, seine Schwester, leben als Kinder jüdischer Eltern im New Yorker Stadtteil Bronx. Hier betreibt der Vater neben einer Schutthalde eine kleine Eisfabrik. Herbie, schwarzhaarig, klein, dick und sportlich unbegabt, ist stets zu Streichen aufgelegt und erfreut sich sowohl in der Volksschule wie im Ferienlager wegen seiner Kameradschaftlichkeit und seines Witzes großer Beliebtheit.

In seiner frischen Natürlichkeit und seelischen Gesundheit wirkt Herbie, der »Großstadtjunge«, wie ein Bruder von Tom Sawyer, Mark Twains jugendlichem Helden. Er gewinnt seinen Gegenspieler, den athletischen Lennie Krieger, für sich und rückt zur Nummer eins im Ferienlager auf, als er mit Hilfe einiger Freunde ein für den Wassersport unentbehrliches Gerät, die sogenannte Herbie-Rutsche, herbeischafft; durch ihre Vermietung verdienen die Jungen auch noch Geld.

Zwar kann Herbie nicht tanzen und hat zunächst bei Mädchen wenig Glück, doch seine Ehrlichkeit, die ihn einen aus Liebe zu seinem Vater begangenen harmlosen Diebstahl eingestehen läßt, gewinnt ihm auch das Herz seiner angebeteten Lucille. Antisemitismus kennen die Jungen aus der Bronx und im Ferienlager nicht; die christlichen Kinder machen sogar den Sabbat und andere jüdische Feste und Bräuche mit...

Autor

Herman Wouk, 1915 in New York geboren, ist durch zahlreiche Bücher bekannt, durch den Kriegsroman »Die Caine war ihr Schicksal« weltberühmt geworden. Den »City Boy« Herbie Bookbinder betrachtet er als sein »Lieblingskind«.

Außer dem vorliegenden Band sind von Herman Wouk als Goldmann-Taschenbücher erschienen:

Der Feuersturm. Roman. 2 Bände (6579 und 6580)
Marjorie Morningstar. Roman (6787)

HERMAN WOUK

City Boy

GOLDMANN VERLAG

Ungekürzte Ausgabe
Aus dem Amerikanischen von Anna-Liese Kornitzky
Titel der Originalausgabe: City Boy
Originalverlag: Simon & Schuster, Inc., New York

Die deutsche Erstausgabe erschien unter dem Titel
»Großstadtjunge«

Made in Germany · Sonderausgabe · 7/86

Umschlagentwurf: Design Team München, unter Verwendung des
Umschlagfotos der Originalausgabe
Druck: Elsnerdruck, Berlin
MV · Herstellung: Klaus D. Voigt
ISBN 3-442-06715-4

Diese Geschichte widme ich
meiner Mutter

Vorwort zu einer Jubiläumsausgabe dieses Buches

Diese Jubiläumsausgabe eines frühen Werks bereitet mir ein besonderes Vergnügen. Keiner meiner Romane hatte einen so wenig Erfolg versprechenden Start wie *City Boy*. Damals hatte ich nicht den geringsten Grund zu glauben, daß das Buch mehr als zwei Monate überleben würde, geschweige denn drei Jahrzehnte und mehr.

Erst ein Jahr vorher hatte ich mit einem geräuschvollen Kopfsprung die literarische amerikanische Untergrund-Szene aufgestört. Mein erster Roman «Aurora Dawn», ein kurzes, drolliges Radio-Erzeugnis, hatte die Phantasie eines Verlegers angeregt. Er warf es mit ekstatischen Werbesprüchen auf den Markt. Dem Newtonschen dritten Gesetz gehorchend reagierten die Kritiker ebenso explosiv. All das verwirrte mich. Als Marine-Reserve-Offizier hatte ich «Aurora Dawn» während des Kriegs im Pazifik geschrieben, um mir langweilige Stunden auf See zu vertreiben. Vorher hatte ich nur eine Kurzgeschichte in einem Magazin veröffentlicht. Vor dem Krieg schrieb ich für meinen Unterhalt für den großen Radio-Komödianten Fred Allen. Ich wußte zu wenig über die literarische Welt, um mich der übertriebenen Reklame zu widersetzen, ich erwartete auch keinen Gegenangriff. Es war eben ein Debut. Als der Sturm sich gelegt hatte, hielt ich eine Buch-des-Monats-Ausgabe meines ersten Romans in Händen. Der Verkauf war bescheiden. Der literarische Ruf zerstob, ehe er gefestigt war. Junge Autoren, die ihre Neuerscheinungen auf so übertriebene und falsche Weise als Meisterwerke anpreisen, mögen über diese wahre Geschichte nachdenken.

Aber ich war nun einmal da, ein professioneller Romancier. Ich schrieb *City Boy*, eine Aufgabe, die mir viel Freude machte. Wenn ich noch heute meine Lieblingsfigur nennen sollte, so würde ich auf diesen dicken, kleinen Helden Herbie Bookbinder hinweisen. Mein

Verleger, entmutigt durch die Kritik und wohl auch fest davon überzeugt, daß ein Roman mit jüdischen Hauptfiguren nicht verkäuflich ist – wie man vor dreißig Jahren allgemein glaubte –, gab dem Buch einen Start wie einem Toten, den man auf See über Bord wirft. *City Boy* glitt über die Planke und ging im schäumenden Wasser unter, ohne auch nur eine Welle zu hinterlassen.

Zur gleichen Zeit erschien ein Roman mit dem Titel «Die Nackten und die Toten» – das erste große belletristische Werk über den Zweiten Weltkrieg, das ein junger Mann, sechsundzwanzigjährig, geschrieben hatte: mitreißend, hochbegabt, in einer Sprache, die das Publikum shoking fand. Etwas später gab meine Schwester eine Party für mich, bei der sie einen Kuchen in der Form des *City Boy*-Buchs buk. Keiner der Gäste hatte das Buch gelesen oder auch nur davon gehört. Dagegen kannten alle «Die Nackten und die Toten», und sie wünschten, mit mir darüber zu diskutieren. Was für eine Schicksalsprüfung war diese Party! Wenn das Buch der Stunde so gut ist, kann man sich nicht einmal damit trösten, über den schlechten Geschmack des Publikums und der Kritiker zu klagen. Solch ein offensichtliches Zeichen von Neid wäre ein größeres Unglück, als einfach zu schweigen.

Auf diese Weise starb Herbie, oder es schien wenigstens so. Kein Klub wählte das Buch aus. Niemand kaufte es. Fast keine Rezensionen erschienen. Das Buch füllte die Läden, die Unverkäufliches zu herabgesetzten Preisen anbieten, während ich hier und dort kleine Anzeigen und Besprechungen in Provinzzeitungen darüber las. Erstaunlicherweise stieß ein Filmproduzent auf ein Exemplar, und eine kleine Summe, mit der er die Rechte kaufte, rettete mich vorm Untergang. Hollywood tat das seine, indem es den dicken jüdischen Jungen in ein dünnes irisches Mädchen verwandelte und die Bronx in eine Stadt des mittleren Westens. *City Boy* hieß als Film «Das romantische Alter», sein Star war Margaret O'Brien. Ich sah den Film nicht. Ich habe nie jemanden getroffen, der ihn kennt.

Schlimm genug. Daß das zweite Buch eines Autors ein vollkommenes Desaster wird, geschieht häufig. Doch inzwischen hatte ich eine Familie, außerdem hatte ich mich in die Belletristik verliebt. Ich versuchte noch einmal, die Zielscheibe zu treffen, und schrieb einen anderen Roman. Es war – und es ist noch heute meine Gewohnheit, meine Werke Kapitel für Kapitel einer urteilsfähigen, liebenswerten, aber schweigsamen Ehefrau vorzulesen. Als ich einmal laut eine der ersten Szenen der neuen Geschichte vorlas, bemerkte sie plötzlich: «Wenn dieser Roman wieder ein Reinfall ist, würdest du dir besser einen anderen Beruf suchen.» Das Buch war «Die Caine war ihr Schicksal».

Inzwischen waren «Aurora Dawn» und *City Boy* vergriffen, und ich hatte einen neuen Verleger. Er mochte Herbie Bookbinder und entschloß sich, das Buch wieder ans Tageslicht zu bringen. Das geschah vor achtundzwanzig Jahren. Seitdem erreichte die Geschichte von *City Boy* mehrere Auflagen, Übersetzungen in elf Sprachen, es erschien in Buchclubs und wurde als Schulbuchtext und in Anthologien herausgebracht. Trotzdem ist *City Boy* vielen Lesern meiner späteren Bücher unbekannt geblieben. Diese Jubiläumsausgabe wird, so hoffe ich, dazu beitragen, daß man das Buch endlich entdeckt. Ich glaube, es handelt sich um einen beachtenswerten Roman – komisch, aber ohne billige Späße, und traurig auf die unergründliche, aber vorübergehende Melancholie des Knabenalters. Ich bin stolz auf dieses Buch, und ich freue mich, daß es nun wieder als Titel den Namen seines Helden hat, so wie ich es ursprünglich wünschte. Es wäre schön, wenn die Geschichte ihren neuen Lesern in dieser Jubiläumsausgabe einen Schimmer jener Freude und jenes Vergnügens vermitteln würde, die ich empfand, als ich dem kleinen Herbie Bookbinder zum Leben verhalf – vor nun mehr als dreißig Jahren.

Herman Wouk

1

Der erste Schritt zur Heilung eines gebrochenen Herzens

An einem goldenen Maimorgen im sechsten Jahr der Präsidentschaft von Calvin Coolidge saß, in weißem Hemd mit blauem Schlips und grauen Knickerbockers, ein pummeliger, schwarzhaariger, kleiner Junge namens Herbert Bookbinder an seinem Pult in der Volksschule Nr. 50 in der Bronx, einem Stadtteil von New York, und durchlitt die Qualen, die ein gebrochenes Herz bereitet. Auf der Wandtafel vor ihm standen drei Wörter, die Ursache seiner Verzweiflung: Mrs. Mortimer Gorkin.

Soeben hatte die Lehrerin der Klasse 7 B-1 ihren Schülern mitgeteilt, daß sie fortan nicht mehr mit ‹Miß Vernon› anzureden sei, hatte sich mit verlegenem Lächeln zur Tafel gewandt und dort mit Kreide ihren neuen Namen in schönen runden Buchstaben angeschrieben. Unter dem daraufhin einsetzenden Gekicher und Geprusche der Mädchen und den gutmütig johlenden Zurufen der Jungen war sie lieblich errötet, hatte aber alsbald mit erhobener Hand Ruhe geboten und die wie ein Springrollo am oberen Rand der Tafel aufgerollte Karte von Afrika herabgezogen. Ermuntert durch die kurzweilige Unterbrechung, folgte die Klasse ihrem Bericht über die Naturschätze des Kongobeckens mit lernbegierigem Eifer. Nur der kleine Herbert vermochte für diese Schätze an Gummi, Gold, Affen und Elfenbein beim besten Willen kein Interesse aufzubringen, jedenfalls nicht, wenn die nun für immer verlorene Diana Vernon davon sprach. Allein ihre Stimme zu hören, machte ihn todunglücklich.

Nun hatte dieser Junge in allen Lebenslagen einen Trostspender: das Essen. Kein Schmerz war so tief, kein Gram so bitter, daß ein Happen ihn nicht gelindert hätte. Das Betrübliche war nur, daß es noch eine halbe Stunde dauern würde, bis es zur Frühstückspause läutete. Behutsam tastend fuhr seine Hand unter das Pult, wo sie auf eine braune Papiertüte traf. Er fühlte die vertrauten Formen zweier Brötchen (heute war Montag – also Tomaten- und Gurkenbelag) und eines Apfels. Dann war da noch etwas Kleines, Ovales. Mit flinken, geübten Fingern öffnete er die Tüte, ohne zu knistern, wühlte sich lautlos durch ein an beiden Enden zusammengezwirbeltes Butterbrotpapier und holte ein geschältes, hartgesottenes Ei hervor. Nun ist ein Ei ohne Salz und Butterbrot gewiß ein recht freudloser Imbiß, aber der kleine Junge stopfte es trotzdem in seiner ganzen Größe auf einmal in den Mund. Er kaute mit düsterer Leidensmiene, und wie eine Aspirintablette, so lullte dieses Kauen seinen Schmerz ein, ohne freilich die trübe Stimmung zu verscheuchen. Natürlich wußte er ganz genau, daß man ihm seine vollgestopften Backen ansehen konnte, aber es war ihm völlig gleichgültig. Sollte sie ihn doch ruhig dabei ertappen! Er war ihr Lieblingsschüler und der Klassenerste, und sie konnte ihn vor der Klasse nicht bloßstellen, ohne sich selbst gleichfalls zu blamieren. Diese Überlegung erwies sich als richtig: Mrs. Gorkin bemerkte sehr wohl, daß er aß, nahm aber keine Notiz davon.

Endlich hallte ein herrlich voller Ton durch das Schulhaus – die Freiheit, verkündet durch den Gongschlag zur Frühstückspause. Auf ein Nicken der Lehrerin liefen alle Hätschelkinder besorgter Mütter zu einem schmalen Wandschrank, von wo sie in Mänteln an ihre Plätze zurückkehrten, während die anderen, die dem launischen Maiwetter mantellos trotzten, sich derweil in ihrer abgehärteten Selbstherrlichkeit sonnten. Wieder erklang der Gong. Die Schüler erhoben sich und stellten sich gesittet in einer Doppelreihe auf. Als Herbie auf dem Weg zur Spitze dieser Reihe an dem Katheder vorüberflitzte, hörte er ein geflüstertes «Du bleibst hier, Herbert». Er tat, als habe er diese Aufforderung gar nicht vernommen, schlenderte aber doch zu seinem Pult zurück und kramte dort, während die Klasse hinausmarschierte, eifrig herum.

Sind die Schüler gegangen, erscheint ein Klassenzimmer dreimal so groß wie gewöhnlich und sehr öde, und diese Einsamkeit erweckt in zwei Menschen, die dort allein zurückbleiben, ein trautes Gefühl der Verbundenheit. Monate hindurch war es Herbie Bookbinder vergönnt gewesen, nach Beendigung des Unterrichts diese süße Nähe mit Miß Vernon zu teilen. Sie pflegte ihn zurückzuhalten, um ihn mit ehrenvollen Aufgaben zu betrauen, wie dem Wegräumen der Hefte, dem Nachfüllen der Tintenfässer, dem Schließen der Fenster, was mit einer langen, hakenbewehrten Stange geschah, und dem Zuziehen der braunen Drellvorhänge – alles während sie sich im Glanz der Nachmittagssonne vor dem Schrankspiegel ihr langes rotes Haar kämmte und derweil mit ihm plauderte. Oh, es war wundervoll gewesen! Wie er jetzt so allein im Klassenzimmer stand, trat dem kleinen Jungen die Erinnerung daran sehr lebendig vor die Seele, und als die Lehrerin wieder eintrat, sah sie ihren Lieblingsschüler an seinem Pult sitzen und, das Kinn auf beide Fäuste gestützt, ins Weite starren.

Die Ursache seines Grams war eine zierliche Frau von etwa siebenundzwanzig Jahren mit festgeschlossenen Lippen, einer schmalen, geraden Nase und üppigem roten Haar. Sie sah streng aus, und sie war es auch. Aber auch sie war eine Frau und empfänglich für männliche Reize solcher Art, wie sie sich in Herbie und unseligerweise wohl auch in Mr. Mortimer Gorkin verkörperten. Der Junge sah zu ihr auf, und sekundenlang packte ihn Mitleid mit sich selbst. Aber an ihrem sanften Blick konnte er ablesen, daß auch sie ihn bedauerte und das Verlangen verspürte, ihn zu trösten. Augenblicklich entschied er, sich um gar keinen Preis trösten zu lassen. «Herbie», sagte sie, während sie zum Katheder ging und aus dem tiefen Schubfach eine Aluminiumdose hervorholte, «Herbie, komm einmal her zu mir und erzähl mir etwas, während ich frühstücke.»

Der kleine Junge stand brav auf, marschierte auf das Katheder zu und blieb dort mit hängenden Armen und mürrischem Gesicht stehen.

«Komm doch näher», sagte die Lehrerin. «Wo hast du denn dein Frühstück? Oder möchtest du etwas von mir abhaben?»

«Ich hab keinen Hunger», erklärte Herbert Bookbinder und starrte an seiner Lehrerin vorbei zur linken Ecke der Tafel hinauf, wo sein Name als erster in einer Reihe von drei anderen in goldener Kreide prangte. Es war die Ehrenliste für April. Von Rachegefühlen gepackt, beschloß er, im Mai der Letzte in der Klasse zu werden.

«Mir kam es aber so vor», sagte Mrs. Gorkin mit einem kleinen Lächeln, «als ob du in der Geographiestunde sehr großen Hunger hattest – hab ich nicht recht?»

Herbie machte von seinem in der Verfassung verbrieften Recht Gebrauch und verweigerte die Aussage.

«Also, Herbie, nun mal ehrlich, was ist denn los?» fragte die Lehrerin.

«Nichts.»

«O doch, du hast etwas.»

«O nein, ich habe nichts – *Mrs. Gorkin.*»

Das hatte getroffen! Der Lehrerin war die Röte in die Wangen gestiegen. Vielleicht war der hübschen Diana Vernon gar nicht so wohl dabei zumute, daß sie jetzt Mrs. Gorkin war; vielleicht klang der jungen Frau der Name noch fremd.

«Herbie», sagte sie und lächelte ein wenig verlegen, «auch wenn ich nun Mrs. Gorkin bin, sind wir doch nach wie vor gute Freunde, nicht wahr?»

Das gekränkte männliche Wesen mag elf Jahre sein oder fünfzig, seine Reaktion auf den Versöhnungsversuch des schuldhaften Weibes verläuft stets nach dem gleichen Schema.

«Klar», sagte Herbie resigniert und zog seine rutschenden grauen Knickerbocker hoch.

«Eines Tages», griff Mrs. Gorkin das Gespräch wieder auf, «wirst du sicherlich einmal Mortie, ich meine Mr. Gorkin, kennenlernen. Er ist stellvertretender Direktor in der Volksschule Nr. 75, und ich weiß schon jetzt, daß er dich gern haben wird, denn er schätzt aufgeweckte junge Männer.»

Für so eine plumpe Schmeichelei hatte Herbie nur Verachtung übrig. «Klar», sagte er wieder.

Die ehemalige Miß Vernon sagte: «Komm einmal ein bißchen näher, Herbie!» Der Junge gehorchte widerstrebend und schlich sich zögernd um das Katheder herum, wobei er die Hand über die Kante gleiten ließ. Die Lehrerin legte ihre Hand auf die seine. In derselben Sekunde riß er sie fort.

«Wenn du einmal so alt sein wirst wie ich, Herbie», sagte Diana Vernon leise, «dann wirst du sicher viel stattlicher sein als mein Mann und wirst eine viel nettere Frau heiraten, als ich es bin. Und ich wünsche mir, daß du dann einmal mit ihr zu mir kommst, damit ich sie kennenlerne – aber ich glaube nicht recht daran, daß du das dann auch wirklich tun wirst.»

Diese kleine Ansprache verpuffte völlig, da Herbie nur zu gut wußte, daß er niemals so alt werden würde wie seine Lehrerin. «Klar», brummelte er noch einmal. Mrs. Gorkin wickelte ein Brötchen aus und bekundete ihre Niederlage durch eine barsche Verabschiedung. Der Junge zog sich rücklings zu seinem Pult zurück, hatte mit einem Griff seine Frühstückstüte in der Hand und wetzte aus dem Klassenzimmer.

Glücklich entwischt, blieb er draußen aufatmend stehen, reckte sich zu würdevoller Haltung empor und streifte sich über den rechten Arm eine gelbe, mit drei silbernen Sternen verzierte Binde. Dann schlenderte er gemächlich den leeren Korridor hinunter zu der Knabentreppe. Ein gewöhnlicher Schüler hatte sich gemäß der Schulordnung, und sofern er nicht Gefahr laufen wollte, einen roten Verwarnungszettel wegen Herumlungerns zu erhalten, ungesäumt entweder in die Schulkantine oder auf den Schulhof zu verfügen, Herbie aber konnte sich für seinen Frühstücksschmaus ein ganz privates Plätzchen in einem beliebigen Winkel des großen Schulgebäudes aussuchen.

Er gehörte nämlich zu jenen innerhalb der Schule begünstigten Persönlichkeiten, die man Schulordner nennt. Er war Leiter des Ordnungsdienstes, ein Amt, das keinesfalls mit dem der sehr verhaßten Aufseher verwechselt werden darf, die an der Schulpforte, den Klassentüren und in den Ecken und Winkeln der Korridore Posten standen und einem bei jeder Gelegenheit ihr «Antreten! Weitergehen! Ruhe!» entgegenbrüllten. Diese Aufseher besaßen die Macht, jeden Missetäter beim Schlafittchen zu packen, um ihm einen jener gefürchteten grünen Zettel zu verabfolgen, welche Ungnade von allerhöchster Stelle zeitigten. Herbies Ordnungsdienst besaß derartige Befugnisse nicht. Diesen Helfern unterstanden einzig die Räumlichkeiten der Schule, und ihnen oblag es, dort und auf dem Schulgelände für Sauberkeit zu sorgen. Die Mitglieder des Aufsichtsdienstes, die es niemals leid wurden, den Unterschied zwischen der wahren Autorität ihrer roten Armbinden und der mehr symbolischen der gelben des Ordnungsdienstes zu betonen, hatten Herbies Gruppe höchst unehrbietig die ‹Müllabfuhr› getauft.

Da die Aufseher stets unter den großen und kräftigen Schülern ausgesucht wurden, hatte sich Herbie in der resignierenden Erkenntnis, daß ihm die rote Armbinde für immer versagt bleiben würde, zielbewußt bis an die Spitze des Ordnungsdienstes emporgearbeitet. Wenn es einem – hatte er sich gesagt – nun einmal nicht beschieden war, das stolze und herrische Leben eines Wolfes zu führen, dann war es immer noch entschieden angenehmer, ein Wachhund zu sein als eines der zahlreichen und hilflosen Herdenschafe. Und auch diese Überlegung erwies sich als richtig. Als Ordnungsleiter konnte er sich unter dem Vorwand der Inspektion herumtreiben, wo es ihm Spaß machte, und kam er zu spät, ließ man ihn unangefochten die Schulpforte passieren. Schlagartig stellten deshalb mit

Übernahme seines Amtes die orangefarbenen Verwarnungszettel wegen Unpünktlichkeit ihr Erscheinen ein, eine Plage, die Herbie bereits seit den Tagen des Kindergartens heimgesucht hatte. Zum erstenmal in seiner Schullaufbahn kletterte deshalb auch seine monatliche Betragensnote über ein B-minus hinaus. Sollten die anderen Dummköpfe ruhig «Müllkönig!» hinter ihm herrufen, Herbie hatte jedenfalls eines der großen Geheimnisse dieses Lebens entdeckt, daß man nämlich der Rechtsordnung dann nicht mehr unterliegt, wenn man ein öffentliches Amt bekleidet, und er kostete die Früchte dieser Entdeckung weidlich aus.

Er polterte die metallisch dröhnenden Treppen hinunter zum zweiten Stock. Beim Anblick der lederbespannten und mit Messingnägeln beschlagenen Tür zur Aula kam ihm die Eingebung, daß dieser riesige, leere Saal der seiner düsteren Stimmung angemessene Aufenthaltsort sei. Er stieß die Tür auf, marschierte quer durch den Saal zu einem der großen Fenster, hockte sich dort auf die breite, sonnenbeschienene Fensterbank und öffnete mit einem Seufzer, der gerade soviel Wohlbehagen kundtat, wie dies einem gebrochenen Herzen noch anstand, seine Frühstückstüte.

In diesem Augenblick sah er durch das schmale, hohe Fenster in der Tür zur Mädchentreppe etwas im Sonnenschein schimmern – einen roten Lockenkopf. Er reckte den Hals und erspähte, daß dieser Kopf einem reizend gekleideten, allerliebsten Mädchen von etwa elf Jahren gehörte.

2

Weitere Schritte

In Herbie Bookbinders Vorstellungswelt war der Begriff Mädchen durchaus fest umrissen.

Als menschliche Spezies standen sie für ihn auf der untersten Stufe: reines Pfuschwerk. Sie spielten blödsinnige Spiele; sie sprachen mit schrillen Piepsstimmen; sie kicherten bei jeder Gelegenheit; sie taten immer wer weiß wie brav; sie spionierten hinter allen normalen und vernünftigen Menschen (also Jungen im Alter von elf Jahren) her und verpetzten sie; sie hängten sich die unsinnigsten

Sachen auf den Leib, und sie waren durchtrieben und gerissen. Für diese ewig quietschenden Wesen hatte er so gut wie ausnahmslos nur nackte Verachtung übrig.

Nun gehörte es jedoch zu den rätselvollen Dingen des Lebens, daß Herbie von Zeit zu Zeit einer überirdischen Erscheinung ansichtig wurde, die man wohl oder übel gleichfalls der Kategorie Mädchen zurechnen mußte, da sie alle äußeren Kennzeichen dieser Spezies aufzuweisen hatte, wie langes Haar, ein Kleid und eine hohe Stimme. Und doch war dieses Wesen von allen anderen Mädchen so verschieden wie die Sonne von einer Wachskerze. So ein Himmelsbild pflegte ihm in Abständen von ungefähr einem Jahr zu erscheinen. Da war, als er in die zweite Klasse ging, die schwarzhaarige Rosalind Sarnoff mit ihrem strahlenden Lächeln gewesen; in der vierten die stets in duftiges Weiß gekleidete Sadie Benz; in der fünften die blonde Madeline Costigan, die den Ball schleudern konnte wie ein Junge; und zweimal war sein Leben in Grund und Boden ruiniert worden, damals, als die unter dem Namen Mildred und Frances bekannten Mädchen aus der Nachbarschaft in eine andere Straße der Bronx verzogen waren.

Der göttergleiche Strahlenkranz konnte aber auch urplötzlich ein ganz gewöhnliches Mädchen verklären. Madeline Costigan hatte zwei volle Monate lang in Miß O'Gradys Klasse neben ihm gesessen und sich während dieser Zeit in nichts von der übrigen zirpenden und zwitschernden Weiblichkeit unterschieden. Dann aber, als sie beide einmal wegen Zuspätkommens nachsitzen mußten und sich gemeinsam der Säuberung der Tafellappen widmeten, war in Herbies Brust eine Saite in wunderbar tönendem Akkord erklungen, und er hatte mit angesehen, wie eine Lichtfülle gleich der Morgenröte Madeline vergoldete – und war ihr Sklave geworden! Freilich konnte es auch geschehen, daß dieser Zauber plötzlich auf unerklärliche Weise schwand, wie es zum Beispiel mit Sadie Benz gegangen war, die sich von einem Tag zum anderen in ein ganz alltägliches Mädchen verwandelt hatte, das Herbie gräßlich fand. Doch dies war gegen die Regel. Im allgemeinen wurden ihm diese überirdischen Wesen kraft höherer Gewalt, wie Zeit- und Ortswechsel, entrückt. Als erste Erwachsene in diesem goldenen Reigen war Diana Vernon erschienen, Madeline Costigans Nachfolgerin.

Vielleicht tat Herbies Herz beim Anblick der kleinen Unbekannten, die dort mit abgewandtem Gesicht auf den Stufen hockte und zufrieden ihre Frühstückssemmel schmauste, deshalb einen so wilden Sprung, weil ihr Haar die gleiche Farbe hatte wie das von Mrs. Gorkin. Eine nähere Musterung überzeugte ihn dann freilich davon, daß sie auch dank anderer einmaliger Vorzüge der Anwartschaft auf die freie Herzensstelle würdig war. Ihr gestärktes und gekraustes blaues Röckchen, ihre blitzblanken neuen Lackschuhe, ihr roter Tuchmantel mit dem grauen Pelzkragen sowie ihre sauber geschrubbten Hände und Knie und nicht zuletzt die adrett gelegten Ringellocken, all das schien ihm einen stillen, über alles Gekicher und Gequieke erhabenen Liebreiz zu atmen. Gerade als diese Erkenntnis in seinem Herzen Einzug gehalten, wandte sie ihr Köpfchen und sah ihn an. Ihre großen haselnußbraunen Augen weiteten sich in Überraschung, und in derselben Sekunde war es entschieden: sie besaß nicht allein die Anwartschaft, sie war erkoren!

Nun wurde es für Herbert zur Ehrensache, so zu tun, als habe er sie überhaupt nicht bemerkt. Er starrte gebannt zum Fenster hinaus, wobei er durch sein ganzes Gebaren zu verstehen gab, unten im Mädchenhof spielten sich unerhört aufregende und geradezu haarsträubende Dinge ab – was eigentlich, wußte auch er nicht. Jedenfalls fühlte er sich gedrängt, beide Hände vors Gesicht zu schlagen, den Kopf bedenklich hin und her zu wiegen und mit beträchtlichem Stimmaufwand zu rufen: «Au wei! Donnerschock! Hat man Töne!» In demselben Augenblick gewann sein Phantasiebild auch schon Gestalt und verdichtete sich zu dem grausigen Anblick einer in einer Blutlache liegenden Lehrerin, die sich vom Dach gestürzt hatte. Jetzt war er einfach gezwungen, zwischen den Bankreihen hindurch zu einem anderen Fenster zu laufen, nach einem kurzen Blick auf den Schulhof den Mittelgang entlangzustieben und durch die Tür zur Mädchentreppe zu stürmen, wo er beim Anblick der kleinen Rotgelockten, äußerste Verdutztheit heuchelnd, wie angewurzelt stehenblieb. Sie saß scheinbar vertieft in die Lektüre eines Geographiebuches, das sie verkehrt herum in der Hand hielt, da sie in letzter Sekunde danach gegriffen hatte, als sie, seine Pantomime begierig verfolgend, ihn auf die Tür zustürzen sah. Nachdem er einer Verwunderung Ausdruck verliehen hatte, die beim Anblick eines Einhorns nicht hätte größer sein können, faßte er sich und fragte streng: «Was hast du hier zu suchen?»

«Und wer wünscht das zu wissen?» fragte die Kleine, ihr Buch zur Seite legend.

«Ich! Nun weißt du's!»

«Und wer, bitteschön, ist ich?»

«Ich bin ich», erklärte Herbie, auf seine gelbe Armbinde mit den drei Sternen deutend.

«Pah! Die Müllabfuhr!» Sie drehte ihm den Rücken zu, holte aus ihrer funkelnagelneuen Frühstücksdose einen Apfel hervor und begann, ihn mit hochgezogenen Augenbrauen, verträumt in die strahlende Sonne blinzelnd, zu verspeisen.

«Dich juckt's wohl, mit mir zu Mr. Gauss zu kommen?» fragte Herbie grimmig.

Mr. Julius Gauss war der Rektor der Schule, ein beleibter, rundschädeliger Herr, den die Kinder nur bei feierlichen Anlässen zu Gesicht bekamen, wenn er mit grollender Stimme Psalmen sang und endlose Ansprachen hielt, die niemand recht begriff und die sich vorzugsweise mit George Washington, Amerika und einem gewissen, höchst widerwärtigen Betragen befaßten, das kein vernünftiger Mensch außer zimperlichen Strebern an sich hatte. Für die Kinder war er das größte Schreckgespenst, das außerhalb der Märchenbücher existierte, eine Auffassung, die die Lehrer förderten und die einige von ihnen auch zu teilen schienen.

«Und hör auf zu kauen, wenn du mit einem Schulordner sprichst», setzte Herbie hinzu.

Der Lockenkopf erbebte sichtlich und ließ den Apfel sinken. Aber sie zeigte sich beherzt. «Du kannst mich ja gar nicht runterschikken», trotzte sie. (Mr. Gauss' Büro war stets ‹unten›, wahrscheinlich, weil dies allen Orten der Verdammnis eigen ist.)

«So?» fragte Herbie. «Kann ich das nicht? Zufällig muß ich als Leiter des Ordnungsdienstes jeden Donnerstag zu Mr. Gauss, um ihm Bericht zu erstatten. Und heute ist Donnerstag. Wenn ich jemandem befehle, er soll mitkommen, dann hat er mitzukommen. Aber du kannst es ja probieren, nicht mitzukommen – ja, probieren kannst du es ja. Ich glaube zwar nicht, daß du es öfter als einmal versuchen würdest, aber von mir aus – versuch's ruhig.»

Mit Ausnahme der Angabe seines Ranges enthielt diese ganze Rede kein einziges wahres Wort. Aber noch hatte Herbie es nicht gelernt, zwischen den lebensvollen Produkten seiner fruchtbaren Phantasie und den sehr viel matteren Tatsachen des täglichen Lebens zu unterscheiden, und glaubte deshalb, solange er sprach, sich selbst jedes Wort.

«Außerdem würde er mir gar nichts tun, selbst wenn du mich mit runterschleppst», sagte das Mädchen jetzt, «denn ich fahre im Sommer in sein Ferienlager.»

«Sein Ferienlager?» Herbie beging den großen Fehler, seinen kurzen und bündigen Ton aufzugeben.

«Jawohl, du Schlaukopf, sein Ferienlager», verkündete die Kleine schnippisch. «Und ich dachte, du weißt alles. Es heißt Camp Manitou und liegt in den Berkshire Bergen. Ja, probier's doch, eines seiner Ferienkinder bei ihm zu verpetzen! Er schmeißt dich einfach aus deiner dämlichen Müllabfuhr raus!»

«Das tut er nicht!»

«Das tut er doch!»

«Das tut er nicht!» schrie Herbie erbost. «Weil ich nämlich selber in sein altes Camp fahre.»

Diese Ankündigung wirkte selbst für die Leichtgläubigkeit eines kleinen Mädchens allzu frisch geprägt. «Du lügst!» stellte sie prompt fest.

«Weil du selber schwindelst, nicht?» erwiderte Herbert ohne rechte Logik, aber mit natürlicher Begabung für die Kunst der Wechselrede.

«Ich wette einen Nickel, daß ich fahre!» sagte das Mädchen, das prompt in die ihr gestellte Falle gestolpert war.

«Und ich einen Dollar, daß *ich* fahre!»

«Und ich zehn, daß du nicht fährst!»

«Und ich tausend, daß *du* nicht fährst.»

«Und ich wette eine Million!»

«Und ich eine Milliarde.»

Da das kleine Mädchen die nächste astronomische Ziffer nicht so flink bei der Hand hatte, sagte es geringschätzig: «Und wo willst du eine Milliarde herkriegen?»

«Da, wo du deine Million herkriegst.»

«Wenn ich meinen Pappi drum bitte, dann kriege ich eine Million von ihm», trumpfte der Lockenkopf auf, erbittert darüber, in die Verteidigungsstellung gedrängt zu sein, wiewohl sie sich im Recht wußte. «Er ist der reichste Anwalt in der Bronx.»

«Ha! Das ist gar nichts! Meinem Vater gehört die größte Eisfabrik in ganz Amerika.» (Sein Vater war Geschäftsführer eines kleinen Eisherstellungsbetriebes in der Bronx.)

«Aber mein Vater ist reicher als dein Vater!»

«Mein Vater kann deinen Vater so leicht kaufen wie eine Eiswaffel.»

«Das kann er nicht», empörte sich das Mädchen.

«Mein Vater hat für seine Fabrik einen Rechtsanwalt, der ist tausendmal reicher als dein Vater.» Herbie durchsuchte sein Gedächtnis fieberhaft nach Gesprächsfetzen der Eltern. «Der Anwalt meines Vaters heißt Louis Glass.»

Die Kleine stieß ein Triumphgeschrei aus: «Ha, ha, du Schlaumeier!» schrie sie, hüpfte in die Höhe und tanzte ausgelassen umher. «Mein Vater heißt ja Louis Glass.»

Dieser verblüffende Schlag beraubte Herbie jeden weiteren Einwandes, sei es, daß er wirklich oder nur ausgedacht war. Er gab sich mit einem matten «Ach, der ist ja gar nicht dein Vater» fast geschlagen.

«Doch, ist er aber!» rief das Mädchen mit blitzenden Augen. «Hier, guck doch selber, du bist ja so mächtig schlau, hier steht ja mein Name auf den Büchern: Lucille Glass.»

Herbert ließ sich herbei, einen inspizierenden Blick auf das Buch zu werfen, auf dem in kindlichen Lettern die Inschrift ‹Lucille Marjorie Glass, 6B-3› zu lesen stand.

«Na, das hättest du mir ja auch gleich sagen können», meinte er großmütig. «Wenn Louis Glass dein Vater ist, dann darfst du ruhig hier sitzen bleiben. Also 6B-3, hm? Ich bin in 7B-1. Klassenerster.»

«Ich Dritte auf der Ehrenliste», bekannte Lucille und zollte ihm nunmehr die Achtung, auf die er als Schulordner, Geistesriese und Schüler einer höheren Klasse Anspruch hatte.

Nachdem ihre Beziehung dieses Stadium erreicht hatte, wurden sie sich plötzlich bewußt, daß sie hier beide ganz allein auf dem schmalen Treppenabsatz hockten, und verstummten. Vom Schulhof drangen gedämpft durch das geschlossene Fenster die fröhlichen Stimmen der Mädchen herauf. Befangen sahen die beiden dem Spiel der hin und her huschenden kleinen Gestalten zu.

«Und warum sitzt du nun wirklich hier oben?» fragte Herbie schließlich, der spürte, daß ihn seine Redegabe verließ.

«Weil ich zum Aufsichtsdienst gehöre und während der Pause diese Treppe zu bewachen habe.»

Bei diesen Worten zog sie eine rote Armbinde aus der Tasche und versuchte sie über ihren Mantelärmel zu streifen. Herbie kam ihr dabei galant zur Hilfe, wofür er mit einem verschämten Lächeln belohnt wurde. Währenddessen quälte er sich mit der Frage herum, ob es wohl angehe, daß seine Erkorene so gut wie zur Familie gehöre, was in seinen Augen durch die Geschäftsverbindung der Väter der Fall war. Seine Schwester und seine Cousinen waren für ihn so ohne jeden Charme, daß er alle weiblichen Familienmitglieder automatisch der untersten Stufe zurechnete, nämlich der der Mädchen. Fast schien es, als verblasse die leuchtende Aura um den Lockenkopf und sei drauf und dran, sich völlig zu verflüchtigen. Als sie nun aber beide wieder auf den Schulhof hinunterstarrten, das Schweigen sie aufs neue umhüllte und Herbie förmlich spürte, wie gelähmt seine Zunge war, verdichtete sich der Strahlenkranz wieder und leuchtete mit so blendendem Schein wie zuvor, was ja eindeutig bewies, daß wahrhaft unwiderstehlicher Charme selbst einen so schweren Makel wie Verwandtschaft wettmachen konnte.

«Ja, muß jetzt wohl meine Runde machen», brachte er unvermittelt und gepreßt hervor. «Also mach's gut!»

«Wiedersehn», zwitscherte das kleine Mädchen und krauste das Stupsnäschen und die prallen roten Apfelbäckchen zu einem huldvollen Lächeln. Als Herbie schon den Flur entlangging, hörte er, wie sie hinter ihm her rief: «Fährst du auch wirklich im Sommer ins Camp Manitou?»

Der Junge wandte sich um und schoß einen jener vernichtenden Blicke auf sie ab, die die Lehrer als Antwort auf ganz dumme Fragen bereitzuhalten pflegen. Die rechte Wirkung war für Herbie freilich schwer zu erzielen, weil er das Mädchen nicht um Haupteslänge überragte, was er dadurch wettzumachen verstand, daß er den Kopf weit in den Nacken legte und an seiner Nase herunterschielte. «Das wird sich ja herausstellen», verkündete er nach einer würdevollen Pause und stolzierte davon.

Mrs. Mortimer Gorkin hatte es an diesem Nachmittag mit Herbert nicht leicht. Kurz nach Wiederbeginn des Unterrichts wurde sie für wenige Minuten abberufen, und bei ihrer Rückkehr fand sie ihren Klassenordner auf dem Katheder stehend vor, wo er eine Parodie auf den ‹Fröhlichen Hufschmied› zum besten gab, und zwar mit einer so albern hochtrabenden Aussprache, daß sie darin sogleich die Verulkung ihrer eigenen Vortragsweise erkennen mußte. «Die Musss-keln seinerr starrkenn Arme, sie gleichen Gummibaanden.» Für diesen Mißbrauch seiner Amtsgewalt bestrafte sie Herbie dadurch, daß sie ihn in die hinterste Bank der Mädchenreihe verbannte und ihm für die restliche Stunde Schweigen auferlegte. Dieses Sprechverbot brach er aber, indem er die korrekte Antwort auf eine Frage hinausbrüllte, die die übrigen Schüler zum Schweigen der Unwissenheit verdammt hatte, was die Lehrerin in die peinliche Lage versetzte, einen Zögling für glänzende Kenntnisse tadeln zu müssen. Beim zweiten Mal versuchte sie Herbie mit Ironie zu schlagen: «Und was, wenn man fragen darf, inspiriert Master Bookbinder heute zu derartigen Geistesblitzen?»

Dies war ein schwerwiegender Fehler. Herbert schnellte von seiner Bank hoch und trompetete schlagfertig: «Ihre Hochzeit, Mrs. Gorkin!», was unbändige Heiterkeit in der ganzen Klasse entfesselte, die die errötete und erboste Lehrerin nicht anders zu meistern wußte, als daß sie unter energischen Schlägen auf das Katheder wieder und wieder «Ruhe!» rief. Für den restlichen Verlauf der Unterrichtsstunde gelang es ihr, Herbert durch die Androhung, ihn zu Mr. Gauss zu schicken, von weiteren Zwischenrufen abzuhalten. Aber dieser Erfolg kam zu spät. Durch seine geistesgegenwärtige Antwort und dadurch, daß sie die Haltung verloren hatte, fiel der Sieg des Tages unstreitig an ihn.

Als die Klasse schließlich auf den Schulhof hinausmarschierte und die Reihen sich dort auflösten, war er im Nu von einer ganzen Horde von Mitschülern umringt; die Mädchen jubelten und pruschten vor Lachen, die Jungen knufften ihn in den Rücken, schlugen ihm auf die Schulter und versicherten ihm mit markigen Flüchen, daß er ja doch ‹ein Pfundsbursche› sei. Plötzlich war es jedem klar, daß Herbie bislang nur unter gewissen Hemmungen gelitten hatte, einem Zustand, für den ein jeder Verständnis hegte. Als sich zu guter Letzt sogar der große Lennie Krieger persönlich dazu herabließ, auf ihn zuzuschlendern und ihm mit einem «Sehr ordentlich, Dicker!» seine Anerkennung auszudrücken, war Herbies Triumph verbrieft und besiegelt. Er war in Gnaden in die Gemeinschaft aufgenommen, ja als Machtzeichen seiner Wiedereinsetzung gestattete man ihm sogar, das übliche Schlagballspiel zu eröffnen, und enthielt sich trotz seiner höchst mittelmäßigen Leistung jeder übelwollenden Kritik.

In einem wahren Freudentaumel aber befand sich Shirley Schwartz, ein kleines Mädchen mit dicken Pausbacken und glatten Hexenzotteln, das Herbie im stillen anbetete, jedoch aus früheren traurigen Erfahrungen die bittere Lehre gezogen hatte, daß man seine hoffnungslose Liebe zu verheimlichen habe. Als ihr Held sich nach einigen Eröffnungen vom Spiel zurückzog, beschloß sie, ihm auf seinem Heimweg zu folgen, in der vermessenen Hoffnung, er könne vielleicht doch das Wort an sie richten. Während er seine Bücher aufsammelte, lungerte sie verstohlen in seiner Nähe herum, um sich dann, als er den Schulhof verließ, heimlich hinter ihm herzuschleichen. Zu ihrer Verwunderung schlug er aber nicht seinen ihr wohlbekannten Heimweg ein, sondern lenkte seine Schritte zur Lehrerpforte der Schule. Die Liebe machte sie kühn – außerdem wußte sie natürlich genau, daß dieser Eingang nach Schulschluß nicht mehr bewacht war –, und sie folgte ihm.

Fünf Minuten später kam sie blaß und gänzlich verstört wieder auf den Schulhof gestürzt, und was sie zu berichten hatte, rief allgemeines Kopfschütteln und erregtes Palaver unter den Schülern der Klasse 7B-1 hervor. Shirley hatte eine neue und unerhörte Heldentat Herbies mit eigenen Augen gesehen. Ohne daß man es ihm befohlen oder er auch nur mit einem Sterbenswörtchen den Grund für einen so selbstmörderischen und wahnwitzigen Schritt angedeutet hätte, war er nämlich resolut auf die private Tür zum Büro des Rektors zugeschritten, einen Eingang, den nicht einmal die Lehrer zu benutzen wagten, hatte dort verwegen angeklopft und war auf eine überrascht klingende Aufforderung aus dem Allerheiligsten dort hinein verschwunden.

3

Der Besucher

Die Dämmerung blaute bereits, und schon glühten die Straßenlaternen auf und warfen ihre Lichtkegel über die Homer Avenue in der Bronx, als Herbie Bookbinder sich endlich aus einer Diskussion, die auf einem verlassenen Grundstück bei offenem Feuer stattfand, losriß und heimwärts trottete. Das Für und Wider über die Existenz und die Allmacht Gottes war über Stunden leidenschaftlich hin und her gewogt, nachdem sich diese Diskussion, ebenso wie das Feuer, an einem mit hebräischen Schriftzeichen bedruckten Zeitungsfetzen entzündet hatte.

Nun wußte jeder Junge in der Bronx, gleichgültig, welcher Konfession er war, daß eine jüdische Zeitung am Freitag zu verbrennen eine verruchte und lästerliche Tat war, die die grauenvollste Strafe nach sich ziehen mußte, und da war nicht einer in der ganzen Nachbarschaft, der dies gewagt hätte. Herbie, der sich aus der Sonntagsschule daran erinnerte, daß dieser Donnerstag einer der kleineren jüdischen Feiertage war, hatte eine ungemein spitzfindige religiöse Disputation dadurch hervorgerufen, daß er behauptete, es sei auch an diesem Tag bedenklich, das Feuer mit einer jüdischen Zeitung zu entfachen, wenn auch nicht annähernd so gefährlich wie an einem Freitag. Die christlichen Jungen hatten diese subtilen Zusammenhänge auch sofort eingesehen und Herbert rechtgegeben. Heikel wurde die Lage dadurch, daß Leonard Krieger hier eine Gelegenheit erspäht zu haben glaubte, sich über Herbert lustig zu machen.

Lennie war ein kräftiger und gutaussehender schwarzhaariger Junge von zwölfeinhalb Jahren, der geborene Anführer und Sportsmann und ein großer Könner auf der Straße und Verächter der Schule. Herbies Vater und der alte Krieger waren Teilhaber derselben Eisfabrik, und beide Jungen kannten und verabscheuten einander von klein auf. Diese gegenseitige Abneigung hatte sich im Laufe der Jahre dadurch verstärkt, daß Herbie den älteren Lennie in der Schule überflügelt hatte, und stand nun, da sie gemeinsam Mrs. Gorkins Klasse besuchten – Herbie als die Klassenleuchte, und Lennie als eines der Schlußlichter –, in giftigster Blüte.

Der Athlet war nun in das Alter gekommen, wo man mit dem gröbsten Aberglauben aufräumt. Unter wohlgezielten ironischen Seitenhieben auf ‹fette, kleine Angsthasen› und ‹abergläubische Kneifer› nahm er die jüdische Zeitung, knüllte sie zusammen und zündete sie an. Diese Dreistigkeit entlockte den kleineren Jungen angstvolles Gemurmel. Da sich keiner von ihnen bereitfand, Holz auf dieses Feuer zu schichten, mußte er es eigenhändig besorgen. Herbie verkündete düster, er wolle nur hoffen, Leonard finde beim Heimkommen seine Eltern nicht als Leichen vor, was diesen prompt zu dem Anerbieten bewog, «ihm zu zeigen, wessen Eltern vor Schreck abkratzen würden», und mit geballten Fäusten auf ihn loszugehen. Der einhellige empörte Protest, sich nicht an Kleineren zu vergreifen, verhinderte die Klärung dieser Angelegenheit durch rohe Gewalt.

Nun folgte eine längere Debatte über Lennie Kriegers Aussichten, seinem bösen Geschick zu entgehen, die schließlich in die brennenden Fragen mündete: Richtete Gott seine Wachsamkeit unablässig auf jüdische Zeitungen oder nur freitags? Hatte er Augen, die diesen Wachdienst versahen? Wie brachte er es, falls er keine hatte, fertig, aufzupassen? Wo befand sich Gott überhaupt, und wie sah er eigentlich aus?

Schließlich sprengte Lennie die ganze Diskussion durch folgende Bombe in die Luft: «Ach was, das ist doch alles Stuß! Ich glaube nicht an Gott!»

Keiner der Jungen wagte, auch nur einen Mucks von sich zu geben. Herbie schielte besorgt zur untergehenden Sonne hinauf, als fürchte er, sie könne plötzlich grün anlaufen oder auseinanderbersten. Frankie Callaghan, ein rothaariger, kleiner Katholik, schrie gellend: «Hier bleib ich nicht! Den wird gleich der Blitz erschlagen!» und stob davon. Die anderen verdrückten sich zwar sicherheitshalber aus der Gefahrenzone, blieben aber in der Nähe, denn falls Lennie so ein dramatisches Ende beschieden sein sollte, wollten sie es keinesfalls verpassen. Der Allmächtige ließ sich jedoch nicht aus seiner Gelassenheit aufstören, und kein blauer Blitz zuckte auf Lennie herab.

«Wovor habt ihr denn solchen Bammel?» höhnte Lennie. «Ja, ich hab's gesagt, und ich sag's noch mal: Ich glaube nicht an Gott!»

«Okay, wenn du so mächtig helle bist», ergriff jetzt Herbie das Wort, indem er sich dem Gottesleugner vorsichtig näherte, «dann wirst du wohl auch noch behaupten, daß du die Welt erschaffen hast, was?»

«Hab ich nicht behauptet. Na und, wer hat sie denn gemacht?»

«Na, Gott natürlich.»

«Schau mal an, Fettmops! Und wer hat Gott gemacht?»

In diesem Augenblick verkrümelten sich zwei weitere Jungen, denen diese Unterhaltung denn doch zu ungemütlich wurde.

«Das ist doch eine ganz blöde Frage», erwiderte Herbie ungeduldig.

«Wieso eigentlich?»

«Wieso? Wieso? Na, darum eben! Wenn ich dir sagen könnte, wer Gott gemacht hat, dann wäre Gott ja gar nicht Gott, dann wäre eben der Kerl, der Gott gemacht hat, Gott.»

«Okay. Also hat keiner Gott gemacht, ja?»

«Ja, natürlich.»

«Also gibt's auch keinen Gott!» verkündete Lennie voller Triumph. Ein paar Jungen kicherten ein wenig unsicher, Herbie aber gab sich durchaus nicht geschlagen.

«Du behauptest also, daß es Gott nicht geben kann, weil ihn keiner gemacht hat?»

«Na, klar.»

«Und warum nicht?»

«Weil von nichts nichts ist. Irgend jemand muß es ja erst machen.»

«Na und», schoß Herbie seine Frage ab, «wer hat denn da die Welt gemacht?»

Diesmal gab es ein allgemeines Gelächter auf Lennies Kosten. Herbie hatte es fertiggebracht, diese uralte Beweisführung so im Kreis zu drehen, daß er jetzt seinem Gegner auf den Fersen war.

«Na, wenn's einen Gott geben soll, dann laß ihn doch mal hier vor uns 'nen ganzen Kübel mit Schokoladeneis herzaubern», verlangte der erboste Athlet.

Aller Augen starrten gebannt auf das grasbewachsene Fleckchen zwischen den beiden Disputanten, als erwarte man die Materialisation eines blinkenden Kübels mit sahnigem Schokoladeneis. Der Schöpfer schien jedoch nicht in der Stimmung zu sein, sich zu bemühen; weder Speiseeis noch Blitze geruhte er Lennies wegen zu produzieren.

«Na, und was beweist das?» fragte Herbie nach einer Pause.

«Das beweist», erklärte Lennie mit mehr Leidenschaft als Logik, «daß du ein fetter, kleiner Dussel bist, auch wenn du in der Schule zehnmal das Goldkind bist.»

«Jer-reee!» trompetete jetzt ein kleines Mädchen von der anderen Seite des Bürgersteiges. «Du sollst kommen, Mammi wartet mit dem Abendbrot!»

«Heiliger Bimbam! Es ist ja schon dreiviertel sieben!» rief der also Ermahnte und trabte davon.

Die streitbaren jungen Theologen erwachten wieder zum Alltag. Einer nach dem anderen stahl sich aus der Runde um das Feuer, lief durch das wildwuchernde Unkraut des Platzes, rutschte mit Gepolter den steinigen Hang zur Straße hinunter und verschwand irgendwo in den Schluchten zwischen den Wohnblocks. Herbie, der ein offenes Feuer, Diskussionen und verlassene Bauplätze über alles liebte – ausgenommen vielleicht das Kino –, war unter denen, die bis zuletzt um die in der Dunkelheit zuckenden Flammen herumlungerten. Schließlich riß auch er sich von dem kalten, rauhen Felsblock, auf dem er hockte, und dem köstlich frischen Duft des Unkrautes ringsum los und machte sich schweren Herzens auf den Heimweg, in den Kleidern den anheimelnden Duft verbrannten Holzes.

Nicht jede Gegend der Bronx konnte sich mit unbebauten Grundstücken brüsten, und auch die an der Homer Avenue wurden systematisch aufgesprengt, ausgebaggert und mit Wohnhäusern bebaut. Für Herbie und seine Freunde war es ein unbeschreibliches Glück, daß die Nähe des Bronx River (unter den Jungen als ‹Der Bach› bekannt) und die besonders wuchtige Felsformation das Erbauen von Häusern hier kostspieliger und damit weniger einträglich machten als anderswo. So hatte die Flutwelle aus Backsteinen und Mörtel den grünen Erdstreifen entlang der Homer Avenue bisher noch nicht völlig überschwemmt. Diese Zusammenhänge waren den hier beheimateten Jungen jedoch verborgen. Die Eltern hatten in der Homer Avenue eine Wohnung gemietet, weil diese dort billig waren, und die Kinder waren dort glücklich, eben wegen jener Bauplätze. Die Lehrer der Volksschule Nr. 50 mühten sich vergeblich, durch den Vortrag von Gedichten in den Kindern die Liebe zur Natur zu wecken. Aufsätze, die über das Thema Natur geschrieben werden mußten, waren unter allen schriftlichen Produkten, die man den Zöglingen abrang, die weitaus einfallslosesten und plattesten, und nie und nirgends fand sich darin das Wort Bauplatz. Kaum aber waren die Knirpse dem Gefängnis der Schule entronnen, liefen sie zu diesen Plätzen, stromerten dort herum, jagten Schmetterlinge, bestimmten Blumen und Gräser, entzündeten Feuer und bestaunten den Farbenschmelz des Sonnenunterganges. Daß sowohl die Lehrer als auch die Eltern das Herumstreunen auf diesen Grundstücken mißbilligten und laufend diesbezügliche Verbote aussprachen, versteht sich von selbst und ebenso, daß diese Verbote dem Genuß erst die letzte Würze verliehen.

Herbie trottete also heim in die Homer Avenue 1075, einen Backsteinkasten, der sich nur wenig von all den anderen Mietskasernen unterschied, die sich Wand an Wand auf der weniger klippenreichen Seite der Straße aneinanderreihten. Das Haus war grau und rechteckig, vier Stockwerke hoch und von Fenstern durchlöchert; allein der Eingang wurde durch einen gipsernen Wasserspeier und die zu beiden Seiten der vergitterten Glastür postierten grauen und verstaubten Ziergewächse etwas aufgeheitert und verhinderte so den Eindruck gänzlicher Trostlosigkeit. Das Treppenhaus zierten Stuckfrüchte, die einst in bunten Farben geprangt, unter dem ständig herabrieselnden Schmutz der Großstadt, der weder Wände noch Knabenhälse schont, allmählich aber ein kränkliches Aussehen angenommen hatten. Der kluge Hausbesitzer hatte das Treppenhaus daraufhin mit einem tristen grünlichen Anstrich versehen, der, ohne daß sich jemand darüber hätte beschweren können, von Jahr zu Jahr trüber und grauer wurde. Zwei Stufen auf einmal nehmend, rannte der Junge die Treppe hinauf, die Löcher und Dellen in den Steinstufen dabei um ein winziges vertiefend, und blieb vor der mit 3 A bezeichneten Tür zu jenem steinernen Taubenschlag stehen, der für die Dauer des Mietvertrages der Familie Bookbinder vorbehalten war und den sie als ihr Heim betrachtete.

Er hörte die Mutter in der Küche neben der Wohnungstür herumwirtschaften. Mit ein wenig Glück würde er sich also hineinschleichen und seinen Pullover verstecken können, der aus unerfindlichem Grund kräftiger nach Rauch roch als die übrige Kleidung. Er drückte behutsam auf die Klinke: die Tür war unverschlossen. In der Hoffnung, daß der Lärm aus der Küche das Quietschen der Angeln übertönen werde, schlüpfte er hinein, drückte sich an der dunsterfüllten Küche vorüber und flitzte den Flur entlang auf das Schlafzimmer zu.

«Guck, Mammi, Herbie ist da!» Es war die von Bravheit triefende Stimme seiner Schwester Felicia.

«Du kommst sofort hierher, Herbie!» kam es daraufhin von der Mutter.

Der Junge hielt in seiner Flucht inne und machte ergeben kehrt. Die Petzerei der Schwester rief in seinem Herzen keine Bitterkeit hervor. Es war, genau wie die Schule oder das Zubettgehen, eines der Übel dieser Welt, über die sich zu entrüsten er längst aufgegeben hatte. Nunmehr ertrug er sie stoisch in der Überzeugung, daß einst in unendlich ferner Zukunft, wenn er das biblische Alter von einundzwanzig erreicht haben würde, Erlösung winkte.

Als er die Küche betrat, stand Felicia, die schwarzen, langen Locken vor dem Gesicht, am Tisch und schnitt einen Laib Brot in Scheiben. Sie war fast dreizehn, klein und zierlich für ihr Alter, und unter den älteren Jungen gab es ein paar, die sie sehr niedlich fanden. Für Herbie war dieses Urteil natürlich purer Wahnwitz, aber er hielt seinen Kameraden zugute, daß alle Jungen um vierzehn herum gewissen einschneidenden Veränderungen unterlagen, die ihren gesunden Menschenverstand ganz offenbar schwer trübten.

Felicia sah von ihrer Arbeit auf, schüttelte ihre Lockenmähne mit einem Ruck aus dem Gesicht, schnupperte hörbar und konstatierte: «Puh! Rauch!» und spielte weiter das emsige Hausmütterchen.

«Ja, wenn ich mich auch mit dem Lippenstift von Emilys Mutter beschmiere», versetzte ihr Bruder, «dann rieche ich vielleicht besser.»

«Ach, diese alte Leier», schnaubte Felicia verächtlich.

Herbie war sich durchaus darüber klar, die Entdeckung, daß seine Schwester vor vier Wochen zum erstenmal einen Lippenstift benutzt hatte, weidlich ausgeschlachtet zu haben. Aber jedes noch so abgedroschene Thema war besser, als daß das Gespräch bei Rauch stehenblieb. Jetzt legte die Mutter die Suppenkelle beiseite, wischte sich die Hände an der Schürze ab, packte Herbie und gab ihm völlig unerwartet einen Kuß. «Stimmt», stellte sie fest. «Du riechst nach Rauch, aber für diesmal verzeih ich dir», sagte sie in müdem, gutmütigem Ton. «Jetzt lauf und zieh dir den Pullover aus, Papa muß jeden Augenblick zum Essen kommen.» Sie umfaßte ihn wieder, hielt ihn dann auf Armeslänge von sich ab und sah ihm so zärtlich in die Augen, als sähe sie ihn nach langer Trennung wieder. Dann ließ sie ihn los, und Herbert entwischte, beglückt von soviel unverhofften Gnade.

Eine halbe Stunde später saß die Familie Bookbinder um den Eßtisch, und Mrs. Bookbinder füllte, bedächtig die besten Fleischhappen herausfischend, Herbies Teller mit Irish Stew. Als Felicia ob dieser ungerechten Bevorzugung empört protestierte, fuhr ihr der Vater, den sie in seiner Rede unterbrochen hatte, kurzerhand über den Mund.

Der Vater war ein magerer, ernster Mann mit schütterem grauen Haar, einer langen, fleischigen Nase und vielen tiefen Furchen in dem hageren Gesicht. Er hatte den abwesenden Blick des Vielbeschäftigten, dessen Leben der Abwicklung dringlicher Geschäfte gewidmet ist. Seine Gespräche bei Tisch bestanden ausschließlich aus Mitteilungen über die täglichen Ereignisse in der Eisfabrik. Kam er nach Haus, begrüßte er seine beiden Kinder liebevoll, vergaß sie dann aber für den Rest des Abends völlig. Für Herbie und seine Schwester war es seit langem zur Gewohnheit geworden, sich die

Zeit während des Essens durch alle möglichen Spielereien zu vertreiben, wenn der Vater über den ‹Betrieb› sprach.

Der Vater redete fast ausschließlich über die ständigen Reibereien mit seinem Partner, Mr. Krieger, und über etwas, was er Hypothek und Hypothekengläubiger nannte. Nur durch einen unvorstellbar langen Vortrag über Hypothekenrecht hätte man hoffen können, den Kindern verständlich zu machen, was da Hunderte und aber Hunderte von Stunden an ihr Ohr gedrungen war. Dabei hatten Herbie und Felicia derartige Transaktionen schon selber getätigt. Gerade zur Zeit befanden sich beispielsweise Herbies Rollschuhe bei seinem Vetter Cliff in Verwahrung als Pfand für fünfzehn Cent, die sich Herbie geliehen hatte, um eine besonders entscheidende Episode eines Fortsetzungsfilmes zu sehen. Hätte man Herbie erklärt, daß diese fünfzehn Cent eine ‹Hypothek› darstellten und daß Cliff der ‹Hypothekengläubiger› sei, wäre er baß erstaunt gewesen.

«Papa», ergriff die Mutter das Wort, als ihr Mann seine Rede für einen Augenblick unterbrach, um einen Bissen zu sich zu nehmen, «ich habe heute einen recht interessanten Anruf gehabt.»

«Du hast einen Anruf gehabt?» Mr. Bookbinders Überraschung war echt. Während der letzten fünfzehn Jahre hatte seines Wissens nichts dafür gesprochen, daß sich im Leben seiner Frau auch nur das Geringste ereignet hätte.

«Ja, und von einem sehr wichtigen Herrn. Einem Herrn, der sehr viel von deinem Sohn hält.»

Herbie fiel es wie Schuppen von den Augen. Jetzt wußte er, warum seine Mutter so zärtlich gewesen war. Mit klopfendem Herzen begann er hastig Pläne zu schmieden, um der kommenden Krise begegnen zu können.

«Ja, um die Wahrheit zu gestehen», fuhr die Mutter fort, und ihr sonst so müdes Gesicht belebte sich und ließ eine Schönheit ahnen, die nun schon seit vielen Jahren verwelkt war, «hält dieser sehr bedeutende Herr so viel von deinem Sohn, daß er uns nach dem Abendbrot besuchen will.»

«Und wer ist der Mann?» fragte der Vater, der keine sonderliche Vorliebe für Scherzfragen bekundete.

Die Mutter ließ ihre wunderhübsche Katze nur zögernd aus dem Sack: «Es ist Mr. Gauss, der Rektor – *der Rektor* – von Herbies Schule.»

«So? Na, das ist ja sehr – sehr nett von ihm», sagte Jakob Bookbinder nach einer verlegenen Pause.

«Ach, ich glaub, ich weiß, was Mr. Gauss will», ließ sich jetzt Herbie vernehmen.

«Aha! Er will also was», stellte Mr. Bookbinder fest. Nun kam man der Sache schon näher.

«Ja, bestimmt will er nur, daß Felicia und ich in sein dummes Ferienlager fahren sollen», sagte Herbie, setzte aber, als er auf den Gesichtern der Eltern Befremden und Ablehnung las, rasch hinzu: «Da, wo auch Lucille Glass und Lennie Krieger hinfahren.»

«Der Krieger-Junge fährt ins Ferienlager? Seit wann denn das?» forschte der Vater.

«Woher kennst du überhaupt Lucille Glass?» wollte die Mutter wissen.

«Hab sie in der Schule getroffen», sagte Herbie, die Antwort auf die Frage des Vaters geschickt vermeidend. «Aber», fuhr er fort, «ich hab gar keine Lust, in so ein langweiliges Camp zu fahren, und Felicia bestimmt auch nicht.»

«Ich finde Ferienlager einfach greulich», erklärte Felicia, die genauso gut wie Herbie wußte, was sich in elterlichen Gehirnen abzuspielen pflegte.

«Woher willst du eigentlich wissen, daß Ferienlager greulich sind, wenn du noch nie in einem warst?» fragte Mrs. Bookbinder.

«Kann mir vielleicht jemand sagen, woher dieser Krieger plötzlich das Geld nimmt, um seinen Sohn ins Camp zu schicken?» rief der Vater gereizt.

Herbie, der jetzt merkte, daß die Unterhaltung auf einen Zusammenstoß zwischen seinen Phantasieprodukten und den nackten Tatsachen zusteuerte, warf leichthin ein: «Lennie hat jedenfalls gesagt, daß er hinfährt. Aber ihr wißt ja, wie er lügt.»

«Das ist doch mal wieder typisch für Krieger, was?» wandte sich Mr. Bookbinder an seine Frau. «Der Kerl hat jedes Möbelstück beliehen und nimmt die Raten für seinen Chevrolet aus der Tageskasse, aber der Bengel muß ins Ferienlager! Ja, mit Glass ist das was anderes. Der kann es sich leisten, seine Tochter in ein Camp zu schicken.»

«Ein reizendes Ding, die kleine Lucille», meinte Mrs. Bookbinder. «Hilf mir abräumen, Felicia!»

«Sie hat rote Haare.» Herbie, dem die Erwähnung des Lockenkopfes süße Schauer über den Rücken gejagt hatte, klammerte sich an dieses Thema. «Ich finde Mädchen mit roten Haaren gräßlich.»

«Ich sehe sie immer beim Turnen. Ein Baby ist sie!» ließ sich Felicia vernehmen, während sie die Teller aufeinanderstapelte.

In diesem Augenblick schellte die Türglocke. Herbie sprang auf wie gestochen.

«Gott im Himmel, das muß Mr. Gauss sein! So früh schon!» rief die Mutter aus und riß sich eilig die Schürze ab. «Papa, zieh dir die Jacke an und geh ins Wohnzimmer! Du, Herbie, öffnest! Und du, Felicia, mach die Eßzimmertür zu und räum leise ab.»

Nach Verkündung dieses Schlachtplans verschwand sie eilig im Schlafzimmer, während die Familie tat, wie ihr befohlen war. Bei Bookbinders waren die Befugnisse streng gegliedert: Mrs. Bookbinder hatte in allem, was den Haushalt betraf, wie Kleidung, Essen und Etikette, eindeutig Befehlsgewalt, fügte sich aber in allem anderen als willige Untergebene.

Herbies erste Empfindung beim Öffnen der Tür war Enttäuschung über Mr. Gauss' Größe. Bei allen öffentlichen Ansprachen und hinter seinem Schreibtisch hatte Mr. Gauss Denkmalsgröße, und doch brachte er es fertig, durch die Tür zu gehen, ohne sich den Kopf zu stoßen. Er war sehr beleibt, und sein Gesicht glänzte. Es fiel Herbie auch auf, daß sein Mund in einem festgefrorenen Grinsen erstarrt war, so als ziehe jemand seine dünnen Lippen zu einem schmalen Strich auseinander und halte sie an den Mundwinkeln mit zwei Fingern beharrlich in die Höhe.

«Guten Abend, Master Bookbinder», tönte der Rektor mit sonorer Stimme, wobei sein Mund unverändert weiter lächelte, «ich nehme an, daß dein guter Papa und deine liebe Mama mich erwarten.»

«Jawohl, Sir», nuschelte der Junge und ging voran ins Wohnzimmer. Der gute Papa stand neben dem Klavier (Felicias schwerstem Kreuz im Leben) und sah genauso eckig, hölzern und schwer bespielbar aus wie dieses Instrument. Im Bemühen, Ausgleich zu schaffen, dienerte und hampelte Mr. Gauss bei seinem Kratzfuß derart herum, daß zu befürchten war, er werde seine Gliedmaßen nie wieder in die Gewalt bekommen. Nach dieser Zeremonie setzten sich die beiden Männer auf die roten Plüschkissen des Sofas, wobei sie einer Naht, die Mrs. Bookbinder noch an diesem Abend hatte zunähen wollen, Daunen entpreßten, welche nun sachte im Zimmer umhertanzten.

«Gestatten Sie mir, Mr. Bookbinder», eröffnete der Rektor das

Gespräch, «Ihnen zu sagen, daß Sie eine prächtige Tochter und einen ganz prächtigen Sohn haben. Wirklich ganz ungewöhnlich begabte und tüchtige Kinder.»

«Meine Frau unterschreibt immer die Zeugnisse, ich weiß da also nicht so gut Bescheid», meinte Jakob Bookbinder, steckte die eine Hand in die Jackentasche und stützte sich, leicht verlegen und linkisch, auf die andere.

«Ja, beide ganz ungewöhnlich prächtige Kinder! Auf solche Kinder halte ich immer ein Auge, Mr. Bookbinder. Wenn sie später als Erwachsene groß und berühmt werden, dann ist es mir eine freudige Genugtuung zu wissen, daß auch ich sie im bildsamen Kindesalter mit eigenen Händen geformt und ein wenig, ein ganz klein wenig, zu ihrem Erfolg beigetragen habe.»

«Ja, die Erziehung ist schon eine gute Sache», entgegnete hierauf der Vater, dem keine unverbindlichere Antwort einfiel.

«Eine treffliche Bemerkung!» rief Mr. Gauss aus. «Sie sagen es! Ich fürchte nur ...»

An diesem Punkt der Unterhaltung rauschte in hochelegantem rotem Seidenkleid Mrs. Bookbinder herein. Ihr Gesicht war frisch gepudert, ihr Haar sorgfältig frisiert, und ihren Busen zierte eine doppelt geschlungene Bernsteinkette. Die Herren sprangen auf.

«Und Sie sind natürlich Mrs. Bookbinder», rief der Rektor überglücklich. «Ja, die Ähnlichkeit mit Herbie ist unverkennbar.»

«Es ist uns eine Ehre und ein Vergnügen, Sie bei uns willkommen zu heißen, Mr. Gauss», sagte die Mutter und verneigte sich gemessen.

«Die Ehre und das Vergnügen sind ganz auf meiner Seite», beteuerte der Rektor, dessen eigene Verbeugung eine wohlabgewogene Mischung aus Würde und Unterwürfigkeit darstellte. Nachdem man Platz genommen hatte, ergriff er wieder das Wort: «Ich habe gerade zu Ihrem Mann gesagt, daß Sie eine prächtige Tochter und einen ganz prächtigen Sohn haben, wirklich ungewöhnlich tüchtige und begabte Kinder!»

Es fiel Herbie auf, daß das Wörtchen ‹ganz› in bezug auf ihn wiederholt wurde. Dies schmeichelte ihm zwar sehr, aber gleichzeitig überlegte er blitzschnell, daß er dieses Extralob der Tatsache zu danken hatte, daß nicht Felicia, sondern er Mr. Gauss zu diesem Besuch animiert hatte. Da ihn bei der Vorstellung, Mr. Gauss könne seine eigenmächtige Tat ans Licht bringen, das blanke Entsetzen packte, hörte er dieses Lob mit gemischten Gefühlen. Mr. Gauss' Beweggründe waren indes sehr viel weniger verzwickt: er wußte, daß Eltern für gewöhnlich größeren Wert auf die Söhne als auf die Töchter legen, und verteilte seine Lobsprüche entsprechend.

«Und wie ich schon eben zu Ihrem Mann sagte», fuhr er fort, «behalte ich solche begabten Kinder im Auge. Wenn sie später einmal groß und berühmt sind – und ich zweifle nicht daran, daß Herbie es einmal wird –», hier drehte sich Mrs. Bookbinder zu ihrem Sohn um und strahlte ihn an; Herbie aber studierte geflissentlich das verblaßte Rosenmuster des Teppichs.

«– dann ist es mir eine freudige Genugtuung, zu wissen, daß auch ich sie im bildsamen Kindesalter mit eigenen Händen formte und ein wenig, ein ganz klein wenig, zu ihrem Erfolg beitragen durfte.»

Herbie fragte sich, was er wohl damit meinen könne, daß er die Kinder mit eigenen Händen formte. Von dem heutigen Tag abgesehen, hatte er mit dem Rektor auch nicht ein einziges Wort gewechselt oder ihn auch nur aus der Nähe zu sehen bekommen. Mrs. Bookbinder aber hegte derartige Bedenken nicht. «Oh, ich bin überzeugt, daß der Junge Ihnen sehr viel verdankt», sagte sie, «und ich hoffe nur, daß er das auch später zu würdigen weiß.»

«Sehr liebenswürdig von Ihnen! Ich wollte Ihrem Mann gerade auseinandersetzen, daß ich bei so begabten Kindern fürchte, sie während der zwei Sommermonate aus den Augen zu verlieren. Bei Durchschnittskindern macht das nicht viel aus, aber Sie als Unternehmer, Mr. Bookbinder, werden ja wissen, wie sehr eine hochempfindliche Maschine dadurch leidet, wenn man sie zwei Monate lang vernachlässigt.»

Der Vater, der sehr wohl merkte, worauf das Gespräch abzielte, und keineswegs gewillt war, dem Vorschlag des Rektors zuzustimmen, sah sich durch diese Bemerkung in die Enge getrieben. «Ja, das hat seine Richtigkeit», räumte er widerstrebend ein.

«Es freut mich, daß wir einer Meinung sind. Aus dieser Sorge heraus habe ich auch das Camp Manitou gegründet.»

Jetzt hatte die Glocke geschlagen! Herbie versuchte, sich still vom Schauplatz zu verdrücken.

«Mußt du schon gehen, Herbie?» fragte der Rektor prompt und erprobte die Wirkung seines Lächelns. «Ich möchte doch annehmen, daß dich das sehr interessiert.»

«Du bleibst hier!» befahl der Vater.

Herbie stoppte sein Rückzugsmanöver und lehnte sich unglücklich ans Klavier. Aber seine Befürchtungen waren ganz unbegründet. Mr. Gauss ließ seinen Reklamesermon vom Stapel, ohne Herbies Besuch in seinem Büro auch nur ein einziges Mal zu erwähnen. Ein- oder zweimal zwinkerte er Herbie munter und durchtrieben zu wie einem Mitverschworenen, aber das war auch alles. Er walzte zwei Thesen aus: erstens die Wonnen, die Camp Manitou zu bieten hatte, und zweitens die besonderen Vorzüge, die den beiden Sprößlingen dieser Familie eigen seien. Herbie war seinem Rektor zwar von Herzen dankbar dafür, daß er ihn nicht verriet, aber er war auch verblüfft über die Wendigkeit, mit der Mr. Gauss die Wahrheit umging, etwas, das nach seinen Ansprachen in der Aula zu urteilen, eine schreckliche Sünde war. Während Mr. Gauss, der mittlerweile einen bebilderten Prospekt herumreichte, weiterhin seine Überredungskünste spielen ließ, verfiel er mehr und mehr in einen Tonfall, der Herbie recht vertraut war. Herbie hatte nämlich Onkel und Tanten, die seinen Vater von Zeit zu Zeit aufsuchten, um ihn um die eine oder andere Gefälligkeit zu bitten, und je mehr Mr. Gauss sein Camp pries, desto mehr ähnelte sein Ton dem der armen Verwandten. Mr. Gauss aber redete und redete und ahnte nicht, daß seine respektgebietende, wuchtige Persönlichkeit in den Augen des Jungen aus der bisherigen überragenden Höhe unaufhaltsam zu den Niederungen herabsank, wo die bedürftigen Verwandten hausten.

«Herbie hat mir erzählt, daß auch Lucille Glass Ihr Camp besuchen wird», sagte die Mutter nach einer Weile.

«O ja, natürlich, Lucille! Ein reizendes kleines Mädchen und ein Musterbeispiel für ein Manitou-Ferienkind.»

«Stimmt es eigentlich, daß Lennie Krieger auch fahren wird?» erkundigte sich Jakob Bookbinder.

«Krieger?» murmelte Mr. Gauss zweifelnd und griff nach seinem Notizbuch.

«Er wohnt auch hier in der Homer Avenue, zwei Häuserblocks weiter unten. Ein ziemlich großer Junge, ungefähr zwölf Jahre, sein Vater ist mein Geschäftspartner.»

«Ah, natürlich, Lennie! Ich freue mich, daß Sie ihn zufällig erwähnt haben», sagte der Rektor und senkte seine Stimme zu vertraulichem Flüstern. «Ich möchte da nämlich eine Frage an Sie richten. Glauben Sie, nach allem, was ich Ihnen erzählt habe – und bitte, seien Sie ganz offen –, daß dieser Lennie Krieger in mein Camp paßt?

Meinen Sie, daß er für einen Jungen von Herbies Format der rechte Umgang wäre?»

«Ich wüßte nicht, was man gegen den Jungen sagen könnte», brummte Mr. Bookbinder.

Der Rektor schraubte die Kappe seines Füllfederhalters ab und machte eine säuberliche Eintragung in sein Notizbuch. «Ja, vielen Dank! In diesem Falle darf Lennie vielleicht – ich sage, vielleicht – doch nach Camp Manitou mitkommen.» Insgeheim beschloß er, die Eltern dieses Jungen, von dessen Existenz er bis vor zwei Minuten keine Ahnung gehabt hatte, am nächsten Abend aufzusuchen.

Da noch weitere sieben Kinder in der Nachbarschaft der Ehre eines Sommeraufenthaltes im Camp Manitou zum Preise von dreihundert Dollar gewürdigt werden sollten, verweilte Mr. Gauss nicht länger, als unbedingt erforderlich. Sein Besuch hatte ohne Zweifel Eindruck gemacht. Die Eltern waren geschmeichelt, und die ansprechenden Bilder von den am Ufer eines Bergsees gelegenen Bungalows sowie der Prospekt, der die verblüffenden geistigen, körperlichen und religiösen Fortschritte in der Entwicklung der Kinder während eines Sommeraufenthalts gebührend hervorhob, hatten ihre Wirkung gleichfalls nicht verfehlt. Der Rektor konnte bei seinem Abschied nicht nur den Dank für die Ehre seines Besuches entgegennehmen, sondern auch die Versicherung, daß man sein Angebot ernsthaft erwägen wolle.

An diesem Abend ging Herbie in fieberhafter Erregung zu Bett und träumte bis zum nächsten Morgen, als ihn Felicia wachrüttelte, von religiöser Erbauung, Seen, Bungalows, Büschen, Indianern, Lagerfeuern, Rostbratwürsten und einem niedlichen kleinen rothaarigen Mädchen, das sich zwischen grünen Bäumen versteckte.

4

Der ‹Betrieb›

Drei Tage später lag Herbert Bookbinder am Ufer des Bronx River im Gras und versuchte, seinem Vetter Clifford Block die astronomischen Hintergründe für das Eintreffen des Frühlings plausibel zu machen – Clifford begriff jedoch kein Wort.

Beide Jungen waren von Kopf bis Fuß mit neuen Sachen sonntäglich herausstaffiert. Es war die Tracht ihrer Zeit: schwarze Schuhe, lange Strümpfe, Knickerbocker, kurze Jacken, weiße Hemden mit großen Schleifen (die fünf Minuten nach dem Binden schon verrutscht waren) und weiche, runde Filzhüte, die von den kleinen Steppkes, die solche Hüte noch nicht besaßen, höhnisch als ‹Torten› bezeichnet wurden. Die beiden trugen ihren Staat mit gemischten Gefühlen; der Widerwille gegen den dadurch auferlegten Zwang kämpfte in ihnen mit dem Fünkchen Eitelkeit, das selbst in den Herzen kleiner Jungen nistet. Aber ganz abgesehen von diesen Gefühlen blieb ihnen gar keine Wahl: denn wollten sie sonntags auf die Straße, hatten sie sich in Gala zu werfen, ganz besonders so kurz nach dem Passahfest, wenn man den neuen Sachen noch ansah, daß sie neu waren.

Selbst in Herbies Heimatstadt aus Stein und Beton wird dem Frühling nicht der jährliche Einzug verwehrt. Unter den Häusern, den Straßen und der ganzen harten Kruste dieser Stadt war die gute Erde emsig dabei, aus jeder Ritze, jedem baren Fleckchen und jeder Spalte zwischen zwei Pflastersteinen saftiges Grün zu treiben. Die Jungen reckten schnuppernd die Nase gegen den Wind und wanderten so lange, bis sie ein grünes Fleckchen entdeckten, wo sie diese Frische genießen konnten. Doch diese Sehnsucht nach der Erde unter den Steinen währt nicht lange. Im Grunde wissen die Jungen nicht, was sie treibt, und bald nehmen sie ihre Zuflucht wieder zu den vertrauten geraden Straßenfluchten, wo sie wohnen. Solange aber dieses Lenzfieber in ihnen glüht, bringt es Unruhe in die Herzen der Kinder, frißt gleichsam die Stunden auf und ruft schlechte Zensuren, Schelte und Ohrfeigen hervor. Für die Jungen ist also das Lenzfieber nur eine Art Koller, der sie teuer zu stehen kommt.

Herbie und Cliff hatten die unbebauten Lücken an der Homer Avenue zu alltäglich gefunden, und ihre Ruhelosigkeit hatte sie an diesem ersten warmen Maisonntag weitergetrieben. So waren sie die ganze abfallende Westchester Avenue hinuntergewandert, vorbei an der Byron, Shakespeare und Tennyson Avenue bis zum ‹Bach›, den sie das ganze Jahr über mieden, teils aus Gehorsam gegen die strikten Anweisungen der Eltern, vorwiegend aber eines Gerüchtes wegen, dem zufolge das Flußufer der Jagdgrund einiger junger Banditen sein sollte, die unter dem Namen ‹die Bachbande› übel berüchtigt waren. Von dieser Bande wußte man schauerliche und blutrünstige Dinge zu berichten. Jedes Bandenmitglied sei mit einem Messer bewaffnet. Die größeren Banditen trügen Schußwaffen. Sie überfielen Jungen und Mädchen, raubten sie aus und täten ihnen unaussprechliche Schändlichkeiten an. Hätten sie nichts Besseres zu tun, brächten sie sich gegenseitig um. Keiner von Herbies Freunden hatte je ein echtes Bandenmitglied zu Gesicht bekommen, was die Kinder der Homer Avenue jedoch nicht hinderte, nach Haus zu stieben und dann ängstlich aus dem Fenster zu spähen, sobald der Schrei «Bachbande! Bachbande!» erscholl. Der Anlaß zu diesem Alarmsignal war gewöhnlich das Auftauchen irgendeines besonders verdreckten und lumpigen fremden Jungen, der baß erstaunt über den öden und verlassenen Bürgersteig die Homer Avenue dahinschlenderte.

Die Möglichkeit, mit einem dieser verwegenen Banditen zusammenzutreffen, machte den Ausflug für Herbie und seinen Vetter noch abenteuerlicher, denn heute waren sie in der Stimmung, der unbekannten Gefahr kühn die Stirn zu bieten. Um das Ufer des Flusses zu erreichen, mußten sie die Eisenbahnschienen überqueren, also noch einem weiteren strengen Verbot trotzen. Sie rutschten vorsichtig die Böschung hinunter und trippelten über die Schlacke zwischen den Gleisen, wobei sie sich wohlweislich hüteten, die Schienen zu berühren, da diese den achtlosen Wanderer durch Saugwirkung solange festzuhalten vermochten, bis ihn der nächste Zug zerschmetterte. Und sie hopsten mit ängstlichem Satz über die dritte Schiene, deren todbringenden elektrischen Strom sie deutlich summen hörten. Nachdem all diese Gefahren glücklich überstanden waren, erreichten sie schließlich das Ufer und streckten sich dort in dem frischen Gras und duftenden Unkraut aus, das den schmalen Streifen Ödland zwischen dem Bahndamm und dem Schlamm des Flusses bedeckte. Die Sonne stand hoch, die Erde war warm, und der Geruch von Schlamm und Algen während der Ebbe war herb und aufregend. Sie waren allein, an fremdem Ort, rekelten sich in ihrem Sonntagsstaat auf der Erde und genossen den Triumph, den Verboten der Eltern und den eigenen Ängsten Trotz geboten zu haben. Allenfalls hätten ihre Wonnen noch gesteigert werden können, wenn ihnen jetzt, in dieser Minute und unmittelbar vor ihren Augen, der Messias erschienen wäre; wahrscheinlicher aber ist, daß sie selbst dieses Ereignis als unnötige Unterbrechung empfunden hätten.

Herbie lag auf dem Rücken mit im Nacken verschränkten Händen, und sein Vortrag über den Mechanismus des Frühlings war gerade an einem Punkt angelangt, den zu überschreiten Cliffs erdgebundene Phantasie ihm nicht gestattete.

«Also, paß auf», sagte Herbie erbittert. «Wir fangen noch mal von vorne an. Wie sieht die Erde aus?»

«Rund.»

«Dreht sich die Sonne um die Erde?»

«Nein, umgekehrt.»

«Schön, das hast du also kapiert. Jetzt brauchst du nur noch eins zu begreifen: Die Erde steht schief.»

«Aber das verstehe ich eben nicht.»

Cliffs Stirn war gerunzelt. Er sah weich und nachgiebig aus, war aber dabei ein kräftiger Junge mit ungewöhnlich langen Armen und Beinen und hellbraunem Haar. Obwohl die beiden gleichaltrig waren, war Cliff zwei Klassen unter Herbie und sah deshalb zu seinem gescheiten Vetter mit Achtung und Zuneigung auf.

«Was ist denn daran so schwer zu begreifen? Guck mal her!» Herbie nahm einen Stock und hielt ihn senkrecht hoch. «Also, sie steht schief», und nun neigte er den Stock seitwärts. «Eben so! Schief!»

«Nun mach aber einen Punkt, Herbie! Die Erde ist doch kein Stock, sie ist eine Kugel.» Cliff kramte einen Gummiball aus seiner Tasche. «Da, sieh selbst, jetzt halte ich ihn senkrecht hoch.»

«Ja, na und?»

«Und jetzt halt ich ihn schief.» Er neigte den Ball. «Sieht er jetzt etwa anders aus? Nein, er sieht genauso aus, das siehst du doch selbst. Wie, zum Teufel, soll man dann wissen, daß ein runder Ball schief steht?»

Einen Augenblick war Herbie um eine Antwort verlegen. Diese Frage war ihm während Mrs. Gorkins geläufigen Erklärungen über den Einzug des Frühlings nie in den Sinn gekommen. Nachdem er die Sache ein Weilchen bedacht hatte, fand er des Rätsels Lösung.

«Ah, jetzt weiß ich! Es gibt doch einen Nordpol und einen Südpol, klar!»

«Ja.»

«Gut. Der Nordpol zeigt zur Sonne. Darum weiß man, daß die Erde schief steht.»

Cliff nickte bedächtig. «Mensch, du sagst es! Aber wieso macht denn das den Frühling?»

«Das ist doch ganz einfach. Wenn der Nordpol zur Sonne steht, wird es auf der Erde wärmer, klar?»

«Klar.»

«Na also.»

«Hm. Aber dann müßte es doch das ganze Jahr lang entweder Sommer oder Frühling sein. Warum ist es das denn nicht?»

Auch diese Frage war in Herbies Köpfchen noch nicht aufgetaucht. Statt aber zuzugeben, daß sein Verständnis für dieses Phänomen noch zu wünschen übrigließ, sagte er: «Was ist denn daran so schwer zu begreifen? Die Erde neigt sich nach einer Weile eben rüber und steht dann zur andern Seite schief.»

«Nun hör aber auf! Willst du mir vielleicht einreden, daß die Erde so klipp, klapp, klipp, klapp um die Sonne rumwackelt!»

Cliff schwenkte den Ball in der Hand hin und her, um seine Frage zu veranschaulichen.

«Einreden will ich dir gar nichts. Es steht so in den Büchern.»

«Dann steht in den Büchern eben Quatsch! Herbie, daran glaubst du doch selber nicht! Die Erde torkelt um die Sonne rum wie ein Besoffener! Das klingt doch zu verrückt!»

«Ach, du verstehst das alles falsch», klagte Herbie und erhob sich ächzend. «Hier», sagte er und wies auf einen aus dem Schlamm ragenden Felsbrocken. «Hier hast du die Sonne. Und dies», jetzt legte er einen Stein, der fast halb so groß war, daneben, «dies ist die Erde.» (Pädagogen verfälschen stets die Proportionen, dadurch erleichtern sie sich ihre Aufgabe.) «Also, jetzt bewegt sich die Erde – –» Aber diese Erläuterungen sollten nie ausgesprochen werden. «Cliff!» stieß Herbie plötzlich mit überschnappender Stimme hervor. «Cliff, die Bachbande!»

Im Nu war Cliff auf den Füßen. Als er in die Richtung starrte, wohin Herbies entsetzter Blick wies, entdeckte er zwei kleine zerlumpte Schmutzfinken, die sich ihnen in einer Entfernung von etwa fünfzig Metern mit Flaschen in den Händen näherten.

«Los, wir hauen ab!» flüsterte Herbie.

«Warum denn?» fragte Cliff, der einen Kopf größer und behender war als Herbie und von nicht so leicht entzündbarer Phantasie. «Die sind doch viel kleiner als wir.»

«Bist du wahnsinnig?» stieß Herbie hervor. «Die haben doch Messer! Los, los, komm!»

Er trabte auf den Schienenstrang zu. Unglücklicherweise erschien in diesem Augenblick ein langer Güterzug, dessen Lokomotive laut prustend die unterschiedlich geformten und verschiedenfarbigen Güterwagen hinter sich her aus dem offenen Rachen des weit entfernt liegenden Flußtunnels zog. Die Geleise vor einem nahenden Zug zu überqueren überstieg den Wagemut der Jungen. Den Fluß entlang zu fliehen war sinnlos, da nur ein Stückchen Wegs entfernt die Betonfundamente einer Brücke standen. Die Feiertagsstimmung war ihnen vergangen. Eingeklemmt zwischen sicherer Vernichtung hier und drohendem Untergang dort, standen sie wie angewurzelt und harrten ihres Schicksals.

Die beiden kleinen Banditen kamen unaufhaltsam näher. Einen Meter vor ihnen blieben sie stehen und musterten die beiden frech aus wachen braunen Augen. Dann tauschten sie einige gutturale Bemerkungen in fremder Zunge. Darauf kamen sie bedrohlich noch näher, so nahe, daß die beiden schreckgelähmten Vettern sie mit der ausgestreckten Hand hätten berühren können. Die Flaschen, die sie trugen, waren mit grünlichem Wasser gefüllt, in dem winzige Fische hin und her flitzten. Ihre Knickerbocker waren geflickt, ihre Strümpfe zerrissen, ihre Hemden voller großer, gezackter Löcher, und bei dem einen schaute sogar der große Zeh aus dem Schuh hervor. Den beiden Jungen, die aus der Homer Avenue und der Volksschule Nr. 50 an sittsame Kleidung gewöhnt waren, erschienen diese kleinen Rowdies so pittoresk wie Seeräuber, leider aber auch noch furchteinflößender, da sie ganz offensichtlich andere kleine Jungen für würdige Gegner hielten.

Unfähig, die durch diese stumme Herausforderung hervorgerufene Spannung auch nur eine Sekunde länger zu ertragen, brach Herbie das Schweigen: «Was'n in der da Flasche drinne?» fragte er, in dem Versuch, durch Mißhandlung der Muttersprache beherzte Männlichkeit vorzutäuschen. Er machte jedoch den Fehler, bei dem Wort ‹Flasche› krampfhaft zu schlucken, und dieses Stocken verriet den beiden Gangstern offenbar genug. Sie tauschten einen raschen Blick.

«Geht dich 'nen Dreck an!» knurrte der eine. «Gib mir 'nen Nikkel!»

«Hab doch keinen Nickel nich», stammelte Herbie.

«Soll ich mal suchen?»

Herbie brachte kein Wort über die Lippen.

«Soll ich dich mal abkämmen?» wiederholte der Feind und zeigte auf Herbies Jackentasche. Herbie zuckte sichtlich zusammen. Gerade in dieser Tasche verwahrte er den Schlüssel zum Paradies: fünfzehn Cent für das Kino.

«Ich hab hundert Dollar», erklärte Cliff unerwartet. «Mal sehen, wer sich traut, mich zu durchsuchen.»

Bei dieser wahnwitzigen Herausforderung des Vetters wurden Herbie die Knie weich. Er hielt bereits Ausschau nach langen blinkenden Messern.

«Oho!» höhnte der Sprecher und wandte sich Cliff zu. «Ein ganz Kesser, was?»

«Genau!» versetzte Cliff und rückte den Banditen so weit auf den Leib, daß sich ihre Stiefelspitzen berührten. Der sonntäglich gekleidete Junge war etliche Handbreit größer, und selbst Herbie war fast so groß wie der größere der beiden Fremden. Cliff war sein von keiner wuchernden Phantasie angekränkelter Instinkt zu Hilfe geeilt und hatte ihm eingegeben, daß er solange im Vorteil sei, wie er keine Furcht zeige. «Na, möchtest du mich nicht durchsuchen?»

«Oder mich?» meldete sich nun auch Herbie, der sich im gleichen Augenblick ein Herz faßte, als er die Wendung der Dinge bemerkte. Er stand dem kleineren Banditen gegenüber. Mehrere Sekunden lang schossen stumme Blicke zwischen den beiden Parteien hin und her.

Schließlich brach der kleinere Räuber den Bann. «Ich krieg dich unter», warf er Herbie an den Kopf.

«Kriegst du nicht», sagte Herbie, wies aber rasch mit dem Daumen auf Cliff und fügte hinzu, «jedenfalls kriegt *er ihn* unter.»

«Wer kriegt wen unter?» fragte der größere Gegner erbost und schnellte zu Herbie herum.

«Mein Vetter dich – wette ich!» äußerte Herbie nun nicht mehr mit dem vollen Brustton der Überzeugung.

«Dich krieg ich unter!» bellte der große Bandit zurück.

«Hab ja gar nicht gesagt, daß du es nicht kannst.»

«Sogar *der* kriegt dich unter.» (Dabei wies er auf seinen kleinen Adjutanten.)

«Jedenfalls kriegt *er dich* unter.» (Hinweis auf den großen Vetter.)

Cliff blieb stumm.

«Ich krieg euch beide unter», prahlte nun der feindliche Anführer, «auch wenn ihr mir die Hände auf dem Rücken fesselt.»

«Okay», ergriff Herbie die Chance, «dann fesseln wir dich.»

«Mächtig kesse Burschen, was?» meinte der Anführer zu seinem Spießgesellen.

«Den krieg ich allemal unter», wiederholte der Kleine hartnäckig, auf Herbie weisend.

Darauf der von der Richtigkeit dieser Behauptung völlig überzeugte dicke Herbie: «Macht lieber keine Faxen! Mein Vetter ist der beste Boxer in der Volksschule 45, der kennt alle Tricks.»

«'n richtiger Jack Dempsey, was?» höhnte der Seeräuber, wobei er Cliff von Kopf bis Fuß maß. In seinen Augen blitzte aber doch so etwas wie mißtrauische Vorsicht auf.

«Dieses Gequassel ist mir zu blöd», erklärte Cliff jetzt. Er tippte dem Anführer mit zwei Fingern gegen die Schulter. «Wenn du glaubst, du kriegst mich unter, dann versuch's doch.»

Der Anführer kniff drohend die Augen zusammen, reckte sich in Positur und schnaufte schwer. Dann klopfte er die Stelle ab, die Cliff mit den Fingern berührt hatte, so als müsse er sie von Schmutz reinigen (dabei hätte der Pullover überhaupt nicht schmutziger werden können), aber kein Messer blitzte und kein Schlag fiel.

«Und ich krieg *ihn* unter!» beteuerte der Kleine aufs neue, wobei er die Aufmerksamkeit der beiden Größeren auf Herbie lenkte. «Bestimmt!»

«So? Und mich wohl auch, was?» fragte Cliff.

Der kleinere Gangster blickte seinen Chef fragend an. Dieser antwortete darauf mit ein paar Worten in der fremden Sprache. Dann schaute er geringschätzig auf Herbie. «Laß du dich bloß mal allein erwischen! Und», fügte er zu seinem Begleiter gewandt hinzu, «komm jetzt, laß die Waschlappen stehen.»

«Ihr habt uns immer noch nicht gesagt, was ihr in den Flaschen habt», rief Cliff hinter ihnen her.

«Wenn du nicht so dämlich wärst, dann wüßtest du längst, daß das Stichlinge sind», rief der Größere zurück.

«Habt ihr die im Fluß gefischt?»

«Nee, haben wir in einem Nest auf'm Baum gefunden», kam die höhnische Antwort, und die zwei Banditen kletterten auf den Bahndamm, den der Güterzug nun passiert hatte, und verschwanden aus dem Blickfeld der Vettern.

Diese bedrohlichen Gangster waren nichts weiter als die Kinder einer jener armen ausländischen Familien, die damals in Holzhütten am Ufer des East River wohnten, Ziegen hielten, dem kärglichen Boden der Bronx Gemüse zu entlocken suchten und sich während der ersten Generation in diesem neuen Land hartnäckig von der übrigen dampfgeheizten und stadtbahndurchfahrenen Welt absonderten. Nach geraumer Zeit würden auch diese Jungen von dem Sog der bürgerlichen Wohlanständigkeit gepackt werden, bis dahin aber lebten sie in einer Freiheit, wie sie den städtischen Jungen nicht beschieden war. Sie schwänzten ständig die Schule, hatten auch ohne Pfadfinderausbildung sehr gute botanische und zoologische Kenntnisse und lungerten von früh bis spät am Flußufer herum. Das war die Wahrheit über ‹die Bachbande›, aber auch, daß sie hin und wieder solche Jungen, die sich mit ihnen anzubiedern versuchten, ihres Taschengeldes beraubten und sie verprügelten. Von einer Bande konnte also ebensowenig die Rede sein wie von Messern, Schußwaffen, Schändlichkeiten und Morden. Wie meistens bei nervenkitzelnden Gerüchten mit langer Lebensdauer waren auch hier die nackten Tatsachen romantisch verbrämt worden. Da Herbie über diese wahren und harmlosen Hintergründe aber nicht unterrichtet war, zitterten ihm auch jetzt noch nach der überstandenen Gefahr die Knie, und er wagte gar nicht recht daran zu glauben, daß er mit heiler Haut davongekommen war.

Das sonntägliche Idyll am Fluß war zerstört. Da Herbie wußte, daß er seinem Vetter Dank schuldete, sich aber seiner Furcht zu sehr schämte, um diesen Dank offen auszusprechen, schob er statt dessen Cliff die Führerrolle zu. «Wo wollen wir denn jetzt hin, Cliff?» Doch der verwegene Recke, dessen große Stunde vorüber war, hegte keinerlei Ehrgeiz und war es zufrieden, sich dem einfallsreichen und lebhaften Herbie zu fügen. So handelt auch ein General, der sich, erfahren in der Kunst der Gewaltanwendung, im Kriege an die Spitze der Nation stellt, sich nach dem Waffenstillstand aber bescheiden zurückzieht. Herbie hielt Ausschau über den Fluß, erwog kurz eine Expedition an die kiesbestreuten Ufer des breiten East River und entschied dann, daß es bis dorthin zu weit sei. Danach schlug er vor, Stichlinge zu fangen, und zwar so, wie man es ihnen beschrieben, sie es aber selbst nie erprobt hatten, nämlich mit einem Taschentuch. Sie hatten jedoch keine Flaschen, und die Aussicht, mit einem triefnassen Taschentuch und ein paar toten Fischen heimzuwandern, erschien den beiden nicht mehr so reizvoll, wie dies noch vor einer Stunde der Fall gewesen wäre. Kurz, das Lenzfieber war im Abflauen.

«Dann gehn wir eben zum Betrieb», entschied Herbie plötzlich, drehte sich entschlossen um und lief den Bahndamm hinauf.

Gerade auf der Grenze zwischen dem Grasstreifen und dem Schotter entdeckten sie die runden, zarten Halme einer Pflanze, die sie ‹wilde Zwiebel› nannten. Sie rissen sie aus, kauten unter begeisterten Ausrufen über ihren Wohlgeschmack die bitteren, weißen Wurzeln, spuckten sie dann aber flink wieder aus und liefen weiter. Inniger wurde ihre Verbindung mit der Natur bei diesem Sonntagsausflug nicht.

Auf der anderen Seite des Flusses lag eine riesige Schutthalde, die hier angelegt worden war, als die wachsende Stadt noch dreißig Jahre jünger und die weisen Stadtväter nicht vorausschauend genug gewesen waren, sich vorzustellen, daß auch diese Gegend einst besiedelt sein würde. Viele Jahre hindurch war die brennende Schutthalde, die den Nachthimmel rötlich erhellte und auf diese Weise dem Sonnenuntergang, dem Mond und den Sternen Konkurrenz machte, den Bewohnern der Bronx ein vertrauter Anblick gewesen. Zu Herbies Zeit aber hatten die fortgesetzten und verbitterten Beschwerden der in der Nähe ansässigen Bürger die Löschung des Feuers bewirkt, und statt der Müllhaufen sah man nun Kohlen- und Sandhügel. Jakob Bookbinder hatte seine Bronx-River-Eis-Company nahe bei den stinkenden Schutthalden auf einem Grundstück errichtet, das fast so preiswert gewesen war wie ein Flecken in der Wüste. Das Geschäft war mit sehr wenig, größtenteils geliehenem Kapital begonnen worden, und eine vornehme Lage wäre das letzte gewesen, was man dabei erwogen hätte.

Der ‹Betrieb› war ein ebenerdiger, rechteckiger Betonbau, etwa einen Häuserblock lang und halb so breit. Herbie hatte oft gehört, daß sein Vater das Gebäude als ‹Neunzigtonner› bezeichnete und hatte als kleiner Hosenmatz stets ‹neunzig Donner› verstanden, eine Bezeichnung, die ihm für die rasselnde und stampfende Hölle, die die Fabrik damals für ihn war, als sehr passend erschien. In seiner Familie war es Brauch, daß man die eigenen Kinder und die der Verwandtschaft zum erstenmal in die Fabrik mitnahm, wenn sie vier Jahre alt waren, und daß man ihnen dann den großen Salzwassertank, die Eisbehälter, den Generator und die auf und ab stampfenden Kolben der Kompressoren zeigte. Herbie hatte damals ein entsetzliches Gebrüll angestimmt, und sein Vater, dessen europäische Jugend noch nicht so weit zurücklag, daß er nicht mehr an Vorzeichen geglaubt hätte, war seit jenem Tage der betrübten Überzeugung, sein Sprößling werde nicht in seine Fußstapfen treten. Mittlerweile hatte Herbie gelernt, daß das Wort ‹Neunzigtonner› sich auf die Eismenge bezog, die das Werk im Laufe eines Tages produzieren konnte, und er wußte auch, daß es der heißeste Wunsch des Vater war, einen ‹Zweihunderttonner› zu bauen und zu besitzen. Und er hatte auch gelernt, seine Furcht vor den schrecklichen Maschinen im Zaum zu halten, und empfand jetzt bei ihrem Anblick sogar einen gewissen aus Faszination und Erregung gemischten Kitzel.

«Wir müssen durch ein Fenster klettern», sagte er, als sie sich jetzt, vom Fluß kommend, an der Fabrikmauer entlangschlichen. «Sonntags ist hier ja alles dicht, nur der Maschinist ist da.»

Da die zur Kühlung benötigten Salmiakdämpfe giftig waren, stand Tag und Nacht eine in ein großes Fenster eingelassene kleinere Scheibe offen. Durch diese schmale Luftklappe, die sich ganz oben im Fenster befand, zwängte sich nun Herbie mühsam und stöhnend hindurch, nachdem Cliff ihn hochgehoben und kräftig von hinten geschoben hatte. Cliff folgte seinem Vetter behende mit einem Satz und glitt mit seinen schmalen Hüften wendig wie ein Akrobat durch die Öffnung. Sie standen in dem als Tankraum bezeichneten großen Maschinensaal. An dem Laufkran über dem Salzwassertank in der gegenüberliegenden Ecke werkelte der Maschinist herum. Plötzlich aber hörten die Jungen zu Herbies großer Überraschung den Widerhall verärgerter Stimmen, die aus dem Büro auf der anderen Seite drangen und durch das Gebäude hallten. Die lauteste und erregteste Stimme war die von Herbies Vater.

«Sie haben überhaupt kein Recht, zu verkaufen!» schrie er. «Überhaupt kein Recht dazu!»

5

Der Geldschrank

Jakob Bookbinder war ein Mann, der, wie man so sagt, nicht mit sich spaßen ließ. Für Herbie bedurfte es keiner langen Überlegung, um zu wissen, daß der Einstieg in die Fabrik durch die Luftklappe zu den Dingen rechnete, wo der Spaß für den Vater aufhörte. Sein erster

Impuls war, sich sofort wieder davonzustehlen, aber die Neugier war stärker. Er kauerte sich nieder, bedeutete Cliff ihm zu folgen, und kroch in gebückter Haltung vorsichtig hinter dem Ammoniakbehälter an der Betonwand entlang auf die Bretterwand zu, die das Büro von dem Maschinensaal abteilte. In dieser Trennwand befand sich ein unverglastes Fenster, dessen unterer Rand etwa in Herbies Augenhöhe lag.

«Und ich sage Ihnen, Sie haben nicht das Recht, zu verkaufen!» Jakob Bookbinders Stimme war so rauh, gepreßt und streng, daß Herbie sie kaum erkannte. «Diese Fabrik gehört Krieger und mir. Wir haben sie gebaut, und wir haben sie seit fünfzehn Jahren in Betrieb, und es ist nicht anständig von Ihnen, Mr. Powers, daß Sie, der Sie in Ihrem ganzen Leben höchstens zehnmal die Nase hier zur Tür hereingesteckt haben, überhaupt davon sprechen, ohne unsere Zustimmung verkaufen zu wollen.»

«Warum aufgeregt, Jake? Ich sage: nur mit der Ruhe! Powers ehrlicher Mensch. Man kann so machen, kann auch anders machen. Besser, erst sprechen, dann entscheiden. In aller Freundschaft. Keiner Räuber. Haufen Bargeld. Verläßliche Leute. Ich sage: immer mit der Ruhe. Vielleicht – –»

Herbie erkannte die gehetzte, hohe Stimme und die seltsam abgerissene Redeweise von Mr. Krieger, dem Partner seines Vaters. Dieser Partner war ein überaus ängstlicher, großer Mann mit ergrautem Haar und kleinen, von Runzeln umsäumten Äuglein. Das Auffallendste an ihm war seine Sprache, ein Kauderwelsch, das jeden Code-Spezialisten in Verlegenheit gesetzt hätte. Die Ursache für diese Mißhandlung der Sprache lag in Mr. Kriegers mangelndem Selbstvertrauen. Er glaubte, daß jeder ausgesprochene Satz ihn und seine Familie in eine Falle locken und für den Rest seines Lebens ruinieren könne, und darum hütete er sich, je einen vollständigen Satz auszusprechen. Nachdem er sich das, was er sagen wollte, im stillen zurechtgelegt hatte, ließ er seine Zunge sozusagen auf Zehenspitzen darübertänzeln, wobei er etwa jedes vierte Wort traf. Dieses geniale Prinzip versetzte ihn in die Lage, alles das, was er hervorgeblubbert und was ihm hinterher unvorteilhaft erschien, mit der Begründung zu widerrufen, daß er mißverstanden worden sei.

Jakob Bookbinder, mit den geheimnisvollen Äußerungen seines Partners nach Jahren mühsamer Entschlüsselung wohlvertraut, fuhr mit bitterbösem Blick zu Krieger herum, einem Blick, der Herbie von jenen denkwürdigen Gelegenheiten, wo er von dem Vater Hiebe bezogen, noch sehr gut in Erinnerung war.

«Willst du mich bitte ausreden lassen, Krieger, ja? Wir sollen besser dran sein, wenn wir die Fabrik zum halben Preis verschleudern und uns mit ein paar Dollar abspeisen lassen, um dann für den Rest unseres Lebens arbeitslos zu sein?»

«Wer sagt denn? In aller Ruhe. Diese Ansicht, jene Ansicht, nicht für zweihunderttausend Dollar. Nur mit Mehrheit. Dreißig Jahre im Geschäft. Ich ehrlich, du ehrlich. Powers andrer Meinung, auch ehrlich. Ich sage: in aller Ruhe – –!»

Kriegers Wortexplosion wurde von einer dritten, Herbie unbekannten Stimme unterbrochen. «Entschuldigen Sie bitte mal einen Moment.» Die fremde Betonung verriet, daß der Sprecher nicht aus der Bronx, möglicherweise nicht einmal aus New York stammte. Herbie, der jetzt vorsichtig durch das Fenster spähte, sah einen stämmigen, blonden jungen Mann, der mit einer Tabakpfeife herumfuchtelte. Er war herausstaffiert wie die Kerle in den langweiligen, albernen Liebesfilmen, das heißt, er trug einen gutgeschnittenen Anzug aus weichem Stoff, wie man ihn in der Homer Avenue nie zu Gesicht bekam.

«Ich muß schon sagen, meine Herren, Sie sind mir gegenüber nicht fair. Ich hätte das Angebot von Interborough ohne weiteres annehmen können, ohne Sie überhaupt zu fragen, aber ich glaubte, Ihnen diese Höflichkeit schuldig zu sein, und nahm mir die Zeit für diese Besprechung. Leider hat es den Anschein, daß wir hier nur Zeit vergeuden. Zufällig ist heute der Geburtstag meiner Frau, und ich muß meinen Zug erreichen. Ich wäre Ihnen also dankbar, wenn wir uns so kurz wie möglich fassen.»

«Ja, Sie müssen schon entschuldigen, daß wir uns ein paar Minuten darüber unterhalten möchten, daß man uns auf die Straße setzen will», sagte Herbies Vater mit bitterer Ironie.

«Ich muß doch sehr bitten! Diese Bemerkung entspricht nicht den Tatsachen und ist durchaus unangebracht», entrüstete sich Mr. Powers. «Interborough will Sie beide in leitende Stellungen übernehmen – –»

«Großartig!» unterbrach Jakob Bookbinder gallig. «Damit hätten wir also einen Angestelltenjob, und damit wäre ich genau auf dem Punkt angelangt, wo ich bereits zwei Monate nach meiner Ankunft in Amerika war, nur mit dem Unterschied, daß ich inzwischen fünfundzwanzig Jahre älter geworden bin. Aber was sind schon fünfundzwanzig Jahre?»

Powers stand auf und warf sich ungeduldig einen weiten graublauen Mantel über.

«Tut mir leid, meine Herren, Züge warten nicht, und so kommen wir nicht weiter. Wir müssen eine Entscheidung treffen. Ich bedauere unsere Meinungsverschiedenheit, muß aber jetzt auf Abstimmung bestehen.»

«Abstimmung! Einundfünfzig zu neunundvierzig, wie gewöhnlich, was? Wir hatten im Lauf des Jahres oft genug Gelegenheit, daran erinnert zu werden.»

«Ich finde es bedauerlich, daß Sie einen unverblümten und ironischen Ton anschlagen, aber das steht Ihnen ja frei.» Powers knöpfte seinen Mantel zu. «Ich muß Sie also noch einmal ersuchen, abzustimmen.»

Herbie und Cliff wechselten in ihrem Versteck erstaunte Blicke. Hier mußte es sich um große Dinge handeln, welcher Art diese aber waren, ging über ihren Horizont.

«Meine Herren! Meine Meinung: übelnehmen sinnlos.» (Das war wieder Krieger.) «Wieso? Zukunft schauen. Alle noch jung. Am besten einstimmig. Zeiten ändern sich. Millionen von Geschäften. Vielleicht nicht übel. Vielleicht größer und besser mit Interborough. Meine Meinung: alles in Freundschaft. Tadellos. Eins, zwei, drei, Händeschütteln. Dreißig Jahre im Geschäft, jeder kennt ehrlichen Mann. Wenn schon, dann auch – –»

«Verbindlichen Dank, Krieger, daß du unsere Fabrik einstimmig verschenken willst», unterbrach ihn Bookbinder. «Und Sie, mein junger Herr, nehmen Sie gefälligst wieder Platz.»

«Tut mir leid, Mr. Bookbinder, aber mein Zug – –»

«Den werden Sie verpassen müssen.»

Das war ein ganz neuer, zu allem entschlossener Ton, der Herbie einen Schauer über den Rücken jagte. Er sah, wie der bedrängte Eismann auf den schweren, in die Wand des Büros eingelassenen Stahlschrank zuging und die Hand auf die Wählerscheibe des Schlosses legte.

«Die Bibel lehrt, daß ein jeglich Ding seine Zeit hat», sagte Mr. Bookbinder zu Powers. «Und jetzt ist es wohl an der Zeit, daß Sie beide eine Neuigkeit erfahren.» Die beiden Männer starrten ihn, während er an dem Schloß drehte, verblüfft und sprachlos an.

«Vielleicht interessiert es Sie, Mr. Powers, daß die Zahlenkombination für dieses Schloß das Geburtsdatum meines Sohnes Herbie ist, nämlich 14-1-17. Ich würdigte ihn dieser Ehre, weil er im Alter von drei Jahren mit seinen kleinen Händen den Grundstein zu diesem Gebäude gelegt hat.»

Brennend gern hätte Herbie jetzt Cliff zugeflüstert: «Ja, weiß ich noch genau!», aber er konnte den Blick nicht von dem Vater losreißen. Mr. Bookbinder öffnete den Tresor und entnahm einem schmalen Fach eine grüne Blechschachtel, auf der in weißen, ungelenken Buchstaben ‹J. B.› stand. «Setz dich, Krieger! Und auch Sie, Mr. Powers, nehmen Sie bitte Platz!» wiederholte er grimmig und öffnete den Deckel. Dann stellte er die Schachtel vor sich auf den Tisch und blickte die beiden anderen mit dem Ausdruck eines Mannes an, der sich keinen anderen Rat mehr weiß.

Hätte Jakob Bookbinder sich mit den Fingerspitzen gerade noch über einem Abgrund gehalten oder wäre er in einem tiefen Schlund von einer heranzüngelnden Kobra bedroht gewesen, dann hätte sein Sohn die Lage im Handumdrehen begriffen und sich wahrscheinlich mit Hurragebrüll in das Rettungswerk gestürzt. Selbst eine so abstrakte Katastrophe wie den Verlust des Planes einer Goldmine hätte er verstanden, aber da seine Kinobildung nicht weiter reichte, war er außerstande, das zu begreifen, was sich nun vor seinen Augen abspielte. Zu Eltern kommt das Unglück meist in Gestalt höherer mathematischer und den Blicken der Kinder, die selbst noch mit der Bruchrechnung zu kämpfen haben, entrückter Formeln. Dennoch blieb die Tatsache bestehen, daß Herbies Vater in Gefahr schwebte.

Über einen sehr wichtigen Umstand war Herbie nämlich nicht unterrichtet: darüber, daß sein Vater und Mr. Krieger nicht die Eigentümer der Fabrik waren. Sie hatten mit zu wenig Kapital begonnen und waren gezwungen gewesen, den Bau halbvollendet liegenzulassen, weil keine Bank ihnen die nötigen Mittel zur Fertigstellung vorstrekken wollte. Angesichts des drohenden Ruins hatte Mr. Bookbinder als letzten Ausweg gesehen, einem klugen alten Iren namens Powers, der ihnen das Grundstück verkauft hatte und der von der Zuverlässigkeit Bookbinders überzeugt war, eine Hypothek und einundfünfzig Prozent der Aktien anzubieten. Mit dieser Hilfe wurde der Aktiengesellschaft neues Leben zugeführt: das Gebäude wurde fertiggestellt, die Fabrik florierte, und Bookbinder hatte nie Grund gehabt, den hohen Preis – nämlich den Verlust des Eigentums – zu bereuen, denn

Powers war ein gutmütiger und stiller Mann, der sich mit den Dividenden und Zinsen begnügte, die ihm alljährlich zufielen.

Sieben Jahre später starb er, und damit ging die Mehrheit der Aktien der Bronx-River-Eis-Company mit dem übrigen bedeutenden Vermögen auf seinen Sohn Robert über, der sich sehr bald als ein Gläubiger ganz anderen Formats erwies. Kurz, Bob Powers war ein Spieler und Trinker. Große Vermögen fallen ja nicht selten an solche Söhne, und sie schmelzen dann hin wie ein Schneeball auf einem heißen Ofen. Nun gibt es ja Leute, die der Ansicht sind, daß dies für die Gemeinschaft durchaus von Nutzen ist, da es eine Neuverteilung der Vermögen ohne Sozialismus durchführt. Sei dem, wie es wolle, fest steht, daß es für die Eisfabrik nicht von Nutzen war. Wann immer Mr. Powers in Geldverlegenheit war, versuchte er aus Jakob Bookbinder höhere Zinsen und größere Dividenden herauszupressen und hoffte auf den Tag, da er einen Käufer für die Fabrik fände und seinen Aktienanteil in eine beträchtliche Summe Bargeld verwandeln könne.

Nun gab es aber ein sehr sorgfältig gehütetes Geheimnis, das allein Mr. Bookbinder und seiner Frau bekannt war.

Vier Wochen vor seinem Tode hatte der Hypothekar Herbies Vater zu sich in sein Zimmer des schmucken Katholischen Krankenhauses bestellt, von wo man einen so schönen Blick auf den Van Cortlandt Park hat. Dort führten der sterbende Mann und Jakob Bookbinder ein vertrauliches Gespräch, in dessen Verlauf sich Bookbinders Augen mit Tränen gefüllt hatten, weil der reiche alte Mann ihn wegen seiner Strebsamkeit und Ehrlichkeit belobigte.

«Von Rechts wegen müßten Sie der Eigentümer der Fabrik sein, Jake», hatte er schließlich gesagt, und dabei war ein leises Lächeln über sein fahles Gesicht in den Kissen gehuscht. «Aber da Sie es nun einmal nicht sind, möchte ich, schon um meinen Sohn vor sich selbst zu schützen, dafür sorgen, daß Sie wenigsten die Aktienmehrheit haben. – Ich wünsche Ihnen mit Ihrem Jungen mehr Glück, als ich mit meinem gehabt habe, Jake.» Er hatte einer Mappe einen hellblauen Zettel entnommen, ein Weilchen darauf mit einem Bleistift herumgekritzelt und ihn dann Herbies Vater ausgehändigt. Der verblüffte Eismann hatte die wenigen Zeilen gelesen, sich dann zum Fenster gewandt und auf den herbstlich bunten Park hinausgestarrt, wobei ihm die Tränen über die Wangen gelaufen waren. Auf dem Zettel standen folgende Worte:

‹Hierdurch verkaufe ich an Jakob Bookbinder für den Gegenwert von einem Dollar und andere wertvolle Rechtsvorteile zwei Prozent der stimmberechtigten Aktien der Bronx-River-Eis-Companie. Meine Absicht hierbei ist, die Aktienmajorität in die Hände von Mr. Bookbinder und seinem Partner gelangen zu lassen.›

Das Ganze war mit etwas zittrigen Buchstaben ‹Robert Powers› unterschrieben.

«Also bitte, Jake», war die matte Stimme des Kranken vom Bett her erklungen. «Zahlen Sie!» Er hatte eine magere Hand unter der Decke hervorgezogen und sie Bookbinder hingehalten. «Sie schulden mir einen Dollar.»

Auf diese Weise war Jakob Bookbinder in den Besitz jenes Schriftstückes gekommen, von dem Herbie und Felicia ihre Eltern ein- oder zweimal andeutungsweise als von dem ‹blauen Zettel› hatten sprechen hören. Und es war dieses Schriftstück, das Herbies Vater jetzt der Blechschachtel entnahm und schweigend in die Hand des jungen Mannes legte, dessen verstorbener Vater es einst verfaßt hatte.

Robert Powers überflog es hastig und sprang auf. «Guter Gott», stieß er hervor, «wo und wann haben Sie das bekommen?»

«Könnt ich sehen, vielleicht, bitte? Wenn fertig, natürlich, ja? Anschauen?» sprudelte Krieger hervor, der mit flehentlich vorgestreckten Händen auf der Kante seines Stuhles herumrutschte. Powers reichte ihm das Blatt, und Bookbinder erzählte in wenigen Worten die dazugehörige Geschichte.

«Hat Louis Glass diesen – diesen Wisch gesehen?» fragte Powers.

«Bis zu dieser Minute hat dieses Papier außer Ihrem Vater, Gott hab ihn selig, und mir kein Mensch gesehen.»

Der Zettel raschelte in Kriegers zitternder Hand. «Perfekter Gentleman, feiner alter Herr. Gerechtigkeit, so oder so. Nur in Ordnung. Anfechtbar? Vielleicht nicht formgerecht, weiß man? Feine Leute, wie Vater, so Sohn. Anständig. Tausendmal gesagt. Angst? Wovor? Gar nicht –»

«Darf ich mir die Frage gestatten», fragte Powers, indem er Krieger mit einer Handbewegung zum Schweigen brachte, «warum wir erst jetzt von dieser Sache erfahren? Ich sehe mich leider gezwungen, Ihre Zuverlässigkeit anzuzweifeln, Mr. Bookbinder.»

«Sehr verbunden!» erwiderte Bookbinder. «Ich habe Ihren Vater schon gekannt, als Sie noch in die Volksschule gingen, aber bis zu seiner letzten Stunde hat er mir kein derartiges Kompliment gemacht.»

«Sie haben mir meine Frage nicht beantwortet.»

«Es soll mir ein Vergnügen sein. Aber wir könnten jetzt auch gleich abstimmen, dann würden Sie Ihren Zug noch schaffen.»

«Meine Herren, meine Meinung: in aller Freundschaft. Gute alte Freunde – –», blubberte Krieger los, doch Powers beachtete ihn gar nicht und schritt zur Tür.

«Nein, ich halte es bei näherer Überlegung für besser, die Abstimmung zu verschieben, und schlage vor, daß wir uns heute in einer Woche in Gegenwart von Louis Glass noch einmal treffen.»

Die beiden anderen stimmten zu, und Powers verließ ohne Gruß das Büro und knallte die Tür hinter sich zu.

Krieger sprang auf und umarmte seinen Partner linkisch. «Nicht für eine Million Dollar, Jake! Verkaufen, nein! Warum nicht früher gezeigt? Aber vielleicht besser so. Powers erst Eisen, jetzt Butter. Aber bei uns nichts zu machen! Ich sage: hunderttausend Dollar ein Dreck! Hurra! Wer braucht schon – –»

Bookbinder machte sich behutsam frei, nahm Krieger das zerknitterte blaue Papier aus der Hand, legte es in die Blechschachtel und ging damit zum Tresor.

«Man soll den Tag nicht vor dem Abend loben. Erst muß Glass das Schriftstück sehen. Ob es auch vor Gericht anerkannt werden wird, weiß ich nicht. Es fiel mir schwer, davon Gebrauch zu machen. Einen Haufen Ärger gibt's in jedem Fall. Ja, ich wünschte wirklich, ich hätte es drin liegen lassen können.» Gerade als er die schwere Stahltür zumachen wollte, fiel ihm Krieger in den Arm.

«Jake, meine Meinung: tu, was du für richtig hältst. Ich hundert Prozent hinter dir.» Dann senkte er seine Stimme und sprach in einem Ton weiter, der Herbie an Mr. Gauss bei seinem Besuch in der Homer Avenue erinnerte. «Bißchen knapp bei Kasse. Vielleicht zweihundert? Versicherung, Autoraten, Bessy krank, Pech. Vielleicht aus der Kasse? Vom Gehalt abziehen? Du bestimmst. Todsicher letztes Mal – –»

«Krieger, du schuldest der Firma schon eintausendzweihundert», protestierte Bookbinder. Als er aber sah, wie Krieger tief Luft holte, um zu einem neuen, ‹meine Meinung ...› anzusetzen, fiel er rasch ein: «Schon gut, schon gut», und entnahm dem Safe eine zweite Blechschachtel.

Mit großen Augen sahen die Jungen, wie Herbies Vater dem Kästchen den gewaltigen Schatz von zweihundert Dollar in bar entnahm und Krieger in die Hand zählte. Darauf verschloß Jakob Bookbinder den Safe, und die Männer begannen ein für die Jungen unverständliches technisches Gespräch über Maschinenreparaturen. Herbie gab Cliff einen Wink, und die beiden Vettern schlichen auf Zehenspitzen zu dem Fenster mit der geöffneten Luke zurück und kletterten in den Sonnenschein hinaus.

Die Welt draußen leuchtete in gelben und grünen Farben, und die Luft außerhalb dieser düsteren, vom Unternehmergeist geschaffenen Gruft war duftend und warm. «Los, wir suchen mal die Müllhalde ab», entschied Herbie, und die beiden setzten sich in Trab, um den nächstgelegenen Schutthaufen nach ungehobenen Schätzen zu durchstöbern. «Weißt du was, Cliff?»

«Nein, was denn?»

«Wenn wir Geld wollen, brauchen wir nur zum Betrieb zurückzugehen und uns aus dem Safe soviel holen, wie wir wollen. Wir wissen doch die Zahlenkombination!»

«Aber das würdest du doch nie tun, nicht?» Cliff war stehengeblieben und starrte seinen Vetter entgeistert an.

«'türlich nicht, du Idiot! – Los, so komm schon», drängte Herbie. «Ich meine doch bloß, daß es ziemlich gefährlich ist, solche Zahlenkombination zu nehmen. Außer man hat ehrliche Kinder, versteht sich.»

«Wieviel würden wir denn da holen können?» erkundigte sich Cliff. «Tausend Dollar?»

«Wahrscheinlich sogar hunderttausend. Wir könnten reich sein wie der Graf von Monte Christo – wenn wir nicht ehrlich wären!» Schweigend setzten sie ihren Weg fort, ganz versunken darein, sich ein Leben als Graf von Monte Christo auszumalen. In Cliffs Vorstellung war der berühmte Aristokrat ein junger Edelmann, der über unermeßliche Vorräte von funkelnagelneuen Fahrrädern, Schlittschuhen, Rollschuhen, Hockeyschlägern, Fußbällen und ähnlichen Sportgeräten verfügte. Herbie hingegen sah ihn als einen etwas rundlichen Grandseigneur vor sich, der sich ausschließlich von Schokoladeneis und Wiener Würstchen nährte und dem eine liebliche, ihm blind ergebene Sklavin die Zeit vertrieb, die auffallende Ähnlichkeit mit Lucille Glass hatte.

6

Die Einladung

Am Sonntag darauf stand Herbie vor dem Spiegel in seinem Zimmer und putzte, schmückte und striegelte sich für einen bevorstehenden Besuch bei Lucille Glass.

Eine volle halbe Stunde arbeitete er bereits mit verbissenem Eifer an seiner Toilette – einem Eifer, der sich aber nicht in gründlichem Waschen manifestierte. Im Gegenteil, Mrs. Bookbinder hatte sich sogar genötigt gesehen, ihm den Schlips wieder abzunehmen – und das, nachdem er ihn vorher wohl ein dutzendmal gebunden und wieder aufgeknotet hatte –, um ihm mit einem Seiflappen Hals und Ohren zu schrubben. Nachdem er sich dieser schimpflichen Behandlung hatte unterwerfen müssen, die seiner Ansicht nach in einem Aberglauben der Erwachsenen wurzelte, mußte er die mühselige Schlipsbinderei noch einmal auf sich nehmen, um dann nach endlich gelungenem Knoten den Schwerpunkt seiner Bemühungen auf seinen dicken schwarzen Lockenschopf zu verlegen. Er zog seinen Scheitel einmal, zweimal, ja bis zu sechsmal und verwarf die Schöpfung immer wieder, denn entweder ringelte sich eine Haarsträhne quer über die weiße Linie, oder aber diese Linie selbst hatte hier und dort eine verunzierende Zacke, oder sie saß zu hoch oder zu tief. An einem Alltag, bevor er zur Schule ging, zog er den Kamm einmal durch sein Haar, das war die Regel. Nach zweimaligem Scheitelziehen kam er sich wirklich elegant vor. Ein drittes Mal aber deutete darauf hin, daß er Ärger mit seiner Lehrerin gehabt hatte, und sich nun mächtig ins Zeug legte, um bestechend zu wirken.

Der Ansporn zu all dieser ungewöhnlichen Sorgfalt war eine auf dickes weißes Papier gedruckte Einladung, die vor ihm auf der Kommode lag: *Mr. und Mrs. Louis Glass geben sich die Ehre, zur Einweihung ihres Hauses Mosholu Parkway Nr. 2645 einzuladen. – Sonntag, den 15. Mai, 13 Uhr. U. A. w. g.* Darunter war handschriftlich hinzugefügt: «Im Spielzimmer findet eine Kindergesellschaft statt, zu der Lucille Felicia und Herbie herzlich einlädt.»

Ein Antrittsbesuch in einer Privatvilla, eines eigens zum Bewohnen einer einzelnen Familie errichteten Gebäudes, wäre schon an und für sich ein aufregendes Erlebnis gewesen, aber in diesem Fall wurde es durch eine geradezu überwältigende Tatsache in den Schatten gestellt: er würde einen ganzen richtigen, wirklichen Nachmittag lang mit seiner heimlichen Herzenskönigin verbringen!

Bevor er abends einzuschlafen pflegte, sah er sich nämlich als Herrscher über einen feenhaften Palast, den er eines Nachts entdeckt hatte, als er (in seiner Phantasie) in dem alten ‹Spukhaus› in der Tennyson Avenue durch eine Falltür gefallen war – ein Rezept, das er, ohne es sich selbst einzugestehen, bei ‹Alice im Wunderland› gemaust hatte. In dieses unterirdische Vergnügungsetablissement zogen, eine nach der anderen, alle die Mädchen ein, denen er verfallen war. Diana Vernon war nun bereits entthront, Lucilles Krönung, ein Schauspiel von unbeschreiblicher Pracht, kürzlich gefeiert worden, und die Erkorene hielt seither allabendlich an seiner Seite Hof.

Aber er war ihr nicht nur in seiner Phantasie wiederbegegnet. Auf dem Treppenabsatz der Mädchenabteilung in der Volksschule 50, wo er sie zum erstenmal getroffen, hatten mittlerweile mehrere Zusammenkünfte stattgefunden. Dieser Treppenabsatz war in dem ganzen, weitläufigen Schulgelände der Platz, den der Captain des Ordnungsdienstes, Herbert Bookbinder, täglich inspizierte, und seltsamerweise schien es auch die Lokalität zu sein, wo sich nach Ansicht der aufsichtführenden Lucille Glass mit größter Wahrscheinlichkeit ein Verbrechen abspielen könnte. Auf diese Weise hatten die beiden Gesetzeshüter Gelegenheit, sich regelmäßig zu begrüßen. Die Unterhaltungen waren kurz und scheu. Die Liebesverzauberung schlug Herbie mit Stummheit – eine unselige Schwäche, die sonst nur durch akute Mandelentzündung hervorgerufen werden konnte. Das Wunderliche war nur, daß es ihm durchaus keine Schwierigkeiten bereitete, sich in ellenlangen zärtlichen Tiraden zu ergehen, wenn die Erwählte neben ihm auf dem Doppelthron im ‹Spukhaus› saß und sie beide Schokoladenfrappés von silbernen Tellern speisten und gleichmütig dem prunkvollen Umzug zuschauten, der zu ihrer Belustigung im großen Festsaal abgehalten wurde. (Die Umzüge glichen, abgesehen von den in riesigen Mengen mitgeführten Diamanten, Rubinen, dem Gold und den Ballen Seidenstoffen, aufs Haar den Aufzügen der Artisten auf Loews Boulevard.) Während dieser trauten Stunden flogen ihm nicht allein die Geistesblitze nur so zu, auch die zärtlichen Antworten seiner Herzenskönigin stellten sich mühelos ein. Es mußte wohl am Tageslicht, der nüchternen Eisenbetontreppe und der Schulkleidung von Lucille liegen, daß seine Beredsamkeit ihn in der Wirklichkeit im Stich ließ.

Als er sein Haar wieder und wieder striegelte, sah er sich selbst in Gesellschaft Lucilles durch die Gärten des Hauses Mosholu Parkway Nr. 2645 lustwandeln. Aus dem pompösen Klang der Worte ‹Mosholu Parkway› schloß er, daß dieses Gebäude wie ein englisches Filmschloß aussehen müßte. Konnte es an solcher Stätte, unter den ausladenden Kronen alter Bäume und bei dem süßen Duft lieblicher Blumenrabatten ausbleiben, daß sich Herbie und Lucille in dieser holden Einsamkeit endlich ihre Liebe auch in Worten beteuern würden?

Plötzlich kam Herbie die Idee, daß es ihn älter machen würde, wenn er sich das Haar scheitellos zurückkämmte, so wie Lennie Krieger es trug. Er machte einen Versuch, der Anblick war jedoch so befremdlich, daß er dieses Ergebnis mittels des Kammes sogleich wieder vernichtete. Daraufhin probierte er es, sich den Scheitel zum erstenmal in seinem Leben auf der rechten statt auf der linken Seite zu ziehen, ein keineswegs einfaches Unterfangen, da sein widerspenstiges Haar sich, kaum daß es mit Mühe in eine Richtung gezwängt war, unter dem Kamm wieder aufrichtete und störrisch zu Berge stand. Mit Hilfe größerer Wassermengen brachte er es schließlich dahin, sich das Haar gefügig zu machen, und begutachtete das Resultat mit Befriedigung. Die neue Frisur schien seinem Gesicht eine eindrucksvolle Würde zu verleihen, die ihn um Jahre älter wirken ließ.

Aus dem Schlafzimmer konnte er hören, daß der Seidenstrumpfkampf zwischen Felicia und der Mutter noch immer wütete. Mit dem Augenblick, da die Einladung eingetroffen war, hatte Felicia die Kampffanfaren erklingen lassen und seitdem zäh und verbissen um den Besitz dieser damenhaften Beinbekleidung gerungen. Da sie Lucille Glass zwei Jahre voraushatte, redete sie sich ein, diese Einladung zu einem ‹Kleinkinderringelpitz› sei eigentlich eine Beleidigung. In Wahrheit konnte sie es kaum abwarten, hinzukommen, glaubte es sich aber schuldig zu sein, auf der Party in irgendeiner Weise zu dokumentieren, daß sie erwachsen sei. In Seidenstrümpfen konnte sie ihrer Auffassung nach im Spielzimmer erscheinen, ohne sich etwas zu vergeben, und dort in der Maske eines herablassenden Besuchers aus der Welt der Erwachsenen beliebige Mengen von Speiseeis, Kuchen und Bonbons vertilgen.

Dies waren zwar völlig einleuchtende Gedankengänge, aber Felicia wußte aus Erfahrung, daß Eltern solchen bestechend logischen

Argumenten gegenüber meistens völlig vernagelt waren. Deshalb hatte sie sich drei verschiedene Angriffslinien ausgedacht:

1. Wenn ich nicht seidene Strümpfe tragen darf, dann gehe ich einfach nicht auf diese blöde Party, und keiner kann mich dazu zwingen.

2. Alle Mädchen in meiner Klasse haben mindestens fünf Paar Seidenstrümpfe, und sogar die kleinen Bälger in der Klasse unter mir haben schon welche.

3. Herbie kriegt immer alles, und ich kriege nie etwas.

Mrs. Bookbinder hatte bislang erbitterten Widerstand geleistet, da sie instinktiv jeden Schritt ihrer Kinder zu verhindern trachtete, der sie dem Erwachsensein näherbrachte. Außerdem wußte sie genau, daß Felicia, komme was da wolle, zu dieser Party gehen würde, und sei es auch in Gummistiefeln. Trotz all ihrer Erfahrung, ihrer Einsicht und Autorität entschlüpfte ihr aber eine Bemerkung, die sie den Sieg kostete.

Felicia heulte: «Aber warum bloß, warum, warum darf ich denn keine seidenen Strümpfe tragen?»

Darauf die Mutter: «Also, Felicia, ein für allemal, es hat keinen Zweck, daß du solch Theater aufführst. Außerdem sind die Geschäfte jetzt schon zu, also könnte ich dir sowieso keine mehr kaufen.»

Felicia schnappte sofort zu: «Dann kann ich mir ja ein Paar von Emily leihen.»

«Die würden dir gar nicht passen.»

«Nicht?»

Sie riß die unterste Schublade der Kommode auf und zerrte unter einem Stapel von Blusen ein Paar hauchdünne Seidenstrümpfe hervor. Ehe die verblüffte Mutter auch nur mit einem Wort protestieren konnte, hatte sie die Hausschuhe in die Ecke geschleudert und war in die Strümpfe gefahren, wobei sie hervorsprudelte: «Ich hab sie mir schon am Freitag für alle Fälle geborgt. Natürlich hätte ich sie nie ohne deine Erlaubnis angezogen, aber passen tun sie! Bitte! Stimmt's nicht? Sieh doch selbst!» Sie sprang auf und wirbelte herum. Natürlich paßten sie.

«Nun, egal, Papa wird es auf keinen Fall erlauben», sagte die Mutter, die sich in der Falle sah.

«Ich frag ihn! Aber was er sagt, gilt, ja?» Damit war Felicia auch schon an der Tür, um ins Wohnzimmer zu laufen, wo der Vater über einer Nummer der ‹Kühltechnik› brütete.

Daß man ihr Veto nicht beachtet hatte, war für die Mutter eine schwerere Niederlage, als wenn sie sich freiwillig ergeben hätte, und das wußte sie auch sehr gut. Dialoge zwischen den Kindern und dem Vater verliefen stets nach folgendem Schema:

Kind: Papa, darf ich das und das tun?

Vater: Ich habe keine Zeit, frag die Mutter.

Kind: Mammi hat gesagt, ich soll dich fragen.

Vater: Hm. (Kurzer Blick auf das Kind, das demütig mit gewinnendem Lächeln vor ihm steht.) Na ja, dann meinetwegen.

Kind (mit höchster Lautstärke): Mammi! Papa hat's erlaubt.

Auf diese Weise hatte er so manches gestattet, was ihm später sehr mißfiel, und wenn die Mutter ihm vorhielt, daß er es erlaubt habe, grollte er: «Warum schickst du sie denn auch zu mir!»

Also sagte Mrs. Bookbinder jetzt: «Das ist nicht nötig. Du darfst sie ausnahmsweise heute anziehen, gibst sie aber morgen gleich wieder zurück.»

Die Tochter warf sich der Mutter an den Hals und versprach es unter scheinheiligen Jubelrufen. Endlich hatte sie den Fuß in die Tür zum Leben der Erwachsenen gestellt, und von dort würde sie nicht weichen, weder durch Feuer noch durch Waffengewalt. Und so geschah es in der Tat: von diesem Tage an trug Felicia Seidenstrümpfe.

Es war halb ein Uhr, und die Familie versammelte sich vor der Abfahrt zu einer letzten Musterung im Wohnzimmer.

«Herbert, ich weiß nicht, du siehst so merkwürdig aus.» Die Mutter examinierte ihn von Kopf bis Fuß, und ihr Blick blieb schließlich auf seinem Haar haften. «Was ist es bloß?»

Der Junge stülpte sich hastig seinen Tortenhut auf.

«Nichts, Mama, ich hab mich nur fein gemacht.»

«Nimm deinen Hut ab, solange du im Hause bist.»

Herbie gehorchte widerstrebend.

«Papa, kannst du mir vielleicht sagen, was der Junge mit sich angestellt hat?»

Der Vater inspizierte ihn.

«Tja, er sieht ein bißchen älter aus. Das ist doch ganz egal. Los, los, kommt!»

Bei dem Wort ‹älter› durchrieselte es Herbert warm wie nach einem Schluck Wein.

«Mammi, jetzt weiß ich, was es ist», kreischte Felicia und pruschte dann los. «Er hat ja seinen Scheitel auf der falschen Seite! Blöde, was?»

«Halt du den Mund, du Strumpfpuppe!» zischte Herbert. In seiner Wut schoß es ihm durch den Kopf, der Mutter zu petzen, daß Felicia die Strümpfe ja gar nicht geborgt, sondern gekauft habe, und zwar von dem Geld, das sie mit Hilfe des Brotmessers aus ihrem Sparschweinchen geangelt hatte.

Aber nein, petzen war zu widerlich!

«Ist es denn nicht ganz schnuppe, ob ich mir das Haar rechts oder links scheitle?» appellierte er an die Eltern.

«Nun, wenn es ganz schnuppe ist, dann geh bitte sofort ins Badezimmer und kämm dir das Haar so, wie du es immer trägst», ordnete die Mutter an.

Mrs. Bookbinder war äußerst erfinderisch, wenn es galt, derartige Unterhaltungen abzuschließen. Herbie verdrückte sich maulend und kämmte Jahre wertvoller Erfahrung und Reife hinweg, jedoch nicht, ohne sich vorher zwei Minuten lang im Spiegel zu betrachten, voller Wut über die Ungerechtigkeit, die ihn zwang, den schönen weltmüden Effekt, der ihm zufällig gelungen war, so bald wieder zu verwischen.

Kaum hatte der alte Chevrolet, der der Bronx-River-Eis-Company als Geschäftswagen diente, die Familie vor dem Haus Mosholu Parkway Nr. 2645 abgesetzt, als Herbie auch schon begann, die Pläne für seinen galanten Feldzug umzuschmieden. Das Glass'sche Schloß entpuppte sich als einstöckiges rotes Backsteinhaus, das von den gleichgeformten Nachbarschlössern zu beiden Seiten nur durch eine enge, betonierte Einfahrt getrennt war. Der Garten bestand aus zwei links und rechts der Haustür gelegenen quadratischen Rasenflächen von der Größe des Teppichs in Bookbinders Eßzimmer. Die kümmerlichen Hecken, die diese komprimierten Wiesen einfaßten, hätten nicht einmal zwei verliebten Katzen die nötige Ungestörtheit sichern können.

«Was für eine Bruchbude!» Felicia rümpfte die Nase und zupfte mit einstudiert graziösen Bewegungen durch ihren Rock hindurch an den Rändern ihrer Strümpfe, welche leider die Neigung bekundeten, an ihren Stöckerbeinen hinunterzurutschen.

«Untersteh dich, noch einmal so eine Bemerkung zu machen! So etwas Ungezogenes!» fuhr Mrs. Bookbinder sie an. «Und laß dies Gefummle an den Strümpfen, wenn dir jemand zusieht.»

Herbie, dessen Enttäuschung in der freudigen Erwartung des Wiedersehens mit Lucille dahingeschmolzen war, konnte, als er jetzt die weiß gegipste Treppe hinauflief und auf den Klingelknopf drückte, vor Erregung kaum atmen. Er brachte es gerade noch fertig, Felicia mit halberstickter Stimme zuzuflüstern: «Wetten, daß das ein ganz blödes Fest wird?»

«Na, sicher!» höhnte die Schwester. «Du hast natürlich gar keine Lust, dieses rothaarige Wickelkind zu besuchen, du nicht! Hoffentlich kann man hier ein paar Pferde mieten, die dich reinziehen.»

Als Lucille die Tür öffnete, hatte Herbie einen roten Kopf, aber bei weitem nicht so puterrot wie das kleine Ding unter seinen glühend bewundernden und sie fast verschlingenden Blicken. Und doch verblaßte ihre Röte noch gegen die, die Felicia ins Gesicht stieg, als Herbie sich auf dem Weg ins Haus umdrehte, ihr erst bedeutungsvoll in die Augen, dann auf ihre Beine hinabsah und vor Lachen fast explodieren wollte: Die elfjährige Lucille Glass, der verhätschelte Liebling ihrer Eltern, trug gleichfalls Seidenstrümpfe!

Als Felicia und Herbert eintraten, war die Kindergesellschaft bereits auf dem Siedepunkt angelangt, und das in bunten Farben als heiteres Spielzimmer dekorierte Souterrain der Glass'schen Villa hallte wider von Gekreisch, Gequieke, Gelächter und Gezank. Riesige Stapel belegter Brötchen verschwanden unter dem beherzten Zugriff von rund zwanzig heißhungrigen Kindern im Umsehen. Zwei Aushilfsmädchen und eine echauffierte Tante von Lucille versuchten inmitten raffender Hände und gieriger Augen Kuchen und Eis auf Papiertellern auszuteilen. Während hier die Sprößlinge um ihr Futter tanzten wie Pygmäen um ihr Opfer, ging ein Stockwerk höher die Abfütterung der Eltern unter den gesitteteren Formen wohlerzogener menschlicher Wesen vor sich. Zum Glück gab es im Erdgeschoß mehr als genug Eis, und es dauerte gar nicht lange, da erstarb der Lärm, die Fäuste erschlafften, und der gierige Glanz in den Augen wandelte sich in das stumpfe Dösen der Sattheit.

Soeben verließ Herbie das Badezimmer im Keller. Er war noch immer ganz benebelt vor Glück. Von beiden Wangen tropfte ihm das Wasser, mit dessen Hilfe er sich wieder den Scheitel auf der falschen Seite gezogen hatte. Er war im Hause von Lucille Glass! Er hatte ihr die Hand geschüttelt! Er hatte geschlagene zehn Minuten neben ihr auf dem Sofa gesessen und Corned-beef-Brötchen in sich hineingestopft, von denen er so wenig geschmeckt hatte, als wären sie aus Stroh gewesen. In ihrem blauweißen Festkleidchen, eine weiße Schleife im Haar, sah das Mädchen aus, als sei sie nicht von dieser Welt, sondern direkt vom Himmel gefallen. Die Zeit schien stillzustehen wie in seinen Träumen. Er war erst sechzig Minuten hier, und doch kamen ihm diese Minuten so lang vor wie eine ganze Woche, und noch lagen Jahre vor ihm, selige, erfüllte Jahre, bis die Uhr fünf schlagen würde und er nach Hause fahren mußte.

Aus dem Knäuel der Kinder um den Tisch löste sich jetzt Lucille und trat auf ihn zu, in jeder Hand einen Pappteller mit Schokoladeneis. «Das hättest du beinahe verpaßt», sagte sie. «Magst du?»

Das Herz schwoll ihm vor Dankbarkeit. Er nahm den Teller entgegen und hatte bereits den Papplöffel in die süße braune Masse getaucht, da legte sie ihm schüchtern das Händchen auf den Arm und flüsterte: «Nicht hier! Komm, wir essen, wo es ganz still ist.» Sie tänzelte davon und wand sich durch den gedrängt vollen Keller, und er folgte ihr verwundert. Dabei kamen sie an Felicia und Lennie vorbei, die sich gerade riesige Stücke Sandtorte zu Gemüte führten. Herbie versuchte sich unbeobachtet vorüberzudrücken, aber da rief auch schon die Schwester, der selten etwas zu entgehen pflegte: «Wann soll die Hochzeit sein, Herbie?» Und Lennie fügte herablassend hinzu: «Hoch lebe der Scheich in kurzen Hosen!» (Er selbst trug nämlich lange Hosen.) Herbie schwieg wohlweislich still und machte, daß er weiterkam, um Lucille einzuholen, die durch eine kleine Tür verschwunden war.

Zu seiner Verwunderung befand er sich in einer dämmerigen Garage. Lucille kletterte gerade auf den Rücksitz eines neuen Chryslers und winkte Herbie, ihr zu folgen. Herbie hatte noch nie in einem so luxuriösen Auto gesessen, und als er sich jetzt in das weiche graue Polster fallen ließ, wurde ihm fast schwindelig vor Wonne. Eiscreme, kühles Dämmerlicht, Einsamkeit, ein Chrysler und Lucille! Die Welt der Tatsachen enthüllte ihre Schätze, gegen die alle Träume billig und armselig erschienen. Der unterirdische Palast zerfiel zu Staub.

Die Kinder schleckten langsam und genüßlich ihr Eis.

«Was willst du denn mal werden, wenn du groß bist?» fragte Lucille schließlich und stellte ihren säuberlich abgekratzten Papierteller nebst Löffel auf den Boden.

«Astronom», antwortete Herbie.

«So einer, der durchs Fernrohr nach den Sternen guckt?»

«Ja. Ich kann schon die Sterne erster Ordnung unterscheiden. Ich zeig sie dir mal abends.»

«Wie heißen sie denn?»

«Och, da gibt's doch eine Unmasse. Orion, Sirius, Beteigeuze, Andromeda, die Zwillinge – –» Er machte eine Pause. Herbie las sehr viel über Sterne, sah aber nur selten zu ihnen auf. Was ihn faszinierte, waren die Zahlen, in denen sich ihre Größe und ihr Abstand von der Erde ausdrückten, während sie am Himmel ja doch alle so ziemlich gleich aussahen, ganz abgesehen davon, daß man sie über den Straßenlaternen der Homer Avenue nur schwer zu entdekken vermochte. Er konnte nicht mit Sicherheit zwischen einem Stern und einem Sternbild unterscheiden, da er aber davon überzeugt war, daß auch seine Zuhörerin diesen Unterschied nicht kannte, rappelte er einfach alle Namen herunter, an die er sich erinnern konnte. Und es verfehlte nicht seine Wirkung.

«Oh, was für schöne Namen!»

«Ich weiß noch haufenweise andere!»

«Kann man denn damit auch Geld verdienen? Einfach durch Sternebegucken?»

«Klar! Massenhaft!»

«Genug, um zu heiraten und eine Familie zu haben?»

«Kleinigkeit!»

Das kleine Mädchen sann ein Weilchen darüber nach. Dann fragte es zweifelnd: «Wie denn?»

Herbie ahnte es nicht. Aber er war nicht der erste Mann, der sich durch die praktische Vernunft einer Frau in die Enge getrieben sah, und auch nicht der erste, dem es gelang, wieder zu entwischen. «Na, dadurch, daß ich neue Sterne entdecke, natürlich», erwiderte er schlagfertig.

«Und dann?» wollte das Mädchen wissen.

«Dann kriegt man natürlich einen Preis», verkündete Herbie.

«Wie hoch denn?»

«Weiß ich nicht mehr so genau. Ungefähr eine Million Dollar – oder auch zehn Millionen. So herum jedenfalls.»

«Für *einen* Stern?»

«Wenn du mir nicht glaubst, kann ich es dir ja im Lexikon zeigen. Kann denn ein Mensch Größeres fertigbringen als einen neuen Stern entdecken?»

Lucille war überzeugt und verstummte. Es entstand eine Pause.

«Das ist aber ein prima Wagen», sagte Herbie dann. Seine Bemerkung plumpste in die Stille wie ein Stein in einen Teich, und Verlegenheit breitete sich aus wie Ringe auf der Wasserfläche. Ihre scheuen Blicke trafen sich, und sie erröteten.

«Wirst du – wirst du mal heiraten?» fragte Lucille.

«Erst wenn ich alt bin.»

«Wie alt?»

«Na, richtig alt.»

«Wie alt ist das denn?»

«Weiß nicht.»

«Fünfundzwanzig?»

«Noch älter.»

«Dreißig?»

«Wahrscheinlich fünfundfünfzig», erklärte Herbie. Die Verlokkung, eine noch höhere Zahl zu nennen, war unwiderstehlich. Lucille schien auch angemessen beeindruckt davon, daß sie sich in Gesellschaft eines Mannes befand, der sich erst mit fünfundfünfzig zur Ehe entschließen wollte. Einen Augenblick lang war sie still. Dann fragte sie: «Hast du eine Freundin?»

«Nein», erwiderte Herbie. «Hast du einen Freund?»

«Nein. Was für ein Mädchen wirst du mal heiraten?»

«Weiß ich noch nicht», sagte Herbie und fügte dann in einem Ausbruch verwegener Galanterie hinzu: «Aber rote Haare muß sie bestimmt haben.»

Nun war es heraus! Der feurige Blick, der diese Worte begleitete, machte sie zu einer unmißverständlichen Liebeserklärung. Lucille belohnte ihn, indem sie ihr Patschhändchen verstohlen in seine Hand schmiegte und den Blick zärtlich erwiderte. Was waren alle unterirdischen Paläste und goldenen Thronsessel, verglichen mit der rosaroten Wonne dieses Augenblicks? Hier in dieser angebauten Garage lag, graugepolstert, ein Fleckchen des Paradieses. Herbie hatte nicht geahnt, daß sein Herz soviel schwellende Seligkeit fassen konnte.

Doch plötzlich schwand die Zärtlichkeit aus Lucilles Blick, sie schaute ihm nicht mehr in die Augen, sie sah höher hinauf.

«Ha! Deine Haare!»

Mit einem einzigen Griff überzeugte sich Herbie davon, daß sein noch immer feuchtes Haar senkrecht in die Höhe stand. Zehn Minuten Trockenzeit, und es hatte seine alte Widerborstigkeit zurückgewonnen und war mit einem Satz in die alte Lage zurückgesprungen. Herbie drückte es platt. Es schnellte augenblicklich wieder hoch wie ein gut getrimmter Rasen. Er versuchte, es ein zweites Mal zu bändigen, aber da geschah etwas Entsetzliches. Lucille kicherte.

«Oh, wie das zurückhopst! Das sieht zu komisch aus!» stieß sie glucksend hervor.

«Ach, das – das macht nichts. Das krieg ich gleich wieder hin», stammelte Herbie und bearbeitete seine Locken mit beiden Händen. Dicke Wassertropfen quollen unter seinen Händen hervor und liefen ihm über die Stirn. Er drückte und preßte, ja er bügelte sein Haar trocken. Als er sein Werk vollendet glaubte und die Hände vom Kopf nahm, richtete sich jedes einzelne Haar auf und stand wie bei einem Besen aufrecht nach allen Seiten. Er sah aus, als sei er elektrisiert worden. Lucille ließ sich in den Sitz zurückfallen, schlug die Hände vors Gesicht und explodierte vor Lachen. Herbie wischte sich die feuchten Hände an den Hosen ab und murmelte: «Weiß gar nicht, was mit diesem blöden Skalp los ist», und kämmte sich wie ein Besessener mit allen zehn Fingern. Dieses erbitterte Gekratze bot einen höchst befremdlichen Anblick.

«Was ist denn mit dir los, Fettmops? Hast du Läuse?» ließ sich eine unwillkommene Stimme durch das Wagenfenster vernehmen.

Durch die Scheibe grinsten Lennie Krieger und Felicia.

«Mein schlaues Brüderchen», spöttelte nun auch Felicia, «zieht sich nämlich den Scheitel auf der verkehrten Seite, weil er sich einbildet, das macht ihn älter. Wie geht's denn so, Opa?»

Herbies Wangen brannten wie Feuer. Mit einem jämmerlichen Lächeln wandte er sich nach Lucille um, sah aber nur noch ihren Rücken. Sie war aus dem Wagen geklettert. «O Gott, meine Tante schreit bestimmt schon nach mir», rief sie noch und war auch schon verschwunden.

Wieder vor dem Badezimmerspiegel angelangt, übermannten Herbie, der sein tückisches Haar jetzt in der alten bewährten Weise bändigte, abwechselnd Wut und Verzweiflung. Die Schuld an diesem verpatzten Nachmittag gab er Felicia, Lennie, der Mutter und überhaupt jedem, der ihm in den Sinn kam, nur nicht sich selbst. «Denen werd ich's schon zeigen», murmelte er verbissen. «Denen werd ich's schon geben! Mich zum Affen zu machen!» Er steigerte sich in eine so tiefe Empörung gegen die ihm feindliche Welt hinein, daß ihm alsbald wieder wohler wurde.

Dies sollte jedoch nicht lange vorhalten. Als er ins Spielzimmer zurückkehrte, erstarrte er. Inmitten eines Kreises, den die Kinder gebildet hatten, tanzten zu Radiomusik Lennie Krieger und Lucille. Das kleine Mädchen folgte den geübten Schritten des Jungen mit steifen Bewegungen und ernst gesammelter Miene. Herbie trat in den Kreis, wo er die geflüsterten Bemerkungen – die neidischen und spöttischen der Jungen und die bewundernden der Mädchen – mit anhören mußte, und hatte zu kosten, wie bitter Eifersucht schmeckt. Er versuchte Lucilles Blick zu fangen. Ein einziges Mal sah sie zu ihm hinüber, aber so ausdruckslos, als sei er ein Möbelstück. Neben ihm tauchte Felicia auf. «Hallo, Pascha», wisperte sie, aber ihr Spott kam nicht von Herzen, denn auch sie litt. Lennie war ihr Verehrer, und ihn abblitzen zu lassen, war ihrer weiblichen Natur Labsal, aber soeben, als das Radio angestellt worden war, hatte er ihr eine Abfuhr erteilt, indem er das ‹Baby› zum Tanz aufgefordert hatte.

Dann spielte man Blinde-Kuh. Herbie, dem man die Augen verbunden hatte, stolperte über einen Stuhl und fiel platt auf die Nase, was jubelnde Heiterkeit hervorrief. Als Lennie an die Reihe kam, lockerte er heimlich das Tuch, so daß er sich, an der Nase entlangschielend, orientieren konnte, tapste betont ungeschickt umher, um sich dann unter großem Beifall elegant seiner Aufgabe zu entledigen. Herbie, der den Betrug sogleich bemerkt hatte, brachte nicht den Mut auf, dagegen einzuschreiten. Darauf folgten unter den wachsamen Blicken der Tante ein paar Pfänderspiele, wobei Lennie Lucille dreimal küßte und zweimal von ihr wiedergeküßt wurde. Herbie hatte nur ein einziges Mal das Glück, sich durch einen Kuß auszulösen, und da mußte ausgerechnet Felicia seine Partnerin sein. Es war ein durch und durch gräßlicher Nachmittag. Als Herbie ein Viertel vor fünf endlich Gelegenheit fand, dem roten Lockenkopf zuzuflüstern: «Komm doch mal einen Moment in die Garage», ließ sie ihn mit den Worten abblitzen: «Kann nicht! Hab Lennie versprochen, ihm meine Ferienbilder zu zeigen.»

Aus den Mienen der vier Bookbinders auf dem Heimweg hätte man schließen können, daß es sich bei der Adresse Mosholu Parkway 2645 um einen Friedhof gehandelt hätte. Schließlich brach Jakob Bookbinder das brütende Schweigen: «Wenn du mich fragst, ob Powers Louis Glass was dafür zahlt, damit er sagt, der blaue Zettel ist wertlos – –», aber da fiel ihm schon seine Frau ins Wort: «Bitte! Müssen wir das wirklich jetzt hier vor den Kindern besprechen?» Danach hörte man, wenn man von dem Klappern des Chevrolets absah, bis zur Homer Avenue keinen Laut mehr.

Beim Öffnen der Autotür fragte Mrs. Bookbinder ihre Kinder, die auf dem Rücksitz saßen: «Warum seid ihr denn so still? Hat's euch denn nicht auf der Party gefallen?»

«Party!» schnaufte Felicia. «Tu mir den einzigen Gefallen, Mammi, und schlepp mich nie wieder zu so einem Kindergarten.»

Herbie sagte nichts. Er war flink aus dem Auto geklettert und befand sich bereits auf dem Weg zu der höchsten Klippe der näheren Umgebung, wo er des öfteren die Tröstungen der Einsamkeit suchte. Dort, im Schein der untergehenden Sonne, machte er sich an eine dringliche Reparatur. Wohl eine Stunde lang mühte er sich, die Trümmer seines unterirdischen Palastes wieder zusammenzufügen, doch er war für immer abgerissen. Übriggeblieben war nur die Herzenskönigin, aber sie trug nicht mehr länger ihre Staatsrobe und Krone, sondern ein Festkleidchen und eine weiße Schleife. Und sie wollte sich durch nichts bewegen lassen, neben ihm Platz zu nehmen. Ihre treulose Majestät tanzte mit Lennie, tanzte mit ihm ohne Unterlaß.

7

Stelldichein im Museum

«Ma, darf ich heute mit Cliff ins Museum gehen?» Es war Sonnabendmorgen, und Herbert und Felicia genossen den Luxus, um halb neun beim Frühstück in der Küche zu sitzen. Der schmale weiße Raum wurde durch ein Bündel Sonnenstrahlen erhellt, das sich jeden Morgen für ungefähr vierzig Minuten zwischen den beiden Wohnblocks auf der gegenüberliegenden Seite der Straße hindurchstahl, aber nicht aus erster Hand kam, sondern auf die Fensterscheiben des Feigelsonschen Wohnzimmers schien und von dort gefälligerweise in Bookbinders Küche weitergeleitet wurde.

«Ja, ich glaub schon», sagte die Mutter, die gerade Zwiebeln schälte. «Was gibt es denn da zu sehen?»

«Ach, was es so im Museum gibt, du weißt schon. Mrs. Gorkin hat gesagt, wir sollen alle mal hingehen.»

«Wo liegt es denn?»

«Am Central Park.»

«Und was kostet der Eintritt?»

«Nichts.»

«Na, schön, dann lauf.»

«Wie kommt es eigentlich», fragte Felicia, die gerade mit angewidertem Gesicht einen Klumpen aus ihrem Haferbrei fischte, «daß du heute mal nicht ins Kino gehst?»

«Weil Museum eben wichtiger ist als das dumme Kino», versetzte Herbie sehr von oben herab.

«Wichtiger als die Fortsetzung des ‹Grünen Bogenschützen›?»

Wie war es bloß möglich, fragte sich Herbie, daß Felicia stets seinen schwachen Punkt herausfand. Ja, er gierte förmlich danach, zu erfahren, was nun, nachdem die Maske des Bogenschützen von einer Kugel aus dem Gewehr des Helden weggeschossen worden war, passieren würde. Unglücklicherweise hatte der Bogenschütze bei dieser Gelegenheit der Kamera gerade den Rücken gekehrt, und die Fortsetzung der Filmserie war zu Ende gewesen. Als was würde er sich schließlich entpuppen? Nachdem Herbie, um die Fortsetzungen zu besuchen, Regen und Schnee, Insolvenz (durch Verpfändung der Rollschuhe abgewendet) und Krankheit (zur achten Fortsetzung war er mit 39,3 Grad Fieber erschienen) getrotzt hatte, schmerzte es ihn tief, das Ende nicht zu erleben. Doch größere Dinge harrten seiner.

«Ach, ich pfeif auf den blöden Film», erklärte er. «Hat doch gar keinen Sinn, jede Woche das Geld für irgendeinen dummen Film rauszuschmeißen, bloß damit man die fünf Minuten von der Fortsetzung zu sehen kriegt.»

Mrs. Bookbinder zuckte vor freudiger Überraschung so heftig zusammen, daß eine Zwiebel in den Ausguß kullerte. Drei Jahre lang hatte sie ihrem Sohn genau das gleiche gepredigt, um ihn vom Besuch der Serienfilme abzuhalten. Die eigene Begründung jetzt aus seinem Munde zu hören, versetzte ihr einen so freudigen Stich, wie ihn ein Missionar beim Anblick seines ersten bekehrten Menschenfressers verspüren muß. Sie legte die Zwiebel aus der Hand und fuhr ihrem Sohn zärtlich durch den Schopf. «Du wirst langsam erwachsen, Herbie, Gott sei's gelobt.»

Herbie sonnte sich in diesem Lob und bemühte sich, wie ein gewichtiger Mann von Welt dreinzuschauen.

«In welches Museum geht ihr denn?» nahm Felicia die Fährte wieder auf; sie roch es förmlich, daß Heimlichkeiten in der Luft lagen.

«Na, was glaubst du wohl?» parierte Herbert.

«Es gibt ja zwei, wie du vielleicht weißt.»

«Ach nein, was du nicht sagst! Zwei Museen! Man stelle sich das vor! Dazu muß man ja wohl erst in Klasse 8 B sein, um das zu wissen», höhnte der Bruder, trank seine Milch aus und verließ die Küche.

Er steckte einen Gummiball in die Tasche und schlenderte davon, um den Vormittag totzuschlagen. Der Sonnabendmorgen war die faulste und daher schönste Zeit der Woche. Noch war die Freiheit vom Schulzwang neu und süß und die mit der Ziellosigkeit verbundene Langeweile fern. Die Jungen aus frommen Familien gingen um diese Zeit zum Gottesdienst in die Synagoge, wo ihr andächtiger Eifer durch Verteilung von Süßigkeiten belohnt wurde, sobald der letzte Psalm verklungen war. Herbie hatte es auch mit der Frömmigkeit probiert, aber feststellen müssen, daß die Leckereien mit dem Erlernen des Hebräischen zu teuer bezahlt waren. Er wußte natürlich, daß er an seinem dreizehnten Geburtstag vor versammelter Gemeinde ein Kapitel aus den Propheten würde vortragen müssen, und sah diesem Tag, da er – wenn auch nur für kurze Zeit – im Mittelpunkt der Aufmerksamkeit stehen würde, sogar mit freudiger Erwartung entgegen. Aber einem Jungen von elf scheint der Abstand bis zu seinem dreizehnten Lebensjahr nicht weniger groß als einem Fünfunddreißigjährigen der bis zu seinem siebzigsten Geburtstag. Derweil genügte es Herbie vollauf, daß der alte Lehrer Mr. Taussig einmal in der Woche erschien, um ihm eine Stunde lang in seinem Kampf mit der befremdlichen, rückwärtsgeschriebenen hebräischen Sprache beizustehen, und auch die Eltern schienen dies für ausreichend zu halten.

Herbie trat auf die Straße und ließ den Ball ein paarmal auf und nieder hüpfen, einen neuen roten Vollgummiball, nicht nur so eine graue aufgepumpte Hülle, die sofort schlapp wurde, wenn sie einen Nadelstich bekam. In diesem Augenblick sah er Harold Sorenson und strahlte. Harold war ein blonder Junge mit weißlichen Augenbrauen, der noch dicker war als Herbie, dazu aber übellaunig und mürrisch. Er war Herbie in den Spielen, wie man sie in den stillen Nebenstraßen der Bronx zu spielen pflegte, nicht ganz gewachsen und somit der ideale Partner. Harold ließ sich denn auch prompt zu einer Partie Boxball verleiten und wurde geschlagen. Darauf folgte ein Spiel Doppelboxball, bei dem jeder Junge zwei Platten des Straßenpflasters zu bewachen hatte, und Harold verlor wieder. Dann spielten sie ‹Punkte›, wobei der Ball gegen den Gipsfries der Erdgeschoßwohnung geworfen wurde, und Herbie gewann wieder. Dann gingen sie zu etwas über, was sie Baseball nannten, und das mit Hilfe desselben Gipsfrieses gespielt wurde. Dadurch, daß sie mit jedem Aufschlag des Balles ein kompliziertes Zählsystem verbanden, verschafften sie sich die Illusion, als handele es sich um ein Spiel mit achtzehn Spielern auf einem großen Feld. Herbie gewann auch dies. Darauf maßen sie einander im Handball und in einer Runde chinesischen Handballs. Hier rang sich der blonde Dicke mit äußerster Kraftanstrengung zwei Siege ab, für die Herbie jedoch in vier weiteren Ballspielen sofort Revanche nahm. Sicherlich hätte er auch noch den Sieg in einem fünften davongetragen, wären sie nicht von dem Heulen einer Sirene unterbrochen worden, die im nahegelegenen Kraftwerk die Mittagszeit verkündete. Sie trennten sich widerstrebend und trotteten zum Mittagessen heim, recht betrübt darüber, daß ihnen keine Zeit mehr blieb, noch ein paar andere der zahlreichen Spiele zu probieren, welche die Jungen der Stadt so erfinderisch aus zwei Elementen zusammenzustellen verstanden: aus den harten, platten Fassaden ihrer steinernen Umwelt und einem springenden Ball. Herbie kannte die Regeln und Kniffe von mehr als zwanzig Spielen. Hätte er die darauf verwandte geistige Anstrengung und die Gedächtnisleistung seinen Schulaufgaben zugute kommen lassen, hätte ihn dies zweifelsohne zum Wunderkind der New Yorker Schulbehörde gemacht. Aber das war natürlich undenkbar, denn diese Spiele waren das Leben schlechthin und erforderten darum Hingabe und Eifer, während Schularbeiten die Strafe dafür waren, daß man ein Kind war.

In der Küche schlang Herbie seine Mahlzeit hinunter und fragte kauend: «Ma, wie ist es mit Fahrgeld zum Museum?»

«Kannst du nicht warten, bis ich meinen Tee ausgetrunken habe, oder läuft das Museum bis dahin weg?»

«Entschuldige, Mammi.»

«Sag mal», ließ sich Felicia vernehmen, «wie wär's, wenn ich mitginge? Bin schon ewig nicht im Museum gewesen.»

Der entsetzte Herbie ließ sich nichts anmerken und grinste freundlich. «Aber sicher, Felicia, gerne! Wenn es dir wirklich Spaß macht, den ganzen Tag mit mir und Cliff im Museum herumzuziehen. Mrs. Gorkin sagt immer wieder, ein Museumsbesuch ist mächtig bildend, also wird's dir wohl Spaß machen.»

«Das ist aber nett, Felicia», lobte die Mutter. «Ich freue mich darüber, daß du mal einen Tag mit deinem Bruder zusammen sein willst, statt dich immer nur bei diesem Flittchen, der Emily, herumzutreiben, die nur ihren Lippenstift und ihren Puder im Kopf hat. Ich geb dir das Fahrgeld für euch beide – –»

«Nein, nein, Mammi! Warte doch!» unterbrach Felicia sie hastig. «Ich will doch ins Kino! Ich wollte doch nur mal sehen, was er sagen würde.» Sie sah Herbie ganz verdattert an. «Sag mal, du gehst doch wirklich ins Museum?»

«Ja, und du wirst mitgehen», erklärte die Mutter. «Was kann es im Kino schon geben! Viel vernünftiger ist es, du besuchst ein Museum.»

«Bitte, Mammi!» winselte Felicia in panischem Schrecken darüber, daß sie in die von ihr selbst ausgelegten Fußangeln getapst war. «Ich hab doch Emily versprochen, daß ich mitkomme! In so ein langweiliges Museum kann ich doch immer noch gehen.»

«Sei doch keine Spielverderberin, Felicia! Los, komm mit!» rief Herbie übermütig. «Oder ist dir deine Freundin wichtiger als dein eigener Bruder! Bitte, Mammi, sag ihr doch, daß sie mitkommen soll.»

Hierauf sprang Felicia auf und verkündete mit Emphase, daß sie lieber sterben wolle, als sich in Gesellschaft eines so verdreckten Lauselümmels zu zeigen, der sich nicht einmal den Hals wasche, was Mrs. Bookbinder sogleich zu einer Musterung ihres Sohnes veranlaßte, so daß sich die Schwester im Schutze dieses recht fadenscheinigen Lügengewebes aus dem Staube machen konnte.

Das Schicksal spielte Herbie offenbar in die Hände. Laut verkündend, daß er Felicia schon zeigen wolle, wer hier verdreckt sei, machte er sich in aller Heimlichkeit an seine Verschönerung. Als er nach einer Weile das Haus verließ, in der geballten Faust, die tatsächlich nach Seife duftete, einen Nickel, sah er genauso befremdlich sauber und geschniegelt aus wie vor einer Woche, als er sich auf den Weg zu jenem verhängnisvollen Besuch im Mosholu Parkway aufgemacht hatte, aber ohne daß diesmal jemand Verdacht geschöpft hätte.

Cliff erwartete ihn an der Uhr beim Eingang zur U-Bahn-Haltestelle ‹Simson Street›. Der Vetter inspizierte ihn von Kopf bis Fuß und stieß einen leisen, langen Pfiff aus. «Ein Mädchen, das ich so gern hätte, gibt's einfach nicht», faßte er sein Urteil zusammen.

«Wart's ab, bis du sie siehst», prophezeite Herbie.

Ein Zug in Richtung Lexington Avenue kam quietschend und ratternd herangebraust und hielt mit einem Ruck, der nicht nur diesen Bahnsteig, sondern auch alle anderen am Geleise in einer Meile Entfernung erzittern ließ. Die Jungen, die dieses Erdbeben gar nicht beachteten, stiegen in den Zug. Seit ihrem neunten Geburtstag war es ihnen gestattet, allein mit der U-Bahn zu fahren, und sie nahmen dieses Wanken und Dröhnen völlig unberührt hin. Diese Bahn, die in der Bronx auf Stahlpfeilern über ihren Köpfen dahinratterte und dann auf ihrem Weg nach Manhattan in einen engen schwarzen Schlund tauchte, gehörte zu ihrer Welt, wie Sterne und Wind. Natürlich konnten die Sterne herabfallen, und die Hochbahn auch, aber keine dieser Möglichkeiten bereitete Herbie oder Cliff auch nur eine bange Sekunde.

Sie zwängten sich im Wagen ganz nach vorn durch, das Stoßen und Rütteln mit wiegenden Knien auffangend wie Matrosen, und stellten sich ans Vorderfenster, um die sausende Fahrt richtig auszukosten. Unter ihnen flogen die Schwellen dahin. Wohnblocks torkelten wie betrunken vorüber, die Stationen ‹Intervale›, ‹Prospekt›, ‹Jackson Avenue› flitzten heran und wieder vorbei, und da nahte der heißersehnte, wunderbare Augenblick, und der Zug stürzte sich in irrsinnigem Abwärtslauf mit dem Knirschen, Heulen und Kreischen einer zur Hölle fahrenden Seele hinein in die gähnende Finsternis. Dieser tosende, sich in Sekundenschnelle vollziehende Wechsel vom hellsten Sonnenlicht zur schwärzesten Nacht war einer der wonnevollsten Augenblicke im Leben der Jungen. Sie sahen sich an und stöhnten vor Lust. Herbie schielte hinter sich zu den Leuten im Wagen und sah fassungslos, daß sie entweder vor sich hinstarrten, Zeitung lasen oder schliefen und für die Poesie dieses Augenblicks mit Blindheit geschlagen zu sein schienen.

«Du, Cliff», fragte er, mit dem Daumen über die Schulter weisend, «was ist bloß mit denen da los?» Cliff riß seinen Blick vom Fenster los und sah kurz über die Schulter.

«Die sind eben alt», sagte er, und die beiden wandten sich wieder dem herrlichen Anblick der rot und grün blinkenden Lichter zu, dem Funkeln und Glitzern der erleuchteten Stationen in der dunklen Röhre vor ihnen und genossen die durch die Enge des Tunnels hervorgerufene Sensation, in atemberaubender Geschwindigkeit dahinzurasen, sowie all die anderen unterirdischen Freuden, die kleine Jungen in New York für so wenig Geld haben können.

An der Sechsundachtzigsten Straße kletterten sie wieder ans Tageslicht und stürzten sich in den blinkenden und tosenden Verkehr von Manhattan.

«Also jetzt müssen wir herausfinden, welches Museum es ist», sagte Herbie.

«Hat sie denn das nicht gesagt?»

«Nein. Sie hat nur gesagt, sie würde am Sonnabend mit ihrer Mutter ins Museum gehen. Sie weiß ja auch gar nicht, daß ich komme.»

«Na, hör mal, du hast doch gesagt, ihr wolltet euch treffen.»

«Werden wir auch, und wenn's den ganzen Tag dauert. Nun denk mal scharf nach: Wenn du Mrs. Glass wärst, würdest du dann deine Tochter in das Museum für Kunst oder in das Museum für Naturgeschichte schleifen?»

«Das käme ja ganz darauf an, ob ich ihr Denkmäler oder Gerippe zeigen will.»

«Das nützt mir auch nichts!»

«Woher weißt du überhaupt, daß es gerade eines von diesen beiden ist?»

«Weil es bloß die beiden gibt.»

«Du hast 'ne Ahnung! Es gibt doch auch noch das Indianermuseum. Da sind wir in der vorigen Woche mit der ganzen Klasse im Bus hingefahren.»

«Und wie war's da?»

«Mist. Nur Körbe, Decken und Federn, daß einem ganz schlecht werden konnte.»

«Na, ich hab jedenfalls noch nie was davon gehört und wette, Lucilles Mutter auch nicht. Und überhaupt ist in dem Museum für Naturgeschichte doch viel mehr los. Da haben sie doch den Riesenwalfisch von der Decke baumeln und lauter solch Zeug. Ich wette zehn zu eins, daß sie da sind.»

«Okay, dann gehn wir da hin.»

Die Jungen stiegen in einen Autobus; Cliff bezahlte zehn Cent für die beiden Fahrkarten. «Ich darf dir jetzt nicht mehr von der Pelle gehen», vertraute er Herbie an, während sie sich an den Haltegriffen festklammerten. «Ma hat mir heute bloß fünfzehn Cent gegeben. Bin pleite.»

«Wieso denn nur fünfzehn? Du kriegst doch sonnabends sonst immer einen Vierteldollar.»

«Sie hat mich erwischt, wie ich gestern auf einen Lastwagen aufgesprungen bin.»

Herbie, der für solche Streiche nicht flink genug war, sagte: «Geschieht dir ganz recht! Jeden Tag werden dabei mindestens tausend Jungen überfahren.»

«I wo! Hab das noch nie gesehen.»

«Aber ich! Der Junge knallte von einem Lastwagen runter und kam vor die Straßenbahn. Das war in der Westchester Avenue. Sein Kopf und seine Füße wurden ihm glatt abgetrennt. Der Kopf rollte im Rinnstein herum wie 'n Ball. Nee du, mich kriegt man nicht zum Aufspringen.»

«Muß wohl so ein Fettkloß gewesen sein, der vom Aufspringen keine Ahnung hatte.»

Herbie, der nicht recht wußte, ob er darin eine persönliche Spitze erblicken sollte, schwieg. Cliff aber hatte diesen Ausspruch in aller Harmlosigkeit getan und grinste bei der erfreulichen Vorstellung eines enthaupteten und fußlosen dicken Jungen, der in der Gosse verblutete, vergnügt in sich hinein. Er wünschte glühend, er wäre dabeigewesen. Immer hatte er das Pech, all die wunderbaren Dinge, die Herbie zu sehen bekam und von denen er so spannend erzählen konnte, zu verpassen. Als der Autobus auf der Westseite des Parks hielt und sie ausstiegen, fragte er Herbie: «Wo eigentlich auf der Westchester Avenue?»

Herbie, der seine Schauermär in dem Augenblick vergessen, als sie ihren Zweck erfüllt hatte, fragte verständnislos zurück: «Wo? Was?»

«Na, wo dem Fettmops der Kopf abgetrennt wurde. Da muß doch noch irgendwo Blut zu sehen sein. Ich will hin und es mir ansehen.»

«Blut? Nein, die Feuerwehr kam sofort angesaust und hat die ganze Straße abgespritzt.»

«Immer dasselbe Pech», seufzte Cliff resigniert.

Die Jungen liefen auf das düstere rote Backsteingebäude zu, das das Naturgeschichtliche Museum beherbergte, und wanderten suchend durch die Ausstellungshallen. Vor dem Skelett des Mastodons blieben sie stehen. Cliff staunte zu dem mächtigen Fossil hinauf und wünschte, es gäbe im Zoo ein lebendiges Mastodon. Herbie musterte durch die Rippen des Tieres die Besucherschar und wünschte, er sähe einen kleinen roten Lockenkopf. Anderthalb Stunden trabten sie, Ausschau haltend, zwischen Knochen, Hörnern, Häuten, Steinen, präparierten Raubtieren und ausgestopften Fischen umher, und als sie schließlich erschöpft an der Trinkwasserfontäne Rast machten, stellte Herbie verzweifelt fest: «Sie ist nicht hier.»

«Na, schadet doch nichts. Das Museum ist 'ne Wucht», meinte Cliff. Er drückte mit dem Daumen auf die Öffnung, daß das Wasser bis zur Decke spritzte. «Hier sollten wir jede Woche hingehen.»

«Du, Cliff, wir hätten uns ja auch wirklich ausrechnen können, daß eine alte Lady lieber Bilder besieht als einen Haufen Knochen», kam nun Herbie die Erleuchtung. «Das ist ja ein fürchterlicher Rumpelkasten hier. Los, wir laufen durch den Park rüber in das andere Museum.»

«Wieviel Geld hast du noch?»

«Zwanzig Cent. Wir gehen zu Fuß, dann können wir nachher noch ein Eis essen.»

Im Kunstmuseum gab es eine Unzahl von Gemälden, Statuen, Gobelins und Mumien und auch ein paar kleine rothaarige Mädchen, aber Herbie suchte nun einmal das einzigartige Original und keine Nachahmung. Die Natur – eine recht faule Künstlerin – hatte sich eben nur *ein* vollkommenes Werk abgerungen und dann noch eine Menge billiger Imitationen auf den Markt geworfen. Die Jungen arbeiteten sich zäh durch alle Säle in allen Stockwerken bis hinauf in das höchste, wo sie nur einen Augenblick verweilten, um ein paar fette rosarote Nackedeis von Rubens fassungslos anzustaunen.

«Sieht nicht so aus, als ob wir sie finden», meinte Cliff, als sie sich auf einer Marmorbank verpusteten, wo vergoldete Heilige und von alten italienischen Meistern gemalte Märtyrer auf sie herabblickten.

«Na, wenn schon! War ja auch so ein prima Ausflug», murmelte Herbie düster und schlenkerte mit den Beinen, um die brennenden Fußsohlen zu kühlen.

«Nur schade, daß du dich umsonst feingemacht hast.»

«Glaubst du, ich hätte mich ihretwegen in Schale geworfen? Nein, ich hab einfach keine Lust mehr, immer wie ein Landstreicher rumzulaufen. Du könntest dich auch ruhig anständiger anziehen.»

Cliff sah auf seine ausgelatschten Schuhe, seine rutschenden Strümpfe, die ausgebeulten Hosen und das schmutzige Hemd mit dem formlosen, ausgefransten Schlips hinunter. «Heute ist doch nicht Sonntag», rechtfertigte er sich. «Und überhaupt, wenn ich was anderes anziehe, sehe ich so komisch aus.»

Sie tobten die breiten Steintreppen mit einem solchen Donnergepolter hinunter, daß die Wärter empört ins Treppenhaus stürzten. Aber da waren die beiden längst vorüber. Ehe sie sich auf den Heimweg begaben, wollten sie noch einmal einen Abstecher in die ägyptische Abteilung machen, um einen letzten Blick auf die von ihren Bandagen befreite Mumie einer ägyptischen Prinzessin zu werfen. Gerade als sie die großen Sandsteinstatuen der Pharaonen passierten, machte Herbies Herz einen gewaltigen Satz, denn siehe da, dort stand sie! Diesmal war es keine billige Nachahmung, ein Irrtum war ausgeschlossen. Sie hielt die Hand ihrer Mutter und äugte in einen Glaskasten voller Skarabäen. Herbie kniff Cliff in den Arm und marschierte dann schnurstracks mit hochrotem Kopf und verlegen herabbaumelnden Armen auf sie zu. In letzter Minute versenkte er die Hände tief in die Hosentaschen und sagte mit lauter, markiger Stimme: «Guten Tag, Mrs. Glass. Hallo, Lucille!» Freudiges Erröten der Angebeteten belohnte ihn.

«Nein, schau einmal an, das ist ja Herbie!» begrüßte ihn Mrs. Glass. «Ich freue mich, daß du dich für kulturelle Dinge interessierst. Ist deine Mutter auch hier?»

«Nein, ich gehe überall allein hin. Das hier ist mein Vetter Cliff.»

«Wirklich erfreulich», betonte Mrs. Glass. «Die meisten Jungen würden wohl lieber ins Kino gehen statt in ein Museum. Kommt mit, wir können zusammen gehen.»

Herbie schritt auf der linken Seite von Mrs. Glass dahin, die glücklicherweise so dürr war, daß er, während sie zwischen den Schaukästen auf und ab wanderten, ohne Schwierigkeit feurige Blicke mit Lucille tauschen konnte. Die Aussicht, Lucille für ein kleines Tête-à-tête fortzulocken, schien gering. Mrs. Glass bestand darauf, alle Gegenstände zu erläutern, was die Kunstwerke erstaunlich uninteressant machte.

«Und hier, Kinder», tönte sie, «hier seht ihr eines der Wunderwerke unserer Stadt, nämlich eine ganze ägyptische Grabkammer, die man in Ägypten ausgegraben und hier genauso aufgestellt hat, wie die Entdecker sie vorfanden. Wir gehen alle einmal hinein – –»

«Sie kennen sich aber in all diesen Sachen mächtig gut aus, Mrs. Glass, nicht wahr?» fragte Cliff.

«Nun, so gut auch wieder nicht», sagte Mrs. Glass lächelnd, «aber ich habe vor vielen, vielen Jahren einmal Kunstunterricht erteilt.»

«Oh, Mrs. Glass, ich wäre Ihnen ja so dankbar», fuhr Cliff fort, «wenn Sie mir ein Bild erklären könnten, das ich im dritten Stock gesehen habe. Es sind lauter Engel drauf und Teufel und nackte Damen, und ich glaube auch, der liebe Gott. Ich kann daraus gar nicht klug werden.»

«Es ist wirklich eine Freude, einen Jungen zu treffen, der soviel Interesse dafür hat», antwortete Mrs. Glass sehr geschmeichelt. «Kommt, dann gehen wir alle miteinander hinauf.»

«Ach, Mammi, ich möchte aber so gern dieses Grab hier sehen, überhaupt bin ich schon so müde», ließ sich Lucille zum erstenmal vernehmen, seit Herbie sie begleitete.

«Ja – nun – wie wäre es denn, wenn du, Herbie, bei Lucille bleibst und mit ihr zusammen die Grabkammer besichtigst, während ich mit Cliff hinaufgehe? Macht es dir was aus?»

«O nein, Madam», versicherte Herbie. Hinter Mrs. Glass' Rükken zwinkerte ihm Cliff triumphierend und bedeutungsvoll zu und schritt davon.

Hand in Hand wanderten Lucille Glass und Herbie Bookbinder in Pharaos Grabkammer hinein, wo sich ein schmaler Gang zwischen dicken Steinwänden dahinwand. In Farben, die jahrtausendelang sachte in der Dunkelheit verblaßt waren, schienen dort Menschen mit seltsam eckigen Schultern in feierlicher Prozession einherzuwandeln.

«Wie hast du mich denn gefunden?» wisperte Lucille, teils aus Ehrfurcht vor der Umgebung, teils aus dem Gefühl heraus, eine solche Frage dürfe nur leise gestellt werden.

«Ich habe eben gesucht.»

«Aber du hast ja nicht mal gewußt, in welches Museum wir gehen», stellte Lucille scharfsinnig fest.

«Ich war auch schon im Museum für Naturgeschichte. Sieht dir ähnlich, mir das nicht vorher zu sagen. Lennie Krieger hättest du es bestimmt gesteckt.»

«Ich kann Lennie gar nicht leiden», sagte Lucille.

«Nein, aber auf der Party, da hast du überhaupt niemand anders angesehen. Und auf der Treppe hast du kaum den Mund aufgemacht. Es war das reine Wunder, daß du mir überhaupt erzählt hast, ihr geht ins Museum.»

«Darüber bin ich jetzt so froh.»

«Lennie fährt auch ins Camp Manitou.»

«Ich weiß.»

«Lucille», fragte Herbie jetzt mit dem Mut der Verzweiflung, «willst du im Camp *meine* Freundin sein?»

Sie überdachte diese Frage sehr ernsthaft mit gesenkten Augenlidern. Dann sah sie ihn offen an. «Ja, Herbie», sagte sie, «ich hab dich gern.»

Wieder, wie schon einmal, schwoll Herbie das Herz in namenlosem Entzücken. Die fatale Scheitelgeschichte war wettgemacht, ja, es war sogar ein bedeutender Fortschritt errungen worden. Es hatte sich also doch gelohnt, den ‹Grünen Bogenschützen› zu opfern.

Die Finger der Kinder verschränkten sich, und an die kühle Glasscheibe vor der Krypta gelehnt, schlenkerten sie ihre Arme in zärtlicher, stummer Seligkeit vor und zurück. Diese Grabkammer war ein wunderbar romantischer Ort, nicht etwa, weil es ein Kunstwerk, sondern weil es ein verschwiegenes Plätzchen war. Eine große Apfelsinenkiste hätte dieselben Dienste getan. Hätte der ägyptische Künstler, als er die Fresken malte, geahnt, daß er damit das Liebesnest für zwei jüdische Kinder viertausend Jahre später dekorierte, die seine Wandmalereien nicht einmal beachteten, dann hätte er sich vielleicht nicht so große Mühe gegeben, den Farben Dauerhaftigkeit zu verleihen. Da hörten sie Cliff so laut, daß es von den Wänden widerhallte, rufen: «Sie sind bestimmt dahinten, Mrs. Glass.» Sie fuhren auseinander, und die Mutter fand sie völlig vertieft in das Studium einer Hieroglyphenzeile und hörte Herbie gerade sagen: «Ich möchte bloß mal wissen, ob jemand diese Krakelfüße lesen kann. Aber deine Mutter wird das bestimmt wissen. Oh, Mrs. Glass, da sind Sie ja!» Er wiederholte seine Frage für Mrs. Glass, die, während sie alle in die sonnendurchflutete Eingangshalle hinaustraten, alles Wissenswerte über Hieroglyphen vom Stapel ließ.

«Und was haltet ihr jetzt von einer Portion Sahneeis?» fragte sie dann.

Ein freudiger Chor antwortete ihr. Als sie das Museum verließen, fragte Herbie: «Haben Sie Cliff das Bild erklärt, Mrs. Glass?»

«Ja, denk mal, ist das nicht seltsam, wir konnten es nicht finden», erwiderte Mrs. Glass.

«Sie müssen es inzwischen woanders hingehängt haben», meinte Cliff.

«Ja, jetzt fällt mir ein, da kamen ja auch zwei Wärter mit einer Trittleiter herein, als wir gingen», unterstützte ihn Herbie.

«Merkwürdig! Die Sonnabendnachmittag-Ausstellungen werden sonst nie verändert. Nun, ich habe Cliff statt dessen ein paar andere Bilder erläutert, Barockbilder, denn um ein solches muß es sich gehandelt haben. Und Cliff hat wirklich sehr aufgeweckte Fragen gestellt.»

Im Park stand ein Eisverkäufer. Mrs. Glass verlangte drei Portionen Erdbeereis. «Du mußt aber auch eins essen, Mammi», verlangte Lucille, worauf die Dame lachend und ‹ausnahmsweise heute einmal› ein Schokoladeneis forderte. Lucille verschlang ihr Eis in drei Happen und warf die Waffel fort, die Jungen aber schleckten es langsam mit der Zunge aus und aßen auch die Waffeln. Mrs. Glass reichte dem Eisverkäufer einen Zehndollarschein, auf den herauszugeben er sich entrüstet weigerte.

«Wie unangenehm!» sagte Lucilles Mama. «Ich habe kein Kleingeld bei mir und weiß nicht – –»

«*Ich* kann bezahlen, Mrs. Glass», erbot sich Herbert weltmännisch und hielt dem Eisverkäufer zwei Zehncentstücke hin.

«Aber, Herbie, ich kann mich doch nicht von dir einladen lassen», protestierte Mrs. Glass.

«Ich hab noch massenhaft Geld, machen Sie sich keine Gedanken, Madam», erklärte Herbert spendabel, der sich vorkam, als sei er zwei Meter groß.

«Deine Mutter ist wirklich sehr lieb zu dir.»

«Jawohl, Madam.»

Sie gingen jetzt zur U-Bahn-Station. Unterwegs nahm Cliff Herbie beiseite und zischte: «Bist du wahnsinnig geworden? Wir sind doch jetzt ganz blank.»

«Keine Bange! Sie wird uns schon die Fahrkarte bezahlen», flüsterte Herbie zurück.

Aber er hatte sich verrechnet. An der Ecke der Lexington Avenue und der Siebenundzwanzigsten Straße drehte sich Mrs. Glass zu den Jungen um und sagte bedauernd: «Zu schade, aber wir können euch leider nicht mitnehmen. Wir fahren nämlich in die Stadt. Auf Wiedersehen.» Und damit verschwand sie mitsamt ihrem Töchterlein im Eingang zur U-Bahn, ehe die überraschten Jungen auch nur ein Wort hervorbringen konnten.

Dort standen die Vettern, gestrandet und zehn Meilen von zu Hause entfernt. «Verdammter Mist!» fluchte Cliff. «Was machen wir jetzt?»

«Ich konnte doch nicht wissen, daß sie noch in die Stadt fahren wollen! Sie wohnen ja in der andern Richtung», sagte Herbie geknickt. Der Spendierrausch war verflogen, und übrig blieb der seelische Kater, den der Zustand des Pleiteseins auszulösen pflegt.

«Wie weit ist es denn bis nach Haus?» fragte Cliff.

«Keinen Schimmer. Vielleicht hundert Meilen oder so.»

«Bestimmt noch mehr! Das schaffen wir nie zu Fuß.»

Ja, die U-Bahn war der fliegende Teppich aus dem Märchen. Ihre Stationen glichen Oasen in einer unermeßlich weiten Wüste. Mit einer Handvoll Fünfcentstücke konnten die Jungen überall hingelangen, ohne sich zu verirren. Ohne diese kleinen Metallplättchen aber, die sie zu Herren des Wunderlandes machten, waren sie hilflos. Sie wußten nicht einmal, welche Richtung sie einschlagen mußten.

«Ach, wir werden schon jemand treffen oder was finden», versuchte Herbert zu trösten.

Aber sie trafen niemand und sie fanden auch nichts. Anderthalb Stunden vergingen mit ziellosem Hinundherlaufen auf der Lexington Avenue. Die Sonne ging unter, und wie auf ein geheimnisvolles Zeichen erstrahlten die Straßenlaternen; ein kalter Wind wehte. Erschöpft und hungrig lehnten sich Herbie und sein Vetter gegen das Schaufenster eines Restaurants und starrten die Berge dampfender Speisen auf den Wärmeplatten an.

«Ich könnte ein Pferd essen», sagte Cliff.

«Ich einen Elefanten», überbot ihn Herbie.

«Ich könnte zwei Elefanten essen.»

«Und ich ein Sandwich aus einem Elefanten zwischen zwei Mastodonten», übertrumpfte ihn Herbie. Aber dieses Übertreibungsspiel machte den Jungen heute kein rechtes Vergnügen, und sie verstummten.

Nach einer Pause sagte Herbie: «Tut mir leid, Cliff, daß ich so einen Blödsinn gemacht hab.»

«Ach, Quatsch, Herbie, ist schon okay. Ich fürchte nur, unsere Mütter werden so allmählich anfangen, sich aufzuregen.»

Jetzt nahm Herbie seinen ganzen Mut zusammen und trat einem massigen, rotgesichtigen Mann in den Weg. «Mister, mein Vetter und ich haben kein Fahrgeld. Könnten Sie uns wohl zehn Cent borgen und mir Ihre Adresse geben – –»

«Scher dich bloß weg, du Bettellümmel», knurrte der Mann und hastete weiter, ohne Herbie eines Blickes zu würdigen. Verzagt ließ sich der dicke, kleine Junge in seinem sauberen, neuen Anzug auf den Bordstein nieder und dort hockte er, den Tortenhut weit aus der Stirn geschoben, ein Bild des Jammers. Cliff setzte sich neben ihn.

«Cliff, wir müssen doch nach Haus! Wir gehen zu einem Polypen.»

«Kommt nicht in Frage, Herbie. Mit den Blauen will ich nichts zu tun haben.»

«Aber vielleicht gibt er uns zehn Cent und läßt uns sonst in Ruhe.»

«Nee du, mach ich nicht. Nicht zu einem Polypen.»

Es war Cliffs Verhängnis, daß seine Mutter ihm von frühester Kindheit an bei jeder Unart gedroht hatte, einen Polizisten zu holen, der ihn mitnehmen würde. Die Folge davon war, daß in Cliffs Vorstellungswelt Polizisten Teufel waren.

«Na, das ist jedenfalls mein Vorschlag», wiederholte Herbie eigensinnig. «Wenn du was Besseres weißt, dann sag's.»

«Komm runter auf den Bahnsteig», befahl Cliff plötzlich entschlossen.

Sie liefen die Treppe zu dem Schacht hinunter und standen wenige Augenblicke später vor den Drehkreuzen. Rechts und links von ihnen strömten die Menschen aus und ein, und jedesmal erklang das metallische Ping-Pang, das die Begleitmusik der Stadt New York ist, genau wie das Rauschen der Bäume im Wind die des Waldes. Sie lungerten dort ein Weilchen herum, so weit vom Wechselschalter entfernt wie möglich und dem wachsamen Blick des Stationsvorstehers durch die dichte Schar der Fahrgäste entzogen. Jeder wußte, was in dem anderen vorging, doch keiner wollte es zuerst aussprechen. Ping-Pang! Ein kleiner, grauhaariger Mann steckte sein Fünfcentstück in den Schlitz und stieß das Drehkreuz herum. Ping-Pang! Ping-Pang! Ping-Pang! Drei kichernde Mädchen schlüpften hintereinander hindurch. Ein Zug rasselte in den Bahnhof, spie zahllose Menschen aus, sog genau so viele wieder ein und machte sich kreischend wieder davon – in Richtung Heimat, aber ohne die Jungen. Nach wie vor waren sie ausgesperrt, ausgesetzt, verbannt, nur weil ihnen zwei kleine Metallplättchen fehlten. Die Unsinnigkeit und Ungerechtigkeit dieser Lage traf Herbie zutiefst.

«Bloß weil uns ein paar lausige Nickel fehlen, sollen wir nicht nach Haus können?» empörte er sich. «Wir haben ja wohl auch ein Recht, nach Haus zu kommen.»

«Aber wenn sie jeden umsonst fahren lassen würden, dann könnten sie ihre alte U-Bahn dichtmachen», wandte Cliff ein.

«Was sie machen könnten, ist mir egal, jedenfalls müßte jeder nach Hause fahren können, ob er nun ein lausiges Fünfcentstück hat oder nicht», erklärte Herbie, womit er den Grundstock für eine Moraltheorie gelegt hatte, auf die er seinen nächsten Vorschlag stützen wollte.

«Wenn du mich fragst, dann finde ich, wir sollten unter den Drehkreuzen durchkriechen. Wir haben das *Recht* dazu», verkündete er mit dem Pathos sittlicher Entrüstung.

«Ja, wenn wir nach Hause wollen, bleibt uns wohl nichts anderes übrig», stimmte Cliff zu.

«Ja, aber findest du nicht auch, daß wir das *Recht* dazu haben?»

«Nein, find ich nicht, aber das ist doch schnurz. Wir müssen nach Haus.»

Nun gehörte Herbie aber zu den Menschen, die nicht zur Tat schreiten, sofern sie nicht – zumindest nach ihrer Ansicht – die Moral auf ihrer Seite wissen.

«Aber *warum* sollen wir denn nicht das Recht haben, mit der U-Bahn zu fahren, genau wie alle andern?»

«Weil es einen Nickel kostet und wir keinen Nickel haben», erklärte Cliff langmütig.

«Aber ich hab dir doch eben gesagt – –»

«Also worüber zanken wir uns eigentlich? Ich mogle mich jedenfalls unter dem Drehkreuz durch, du kannst ja machen, was du willst.»

«Es ist aber kein Mogeln.»

«Okay, dann ist es eben kein Mogeln. Tu's nur nicht gerade, wenn der Kerl hersieht.»

«Weißt du was?» fragte Herbie. «Wenn wir nach Hause kommen, dann schicken wir der U-Bahn-Gesellschaft einen Nickel. Wie findest du das?»

«Meinetwegen, können wir machen. Aber erst müssen wir mal durchs Drehkreuz kommen.»

«Jetzt!» entschied Herbie, duckte sich und flitzte mit Cliff auf den Fersen unter der Schranke hindurch. Der kleine dicke Junge hätte jedoch klüger daran getan, die nackte Wirklichkeit ebenso scharf unter die Lupe zu nehmen wie die Moral. ‹Der Kerl› hatte die beiden, gerade als sie in die Hocke gingen, klar in seinem Blickfeld.

Sekunden später hatte er sie geschnappt. Er war ein großer, kräftiger Schwarzer mit einer Dienstmarke an der Jacke.

«He, he, wo wollt ihr Bengels hin?» donnerte er. Die beiden wandten sich zur Flucht. Cliff entwischte auch glücklich durch das Drehkreuz, aber für den tolpatschigen Herbie war es bereits zu spät. Der Mann packte ihn am Schlafittchen, rüttelte ihn und wiederholte wieder und wieder seine sinnlose Frage.

Herbie, angstschlotternd und nach Luft schnappend, weil sich eine dicke braune Hand in seinen ohnehin engen Kragen gezwängt hatte, röchelte mit hervorquellenden Augen. Als sein Vetter ihn so in der Klemme sah, kam er zurückgekrochen.

«Wir haben uns verlaufen, Mister, und wir wollen nur nach Hause, sonst gar nichts», schrie Cliff. «Wir sind keine Betrüger! Sobald wir nach Hause kommen, schicken wir der U-Bahn-Gesellschaft zwei Nickel.»

«Ja, bestimmt!» beteuerte Herbie winselnd. Der Mann lockerte seinen Griff, und jetzt sprudelte Herbie die ganze Geschichte ihres Unglücks hervor. Der Stationsvorsteher musterte den gutgekleideten Jungen neugierig, und noch ehe Herbie fertig erzählt hatte, fletschte er unter vorgehaltener Hand die schadhaften Zähne zu einem breiten Grinsen.

«Also, ihr schickt der U-Bahn die beiden Nickel, die ihr schuldig seid, he?»

«Bestimmt, Mister! Wir schwören es.»

«Ganz sicher?»

Herbie küßte den kleinen Finger seiner rechten Hand und schleuderte den Kuß himmelwärts. Genau betrachtet, schwor er nicht zum Himmel, sondern zum Straßenpflaster der Lexington Avenue hinauf, aber der schwarze Mann schien sich damit zufrieden zu geben. In diesem Augenblick donnerte ein Zug herein.

«Also, dann macht, daß ihr nach Hause kommt», rief er und gab Herbie einen freundlichen kleinen Schubs, «und daß ihr in Zukunft nicht wieder kleine Mädchen einladet mit dem Geld, das der U-Bahn gehört.»

Am nächsten Tag steckte Cliff pünktlich und pflichtschuldig einen Nickel in einen Briefumschlag, den er ‹An die U-Bahn-Gesellschaft New York› adressiert hatte. Herbie, der von seiner Mutter fünf Cent für ein Würstchen erbettelt hatte, steckte sie auch in einen Umschlag und machte sich damit auf den Weg zum Briefkasten, kam dabei aber an einem Delikatessengeschäft vorüber und erlag der Versuchung. Während er eine dampfende Wurst mit Senf und Sauerkraut verschlang, gelobte er sich hoch und heilig, die Schuld an die U-Bahn ganz bestimmt morgen abzutragen. Als er wieder heimwärts trottete, sah er, wie sich über ihm schwarze Wolkenmassen zusammenballten. Gerade als er die Haustür erreicht hatte, brach mit rollendem Donnerschlag und einem wild zuckenden Blitz das erste Unwetter des Jahres los. Herbie kam es vor, als habe sich der Himmel geöffnet und als blicke Gott von seinem hohen, weißen Thron auf der Suche nach Herbie Bookbinder zur Erde hinab. Am ganzen Leibe zitternd, jagte er in Riesensätzen die Treppe hinauf und stürzte zu Felicia ins Zimmer, die über ihren Schulaufgaben brütete.

«Bitte, bitte, Felicia, gib mir doch einen Nickel! Du hast doch Geld.»

«Das könnte dir so passen. Wofür denn überhaupt?»

«Ich *muß* es haben! Ich gebe dir am Sonnabend auch zwei wieder.»

«Nein.»

«Dann geb ich dir drei wieder!»

«Sag mir erst, wofür du ihn willst, dann kriegst du ihn fürs Doppelte.»

Bumm! Ein neuer Donnerschlag. Regengüsse schlugen gegen das Fenster.

«Bitte, bitte, gib ihn mir doch!»

Die Schwester sah prüfend in das käseweiße Gesicht des Bruders, dann sagte sie mit hochgezogenen Augenbrauen: «Na schön, meinetwegen.»

Sie verschwand in die Küche und kam mit dem Brotmesser zurück, das sie in den Schlitz ihrer Sparbüchse steckte, während sie diese umgekehrt über die Bettdecke hielt. Ein paar Münzen glitten an der Messerschneide entlang und rollten lautlos hinaus. Sie nahm einen Nickel.

«Da! Du kannst ihn mir zurückzahlen, wenn es dir paßt, und du brauchst mir auch nicht zu sagen, wofür du ihn willst. Gib ihn mir irgendwann einmal zurück, und damit gut.»

«Vielen, vielen Dank, Felicia!»

Wenige Minuten später rannte Herbie stolpernd und taumelnd durch den Orkan zum Briefkasten. Er warf den Brief ein und langte pitschnaß, aber mit wunderbar erleichtertem Gewissen wieder daheim an.

Es kam ihm auch nie der Gedanke, daß der Allmächtige es sich viel Mühe hatte kosten lassen, einen einzigen Nickel einzukassieren.

8

General Mülltonne wird getauft

Selbst unter günstigsten Umständen dürfte es kaum angenehm sein, mit der Nase auf Beton zu liegen, aber wenn dieser Beton der Boden des Schulhofes ist, der bereits eine gute Weile in der Maisonne geschmort hat und entsprechend heiß und auch schmutzig ist, dann ist dieses Erlebnis eindeutig unerfreulich. Dies war jedenfalls Herbies Ansicht, auf dessen Rücken Lennie Krieger kniete, der ihm mit der einen Hand den linken Arm verdrehte und die andere dazu benutzte, Herbies Nase auf dem Betonboden hin und her zu reiben, eine Tätigkeit, die er erst dann zu beenden gedachte, wenn Herbie laut und vernehmlich ‹Onkel› sagte. Da Lucille kaum einen Meter entfernt stand und zusah, war dies für Herbie keine leichte Sache, denn ‹Onkel› war ein Geheimwort, dessen Bedeutung ‹Du bist mir über› jedes Kind verstand. Da Lennie aber nicht nur stärker, sondern auch schwerer war als Herbie, die Frühstückspause noch volle zwanzig Minuten dauern würde und der Betonboden sehr hart, sehr heiß und sehr staubig war, keuchte Herbie «Onkel» hervor, wobei er insgeheim hinzufügte ‹Denkst du!›. Darauf standen die beiden Jungen auf und klopften sich den Staub von den Kleidern. Lucille warf Lennie einen beredten Blick zu und sagte: «Ich finde es gemein von dir, daß du dich an einem Kleineren vergreifst.»

«Dann soll er nicht solch großes Maul riskieren», antwortete Lennie ungerührt und steckte seinen herausgekrochenen Hemdzipfel nonchalant in die Hose.

Dies geschah am Donnerstag nach dem Besuch im Museum. Herbie, der Lucille vergeblich auf dem gewohnten Treppenabsatz gesucht, hatte das Schulgelände durchstreift und sie schließlich in einer verlassenen Ecke des Knabenhofes entdeckt, wo sie mit Lennie zusammenhockte und frühstückte. Trotz des schmerzenden, eifersüchtigen Stiches hatte er sich den beiden mit allen Anzeichen der Freude genähert und sich in die Unterhaltung gemischt. Das Thema war Lennies ehrgeizige Absicht, nach dem Eintritt in die höhere Schule dort Mitglied der Fußballmannschaft zu werden.

«Und welchen Sport willst du in der Oberschule treiben?» hatte Lennie höhnisch gefragt. «Vielleicht hundert Meter Topfschlagen?»

Herbie hatte ein dummes Gesicht gemacht und geschwiegen, und Lennie war fortgefahren: «Vielleicht spiele ich schon gleich im ersten Jahr als Läufer oder, wenn ich auffalle, sogar als Stürmer.»

«Vielleicht fällst du aber nicht auf, sondern durch», hatte Herbie gekräht. Das hatte gesessen. Lennie war in seiner bisherigen Schullaufbahn bereits zweimal durchgefallen.

Lucille hatte sich an ihrem Butterbrot verschluckt, den Bissen ausgespuckt und vor Lachen gequietscht. Darauf war ein kurzes Handgemenge zwischen den beiden Jungen gefolgt, das in der oben geschilderten Situation geendet hatte.

«Sieh dich nur vor, Lucille», sagte Herbie, als er jetzt aufstand und sich verschämt den Staub vom Gesicht wischte, «du bist vielleicht die nächste, die er verprügelt. Er ist nämlich mächtig tapfer.»

Sofort packte Lennie ihn wieder beim Schlips und fragte drohend: «Was? Hast du noch nicht genug?» Und als Herbie keinen Mucks von sich gab, schlug er mit der anderen Hand auf die gutgepolsterte Brust des Kleineren den Takt zu folgendem Verschen:

«Eins, zwei, drei
Schinken und Ei.
Ich schlag dich zu Brei.»

Dies war eine Herausforderung, die jeder Junge aus der Bronx annehmen mußte, und wenn ihm sämtliche Knochen im Leibe gebrochen werden sollten. Aber Herbie hatte für diesen Tag genug von Rippenstößen und Betongesichtsmassagen und blieb still. Ein Ehrenkodex, der verlangte, daß er sich zweimal hintereinander von einem viel stärkeren Jungen durchwalken ließ, schien ihm einen Haken zu haben. Es entging ihm aber auch nicht Lucilles enttäuschter Blick, als Lennie ihn mit einem verächtlichen Stoß freigab.

«Okay, Klein-Herbie, dann spiel mal mit Lucille ein bißchen Murmeln», rief der Sportsmann und stolzierte davon.

Auf der anderen Seite des Drahtzaunes schob ein Eisverkäufer seinen Karren entlang. «Möchtest du vielleicht ein Eis, Lucille? Ich habe vier Cent», sagte Herbie demütig.

«Nein, danke!» erwiderte Lucille schnippisch und dann mit Gefühlsausbruch: «Ich bin froh, wenn ich nächstes Jahr in die Mosholu Parkway Volksschule komme, ich hasse Lennie! Und dich hasse ich auch!» Und dabei stampfte sie mit ihren Füßchen auf und lief mit wehenden Locken davon.

In Gegenwart der Herzensdame erniedrigt und geschlagen zu werden, ist ein bitteres Erlebnis. Herbie streunte ziellos auf dem Schulhof herum und war so niedergedrückt, daß er es geradezu als Erlösung empfand, als das Gongzeichen erklang. Er legte seine gelbe Armbinde an und ging, wie es zu seinen Rechten gehörte, vor den anderen einsam und gebrochen die Treppe hinauf. Selbst seine Phantasie war durch Lucilles eisige Ablehnung wie gefroren. Sie weigerte sich sogar, ihm das bewährte Trostbild vorzugaukeln, das Lennie im Alter von einundzwanzig Jahren in Lumpen zeigte, wie er den wohlhabenden und eleganten Herbie um eine kleine Anleihe anflehte. Ja, der kleine, dicke Junge war wirklich auf dem Tiefpunkt angelangt.

Als er die Klasse betrat, hellte sich seine düstere Stimmung ein wenig auf, denn dort lag auf seinem Pult das Kostüm für das Theaterstück, das anläßlich der Schulabschlußfeier aufgeführt werden sollte: die Mütze eines Generals der Armee, ein langer Mantel mit Messingknöpfen und – das herrlichste von allem – eine richtige, echte schwarze Zigarre. Zu Ehren des Heldengedenktages sollte er die Rolle des Generals Ulysses S. Grant in ‹Die Übergabe bei Appomattox› spielen.

Ehe Mrs. Gorkin all ihre Träume begraben hatte und Lehrerin geworden war, hatte sie ein Jahr lang an der Schauspielschule studiert, was sie zur offiziellen Dramaturgin der Volksschule Nr. 50 qualifizierte. Ihre Klasse schwelgte bereits seit Wochen in den Freuden aufregender Proben, unregelmäßiger Schulstunden, der Befreiung von Hausaufgaben sowie weiterer Vorrechte, wie man sie einer Schauspielertruppe zugestehen muß. Mrs. Gorkin pflegte die benötigten Talente selten außerhalb der eigenen Klasse auszuwählen; es erschwerte nur die Übersicht und machte unnötige Umstände. Herbie mit seinem hellen Köpfchen und seiner Neigung, sich zu produzieren, war der gegebene Darsteller des Grant mit seiner langen Sprechrolle. Einen passenden Darsteller für General Robert E. Lee zu finden, war weit schwieriger gewesen. Zuletzt hatte Mrs. Gorkin diese Rolle doch, trotz schlechter Zensuren und verstockten Betragens, Lennie Krieger anvertraut, aus dem einfachen Grunde, weil er der Größte und Bestgewachsene der Klasse war und somit die für den General nun einmal unerläßlich gute Figur machte, den Mrs. Gorkin in Übereinstimmung mit vielen Historikern für den wahren Helden dieser Begegnung hielt.

Hinterher, als es bereits zu spät war, bereute sie diese Wahl bitter. Lennies Auf- und Abtritte sowie seine kriegerischen Gesten waren zwar von atemberaubender Schönheit, das leidige war nur, daß er seine Rolle nicht behalten konnte und die wenigen Zeilen, die in seinem Schädel haften blieben, in einem abgerissenen Stakkato aus dem Mundwinkel hervornuschelte. Offenbar hielt er es für unvereinbar mit seiner männlichen Würde, klar und deutlich zu sprechen. Hatte ihn Mrs. Gorkin durch zahllose Wiederholungen, Drohungen und Bitten schließlich soweit gebracht, daß er während der einen Probe ganze Sätze einwandfrei aussprach, dann leierte er sie beim nächstenmal in einer Art herunter, daß man glauben mußte, General Lee sei ein nichtsnutziger Racker, der ‹Ich darf nicht mit dem Radiergummi werfen› herzusagen hatte. Der Fehler war jedoch nicht wiedergutzumachen, und Mrs. Gorkin blieb nur noch übrig, auch Herbie aufzuerlegen, Lees Rolle zu lernen, um Lennie gegebenenfalls zu soufflieren.

Jetzt stellte sich die Klasse 7 B-1 auf und marschierte fröhlich zur Generalprobe in die Aula. Acht Jungen trugen nur Ausstattungsstücke, die Mrs. Gorkin in der Stadt gemietet hatte, und allein Grant und Lee waren von Kopf bis Fuß kostümiert. Die niederen Soldatenränge waren durch eine Mütze hier, eine Jacke oder Pistole dort charakterisiert, und aus Sparsamkeitsgründen dienten zwei Uniformen insgesamt einem Dutzend Militärs als Ausstattung: zwei Stabschefs, vier Ordonnanzen und mehreren unwichtigen Generälen. Der von allen dramaturgischen Pflichten befreite Rest der Klasse marschierte geschlossen mit, um sich den Spaß nicht entgehen zu lassen.

In einer winzigen Garderobe neben der Bühne zwängten sich die Jungen in ihre Kostüme. Lennie verwandelte sich alsbald in einen imposanten, schneidigen Krieger mit würdevollem Bart, welcher mittels Gummibändern an seinen Ohren befestigt wurde. Im Vergleich zu ihm machte Herbie als Grant eine recht traurige Figur. Der mit blitzenden Messingknöpfen besetzte Mantel hing wie ein Sack von seinen schmalen Schultern über sein wohlgepolstertes Bäuchlein hinab und büßte dabei gänzlich das nötige forsche Aussehen ein. Die reich verzierte und bestickte Mütze saß ihm über den Ohren. Er sah aus wie der Sohn eines Portiers, der in die abgelegte Uniform des Papas gestiegen ist. Um das Unglück vollzumachen, hatte man auch noch vergessen, ihn mit einem Backenbart auszustaffieren, und so schaute aus der grotesken, unförmigen Verkleidung ein rundes, frisches Apfelgesicht mit einer gewaltigen Zigarre. Als Mrs. Gorkin die Garderobe betrat, begrüßte sie der Sieger von Richmond mit dem Gejammer: «Au wei, au wei, Mrs. Gorkin, ich hab ja keinen Bart!»

«Doch, du hast einen Bart.»

«Aber nein, ich hab keinen.»

«Er steckt in deiner Manteltasche.»

«Ach so!» Aufatmend faßte Herbie in seine Tasche und brachte einen viereckigen Lappen aus speckigem schwarzen Filz zum Vorschein. «Das hier?» fragte er entsetzt.

«Jawohl, das hier!» erklärte Mrs. Gorkin. Sie nahm ihm den Fetzen aus der Hand und befestigte ihn mit zwei Schnappvorrichtungen an seinem Mützenrand. «Na bitte! Du siehst fabelhaft aus», sagte sie munter.

Herbie stürzte zum Spiegel, tat einen Blick hinein und brach fast in Tränen aus. Der schwarze Filzlappen sah genauso aus wie das, was er war, nämlich wie ein schwarzer Filzlappen. Mit einem Bart hatte dieser Fetzen soviel Ähnlichkeit wie mit der amerikanischen Flagge. Er versuchte, die Zigarre in den Mundwinkel zu klemmen, aber auch diese pompöse Wirkung war nun ruiniert. Zu diesem Behufe hatte er nämlich den Bart wie einen Vorhang hochzuheben, der dann zu beiden Seiten der Zigarre herabbaumelte und Mund und Kinn nackt und bloß ließ. Es war eine Katastrophe!

«Was hast du denn da für'n Ding im Gesicht?» Eine elegante Gestalt, die dem in den Geschichtsbüchern beschriebenen General Lee fast aufs Haar glich, sprach mit Lennie Kriegers Stimme.

«Ei–einen Bart», stammelte Herbie.

«'nen Bart! Ha, ha!» Lennie trommelte die ganze Klasse zusammen: «He, kommt mal alle her und seht euch Herbies Bart an!»

Die ganze heulende Meute stürzte sich auf ihn.

«Ha, ha! Das sieht ja aus wie'n Schuhputzlappen!»

«Nee, wie'n mohammedanischer Schleier!»

«Als wenn das Ding aus der Mülltonne käme!»

«Tut es ja auch.»

«Er sieht ja aus, als ob er Räuber und Gendarm spielen will.»
«Ist das eigentlich 'ne Mütze oder 'n Suppentopf?»
«Soll das 'n Mantel sein oder 'n Wäschesack?»
«Hurra, es lebe General Mülltonne!»

Dieser letzte Ausruf war Lennie Kriegers Beitrag. Er wurde mit Beifallsgejohle aufgenommen. «General Mülltonne! General Mülltonne!» Sie tanzten um Herbert herum und verhöhnten ihn mit Verbeugungen und Ehrenbezeigungen. Mrs. Gorkin eilte dem Bedrängten zu Hilfe und dämpfte den Höllenlärm, indem sie mit schriller Stimme dazwischenfuhr: «Was ist denn hier los?»

Die sonst so ruhige und beherrschte Lehrerin starrte aus wilden Augen. Die Haare standen ihr gesträubt um den Kopf. Sobald sie eine Schulaufführung vorzubereiten hatte, verwandelte sie sich in eine labile Künstlerin. Einmal, kurz ehe sich der Vorhang über der Gorkinschen Inszenierung von ‹Pinafore› heben sollte, hatte sie sogar einen denkwürdigen hysterischen Anfall erlitten. Jetzt funkelte sie die verstörten Jungen zornig an und zischte: «Noch ein einziger Laut und die ganze Aufführung wird abgesagt!» Damit rauschte sie hinaus. Lennie zog sein Schwert und schwenkte es hinter ihrem entschwindenden Rücken in einer höchst unpassenden Geste. Die anderen Akteure kicherten hinter vorgehaltenen Händen.

Die Generalprobe in der Aula hatte gerade begonnen, als sich eine der hinteren Türen öffnete und Mr. Gauss in einsamer Majestät den Mittelgang heruntergewandelt kam. Die Kinder sahen Mrs. Gorkin zusammenzucken. Sie erhob sich, gebot dem Gang der Handlung mit einer Handbewegung Einhalt und rief: «Alle aufstehen!» Die Kinder schnellten von ihren Sitzen hoch; die Schauspieler erstarrten in ihren Posen. Mr. Gauss begrüßte die Lehrerin und nahm neben ihr in der ersten Reihe Platz. «Setzen!» befahl Mrs. Gorkin.

«Macht nur weiter, Jungens, so, als ob ich gar nicht da wäre», rief Mr. Gauss leutselig.

Die Schauspieler nahmen ihre Rollen wieder auf. Lennie, durch die Anwesenheit des Rektors in heilsame Furcht versetzt, donnerte seinen Text zur Überraschung und Freude der Lehrerin herunter, daß die Aula widerhallte. Von Herbie jedoch war kein Wort zu verstehen, so sehr er sich auch anstrengte und schließlich aus Leibeskräften brüllte. Der schwarze Filzfetzen vor seinem Mund wirkte als Schalldämpfer und schwächte jedes Gebrüll zu einem dünnen Murmeln ab.

«Ich erinnere mich Ihrer gut aus dem Mexikanischen Krieg, General Lee», heulte er.

«Rinne im Hut aus Kanikrili», verstand man in der ersten Reihe.

«Was zum Kuckuck hat denn Grant vor dem Mund?» fragte der Rektor flüsternd.

«Einen Bart!» erwiderte Mrs. Gorkin und ballte nervös die Hände.

«Sieht aber aus wie ein schwarzer Filzfetzen», meinte der Rektor.

«Herbert, sprich lauter!» rief die Lehrerin. Herbie gellte, daß es ihm in den Ohren dröhnte. «Ich bedauere, daß wir uns unter so traurigen Umständen wiedersehen müssen.»

«Bauer und saurige Enten drehn müssen», vernahm Mr. Gauss undeutlich.

«Nein, hören Sie», wandte er sich an die Lehrerin, «der Junge muß das Ding abnehmen.»

«Und Grant soll aussehen wie ein pausbäckiger, elfjähriger Junge?»

«Besser, als wenn man glaubt, er sei geknebelt.»

Auf diese Weise wurde Herbert zu seiner unaussprechlichen Erleichterung den Bart los. Mrs. Gorkin hingegen kochte vor Wut. Als dann aber die Dinge ihren geordneten Verlauf nahmen und sie sich gerade wieder beruhigen wollte, zog Lee sein Schwert, um es zum Zeichen der Übergabe in die Hände des Gegners zu legen.

«Moment mal!» unterbrach der Rektor. Die Handlung stockte.

«Wo haben Sie denn eigentlich dieses Stück her, Mrs. Gorkin?» erkundigte sich Mr. Gauss.

«Ich habe es selbst geschrieben.»

«Sie sind sich aber wohl darüber klar, meine Liebe, daß die Überlieferung, Lee habe sein Schwert übergeben, nicht authentisch ist?»

«Durchaus», erwiderte die Lehrerin pikiert. «Aber es ist eine berühmte Überlieferung mit einer beachtenswerten Moral.»

«Etwas, das falsch ist, kann nie eine gute Moral enthalten. Wir streichen diesen Teil wohl lieber.»

Mrs. Gorkin schnappte hörbar nach Luft und zitterte am ganzen Leib. «Aber ohne diese Szene wird das ganze Stück sinnlos! Die letzte und wirksamste Replik hat General Grant, als er das Schwert zurückgibt, da heißt es nämlich: ‹General Lee, ich habe nicht einen Feind besiegt, ich habe einen verlorenen Bruder wiedergefunden.›»

«Ja, ja, das ist ja auch recht hübsch gesagt, meine Liebe, aber wir können den Kindern diese läppischen Geschichten ja schließlich nicht immer und ewig vorbeten.»

«Ohne die Schwertübergabe ist es aber kein Drama mit bühnenwirksamem Dialog», verteidigte sich die rothaarige Dame schrill.

Jetzt zogen unsichtbare Finger Mr. Gauss' Mundwinkel zu dem wohlbekannten Lächeln auseinander. «Wir sind ja auch nicht hier, um die Kinder zu unterhalten, sondern um zu lehren», entgegnete er voll Genugtuung.

In diesem Augenblick warf Mrs. Gorkin den Kopf in den Nacken und heulte laut in ihr Taschentuch.

Die Kinder waren schreckgelähmt und gleichzeitig hoch entzückt. Mr. Gauss war wie vor den Kopf geschlagen. Die Stille in der großen Aula wurde von einem zweiten erstickten Aufschrei zerrissen. Jetzt erhob sich der Rektor, tätschelte Mrs. Gorkin besänftigend den Arm und flehte: «Aber bitte, meine Liebe! Bitte, so fassen Sie sich doch! (*Neues Aufschluchzen.*) Ich ahnte ja nicht, daß Sie sich die Sache so zu Herzen nehmen würden. (*Geheul.*) Also bitte, dann lassen wir eben den Auftritt, wie er ist.»

Es folgten noch drei oder vier trockene Schluchzer, und dann tauchte Mrs. Gorkins Gesicht mit glücklichem Lächeln aus ihrem Taschentuch auf. «Oh, vielen, vielen Dank, Mr. Gauss», hauchte sie. «Also bitte, weiter im Text! Los, Lennie: ‹Sir, Ihnen diese Waffe überreichend ...›»

Lennie, der sie mit offenem Munde angestarrt hatte, riß sich zusammen, zog sein Schwert und schwang es hoch in die Luft.

«Sir, Ihnen diese Waffe überreichend, gebe ich Ihnen zwar das Schwert des Südens, jedoch nicht sein Herz», deklamierte er.

«Einen Augenblick», unterbrach Mr. Gauss wieder.

Mrs. Gorkin fuhr hoch, als habe sie eine Spinne an sich entdeckt.

«Ich möchte mir nur erlauben», sagte der Rektor, «darauf hinzuweisen, daß die Etikette fordert, daß er das Schwert mitsamt dem Gehänge und der Scheide übergibt.»

«Mr. Gauss», entgegnete die Lehrerin mit einer Stimme, die klang, als berühre jemand die straffgespannte Saite einer Gitarre, «ein gezogenes Schwert ist aber bühnenwirksamer!» Sie griff erneut zum Taschentuch.

«Oh, es war ja auch nur ein Vorschlag», beeilte sich Mr. Gauss zu versichern. «Ich ziehe ihn hiermit zurück.»

In diesem Augenblick erklang der Gong und die Generalprobe

mußte abgebrochen werden. Durch die Türen strömten, keuchend und stolpernd, Instrumente schleppende Kinder herein. Hinter ihnen tauchte Mr. Meng auf, der kleine schwarze Lehrer, der Klavier spielen konnte und deshalb das Schulorchester leitete, und ihm folgten unter dem Gewicht von gestapelten Feldstühlen fast zusammenbrechende Jungen, die ihre Last sogleich mit Gepolter neben dem Klavier absetzten und dort mit viel Gescharre aufstellten. Mrs. Gorkin folgte ihrer Truppe in die Garderobe, wo sie sie noch einmal mit zitternden Händen und hervorquellenden Augäpfeln unter den gräßlichsten Drohungen verwarnte, und führte dann den Rest ihrer Klasse aus der Aula.

Mr. Gauss nahm jetzt seinen Platz in dem großen, pompösen Armsessel in der Mitte der Bühne ein. Ihm zur Rechten thronte die stellvertretende Rektorin, Mrs. Korn, eine große, strenge Person mit gelber Mähne, und zu seiner Linken saß eine üppige Dame von der Schulbehörde. Wieder ertönte der Gong. Mr. Meng am Klavier hob seine Hand und sah fragend zu Mr. Gauss hinüber. Der Rektor nickte. Die Hand schlug herab, die Blasinstrumente heulten auf, die Geigen quietschten, die Schlagzeuge dröhnten, und ein schrilles, jaulendes Klanggewirr erfüllte die Aula, aus dem das im Doppelforte gehämmerte ‹The Stars and Stripes for ever› kaum herauszuhören war. Von einer Seite der Aula marschierte eine Knabengruppe heran, von der entgegengesetzten näherten sich die Mädchen. Denn unter welchen Qualen, Ängsten und Mühen Mrs. Gorkins Aufführungen auch immer das Licht der Welt erblickten, ein gesegneter Umstand machte all dies wieder wett: sie fanden stets vor ausverkauftem Hause statt.

Bald war die Aula gefüllt. Die aufmarschierenden Kinder standen, ohne sich zu mucksen. Mrs. Korn trat vor und schmetterte wie ein Unteroffizier auf dem Übungsplatz: «Fahnenträger, vorwärts marsch!» Und schon setzten sich drei wohlfrisierte und gewaschene Ehrenknaben aus der achten Klasse, von denen der mittlere eine Flagge trug, den Mittelgang hinunter in Bewegung. Trommel und Becken untermalten ihre Schritte in dröhnendem Wirbel und erstarben, als die Flagge die Bühne erreicht hatte. Mrs. Korn riß den Arm zu militärischem Gruß hoch, alle Kinder taten es ihr nach, und aus tausend jungen Kehlen erscholl nun: «Ich schwöre der Flagge Treue ...»

Mrs. Korns Blick schweifte auf der Suche nach einer zitternden

Hand, einem unsteten Auge, einem schmutzigen Hemd oder einem Halstuch von falscher Farbe durch die Aula. Am Schluß des Fahneneides ertönten zwei Akkorde auf dem Klavier, worauf alle Kinder sich setzten wie ein Mann und sich sämtliche Köpfe auf die Brust senkten. Jetzt marschierte Mrs. Korn von der Bühne herab und beorderte allein durch einen drohenden Blick ein Mädchen, das während des Fahneneides gegähnt hatte, aus der Reihe heraus und den Mittelgang entlang zu ihrem Zimmer, wo es der Aburteilung zu harren hatte. Als diese Dame zu ihrem Sessel zurückgekehrt war, erhob sich Mr. Gauss und verlas aus der vor ihm aufgestellten Bibel einen Psalm. «O Herr, wie zahllos sind meine Peiniger», deklamierte er, und falls die Kinder verstanden, wie passend gerade dieser Anfang für sie war, so verrieten sie es jedenfalls mit keiner Miene.

Unterdessen waren die Schauspieler in ihrer Garderobe unbeaufsichtigt und daher außerordentlich vergnügt, denn nur wenige Freuden auf dieser Erde sind so süß wie die, andere nach einem idiotischen Drill Paraden vollführen zu sehen, während man selbst davon befreit ist (worin auch der wahre Grund für die Beliebtheit derartiger militärischer Schaustellungen zu suchen ist). Sie spielten ein aufregendes Kartenspiel, das Lennie eingeführt hatte und das von ihm geleitet wurde, eine Art Poker, das genau wie zahllose ähnliche Spiele an den Rinnsteinen von New York erfunden worden war. Die scheußlich bemalten Karten zeigten bekannte Baseballstars, und zehn Stück davon kosteten einen Cent. Herbie, der keine Karten mehr besaß und darum nicht mehr mitspielte, unterzog währenddessen das in einer Ecke liegende Schwert General Lees einer kritischen Musterung. Schließlich umgürtete er sich sogar damit, zog blank und führte sehnsuchtsvoll ein paar Lufthiebe aus.

«Schnall das Schwert ab, General Mülltonne, oder ich kitzle dir damit die Nase», knurrte Lennie, vom Spiel aufsehend. Die anderen lachten.

Herbie gehorchte mit brennenden Wangen. Als er das Schwert wieder in die Ecke stellte, entdeckte er am Heft einen kleinen schwarzen Knopf. Er drückte darauf, es geschah nichts. Er drückte kräftiger, und plötzlich rutschte das Schwert einige Zentimeter tiefer in die Scheide. Als er jetzt versuchte, das Schwert wieder herauszuziehen, saß es wie festgemauert. Wieder drückte er auf den Knopf, und nun ließ es sich spielend leicht herausziehen. Diesen Mechanismus der Waffe hatte Lennie ganz bestimmt übersehen, denn er hatte sich ja vor den anderen neidischen Jungen hinreichend mit seinem Schwert gebrüstet und alle Einzelheiten genauestens erklärt. Herbie schielte über die Schulter zu General Lee hinüber, der mit in die Stirn geschobenem Bart ganz vertieft in das Spiel dasaß. Der kleine Dicke ließ die Ereignisse des Tages im Geist noch einmal an sich vorüberziehen: erst Betonmassage, dann Verhöhnung wegen des schwarzen Filzbartes, dann ‹General Mülltonne!› und jetzt noch obendrein die Drohung, sein Profil abzuplatten. Er drückte behutsam auf den Knopf und verschloß so das Schwert in der Scheide, lehnte es wieder an die Wand und stahl sich davon, um durch eine Ritze in der Garderobentür einen Blick auf die Versammlung in der Aula zu werfen.

Mitten auf der Bühne stand ein großes Mädchen mit strähnigem schwarzen Haar und einer dicken Hornbrille auf der Nase und deklamierte: ‹Auf Flanderns Feldern blüht der Mohn›. Die Kinder saßen wie zu Salzsäulen erstarrt auf ihren Bänken und stierten wie benebelt vor sich hin. Es war bereits der dritte Vortrag desselben Gedichtes innerhalb der letzten zehn Minuten, denn sowohl die fünfte, sechste als auch die achte Klasse waren aufgefordert worden, ein Gedicht aufzusagen, und jeder Klassenlehrer hatte seinen Musterschüler auf die Bühne geschickt, um anläßlich des Heldengedenktages dasselbe der Gelegenheit angepaßte Gedicht vortragen zu lassen. Niemand vermochte diesen Wiederholungen Einhalt zu gebieten. Ist eine Schulfeier erst einmal in Gang gekommen, läuft sie ab wie das Uhrwerk einer Höllenmaschine. So hörten die Kinder jetzt zum drittenmal die Sprecherin die kühne Kurve um die rhetorisch verzwickteste Ecke nehmen:

> So übernehmt denn unsern Kampf:
> Wir reichen euch mit sterbender Hand *die Fackel.*
> An euch ist es, sie hochzuhalten.

Anstatt wie gewöhnlich zu sprechen:

> So übernehmt denn unsern Kampf:
> wir reichen euch mit sterbender Hand
> die Fackel. An euch ist es, sie hochzuhalten.

Jeder der drei Lehrer, der seine Vortragskünstler gedrillt, hatte diese Version besonders originell und ausdrucksstark gefunden, und traurig war es für ihn, nun feststellen zu müssen, daß die anderen die gleiche künstlerische Inspiration gehabt hatten. Das Unglückswurm auf der Bühne haspelte sich bis zur letzten Zeile durch und schlich sich unter dem mageren Beifallsgeklatsche von der Bühne. Dann stellte Mr. Gauss die üppige Dame von der Schulbehörde als ‹Mrs. Moonvess› vor und kündigte den Kindern eine große musikalische Überraschung an: Mrs. Moonvess werde mit ihnen nun ein Lied eigener Komposition einüben. Die kompakte Dame erhob sich, zwängte sich einen Kneifer auf die Nase, brachte einen Taktstock zum Vorschein und kam nervös hüstelnd nach vorn.

«Jungen und Mädchen der Volksschule 50, ich habe ein dem heutigen Tage angemessenes Gedicht in Musik gesetzt. Ich werde euch jetzt mit Hilfe meines guten Freundes Mr. Meng die erste Strophe des Liedes vorsingen – eine Vertonung von ‹Auf Flanderns Feldern ...›»

Man sollte meinen, daß so etwas wie ein stummes Stöhnen den Naturgesetzen widerspricht und darum unmöglich ist, und doch läßt sich das, was jetzt lautlos durch die Aula rauschte, nicht anders beschreiben. Mrs. Korn schoß wütende Blicke über ihren Kneifer, aber alle Kinder saßen mit steinernen Gesichtern da. Das stumme Gestöhn verklang ungestraft, und Mrs. Moonvess schmetterte die erste Strophe. Während der folgenden fünfzehn Minuten mühte sie sich damit ab, es den Kindern einzubleuen. Mit dem Text gab es keine Schwierigkeiten, zu diesem Zeitpunkt kannten sie ihn bereits auswendig. Was aber über ihr Vermögen ging, war, Mrs. Moonvess' bizarre Melodie zu fassen. Als diese Dame ihnen schließlich, unverdrossen und erbarmungslos den Taktstock schwingend, das ganze Lied abrang, war das Resultat ungemein befremdlich und trostlos und glich einer von chinesischen Mönchen gequäkten Hymne. Bei einem neuen Versuch aber sprang Mr. Gauss auf und dankte ihr überschwenglich für ihren Beitrag zur Feier. Ihr sichtlich widerstrebender Rückzug in den Sessel wurde von lautem Beifallsgeprassel begleitet.

Jetzt kam Mrs. Gorkin die Bühnentreppe herunter. Herbert wisperte «Achtung!», das Spiel wurde abgebrochen, und die Karten waren im Handumdrehen verschwunden. Als die Lehrerin eintrat, standen ihre Schauspieler so still und brav da, als könnten sie kein Wässerlein trüben. Lennie, der sich in letzter Minute mit seinem Schwert umgürtet, in der Eile aber vergessen hatte, seinen weißen Bart aus der Stirn zu ziehen, bekam eine gründliche Abreibung. Mrs. Gorkin schwor hoch und heilig, ihn in die Klasse 7-A zurückzuversetzen, falls er ihr Schauspiel in irgendeiner Weise verderben sollte. Lennie ließ den Kopf hängen und muckste sich nicht mehr.

Mittlerweile gab Mr. Gauss als Einführung einen Abriß des Bürgerkrieges von Fort Sumter bis Richmond. Bei Gettysburg verweilte er lange genug, um Lincolns Ansprache wortwörtlich zu zitieren. Sehr eingehend erläuterte er sodann, daß die Übergabe von Lees Schwert, welche man alsbald dargestellt sehen werde, niemals stattgefunden habe, weshalb diesem Teil des Schauspiels keine übermäßige Beachtung zu schenken sei. Bei dieser Stelle zerriß Mrs. Gorkin ihr Taschentuch, das sie in feuchten Händen knetete, in zwei Teile.

«Und nun», verkündete Mr. Gauss seinen erschöpften Zuhörern, «sehen wir das Schauspiel ‹Die Übergabe bei Appomattox› von Mrs. Gorkin.»

Er setzte sich. Mrs. Gorkin gab Herbert einen Schubs, und er marschierte auf die Bühne hinaus, und ihm auf den Fersen folgten ein General und eine Ordonnanz. Wie man es ihm beigebracht hatte, stapfte er bis zur Mitte, ließ seine Blicke über die Zuschauer schweifen und wollte gerade die erste Zeile hinausschmettern, als er – o Schreck – in der zweiten Reihe Lucille Glass sah, die ihn erwartungsvoll anstarrte. Sein Text war wie ausgelöscht aus seinem Gedächtnis. Plötzlich wurde er sich bewußt, daß tausend Gesichter stumm und neugierig auf ihn gerichtet waren. Seine Knie wankten. Der Mund stand ihm offen. Panische Angst packte ihn.

Da drang Mrs. Gorkins Stimme in heiserem erregtem Geflüster an sein Ohr: «Was mag General Lee so lange aufhalten? *Was mag General Lee so lange aufhalten?*»

«Was mag General Lee so lange aufhalten», deklamierte er laut und mechanisch. Der Klang der eigenen, die ganze Aula füllenden Stimme erweckte ihn wieder zum Leben, und er fuhr mit Schwung fort: «Gewiß, gewiß, sechzehn Jahre hat er mir voraus. So steht es ihm wohl zu, mich warten zu lassen. Ha, ha.» Dabei stopfte er sich mit weitausholender, großartiger Gebärde die Zigarre in den Mund, was ersticktes Kichern unter den Zuhörern hervorrief. Von da an war sein Auftritt die vollendete Entsprechung dessen, was man im Bühnenjargon einen ‹Bombenerfolg› nennt, und selbst das Fehlen eines schwarzen Backenbartes wurde durch sein Feuerwerk an Witz und Temperament wettgemacht.

Als General Lee jetzt die Bühne betrat, sah er so unerhört fesch und schneidig aus, daß er Beifall auf offener Szene erntete.

«Ich hoffe, ich habe nicht zu lange auf mich warten lassen, General Grant», nuschelte er, daß es kaum an Mr. Gauss' Ohr drang, der keine fünf Meter von der Bühne entfernt saß. Lennie hatte nicht etwa Lampenfieber, nein, er weigerte sich einfach, vor den Kameraden klar und deutlich zu sprechen und damit seine Männlichkeit mit einem nicht wieder auszulöschenden Makel zu behaften. Kein Racheakt von seiten Mrs. Gorkins hätte schlimmer sein können als diese Schande. Er war stolz auf die Uniform und das Schwert und noch stolzer darauf, sich der ganzen Schule präsentieren zu können, und das reichte ihm. Folglich würde sich auch Mrs. Gorkin damit zufrieden geben müssen.

So nahm das Spiel seinen Fortgang. General Grant schmetterte seine Repliken, daß die Scheiben klirrten, General Lee aber vertraute seine Antworten in unverständlichem Kauderwelsch seiner rechts von ihm stehenden Ordonnanz an, weil es seine Gewohnheit war, aus dem rechten Mundwinkel zu brummeln. Dies rief bei den Zuschauern den Eindruck hervor, als sei General Lee nicht nur taub, sondern auch krankhaft schüchtern – eine höchst überraschende Charakterisierung. Obwohl Mrs. Gorkin die Rollen so umgeschrieben hatte, daß man auch allein aus General Grants Worten der Handlung folgen konnte, rief dieser halb gebrüllte und halb gemurmelte Dialog doch eine ausgemacht befremdende Wirkung hervor. Schließlich griff Mr. Gauss ein: «Lauter, General Lee, man kann Sie nicht verstehen!» rief er, was eine Welle von Gekicher auslöste.

In seiner Ehre getroffen, brüllte Lennie jetzt: «Sir, Ihnen diese Waffe überreichend, gebe ich Ihnen zwar des Südens Schwert, doch nicht sein Herz.» Er packte sein Schwert, setzte zu einem kräftigen Ruck an und schnurrte wie ein Kreisel um sich selbst. Das Schwert saß fest in der Scheide.

Er war über die Maßen erstaunt. Wieder versuchte er es mit einem Ruck; die Waffe rührte sich nicht. Die Zuschauer glucksten und pruschten. Er holte tief Luft. «Sir, Ihnen diese Waffe überreichend», gellte er, «gebe ich Ihnen zwar des Südens Schwert, doch nicht sein Herz.» Mit beiden Händen den Schwertknauf umklammernd, zerrte er das Gehänge in Brusthöhe, so daß mit der Jacke auch sein Hemd hochrutschte und die nackte Haut zum Vorschein kam. Das Schwert aber saß wie angenietet.

«Na, dann lassen Sie eben das Herz, General», improvisierte Herbie. «Das Schwert allein reicht mir auch.»

Tosendes Gelächter brandete durch die Aula. Mrs. Gorkin kreischte aus der Garderobe in den höchsten Tönen: «Schnall es ab, schnall es doch ab!» Lennie aber hatte völlig den Kopf verloren, ruckte und zerrte an dem Schwert und begann vor Wut zu fluchen. Jetzt erhob sich Mr. Gauss, um zur Tat zu schreiten, aber da gebot Herbie, durch seinen Erfolg kühn gemacht, Einhalt und rief: «Einen Augenblick, General.»

Das Gelächter erstarb, und Lennie starrte ihn verständnislos an. Mit ein paar energischen Schritten war Herbie an General Lees Seite, faßte das Schwert und zog es so mühelos heraus, als sei es geölt. Den Zuschauern entrang sich ein stöhnender Laut der Verblüffung. Darauf wandte sich Herbie an seine Ordonnanz: «Servieren Sie General Lee eine Tasse Kaffee, er scheint vor Hunger geschwächt zu sein.»

Unter den Beifallsstürmen und dem wilden Händeklatschen, das diesem Geistesblitz folgte, erhob sich Mr. Gauss und schüttelte Herbie die Hand. Das Spiel war zu Ende und wurde einmütig als Riesenerfolg betrachtet.

An diesem Tag lag Lennie Krieger von vier Uhr nachmittags bis halb acht Uhr abends in der Homer Avenue in einem Hinterhalt, um Herbie aufzulauern. Das einzige, was er damit erreichte, war jedoch, daß er sich um sein Abendessen brachte. Herbie war bereits um sechs Uhr heimgekommen, und zwar auf einem Umweg durch den Keller des Hauses Tennyson Avenue Nr. 142, der durch einen Gang mit dem Keller des eigenen Hauses verbunden war. So zeigte sich also General Grant bis zuletzt als der bessere Stratege.

9

Der Examenstag

Nun hätte man annehmen müssen, daß die Feindschaft zwischen den beiden Jungen damit für immer besiegelt gewesen wäre, und doch saßen Lennie und Herbie nur eine Woche später in der Mittagsstunde an einem schönen, heißen Junitag auf den schattigen Steinstufen eines Hauses gegenüber der Volksschule Nr. 50 und aßen umschichtig von einer Portion Eis aus demselben Pappbecher. Lennie hockte auf der untersten Stufe und sah demütig zu Herbie auf. Er war es auch, der das Eis spendiert hatte, und jedesmal, wenn er Herbie den Pappbecher reichte, war es wie ein Friedensangebot.

Nun gibt es für jedes noch so erstaunliche Phänomen eine Erklärung: Heute war der erste Prüfungstag für die Versetzung, und Lennie versuchte, sich innerhalb einer Stunde den ganzen Schatz an Weisheit einzuverleiben, den Herbie während des letzten Halbjahres aus der englischen Grammatik angesammelt hatte.

«Also, noch mal», bat Lennie, «was ist der Unterschied zwischen einem Nebensatz und einer adverbialen Bestimmung?»

«Also, ein Nebensatz ist ein Satz in einem Satz», erläuterte Herbie geduldig, «und eine adverbiale Bestimmung enthält nur ein Substantiv und eine Präposition.»

«Und was, zum Teufel, ist eine Präposition?»

«Na, zum Beispiel: an, auf, hinter ... und so.»

«‹Wenn› auch?»

«Quatsch, ‹wenn› ist doch eine Konjunktion.»

«Aber wie soll man denn das auseinanderhalten?»

«Heiliger Strohsack! Lennie, machst du eigentlich nie Schularbeiten? Nein: über, unter, vor, zwischen – das sind Präpositionen.»

Lennie zerknüllte den Eisbecher wütend in seiner schwieligen Faust und schleuderte ihn in den Rinnstein. «Ich bin geliefert, das ist mal sicher!»

«Nun paß auf, Lennie, das ist doch ganz einfach. Ein Nebensatz enthält immer ein Verb, eine adverbiale Bestimmung nie.»

«Ein Verb? So was wie laufen, springen, fliegen?»

«Genau.»

«Schön. Gib mal ein Beispiel.»

«Also: Er warf mir den Ball zu, den ich im Laufen auffing. Welches ist der Nebensatz?»

«Im Laufen», erwiderte Lennie prompt.

«Aber nein, das ist doch die adverbiale Bestimmung.»

«Du hast ja 'nen Knall! Da ist doch das Verb ‹laufen› drin.»

«Das ist aber hier kein Verb.»

«Also, hör mal, du kleiner Mistkäfer, entweder so oder so! Vor einer Minute hast du noch selber gesagt, ‹laufen› ist ein Verb.»

«Ja, das ist so 'ne Sache, manchmal ist es eins, und manchmal ist es keins. Mit der Sprache ist das eben komisch.»

Lennies Augen zogen sich zu Schlitzen zusammen. «Sag mal, General Mülltonne, versuchst du etwa, mich eine Stunde vor der Prüfung noch reinzulegen?» fragte er drohend und packte Herbie beim Schlips.

«Mensch, Lennie, ich könnte ja schließlich auch für mich allein büffeln, statt hier mit dir zu ochsen, stimmt's nicht? Na, also. Das war eben nur ein blödes Beispiel. Hier hast du ein besseres: Ich gehe, während er läuft. Welches ist der Nebensatz.»

Lennie starrte seinen Lehrer eine Weile mißtrauisch an, dann sagte er: «Während er läuft.»

«Richtig! Lennie, jetzt hast du's kapiert.»

Der große Junge lebte wieder auf. «Na, wenn das alles ist, werd ich die Sache schon deichseln. Sag mal, glaubst du, daß wir auch diese dusseligen Versfragen kriegen?»

«Darauf kannst du Gift nehmen.»

«Na, die hat vielleicht 'nen Nerv! In den Parallelklassen wird kein Mensch danach gefragt.»

«Weiß ich, aber sie hat nun mal 'nen Vogel mit ihren Gedichten. Aber es ist wirklich ganz leicht, Lennie, du brauchst dir nur den Unterschied zwischen Daktylus, Trochäus und Jambus zu merken.»

«Mehr nicht, was? Und worin, zum Teufel, liegt der Unterschied?»

«Das ist eben Versmaß, verstehst du. Ein Daktylus ist mal lang und dann zweimal kurz, ein Trochäus hat eine lange und eine kurze Silbe, Jamben eine kurze und eine lange. Dann gibt es noch ein Ding, das heißt Anapäst, aber das kriegen wir nicht in der Prüfung, hat sie gesagt.»

Lennie angelte einen mit schwarzem Heftpflaster verklebten Ball aus seiner Hosentasche und ließ ihn hängenden Kopfes von einer Hand in die andere fallen. «Und wenn ich die ganze Mittagspause drangebe, den Quatsch kann ich mir doch nicht merken. Wenn das rankommt, dann ist bei mir eben Feierabend.»

«Du, Lennie, das mußt du aber wissen!» Herbie dachte nach, seine Blicke folgten dabei dem Ball. Dann schnippte er mit den Fingern und rief: «Mensch, ich hab's! Probier doch mal, ob du es nicht so behalten kannst. ‹Torhüter› ist ein Daktylus, ‹Eckball› ist ein Trochäus, ‹zurück› ein Jambus.»

«Das hört sich schon anders an.» Lennie knallte den Ball in seine rechte Hand und steckte ihn dann in seine Tasche. «Torhüter: Daktylus, Eckball: Trochäus, zurück: Jambus. Aber wie soll ich ...»

«Wart's doch ab! Also sie schreibt einen Vers an die Tafel, nicht? Du liest ihn dir leise vor, und wenn er geht wie: ‹Torhüter, Torhüter, Torhüter›, dann schreibst du eben Daktylus hin. Geht er aber: ‹zurück, zurück, zurück›, dann ist es ein Jambus usw. Das ist das ganze Geheimnis mit einem Gedicht.»

Lennie murmelte die magische Formel einige Male vor sich hin. «Junge, das kann ich jetzt im Schlaf. Ich wünschte, in der ganzen Prüfung gäb's nur Gedichte.»

«So, und jetzt mußt du auch noch was über Partizipien wissen.»

«Au Backe! Dann wart mal eine Minute, ich hol uns erst noch ein Eis.»

Der junge Athlet spurtete zum Eiswagen an der Ecke und kehrte, in der Hand einen neuen Eisbecher, in Sekundenschnelle zurück, ohne auch nur schwerer zu atmen. Zum zweitenmal an diesem Tage aßen die erbitterten Feinde miteinander Eis. So nahe waren sie sich während ihres ganzen lebenslangen Kampfes noch nie gekommen. Herbie, bereit, die Verfolgung langer Jahre zu vergessen, empfand für den Gegner fast so etwas wie Zuneigung, weil er ihm helfen durfte. Und Lennie war nun, da Herbie ihm seine Gewitztheit so nutzbringend zur Verfügung stellte, bereit, sie ihm zu verzeihen.

«Sag mal, Herb», fragte er, als der Inhalt des Eisbechers zur Neige ging, «wie kommt es eigentlich, daß du diesen ganzen Stuß behältst? Viel Schularbeiten machst du doch auch nicht. Du treibst dich doch auch jeden Abend an der Ecke beim Bonbonladen rum, genau wie ich.»

«Na, und? Wie kommt es denn, daß du so schnell laufen kannst und fünfzehn Klimmzüge fertigkriegst? Das geht doch von ganz allein, stimmt's nicht? Genau dasselbe ist es bei mir.»

Lennie argwöhnte eine sophistische Beweisführung. «Nee du, halt mal! Ich treibe gern Sport, und deshalb bin ich gut drin, und du wirst ja nicht behaupten wollen, daß du Grammatik gern treibst?»

«Bist du verrückt? Ich finde Grammatik gräßlich», erklärte Herbert, ohne mit der Wimper zu zucken. Seine verwerfliche Freude an der Mechanik der Sprache einzugestehen, wäre genauso schlimm gewesen, wie zu bekennen, man sei morphiumsüchtig; ja fraglos wäre Lennie sehr viel eher bereit gewesen, Nachsicht mit seiner Süchtigkeit zu haben. «Es fällt mir eben leicht, das ist alles.»

Lennie grübelte darüber nach. «Na», meinte er schließlich, «jedenfalls bin ich hundertmal lieber wie ich bin und gut im Sport als so ein Musterknabe wie du, der über Nebensätze und Partizipien Bescheid weiß.»

«Ja, klar, das möchte jeder», entgegnete Herbie demütig. «Aber ich kann doch nicht dafür. Was soll ich denn machen? Bei jeder Prüfung einen Haufen Fragen mit Absicht falsch beantworten? Dadurch lauf ich doch auch nicht schneller.»

Dies rückte die Dinge in ein neues Licht. In Lennie tauchte die Ahnung auf, daß sein Feind am Ende doch keine Memme, sondern nur von fehlerhafter Konstitution sei. «Sieh mal, Herbie, manchmal bist du ganz in Ordnung und so wie alle andern. Im Völkerball zum Beispiel bist du gar nicht so übel. Aber warum interessierst du dich nicht für dieselben Sachen wie alle andern? Nehmen wir mal die Baseballmannschaft. Ich wette, du weißt nicht mal, wer der Tabellenführer in der Nationalliga ist.»

Herbie antwortete nicht.

«Ich wette – aber nein, das ist ja wohl unmöglich – wer in der Yankeemannschaft spielt, das weißt du doch, nicht?»

«Klar! Rechts außen spielt Babe Ruth und schlägt als vierter. Halbrechts steht Lou Gehrig und schlägt als dritter, und ... und ...»

«Junge, Junge! Und sogar das ist noch verkehrt! Ruth schlägt doch als dritter und Gehrig als vierter, Herb», stöhnte Lennie fassungslos, «das ist ja furchtbar.»

Herbie nickte mit schamrotem Gesicht. Eigentlich war er jetzt an der Reihe, von dem Eis zu essen, aber der Appetit war ihm vergangen, und er wehrte ab.

«Herbie, sogar Bunnie Lipman, dieser Nachtwächter, kennt sich bei den gesamten Oberligamannschaften aus. Du siehst also selbst, mit dir stimmt irgendwas nicht.»

«Ich wünschte, ich wüßte, woran es liegt, Lennie», klagte Herbie aus der Tiefe seiner Erniedrigung. Es hatte seine Richtigkeit: sobald es Baseball galt, setzte bei ihm einfach etwas aus. Jungen, die in der Schule dumm waren wie Bohnenstroh, konnten die Spielergebnisse und sämtliche Namen herunterrattern, während er sie sich nicht um die Welt merken konnte. Vergeblich hatte er die Sportberichte in der Zeitung studiert – die Zahlen der Spielergebnisse verdampften in seinem Gehirn genauso schnell wie Wassertropfen auf dem heißen Straßenpflaster im Juli. «Aber, das ist ja gar nicht so schlimm», tröstete Lennie. «Denn bei deinem Grips, da brauchtest du das nur mal auswendig zu lernen, und dann wärst du in Ordnung.»

«Ich will's versuchen, Lennie. Bestimmt!» Es war Herbies ernster Vorsatz, den Sommer darauf zu verwenden, Spaldings Sporthandbuch auswendig zu lernen. Fünf Minuten später hatte er ihn freilich vergessen, aber im Augenblick stand dieser Entschluß unverrückbar fest, und er war Lennie aufrichtig dankbar, daß er ihn auf den rechten Weg führen wollte. Dann machte er sich wieder mit Feuereifer an die Belehrung seines Schülers, mit so gutem Erfolg, daß Lennie, die Geheimnisse des englischen Satzbaus vor sich hin murmelnd, die Klasse betrat.

Der Ernst der Lage wurde bereits durch den auf jedem Pult bereitliegenden gelben Bogen deutlich. Diese übergroßen majestätischen Bögen schienen Werkzeuge des Jüngsten Gerichts zu sein. Um die Prüfung noch grausamer erscheinen zu lassen und etwa vorher abgesprochene Unterstützungsaktionen zu unterbinden, war die gewohnte Sitzordnung geändert worden. Herbie saß auf dem vorletzten Platz der früheren Mädchenreihe, und Lennie, dem es geglückt war, im rechten Augenblick vor der Lehrerin aufzutauchen, erwischte den Platz unmittelbar hinter ihm.

Dann verkündete Mrs. Gorkin die Kriegsartikel. Sie beschrieb den beklommen lauschenden Kindern, welche grauenvollen Strafen ihrer harrten, falls sie vorsagten, sich Zeichen gaben oder überhaupt woanders hinsahen als auf die Tafel. Ebensowenig wie für die Kinder war auch für sie diese Versetzungsprüfung nur ein Examen. Es war eine Schlacht. Für die Kinder stand ein halbes Schuljahr auf dem Spiel, für die Lehrerin aber bot sie Gelegenheit, sich für Verbohrtheit und mangelnde Beteiligung zu rächen. Sie würde keine Gnade walten lassen, und die Kinder würden sich vor Verstößen hüten. Wurde man bei einer Gesetzesübertretung ertappt, so hieß das sitzenbleiben. Daran war nicht zu deuteln.

«Und jetzt», kündigte Mrs. Gorkin an, «rolle ich die Landkarte auf. Und keiner fängt an zu schreiben, ehe ich nicht die Erlaubnis dazu erteilt habe.»

Auf einen Druck ihrer Hand schnellten Afrika und Asien zusammengerollt nach oben und enthüllten das nackte Antlitz des Schicksals. Zehn Fragen standen in blutroter Kreide an der Tafel. An einem gewöhnlichen Tag tat es die weiße Kreide – die auch viel leserlicher war als die bunte –, aber das leuchtende Blutrot fügte dem Ganzen noch eine heilsame Prise Schrecken hinzu.

«Fertig, los!» kommandierte die Lehrerin, und dreißig kleine Hände tauchten dreißig neue Stahlfedern in dreißig frischgefüllte Tintenfässer, und alsbald erschienen auf den gelben Bögen dreißig verschiedene Krakelfüßchen als Antwort auf die erste Frage.

Herbie Bookbinder nahm die Hürden spielend in der Hälfte der vorgeschriebenen Zeit. Sein launenhaftes Hirn, das allen wahrhaft nutzbringenden Kenntnissen, wie Spielergebnissen der Oberliga, abhold war, verwandelte sich, sobald es sich um so überflüssige Dinge wie Infinitiv oder Konjunktiv handelte, in ein wahres Treibhaus. Er lehnte sich zurück, um sich dem Genuß des Nichtstuns hinzugeben, der ja erst dann seine volle Würze erhält, wenn alle anderen sich abmühen. Plötzlich kam aus der Reihe hinter ihm ein kaum vernehmbares «Pst!» Vorsichtig wie eine Katze, die sich auf einen Sprung in die Tiefe vorbereitet, beugte er den Kopf zurück zum Zeichen, daß er das Notsignal vernommen.

«Herbie», flüsterte es verzweifelt, «was war denn bloß noch ein Daktylus?»

Nun hatte Herbie nicht die geringste Übung im Mogeln. An dieser Stelle ihres Gewissens pflegen die meisten Kinder eine Hornhaut zu entwickeln – gerade so wie ein Pferd an jenen Stellen, wo das Geschirr drückt –, aber Herbie war bislang auch ohne Mogeln gut durchgekommen, und so war sein Gewissen an dieser Stelle noch sehr empfindlich. Vor langer Zeit, als er in die erste Klasse gekommen war, hatte sein Vater ihn beiseite genommen und ihm folgendes eingeschärft: «Was du zu tun hast, tu so gut wie du kannst, nur mogle nicht! Lieber eine schlechte Zensur als mogeln.» Das hatte er nie vergessen.

«Um Himmels willen, Herbie, hörst du nicht? *Was ist ein Daktylus?*» Das Flüstern war lauter geworden – gefährlich laut. Mrs. Gorkin sah Herbert in die Augen, und er fühlte, wie er rot wurde. Dann wandte sie ihren Blick ab.

«Bist du nun 'n anständiger Kerl oder nicht? *Was ist ein Daktylus?*»

Welcher Junge wäre seit jenen fernen Zeiten, da Kain und Abel jung waren, je fähig gewesen, dieser Herausforderung zu widerstehen. In welches Verbrechen man auch immer hineingezogen werden sollte – Betrug, Diebstahl, Lüge, Grausamkeit oder Schlimmeres –, welcher Junge brächte wohl den Mut auf, nicht ‹anständig› zu sein? Herbie tat, als mache er sich wieder an seine Aufgaben. Nach einem Weilchen zog er aus seiner Hosentasche vorsichtig ein Fetzchen Papier und schrieb darauf ‹Torhüter›. Dann lehnte er sich zurück und ließ den Arm lose herunterbaumeln. Lennies heiße, feuchte Hand tastete sich an seine heran, um nach dem Zettel zu greifen.

Da kam Mrs. Gorkins Stimme durch die Luft geschwirrt wie ein Pfeil: «Herbert Bookbinder und Leonard Krieger, aufstehen!»

Herbie lief ein eiskalter Schauer den Rücken hinunter. Er und Lennie sprangen aus der Bank und standen, die Hände an der Hosennaht, stramm.

Die rothaarige Lehrerin schritt energisch auf den leeren Platz zu und bückte sich nach kurzer Suche nach einem Papierknäuel, das unter Herbies Bank lag. Mit schreckgeweiteten Augen sah die Klasse, wie sie den Zettel glättete und las. Als sie darauf nichts weiter entdeckte als ein einziges Wort, das sich obendrein noch auf den Sport bezog, sah sie so komisch verdutzt und genasführt aus, daß ein paar Kinder laut auflachten. Ein einziger lodernder Blick ließ sie jedoch sofort wieder verstummen.

«Jeder macht sich an seine Aufgaben – oder stellt sich zu diesen beiden hier!»

Achtundzwanzig Köpfe senkten sich tief über die Pulte.

Mrs. Gorkin sah lange und durchdringend auf das Wort ‹Torhüter›. Dann starrte sie ebenso durchdringend die beiden Jungen an, die stumm und ohne sich zu mucksen vor ihr standen. Danach drehte sie den Zettel um. Und dann wendete sie ihn wieder und ließ das Wort kopfstehen. Dann hielt sie ihn gegen das Licht. Aber außer dem Wort ‹Torhüter› wollte trotz aller Bemühungen nichts zum Vorschein kommen. Sie machte kehrt und ging, «Torhüter, Torhüter?» vor sich hinmurmelnd, zum Katheder zurück. Dort nahm sie einen Bleistift und einen Zettel zur Hand, kritzelte ganze Kolonnen unsinniger Wörter darauf, wie ‹Hütertor, Torhut, Huttor, Türhut› und so weiter, begutachtete dieses Werk kritisch, zerriß den Zettel und warf ihn in den Papierkorb.

«Raus mit euch!» befahl sie den beiden. «Gesicht zur Wand und keinen Laut, verstanden?»

Herbie stapfte vor Lennie hinaus, von dem dumpfen Gefühl durchdrungen, daß sein junges Leben sich einem gewaltsamen Ende nähere.

Fünfzehn qualvolle Minuten lang standen die Jungen, das Gesicht zur Wand gekehrt, auf dem stillen Korridor. Endlich verkündete der Gong das Ende der Stunde. Aus dem Klassenzimmer drang das Scharren von Füßen und das Knistern von Papier.

Lennie brach das Schweigen mit einem geflüsterten: «Sie kann uns gar nichts!»

Herbie schwieg.
«Hast wohl Bammel?»
Keine Antwort.
«Ich nicht! Das mit dem Sitzenbleiben ist ja alles Kohl!»
Keine Antwort.
«Und wenn wir wirklich sitzenbleiben, ist das auch nur halb so schlimm. In spätestens einem Monat haben wir das wieder eingeholt und werden versetzt.»
Stille.
«Was ist denn mit dir los?»
«Pst!» machte Herbie schließlich. «Wir sitzen schon genug in der Tinte.»
«Dacht ich mir's doch!» schnaufte Lennie. «Du hast Bammel! Heidenbammel! Memme!»
Jetzt packte Herbie die Wut. «Du hast ganz genausoviel Angst wie ich, Lennie Krieger! Dir zittert ja die Stimme. Du gibst bloß an wie gewöhnlich. Halt gefälligst deine große Klappe!»
«Okay, General Mülltonne. Werd ich mir merken. Wartest wohl schon drauf, mich zu verpetzen, was?»
Die Klassentür öffnete sich.
«Kehrt!»
Herbie und Lennie fuhren herum. Vor ihnen stand düster wie ein rächender Engel Mrs. Gorkin.
«Also, Master Bookbinder, was bedeutet ‹Torhüter›?»
«Bitte, Mrs. Gorkin, das ist doch nur der Spieler, der im Tor steht ...»
«Glaub ja nicht, daß du mich zum Narren halten kannst! Ich verlange eine Erklärung für dies hier!» Sie hielt ihm den Zettel unter die Nase.
«Hab den Zettel nie gesehen», warf Lennie ein.
«Du hältst den Mund! Herbert Bookbinder, warum hast du Lennie den Zettel mit dem Wort ‹Torhüter› zugeschoben?»
«Weil – – weil ich heute nachmittag auf der Straße mitspielen wollte, Mrs. Gorkin. Als Torhüter, wir haben in der Pause darüber gesprochen.»
Jetzt faßte ihn Mrs. Gorkin beim Ohr. «Willst du mir einreden, daß ausgerechnet du (*ziep!*), der dickste von allen Jungen, die mir je unter die Augen gekommen sind (*ziep!*), mitten in einer Prüfung an Sport denkst (*ziep! ziep!*)?»

«Au, au! Ich war doch schon fertig, Mrs. Gorkin. Ich hätte es vielleicht nicht tun dürfen, ich meine den Zettel weitergeben, aber ich hab doch gar nicht nötig zu mogeln, Mrs. Gorkin! Und was hätte Lennie denn das Wort ‹Torhüter› genutzt?»

Mrs. Gorkin starrte ihn forschend an, und er schlug so treuherzig wie möglich die Augen zu ihr auf. Sie hob resigniert die Schultern. «Ein halbes Monatsgehalt würde ich für die Antwort geben», murmelte sie. «Eure Arbeiten sind ungültig. Zurück auf eure Plätze!»

Als die beiden nach Schulschluß über den Hof trotteten, flüsterte Lennie: «Und du wirst sehen, Herb, sie kann uns gar nichts! Ja, und vielen Dank! Du bist doch ein anständiger Kerl.»

In der Sonntagsbeilage der Zeitung las Herbie des öfteren über das Ende der Welt, und die Angst, die ihn bei der Vorstellung packte, ein Komet könne die Erde streifen, der Mond ins Meer fallen oder die Sonne erkalten, war der Furcht, mit der er der Bekanntgabe der Prüfungsergebnisse entgegensah, sehr verwandt. Gleich morgens beim Aufwachen sank ihm das Herz, da er nun dem Sitzenbleiben einen Tag nähergekommen war. Aber die Unwissenheit eines Kindes, die es einem Erwachsenen so leicht macht, es in Schrecken zu versetzen, läßt auch den Glauben an ein Wunder erblühen. Herbie harrte seines Todesurteils, aber in der geheimen Hoffnung, daß der Präsident ihn doch noch im letzten Augenblick begnadigen werde. Zu Hause verriet er mit keinem Wort sein stilles Märtyrertum.

Der Tag kam. Dreißig sauber gewaschene, für einen Wochentag allzusehr herausgeputzte Kinder saßen um ihren Ruf bangend da, als die Lehrerin umständlich die Verschnürung von einem Packen Zeugnisse löste. Niemand aber bangte und zitterte heftiger als Herbie und Lennie. Herbie bot in seiner unverhohlenen Angst ein wahrhaft herzbewegendes Bild des Jammers; Lennie dagegen bemühte sich mit hochgezogenen Augenbrauen und spöttischem Lächeln so überlegen wie möglich dreinzuschauen.

«Larry Ravets, versetzt nach 8 A-1», rief die Lehrerin.

Ravets, ein blasser, kleiner Kerl mit schwarzer Hornbrille, der sich alle Jahre hindurch tapfer auf dem zweiten Platz in der Klasse gehalten hatte, flitzte freudig nach vorn, nahm sein Zeugnis entgegen und stellte sich an der Wand auf. Einer nach dem anderen wurden nun die begabten und tüchtigen Schüler aufgerufen und von ihrer Versetzung unterrichtet, worauf sie ihre Zeugnisse in Empfang nahmen und sich neben Ravets postierten. Ihnen schlossen sich die mittelmäßigen, gleichfalls versetzten Schüler an. Die Zahl der übriggebliebenen verringerte sich auf zehn, dann auf sechs, schließlich auf vier. Zwei dieser restlichen vier waren Herbert und Lennie. Jetzt hielt die Lehrerin inne; sie hatte kein Zeugnis mehr in der Hand.

Gemessen stand sie auf und verließ die Klasse.

Ein Gemurmel entstand.

«Pech gehabt, Herbie!»

«Mach dir nichts draus, Lennie, sie will euch bloß Angst einjagen.»

«Gemein ist sie!»

«Bin ich froh, daß ich nicht einer von euch beiden bin!»

«Na, dann viel Vergnügen in 7 B!»

Shirley Schwartz, Herbies häßliche kleine Verehrerin, vergoß an ihrem unauffälligen Platz am Ende der Reihe stille Tränen. Obwohl die beiden Missetäter zu allen Fragen ihrer Klassengenossen hartnäckig geschwiegen hatten, wußte sie genauso gut wie alle anderen, daß – falls überhaupt gemogelt worden war – es nur geschehen sein konnte, um Lennie aus der Klemme zu helfen. Die Sympathien der Klasse waren geteilt. Einige bedauerten den hereingefallenen Sporthelden, andere den Dicken, der versucht hatte, ihm zu helfen. Aber allen bereitete es ein diebisches Vergnügen, diese beiden Unglücksraben aus der sicheren Position an der Wand zu betrachten.

Die Tür tat sich wieder auf, und unter Grabesstille wandelte Mrs. Gorkin ihren Weg zum Katheder zurück. In der Hand hielt sie vier Zeugnisse, von denen jedes deutlich sichtbare Schriftzeichen in roter Tinte trug.

«Tomaso Gusi, 8 A-2, probeweise.»

Das schwarze Schaf der Klasse, ein dunkelhäutiger, drahtiger kleiner Bengel, Meisterschütze im Schleudern von Büroklammern, lief nach vorn, drückte sein Zeugnis ans Herz und reihte sich ein.

«Mary Kerr, 8 A-2, probeweise.»

Ein großes, schlampiges Mädchen, das sehr dumm und träge war, heulte laut auf, stieß unter Schluchzen «Vielen Dank!» hervor und empfing ihren Passierschein zum Paradies.

«Leonard Krieger.»

Lange Pause.

«7 B-3.»

Ein Aufstöhnen ging durch die Klasse. Ein Haupt war gefallen.

Lennie stolzierte großspurig auf die Lehrerin zu und entriß ihr das Zeugnis mit einem unverschämten Ruck, einer Bewegung, die zu jeder anderen Zeit eine schwere Bestrafung nach sich gezogen hätte – aber Tote bestraft man nicht. Er schlenderte zu seinem Platz zurück und grinste herausfordernd.

«Herbert Bookbinder.»

Die Lehrerin rief nur den Namen aus, sonst nichts. Herbie erhob sich unsicher. Mrs. Gorkin ließ eine Minute verstreichen, und er stand allein zwischen den leeren Pultreihen vor den Augen der sensationslüsternen Klasse. Dann sprach sie:

«Meiner Meinung nach hast du über deine Eltern und die Schule Schande gebracht, denn ich bin fest überzeugt, daß du während der Prüfung in englischer Grammatik gemogelt hast. Leonard Kriegers Beteiligung ist unklar, und er ging straffrei aus, da seine Kenntnisse so mangelhaft waren, daß er ohnehin nicht versetzt werden konnte. Fest steht, daß ein Zettel mit deiner Handschrift weitergereicht wurde. So eine Handlung aber rangiert dich noch hinter den schlechtesten Schüler der Klasse. – Ich gebe dir noch eine letzte Gelegenheit, ein offenes Bekenntnis abzulegen. Du wirst es nicht zu bereuen haben. Also was bedeutet ‹Torhüter›?»

Herbie kam es vor, als rotiere das Klassenzimmer um ihn. Noch einmal versuchte er alles zu überdenken, sah aber keine Möglichkeit, die Wahrheit zu gestehen, ohne Lennie zu verpetzen. Wieder einmal war er vor die qualvolle Entscheidung gestellt, entweder aufrichtig zu sein oder aber ‹ein anständiger Kerl›. Ein Junge, der so zwischen dem Sittenkodex der Erwachsenen und dem der eigenen kindlichen Welt hin und hergerissen wird, verdient wahrlich unser Mitleid.

«Ich hab es Ihnen doch schon gesagt, Mrs. Gorkin», stieß er mit erstickter Stimme hervor.

«Komm her!»

Herbie gehorchte zögernd.

«Kinder», sprach nun Mrs. Gorkin. «Ihr sollt wissen, daß man in einem freien Land so lange als unschuldig gilt, wie einem die Schuld nicht nachgewiesen werden kann. Ich habe keinen Beweis dafür, daß Herbert Bookbinder gemogelt hat. Er hat die Prüfung mit Auszeichnung bestanden.»

Sie händigte Herbert sein Zeugnis aus.

«Herbert Bookbinder, versetzt nach 8 B-3.»

Herbie hatte also den ersten Preis des Tages gewonnen: er hatte eine Klasse ‹übersprungen›.

Auf dem Schulhof scharten sich viele Kinder um Herbie, um ihm zu gratulieren. Da erschien Lennie Krieger, und alles verstummte.

«Na, General Mülltonne», rief Lennie, «hast mal wieder Schwein gehabt, und ich bin reingefallen. Sich bei der Lehrerin anzuschmusen, scheint sich ja bezahlt zu machen. Aber bilde dir bloß nicht ein, daß ich neidisch bin. Ich bleibe lieber hundertmal sitzen, als daß ich ein fettes Muttersöhnchen bin wie du und überspringe.»

Dieser unvermutete Angriff traf Herbie hart. «Aber ich hab doch wirklich alles ...»

«Wer hat dich denn gebeten, mir 'nen Zettel zuzustecken, du fetter, dusseliger Mops du? Wenn ich die Aufgabe hätte fertig machen können, dann hätte ich auch bestanden. Komm du mir bloß nicht in die Nähe, du Fettwanst! Wenn du mir noch mal so was einbrockst, dann schlage ich dir sämtliche Zähne ein ... Los, wer spielt mit Fußball?» fragte er die schweigenden Zuschauer und entfernte sich dann, ohne eine Antwort abzuwarten.

Herbie machte sich auf den Heimweg, um der Mutter die erfreuliche Neuigkeit zu melden, aber froh war er nicht. Er versuchte zu verstehen, warum Lennie ihm die Schuld in die Schuhe schob, und bedachte noch einmal die ganze Angelegenheit, ohne eine Erklärung zu finden. Er hielt sich für das Opfer einer hanebüchenen Ungerechtigkeit, in Wirklichkeit aber hatte er nur den menschlichen Charakter etwas näher kennengelernt.

Als er aus der Thackeray Street in die Homer Avenue einbog, hörte er ein liebliches Stimmchen «Herbie» rufen. Vor Hesses Eissalon stand Lucille Glass und schleckte an einer Erdbeereiswaffel.

«Möchtest du mal kosten?» fragte sie ihn sittsam, als er bei ihr angelangt war. «Ich habe schon eine gegessen, ich warte hier nämlich auf Mammi, sie wollte mich mit dem Wagen abholen.»

Herbie nahm die Waffel entgegen, leckte zweimal höflich daran und reichte sie ihr zurück.

«Ich hab gehört, du hast übersprungen, und Lennie ist sitzengeblieben.»

Der kleine, dicke Junge nickte.

«Komm mal her! Näher!» Sie winkte ihn heran, obwohl er nur einen halben Meter von ihr entfernt stand. Verwundert trat er einen Schritt auf sie zu. «Noch näher! Ich will dir was ins Ohr flüstern.»

Welche neue Seligkeit harrte seiner nun? Herbie neigte den Kopf zu dem kleinen roten Mündchen hinunter. Er spürte ihren warmen Atem am Ohr: eine niegekannte Wonne. Sie zirpte: «Was bedeutet ‹Torhüter›?»

Herbie schüttelte verstockt den Kopf.

«Wenn du das verrätst, würde Lennie wohl nach 7 A zurückversetzt, was?»

Auch der kleine, dicke Junge war nur ein Mensch. Er zuckte mit den Schultern und nickte. Im nächsten Augenblick erglühten seine Wangen rosig, und das kleine Mädchen lief die Straße hinunter. Sie hatte ihn geküßt, auf ein Fleckchen zwischen Ohr und Augenbraue.

Wie nahe Herbie dem Sitzenbleiben gewesen war, erfuhr er nie. Nach der Prüfung verbrachte Mrs. Gorkin einen ganzen Abend damit, das ‹Torhüter›-Mysterium mit ihrem Mann, dem stellvertretenden Rektor der Volksschule Nr. 75, zu diskutieren und zu analysieren. Am nächsten Tag unterbreitete sie die Angelegenheit während der Pause dem versammelten Kollegium, und als auch dies keinen Erfolg zeitigte, überließ sie sie schließlich der Weisheit des Rektors persönlich, der sich zwar sehr eindrucksvoll räusperte und grunzte, aber gleichfalls die Waffen strecken mußte. So ging diese Begebenheit in die Chronik der Volksschule Nr. 50 als eines der großen ungelösten und abgefeimtesten Verbrechen ein. Seltsam, Lehrer halten sich doch für so unendlich klug, aber bis auf den heutigen Tag ist es nicht einem aufgefallen, daß ‹Torhüter› ein Daktylus ist.

10

Ein Mann unter Männern

«Einen Schoko-Frap mit Schoko-Sauce, bitte!»

Der alte Mr. Borowsky, der bekümmert dreinschauende, magere und graue Inhaber des Bonbonladens, sah Herbie an, und in seinen müden Augen blitzte sekundenlang so etwas wie Argwohn auf. Mr. Borowsky war der ideale Verkäufer von Süßigkeiten, denn in ihm waren alle Gelüste des Fleisches und auch die Regungen der Seele seit langem erstorben. Er konnte sich darauf verlassen, daß er nie von einer leichtsinnigen Anwandlung überrumpelt werden und sich selbst etwas von den eigenen leckeren Beständen einverleiben würde. Kein Kind der Homer Avenue hatte ihn je einen Bonbon lutschen, eine Limonade trinken oder gar lachen sehen. Was ihn antrieb, war allein der Instinkt, sich am Leben zu erhalten, und dazu bedurfte es einzig der Kenntnis der Münzsorten einerseits und des Handelswertes seiner Süßigkeiten andererseits sowie des Wissens um die leicht durchschaubaren Kniffe, deren sich naschhafte Kinder zuweilen bedienten. Dieses Wissen besaß er in reichem Maß, und darauf war auch der Schatten eines Mißtrauens zurückzuführen – alle seine Empfindungen glichen schattenhaften Regungen und nicht lebendigen Gefühlen –, als Herbert Bookbinder, ein vertrauter Penny-Kunde, heute an einem gewöhnlichen Wochentag eine Zehn-Cent-Bestellung aufgab. «Kostet aber zehn Cent», murmelte er.

Mit der Miene eines Fürsten legte Herbie eine dünne, blanke Münze auf den nassen Marmortisch.

«Ich hab übersprungen», verkündete er.

Mr. Borowsky nahm diese große Neuigkeit genauso hin, wie er auch die Nachricht vom Versinken des europäischen Kontinents hingenommen hätte, nämlich mit völlig ausdruckslosem Gesicht, und machte einen Schokoladen-Frappé zurecht.

Herbie trug seinen Eisbecher behutsam zu dem verstaubten Tischchen und den beiden wackeligen Gartenstühlen in der Ecke neben dem Zeitungsständer und setzte sich, um geruhsam zu schmausen, wie es einem mächtigen Manne anstand. Das Vorrecht zu sitzen hatte er nämlich zugleich mit dem Frappé erworben. (An dieses Tischchen setzte sich nie jemand, mit Ausnahme eines der selten erscheinenden ‹Großen›, die, zu faul, ihre Mädchen um die Ecke in Hesses Salon zu führen, sie in Borowskys trostloser Lokalität freihielten.) Was nun noch fehlte, um Herbies Glück vollkommen zu machen, war, daß ein anderer Junge hereingeschneit kam und ihn beneidete. Aber es war flaue Zeit; er trödelte, bis seine neiderregende Köstlichkeit halb zerschmolzen war, und mußte sie dann doch einsam und unbestaunt hinunterschlucken. Es schien wirklich, als gäbe es keine Freude im Leben ohne ein Wermutströpfchen.

Trotzdem war es ein denkwürdiges Erlebnis. Komme, was da wolle, Herbie hatte jedenfalls einmal im Leben an einem Wochentag einen Frappé gegessen. Sowohl der französische Ursprung als auch die französische Betonung dieses Wortes waren Herbie verborgen, was dieser Leckerei jedoch keinen Abbruch tat. Erwachsene, die offenbar nichts Besseres zu tun haben, streiten sich gern darüber, welches Wort ihrer Sprache am schönsten sei, und als Favoriten gehen aus diesem Streit gewöhnlich Wörter hervor wie: Sonnenaufgang, Veilchen, Dämmerung, Mondschein und ähnliches, was nichts weiter erklärt, als wes Geistes Kind diese Leute sind. Unter den Jungen der Homer Avenue wäre man einmütig der Meinung gewesen, daß dem berauschenden Klang des Wortes Frap die Krone gebühre.

Sich die Lippen leckend und darüber nachsinnend, warum das Leben nicht aus einer ununterbrochenen Folge von Schoko-Fraps bestehe, verließ Herbie den Bonbonladen und wanderte heimwärts. Als er das Wohnzimmer betrat, saßen dort die Eltern auf dem roten Plüschsofa, und aus ihrem Verstummen und ihrem Lächeln schloß er, daß sie über ihn und seine Leistungen in der Schule gesprochen hatten. Bescheiden wollte er sich zurückziehen, da rief der Vater: «Komm einmal her, mein Sohn!»

Seit seinem letzten Geburtstag hatte der Vater ihn nicht mehr ‹mein Sohn› genannt. Es war ein untrügliches Zeichen für eine bevorstehende Annehmlichkeit. Er machte also kehrt, tat aber so, als erwarte er nichts Besonderes. Sogleich stand die Mutter auf, strich ihm über das Haar und sagte bereits im Hinausgehen: «Ich glaube, die Herren haben einiges zu besprechen.»

«Setz dich, mein Sohn», begann Mr. Bookbinder. Auch diese förmliche Aufforderung war ein Novum und nicht weniger überflüssig, als eine Katze zum Platznehmen einzuladen. Aber Herbie zeigte sich der neuen Situation durchaus gewachsen, warf sich mit Grandezza in einen Sessel, lehnte sich weit zurück und schlug seine stämmigen Beinchen übereinander, wie er das bei Erwachsenen beobachtet hatte. Da seinen Beinen die für dieses Manöver erforderliche Länge fehlte, verlor er dabei den Kontakt mit dem Fußboden, was der Wirkung seiner Ansicht nach aber nichts von ihrer Großartigkeit nahm.

«Wie ich höre, hast du wieder eine Klasse übersprungen», fuhr Jakob Bookbinder fort, wobei ein sanftes Lächeln sein ernstes Gesicht erhellte.

«Ja, Papa.»

«Und damit kommst du nun also in die letzte Volksschulklasse.»

«Ja, Papa.»

«Du weißt, mein Junge, daß dies die letzte Klasse war, die ich selbst besuchen durfte. Danach mußte ich abgehen und mir meinen Lebensunterhalt allein verdienen. Das war freilich damals in Polen. Du wirst gottlob die Möglichkeit haben, die höhere Schule zu besuchen und danach ins College zu gehen. Du wächst also heran, mein Junge, und wirst rascher groß, als du selbst merkst.»

Vielleicht hätte sich Herbie erwachsener gefühlt, wenn er nicht so tief in den Sessel gerutscht wäre, daß seine übereinandergeschlagenen Knie sich in Kopfhöhe befanden. Er rappelte sich hoch und rutschte nach vorn, um sich an die Armlehnen zu klammern und auf diese Weise aufrechtzuhalten.

«Du sitzt unbequem. Komm hierher zu mir aufs Sofa.»

Herbie gehorchte.

«Mein Junge, ich lade dich heute abend zu einem Essen im Restaurant ein. Das heißt, falls du Lust dazu hast.»

Ins Restaurant! Gegen diesen Glanz verblaßte selbst ein Frap. Obwohl es Herbie die Sprache verschlagen hatte, brachte er es dennoch fertig, zu antworten: «Aber natürlich, Paps! Das ist ja prima!»

«Ich bin nämlich mit ein paar Geschäftsfreunden zum Dinner verabredet, und ich finde, es ist der rechte Augenblick, daß du einmal als Mann unter Männer kommst. Du hast es dir verdient.»

«Oh, danke, Paps! Dann ziehe ich mich gleich um.»

Am liebsten wäre Herbie auf dem Sofa herumgehopst, aber für einen Mann unter Männern schickte sich das natürlich nicht. Der Vater hielt ihn am Arm zurück.

«Wart noch einen Augenblick. Sag mal, stimmt es, daß Kriegers Junge sitzengeblieben ist?»

«Hm.»

«Schlimm, schlimm! Wirklich schlimm! Wie konnte das nur passieren?» fragte Mr. Bookbinder, wobei sein Lächeln sich vertiefte und jetzt geradezu inniges Vergnügen verriet.

«Ach, ich glaube, Lennie ist einfach doof. Außerdem denkt er immer nur an Mädchen.»

«Dummheiten! Damit sollte ein Junge warten, bis er einundzwanzig ist.»

«Na, ich mach mir jedenfalls nichts aus Mädchen», erklärte Herbie mit dem Brustton der Überzeugung und glaubte selbst an seine Worte. Ein Frap und die Aussicht, mit dem Vater im Restaurant zu speisen, hatten einen verwandelten, reifen Herbie Bookbinder geboren. Jener Herbie, der sich so kindisch in Lucille Glass verknallt hatte, war historisch geworden.

«Übrigens kommt Krieger auch zum Dinner heute abend. Wir wollen ihm aber jede Peinlichkeit ersparen und Lennie nicht erwähnen.»

«Nein, Papa.»

«Natürlich heißt das nicht, daß wir auch dein Überspringen verschweigen müßten», sagte der Vater abschließend und entließ seinen Sohn mit einem Klaps.

Herbert trottete vergnügt in sein Zimmer, zog ein sauberes Hemd an, band einen neuen Schlips um und warf sich in seinen ‹anderen› Anzug – der neue Anzug, der zum Passahfest angeschafft worden war, hieß so lange der ‹andere›, bis das neue Passahfest herankam. Felicia, die von ihrem Nachmittagsbummel auf dem Southern Boulevard heimkam, schnaubte bei seinem Anblick durch die Nase und konstatierte: «So, so, der ‹andere› Anzug.»

«Jawohl, der ‹andere› Anzug», versetzte Herbie. Er genoß es, die Schwester auf die Folter zu spannen, und Felicia wollte ihm natürlich nicht die Genugtuung bereiten und fragen. Er beendete hochgemut seine Toilette, während seine Schwester sich vor Neugier fast verzehrte. Als er mit dem Vater aus der Tür ging, hörte er, wie Felicia, die der Mutter schließlich des Rätsels Lösung abgepreßt hatte, in ein Wutgeheul ausbrach: «Warum darf ich denn nicht auch ins Restaurant mitgehen?»

«Weil du nicht übersprungen hast, darum!» hörte Herbie die Mutter noch antworten, ehe er die Tür mit einem Seufzer vollkommener Glückseligkeit hinter sich zuzog.

Die beiden Männer schlenderten durch den feuchtwarmen Abend die Westchester Avenue entlang. Straßenbahnen donnerten an ihnen vorüber, Frauen, die riesige Papiertüten mit Lebensmitteln umklammerten, hasteten vorbei, Lastwagen hüllten sie in giftige Wolken, Kinder flitzten auf der Suche nach Murmeln und Gummibällen zwischen ihnen hindurch, und alle paar Minuten attackierten suchende Mütter ihr Trommelfell mit gellenden Rufen wie: «Bernice, komm zum Essen!» Dieses ganze plebejische Gedränge und Gewühle fand Herbie höchst vergnüglich: es brachte ihm so recht zu Bewußtsein, welch vornehmer Genuß seiner mit dem Dinner im Restaurant harrte.

«Herbie», fragte sein Vater, «was möchtest du denn einmal werden?»

«Meinst du, wenn ich groß bin?»

«Ja.»

«Astronom», kam prompt die übliche Antwort. Diesmal hatte sie jedoch nicht die übliche Wirkung. In Gesprächen mit den anderen Jungen – unter zukünftigen Feuerwehrmännern, Polizisten, Oberligaspielern und Bonbonverkäufern – rief seine Ankündigung im allgemeinen ehrfürchtiges Staunen hervor, bei seinem Vater aber blieb der Beifall aus. Mr. Bookbinder verzog das Gesicht, als habe er in einen unreifen Apfel gebissen, und lächelte dann.

«Sehr schön. Ein schöner Beruf. Du wirst damit zwar nie einen guten Dollar verdienen, aber wenn du dich wirklich für Sterne interessierst, dann werde Astronom, ein großer Astronom.»

«Astronomen verdienen aber massenhaft Geld», wandte Herbie etwas weniger überzeugt als gewöhnlich ein.

«Wie denn?»

«Na, sie entdecken neue Sterne, und dann – dann kriegen sie eben Preise.»

Mr. Bookbinder lachte. Dann sagte er ernst: «Wer dir das eingeredet hat, mein Junge, hat gelogen. Ja, so sollte es sein, aber es ist nicht so. Die Leute geben nur für das Geld aus, was sie haben wollen – Kleider, Wäsche, Fleisch, Kino und Eis. Wer kümmert sich schon darum, daß ein neuer Stern am Himmel steht. Sterne zu entdecken ist eine große, wunderbare Sache, aber reich ist noch niemand dadurch geworden. Aber werde du nur Astronom, wenn dein Herz daran hängt, der beste Astronom der Welt.»

Sie nahmen die Kreuzung bei der Austen Avenue im Laufschritt, um einem schwarzen Kohlenwagen auszuweichen, der mit Geheul auf sie zuschoß, und setzten ihren Weg schweigend fort. Jakob Bookbinder und sein Sohn hatten sich wie zwei Kameraden unterhalten, und diese Wandlung der Vater-Sohn-Beziehung machte sie beide befangen. Der Vater sehnte sich danach, seinen üblichen Abendmonolog über die Probleme der Fabrik zu halten, aber das Ohr seines Sohnes schien ihm dafür weniger geeignet als das seiner Frau. Herbie aber meinte, daß nichts von dem, was ihm durch den Kopf ging, wert sei, einem so unendlich weisen Mann wie dem Vater mitgeteilt zu werden, schon gar nicht, nachdem aus seinem astronomischen Luftballon die Luft entwichen war. So gelangten die beiden zu Goldens Restaurant auf dem Southern Boulevard, ohne ein weiteres Wort miteinander zu wechseln.

Beim Anblick der Steaks, der Früchte, der Torten und des Sahnegebäcks im blinkenden Schaufenster hüpfte Herbie das Herz in freudiger Erwartung; Mr. Bookbinder aber fragte sich beim Anblick von Powers, Louis Glass und Krieger, die er durch das Fenster erspähte, ob es nicht doch sehr töricht gewesen sei, den Jungen mitzunehmen. Was ihm diesen Einfall eingegeben, war der impulsive Wunsch gewesen, dem Jungen etwas Besonderes und Ehrenvolles anzutun, sowie das dumpfe Gefühl, daß er Herbie für gewöhnlich vernachlässigte, aber auch der vage Gedanke, daß es nun an der Zeit sei, den Jungen der Feuertaufe eines ernsten Geschäftsgesprächs auszusetzen. Jetzt verspürte er den lebhaften Wunsch, den Jungen kurzerhand wieder nach Hause zu schicken. Doch Jakob Bookbinder war nicht der Mann, der einmal gefaßte Entschlüsse umstieß. ‹Nicht lange gefackelt, und abwarten, was herauskommt›, war seine Lieblingsredensart. Er hatte Herbie zum Dinner in Goldens Restaurant eingeladen, also würde Herbie auch sein Dinner bekommen.

«Komm, mein Junge, wir scheinen spät dran zu sein», sagte er und führte seinen Sohn hinein.

Herbert vorzustellen, war genauso peinlich, wie es sich der Vater ausgemalt hatte, aber er erwiderte die erstaunten Blicke der anderen, ohne mit der Wimper zu zucken, und führte als Erklärung an, daß er seinen Sohn für das Überspringen einer Klasse belohnen wolle. Louis Glass, ein dicker, rotgesichtiger Herr mit schwarzem Schnurrbart, schüttelte Herbert die Hand und gratulierte ihm; er hatte schon viele Jungen zu zahlungskräftigen Mandanten heranreifen sehen. Powers, schlechtgelaunt, daß man ihn noch so spät gezwungen, in die Bronx hinauszufahren, bedachte Herbie nur mit einem erbosten Blick und klopfte gelangweilt die Asche aus seiner Pfeife, die er dann in die Jackentasche versenkte.

Krieger aber faßte seine Ansicht folgendermaßen zusammen: «Vater wie Sohn. Herbie große Zukunft. Vielleicht nicht so schnell, besser. Kleiner, dicker Junge im College vielleicht besser nicht. Langsame Schildkröte fängt doch Kaninchen. Herbie natürlich anders. Begabt, ja sehr schön – –»

Am Tisch war nur Platz für vier Personen. Während Mr. Krieger weiterblubberte, schob der Kellner einen kleinen Abstelltisch heran, der nun in den Gang zwischen die Tische hineinragte. Hier nahm sich Herbie wie ein recht überflüssiges Anhängsel aus. Den Herren wurden Speisekarten ausgehändigt, und sie bestellten ihr Essen rasch, ohne lange zu wählen.

Nicht so Herbie.

«Was soll ich nehmen, Paps?» fragte er nervös, durch die Fülle der Gerichte auf der Speisekarte verwirrt.

«Du bist alt genug, dir selber etwas auszusuchen. Bestell dir, was du willst.»

Herbie überflog die Speisekarte von oben bis unten und sah in seinem verwirrten Geist eine Mahlzeit vor sich, die aus Sandtorte, geräuchertem Lachs, Goulasch, Gemüse in saurer Sahne, Brathuhn, gehacktem Hering, Pflaumen und Eis bestand.

«Ich – – ich habe gar keinen großen Hunger», stotterte er.

«Dann halte dich an die Hauptgerichte, wir nehmen auch nichts anderes», instruierte ihn der Vater und wies mit dem Finger auf einen Abschnitt der Speisekarte.

Das war immerhin eine Hilfe. Aber zwischen Lammkeule, gegrilltem Huhn, gebratener Ente, Steak und Ähnlichem zu wählen, war noch immer eine Qual, und nicht allein für den Jungen, sondern auch für den Kellner, einen vierschrötigen, verbittert dreinschauenden Glatzkopf, in speckigen schwarzen Hosen und fleckiger grauer Baumwolljacke. Während Herbie noch mit sich zu Rate ging, trat dieser Vertreter seiner Berufsgattung von einem Fuß auf den anderen, gähnte, trommelte mit seinem Bleistift auf den Bestellblock, machte mehrfach «Höm, höm!» und starrte den Jungen wütend an, ihm offensichtlich die Pest an den Hals wünschend.

«Nun mal los, Herbie», drängte der Vater, «der Kellner kann hier ja nicht ewig herumstehen.»

«Der Junge weiß ja nicht, was er will. Bestellen Sie doch für ihn», bemerkte Powers.

«Ich möchte gekochten Schellfisch», rief Herbie aufs Geratewohl, da er in diesem Augenblick den Namen des Gerichts gelesen hatte.

Alle, selbst der Kellner, sahen ihn erstaunt an.

«Nun, sei nicht dumm, Junge», sagte der Vater. «Ausgerechnet gekochten Schellfisch, wo es hier so schöne Fleischgerichte gibt! Bestell dir doch ein Steak!»

Herbie aber hatte das Gefühl, seine Selbstachtung und seine frischgebackene Manneswürde hingen davon ab, daß er jetzt auf Schellfisch bestände, obwohl er ihn verabscheute. «Darf man sich denn nicht bestellen, was man möchte?» beklagte er sich. «Ich hab gekochten Schellfisch bestellt, weil ich den gern essen möchte.»

«Also gut, dann bringen Sie ihm Schellfisch», bestellte der Vater achselzuckend. Der Kellner entriß Herbies verkrampften Fingern die Speisekarte und eilte davon. Herbie heftete seinen düsteren Blick auf den gebeugten Rücken, der durch die Pendeltür in die Küche verschwand, und verfluchte seine Dummheit.

Die Folgen dieser eigensinnigen Handlung übertrafen seine schlimmsten Erwartungen. Goldens war ein Restaurant, wo fast nur Fleisch verzehrt wurde, und das Fischgericht auf der Speisekarte stellte eigentlich nur eine widerwillige Konzession an die seltenen Gäste dar, die sich darauf versteiften. Nach kurzer Zeit erschien der Kellner mit vier brutzelnden Steaks, denen ein köstlicher Duft entstieg – und einem Teller, auf dem ein grüner und ein weißer Klumpen zu sehen waren. Das Weiße war der Schellfisch, der unter einem dicken Mehlkleister begraben lag, und das Grüne erwies sich als ein völlig unerwartetes Übel, nämlich als Spinat, der zu diesem Fisch serviert wurde. Der Kellner zog, als er Herbie den Teller hinstellte, eine Grimasse, und alle Männer lachten. Herbie fühlte, wie er rot wurde.

«Der Fisch sieht ja ekelhaft aus», sagte der Vater. «Ober, nehmen Sie das Zeug weg, und bringen Sie dem Jungen ein Lammkotelett.»

«Paps, bitte, das ist genau das, was ich haben wollte», protestierte Herbert gekränkt und legte eine schützende Hand über den Teller. Die weiße, glibbrige Masse erzitterte bei dieser Berührung. Bei der Vorstellung, diesen Kleister hinunterwürgen zu müssen, krampfte sich Herbie die Kehle zusammen. Aber essen würde er das Zeug, und wenn er dabei tot umfiele.

«Na, Bookbinder, er ist ja wohl erwachsen, was?» grinste Powers. «Er hat doch gerade eine Klasse übersprungen, nicht?»

Herbis Vater blickte den jungen Mann aus Manhattan aus schmalen Augen an. «Also gut, mein Junge», sagte er zu Herbie, «wenn du es dir bestellt hast, dann wirst du es ja auch essen wollen.»

Herbie, der aus den Worten des Vaters sehr wohl die Bitte herausgehört hatte, ihn nicht zu blamieren, schlang unter den beobachtenden Blicken der Männer das Gericht hinunter. Kein Fetzchen Schellfisch und kein Blättchen Spinat blieben auf dem Teller. Helden in anderen Büchern vollbringen edlere und ruhmreichere Taten, Herbie Bookbinders Heldentum aber stand und fiel mit dem allerletzten

Happen dieser beiden widerwärtigen Klumpen: ja, er schluckte sie nicht nur hinunter, er fand sogar noch die Kraft, sich danach mit allen Anzeichen des Appetits die Lippen zu lecken.

«Also Bookbinder», erkundigte sich Powers, nachdem auch die Steaks verschwunden waren, lehnte sich zurück und füllte seine Pfeife aus einem Krokodillederbeutel, «wollen wir jetzt vom Geschäft reden, oder wollen Sie lieber erst Ihren Jungen nach Hause schicken?»

«Der Junge stört ja wohl niemanden», meinte Bookbinder. «Es sei denn, die Herren hätten etwas gegen seine Anwesenheit einzuwenden.» Es entstand eine verlegene Pause.

«Nun, ich finde, daß es Herbie nicht schaden kann, sich einmal eine geschäftliche Unterhaltung anzuhören – ja, geschäftliche Unterhaltung anzuhören. So ein richtiges Männergespräch. Es geht schließlich nichts über einen rechtzeitigen Anfang –ja, rechtzeitigen Anfang, was, Herbie?» bemerkte Louis Glass mit gespielter Munterkeit, klopfte dem Jungen dabei auf die Schulter und zündete sich dann eine Zigarre an. Der Kellner brachte den Nachtisch. In Goldens Restaurant war es üblich, zusammen mit dem Kaffee Gebäck zu servieren, das, auf einem kleinen Ständer arrangiert, auf den Tisch gestellt wurde. Diesmal hielt der Ständer acht Sahnetörtchen. Am Ende der Mahlzeit zählte der Kellner, wieviel Stücke fehlten, und setzte sie auf die Rechnung. Da alle Männer dankten, stellte der Kellner den Behälter vor Herbie hin und zog sich zurück. Als der Junge die acht Törtchen erblickte, ein jedes von anderer Gestalt und Farbe, fühlte er, wie sein ermatteter Appetit sich belebte.

Louis Glass putzte seinen an einem schwarzen Band hängenden Kneifer. «Nun, meine Herren, ich sehe nicht ein, warum wir unsere Geschäfte nicht schon beim Kaffee erledigen können – ja, beim Kaffee erledigen können», sagte er.

«Das würde ich begrüßen», stimmte Powers bei. «Bin ohnehin in Eile, da ich eine Verabredung für das Theater habe.»

Bookbinder und Krieger schwiegen.

Herbie wählte zunächst einmal probeweise ein zylindrisch aus Schokolade geformtes und mit Schlagsahne gefülltes Kunstwerk und biß hinein. Er glaubte, Sphärenmusik zu vernehmen. Gegen diese Wonne verblaßte selbst der Hochgenuß eines Frap.

«Eigentlich gibt es nur eine Sache zu klären», ergriff Louis Glass das Wort. «Ihnen, Bookbinder, habe ich ja bereits ausführlich die Vorteile beschrieben, die sowohl Krieger als auch Sie von einer Fusion der Bronx-River-Company mit Interborough haben würden. Ich habe Sie darüber aufgeklärt, daß Interborough, die zur Zeit größte Eiscompany in New York, Ihnen beiden leitende Posten garantieren würde. In Anbetracht dessen, daß ich auch Anwalt der Interborough bin, sind das also keine leeren Versprechungen – ja, also keine leeren Versprechungen. Ich habe Ihnen beiden auch dargelegt, daß dieser sogenannte ‹blaue Zettel› meiner Ansicht nach ein völlig wertloses Stück Papier ist, ein Wisch, der niemals die Aktienmehrheit garantiert, da er den erforderlichen Formvorschriften nicht entspricht. Ich habe Sie ferner darüber aufgeklärt, daß jedes Gericht Ihren Anspruch abweisen würde – ja, abweisen würde.»

Während dieser Rede hatte Herbie das Sahneröllchen in drei gierig-verzückten Bissen verschlungen. Jetzt wählte er ein reizvolles, mit Schokoladencreme übergossenes und mit Pistazien verziertes, ovales Törtchen und biß hinein.

«Soweit ich sehe», setzte der Anwalt seine Rede fort, wobei er die dicken Rauchwolken fortwedelte, die Powers hervorpaffte, «müssen Sie sich entweder dafür entscheiden, die durch die Verschmelzung bedingte Verbesserung Ihrer eigenen Vermögenslage zu akzeptieren – was natürlich das einzig Vernünftige wäre –, oder aber Sie müssen sich damit abfinden, daß das Gericht möglicherweise Powers die kontrollierende Mehrheit in der Gesellschaft zuspricht. Der Ausgang eines solchen Prozesses wäre also höchst zweifelhaft und meiner festen Überzeugung nach für Sie negativ – ja, für Sie negativ.»

Diese Worte drangen nur verschwommen an Herbies Ohr, der sich in einem Rausch der Verzückung befand; er wunderte sich nur vage, warum Mr. Glass sich wohl als sein eigenes Echo betätigte. Dieser Gedanke schmolz jodoch mit dem letzten Bissen einer raffinierten Pfefferminz-Schokoladenkombination dahin, die das dritte Törtchen ausgezeichnet hatte, und sein Denken konzentrierte sich nun auf die Frage, welches Gebäckstück er als nächstes wählen sollte. Daß auch der Nachtisch auf die Rechnung gesetzt wurde, war ihm nicht klar. Man hatte ihm diesen Ständer mit Gebäck vorgesetzt, so wie man ihm zu Hause eine Obstschüssel vorsetzte, und dementsprechend verhielt er sich auch. Die einzige Chance, sich für den ekelhaften Schellfisch schadlos zu halten und zu dem wohlverdienten Genuß dieses Restaurantbesuches zu gelangen, war für ihn, sich so viele Gebäckstücke wie möglich einzuverleiben. Also wählte er jetzt ein Schokoladen-Éclair und machte sich an seine Vertilgung.

Nachdem der Anwalt seine Ausführungen beendet hatte, sahen Bookbinder und Krieger einander an. Herbies Vater setzte gerade zum Sprechen an, da kam ihm Krieger hastig zuvor: «Meine Meinung: blauer Zettel vielleicht ja, vielleicht nein, was weiß man? Ich sage: alles in Freundschaft. Leitende Stellung mit zehntausend im Jahr wär schön, vielleicht aber nur dreitausend, dann nicht so schön. Aber in Freundschaft und schwarz auf weiß, wieviel garantiert? Unter Gentlemen Wort gut wie Gold, aber noch nicht schwarz auf weiß. Dreißig Jahre im Geschäft, schwarz auf weiß, immer alles in Freundschaft. Mr. Glass sehr gute Erläuterung, wir alle Freunde, guter Zusammenhalt, meine Meinung ...»

Nach Bewältigung des Éclairs machte sich Herbie hurtig an die Demolierung einer braunen, kartoffelähnlichen Kugel, die mit köstlicher Apfelsinencreme gefüllt war.

«Wenn ich Sie recht verstanden habe, Mr. Krieger», unterbrach Louis Glass, «dann können Sie sich alles Weitere sparen. Interborough ist bereit, Ihnen beiden im Fusionsvertrag schriftlich fixierte Gehälter in Höhe von ...» – hier warf er einen raschen Blick zu Powers hinüber, der an seiner Pfeife zog und ihm unmerklich zunickte – «fünftausend jährlich zu garantieren, und zwar als Anfangsgehalt – ja, als Anfangsgehalt.»

«Sie haben ihn aber falsch verstanden, und seine Worte besagen in diesem Zusammenhang nichts», rief Jakob Bookbinder aus, dessen Miene soviel Härte und Kampfbereitschaft zeigte, daß man in ihm kaum den Vater wiedererkannt hätte, der noch vor so kurzer Zeit seinem Sohn zugelächelt hatte. Herbie hatte diese Miene des Vaters, die er im stillen das Geschäftsgesicht nannte, mehr als einmal gesehen, aber sie erschreckte ihn jedesmal von neuem. Deshalb schenkte er der Unterhaltung von nun an – er langte nach einem schaumigen, gelben Törtchen – mehr Aufmerksamkeit.

«Jake, meine Meinung: immer in Freundschaft», sprudelte Krieger wieder los, doch Herbies Vater sagte kalt und ohne ihn überhaupt zu beachten zu dem Anwalt: «Krieger wiederholt nur, was er mir schon unter vier Augen gesagt hat, ich nehme aber an, Sie wollen unsere Entscheidung hören. Um es kurz zu machen: Wir verkaufen nicht. Ich halte den blauen Zettel für ein gültiges Dokument.»

«Ist das auch Ihre Ansicht, Mr. Krieger?» fragte Powers.

Bookbinder unterbrach ihn ironisch: «Ich werde Ihnen eine halbe Stunde Geschwätz ersparen. Krieger und ich und unsere Frauen sind vertraglich verpflichtet, einstimmig zu entscheiden. Krieger muß also genauso stimmen wie ich.»

Powers und der Anwalt sahen Krieger an. Dieser nickte betreten.

Von diesem Punkt an vermochte Herbie dem Duell nicht mehr zu folgen und verlor jedes Interesse daran. Aus unerfindlichem Grund schmeckte das fünfte Törtchen nicht mehr ganz so gut wie die ersten vier. Er stopfte den Rest in sich hinein und langte nach einem Kirschtörtchen. Gleichzeitig aber wurde er sich eines störenden Umstandes bewußt: Ganz in seiner Nähe stand der Kellner und starrte ihn mit einem Blick an, in dem sich Entsetzen und Faszination mischten. Mit jedem Haps, den Herbie von dem Obsttörtchen abbiß, schienen die Augen des Kellners größer zu werden. Der kleine Junge konnte gar nicht begreifen, was es für den Mann da zu sehen gab. Er schielte an seinem Anzug hinunter, um festzustellen, ob er sich vielleicht bekleckert habe. Er sah sich auch um, konnte aber nichts Bemerkenswertes entdecken. In dieser Richtung saß nur er selber, ein gewöhnlicher Junge. Das Starren des Kellners machte ihn befangen. Er schlang das Obsttörtchen lustlos hinunter und griff nun nach einem besonders leckeren Stück, einem mit Mokkacreme gefüllten Schokoladenwürfel, den er sich bis jetzt aufgespart hatte. Als er den ersten Mundvoll nahm, bemerkte er beunruhigt, daß der Unterkiefer des Kellners herunterklappte und sein Gesicht sich verfärbte. Er schloß daraus, dem Mann müsse übel sein – wahrscheinlich von dem miserablen Essen, das in diesem Restaurant serviert wurde. Er selber fühlte sich ja auch nicht besonders gut. Das wundervolle Schokoladentörtchen schmeckte im Grunde nicht viel besser als der Schellfisch und war von der gleichen kleistrigen Konsistenz.

Während der Kellner Herbies Aufmerksamkeit gefesselt hielt, war das Gespräch ein gut Stück vorangekommen. Er versuchte, den Faden dieses Knäuels wiederzufinden, und hörte, immer langsamer an seinem Törtchen knabbernd, Powers sagen: «Es ist wirklich nicht einzusehen, warum Sie mir dieselbe alberne Geschichte wieder auftischen wollen. Ich dachte, Sie wären mittlerweile zur Vernunft gekommen.»

«Ich muß schon sagen, ich halte das für höchst unratsam – ja, höchst unratsam», bemerkte der Anwalt, seine halb ausgerauchte Zigarre zerdrückend. «Ich versichere Ihnen, daß der blaue Zettel in der vorhandenen Form wertlos ist. Meiner Ansicht nach wäre Mr.

Powers ohne weiteres berechtigt, die Bronx-River-Eis-Company zu verkaufen. Andererseits ist zu bedenken, daß ich als Anwalt der Interborough dieser Gesellschaft nicht dazu raten kann, etwas zu kaufen, dessen Eigentumsrechte nicht ganz geklärt sind – ja, nicht ganz geklärt sind.»

«Ich spreche morgen früh mit Burlingame», warf Powers ärgerlich hin. «Und wenn er kaufen will, dann verkaufe ich ohne Rücksicht auf die Herren Bookbinder und Krieger. Sie haben sich nicht wie seriöse Geschäftsleute benommen und damit jedes Recht auf Rücksichtnahme verwirkt, mehr habe ich nicht hinzuzufügen.»

«Ja, ich bin ein unseriöser Geschäftsmann», rief Bookbinder bissig, «weil ich lieber selbständig bleibe, als Burlingames Angestellter zu werden.»

«Papa!»

Dieses Wort drang bänglich von Herbies Platz herüber. Sein Vater drehte sich um und sah ihn an.

«Papa, mir ist so schlecht!»

Herbie saß auf seinem Stuhl wie ein Häufchen Unglück und stierte stumpf vor sich hin. In der rechten Hand, die schlaff herabhing, hielt er die zerquetschten Reste dessen, was einst ein Schokoladentörtchen gewesen war. Seine Gesichtsfarbe erinnerte an die des von ihm verspeisten Spinats.

«Gott im Himmel! Der Junge ist krank! Warum hast du denn auch diesen ekelhaften Fisch gegessen?» rief der Vater besorgt.

«Schieben Sie es nicht auf unser Essen, Mister!» schnauzte der Kellner, der sich dem Tisch mit zum Schwur erhobener Hand näherte. «Ich will auf der Stelle tot umfallen, wenn dieser Bengel nicht sieben ganze Törtchen verdrückt hat. Sieben Stück, so wahr ich hier stehe! Selbst einem Elefanten würde davon schlecht werden. Mir ist vom bloßen Zusehen schon ganz übel.»

Herbie stand wankend auf.

«Ich glaub, ich geh lieber nach Haus, Paps», brachte er heraus. Sein Magen schien sich zu kräuseln wie ein See unter auffrischender Brise. Vor seinem Blick schwammen nebelhaft die bunten Schemen all der Törtchen, die er verspeist hatte, und in seinem Schädel hörte er das Wort ‹Frap – Frap – Frap› hämmern, und seltsamerweise war dies plötzlich der abstoßendste Laut, den die menschliche Zunge je hervorgebracht hatte.

«Komm, mein Sohn, ich bring dich nach Haus.» Der Vater sprang auf und faßte den Jungen beim Arm. «Der geschäftliche Teil unserer Unterhaltung ist ohnedies beendet, Sie entschuldigen mich also. Und glauben Sie mir, Mr. Powers, eines Tages werden Sie mir noch dafür dankbar sein, daß wir das Geschäft nicht aus der Hand gegeben haben. Bezahl bitte meine Rechnung, Krieger! Auf Wiedersehen.»

Er eilte, mit dem Jungen mit Schlepptau, nach draußen und stellte sich an den Bordstein, um einer vorüberfahrenden Taxe zuzuwinken. Aber so schnell, wie es nötig gewesen wäre, kam keine angesaust, und Herbie, der schwankend am Bordstein stand, durchlitt alle Qualen einer Reise auf stürmischer See und alsbald auch die wunderbare Erleichterung, die der erfährt, der sich über die Reling gebeugt hat. Sein Vater stützte ihn teilnehmend und wanderte dann mit dem bleichen und geschwächten Jungen nach Haus, da frische Luft ihm nun wohler tun würde als eine Taxifahrt. Auf dem Spaziergang erholte sich sein Sohn nach und nach, und durch den Vorhang des Unwohlseins drangen nun Erinnerungsfetzen der geschäftlichen Unterhaltung an sein inneres Ohr.

«Papa», fragte er scheu, «kann Mr. Powers denn wirklich den Betrieb verkaufen und dich und Mr. Krieger einfach rausschmeißen?»

«Mach du dir nur keine Gedanken darüber», sagte der Vater tröstend, aber in seinem Gesicht zeichneten sich Kummer und Sorge ab. «Vergiß es wieder, Herbie. Für dich gibt's jetzt nur eins: Rizinusöl und dann ins Bett.»

Und mit einem Löffel voll Rizinusöl und dem Zubettgehen in dem ernüchternden Bewußtsein, sich nicht gerade ausgezeichnet zu haben, endete Herbies erster Abend als Mann unter Männern.

11

Auf nach Manitou

Am folgenden Montag, dem ersten Juli, begann der Auszug der Kinder aus der Stadt.

Zum erstenmal in seinem Leben sollte auch Herbie Bookbinder die wohlbekannten Sommerfreuden des Großstädters – das Brausebad unter dem Hydranten, die kühle Wassermelone vom Pferdewagen, das Picknick am Stadtrand oder in einem Park, das ziellose Herumlungern in der Sonne oder im Schatten – gegen die unbekannten Wonnen des Ferienlagers eintauschen. Vor dem Hause Homer Avenue 1075 belud die Familie Bookbinder den Chevrolet mit Koffern für die Fahrt zum Grand Central Station. Ein altertümlicher Wassermelonenwagen, gezogen von einem uralten Schimmel und gelenkt von einem zerlumpten, ungewaschenen Kutscher, holperte vorüber. «Wassermelonen! Wassermelonen!» erklang es langgezogen. Der Wagen war turmhoch beladen mit dicken grünen Melonen und großen Eisstücken. Plötzlich packte Herbie die Gier nach einer eiskalten Melonenscheibe, und wie einen schmerzhaften Stich spürte er Bedauern darüber, fortreisen zu müssen. Diese Empfindung verflog jedoch im selben Augenblick, als der Motor ansprang und die Reise wirklich begann. Was war denn schon eine Wassermelone im Vergleich mit den kommenden Herrlichkeiten des fernen Manitou?

Durch das Glasdach der Grand Central Station fiel ein Bündel trüber, staubiger Sonnenstrahlen und beleuchtete ein großes, gelbes Plakat, das in einer Ecke der riesigen Halle hing und in roten, aufgenähten Lettern die Aufschrift trug: Camp Manitou in den Berkshire-Bergen.

Mr. Gauss war ungemein stolz auf die alten gotischen Schriftzeichen, die, so weithin sichtbar, Würde und Vornehmheit ausstrahlten. Für Herbie, Felicia und ihre Eltern, die dieses Plakat zehn Minuten vor Abfahrt des Zuges verzweifelt suchten, war ‹*Manitou*› jedoch aus einem Abstand von einigen Metern nicht lesbar. Überall sprangen ihnen Plakate in die Augen: Camp Hiawatha, rot und blau; Camp Algonquin, grün und weiß; Camp Penobscot, grün und grau; Camp Iroquois, blau und gold; Camp Pueblo, Camp Wigwam, Camp Totem, Camp Tomahawk und so fort in fünfzig verschiedenen Entwürfen und einhundert verschiedenen Farben. Vermittelten diese Flaggen den Eindruck, als handele es sich hier um eine Wiedergeburt der Indianerstämme, die im Begriff standen, mächtigen Kriegsrat zu halten, so machten die unter den Flaggen versammelten Grüppchen den Eindruck sofort wieder zunichte. Ja, nichts hätte einer Versammlung edler, nackter Rothäute weniger gleichen können als diese brodelnden Klumpen schwitzender und verdrossener Großstadtkinder, die, in ihre ‹anderen› Anzüge und Kleider gesteckt, sich maulend in die Abschiedsküsse verweinter Mütter fügten, sich lauthals zankten oder gegen die Anordnungen des Camp-Personals aufbegehrten.

Hier und dort fand man in der geschlossenen Indianerfront ein

Schild mit der Aufschrift Camp Williams oder Camp Happiness, und Herbie dankte seinem Schöpfer, daß er nicht in ein Lager mit so langweiligen Namen reisen mußte, sondern in eines, das den verheißungsvollen Namen Manitou trug.

«Da ist es! Da steht ja Mr. Gauss!» rief Felicia schließlich, worauf die ganze Familie Bookbinder eilig dem wohlbeleibten Rattenfänger zustrebte, der eine Schar von Kinderlein in sein privates Wunderland zu führen gedachte.

Zu ihrer aller Enttäuschung zeigte sich Mr. Gauss sehr viel weniger herzlich als bei seinem Besuch, ja man konnte ihn fast als kurzangebunden bezeichnen. Dem war jedoch nicht so; die wahre Erklärung lag darin, daß Mr. Gauss' Vorrat an Herzlichkeit begrenzt war. Überschüttete er damit eine Familie, dann schien er fast unerschöpflich, hatte er ihn aber auf rund achtzig zu verteilen, wirkte er reichlich dürftig.

Herbie ließ seine Blicke über das Häuflein unter der gelben Flagge wandern und entdeckte alsbald Lennie Krieger im Mittelpunkt einer bewundernden Gruppe kleinerer Jungen, denen er mit lauter Stimme die Ergebnisse der künftigen Baseballspiele prophezeite. Überall schienen sich bereits Sondergrüppchen von Jungen und Mädchen gebildet zu haben. Der dicke, kleine Junge äugte umher und erspähte schließlich in einer Mädchengruppe seine Lucille. Er winkte ihr lächelnd zu, sie wandte sich jedoch sittsam ab.

«Sieht prima aus das Ganze, nicht, Felicia?» fragte er, erhielt jedoch keine Antwort und merkte erst jetzt zu seiner Überraschung, daß die Schwester nicht mehr neben ihm stand, sondern von einer großen, molligen Frau entführt wurde, deren Gesicht besät war mit Sommersprossen. Später erfuhr er, daß dies Tante Tilly war, die Hauptbetreuerin der Mädchen. Während er den beiden noch nachstarrte, fühlte er seine Hand von einer großen, feuchten lederartigen Pranke umspannt. Er sah zu seinem Häscher auf. Es war ein weißblonder Hüne mit viereckigem Gesicht und winzigen Äuglein hinter dicken, randlosen Brillengläsern.

«Ich bin Onkel Sandy, dein Hauptbetreuer», sprach der Riese. «Und du bist doch der kleine Herbie Bookbinder, nicht wahr? Na, dann komm mal mit!»

Herbie trottete ohne sonderliche Begeisterung mit und wurde einem abgehetzten, sonnengebräunten, dürren jungen Mann ausgeliefert, der inmitten einer Gruppe kleiner Jungen stand. «Und das hier ist Onkel Nig, dein Betreuer», erklärte Onkel Sandy. «Du kommst in Bungalow acht, oberste Riege der Junioren. Ist das nicht prima?»

«Aber ich hab doch schon sechs Jungen, Sandy», protestierte Onkel Nig, doch da eilte der Hauptbetreuer bereits von dannen, ihm über die Schulter zurufend: «Erledigen wir alles im Zug, jedenfalls sieht er nach Bunker acht aus.»

Herbie sah mißmutig zu den sechs kleinen Knirpsen hinüber, denen er zugeteilt worden war, und auch sie warfen scheele Blicke auf ihn. Der ganze Klüngel sah höchst unsympathisch und dazu beleidigend jung aus.

«Und wie heißt du, mein Freundchen?» erkundigte sich Onkel Nig.

«Herbie Bookbinder», antwortete der Junge. Dann wandte er sich an den ihm zunächst stehenden Steppke: «In welche Klasse gehst du denn?»

«5A, und was geht dich das an, du Rollmops?» erwiderte der Steppke.

«5A?» rief Herbert tief entsetzt. «Ich bin in 8 B!»

Onkel Nig hob die Augenbrauen und sagte milde zurechtweisend: «Fang nicht gleich an zu flausen! Benimm dich wie ein anständiger Kerl.»

«Aber ich bin doch in 8 B! Ich kann es beweisen!»

Die Jungen lachten ihm ins Gesicht. Einer sagte: «Das ist noch gar nichts! Ich geh ins Gymnasium.»

«Und ich auf die Universität», überbot ihn ein anderer und erntete noch größeres Gelächter.

In Herbie regte sich der an Gewißheit grenzende Verdacht, daß es ihm im Camp Manitou nicht gefallen werde.

«Alles einsteigen!» erscholl jetzt Onkel Sandys Stimme durch ein Megaphon. Tante Tilly holte das gelbe Banner ein. «Verabschiedet euch, Kinder! In drei Minuten fährt der Zug ab.»

Zwei Arme schlangen sich um Herbies Leib. Seine Mutter, die sich zu ihm niedergehockt hatte, umklammerte ihn. Tränen entströmten ihren Augen, und ihre sonst so bleichen Wangen waren hochrot vor Erregung.

«Auf Wiedersehen, mein Junge, mein Sohn, mein Liebling!» schluchzte sie. «Ich weiß, daß es dich glücklich macht, und darum will ich auch nicht traurig sein. Wir kommen dich besuchen.»

Während sie ihn noch an sich drückte und herzte und küßte, war es dem Vater gelungen, Herbies rechte Hand aus der Umklammerung zu lösen und sie kräftig zu schütteln. «Sei ein Mann, Herbie!» brüllte er mit Donnerstimme, das Aufbruchsgetöse übertönend.

«Wo ist denn Cliff? Ich hab ja Cliff noch gar nicht gesehen», klagte Herbie, dem in diesem gefühlsgeschwängerten Augenblick nichts Besseres einfiel. «Fährt er etwa nicht ins Camp?»

«Ist das alles, woran du beim Abschied denkst – an Cliff? So gib mir doch wenigstens einen Kuß!» beschwerte sich die Mutter. Herbie, der solche Gefühlsäußerungen in der Öffentlichkeit für höchst abgeschmackt hielt, besonders dann, wenn man bereits die Klasse 8 B besuchte, ließ sich, da es offenbar hier alle taten, zu einem kurzen Schmatz auf die Nase seiner Mutter herbei.

«Wir werden gut auf ihn aufpassen, machen Sie sich nur keine Sorgen, Mrs. Bookbinder», gelobte Onkel Nig. «Und nun los, Jungens!»

Unter Zureden, Schelten und gebrüllten Anweisungen schubsten, drängten und zerrten die als Betreuer bezeichneten jungen Männer und Frauen die beiden Kinderhorden in den Zug. Die besonders gefühlvoll veranlagten Eltern umschwärmten diese Prozession jammernd bis zur letzten Sperre. Jakob Bookbinder und sein Weib blieben dort, wo das Banner gehangen hatte, stehen und winkten heftig, sobald sich eines ihrer sich entfernenden Kinder umwandte. Unmittelbar vor der Sperre warf Herbie seinen Eltern einen letzten Blick zu. Wie sie da lächelnd und winkend in ihren Alltagskleidern zwischen dem Gewimmel der eiligen, gutangezogenen Touristen standen, erschienen sie dem Jungen plötzlich wie zwei kleine, schäbige und erschöpfte Leute. Und seltsam, aus dieser Entfernung sah er etwas, was er aus der Nähe noch nie bemerkt hatte: Sein Vater hatte ja graues Haar.

«Wiedersehn, Paps! Wiedersehn, Mami!» brüllte er jetzt, da sie ihn nicht mehr hören konnten, aus Leibeskräften.

«Bleib in der Reihe, Herbie», ermahnte ihn Onkel Nig.

Selbstverständlich verbot es sich, hier inmitten all der anderen in Tränen auszubrechen, und so blieb sein Gesicht ausdruckslos. Aber die Augen brannten ihm, seine Kehle schnürte sich zusammen, und er sah nicht, wohin er ging, und wußte nicht, was er tat. Erst als sich der Zug mit einem Ruck in Bewegung setzte, erwachte er wieder zur Wirklichkeit und merkte, daß er New York wahrhaftig verließ.

Für manche kommt der Augenblick früh, für andere erst spät – aber stets bedeutet es einen großen Schritt vorwärts auf dem Lebenspfad, wenn sich das Herz eines Kindes zum erstenmal in Mitleid mit den Eltern zusammenkrampft. Aber die Gefühle wechseln in der Kindheit so rasch wie der Himmel im Frühling. Wenige Minuten später war Herbie bereits in den ungewohnten Anblick vertieft, den die Rückseiten der Häuser am Eisenbahndamm boten. Nach fünf weiteren Minuten langweilte ihn diese Aussicht schon, und ihn packte erneut die Empörung über die haarsträubende Ungerechtigkeit, zu den Jungen der fünften Klasse gerechnet worden zu sein. Er rutschte auf seinem Sitz nach vorn, um sich von hier fortzustehlen.

«He, wohin, Freundchen?» ertönte Onkel Nigs Stimme. Der braungebrannte Betreuer saß unmittelbar hinter ihm.

«Ich will meinen Vetter Cliff suchen.»

«Na, dann frag gefälligst erst um Erlaubnis. Hier kann nicht jeder hinlaufen, wohin es ihm paßt.»

«Okay», sagte Herbie und trat auf den Gang hinaus.

«Na?» fragte Onkel Nig.

«Was: na?»

«Ich warte noch immer darauf, daß du mich um Erlaubnis bittest, deinen Platz verlassen zu dürfen.»

«Ich hab ihn doch schon verlassen.»

«Dann geh zurück und setz dich wieder hin.»

«Aber das ist doch blöde, dann muß ich ja noch mal aufstehen.»

«Was blöde ist und was nicht, entscheide ich. Zurück auf deinen Platz!»

Herbie zögerte einen Augenblick und erwog ernstlich, ob es nicht angebracht sei, seine Unabhängigkeit ein für allemal durch einen Ausspruch wie: Pustekuchen! oder etwas Ähnliches zu demonstrieren. Er hielt es für durchaus nicht erwiesen, daß dieser junge Mann das Recht hatte, ihn herumzukommandieren. Dieser Jüngling hatte ihm die Zügel anzulegen versucht zu einem Zeitpunkt, da selbst das zahmste Tier Widerstand leisten würde. Außerdem befand er sich in einem Zwischenstadium: er war nicht mehr ganz ein Jüngling und auch noch kein Mann. Kinder im Alter von elf Jahren sind an den Despotismus der Erwachsenen aber so gewöhnt, daß sie nicht zwischen echter und angemaßter Autorität unterscheiden können. Herbie überdachte also die Lage und kehrte dann gehorsam auf seinen Platz zurück.

«So ist's recht, Freundchen. Jetzt kannst du gehen und deinen Vetter suchen.»

Von der Erlaubnis nun Gebrauch zu machen, wäre jedoch einer völligen Kapitulation gleichgekommen.

«Nein», murmelte Herbie düster. «Ich hab keine Lust mehr.»

In diesem Augenblick tauchte am Ende des Ganges die hünenhafte Gestalt von Onkel Sandy auf.

«Jungs», heulte er durch sein Megaphon, «jetzt sind wir wieder mal unterwegs zu dem guten alten Camp Manitou und einer herrlichen Ferienzeit! Da wollen wir alten Manitouer mal den Neuen zeigen, was für ein Geist in Manitou herrscht, was? Onkel Irish begleitet uns wieder als Schwimmlehrer, und unter seiner Leitung stimmen wir jetzt unsern alten Schlachtruf an! Los, Leute, aber mit Schwung!»

Ein junger Mann mit den breitesten Schultern, die Herbie je gesehen hatte, und mit feuerroter Tolle sprang mit einem Satz in den Gang und brüllte: «Okay, Jungs, dann wollen wir's ihnen mal zeigen. ‹On-onk, bau-wau!› So, und jetzt alle zusammen: ‹Hipp, hipp, hurra!›» Und dabei fuchtelte er ruckartig mit den Armen. Ein paar Jungen stimmten daraufhin einen kümmerlichen Sprechgesang an, der aus Nachahmungen von tierischen Lauten, Eisenbahngeräuschen und Knallfroschgeknalle zu bestehen schien, von dem Herbie mit Ausnahme der wiederholten Aufforderung ‹in die Rattenfalle›, die größer sein sollte als ‹eine Katzenfalle›, kein Wort verstand.

Als dies verklungen war, grölte Onkel Irish: «Habt ihr's mitgekriegt, ihr Neuen? Also noch mal alle zusammen! Aber doppelt so laut!»

Das Gebrumm und Gemauze wurde wiederholt, freilich nicht doppelt, sondern höchstens halbmal so laut. Jetzt glaubte Herbie in dem Gequietsche, Gefauche und Gegrunze etwas von Laubenkolonie, Chevrolets, Flöhen und Kannibalen zu vernehmen, war aber überzeugt, daß er sich verhört habe.

Wieder tauchte Onkel Sandy in seiner ganzen Denkmalsgröße auf.

«Nicht übel, nicht übel! Natürlich wird die Sache mehr Schmiß kriegen, wenn die Neuen es erst richtig gefressen haben. Und jetzt singen wir zusammen mit Onkel Irish unser Lagerlied ‹Bulldogg, Bulldogg›. Aber diesmal möchte ich es wirklich mit Schneid hören, besonders von unsern alten Manitouern. Ihr Brüder kennt dieses Lied doch im Schlaf. Also los, aber richtig mit Schmiß!»

Er wies auf eine Gruppe von Jungen, die Herbie gegenüber auf der anderen Seite des Ganges saßen und zwischen vierzehn und fünfzehn sein mochten. Sie machten sich auf den Sitzen breit, so daß sich jeweils nur vier gegenübersaßen, und gaben sich in ihren langen Hosen und mit ihren weichen Hüten den Anschein, überlegen und abgeklärt zu sein. Als sie derart öffentlich ermahnt wurden, grinsten sie sich nur hinterhältig an und tuschelten miteinander.

‹Bulldogg, Bulldogg› wurde in langgezogenen Harmonien zum besten gegeben. Die älteren Jungen saßen mit zusammengekniffenen Lippen dabei, während die Stimme des Hauptbetreuers und die von Onkel Irish durch den Wagen dröhnten. Kaum war diese Weise verklungen, fiel die schweigende Clique in langen Hosen mit einem Vers ein, der, höhnisch vorgetragen, erheblich mehr Schwung und Präzision aufwies als die anderen:

«Nun seht mal diesen Affen an,
wie wunderbar er reiten kann –
Hurra für Onkel Sandy!»

Der Hauptbetreuer schritt säuerlich grinsend den Gang entlang und blieb in voller Turmhöhe neben Herbie stehen.

«Okay, Bunker sechzehn, ich verstehe ja Spaß», erklärte er laut und vernehmlich. «Aber wir haben hier eine ganze Menge Neulinge, die zwischen Spaß und Ernst vielleicht noch nicht unterscheiden können. Wenn ihr Burschen den Sommer ohne die Seniorenrechte verbringen wollt, dann soll mir das recht sein. Vergeßt aber nicht, daß ihr in diesem Zug seid und euch nicht mehr hinter Mammis Schürzenzipfel verstecken könnt. Ihr seid praktisch schon in Camp Manitou. Und wenn ihr nicht den richtigen Campgeist zeigen könnt, dann haltet gefälligst die Klappe!»

Als Onkel Sandy unter betretenem Schweigen in den Vorderteil des Wagens ging, äugte Herbie zu der Clique hinüber. Das Grinsen und Getuschel war wie fortgeblasen, und er sah nur beschämte und verstockte Gesichter; selbst die langen Hosen schienen plötzlich weniger flott um die dünnen Beine zu schlenkern.

«Jetzt, Jungens, noch ein paar Verhaltungsmaßregeln für die Fahrt», kündigte der Hauptbetreuer in freundlicherem Ton an. «Niemand verläßt oder wechselt ohne Erlaubnis seinen Platz, die Fenster bleiben geschlossen. Besuche bei den Mädchen im Nachbarwagen sind strengstens verboten, erwische ich dort einen, geht's ihm schlecht. Wir haben drei Stunden Fahrt vor uns, also macht's euch gemütlich, freundet euch an und bereitet euch auf die schönsten Ferien vor, die ihr je gehabt habt. Ende.»

Onkel Sandy setzte sich, und im gleichen Augenblick schnellte Onkel Irish in die Höhe, als habe er auf dem anderen Ende einer Wippe gesessen.

«Los, Jungens, ein fröhliches ‹Onk-onk, bau-wau› für den guten, alten Hauptbetreuer Onkel Sandy!»

Der Sprechgesang wurde zum drittenmal geleiert, diesmal so lustlos und müde, daß er ums Haar mitten zwischen den Chevrolets und Kannibalen kläglich verendet wäre.

Der Zug rollte durch die Vororte, und zwischen den grauen und roten Mauern erschien hier und da bereits etwas Grün. Herbies gelähmte Lebensgeister erholten sich wieder. Voll Vergnügen sah er die Landschaft vorüberfliegen; das Grau der Stadt schwand dahin, und die Welt präsentierte sich in ihrer ursprünglichen Farbfreudigkeit. Nach einer Weile entdeckte er etwas, was er bisher nur in Bilderbüchern und auf Molkereianzeigen gesehen hatte: eine Kuh, eine lebendige Kuh! Sein Herz machte einen freudigen Satz. Vielleicht war es im Camp doch schön!

Zwei Betreuer wanderten mit Körben durch den Gang, und Herbie erhielt einen Papierbecher voll Milch und ein Butterbrot in Pergamentpapier. Er wickelte es aus und stellte fest, daß es eines seiner Lieblingssandwiches war: Dosenlachs mit Salatblättern auf Schwarzbrot. Er ließ sich in seinen Sitz zurückfallen, kaute, schmatzte und schluckte und starrte aus dem Fenster, wo Bäume, Bäche und Wiesen vorüberflogen. Kein Zweifel, er war auf dem Weg ins Gelobte Land!

«He, Herb, wo steckst du denn?»

Neben ihm stand sein Vetter Cliff, eine rotgelbe Kappe mit dem Monogramm CM forsch in die Stirn gezogen.

«Wo hast *du* denn gesteckt, Cliff? Und wo hast du die Kappe her?»

«Die hat mir einer aus meiner Gruppe geschenkt. Ich hab wirklich 'ne prima Gruppe.»

«Welcher Bunker ist es denn?»

«Zwölf. Komm mit rüber, ich hab schon von dir erzählt.»

Herbie stand auf und war im Begriff, sich hinauszuzwängen, als ihm noch rechtzeitig die Belehrung einfiel.

«Onkel Nig, darf ich aufstehen?»

Der Betreuer, der in einen dicken blauen Wälzer mit dem Titel

‹Vergleichende Literaturwissenschaft, 3. Semester› vertieft war, grunzte bejahend. Herbie flitzte zu seinem Vetter auf den Gang.

«Was machst du denn da zwischen den kleinen Gören?» erkundigte sich Cliff leise. «Die sehn ja nicht mal wie Halbgare aus.»

«Was sind denn Halbgare?»

«Na, ich zum Beispiel. Unser ganzer Bungalow. Erst kommen die Zwerge, dann die Junioren, die Halbgaren, die Senioren und zuletzt die Supersenioren.»

«Heiliges Kanonenrohr, jetzt fällt's mir wieder ein. Weißt du, was die sind! Diese Knirpse sind Junioren. Junioren, Menschenskind! Einer ist erst in 5 A. Sie haben mich unter die Junioren gesteckt!»

Herbie sprach das Wort ‹Junioren› aus wie ein Pfarrer das Wort ‹Heiden›, ein Südstaatler ‹Yankee› und ein Millionär ‹Bolschewiken›.

«Du, da haben die sich geirrt», meinte Cliff. «Komm mit zu meinem Betreuer, der bringt dich noch bei uns unter.»

Cliff schob seine Kappe aus der Stirn, da sie seine Sicht behinderte, und führte seinen Vetter zu einer Gruppe von Jungen, die um den rothaarigen Schwimmlehrer im vorderen Teil des Wagens versammelt war. «Ich bin nämlich in Onkel Irishs Gruppe», erklärte Cliff stolz. Herbie sah, daß die Jungen etwa in seinem Alter (und daher etwas größer als er) waren. Sie lachten und scherzten mit dem Schwimmlehrer. Er hoffte inständig, in diesen glücklichen Kreis aufgenommen zu werden.

«Hier ist mein Vetter Herb, von dem ich schon erzählt habe, Onkel Irish», verkündete Cliff.

«Hallo! Das ist also das Wunderkind», begrüßte Onkel Irish ihn strahlend (der nebenbei gesagt Abraham Potovsky hieß). «Also du bist der Bursche, der mit elf Jahren schon 8 B ist?»

«Elf und einhalb», korrigierte Herbie verschämt.

«Nach dem, was dein Vetter von dir erzählt, bist du ja einer der hellsten Köpfe, die es gibt.»

«Ach, ich bin bloß zu dick zum Laufen, und darum lese ich einen Haufen», wehrte Herbie bescheiden ab.

Diese Antwort gefiel nicht nur dem Betreuer, sondern auch den Jungen, die ihn zunächst kritisch gemustert hatten. Onkel Irish lachte schallend. Ein stämmiger Junge mit schwarzem Bürstenhaar stand auf, sagte lächelnd: «Na, er gibt wenigstens zu, daß er fett ist –» und rückte so weit zur Seite, daß Herbie dem Betreuer gegenüber Platz nehmen konnte.

«In welcher Gruppe bist du denn, Herb?» fragte ein anderer.

Obwohl es Herbie sehr peinlich war, gestand er: «Sie haben mich in den Bunker acht gesteckt.»

Der Schwimmlehrer staunte. «Was? Einen Jungen aus 8B in Bungalow acht? Unmöglich, das sind doch Junioren.»

«Es muß wohl ein Irrtum sein. Jedenfalls hoffe ich es», sagte Herbie.

«Bestimmt», versicherte Onkel Irish. «Komm gleich mit, wir reden mal mit Onkel Sandy.»

«Siehst du, ich hab's gleich gesagt», flüsterte Cliff.

«Er soll zu uns, Onkel Irish», rief der schwarzhaarige Junge hinter ihm her.

Der Betreuer nahm Herbie an die Hand und führte ihn in die vorderste Sitzreihe des Wagens, wo Onkel Sandy, umgeben von Listen, Tabellen und sonstigen Akten, in einsamer Majestät thronte. Er war mit der Ausarbeitung der sportlichen Veranstaltungen beschäftigt und machte sich Notizen auf einen Zettel. Gerade jetzt entwarf er unter der Überschrift ‹Korbball – Zahnpaste› einen Plan, der zu gegebener Zeit in den Kämpfen der Pepsodents gegen die Kalikloras oder der Chlorodonts gegen die Colgates Früchte tragen sollte. Jungen, die zur Pebeco-Mannschaft gehörten, würden anderen aus der Ipana-Mannschaft Todfeindschaft schwören. Jungen, die das Mißgeschick hatten, der schwachen Odonto-Mannschaft anzugehören, würden ihre Eltern unter Tränen anflehen, sie noch während der Ferien nach Hause zu holen. Sandy kannte die simple Wahrheit, daß Jungen – und nicht nur Jungen – unter einem beliebigen Aushängeschild zehnmal erbitterter kämpfen als sonst, ganz gleich, wie lächerlich die Bezeichnung sein mochte. Wenn also im Camp Manitou Baseball gespielt wurde, dann spielten die Fords gegen die Cadillacs, beim Faustball die Greta Garbos gegen die Joan Crawfords, die Büffel rannten mit den Wildkatzen um die Wette und so weiter. Dieser dürftige Trick wurde endlos wiederholt und brachte die Kinder unfehlbar dahin, ihren ‹Campgeist› zu demonstrieren. Das Ganze pflegte dann in dem sogenannten Farbenkrieg zwischen den Roten und den Gelben zu enden, wobei das gesamte Camp, die Betreuer nicht ausgeschlossen, in zwei Parteien gespalten wurde und von den Jungen zur Ehre der Gelben oder Roten Gewichtsverluste, lebenslange Feindschaften, Faustkämpfe und gelegentliche Beinbrüche dargebracht wurden.

«Sandy», fragte Onkel Irish, «kann ich dich mal ein paar Minuten sprechen?»

«Hm», brummte der Hauptbetreuer, ohne von seinen Papieren aufzublicken.

«Es sieht nämlich so aus, als ob dieser Junge durch einen Irrtum im Bungalow acht gelandet ist.»

«Bungalow acht? Aber das ist doch gar nicht deine Gruppe, Irish», erwiderte Onkel Sandy, riß sich von seinen Papieren los und blinzelte den Sprecher durch seine dicken Brillengläser an.

«Weiß ich. Ich bin auch ganz zufällig dahintergekommen. Dieser Knabe hier, Herbie Bookbinder, geht in die achte Klasse, und du hast ihn unter die Junioren gesteckt.»

Jetzt wurde Herbie einer blinzelnden Musterung unterzogen. Onkel Sandy hatte sich die Augen bei seinem nun fast abgeschlossenen Medizinstudium verdorben.

«Ach, richtig, Herbie Bookbinder.» Er dachte ein Weilchen nach. Herbie trat von einem Bein aufs andere.

«Ich würde ihn gern in meine Gruppe nehmen», fuhr der Schwimmlehrer fort, «dahin hättest du ihn gleich stecken sollen.»

Zum Unglück für Herbie hatte Onkel Irish das Verkehrteste gesagt, was er sagen konnte. Onkel Sandy war im großen und ganzen gutmütig, er hatte zwar wenig Humor und noch weniger Herzlichkeit, gab sich aber Mühe, seine Sache ordentlich zu machen. Was er deshalb mehr als alles andere verabscheute, war, einen Fehler zugeben zu müssen. Die harmlose Wendung ‹Dahin hättest du ihn gleich stecken sollen› drang in Onkel Sandys zähflüssige Gehirnmasse, wurde dort als Kritik registriert und verursachte augenblicklich eine Reizung.

«Das scheint mir noch gar nicht so sicher», erwiderte er gemessen. «Schließlich werden die Jungen nicht nach ihrer Klassenzugehörigkeit auf die einzelnen Gruppen verteilt, sondern nach ihrer Größe. Dieser Bookbinder ist doch nicht größer als die Junioren im Durchschnitt, oder?»

«Ja, das schon», entgegnete Onkel Irish, erstaunt darüber, daß Sandy diese Frage überhaupt diskutierte. «Der Junge ist eben eine Ausnahme. Aber er würde sich doch unter den Kleinen, mit denen er kein vernünftiges Wort wechseln kann, todunglücklich fühlen und bestimmt nicht die ganzen Ferien bleiben.»

Herbie, der dieser Unterhaltung mit klopfendem Herzen folgte, gewann die Überzeugung, die Engel im Himmel müßten feuerrotes Haar und enorm breite Schultern haben.

«Warum willst du ihn denn durchaus in deine Gruppe haben?» fragte Onkel Sandy mürrisch. «Hoffst du auf ein nobles Trinkgeld von seinen Eltern?»

«Herrgott, Sandy, mir ist es doch egal, in welcher Gruppe er ist. Ich habe nur angenommen, daß es dir angenehm ist, wenn ich dir Bescheid sage.»

Onkel Sandy war es sehr angenehm, diesen Fehler berichtigen zu können, was ihm sowieso nicht erspart geblieben wäre, aber er legte Wert darauf, diese Berichtigung aus eigener Machtvollkommenheit vorzunehmen. Er griff nach der Liste mit den Bungalow-Belegschaften und überflog sie verdrossen.

«Na, egal, in deine Gruppe kann er jedenfalls nicht kommen. Du scheinst völlig vergessen zu haben, daß du nur fünf und nicht sechs Betten hast, weil der Wasserbehälter bei euch aufgestellt ist.»

«Ich hab ja auch bloß vier, Sandy; du weißt doch, Arnold Osterman fiel aus, weil er Mumps hat.»

Jetzt richtete sich Sandy in voller imponierender Größe auf: «Schon gut, Irish, ich werde die Sache selbst in die Hand nehmen. Deine Gruppe bleibt, wie sie ist. Geh du nur zu deinen Jungs zurück. Herbie Bookbinder bringe ich selbst unter.»

Zum zweitenmal fühlte Herbie seine Hand von Onkel Sandys feuchter Pranke umschlossen. Er war nun so endgültig der Aussicht beraubt, in Onkel Irishs Gruppe zu landen, als gehörte sie zu einem anderen Camp. Von welchen Winzigkeiten hängen doch zuweilen Glück und Unglück ab! Hätte der Schwimmlehrer sich anders ausgedrückt – nur zwei oder drei Worte anders gewählt –, dann wäre Herbies glühender Wunsch in Erfüllung gegangen. Der Hauptbetreuer zerrte den Jungen den Gang entlang und blieb neben einem schwammigen Mann mittleren Alters stehen, dessen bleiches Gesicht an den rasierten Stellen bläulich schimmerte. Zu seinem Mißbehagen sah Herbie auf dem Platz gegenüber Lennie Krieger sitzen.

«Onkel Sid», verkündete der Hauptbetreuer, «hier ist noch ein Junge für Bungalow dreizehn. Er ist für die Gruppe, der er ursprünglich zugeteilt wurde, zu aufgeweckt, darum bekommst du ihn.»

Durch diese schmeichelhafte Einführung wurde Herbie sogleich die Zielscheibe der feindlichen Blicke von fünf Knaben, die um diesen Betreuer geschart saßen.

«Wollen Sie uns etwa erzählen, daß Sie uns General Mülltonne aufhalsen?» rief Lennie. «O Gott, mein Sommer ist ruiniert!»

«Onkel Sid ist unser Musik- und Theaterlehrer», erklärte Onkel Sandy. «Ein gewitzter Junge wie du, der für Sport nichts übrig hat, paßt also gut in seine Gruppe. Mach mal ein bißchen Platz, Ted», befahl er einem weißblonden Jungen mit einer Habichtsnase und einem so großen Mund, daß sein Gesicht wie in zwei Teile gespalten wirkte. Der Junge warf dem Hauptbetreuer einen aufsässigen Blick zu, rutschte aber doch zur Seite und gab ein Eckchen des Sitzes frei, den er bislang allein eingenommen hatte. Herbie setzte sich. Der Hauptbetreuer stolzierte davon – und da saß der dicke Junge! So endgültig wie ein Matrose, der auf einem Totenschiff angeheuert hat, wie ein Polizist, der zum Dienst in einen Tunnel kommandiert wurde, oder wie ein Priester, den man in ein Elendsviertel in einem verseuchten Fiebergebiet geschickt, war Herbie ohne jede Aussicht auf Rettung dazu verdammt, seine Ferien mit der Gruppe dreizehn zu verbringen.

«Wie heißt du?» erkundigte sich Onkel Sid.

Kaum hatte Herbie seinen Namen genannt, grölte Lennie: «General Mülltonne! General Mülltonne heißt er!»

«Hallo, General», nahm ein bleichsüchtiger Junge in rot- und gelbgestreiftem Pullover, in den vorn C M eingestickt war, den Spottnamen höhnisch auf. Unter Jungen verbreiten sich abfällige Spitznamen so rasch wie ein Lauffeuer; schmeichelhafte Bezeichnungen sind dagegen so gut wie unbekannt. «In welcher Gruppe warst du denn, ehe du hier ankamst?» fragte der Betreuer.

«In der achten, einer Juniorengruppe», bekannte Herbie und versuchte, durch Zurschaustellung seiner Indignation zu retten, was zu retten war.

«Da paßt du doch auch hin! Für unsere Gruppe bist du jedenfalls zu klein», sagte der habichtsnasige Junge und schaute dabei aus dem Fenster.

«Wir wollen fair zu ihm sein, Jungs», ermahnte der Betreuer. «Er hat schließlich auch ein Recht auf schöne Ferien.»

«Nicht, wenn er uns unsere verdirbt», sagte Lennie. «Ich kenne diesen Fettmops schon aus der Schule und überhaupt schon seit ewig, Onkel Sid. Er kann weder laufen noch Ball spielen noch boxen, überhaupt gar nichts. Er ist ein Waschlappen und obendrein ein Streber, und keiner von uns will ihn hier in der Gruppe haben.»

Es schien Herbie, als spräche Lennie die lautere Wahrheit; er kam sich selbst wie ein unsympathischer, dicker Widerling vor, der nicht wert war zu leben.

«Onkel Sid», flehte er, «wenn die mich hier nicht haben wollen, will ich auch nicht hier bleiben! Lieber geh ich zum Bunker acht zurück. Bitte, kommen Sie doch mit zu Onkel Sandy!»

Jetzt würdigte ihn der habichtsnasige Ted eines Blickes. «Quatsch, General Mülltonne, jetzt haben sie dich mal hier reingesteckt. Ich fahre schon seit fünf Jahren in dieses Camp, aber das muß ich ja sagen: Einen solchen kleinen Fettmops wie dich haben wir noch nie im Bunker dreizehn gehabt. Aber nun bist du mal hier und bleibst auch hier.»

«So ist es recht», lobte Onkel Sid. «Wir werden alle gute Freunde werden und herrliche Ferien verleben.»

Diese Ermunterung hatte eine beklemmende Stille zur Folge. Dem Dramaturgen von Manitou, der im Zivilberuf Musiklehrer an einer Mädchenoberschule war, mangelte jegliche Begabung für diese Sommerbeschäftigung.

Schließlich wagte Herbie seinen Nachbarn anzusprechen: «Ihr seid wohl alle Senioren, ja?»

«Nach fünf Jahren im Gauss'schen Ghetto des Grauens müßte ich es längst sein», antwortete Ted. «Aber daß sie in dieser Tretmühle irgendwas richtig machen, darauf kannst du lange lauern. Nein, wir sind die älteste Gruppe der Halbgaren.»

Onkel Sid fühlte sich verpflichtet, den guten Namen des Camps, das er noch gar nicht kannte, zu retten. «Warum kommst du denn immer wieder, wenn du findest, daß Manitou eine Tretmühle ist?»

«Weil meine Alten mich irgendwo parken wollen, wenn sie im Sommer Golf spielen, und weil der alte Gauss meine werte Frau Mama hypnotisiert hat, deshalb», stieß Ted verbittert hervor. «Sie fände das Camp auch noch wundervoll, wenn man mich da aufhängen würde.» Er angelte ein Stück Kreide aus der Tasche, zeichnete mit ein paar Strichen ein grausiges Gerippe an die Wand und schrieb darunter: *Onkel Sid nach zwei Monaten in Manitou.* Herbie platzte vor Lachen heraus. Onkel Sid, der das Kunstwerk daraufhin entdeckte, befahl der Habichtsnase, es wegzuwischen.

Wieder senkte sich ungutes Schweigen über die Gruppe dreizehn, während von den übrigen künftigen Lagerinsassen lebhaftes Schwatzen herüberdrang.

Herbie überdachte die Ereignisse des Tages und kam zu dem Schluß, daß ihm noch mehr Pech unmöglich beschieden sein könne. Seiner Meinung nach hatte sich in der letzten Stunde mehr Unglück auf sein Haupt gehäuft als während all der vorangegangenen elf Jahre seines Daseins in dieser Welt. Doch der Glaube, daß das Schlimmste überstanden war, täuschte; er selbst bereitete gerade sein größtes Mißgeschick vor.

«Onkel Sid, darf ich mal einen Schluck Wasser trinken gehen?»

«Ja. Und laß mich in Zukunft mit solchen Fragen in Ruhe. Du bist jetzt bei den großen Jungen.»

Als Herbie sich völlig zerknirscht von dannen schlich – er schien heute ja wirklich nichts recht machen zu können –, höhnte Lennie hinter ihm her: «Onkel Siddi, darf ich ditte, ditte, ein Slückchen Dasser tinken dehn?»

Der Wasserbehälter mit den Pappbechern befand sich vorn im Wagen. Herbie ließ etwas von dem abgestandenen Wasser in einen Becher laufen und trat damit auf die vordere Plattform hinaus, um sich aus Onkel Sandys unbehaglicher Nähe zu verdrücken. Gerade als er den Becher an die Lippen führte, entdeckte er Lucille, die ihn durch die Glastür des nächsten Wagens ansah. Sie lächelte und gab ihm ein Zeichen, zu ihr zu kommen.

Nun hatte Herbie seine Lucille zu dieser Stunde fast vergessen. Es war seinem Gedächtnis auch ganz entschwunden, daß sein erstes Zusammentreffen mit ihr die tollkühne Idee geboren hatte, die jene Kette von Ursache und Wirkung nach sich gezogen, wodurch Lennie, Cliff und er selbst sich jetzt im Zug zu den Berkshire-Bergen befanden. Ein zielbewußter und weitschauender Politiker hätte sich zu dieser Stunde zweifellos zum Erfolg seiner Pläne beglückwünscht, Herbie aber kam die Denkwürdigkeit des Ereignisses gar nicht zum Bewußtsein. Lucille war für ihn nichts weiter als eine plötzlich auftauchende Versuchung, eine süße, aber auch gefährliche Verlokkung, denn Onkel Sandys Verbot klang noch in den Ohren.

Er winkte sie also seinerseits herüber, aber Lucille schüttelte energisch das Köpfchen und bedeutete ihm herrisch, er habe zu kommen. Nun gibt es in eines jeden Mannes Leben Zeiten, da ihm keine Wahl bleibt. Herbie spähte über die Schulter, um sich zu vergewissern, daß er unbeobachtet sei, und schlüpfte dann durch die Verbindungstür in den nächsten Wagen zu Lucille. Sie drückten sich in eine Ecke auf der vorderen Plattform.

«Ich darf hier gar nicht sein», wisperte er.

«Und ich nicht mal mit dir sprechen», übertrumpfte ihn Lucille. «Aber bitte, bitte, geh ruhig zurück.»

Sie lehnten sich gegen die Wand und genossen still und versunken das Glück des verbotenen Zusammenseins.

«In welcher Gruppe bist du denn?» fragte der Junge nach einem Weilchen.

«In der elften. Und du?»

«Bunker dreizehn. Das ist die älteste Gruppe der Halbgaren.»

«In welcher ist denn Lennie?»

Diese Frage irritierte Herbie sehr. Ihm schien es absurd, die praktisch unter Lebensgefahr gestohlene Zeit damit zu verbringen, ausgerechnet von Lennie Krieger zu sprechen.

«Warum interessiert dich das so?» maulte er.

«Ach, du!» Sie sah ihn schelmisch von der Seite an. «Bin eben neugierig.»

«Also, wenn du es durchaus wissen willst, er ist in meiner Gruppe, aber von mir aus könnte er sein, wo der Pfeffer wächst.»

«Sag mal, Herbie, warum haßt du Lennie eigentlich so sehr? Er ist doch ein netter Junge.»

Herbie zermarterte sich gerade das Hirn nach einer vernichtenden Antwort, da tat sich die Tür auf, und Onkel Sandy trat in den Wagen der Mädchen. Da er den beiden Missetätern den Rücken zukehrte, entdeckte er sie nicht, obwohl er so dicht neben Herbie stand, daß der Junge ihn hätte berühren können. «Tante Tilly», rief er, «kann ich Sie einen Moment sprechen?»

Gelähmt vor Entsetzen, hörten die Kinder, wie Tante Tilly herbeieilend rief: «Aber sicher, Onkel Sandy. Was gibt's denn?»

«Es handelt sich um die Autobusse am Bahnhof, Tilly. Mr. Gauss hat nur vier gemietet», begann Onkel Sandy und ließ sich auf eine sehr weitschweifige Erklärung über die Ausladung der Lagerinsassen ein. Da er sich nicht von der Stelle rührte, gab es für Herbie auch keine Möglichkeit zur Flucht. Die beiden Kinder standen gebannt und reglos wie zwei Eidechsen. Viele Minuten vergingen. Die Wahrscheinlichkeit, daß der kurzsichtige Sandy seine Erläuterungen beenden und fortgehen werde, ohne sie zu erwischen, wuchs von Sekunde zu Sekunde und wurde fast zur Gewißheit. Herbie begann die Gefahr jetzt, nachdem sich das erste Entsetzen gelegt hatte, geradezu als angenehmen Kitzel zu genießen. Kühn geworden, drehte er den Kopf zu Lucille und zog eine Grimasse, ein verhängnisvoller Fehler, da dadurch die mühsam bewahrte Selbstbeherrschung des kleinen Mädchens barst. Sie brach in ein lautes, heiseres Gekicher aus. Onkel Sandy hopste, erschreckt durch diesen unerwarteten Laut hinter sich, mehrere Zentimeter hoch, schnellte dann herum und durchbohrte Herbie mit seinen Blicken.

Die Gefühle des kleinen, dicken Jungen in diesem schicksalsschwangeren Augenblick lassen sich nicht beschreiben. Es bleibt nur zu berichten, daß er in den Wagen der Jungen zurückbefördert wurde, dort öffentlich als ein zu klein geratener und aufsässiger Romeo gebrandmarkt und schließlich mit einem Schild ‹Lageresel Nr. 1› um den Hals neben Onkel Sandy placiert wurde. In dieser wenig beneidenswerten Verfassung reiste Herbie, nunmehr allgemein als ‹General Mülltonne› bekannt, in das Gelobte Land.

12

Camp Manitou

Das Märchen, welches besagt, am Ende eines jeden Regenbogens sei ein Topf voll Gold vergraben, muß von einem Städter zur Belustigung seiner Kinder erfunden worden sein, die ja nie mehr als einen Ausschnitt dieses schimmernden Bogens zu sehen bekommen und daher bereit sind zu glauben, daß dort, wo der Bogen die Erde berührt, Wunder an Herrlichkeiten zu finden sind. Nun weiß aber jeder, der auf dem Land gelebt hat, daß das Ende des Regenbogens auf den gleichen Erdboden auftrifft, wie er überall in der Welt zu finden ist, und daß dort kein goldener Topf steht, sondern nur eine schmutzige Regenpfütze.

Herbies Vision vom Camp Manitou war aus eitel schimmernden Regenbogen gewebt: er hatte von weichen, geschorenen Rasenplätzen geträumt, von luxuriösen Landhäusern, einem großen, spiegelnden See mit Sandstrand und von vielen anderen reizvollen Einzelheiten, die er Filmen und Büchern über das Schulleben in England entnommen hatte. Die Wirklichkeit aber war eine schmutzige Regenpfütze.

Camp Manitou bestand aus einer Ansammlung halb verwitterter, nach der einen Seite offener Holzbaracken, die am Rande eines nicht näher benannten, stark verschlammten Gewässers von recht ansprechender blauer Farbe gelegen waren, eines Gewässers, das zu klein war, um die Bezeichnung See zu verdienen, jedoch zu groß, um unter den Teichen zu rangieren. Die ‹Bunker› erhoben sich zu beiden Seiten eines als ‹Lagerstraße› bezeichneten Schotterweges, und diesen Pfad marschierte Herbie nun zusammen mit der übrigen Belegschaft hinunter, um sein Regenbogenland zum erstenmal aus der Nähe zu betrachten. Die Lagerstraße begann beim Speisesaal, einer großen, rohgezimmerten Holzbaracke auf halber Höhe eines Hügels, senkte sich von dort zu den Bungalows und bog danach zu der Badeanstalt am See ab. Von dort oben aus hatten die Jungen einen guten Überblick über die Spielplätze. Da lagen zwei Baseballplätze, kniehoch mit Margeriten und anderem, weniger schmückendem Unkraut bewachsen. Auf den Tennisplätzen baumelten die Netze lose an windschiefen Pfosten, und der rote Lehmboden war gesprenkelt mit gezackten Löwenzahnstauden. Auf dem Korbballplatz stand ein einziger Korb aufrecht, die anderen waren umgefallen. Die Laufplanke der Badeanstalt, die auf das steinige Ufer gezogen war, ragte mit dem einen Ende neben einem halbversunkenen Ruderboot ins Wasser.

Als Onkel Sid mit seinen sieben Schützlingen den Bungalow dreizehn betrat, fühlte sich Herbie noch weniger an seinen goldenen Topf erinnert als zuvor. Kahle eiserne Bettgestelle standen wahllos herum. Auf dem Boden lagen in einem unordentlichen Stapel sieben neue Matratzen. Vor der offenen Seite der Baracke flatterten Segeltuchfetzen, die offenbar als Regenschutz dienen sollten. Die Decke war mit zahllosen geschnitzten, gemalten oder mit Kreide geschriebenen Namenszügen verziert. Die auffallendste Inschrift in halbmeterhohen Buchstaben aus roter Ölfarbe lautete: ‹Willi *Dussel* Schneidermann›. Herbies Koffer, der bereits vor einer Woche ins Campf vorausgeschickt worden war, lag umgekehrt zwischen einem Haufen Gepäck.

Wie man sich vorstellen kann, nahmen die Jungen diesen Verfall und diese Vernachlässigung nicht ohne meuternde und abfällige Bemerkungen zur Kenntnis. Lennie erklärte rundheraus, dieser Gauss sei ein Ganove, und er fahre mit dem nächsten Zug nach Hause. Selbst Onkel Sid war so perplex und geknickt, daß er den rebellischen Protestrufen nicht Einhalt zu gebieten vermochte. Sogleich beim Betreten des Bungalows und nach dem ersten Blick auf dieses wüste Durcheinander verließ ihn seine Selbstsicherheit gänzlich. Er warf sich verzagt auf ein Bettgestell und stöhnte: «O Gott, o Gott, wenn ich das geahnt hätte!» Die Jungen, verblüfft darüber, daß sich ein Vertreter der Obrigkeit auf ihre Seite schlug, standen und saßen in stummer Niedergeschlagenheit herum. – Doch in Zeiten der Not findet sich stets ein Führer.

«Jungs, das ist noch gar nichts gegen 1925», ließ sich Ted mit der Habichtsnase vernehmen. «Da hatten manche Bunker nicht mal Fliegenfenster. Los, jetzt stellen wir die Betten auf und dann misten wir hier aus. Schließlich müssen wir ja hier wohnen. Ich garantiere euch, in einer Woche kennt ihr die Bruchbude nicht wieder.»

Erfrischt von der Aussicht, etwas anderes zu tun als nur zu jammern und zu stöhnen, machte sich die Belegschaft an die Arbeit. Betten wurden aufgestellt, Matratzen geschleppt, Stadtkleidung mit praktischen Ferienkleidern vertauscht und die mitgebrachte Bettwäsche samt den Wolldecken säuberlich ausgebreitet. Dann wurde der Fußboden gescheuert, Spinnweben heruntergefegt, die Regenpersenninge aufgerollt, und die Stimmung hob sich zusehends.

So wie im Bungalow dreizehn ging es überall im Camp zu. Im Handumdrehen war der Abend da, und als achtzig Jungen in einer Doppelreihe zum Essen in die Speisehalle marschierten, herrschte eine Ausgelassenheit und Munterkeit, wie man es nach den trüben, verdrossenen und wütenden Mienen am Nachmittag nicht für möglich gehalten hätte. Mr. Gauss hatte gewiß seine Fehler, aber eines mußte man ihm lassen: er kannte seine Pappenheimer. Das Abendessen war ein wahrer Götterschmaus: gehackte Hühnerleber, Hühnerbrühe, Braten, Röstkartoffeln, Fruchtsalat und Sahneeis. Sofort nach dieser Mahlzeit wurde eine Schreibstunde angesetzt, zu der Briefpapier mit dem Aufdruck ‹Camp Manitou› gratis verteilt wurde. In den verschiedensten Fassungen wurden von gemästeten Jungen begeisterte Lobeshymnen gekritzelt. Wäre die Schreibstunde sogleich nach der Ankunft im Camp angeordnet worden, hätten die Briefe zweifellos anders gelautet, aber – wie bereits erwähnt – Mr. Gauss kannte seine Pappenheimer. Herbie hatte genau wie alle anderen beschlossen, einen Klage- und Beschwerdebrief nach Hause zu schicken, nun aber hieß es in dem Schriftstück:

Lieber Paps, liebe Mami!

Hier ist es prima. Wir haben gerade zum Abendbrot Braten und

Sahneeis bekommen. Das Camp ist sehr schön, es gibt hier Wiesen, Bäume und einen See. Ich wohne in einem prima Bungalow, und unser Betreuer ist sehr nett. Alles übrige ist auch prima. Es ist ein fabelhaftes Camp. Jetzt muß ich schließen, weil wir noch auspacken müssen. Bald mehr.

Euer Euch liebender Sohn

Herbie.

Dieses Geschreibsel mag den Eindruck erwecken, als sei es im Rausch verfaßt worden, und das trifft in der Tat zu: Jungen können von Braten und Sahneeis genauso beschwipst werden wie Erwachsene von Cocktails.

Als sich am nächsten Morgen herausstellte, daß die Lagerinsassen dazu mißbraucht werden sollten, die Spielplätze in einen benutzbaren Zustand zu versetzen, hallte das Lager aufs neue von wütenden Protestschreien und empörten Flüchen wieder. Die so brüllten und schrien, waren die Neuen; die Veteranen wie Ted schulterten wortlos und achselzuckend ihre Spaten und Hacken. Die Aufsässigkeit nahm solche Formen an, daß Onkel Sandy eine Versammlung auf dem freien Platz zwischen dem Seeufer und der Lagerstraße einberief.

«Jungen», brüllte er und sah sich blinzelnd in dem Kreis seiner maulenden Schutzbefohlenen um, deren Arbeitsgeräte im hellen Sonnenlicht blinkten, «Jungen, mir ist zu Ohren gekommen, daß es unter euch einen oder zwei Miesmacher geben soll, die nicht wissen, was Campgeist heißt. Das kann ich kaum glauben. – Wer soll auf den Plätzen spielen? Wir doch! Wer hat sie also von Rechts wegen instand zu setzen? Na, wir doch! Wenn einer von euch heute härter arbeitet als ich, dann kann er sich bei mir melden, dann werde ich ihm die Supersenioren-Vorrechte für die ganzen Ferien einräumen. Und wenn einer von euch keine Lust hat zu arbeiten, dann soll er jetzt vortreten und es mir frank und frei sagen.»

Natürlich rührte sich niemand.

«Na, es sieht ja so aus, als ob man mich falsch unterrichtet hat, und das freut mich!» brüllte Onkel Sandy. «Ihr habt also alle den richtigen Campgeist! Und nun los an die Arbeit!» Er schwang seine Mistgabel mit forcierter Munterkeit und setzte sich in Bewegung, und die Camper trotteten zögernd hinterdrein, von seiner Beweisführung verwirrt, jedoch keineswegs überzeugt.

Natürlich war das Ganze ein dummer Trick. Onkel Sandy wurde

von seinem Arbeitgeber entlohnt, und wenn Mr. Gauss auch die Geländearbeiten zu seinen Obliegenheiten rechnete, dann war das sein ganz persönliches Pech. Die Eltern jedoch hatten nicht dreihundert Dollar dafür bezahlt, daß ihre Kinder Unkraut jäteten, sondern damit ihnen kurzweilige Ferien geboten würden. Es konnte also kein Zweifel bestehen, daß sich Mr. Gauss mit diesen Maßnahmen an der Grenze dessen bewegte, was man als recht und billig bezeichnet.

Aber auch in diesem Fall hatte der Rektor seine Jungen richtig eingeschätzt. Ein Arbeitstag auf den Spielplätzen tat ihnen ebenso wohl wie ein sportlicher Wettkampf, und nachdem sie erst einmal warm geworden waren, machte ihnen diese Arbeit sogar Spaß, zumal da die Betreuer mit ihnen über ‹Onkel Gussies› Geiz witzelten. Mit Hilfe dieser Methode sparte Mr. Gauss nicht nur einen Batzen Geld, sondern hatte überdies den Vorteil, daß die Plätze in Rekordzeit hergerichtet wurden. Ein weiteres opulentes Abendessen, dem ein Wildwestfilm neueren Datums folgte, stopfte die noch möglicherweise vorhandenen Lücken dieses Schemas. Er hatte seine Methode mehrere Jahre lang praktiziert, und es war vorgekommen, daß erboste Eltern, die davon erfuhren, ihre Kinder sofort abgeholt hatten. Zog Mr. Gauss jedoch die Bilanz, konnte er sich davon überzeugen, daß diese Methode Hand und Fuß hatte und keiner Änderung bedurfte.

Während der nächsten Tage schwankten Herbies Stimmung und seine Ansichten über das Leben im Camp beträchtlich. Konnte er sich in der Sonne aalen, in dem warmen See baden, etwas Leckeres schmausen oder gemeinsam mit Cliff in der linden Abendbrise den Sonnenuntergang bewundern, gefiel es ihm ausnehmend. Scheuchte ihn jedoch morgens Trompetengeschmetter aus dem Bett, hatte er beim Appell strammzustehen, mußte er Sport treiben oder rief man ihn – was leider häufig genug geschah – ‹General Mülltonne›, verabscheute er das Camp von ganzem Herzen. Mit der Zeit kam er dahinter, daß das Leben im Camp sich nicht allzusehr von dem sonst gewohnten Leben unterschied, daß es wie dieses seine Licht- und Schattenseiten hatte und daß für die Schattenseiten größtenteils die Erwachsenen oder Lennie Krieger verantwortlich waren. So verblaßte der Glanz dieses Regenbogens denn endgültig.

Dafür schimmerte am wechselnden Himmel nach wie vor ein anderer Stern in strahlendem Glanz – Lucille Glass. Herbies erste

Entdeckungsfahrt, die er in seiner Freizeit in die neue Umgebung unternahm, führte ihn in Richung auf das Mädchencamp und endete vor einer hohen, dichten Hecke, die noch durch einen Stacheldrahtzaun verstärkt war.

Er untersuchte diese Barrikade geduldig in ihrer gesamten Länge und stellte fest, daß sie auf der einen Seite bis zum Seeufer führte, während die andere in der Nähe der Hügelkuppe in einem dichten Brombeergestrüpp endete. Etwa dreißig Meter vom Ufer entfernt befand sich in der Hecke eine Lücke, durch die zwei Jungen mühelos hätten hindurchspazieren können, wenn sie nicht durch eine gutverschlossene Tür verbarrikadiert gewesen wäre. Offensichtlich gehörte Mr. Gauss nicht zu den Leuten, die romantischen Gefühlswallungen Vorschub leisteten.

«Onkel Sid», erkundigte sich Herbie abends schüchtern, «kriegen wir denn eigentlich nie die Mädels zu sehen?»

Einige Jungen musterten ihn scharf. Ted Kahn grinste so breit, daß der obere Teil seines Kopfes in der Luft zu schweben schien. Hastig fügte Herbie hinzu: «Meine Schwester ist nämlich drüben.»

«Doch, natürlich. Freitagabend beim Gottesdienst kriegst du sie zu sehen», erwiderte Onkel Sid.

Noch nie in seinem Leben hatte Herbie sich so inbrünstig nach religiöser Erbauung gesehnt.

13

Die grüne Aue

Am zweiten Tag im Lager wählte der Bungalow dreizehn Ted Kahn zum Stubenältesten. Es wurmte Lennie heftig, daß er nun zu gehorchen hatte, aber der Rivale war ein so gewiegter und erfahrener Camper, daß Lennie zur Zeit keine Chance hatte. Stubenältester zu sein, war ein sehr begehrter Posten. Man teilte die anderen zu den Säuberungsarbeiten ein, rührte aber selbst keinen Finger, sondern führte die Aufsicht und erstattete Meldung. Dies war eigentlich Lennies wahre Bestimmung, jedenfalls spürte er es deutlich und wußte, daß auch Herbie diese Auffassung teilte.

Für einen Sportsmann von Lennies Format lag zweifellos etwas

Degradierendes darin, Seite an Seite mit General Mülltonne den Fußboden zu kehren, wofür er sich dadurch schadlos zu halten suchte, daß er den dicken, kleinen Jungen mit Hohn und Spott überhäufte, was die anderen dann auch gebührend belachten. Aber im Grunde seiner Seele nagte der Ehrgeiz an ihm, und er lauerte auf die Gelegenheit, den Stubenältesten auszustechen.

In der Nacht vom Mittwoch zum Donnerstag, nachdem der Zapfenstreich verklungen war und das Lager im matten Schimmer des Halbmondes lag, hörte die Belegschaft des Bungalows dreizehn Ted heiser flüstern: «Pst! Leute! Wer kommt mit schwimmen?»

Nach einer kurzen Pause erklang die ängstlich wispernde Stimme des blassen Eddy Bromberg: «Aber werden wir nicht geschnappt?»

«Nee, hab das schon tausendmal gemacht.»

Lennie rief laut: «Klar, ich mach mit! Los!»

«Okay. Aber tu dich bloß nicht so dicke und reiß deine verflixte Klappe nicht so auf», mahnte ihn Ted leise.

«Ich red so laut, wie es mir paßt, aber du kannst gern herkommen und versuchen, mir das Maul zu stopfen.»

«Okay, reg dich nicht auf», wisperte Ted. «Sonst noch jemand?»

Keine Antwort.

Der Stubenälteste wartete einen Augenblick und sagte dann zu dem runden Bündelchen auf dem Nachbarbett: «Und wie steht's mit dir, General Mülltonnne?»

«Und wie steht's mit Onkel Sid?» fragte Herbie zurück. «Er kann jeden Augenblick kommen, und dann sieht er, daß wir weg sind, und dann?»

«Der kommt heute nicht. Mittwochabend ist Besprechung der Betreuer, und die dauert in der ersten Woche immer bis zwölf. Das geht also in Ordnung, verlaß dich drauf. Na. wie ist's?»

«Mensch, spar dir die Mühe! Der Jammerlappen traut sich doch nicht, was Verbotenes zu tun», warf Lennie ein.

«Nicht?» zischte Herbie empört. Lennies Ton hatte keinen Zweifel daran gelassen, daß etwas Verbotenes zu tun ein Zeichen von Männlichkeit war. «Ich mache mit! Also hauen wir ab!»

«Noch jemand?» fragte Ted.

«Nein, ich muß wohl'n Jammerlappen sein. Jedenfalls traue ich mich in der ersten Woche nicht», gestand Eddy Bromberg.

Nachdem einer den Mut gehabt hatte, dies auszusprechen, fielen auch die anderen im Flüsterchor ein: «Ich nicht! Nein, vielen Dank!

Das fehlte mir gerade noch!» Hätte Eddy dies nur eine Minute früher gesagt, dann hätte sich Herbie erleichtert und mit Freuden der Meinung der Mehrheit angeschlossen, die ihm sehr vernünftig erschien. Solche Gesetzesübertretung konnte sich Ted leisten, der ja anscheinend lebenslänglich nach Camp Manitou verbannt war und dem darum alles ziemlich egal sein konnte, und allenfalls auch so ein Draufgänger wie Lennie. Für Herbie war es jedenfalls ein unüberlegtes und gar nicht verlockendes Abenteuer. Aber er hatte nun mal zugesagt und mußte wohl oder übel mitmachen. Er kroch aus seinem Bett, schlich sich aus dem Bungalow und trottete hinter Teds und Lennies schemenhaften Gestalten den Hügel hinab zum Ufer.

Aus dem Wasser stieg ein feuchtkalter Nebel, der in dicken und weißen Schwaden um den Laufsteg waberte, so daß der See gar nicht zu sehen war. Herbie stand mit den beiden anderen Gesetzesübertretern am Ende der Planke und sammelte den nötigen Mut zum Sprung in dieses weißliche Gebrodel.

«He, General, willst du im Schlafanzug schwimmen?» spöttelte Ted.

Erst jetzt bemerkte Herbie verlegen, daß er vergessen hatte, den Schlafanzug auszuziehen. Lennie war bereits nackt; Ted trug ein Handtuch um die Lenden geschlungen, das er jetzt, während er sprach, abwarf. Es plantschte zweimal kurz hintereinander auf, und Herbie stand mutterseelenallein in der milchigen Welt, nur der Mond blinzelte ihn aus halbgeschlossenem Auge an. Er streifte seinen Schlafanzug ab, fragte sich dösig, wie er eigentlich in diese scheußliche und unheimliche Lage gekommen sei, schauerte zusammen und sprang schließlich vom Laufsteg. Das Wasser war überraschend warm. Er machte zögernd ein paar plätschernde Stöße, wurde sogleich munter und fühlte sich sehr heroisch. Wahrhaftig, er sollte sich Mühe geben, Lennie ähnlicher zu werden! Was hatten diese Sportskanonen doch für Spaß! Die Arme im Nacken verschränkt, trieb er auf dem Rücken dahin und schnitt dem Mond eine Grimasse.

«Menschenskinder, ist das ein Leben!» rief er.

Plötzlich schlug sein Kopf mit dumpfem Knall gegen Holz, der Mond verschwand, und es wurde stockfinster.

«He, General, bist du abgesoffen?» hörte er eine Stimme unmittelbar über sich. Erschreckt schlug er um sich, griff ins Leere und bekam schließlich einen schleimigen, moosbewachsenen Pfosten zu fassen. Er war unter den Laufsteg getrieben worden. Ihm brummte der Schädel, und er konnte nichts sehen. Sich zusammenreißend, rief er: «Bin okay!» und tastete sich vorsichtig unter dem Laufsteg entlang bis zur Leiter heran, die tief ins Wasser hinabführte. Er zog sich daran empor und kletterte mit zitternden Knien auf den glitschigen Sprossen aus dem Wasser. Ted rieb sich bereits mit flinken, energischen Bewegungen trocken. Lennie hüpfte auf dem Laufsteg herum und schlug sich die Arme um den Leib.

«Hast du denn kein Handtuch mitgenommen, General?» fragte der Stubenälteste.

«Nö, ich nehm meinen Schlafanzug.»

Es war ein wunderbares Gefühl, zu spüren, wie der dünne Baumwollstoff die Nässe aufsaugte. Nach dem Bad war es grausam kalt und rauh.

«Willst du dich mit der Jacke abtrocknen, Lennie?» fragt er.

«Ach Quatsch! Wozu denn abtrocknen? Kommt, wir hauen ab.»

Herbie hätte darauf schwören können, daß er Lennies Zähne klappern hörte, wenn ein derartiges Anzeichen von Schwäche bei so einem Sportsmann nicht unmöglich gewesen wäre.

Als sie aber den Hügel hinanstiegen, wurde das Unmögliche nicht nur möglich, sondern zur unbezweifelbaren Tatsache. Lennies Zähne ratterten so laut, daß Ted sich des Lärms wegen Sorge machte und Lennie aufforderte, das Taschentuch vor den Mund zu halten. Im Bungalow angekommen, zerrte Lennie ein trockenes Handtuch hervor, frottierte sich aus Leibeskräften, huschte ins Bett und rollte sich dort, die Decke über den Kopf gezogen, zusammen. Das Zähneklappern hatte nun aufgehört, aber während Herbie und Ted den Kameraden flüsternd Wunderdinge von ihrem nächtlichen Bad erzählten, blieb der Sportsmann völlig stumm. Herbie argwöhnte, daß er, um seinen guten Ruf zu wahren, mit fest zusammengebissenen Zähnen unter der Decke lag.

Am nächsten Morgen hatte Lennie 39 Grad Fieber und wurde wegen Erkältung und drohender Grippe in die Krankenstube gelegt. Sein Plan, Ted zu stürzen, mußte verschoben werden.

Der vierte Juli, der Jahrestag der amerikanischen Unabhängigkeit, kam heran und mit ihm Gerüchte, daß am Abend ein prächtiges Feuerwerk stattfinde. Selbst Ted mußte, wenn auch widerwillig, zugeben, daß ‹Onkel Gussie› geradezu verschwenderisch war, wenn es sich um Feuerwerkskörper handelte. Er pflegte sie vom Badesteg der Mädchen eigenhändig abzuschießen, während alle Camper auf dem Wiesenhang des Mädchenlagers im Dunkel saßen und zusahen. Der Grund dafür, daß dieses Feuerwerk so kostspielig ausfiel, war der, daß es eine der wenigen Freuden war, die Mr. Gauss in den langen Sommermonaten hatte, Monaten, die fast ausschließlich aus Schnüffelei, Nörgelei, Pfennigfuchserei und Katzbuckelei vor den Eltern bestanden. Da ein Feuerwerk dem Herzen dieses gehetzten Mannes wohltat, konnte es dabei gar nicht prächtig genug zugehen. Mit einem Wort: das Feuerwerk war Mr. Gauss' Frap, und wahrscheinlich war es auch das einzige Ereignis im Lagerleben, das er und die Ferienkinder gleichermaßen genossen. Während der übrigen Zeit zankten sie sich sozusagen um die Summe, die die Eltern spendiert hatten, um den Geldbeutel, der die Glücksmöglichkeiten für beide Parteien barg. Ließ sich die eine Partei etwas aus diesem Geldbeutel zugute kommen, litt die andere Partei Qualen.

Im Bungalow dreizehn, der sich gegen Abend in der gleichen Hochstimmung befand wie alle übrigen, schlug aus heiterem Himmel der Blitz ein. Ein frecher, kleiner Lausebengel steckte plötzlich seinen geschorenen Kopf zur Tür herein und meldete, daß der Lagerarzt und die Krankenschwester dem Feuerwerk beiwohnen wollten und daß die Gruppe dreizehn aus diesem Grunde jemand abzuordnen habe, der Lennie in der Krankenstube Gesellschaft leiste. Von den Jungen wurde ein wahres Bombardement von Verwünschungen und empörten und enttäuschten Ausrufen abgeschossen, die dem unschuldigen Onkel Sid galten. Man schwor hoch und heilig, sich diese neue Ungerechtigkeit nicht gefallen zu lassen. Der abwesende Arzt wurde mit phantasievollen Flüchen bedacht. Als die lärmende Welle der Empörung schließlich verebbte, war noch immer die Frage offen, wer bei Lennie bleiben sollte. Onkel Sid bestimmte sehr weise, daß die Jungen es unter sich auszumachen hätten, gab Ted fünf Minuten Zeit, ihm den Namen des Opfers zu melden, und verdrückte sich. Ted, habichtähnlicher denn je, musterte seine Untertanen.

«Freiwillige?» fragte er mit schiefem Grinsen.

Die Jungen scharrten und rutschten unruhig auf ihren Stühlen umher. Niemand meldete sich.

«Wir müssen losen», schlug Eddy Bromberg vor.

«Ach Quatsch mit Soße!» sagte Ted. «Ich habe das blöde Feuerwerk schon fünfmal gesehen. Ich hab die Nase voll davon, zuzugukken, wie Onkel Gussie sich amüsiert, während wir rumsitzen und Mücken und Moskitos jagen. Ich geh in die Krankenstube.»

Seine Worte waren zwar tapfer, aber seine Miene verriet tiefen Kummer. Den ganzen Tag lang hatte er jedem, der es hören wollte, erzählt, daß das Feuerwerk das einzige wirkliche Vergnügen im Camp Manitou sei. Er sah aus wie ein Armenhäusler, den man um die Weihnachtsbescherung gebracht hatte. Herbie packte so starkes Mitleid, daß er – zu seiner eigenen Überraschung – sagte: «*Ich* geh, Ted.»

Der Stubenälteste starrte ihn an. «Du? Warum willst denn ausgerechnet du auf Lennie aufpassen? Er treibt doch von morgens bis abends mit dir Schindluder.»

«Ich mach mir eben nichts aus Feuerwerk, darum.»

«Also, nun mach mal 'nen Punkt, General Mülltonne! Schließlich bin ich ja daran schuld, daß er in der Krankenstube liegt. Ich hab ihn zum Schwimmen überredet, und darum werd ich die Suppe auch auslöffeln.»

«Okay, dann gehn wir eben beide», erklärte Herbie. «Ich guck mir dieses dämliche Feuerwerk jedenfalls nicht an und hock mich nicht mit einem Haufen alberner Mädchen ins Gras.»

Die anderen Jungen, baß erstaunt und geradezu fasziniert, verhielten sich mucksmäuschenstill. Ted sah erst in die Runde und dann Herbie an. Die Schwere des inneren Kampfes, den er zu bestehen hatte, ließ sich an seinen hervorquellenden Augen und seinem verzerrten Mund ablesen. Ted war nämlich ganz versessen auf das Feuerwerk. Herbie aber hatte es noch nie gesehen und ahnte nicht, in welch geradezu erhebendem Gegensatz es zu dem sonstigen trüben Einerlei im Camp stand.

«Du bist verrückt, daß du das machst, Herbie», sagte er schließlich und streckte seine Hand aus, «aber ich danke dir! Ich weiß, daß ich es tun müßte. Ja, also vielen Dank, Herbie!» Er drückte und schüttelte Herbie glückstrahlend und überschwenglich die Hand.

Niemand, am wenigstens Herbie selbst, vermochte zu überblikken, welche Bedeutung es haben sollte, daß der Stubenälteste ihn zweimal beim Vornamen genannte hatte. Natürlich klang es dem dicken Knaben lieblich in den Ohren; der Gebrauch des Vornamens im rechten Augenblick kann eine höhere Auszeichnung sein als eine Goldmedaille.

Herbie verpaßte also das Feuerwerk, aber er hatte es nicht zu bereuen. Von jenem Tage an nannten ihn alle Jungen seiner Gruppe –

mit Ausnahme von Lennie natürlich – Herbie. Außerhalb des Bungalows dreizehn war sein Spitzname freilich nicht mehr auszurotten; erste Eindrücke sind nun einmal bestimmend. Man hatte ihn bereits im Zug und in aller Öffentlichkeit General Mülltonne genannt, und General Mülltonne blieb er den ganzen Sommer hindurch. Ja, wenn er im würdigen Alter von siebzig einen einundsiebzigjährigen ehemaligen Ferienkameraden treffen sollte, dann würde dieser sich an ihn – falls überhaupt – als ‹General Mülltonne› erinnern.

Trotz des beseligenden Gefühls über die Wiedergewinnung des Vornamens waren es qualvolle Stunden, die Herbie in der Krankenstube verlebte. Immer wieder gaukelte ihm seine lebhafte Phantasie Bilder vor, wie er mit Lucille, Hand in Hand auf der Wiese unter den Sternen sitzend, goldene Feuerkugeln und farbenprächtige Funkenschauer bestaunte. Dabei war all sein heimliches Seufzen grundlos. Die Jungen und Mädchen, die in jenen glücklichen Gefilden jenseits der Hecke weilten, saßen zwanzig Meter voneinander entfernt auf harten Bänken, und unermüdlich auf und ab patrouillierende Betreuer sorgten dafür, daß niemand diesen Zwischenraum überquerte. Ja, nicht einmal ein einziges Wort wurde zwischen den Lagerinsassen verschiedenen Geschlechts an jenem Abend gewechselt. Dies nicht ahnend, litt Herbie also statt unter einer wirklichen unter einer geträumten Entbehrung. In diesem Zustand wuchs sein Verlangen nach dem für den nächsten Tag vorgesehenen Gottesdienst gewaltig. Daß der Arzt und die Krankenschwester nicht auch auf der Teilnahme an dieser religiösen Erbauung bestehen würden, setzte er sehr richtig voraus.

Und so war es denn auch. Tags darauf machte sich die Belegschaft vom Bungalow dreizehn in voller Stärke – außer Lennie natürlich – auf den Weg ins Mädchenlager. Augenscheinlich hatten der Arzt und die Krankenschwester dem Feuerwerk nur aus Pflichtgefühl beigewohnt, vielleicht um zur Hand zu sein, falls Mr. Gauss sich selbst in die Luft sprengen sollte. Auch nur einen einzigen Jungen um seine seelische Erbauung zu bringen, lag ihnen also völlig fern.

Dem Vorhaben, im Camp Manitou Gottesdienst abzuhalten, stellten sich einige Schwierigkeiten entgegen, die ‹Onkel Gussie› jedoch mit bewährter Geschicklichkeit meisterte. Wenn er auch selbst nicht jüdischen Glaubens war, so war es doch die überwiegende Zahl seiner Ferienkinder, die aus den der Volksschule Nr. 50 zunächst gelegenen Vierteln der Bronx stammten. Mr. Gauss war deutscher Abstammung, und seine Großeltern waren aufrechte Protestanten gewesen. Sein eigenes Interesse an der Kirche war jedoch durch den trivialen Daseinskampf und platte Vorurteile völlig verkümmert, was nicht besagte, daß er nicht genauso flink wie andere Leute die Kirche bei passender Gelegenheit lobte oder die Bibel zitierte. Diese Verhaltensweise war aber nur eine Konzession an die Gefühle anderer, die er zwar durchschaute, aber nicht teilte. Bei den Besuchen der Eltern vermied er es, religiöse Fragen zu berühren. Orthodox jüdische Eltern brachten jedoch diesen Gegenstand sofort zur Sprache, aber Kinder aus diesem Milieu konnte er sowieso nicht aufnehmen, da die Lagerküche in Manitou nicht darauf eingerichtet war, auf die streng mosaischen Speisevorschriften Rücksicht zu nehmen. Die anderen jüdischen Familien, aus denen sich die Mehrzahl seiner Ferienkinder rekrutierte, gaben sich mit dem im Prospekt enthaltenen Hinweis ‹Wundervoll zu Herzen gehender Gottesdienst jeden Freitagabend unter strahlendem Sternenhimmel› vollauf zufrieden. Das Abhalten des Gottesdienstes am Freitagabend und nicht am Sonntagvormittag gab der Sache einen ausreichend jüdischen Anstrich.

Aber auch die christlichen Kinder, die mit der Gauss'schen Herde geweidet wurden, fühlten sich bei diesen Gottesdiensten durchaus heimisch. Die Erbauungen wurden sorgfältig entworfen: es kamen nur jene Psalmen des Königs David vor, die sich sowohl in den christlichen als auch in den jüdischen Gebetsbüchern finden, und es wurden nur solche Choräle gesungen, die den Allmächtigen in allgemein gehaltenen Wendungen priesen; die Predigten waren Fünf-Minuten-Elaborate der Betreuer und nahmen Bezug auf die Natur, den Campgeist oder indianische Sagen. Das Ganze verlief also reibungslos.

Zu zweit marschierten die Jungen durch das Tor in der Hecke. Es war eine eindrucksvolle Prozession, wie nun die Camper in weißen Hosen und Hemden, rosig angestrahlt von der untergehenden Sonne, die grüne Wiese überquerten. Als Herbie an der Reihe war, die Heckenpforte zu durchschreiten, um zum erstenmal die verbotenen Gefilde zu betreten, klopfte ihm das Herz vor heftiger Erregung, die sich beim Anblick der weißen Doppelreihe der Mädchen auf der anderen Seite zu einem wahren Trommelwirbel steigerte. Das für die Mädchen reservierte Gelände war, wie er jetzt feststellte, hübscher als das dem eigenen Geschlecht vorbehaltene. Die Bungalows gruppierten sich im Halbkreis um ein Kiefernwäldchen am Rande des Hügels, und der zum See abfallende Rasen war gepflegt und hier und da mit schattenspendenden Bäumen bestanden, worunter Bänke zum Verweilen einluden. Es hatte sich auch so gefügt, daß das Gästehaus, in dem die besuchenden Eltern über das Wochenende einquartiert wurden, auf eben diesem Gelände seinen Platz gefunden hatte, wo es von den Bungalows der Mädchen durch eine Kiefernallee getrennt lag. Warum auch nicht? Schließlich war es nur recht und billig, daß die Eltern, die für den Ferienaufenthalt den Geldbeutel zu zücken hatten, auch den schönsten Ausblick auf das Camp genossen.

An diesem dem sakralen Dienst geweihten Abend waren die Bänke aneinandergestellt und zu Reihen geordnet worden. Entweder vertrauten Onkel Sandy und Tante Tilly darauf, daß die Verlokkung zum Flirt bei einem so hehren Anlaß geringer sei, oder aber darauf, daß die Betreuer, nicht abgelenkt durch ein Feuerwerk, der Lage gewachsen waren und verliebte Annäherungen im Keim zu ersticken vermochten. Wie dem auch sei, Tatsache war, daß der die Jungen von den Mädchen trennende Gang diesmal nur einen und nicht wie sonst zwanzig Meter breit war.

Onkel Sid, auf einer schmalen, fahrbaren Plattform vor einem arg mitgenommenen Klavier hockend, eröffnete die Feierlichkeit mit Händels Largo. Jetzt bewegte sich die Reihe der Mädchen auf ihre Plätze zu. Herbie, der eifrig nach Lucille Ausschau hielt, entdeckte seine Herzliebste gerade in dem Augenblick, als sie eine Bankreihe betreten wollte. Da diese jedoch bereits besetzt war, fiel Lucille der erste Platz in der nächsten Reihe zu, so daß sie der Jungenabteilung am nächsten saß. Jetzt begannen die Knaben sich in die Bankreihe einzuordnen. In fieberhafter Hast zählte Herbie die Köpfe, überschlug blitzschnell, der wievielte Platz jener heißbegehrte gegenüber von Lucille sein würde, und verglich diese Zahl mit der Anzahl der vor ihm Stehenden.

Was für ein Pech! Er war um sechs Plätze zu weit vorn. Hinter ihm standen vier seiner Schlafgenossen. Ohne jede Erklärung ließ er sie vorbeimarschieren.

«Pst, Ted!»

«Ja?»

«Siehst du die kleine Rothaarige dort im Gang?»

«Hm. Netter Käfer.»

«Das ist jetzt egal. Aber ich will neben ihr sitzen. Wenn du in die Reihe gehst, mach dich breit, Ja? Richtig breit!»

Ted linste ihn von der Seite an, nickte und tuschelte mit den anderen. Als die Gruppe dreizehn an der Reihe war, sich zu setzen, machten die Jungen ihre Sache so geschickt, daß Ted als erster die neue Bankreihe betrat. Er zwinkerte Herbie pfiffig zu und näherte sich dann triumphierend Lucille, die sich einen kurzen verschämten Blick auf den herannahenden Knaben gestattete. Vor dem Ende der Reihe machte Ted halt, und Herbie konnte sich an ihm vorbeizwängen und den begehrten Platz einnehmen. Er war im siebten Himmel. Eine ganze Stunde lang würde er nur einen Meter von seiner Herzensdame sitzen.

«Hallo, Lucille», wisperte er.

«Hei, Herbie», kam die leise Antwort.

«Ist das nicht Glück?» fragte der Junge und wurde mit einem süßen, wissenden Lächeln belohnt, das ihm fast die Fassung raubte.

Der Sonnenuntergang vollzog sich in großer Pracht. Rubinrote Wolken füllten die Luft mit rosigem Hauch und ließen den leichten Bodennebel erglühen. Durch diesen zarten Dunst warfen der Mond und der Abendstern ihren silbernen Schein auf den stillen See. Eine sanfte Brise wehte den Duft von Klematis und Kiefern in süßen Wogen herbei. Schweigend und versunken saßen die Kinder da, als Onkel Sid jetzt eine schlichte, schwermütige Weise erklingen ließ, und ein jeder Ton, der diesem verstimmten Klavier mit schwerer Hand entlockt wurde, fiel gleich einer Sternschnuppe hinab in die abendliche Stille.

Während die Musik noch spielte, erhob sich Mr. Gauss mit der Bibel in der Hand und begann zu lesen:

«Der Herr ist mein Hirte, mir wird nichts mangeln. Er weidet mich auf einer grünen Aue und führet mich zum frischen Wasser – –»

Eine wunderbar neue, beseligende Empfindung bemächtigte sich Herbies – ein Erschauern und eine bebende Ahnung göttlicher Gegenwart, die Himmel und Erde erfüllte. Heiße Tränen stiegen ihm in die Augen. Hundertmal hatte er diese Worte von dieser Stimme in der Aula vortragen hören – nüchterne, nichtssagende Laute. Ganz plötzlich wurden sie zu überwältigender Wahrheit. Hier weidete er, Herbie, auf einer grünen Aue, nahe dem frischen Wasser, nur einen Meter entfernt von Lucille Glass: es mußte das Werk des lieben Gottes sein. Ein Wunder von Ihm, der so nahe war, daß Er Herbies Kopf hätte tätscheln können, falls Er es gewünscht hätte.

«Er erquicket meine Seele – –»

Die Worte des Psalms drangen dem Jungen tief ins Herz und hallten dort nach. Jetzt sah er scheu in die Runde, um festzustellen, ob auch die anderen von so wunderbaren Empfindungen ergriffen waren. Ted und Eddy flüsterten grinsend miteinander. Lucille äugte, als sie seinen Blick auf sich fühlte, mit verschmitztem Lächeln zu ihm hinüber, um gleich darauf die Augen wieder züchtig niederzuschlagen. Nein, keiner der anderen schien sich in Verzückung zu befinden. Es war offenbar ein Erlebnis, das nur ihm allein beschieden war.

«Und ob ich schon wanderte im finstern Tal, fürchte ich kein Unglück – –»

Herbie schloß die Augen. So deutlich, wie er eben noch den Sonnenuntergang gesehen, sah er nun das finstere Tal und den Schatten des Todes vor sich – eine düstere Schlucht, verdorrt und bedeckt mit Knochen und Felsbrocken, zu deren Seiten schwarze Klippen steil bis zum Himmel ragten, übergossen von einem fahlen grünlichen Licht. Einsam wanderte er durch diese Schlucht, die stetig hinabführte, hinein in immer tiefere Finsternis, und er fürchtete sich nicht . . .

«Denn dein Stecken und Stab trösten mich – –»

Direkt vom Himmel herab, hinunter in die Schlucht gesaust, kam ein schlanker Stecken, den er nun in seiner Hand spürte, und der ihn sanft vorantrieb und seine Schritte lenkte . . .

Herbie schlug die Augen auf und war aufrichtig erstaunt, den See, die Kinder und Mr. Gauss vor sich zu sehen. Es war, als sei er soeben aus einem Traum erwacht. Die Musik hielt inne, und der Campeigentümer haspelte die letzten Zeilen des Psalms herunter, ungeachtet dessen, daß Herbie zum erstenmal seit seiner Bekanntschaft mit Mr. Gauss' Rhetorik ihn hätte anflehen mögen, langsamer zu sprechen. Betrübt fühlte er den Zauber schwinden. Noch einmal schloß er die Augen und bemühte sich, diese seltsame Verzückung heraufzubeschwören, doch vergeblich. Er blickte um sich: Die Welt sah aus wie immer.

«Jungen und Mädel», tönte Mr. Gauss, «wieder einmal sind wir hier in unserem lieben alten Camp Manitou beisammen. Wie wohl tut es doch, der heißen, staubigen Stadt zu entfliehen und hier am Busen der Natur, am Gestade unseres lieblichen Sees inmitten der Berkshire-Berge, miteinander froh zu sein.»

«Und alles für den Spottpreis von dreihundert Piepen pro Nase», flüsterte Ted. «Im voraus zahlbar natürlich.»

Herbie hielt sich die Hand vor den Mund und kicherte. Er schielte zu Lucille hinüber und schnitt ihr eine Fratze. Zuerst zog sie indigniert die Augenbrauen hoch, dann aber krauste sie ihr Näschen, kniff ein Auge zu und gluckste in sich hinein. Die Welt hatte wieder ihr normales Gesicht, und Herbie war vergnügt damit einverstanden.

Die Nachwirkung dieses kurzen Seelenrausches beschränkte sich auf eine gewisse Hochstimmung, die den Abend über anhielt. Dachte Herbie an den ekstatischen Augenblick zurück, dann war er davon überzeugt, daß dieser Zustand bei längerer Dauer doch wohl peinlich geworden wäre, ganz abgesehen davon, daß die anderen ihn gar für übergeschnappt gehalten hätten. Mit dieser abschließenden Erkenntnis war das Erlebnis für ihn abgetan. Noch einmal widerfuhr ihm das gleiche nicht; die Gottesdienste rollten, wie alles andere auch, in langweiligen Wiederholungen ab, außerstande, aufzurütteln oder wundersame Empfindungen zu wecken.

Mr. Gauss aber hatte, ohne es zu ahnen, eine der in seinem Prospekt gegebenen Versprechungen erfüllt. Mit Hilfe Davids, Königs von Israel, hatte er Herbie Bookbinder zu einer, wenn auch dürftigen und vorübergehenden, so doch unbezweifelbar religiösen Erbauung verholfen.

14

Die Ankunft von Clever Sam

Der Sommer nahm seinen Verlauf, und nur zu bald stellte sich heraus, daß Lennie Krieger eine Zierde des Camps, Herbie aber eine rechte Niete war. Eine jede Mannschaft, die Lennie durch seine Gegenwart beehrte, verwandelte sich alsbald in eine wuchtige Kriegsmaschine: die Chlorodonts, die Oldsmobiles, die John Barrymores und die Palmolives waren in ihren Gruppen führend. Ja, die Halbgaren brachten es sogar fertig – ein in der Geschichte Manitous beispielloses Ereignis –, im Korbball über die Senioren zu siegen, und von den sechsunddreißig Punkten seiner Partei erzielte Lennie allein dreißig. Schon nach zwei Wochen schritt man im Bungalow dreizehn erneut zur Wahl, mit dem Ergebnis, daß Lennie seinen zahlreichen Auszeichnungen eine weitere hinzufügen konnte, nämlich die, zum Stubenältesten erkoren zu sein. Es galt allgemein als ausgemacht, daß ihm in der Lagerrangordnung der zweite Platz gebührte und er nur von dem kraftstrotzenden Supersenior Yishy Gabelson überboten wurde.

Herbie aber wurde als ‹Reinfall› betrachtet. Unter den Junioren hätte er noch als mittelmäßiger Spieler durchwischen können, als Halbgarer aber war er hoffnungslos zu klein, zu dick und zu langsam. Lief er von einem Mal zum anderen, kam es seinen erbitterten Mannschaftsgenossen vor, als wate er durch Schlick. Wurde ihm der Korbball zugeworfen, ging er unter dem Anprall meistens zu Boden wie ein Sack. Bei leichtathletischen Veranstaltungen waren seine Bemühungen, zu laufen und zu springen, nicht nur komisch, sondern geradezu gefährlich. Bei seinem ersten Versuch im Hochsprung riß er die Latte mitsamt den beiden Pfosten um, von denen der eine Onkel Sid an den Kopf traf und ihn schlankweg niederstreckte. Nachdem er zwei Wochen lang derartige Proben seiner sportlichen Begabung abgelegt hatte, ernannte man ihn kurzerhand zum General-Ersatzmann sämtlicher Mannschaften. So sah man ihn nur noch höchst selten auf dem Spielfeld, wiewohl man kein Recht hatte, an seiner Bereitschaft zu zweifeln, für einen verletzten oder verstorbenen Kameraden einzuspringen. Da sich Todesfälle und Unfälle jedoch in Grenzen hielten, verdrückte er sich sogleich nach Spielbeginn vom Platz, um die dem Sport gewidmete Zeit unter einem Baum zu verbringen, wo er in irgendeinem zufällig ergatterten Schmöker las. Natürlich hätte er es vorgezogen, gar nicht erst in der Gluthitze zum Spielfeld hinausmarschieren zu müssen, wodurch ja nur sinn- und nutzlos eine gute halbe Stunde vertan wurde, aber das Pflichtgefühl des aufsichtsführenden Betreuers ließ keine andere Regelung zu. Nein, auch Herbie hatte sich dem Ritus des Aufmarsches zu fügen. Auf dem Sportplatz angelangt, benutzte er aber die erste aufregende Minute des Spiels, um sich davonzustehlen, was der Betreuer entweder nicht bemerkte oder nicht zu bemerken vorgab. Dieser Ablauf der Dinge wurde herrschender Brauch, was Herbie natürlich nur recht war. Selbstverständlich wäre auch er lieber ein Sportheld gewesen wie Lennie, aber er hatte sich längst damit abgefunden, daß er für ein ruhmloses Dasein bestimmt war.

Sein Vetter Cliff galt allgemein weder für besonders schlecht noch besonders gut, sondern als normaler Durchschnitt. Die einzigen Lorbeeren, die Cliff je geerntet, waren ihm bei dem ersten Leichtathletikwettkampf zugefallen. An diesem denkwürdigen Tag hatte er die Kugel so weit gestoßen, daß die Kampfrichter die Entfernung dreimal maßen, ehe sie das staunenswerte Resultat verkündeten. Aber die erste durch diese Rekordtat hervorgerufene Aufregung um Cliff legte sich sehr bald, als sich herausstellte, daß er seine Leistung nicht wiederholen konnte. Cliff war zwar kräftig, aber ungeschickt, und nur durch einen Zufall gelang es ihm, seine Bewegungen für eine Kraftleistung in Gleichklang zu bringen. Eine Woche später verblüffte er beide Mannschaften dadurch, daß er beim Schlagballspiel bis ins Mal warf. Aber auch hierbei war er außerstande, es ein zweites Mal zu vollbringen. Herbie wußte, daß Cliff ganz unbeabsichtigt und in der Hitze des Gefechts unglaubliche Taten vollbringen konnte. Im ganzen genommen galt er als gutartiger, stiller, zweitklassiger Kämpfer.

Das heißt, in diesem Ruf stand er bis zu dem Tag, da Clever Sam erschien.

Das Reiten gehörte zu den im Prospekt angekündigten Vergnügungen. Obwohl Herbie nie das Glück gekostet hatte, das auf dem Rücken des Pferdes liegt, hatte jener Abschnitt, worin Mr. Gauss in feinsinniger Prosa diesen königlichen Sport im Lager Manitou schilderte, in ihm doch Träume wachgerufen von Galoppritten durch Wälder, über Wiesen und Hügel und seichte Bäche in der Gesellschaft anderer schneidiger Reiter – den Statisten in englischen Jagdfilmen zum Verwechseln ähnlich. Leider waren diese Träume bereits während der Bahnfahrt im Gespräch mit Ted in ein Nichts zerronnen. Es stellte sich nämlich heraus, daß der Stall Gauss aus einer einzigen greisen Schindmähre namens Baby bestand, die so steif und altersschwach war, daß (nach Ted) das Reiten auf ihr war, als hopple man auf Stelzen dahin. Die Enttäuschung sollte aber noch größer werden, als die Jungen bei ihrer Ankunft im Camp den Stall leer fanden. Baby war, so erfuhr man, inzwischen verschieden und von dem Faktotum des Lagers im Mai beerdigt worden.

Verklärt durch den Tod nahm Baby in der Erinnerung alter Camper wie Ted völlig andere Züge an. Nun hieß es, Baby sei ein ‹prima Roß› gewesen, eine schnelle, sanfte und doch feurige Stute, das einzig Gute im ganzen Camp. Düstere Gerüchte gingen um, nach denen Mr. Gauss Baby verschachert haben sollte. Drei alte Camper schworen, sie lebendig und munter im benachbarten Dorf vor einem Bauernwagen gesehen zu haben. Dies war jedoch böswillige Verleumdung, denn Baby war so tot wie Julius Cäsar, aber man traute

Mr. Gauss eben jede Schandtat zu. Das Gemunkel drang auch zu Onkel Sandy. Auf einer Paradeversammlung putzte er zunächst diejenigen, die den ‹Käpten› verleumdet hatten, gründlich herunter; kein Camper bezeichnete Mr. Gauss je anders als ‹Onkel Gussie›, während sein offizieller, im ersten Jahr durch einen Wettbewerb auserwählter Spitzname der ‹Käpten› war, und Onkel Sandy hielt es daher für angebracht, sich dieses Namens zu bedienen. Darauf verkündete er triumphierend, daß der ‹Käpten›, die Kosten nicht scheuend, in den Ortszeitungen nach einem Reitpferd annonciert habe, so daß man im Lager Manitou innerhalb kürzester Frist wieder dem edlen Reitsport werde huldigen können. Er schloß mit dem an alle Nörgeler und Skeptiker gerichteten Hinweis, die Anschläge am Schwarzen Brett zu beachten, das an einem Pfosten am Ende der Lagerstraße zu finden sei. Ohne sich über den grimmigen Humor darin klar zu sein, versammelte sich das gesamte Lager nach seiner Rede um das Schwarze Brett, wo folgender Ausschnitt aus dem *Panksville Observer* prangte: *Pferd zu Reitzwecken im Kinderferienlager zu kaufen gesucht. Muß gutartig und preiswert sein. Telephon 913–R, Mr. Gauss.* Auf diese Weise wurde das Gemunkel zum Schweigen gebracht, wenn auch zwei oder drei Jungen hartnäckig die These verfochten, die Anzeige sei nur ein Trick, mit dem ‹Onkel Gussie› sein Verbrechen, nämlich den Verkauf der Wunderstute Baby, vertuschen wollte. Diese Unentwegten, zu denen auch Ted zählte, erboten sich, mit jedem, der Lust dazu verspürte, um ‹eine Million Dollar› zu wetten, daß nie und nimmer ein Pferd gekauft werde. Da aber niemand daran interessiert zu sein schien, eine Million zu gewinnen, ebbte der Streit allmählich ab.

Bereits am nächsten Morgen sollte die Haltlosigkeit derartiger Vorurteile an den Tag kommen, denn Mr. Gauss kaufte in der Tat ein Pferd – allerdings unter Umständen, die es wert sind, verzeichnet zu werden.

Der Campbesitzer hatte es sich in einem Lehnstuhl auf der Veranda des Gästehauses bequem gemacht und ging mit dem Koch die Haushaltsbücher durch. Er überschlug gerade, wieviel er wohl einsparen könne, wenn er den Kindern den Nachtisch entziehe, als das Faktotum des Camps, ein gedehnt sprechender und sich gemächlich bewegender Bauernbursche namens Elmer Bean, die Verandatreppe erklomm und meldete: «Da ist 'n Bengel mit 'nem Gaul am Tor, Mr. Gauss.»

«Ah, ja richtig!» Mr. Gauss klappte das Hauptbuch zu. «Sieht das Pferd gut aus?»

«Nee.»

Nun hätte man erwarten können, daß Mr. Gauss nach dieser Auskunft vom Kauf Abstand nehme, aber mitnichten. Er nickte geradezu befriedigt und arbeitete sich aus seinem Sessel empor.

«Wieso denn? Was fehlt ihm denn?»

«Weiß nicht. Sieht eben mau aus», grunzte Elmer und zog ab.

Mr. Gauss begab sich energischen Schrittes zu dem hinter dem Gästehaus gelegenen Tor. Er bot einen höchst malerischen Anblick: an den Füßen schlappende Strohsandalen, die nackten, von der Sonne krebsrot gebrannten Beine, den gewaltigen kugelrunden Bauch und das noch gewaltigere Hinterteil in Khakishorts gezwängt, vor den Augen eine grüne Sonnenbrille und das Ganze gekrönt von einer sich schälenden Glatze. Es war Mr. Gauss nun einmal nicht vergönnt, eine schöne Sonnenbräune zu erwerben, und daher sah er auch nie nach Landleben aus, ganz gleich, wie er sich herausstaffierte. Selbst wenn man ihn nackt und bewußtlos im Walde gefunden hätte, wäre es ein leichtes gewesen, ihn als einen New Yorker Schuldirektor zu identifizieren, der gleichzeitig ein Feriencamp besaß.

Vor dem Tor stand ein Negerjunge, in der einen Hand ein Seil, das an einem Pferdehalfter befestigt war. Das Pferd, ein großes, pechschwarzes Tier, fraß Gras.

«Ich bin Mr. Gauss», sagte der Lagerbesitzer. «Ist dies das Pferd, das zu verkaufen ist?»

«Ja doch, Sir.»

«Hm. Ist es ein gutes Pferd?»

«Nein, nicht, Sir.»

Der durch diese Offenheit leicht befremdete Mr. Gauss musterte das Tier kritisch. Nein, wie ein gutes Pferd sah es ganz gewiß nicht aus. Es hatte einen gedunsenen Leib, spindeldürre Beine, einen merkwürdigen langen Hals und ein kummervolles, langes, knorpeliges Gesicht.

«Warum bringst du mir denn ein Pferd, das nichts taugt?»

«Er so billig, Sir.»

«Wie billig?»

«Fünf Dollar, Sir.»

Dies setzte selbst den gewitzten Jäger billiger Gelegenheitseinkäufe in Erstaunen.

«Fünf Dollar für ein Pferd?»

«Ja doch, Sir.»

Mr. Gauss sah das Tier aufmerksam prüfend an. Es war unzweifelhaft lebendig, und selbst tot müßte es noch gut und gern seine fünf Dollar wert sein.

«Wo hast du es her?»

«Er nicht mein, Sir. Er gehört Camp Arcadia, wo ich arbeite im Stall.»

Camp Arcadia war ein in der Nähe gelegenes Ferienlager für Erwachsene, dessen Besitzer Mr. Gauss flüchtig kannte.

«Aha. Wie alt ist der Gaul?»

«Weiß nicht, Sir.»

«Wie heißt er denn?»

«Clever Sam.»

Mr. Gauss sah das Tier, das einen so eigentümlichen und sogar leicht bedrohlichen Namen trug, mißtrauisch von der Seite an. Das Pferd, das mittlerweile das Fleckchen um den Negerburschen herum kahlgefressen hatte, machte sich jetzt daran, eine Staude giftigen Efeus zu verspeisen. Der beunruhigte Mr. Gauss merkte, daß der Neger sich dies in aller Seelenruhe mit ansah.

«Aber es frißt ja den giftigen Efeu!»

«Ja doch, Sir. Hat Hunger.»

«Wann hat es denn zuletzt zu fressen bekommen?»

«Das ganz egal, Sir. Clever Sam immer hungrig.»

«Wart mal hier einen Augenblick!»

Mr. Gauss trabte zum Gästehaus zurück und rief den Besitzer von Camp Arcadia, einen gewissen Mr. Zasi, an.

«O ja, wie geht's denn, Gauss?» antwortete Mr. Zasi auf seine Anfrage. «Wollen Sie das Pferd haben?»

«Wenn Sie gestatten, möchte ich vorher noch ein paar Auskünfte einholen.»

«Bin zwar sehr beschäftigt, aber schießen Sie los!»

«Ist es an den Sattel gewöhnt?»

«Natürlich. Danach haben Sie ja annonciert.»

«Zahm?»

«Ich garantiere, daß es niemanden etwas zuleide tut.»

«Krank?»

«Daß ich nicht lache! Der Gaul wird uns beide überleben.»

«Warum heißt er Clever Sam?»

Hier zögerte Mr. Zasi eine Sekunde, ehe er antwortete: «Nun, Sie werden schon noch selbst merken, daß der Gaul wirklich ‹clever› ist.»

Diese Antwort war nicht dazu angetan, Mr. Gauss' Bedenken zu zerstreuen.

«In welcher Beziehung ist er ‹clever›?»

«Also hören Sie mal, Gauss, diese ganze Sache ist für mich nicht der Rede wert», erklärte der Campbesitzer gereizt. «Ich habe keine Lust, einen halben Tag lang über ein Fünf-Dollar-Geschäft zu diskutieren. Wenn Sie den Gaul nicht haben wollen, dann schicken Sie ihn doch zurück! Allein der Kadaver wäre ja mehr wert als diese lächerlichen fünf Dollar.»

«Ja, ja, durchaus, natürlich! Es waren ja auch nur die üblichen Fragen, Sie verstehen.»

«Ich verstehe, auf Wiedersehen.»

Auf dem Rückweg zum Tor zermarterte sich Mr. Gauss das Hirn, wo wohl der Haken bei diesem Geschäft stecken könne, vermochte ihn jedoch nicht zu entdecken. Trotz eines unbestimmt nagenden Mißtrauens im Herzen zählte er dem Negerjungen fünf Ein-Dollar-Scheine in die Hand und erhielt dafür den Strick ausgehändigt, der das Besitzrecht auf Clever Sam symbolisierte. Der Negerjunge seufzte sichtlich befreit auf.

«Vielen Dank, Sir! Wiedersehn, du schwarzer, alter ...» sagte er, einen nicht wiederzugebenden Ausdruck gebrauchend, und klopfte dem Pferd den Hals. Dann schlenderte er, vor sich hinpfeifend, davon; ab und zu hörte man ihn laut auflachen.

In Anbetracht derart verdächtiger Begleitumstände war Mr. Gauss auf das Schlimmste von seiten Clever Sams gefaßt. Er zupfte behutsam und ängstlich am Strick, wobei er förmlich flehte: «Komm, Clever Sam, komm in den Stall!»

Zu seiner Verwunderung hob das Tier den Kopf und folgte ihm willig wie ein Lamm.

Da dieses Buch kein Kriminalroman ist, mag hier gleich verraten sein, daß der Grund für diesen Spottpreis in Mrs. Zasis weichem Herzen zu suchen ist. Der Eigentümer von Camp Arcadia wollte sich des Gauls aus Gründen, die sogleich zutage treten werden, entledigen, aber sein Eheweib, das allen vierfüßigen Lebewesen zärtlich anhing, widersetzte sich energisch jeder Lösung, die Clever Sam einer schlechten Behandlung oder gar der Beförderung ins Jenseits ausgesetzt hätte. Ein Jahr lang hatte Clever Sam bereits in Mr. Zasis Stall ein Schmarotzerleben geführt, als Mr. Gauss' Anzeige endlich eine alle zufriedenstellende Lösung verhieß.

Es war Onkel Sandy, der selbigen Abends während der Schreibstunde in den Bungalow dreizehn hineingeschlendert kam und die große Neuigkeit ganz nebenbei verkündete.

«Sag mal, Sid», erkundigte er sich, auf Teds protestierend quietschendem Bettgestell Platz nehmend, «verstehst du eigentlich was von Pferden?»

«Von Pferden?» fragte Onkel Sid tief in Gedanken und sah von der Partitur des ‹Mikado› auf, die er gerade für eine zwanzig Minuten währende Aufführung zusammengestrichen hatte.

«Ja, von Pferden! Bist du mal geritten?»

«Um die Wahrheit zu gestehen», antwortete Onkel Sid mit bescheidenem Lächeln, «sogar recht häufig. Im Frühling und im Herbst versäume ich meinen Sonntagsmorgenritt im Central Park eigentlich nie. Natürlich mache ich keine Sprünge und – –»

«Nun, das ist auch nicht nötig. Bist du bereit, deiner Gruppe und der von Onkel Irish morgen Reitunterricht zu erteilen? Soeben ist nämlich unser Reitpferd eingetroffen.»

Alle Jungen sprangen auf und brüllten hurra.

«Onkel Sandy, ist es ein gutes Pferd?» fragte Ted.

Onkel Sandy zwinkerte ihm freundlich zu – eine Geste, die nicht das geringste besagte.

«O ja, mit größtem Vergnügen», versicherte Onkel Sid, und so war es denn beschlossene Sache.

Die Botschaft, daß der Reitunterricht wiederaufgenommen würde, verbreitete sich im Camp mit Windeseile, und alle Jungen waren sich darin einig, daß jemand zum Stall schleichen müsse, um das neue Pferd zu begutachten. Nun war die Zeit nach der Schreibstunde aber für Bratwurströsten vorgesehen, und man wußte, daß der Vorrat an Würstchen nur begrenzt war, ja es gab Jungen, die behaupteten, bei früheren Gelegenheiten Mr. Gauss' Fingerabdrücke auf den Würstchen festgestellt zu haben, was klar bewies, daß er sie gezählt haben mußte. Da niemand geneigt war, auf seine Bratwurst zu verzichten, wurde die Besichtigung von Clever Sam auf den nächsten Tag verschoben.

Am Morgen darauf trompetete Onkel Sandy beim Appell durch sein Megaphon: «Bungalow zwölf und dreizehn» – dramatische

Pause – «Reitunterricht!» Ein Freudengeheul, das teils echt war, teils aber höhnische Untertöne verriet, war die Antwort. Als die Jungen sich jedoch wenige Minuten später, angeführt von Onkel Sid in flottem Reitdreß, den Hügel hinaufbegaben, konnte kein Zweifel darüber herrschen, daß sie von allen anderen glühend beneidet wurden.

Sie trafen Clever Sam auf einer unkrautbewachsenen Lichtung an, die nur noch ahnen ließ, daß sie einst als Reitplatz gedient hatte. Eine windschiefe graue Planke an der einen Seite ließ vermuten, daß es sich hierbei um ein ehemaliges Springgatter handelte – wie etwa ein kleines Knochengerippe auf der Landstraße auf die ehemalige Existenz einer Katze schließen läßt, in beiden Fällen kann von einer Ähnlichkeit nicht die Rede sein, man weiß eben nur, daß das eine allein durch Zerfall des anderen zum Vorschein kommen konnte. Die Lichtung war von einem Unkrautstreifen umringt, der sich an Farbe und Dichte der Bewachsung ein wenig von dem übrigen Gelände unterschied – die Reste der Reitbahn. Clever Sam hatte das Grünzeug in der Nähe der Pflocks vertilgt und bewegte sich jetzt, unaufhörlich fressend, in immer größeren Kreisen. Er trug Sattel und Zügel. Auf einem Zaun am entfernten Ende der Bahn hockte Elmer Bean, kaute auf einem Streichholz und beobachtete das Pferd mit abwesendem Blick.

«He, Elmer!» rief Ted, als sich die zukünftigen Reiter der Bahn näherten. «Taugt der Gaul was?»

Das Faktotum des Camps sah Ted an, äußerte sich aber nicht. Er rutschte vom Zaun, schlenderte gleichmütig auf das Tier zu und band es los. Clever Sam ließ sich nicht stören und fraß weiter.

«Da haben Sie ihn, Mister», sagte Elmer zu Onkel Sid.

Der Musiklehrer begutachtete Clever Sam mit säuerlicher Miene. Einen so bresthaften und seltsam gewachsenen Gaul hatte er noch nie zuvor zu Gesicht bekommen. Bei Licht betrachtet, war seine Erfahrung mit Pferden nicht sehr groß, sondern auf ein paar Sonntagsausritte auf städtischen Reitwegen beschränkt, die er in Begleitung einer Musiklehrerin unternommen hatte. Zu dieser Dame hatte er eine stille Neigung gefaßt, ihr jedoch war Onkel Sid als Gegenstand liebender Gefühle zu beleibt. Sie war es auch gewesen, die ihn dazu überredet hatte, Reitstunden zu nehmen, und er war nicht wenig stolz auf diese elegante sportliche Betätigung. Die Reitschulen in der Nähe des Central Park beherbergten schmucke, blank gestriegelte Tiere, die mit Clever Sam etwa soviel Ähnlichkeit hatten wie mit einem Kamel. Das Gemeinsame beschränkte sich ausschließlich darauf, daß auch Clever Sam ein langgesichtiger Vierbeiner mit einer aufgeschnallten Reitvorrichtung war.

«Haben – haben Sie schon mal aufgesessen?» erkundigte er sich bei Elmer.

«Ist nicht mein Job, sondern Ihrer», gab Elmer Bean zur Antwort. «Hier haben Sie ihn. Er heißt Clever Sam.» Damit drückte er Onkel Sid die Zügel in die Hand, ging davon und hockte sich wieder auf den Zaun, um zuzusehen, was nun passieren würde.

Der Musiklehrer holte tief Atem und schwang sich dann schwerfällig, aber doch regelgerecht, in den Sattel. Clever Sam nahm überhaupt keine Notiz davon und fuhr, den Hals bald links, bald rechts nach besonders leckeren rosa Disteln streckend, seelenruhig fort zu fressen.

«Los, Onkel Sid. Reiten Sie doch!» hörte man eine Stimme aus der Gruppe der herumstehenden, atemlos gespannten Jungen, eine Stimme, die sehr an Lennies erinnerte.

«Also, marsch, Clever Sam, setzt dich in Trab!» rief Onkel Sid keck und drückte dem Gaul sanft die Absätze in die Weichen, ein Manöver, auf das die wohldressierten jungen Pferde im Central Park augenblicklich zu reagieren pflegten. Aber Clever Sam mußte wohl eine andere Ausbildung genossen haben. Er ignorierte Onkel Sid mit wahrhaft majestätischem Gleichmut und graste geruhsam weiter. Onkel Sid, der über keinerlei Erfahrung verfügte, wie man mit einem Pferd umgeht, dessen Schädel unentwegt nach unten baumelt, richtete sich in den Steigbügeln auf und zerrte und zog so lange an den Zügeln, bis er den Kopf des Tieres in eine angemessene Lage gebracht hatte.

«Na, also, so ist's schon besser», lobte er. «Jetzt vorwärts!» Er ließ die Zügel etwas lockerer, und wie ein totes Gewicht fiel der Kopf des Pferdes sofort wieder nach unten, und die gelben Hauer setzten ihre methodische Ausrottung des Unkrauts fort.

«Haben Sie denn das Pferd nicht gefüttert?» rief der Betreuer verärgert zu Elmer Bean hinüber.

«Mister, das Biest frißt schon seit Sonnenaufgang ohne Unterbrechung. Hab seinen Schädel noch nie über Kniehöhe gesehen, außer eben, wo Sie ihm den Kopf hochgezerrt haben.»

«Holt mir mal einen Stock», befahl Onkel Sid jetzt den Jungen.

Alles stob auseinander, um zu suchen. Herbie kehrte mit einem abgebrochenen Besenstiel zurück. Er reichte ihn dem Betreuer mit ausgestrecktem, steifem Arm und brachte sich mit einem Satz wieder in Sicherheit. Onkel Sid trommelte damit auf Clever Sams Flanke herum, was ein seltsam trockenes, klatschendes Geräusch hervorrief, als klopfe man einen Teppich. Das Pferd fraß ungerührt weiter.

Jetzt beugte sich Onkel Sid ernstlich erbost vor und hieb seiner Mähre den Besenstiel über den Schädel.

Zum erstenmal gab Clever Sam zu erkennen, daß er die Existenz seines Reiters zur Kenntnis genommen hatte. Er hob den Kopf und drehte ihn fragend zu Onkel Sid herum. Danach ließ er sich auf die Seite fallen, gab eine Reihe tiefer wiehernder Seufzer von sich und schlug mit seinen langen, dürren Beinen nach vorn und hinten aus. Der zu Tode erschrockene Betreuer zappelte und ruckte so lange, bis er die Füße aus den Steigbügeln befreit hatte, zog ächzend das linke Bein unter dem Leib des Tieres hervor und war mit einem Satz aus dem Sattel. Kaum war Clever Sam seines Reiters ledig, stellte er sein Geseufze ein, erhob sich, schüttelte sich kurz und machte sich wieder an seine Mahlzeit.

«Dieses Pferd», tat Onkel Sid wutschnaubend der ganzen Welt kund, «ist zum Reiten ungeeignet.»

Jetzt schoß Lennie vor. «Bitte, Onkel Sid, darf ich mal versuchen? Ich kann es bestimmt! Bitte, bitte, darf ich's versuchen?»

«Meinetwegen! Aber paß ja auf, daß du dir nicht das Genick brichst», warnte der Betreuer düster.

Lennie bückte sich nach dem Besenstiel, den Onkel Sid, als das Pferd sich zur Seite fallen ließ, in seiner Angst weit von sich geworfen hatte, und schwang sich beherzt in den Sattel. Hier hampelte er herum, hüpfte auf und nieder, schnalzte, pfiff und zischte, wie man es aus zünftigen Wildwestfilmen kannte. Mit der einen Hand schlug er dem Pferd die Zügel an den Hals, mit der anderen, besenstielbewaffneten trommelte er auf den Leib des Tieres ein und brüllte: «Hü! Hü-hott! Los, Freundchen! Mach zu!» Da das Tier währenddessen völlig reglos dastand, nahm sich diese Bemühung etwas wunderlich aus – nicht unähnlich denen kleiner Hosenmätze, die so tun, als sei eine Zaunlatte ein wild galoppierender Hengst.

Als Prominenter des Camps reizte Lennie natürlich besonders zu Hohn und Spott, die denn auch nicht lange auf sich warten ließen.

«Mensch, guck mal – Tom Mix!»

«Seht bloß mal den Bronx-Cowboy!»

«Nicht so schnell, du, der Gaul wird ja müde!»

Und schließlich, aber unausweichlich:

«Nun seht mal diesen Affen an,
wie schön der Affe reiten kann.
Hurra für Lennie!»

– ein Vers, der wohl niemals unter passenderen Begleitumständen gesungen worden war.

Elmar Bean hatte sich diese fruchtlosen Anstrengungen gelassen mit angesehen, nahm das Streichholz aus dem Mund und rief: «Reiß doch an den Zügeln, Junge! Feste an den Zügeln!»

Lennie befolgte den Rat und zerrte aus aller Kraft erst an dem einen, dann an dem anderen Zügel. Clever Sam schüttelte mißvergnügt sein Haupt und versuchte weiterzugrasen. Doch die Störung war offenbar zu fühlbar. Er hob langsam seinen Kopf, blickte sich einmal zu seinem Reiter um und fiel dann in einen sanften, schnurgeraden Trott.

Sogleich verwandelten sich die Hohnrufe in Beifallsgeschrei.

«Der gute alte Lennie!»

«Junge, Junge, der bringt doch wahrhaftig alles fertig!»

«So ist es richtig, Lennie!»

Nun fand es Onkel Sid an der Zeit, der Allgemeinheit zu erklären: «Natürlich kann man an den Zügeln zerren, aber solche Tierquälerei bring ich nun mal nicht übers Herz.»

Clever Sam strebte auf das offene Lagertor zu.

«Mach kehrt, Lennie!» befahl sein Betreuer.

Lennie zog am linken Zügel, und Clever Sams Kopf drehte sich auch gefügig auf seinem elastischen Hals weit nach links; sein Körper aber lief weiter geradeaus, so als gehöre er gar nicht zu dem Hals. Den Pferdeleib ungerührt weiter geradeaustraben zu sehen, während der Kopf in die entgegengesetzte Richtung wies, war ein gespenstischer Anblick. In dieser widernatürlichen Haltung passierte der Rappe mitsamt seinem Reiter das Tor. Lennie warf noch einen letzten hilflosen Blick zurück, und dann verschwanden er und Clever Sam, der – es war nicht zu fassen – nach rechts abbog. Wie der Gaul diese Kurve zustande brachte, die für ihn doch völlig unsichtbar war, wird für immer ein Geheimnis bleiben. Fest steht jedoch, daß es also geschah.

Onkel Sid stand ein Weilchen mit offenem Munde da, dann befahl er: «Wartet hier!» und setzte sich in Trab. Kaum hatte er ein paar Schritte getan, rief Elmer Bean hinter ihm her: «Bleiben Sie hier, Mister! Das nützt gar nichts», und ging auf ihn zu.

«Aber ich bin für den Jungen verantwortlich», japste Onkel Sid, hielt aber inne.

«Und ich für den Gaul. Wird schon keinem von beiden was passieren. Die sind gleich wieder hier.»

«Woher wollen Sie denn das wissen?» erkundigte sich der Musiklehrer. Jetzt scharten sich die Jungen um die beiden Männer. Es war ein ungleiches Paar – Onkel Sid, hilflos und ängstlich, den aufgedunsenen Leib höchst unbequem in den flotten Reitanzug gezwängt, und ihm gegenüber der hochaufgeschossene, schlaksige blonde Elmer, der sich in seinem schmutzigen und ausgebeulten Overall und grünen Baumwollhemd auf der Wiese so frei und natürlich ausnahm wie eine Unkrautstaude.

«Ach!» sagte Elmer. «Ich kenne den Gaul doch! Hab ihn schon vor Jahren gekannt, als er noch Blackie hieß. Das arme Vieh ist von einem lausigen Campstall zum anderen geschubst worden, und vier Jahre hat er auf 'ner Hühnerfarm schuften müssen. Der tut keinem Menschen nichts zuleide.»

«Jedenfalls ist das Pferd für unsere Zwecke völlig ungeeignet, und Sie hätten Mr. Gauss davon abraten müssen, es zu erwerben.»

«Mister, entweder hat'n Camp 'nen Gaul oder auch nicht. Mr. Gauss stellt außer mir keinen zweiten Arbeiter nicht ein und bestimmt auch kein anderes Pferd. Und wenn man 'nen Gaul kauft, bloß um 'nen Gaul zu haben, dann kann's ruhig Clever Sam sein. Der macht einem wenigstens keinen Ärger und frißt, was er kriegt. Der frißt sogar Baumrinde, Mister, glauben Sie mir. Oder auch 'nen alten Anzug, wenn er nur 'n bißchen nach Heu riecht. Der ist nicht wählerisch, nee, der nicht. Der hat's nämlich nie gut gehabt im Leben, das ist es.»

In diesem Augenblick kam der Gegenstand dieses Gesprächs in Sicht und wurde von den Jungen stürmisch begrüßt, er näherte sich jedoch ohne Lennie. «Wenn dem Jungen was passiert ist», rief Onkel Sid erregt, den starren Blick auf das reiterlose Tier geheftet, «dann mache ich Sie dafür verantwortlich!»

«Na, nun mal langsam, Mister. Dem Bengel ist bestimmt nichts passiert. Bloß reiten wird er nicht mehr wollen.»

Clever Sam kehrte an die Stelle zurück, wo man ihn im Grasen unterbrochen hatte, senkte den Kopf und nahm seine Lieblingsbeschäftigung wieder auf. Er hatte erst ein Maulvoll genommen, als Lennie im Tor erschien. Onkel Sid und die Jungen stürzten ihm entgegen. Er war, genau wie Elmer es vorhergesagt hatte, unverletzt, aber von Kopf bis Fuß mit Schlamm und Laub bedeckt – und er hatte eine gewaltige Wut. Die auf ihn einstürmenden Fragen beantwortete er mit einem unverständlichen Geknurr. Schließlich befahl der Musiklehrer: «Lennie, ich verlange zu erfahren, was passiert ist.»

«Okay. Er hat sich so lange an einem Baum gescheuert, bis ich runterfiel, das ist passiert!» stieß der Junge erbost hervor. «Und er hat sich nicht einen beliebigen Baum ausgesucht. Dieses Bist ist so lange rumgetrabt und rumgetrabt, bis es einen Baum gefunden hat, unter dem eine Schlammpfütze war. Ich konnte machen, was ich wollte, er kümmerte sich gar nicht darum. Ich hab ihm fast den Kopf abgerissen, so hab ich gezerrt. Und sein Schädel schnurrte herum wie ein Brummkreisel, aber seinen Beinen machte das keinen Eindruck. Ich schwöre Ihnen, der Gaul hat mich fast die ganze Zeit während des Trabens angesehen. Dieser Klepper ist ja irre! Mein Vater kann Mr. Gauss verklagen, und das wird er auch bestimmt tun!» Er wischte an den Schlammspritzern und den Blättern herum, verschmierte den Schmutz dadurch aber nur von der einen auf die andere Stelle.

«Und das könnte ihm gewiß niemand verdenken», pflichtete Onkel Sid bei.

«Nun hör mir mal zu», sagte Elmer Bean, der sich auch noch rechtzeitig eingestellt hatte, um Lennies Tirade mit anhören zu können. «Der Gaul ist nicht irre, er ist alt, verstehst du? Und er hat es noch nie im Leben gut gehabt. Und hat so viele Stadtgören auf dem Buckel gehabt, daß er sich einfach 'nen Gummihals und 'n dickes Fell zulegen mußte, sonst wär er längst krepiert. Dumm ist der nicht, nee! Die andern Gäule, die alle möglichen Leute aufsitzen und sich von ihnen rumkommandieren lassen, die sind dumm. Clever Sam hat gut und gerne zwanzig Jahre als Pferd gelebt, und allmählich ist er dahintergekommen, wie man's machen muß. Er tut eben nicht mehr, als er unbedingt muß.»

«Was nur beweist», ließ sich Onkel Sid vernehmen, «daß er als Reitpferd völlig unbrauchbar ist. In diesem Sinne werde ich Mr. Gauss berichten und – –»

«Oh, Onkel Sid», unterbrach Herbie ihn, «sehen Sie doch bloß mal Cliff!»

Er zeigte in die Richtung, wo das Pferd stand. Neben dem Tier stand Herbies Vetter, kraulte ihm die struppige schwarze Mähne und sprach zu ihm.

«Cliff, du gehst sofort von der gefährlichen Bestie weg!» befahl der Betreuer.

«Keine Sorge, Onkel Sid!» rief Cliff zurück. «Der tut mir nichts.» Er fuhr fort, begütigend auf das Tier einzureden. Zur allgemeinen Überraschung hörte Clever Sam einen Augenblick auf zu fressen und hob ein wenig den Kopf.

«Sieht ja ganz so aus, als ob der Bengel sich auf Pferde versteht», meinte Elmer.

Übermannt von Familienstolz, erklärte Herbie gewichtig: «Cliff ist mein Vetter. Sein Vater hat früher ein Fuhrunternehmen gehabt mit Lieferwagen und Pferden.»

Es war das erste Mal in Herbies Leben, daß der Pferdestall des Onkels zum Ruhm der Familie beitrug. Für gewöhnlich überging man diese Tatsache mit Stillschweigen. Zu seiner Genugtuung bemerkte Herbie, daß die anderen Jungen ihm nach dieser Eröffnung achtungsvolle Blicke zuwarfen.

Plötzlich schwang sich Cliff mühelos auf Clever Sams Rücken, tätschelte dem Pferd den Hals und gab ihm Koseworte. Clever Sam hob den Kopf und fiel in Trab.

«Wartet's nur ab, bis er an einen Baum kommt», prophezeite Lennie bitter.

Aber die beiden kamen nie an einen Baum. Clever Sam trabte einmal um den Ring und ging dann auf ein leichtes Anziehen der Zügel hin in einen würdevollen, knackenden, aber ganz und gar echten Galopp über. Die Zuschauer waren sprachlos.

«Mensch, Herbie, du hast aber einen Vetter!» rief Ted bewundernd aus, und Herbie, so pummelig und so wenig sattelfest wie eh und je, sonnte sich, über das ganze Gesicht strahlend, im Widerschein dieses Ruhms.

Pferd und Reiter preschten jetzt unter den Beifallssalven der Zuschauer vorüber. Noch einmal donnerte Clever Sam über die Bahn, nun, da er einmal in Gang gekommen war, sogar mit offensichtlichem Vergnügen, genauso wie ein alter Herr, den man dazu überredet hatte, einen Walzer zu wagen. Schließlich brach er mit einer scharfen Wendung aus der Bahn und nahm unter dem erwartungsvollen Stöhnen der Jungen und Onkel Sids Warnungsruf Kurs auf den Bretterhaufen, der einst eine Hürde gewesen war. Alle konnten sehen, daß Cliff es nun zum erstenmal mit der Angst bekam – er richtete sich steil auf und zog die Zügel an. Clever Sam aber galoppierte geradeaus weiter und sprang schwerfällig und mit knapper Not über das Hindernis. Beim Aufsetzen rutsche Cliff nach vorn und wäre ums Haar über den Hals des Pferdes geschossen. In letzter Sekunde klammerte er sich jedoch fest, glitt in den Sattel zurück und richtete sich wieder auf. Dann lenkte er Clever Sam auf die Zuschauer zu, kam im Kurzgalopp angesprengt und hielt einen Meter vor ihnen. Der Rappe schnob und schnaufte, schüttelte sich und stampfte ein paarmal mit den Hufen auf, und plumps! sank sein Kopf herab, und knirsch! knirsch! hörte man die großen Zähne mahlen.

Cliff wurde gebührend gefeiert. Im Durcheinander der Glückwünsche und aufgeregten Fragen ließ sich der bleiche Eddy Bromberg vernehmen: «Wetten, daß ich ihn jetzt auch reiten kann?» Und man sah, wie er mit freundlichen Worten auf das Pferd zuging. Kaum aber näherte sich seine Hand dem langen Hals, bleckte Clever Sam sein furchterregendes Gebiß gegen ihn, und Eddy fuhr schrekkensbleich zurück; im Geiste sah er bereits seinen Arm in zwei Teile zerbissen wie eine Margerite.

«Für heute hat Clever Sam genug gearbeitet», erklärte Elmer Bean. «Heut wird nicht mehr geritten, Jungs.»

Es war auch niemand da, den es danach verlangt hätte. Um den bescheiden grinsenden Cliff geschart, ging die Gruppe hügelabwärts. Cliff hatte wenig zu sagen, dafür betätigte sich Herbie, der seinen Vetter untergehakt hatte, erfolgreich als Sprecher und genoß dies ungemein.

«Sag mal, Cliff, wie hast du ihn denn so plötzlich zum Stehen gekriegt?» erkundigte sich Ted.

«Na, hab ihn eben angehalten», erwiderte Cliff.

«Ja, Menschenskind, Ted, hast du denn keine Augen im Kopf?» fiel Herbie ein. «Man darf Clever Sam eben nicht hart anpacken, verstehst du? Cliff hält die Zügel schön locker, und dann im letzten Augenblick ein leichter Ruck, und hast du nicht gesehen, steht er! Stimmt's nicht, Cliff?»

«Hm», machte Cliff.

Auf diese Weise fanden alle Fragen ihre Antwort. Herbies Erläuterungen wurden begierig geschluckt und galten als unumstößliche Wahrheit. Seit seiner Ankunft im Lager war der dicke, kleine Herbie nicht so glücklich gewesen wie in dieser Stunde, und dieses Glück währte sogar den ganzen Tag. Der Ruhm von Cliffs Heldentat schwoll an und breitete sich aus, und mehr und mehr Jungen strömten herbei, um von Herbie über den Ablauf der Ereignisse unterrichtet und in die Geheimnisse der Reitkünste des Vetters eingeweiht zu werden.

Lennie aber zog sich gemeinsam mit Onkel Sid in den Duschraum zurück. Später zeigte sich, daß beide über das Thema Clever Sam wenig zu sagen hatten, ja man konnte beobachten, daß Lennie bei der bloßen Erwähnung des Pferdes – ganz zu schweigen von Herbies daraufhin einsetzendem Vortrag – verächtlich durch die Nase schnaubte und sich aus dem Staube machte.

In jener Nacht fand eine Versammlung des Geheimbundes des ‹Königlichen Ordens der Nachtschwärmer› statt, und Cliff wurde zum Mitglied vorgeschlagen. Seine Wahl scheiterte jedoch an dem Einspruch zweier Supersenioren, die geringschätzig behaupteten, seine Leistung sei nichts Besonderes, sie selbst könnten Clever Sam auch reiten. Als sie dies später unter Beweis stellen wollten, mußten sie sich freilich davon überzeugen, daß das ein Irrtum war. Clever Sam hatte im hohen Alter eine entschiedene Abneigung gegen jede sportliche Betätigung entwickelt, und seine Gerissenheit lag darin, daß er, ohne zu den Gewalttätigkeiten eines Wildpferdes Zuflucht zu nehmen, jeden Angehörigen der menschlichen Rasse nach Belieben aus dem Sattel werfen konnte.

Trotz der ungerechten Entscheidung der ‹Nachtschwärmer› stiegen Cliffs Aktien an der Börse von Manitou um zwanzig Punkte, und selbst Herbie – eine bislang praktisch wertlose Aktie – kletterte, wenn auch mühsam genug, um ganze fünf Punkte in die Höhe.

15

Die mysteriösen Briefumschläge

Mittlerweile schmorten Mr. und Mrs. Jakob Bookbinder wie alle New Yorker in der Sommerglut. In den Monaten Juli und August schmilzt die Illusion, daß eine Stadtwohnung ein Heim sei, dahin, und die Bewohner sehen nun klar, was sie wirklich ist: eine Schublade, ein enges und verschachteltes Fach aus Eisen und verputzten Backsteinen. Das Ehepaar Bookbinder mied seine Wohnung so oft wie möglich, wähnend, sich dann in der frischen Luft aufzuhalten. Es war aber gar keine frische Luft da, sondern nur jene Dunstglocke aus Dampf, Rauch und Spuren von Sauerstoff, die sich nach dem Feuerwerk am 4. Juli auf New York herabzusenken pflegt und sich vor September nicht wieder hebt.

Die Abwesenheit der Kinder machte diese Lage noch schlimmer. Mr. und Mrs. Bookbinder waren gewißlich keine vernarrten Eltern, die ihre Liebe ständig demonstrierten, aber durch die Abreise der Kinder war doch ein Schatten auf ihr Leben gefallen. Der Vater ertappte sich dabei, wie er sich in seinem Drehstuhl zurücklehnte, zum Bürofenster hinausstarrte und sich fragte, warum er sich eigentlich ohne Unterlaß abrackere und sich solcherart selbst das frühe Grab schaufele. Die Mutter vertrödelte ganze Stunden damit, in alten Photoalben zu blättern. Ihre abendlichen Gespräche drehten sich nicht länger um den ‹Betrieb›, sondern fast ausschließlich um die Kinder oder auch um die längst vergangene Zeit ihrer ersten Liebe gleich nach der Ankunft in Amerika. Dadurch, daß ihr Leben aus dem Gleis gebracht war, erwachten Erinnerungen, die nicht alle süß, sondern häufig sogar bitter waren. In der Lebensmitte tut es nicht immer wohl, alter Zeiten zu gedenken.

Der einzige Trost der Eltern in diesen Wochen waren die Briefe. Zweimal wöchentlich berichtete Felicia ausführlich über ihr Tun und Lassen und schwärmte von ihrer Betreuerin, Tante Dora, in der sie die Verkörperung aller menschlichen Tugenden sah. Herbie schrieb täglich. Er hatte mit sehr schwungvollen, vierseitigen Briefen in bestem Aufsatzstil begonnen, doch diese literarische Quelle sprudelte nur eine Woche, dann tröpfelte sie bloß noch spärlich, und seine Episteln schrumpften auf eine Seite zusammen. Danach folgte eine Serie von Postkarten mit einem bis zwei Sätzen. So wenig ergiebig diese Karten auch waren, so trafen sie doch täglich mit größter Regelmäßigkeit ein, und Vater und Mutter beglückwünschten einander zu der treuen Anhänglichkeit ihres Sohnes.

Eines Abend ging Jakob Bookbinder nach einem anstrengenden Tag in der Fabrik müde und erschöpft heimwärts. Wohl zum zwanzigsten Mal hatte er mit seinem Partner über den Verkauf gestritten. Krieger, der vertraglich verpflichtet war, in Übereinstimmung mit seinem Kompagnon zu entscheiden, versuchte den Entschluß seines Partners dadurch umzustoßen, daß er unaufhörlich auf dieser Frage herumhackte, eine Form der Überredung, für die er die denkbar besten Voraussetzungen mitbrachte. Diese ständige Flut unzusammenhängender Sätze hatte in der Tat Bookbinders Entschlossenheit, seinen auf das blaue Papier gestützen Anspruch durchzusetzen, unterhöhlt. Powers, von der Wertlosigkeit dieses Zettels überzeugt, bot das Eiswerk bereits zum Verkauf an, und der eingeschüchterte Krieger drängte darauf, nachzugeben, jetzt, da man noch günstige Bedingungen herausholen könne. In Bookbinders Herzen aber saß ein Stachel des Widerstandes, die Früchte seiner Lebensarbeit aus der Hand zu geben, solange er gesund war. Dieser Widerstand verhinderte zwar, daß er dem Verkauf zustimmte, ersparte ihm aber nicht Kriegers zermürbenden Redeschwall.

Die Worte ‹in aller Freundschaft› – ‹meiner Meinung nach› – ‹dreißig Jahre im Geschäftsleben› noch in den Ohren, öffnete Herbies Vater die Tür zur Wohnung, wo neuer Kummer seiner harrte. Mrs. Bookbinder saß am Küchentisch und weinte. Unter Schluchzen stieß sie unzusammenhängendes Zeug über einen Brief von Herbie hervor und wies auf den Tisch, wo ein Umschlag lag, auf dem die Schrift durch frische Tränen zerlaufen war. Bookbinder griff nach dem Umschlag und zog den Briefbogen mit zitternder Hand heraus.

Der Bogen war leer.

«Ich bin eben vom Markt gekommen», jammerte die Mutter, «und da fand ich ihn im Briefkasten. Der Junge ist krank! Er kann nicht mal schreiben! Oh, Jake, wir müssen zu ihm, sofort mit dem Wagen.»

Der Vater starrte den leeren Bogen eine Minute lang schweigend und betroffen an. Dann sagte er: «Aber wenn er so krank ist, wie konnte er dann die Adresse schreiben? Du siehst doch, daß er das selbst geschrieben hat.»

Mrs. Bookbinder entriß ihm den Umschlag und prüfte die Anschrift. Ja, ihr Mann hatte recht.

«Ich werde dir mal was sagen», meinte Bookbinder, «der Junge hat geschrieben und dann aus Versehen einen leeren Bogen eingelegt.»

«Glaubst du wirklich?» fragte die Mutter hoffnungsvoll.

«Was denn sonst? Wir warten ab bis morgen. Er schreibt jeden Tag, darauf kann man sich verlassen. Morgen wird sich alles aufklären.»

Mrs. Bookbinder verbrachte eine unruhige Nacht. Schon früh am nächsten Morgen saß sie am Küchenfenster, um Ausschau nach dem Postboten zu halten. Als er zu gewohnter Stunde erschien, brachte er einen Brief von Felicia und eine Postkarte von Herbie, die die üblichen beiden Sätze enthielt: «Ich bin gesund und hoffe dasselbe von euch. Könnt ihr mir eine Dose Zitronendrops schicken? Euer euch liebender Sohn Herbie.» Sie war wie erlöst und rief stehenden Fußes ihren Mann an, der irgend etwas vor sich hinbrummelte wie: ‹Hab's ja gleich gesagt› und ‹Die ganze Aufregung umsonst›. Es war ihm aber anzumerken, daß auch er erleichtert aufatmete.

Der nächste und übernächste Tag bescherte den Eltern zwei weitere Postkarten. Am darauffolgenden Tag kam ein Brief. Mrs. Bookbinder riß den Umschlag erwartungsvoll und in einer unbestimmten düsteren Ahnung auf.

Es war wieder ein leerer Bogen.

Am Abend besprach sie diese unbegreifliche Tatsache des langen und breiten mit ihrem Mann, der des Rätsels Lösung auch diesmal in Gedankenlosigkeit sah, allerdings nicht ganz so überzeugt wirkte wie beim erstenmal. Nur mit Mühe vermochte er seine Frau davon abzuhalten, zu telegraphieren oder anzurufen; er riet, bis zur nächsten Post zu warten. Der folgende Tag war ein Sonntag. Die Mutter lief von früh bis spät ruhelos in der Wohnung umher und nörgelte und zeterte über die Regierung, die nicht einmal dafür sorgen könne, daß man auch sonntags seine Post erhielte. Es war die einzige kritische politische Äußerung, die man von Mrs. Bookbinder im Laufe ihres langen Lebens je zu hören bekam.

Am Montag lieferte der Briefträger zwei weitere unbeschriebene Briefbogen von Herbie ab.

Halb von Sinnen stürzte Mrs. Bookbinder auf die Straße, ließ sich in ein Taxi fallen und fuhr zur Fabrik. Im Büro ihres Mannes erlitt sie einen leichten hysterischen Anfall, den ihr Mann nur dadurch mildern konnte, daß er ein Ferngespräch mit dem Camp anmeldete.

So und nicht anders hätten alle Eltern gehandelt, sofern sie nicht gerade Unmenschen gewesen wären. Und doch erfreute sich Herbie bester Gesundheit, und das Rätsel der unbeschriebenen Briefbogen ließ sich auf ganz natürliche Art erklären.

Zunächst einmal irrten die Eltern bereits in ihrer Annahme, einen besonders anhänglichen und treu ergebenen Sohn zu haben. Tatsache war, daß Mr. Gauss, nachdem ihm die Schreibfaulheit der Jungen in den vergangenen Jahren große Scherereien bereitet hatte, kategorisch forderte, jeder Camper habe täglich nach Hause zu schreiben. Irgendwelche Vorschriften betreffs Länge oder Inhalt dieser Mitteilungen erließ er nicht, sondern bestand nur darauf, daß alle vierundzwanzig Stunden eine wie auch immer geartete Nachricht an die Eltern sein Camp Manitou verließ. Die Mädchen waren von dieser Maßnahme nicht betroffen, da die Erfahrung gelehrt hatte, daß sie weniger schreibfaul waren als die Jungen. Es versteht sich von selbst, daß diese Anordnung Onkel Gussies heftig verpönt war, insbesondere, nachdem die unterschiedliche Behandlung der Geschlechter ruchbar geworden war. Doch Mr. Gauss war nicht der Mann, der sich durch die Nörgeleien der Jungen in seinen Entschlüssen beirren ließ, sonst wäre er weder Rektor noch Campeigentümer gewesen. Diese Anordnung war nun im dritten Jahr in Kraft und wurde mit der Androhung des ‹Entzuges› durchgesetzt. Einem Jungen, der es versäumte, einen Brief abzuliefern, wurde das Recht entzogen, am nächsten Tag zu baden. Ein Rückfälliger verwirkte das Recht zum Filmbesuch. Da der Filmbesuch eine sehr erfreuliche Unterbrechung der Langeweile war, gab es nur wenig Rückfällige.

In der ersten Zeit hatte Herbie die neue Erfahrung des Briefeschreibens sehr genossen. Vielleicht wäre dieses Vergnügen im Laufe der Wochen ohnehin abgeflaut, so aber war es wie fortgeblasen, als er erfuhr, daß Schreibzwang herrschte. Es veränderte die Sachlage für ihn völlig. Gewiß hatte er seine Eltern von Herzen lieb und vermißte sie auch soweit, daß er ihnen ein- oder zweimal wöchentlich einen nicht allzu knapp bemessenen Brief geschrieben hätte. Mr. Gauss' Anordnung aber mißachtete diese natürliche Triebfeder der Zuneigung und setzte an ihre Stelle die weniger erfreuliche, dafür aber sehr viel verläßlichere der Furcht. Der gelehrige Herbie ahmte alsbald das Beispiel solcher Veteranen wie Ted nach und versorgte sich mit einem Stapel Postkarten. Dabei war seine Methode noch lange nicht die schlimmste. Ein Senior im Bungalow fünfzehn bediente sich wahrhaftig eines Gummistempels mit dem Aufdruck ‹Ich bin gesund und hoffe das gleiche von Euch zu hören›, was als besonders gelungener Scherz stets von neuem belacht wurde.

Herbies leere Briefbogen waren freilich unentschuldbar, jedoch auf ganz natürliche Weise zustande gekommen. Man hatte einen Tanzabend für Halbgare und Senioren angekündigt, und Onkel Sandy hatte den vorbereitenden Tanzunterricht während der allgemeinen Schreibstunde angesetzt. Das Eintrittsgeld dazu wurde am Eingang in Gestalt eines Briefes erhoben. Hin und wieder, wenn Herbie sehr in Eile war, adressierte er also einen Umschlag, weil dies ein paar Sekunden weniger Zeit erforderte, als eine Postkarte zu schreiben. Den ersten leeren Umschlag hatte er in blanker Verzweiflung abgesandt, denn nur eine Minute später wäre er nicht mehr zum Tanzunterricht zugelassen worden. Er hatte sich auf einen Antwortbrief mit vielen Fragen oder einen Anruf gefaßt gemacht, und als nichts dergleichen geschah, beglückwünschte er sich im stillen zu seinem ‹Schwein›. Als er es das nächste Mal eilig hatte, bediente er sich desselben Tricks mit weniger heftigen Gewissensbissen, und später, ohne überhaupt noch welche zu verspüren.

Nun war das letzte, was Herbie sich wünschte, seinen Eltern Kummer zu bereiten, aber in gewisser Hinsicht gleicht das Hirn eines normalen Jungen dem eines Verbrechers. Wie dieser, tut er Dinge, von denen er weiß, daß sie unrecht sind, und vertraut – da er die Welt noch nicht kennt – leichtsinnig darauf, er werde um die üblen Folgen herumkommen. Das unerbittliche Gesetz von Ursache und Wirkung ist schließlich etwas, das wir alle nur schwer und widerstrebend akzeptieren. Ist die Zeit reif, bekommt der Verbrecher dieses Gesetz zu spüren: er wird eingesperrt; und auch der Junge erfährt es am eigenen Leibe: er wird erwachsen. In beiden Fällen zeitigt dieses Gesetz eine bedauerliche, wenn auch notwendige Freiheitsbeschränkung.

Herbie lag gerade unter einer Birke im Gras, von wo aus er einen hübschen Blick auf den See hatte, und ließ es sich in diesem friedlichen Augenblick wohl sein, als dieses Gesetz ihn zu fassen bekam. Soeben war er noch ein verzückter Zuschauer des blutigen Kampfes zwischen Tarzan und Caraftap in der unterirdischen Wunderwelt der Ameisenmenschen gewesen, und im nächsten war er der ertappte und elende Missetäter in dieser unserer scheußlichen und nüchternen Welt, der von Onkel Sandy beim Ohr gepackt und unerbittlich auf die Beine gezogen wurde.

«Bookbinder, warum bist du nicht auf dem Handballplatz, wo du hingehörst?» donnerte der Hauptbetreuer und blinzelte sein Opfer furchterregend an.

Herbie stammelte irgendeine dumme Ausrede hervor.

«Weißt du, daß ein Ferngespräch für dich da ist und daß ich das ganze Gelände schon eine halbe Stunde lang nach dir absuche?»

Diese Nachricht schlug Herbie mit Stummheit und saugte ihm förmlich das Mark aus den Beinen, so daß er sich wieder auf den Hosenboden gesetzt hätte, wenn Onkel Sandy ihn nicht so hilfreich am Ohr gestützt hätte. Er wußte augenblicklich, daß das Verbrechen mit den leeren Umschlägen ans Tageslicht gekommen war, und ihn packte der ganze Jammer dessen, der schuldig und ertappt ist. Plötzlich erschien der See blauer denn je zuvor, die Luft süßer und das Gras einladender. Er hätte dem Hauptbetreuer mit Freuden hunderttausend Dollar geschenkt, damit er ihn freilasse, den Eltern eine Erklärung abgebe und alles wieder einrenke, wenn er nur hunderttausend Dollar gehabt hätte. Gestrauchelte Erwachsene, die über genügend Geld verfügen, tun nicht selten das gleiche mit Hilfe eines Anwalts. Herbie aber war ein gestrauchelter kleiner Junge, dem die Mittel fehlten, die Strafe abzuwenden. Die Vergangenheit, die verborgene Vergangenheit, von der Toren behaupten, sie sei für immer dahin und ohne Bedeutung für uns, hatte ihre verdorrte Hand in die Gegenwart gereckt, mit grünlichem Finger auf Herbie gewiesen und hohl gesprochen: ‹Das ist der Verbrecher›.

Unterwegs legte Herbie, an Onkel Sandys Seite den Hügel erklimmend, unter Stottern ein umfassendes Schuldbekenntnis ab. Zu seiner Verwunderung wurde der Hauptbetreuer mit jedem Schritt, um den sie sich dem Telephon näherten, milder gestimmt, und als er seine Beichte schließlich beendet hatte und sie vor der Tür des Lagerbüros angelangt waren, lächelte Onkel Sandy doch wahrhaftig.

«Nun, Herb», sagte er, «das war wirklich dumm von dir, aber Jungen in deinem Alter machen halt mal solche Streiche. Das wichtigste ist, daß du deinen Eltern jetzt sagst, wie gut es dir hier geht und wie wohl du dich hier fühlst, nicht wahr?»

«Ja, Onkel Sandy», antwortete Herbie, der sich vor Dankbarkeit gar nicht zu lassen wußte.

«Also dann wollen wir ihnen das auch klipp und klar sagen, ja? Die Sache mit den Briefen habe ich schon erklärt. Du brauchst also nichts weiter zu sagen, als daß du okay bist und dich hier großartig amüsierst. Komm!»

Er führte den Jungen die Treppe zum Gästehaus hinauf ins Büro, einen stickigen, kleinen Raum, der gestopft voll war von Akten und graphischen Darstellungen und der durchdringend nach Kopiertinte roch. Neben einem zerkratzten Holztisch hing ein Wandtelephon. Onkel Sandy drehte die Kurbel und verlangte die Vermittlung. «Jetzt ist der Anschluß da», sagte er und drückte Herbie den Hörer in die Hand. Gerade als der Junge ihn ans Ohr legte, erschien wie herbeigezaubert Mr. Gauss im Türrahmen. Er hatte sein wohlwollendstes Lächeln aufgesetzt und nickte leutselig und so regelmäßig mit dem Kopf wie ein aufgezogender Buddha.

Herbie hörte ein Summen, ein Rauschen, dann ein Knacken, das ihm fast das Trommelfell sprengte, und schließlich die Stimme des Vaters. «Hallo, Herbie?»

«Hallo, Paps! Prima, daß du anrufst.»

«Mama hat sich deinetwegen Sorgen gemacht. Es geht dir doch gut, ja?»

«Klar, Paps. Mir geht's prima. Hier ist es wunderbar! Das Camp ist wirklich ganz prima. Wir haben von morgens bis abends Spaß.»

Der mechanische Buddha nickte schneller.

«Na, das ist ja schön», hörte er den Vater sagen. «Aber du hättest uns keine leeren Umschläge schicken dürfen, Junge. Onkel Sandy hat uns schon alles erklärt. Aber wenn du wieder mal so in Eile bist, dann schreib lieber gar nicht.»

Herbie, dem dies merkwürdig vorkam, sah die beiden Männer verwirrt an. «Klar Paps», murmelte er. «Werd ich machen.»

Onkel Sandy hatte durchaus nicht alles erklärt. Er hatte Mr. Bookbinder gesagt, daß die Jungen, die sich häufig beeilen müßten, um die abgehende Post noch zu erreichen, den Eltern auf diese Weise doch wenigstens ein Lebenszeichen zukommen lassen wollten. Daß die Jungen schrieben, weil sie dazu gezwungen wurden, hatte er wohlweislich verschwiegen. Herbie, dem so etwas wohl schwante, verspürte begreiflicherweise keine Lust, sich näher über dieses Thema auszulassen.

«Also dann ist ja alles in Ordnung, Herbie. Und wie geht's Felicia?»

«Gut, Papa.»

«Na, dann auf Wiedersehen, mein Junge. Sobald ich es einrichten kann, besuchen wir euch. Jetzt kommt Mama.»

«Hallo, Liebling!» Die Stimme der Mutter zitterte vor Rührung. «Geht es dir auch wirklich gut?»

Dieses Gefrage ging Herbie auf die Nerven. Es wäre gewiß nicht angenehm gewesen, wie ein Verbrecher behandelt zu werden, aber das wäre nun einmal das Los eines Mannes gewesen, der auf die schiefe Bahn geraten war. Dieses Getue aber, als sei er ein Baby, war unerträglich.

«Na, Mammi, wenn ich krank wär, würde ich ja jetzt nicht mit dir reden können, nicht?»

Auf diese Veränderung seines Tonfalls hin stellte der Buddhakopf sein Nicken mit einem Ruck ab und bewegte sich nun statt dessen ermahnend von rechts nach links.

Herbie hörte das ein wenig exaltierte Lachen der Mutter. «Ich bin ja so froh, daß du gesund und glücklich bist, mein Liebling. Aber schick mir ja keine leeren Briefbogen mehr, dann kann ich nämlich nachts nicht schlafen.»

«Okay, Mammi, werd's nicht wieder tun», antwortete Herbie ungeduldig. «Ja, ich versprech's dir.»

«Amüsierst du dich gut, mein Liebling?»

Herbie sah den kopfschüttelnden Mr. Gauss und den gähnenden Onkel Sandy an. Blitzartig sah er all das vor sich, was er an diesem Camp verabscheute – Unkraut jäten, Fußböden schrubben, zu Spielen ausrücken, die er haßte, unter Zwang Postkarten schreiben, sich Onkel Sids dummen Anordnungen fügen, unter demselben Dach mit Lennie wohnen, von Lucille getrennt sein, nach den Signalen der Trompete essen, schlafen gehen und aufstehen, in einem Wort, den aus eisernen Regeln gezimmerten Käfig, der nun einmal unerläßlich war, wollte man die Natur genießen. Ein leidenschaftliches ‹Nein› drang ihm aus der Tiefe seines Herzens bis auf die Zunge, und er mußte Zähne und Lippen zusammenbeißen, um dieses Wort nicht entschlüpfen zu lassen. Konnte er denn, flankiert von Mr. Gauss und Onkel Sandy, von denen sein Wohlergehen oder sein Elend abhing, wagen, offen zu sein?

«Herbie, ich habe dich etwas gefragt», rief die Mutter jetzt ängstlich.

«Wirklich, Mammi, es geht mir prima! Hab's noch nie so schön gehabt.»

Das Kopfschütteln hörte sofort auf und verwandelte sich in ein so heftiges und rasches Nicken, daß Mr. Gauss' Gesicht für Herbie zu einem rosigen Klecks verschwamm.

«Gott schütze dich, mein Junge! Gib Felicia einen Kuß von mir! Wir besuchen euch bald. Dieses Gespräch kostet schon furchtbar viel Geld.»

«Wiedersehn, Mami!» rief Herbie und legte den Hörer auf.

Wenn Eltern an ihre in Anstalten aufgehobenen Kinder – sei es ein Camp, ein Internat oder sonst eine ähnliche Institution – derartige Fragen richten, sollten sie sich zweier Dinge vergewissern: erstens, daß das Kind allein und ungestört ist, und zweitens – und dies ist noch wichtiger –, daß das Kind sich auf die Verschwiegenheit der Eltern verlassen kann. Viele dieser Einrichtungen sind nicht nur notwendig, sondern auch vorzüglich, und im allgemeinen hält man Kinder, die ihre Sommerferien in einem Camp verleben können, für besonders begünstigt. Nun kann aber das Getriebe solcher Anstalten nicht reibungslos ohne jenes weltbekannte Schmieröl funktionieren, das Furcht heißt.

Kaum war das Telephongespräch beendet, sah Herbie mit Schrekken, wie sich die Mienen des Rektors und des Hauptbetreuers verfinsterten. Onkel Sandys Gesicht versteinerte; Mr. Gauss aber schüttelte bekümmert den Kopf.

«Ich bin sehr, sehr enttäuscht von dir, Herbert», sagte er. «Tief enttäuscht.» Sich zu erkundigen, ob der Junge nicht vielleicht auch von ihm und seinem Camp enttäuscht sei, hielt er nicht für notwendig. «Ja, habt ihr Jungen denn keinen Funken Ehrgefühl im Leibe? Kein Gefühl für Anstand? Da habe ich mich», fuhr er in gekränktem Ton fort, «stets dafür eingesetzt, daß keinerlei Zensur über die Post der Belegschaft ausgeübt wird, und das ist nun der Dank dafür!»

Herbie ließ den Kopf hängen. Er war zu unerfahren, um Mr. Gauss darauf hinzuweisen, daß er kaum Anspruch auf Dank erheben könne, da eine Postzensur ihn wegen Verletzung des Briefgeheimnisses leicht hätte ins Gefängnis bringen können.

«Und gerade dich, Herbert, habe ich immer für einen der anständigsten Junge gehalten, sowohl in der Schule als auch im Camp! Ja, ich bin wirklich sehr enttäuscht. Sie nicht auch, Onkel Sandy?»

«Ja, man kann wirklich nicht behaupten, daß er den rechten Campgeist gezeigt hätte», meinte der Hauptbetreuer.

«Vorfälle dieser Art», fuhr der Rektor fort, «bewirken, daß ich mich frage,ob sich all die Mühe und das Risiko, die mit dem Unterhalt eines solchen Lagers verbunden sind, eigentlich lohnen. Oder glaubst du, es sei damit keine Mühe und kein Risiko verbunden? Antworte mir, Herbert!»

«Es – es tut mir leid, Mr. Gauss», stammelte der Junge. «Ich will es – will es bestimmt nicht mehr wieder tun.»

«*Nie* wieder tun.»

«Nie wieder tun.»

Unter Herbies niedergeschlagenen Augen erschien jetzt eine Hand. Er sah auf. Mr. Gauss strahlte wieder und bot ihm seine Hand zum Einschlagen.

«Dann wollen wir die Sache damit begraben sein lassen! Und ich glaube, ich kann auch dafür garantieren, daß Onkel Sandy nicht allzu streng mit dir verfahren wird.»

Herbie schüttelte pflichtschuldigst die dargebotene Hand. «Vielen Dank, Mr. Gauss.»

«Keine Ursache, Herbert. Und nenne mich nicht Mr. Gauss, hier in Gottes freier Natur bin ich der Käpten.»

«Vielen Dank – – Käpten», murmelte Herbie, wobei er sich fast verschluckte, so als habe er kalten Haferbrei hinunterzuwürgen.

Mr. Gauss stolzierte aus dem Büro. Als Herbie merkte, daß er nun mit Onkel Sandy allein blieb, hätte er am liebsten den Käpten wieder herbeigewünscht, doch dessen breiter Rücken verschwand schon durch die Tür. Ängstlich sah er zu dem Hauptbetreuer auf.

«Na, Herbie», fragte Onkel Sandy in sachlichem Ton, «welche Strafe würdest du selber für angemessen halten?»

Bei dieser unverbrämten Ankündigung, daß seiner eine Strafe harre, wurde dem Jungen ganz flau. Er hätte gerne darauf hingewiesen, daß das wichtigste Ziel, nämlich die Beruhigung der Eltern, ja erreicht worden sei, und zwar dank seinen eigenen Worten, und daß man die Sache damit wohl als erledigt betrachten könne. Doch Onkel Sandy schien mit dem Gesetz von Ursache und Wirkung innig befreundet zu sein.

«Vielleicht zweimal Filmentzug?» schlug der Junge recht kläglich vor.

Onkel Sandy erwog diesen Vorschlag mit geschürzten Lippen.

«N – nein», sagte er schließlich gedehnt. «Das ist doch wohl zu hart. Der Käpten wünscht ja, daß ich Milde walten lasse. Also, ich mache dir einen Vorschlag, Herb. Da ja die Tanzstunde den ganzen Ärger verursacht hat, streichen wir die.»

«Wenn – wenn es Ihnen nichts ausmacht», flehte Herbie, «dann möchte ich lieber auf die Filme verzichten.»

Der Hauptbetreuer lachte herzlich.

«Ha, ha! Ich weiß doch ganz genau, daß euch Bengels die Tanzstunde gar keinen Spaß macht. Nein, nein, ich hab's gesagt, und dabei bleibt's! So, und nun lauf und melde dich wieder bei deiner Gruppe.»

«Jawohl, Onkel Sandy», murmelte der Junge ganz geknickt und wandte sich zum Gehen.

«Und daß ich dich nicht noch einmal beim Lesen in der Sportstunde erwische», rief Onkel Sandy hinter ihm her.

«Jawohl, Sir.» Herbies Kopf sank noch tiefer.

In neun von zehn Fällen hätte Onkel Sandy mit seiner Annahme, ein Filmverbot sei eine größere Strafe als der Ausschluß von der Tanzstunde, recht gehabt. Wie hätte er auch ahnen sollen, daß es gerade die Tanzkunst war, die wie eine hohe Mauer zwischen Herbie und seiner Herzliebsten, Lucille, stand,eine Mauer, die niederzureißen der Junge glühend ersehnte? Es war ihm überhaupt nicht in den Sinn gekommen, daß Herbie seine Bitte ernst gemeint haben könnte.

So kam es also, daß Herbie Bookbinder nicht tanzen lernte. Dieser unscheinbare Umstand aber sollte die Ursache großen Ärgernisses werden.

16

Lennies Triumph

Die erste Augustwoche brachte den alljährlichen Wettkampf gegen das Camp Penobscot.

Camp Penobscot war ganz ähnlich wie Manitou ein Sommerlager, das gleichfalls an einem größeren Teich acht Meilen entfernt lag. In jedem Jahr verfrachtete eines der beiden Lager seine besten Sportler sowie eine kleine, besonders stimmbegabte Gruppe von Jungen, die die eigenen Spieler anzufeuern hatte, in ächzende Landautobusse und schickte sie ins Nachbarcamp, um dort den Kampf zu bestehen. Am Vormittag wurde in der Regel ein Baseballmatch absolviert, dem am Nachmittag ein Korbballspiel folgte.

Zwischen den beiden Parteien herrschte eine erbitterte, im Laufe vieler Jahre gewachsene Rivalität, und beide Camps hatten sich früher der Anwendung fauler Tricks schuldig gemacht, wie daß sie Kellner und jüngere Betreuer in ihre Mannschaften geschmuggelt hatten. Im Jahre 1926, zwei Jahre vor unserer Geschichte, war offene Feindschaft ausgebrochen. Mitten in einem Korbballspiel, in dem Manitou sehr schlecht abschnitt, hatte Onkel Sandy plötzlich die Trillerpfeife geblasen, war auf den Platz marschiert, hatte mit dem Finger auf den besten, ein Meter achtzig langen Penobscot-Spieler gewiesen und erklärt, das Spiel abzubrechen, sofern nicht dieser ‹Erwachsene› auf der Stelle vom Platz verschwände. Die Folge war ein Höllenspektakel gewesen, das damit geendet hatte, daß der Penobscot-Spieler, der ein Betreuer war, und der beste Manitou-Spieler, der gleichfalls ein Betreuer war, einen Faustkampf austrugen. Seit jenem Tag war ein Waffenstillstand in Kraft getreten, der auf den ehrenwörtlichen Versicherungen von Mr. Gauss und Mr. Papay basierte und worin festgelegt worden war, daß nur zahlende Kämpfer am Wettkampf teilnehmen dürften.

Zwei Tage vor dem Wettkampf schlug das Schicksal zu. Der schrankähnliche Supersenior Yishy Gabelson hatte sich durch seine Vorliebe für Blaubeeren in ein Gift-Efeu-Gebüsch locken lassen und lag nun, gedunsen, bandagiert und vom Juckreiz geplagt, hilflos zu Bett. Mr. Gauss hatte das Nachbarlager sofort um Vertagung ersucht, war aber so unklug gewesen, Mr. Papay den Grund für diesen Antrag mitzuteilen. Natürlich schwor Mr. Papay, daß die Busse gemietet, die Mannschaften trainiert, das Programm festgelegt und für die restlichen Camper bereits verminderte Essensrationen angeschafft worden seien – kurz, Vertagung war nicht zu erlangen. Düstere Verzweiflung bemächtigte sich Manitous, und Yishy, bislang der vergötterte Held des Camps, wurde verwünscht und seiner auf Blaubeeren gerichteten Gefräßigkeit halber allgemein verachtet.

Es blieb nur noch eine einzige Hoffnung: ein tüchtiger Regen. Allein dadurch ließe sich eine Vertagung erzwingen, und damit wäre viel gewonnen gewesen, denn Mr. Gauss hätte die Wettkämpfe so lange hinausschieben können, wie nötig gewesen wäre, um die Vergiftung auszuheilen. Die Jungen des Lagers Manitou beteten so inbrünstig um Regen wie ein Wüstenstamm während einer Dürre, und sogar Mr. Gauss hätte sich wohl bereit gefunden, einem wohlrenommierten und wirklich zuverlässigen Regenmacher fünfundzwanzig Dollar zu zahlen. Auch Herbie und sogar Ted verbrachten den Abend vor dem großen Tag damit, den möglichen Feuchtigkeitsgehalt der Wolken zu berechnen, die sich hier und da vor die Sterne schoben. So wenig sie auch für Onkel Gussie und sein Camp übrig hatten, drohte eine Invasion, so war es eben doch – gut oder böse – das Heimatland. In diesen Tagen vor den Penobscot-Spielen hatte Onkel Sandy wahrhaftig keinen Grund, sich über mangelnden Campgeist zu beklagen.

An dem schicksalsträchtigen Morgen weckte das Hornsignal die Jungen zu einem strahlend schönen Tag. Nicht das kleinste feuchtigkeitverheißende Wolkentüpfelchen sprenkelte das Blau des Himmels. Mit einem tiefen Kollektivgestöhn bereiteten sich die Camper darauf vor, sich den Gegnern zu stellen. Die Bungalows wurden zur Besichtigung geschrubbt und aufgeräumt wie Kasernen; jeder Junge holte seinen Sonntagsnachmittags-Ausgehanzug aus dem Koffer hervor; die Junioren und Halbgaren bildeten eine Kette, um jedes Fetzchen Papier aufzusammeln, das irgendwo das Gelände verunzierte. Das sonst so schäbige und schmutzige Camp kam einem gepflegten Sommerlager niemals näher als an jenem Tag, da Penobscot zu Besuch eintraf, und das gleiche galt umgekehrt für das Nachbarlager.

Noch einmal holte man, wenig hoffnungsvoll, Erkundigungen über Yishys Befinden ein, aber es wurde bald im ganzen Lager bekannt, daß der Sportheld dank des teuflischen Juckreizes eine schlaflose Nacht verbracht, während der er drei Tarzanbücher verschlungen habe. Entsatz von dieser Seite war also nicht zu erwarten.

Pünktlich um zehn Uhr blies die Trompete. Die Manitou-Jungen postierten sich vor ihre Bungalows, und Fahnen schwingend marschierte die Meute aus Penobscot in ihren grün-grauen Uniformen die Lagerstraße hinunter, wozu sie munter ihr schwungvolles Marschlied sang, das mit den Worten begann: «Über Tal und Hügel, Räder oder Flügel, Penobscot voran!» Am Ende der Lagerstraße machten sie halt und schmetterten ihr Lied im Stehen zu Ende. Jetzt ertönte ein Pfiff aus Onkel Sandys Pfeife, und die Schlachtreihen von Manitou stimmten in gewaltiger Tonstärke ihre eigene Marschweise an:

«Bulldog, Bulldog, bau-wau-wau,
Manitou.
Immerzu!
Bulldog, Bulldog, bau-wau-wau!»

Diese Hymne war ein Relikt aus den Tagen des ersten Hauptbetreuers, Onkel Yales, der nun weit entfernt von den Berkshire-Bergen als erfolgreicher Rechtsanwalt wirkte. Als Herbie dieses Lied zum erstenmal vernommen, hatte er sich sehr über die zahlreichen und rätselvollen Erwähnungen von Bulldoggen gewundert; da aber alle anderen einen Sinn darin zu finden schienen, hatte er sich wohlweislich gehütet, sein Unverständnis zu offenbaren. Genau wie alle anderen nahm auch er diese Worte alsbald als gegeben hin und entdeckte mit der Zeit sogar ihren Gefühlswert.

Nie zuvor aber hatte er ‹Bulldog› mit so heißer Inbrunst singen hören. Während auch er das Lied aus voller Kehle brüllte, rieselte ihm ein Schauer nach dem anderen über den Rücken. Ein Seitenblick auf Ted zeigte ihm, daß sich selbst dieser abgebrühte und verbissene Gauss-Hasser förmlich die Seele aus dem Leibe sang, daß auch sein mageres Gesicht vor Begeisterung glühte, sein Riesenmund frenetisch auf- und zuklappte und seine Augen feucht glänzten. Der arme Ted! Die Liebe im Herzen eines Jungen kann sich nur auf vertraute Dinge richten, was also außer Camp Manitou hätte er in sechs langen Sommern wohl lieben sollen?

Hinaus zu dem frischgemähten und neugeweißten Baseballplatz marschierten jetzt die Penobscots und hinter ihnen die gesamte Gauss'sche Besatzung, von den Zwergen bis zu den Supersenioren. Der Feind nahm seine Plätze hinter der ersten Mallinie ein, und die Manitou-Zuschauer besetzten die gegenüberliegende Seite. Jetzt erklang in der Ferne ein lieblicher Chor, der ‹Über Tal und Hügel› sang, und auf der Bildfläche erschienen, herausgeputzt wie zum Kirchgang, auf den Lippen das Penobscot-Lied und den Fremden schelmische Blicke zuwerfend, die Mädchen. Alle mit Ausnahme der Jungen von Manitou, die mürrisch vor sich hinstarrten, fanden diese Geste sehr nobel. Man tuschelte einander zu, daß Tante Tilly in den Hauptbetreuer von Penobscot, Onkel Husky, einen großen, pferdegesichtigen blonden Mann ‹verknallt› sei. Und in der Tat sah Tante Tilly in einem blütenweißen Kleid zum erstenmal fast schlank aus, und ihre Sommersprossen waren auf geheimnisvolle Weise nicht länger sichtbar. Wiewohl nicht vertraut mit den Künsten der Kosmetik und der

Korsettfertigung, sahen die Jungen diese auffallende Veränderung mit einem gewissen Argwohn. Als Tante Tilly dann mit besagtem Onkel Husky verzückt lächelnd einen Händedruck tauschte, war sie endgültig als hinterlistige Verräterin gebrandmarkt, und hier und da wurden sogar vereinzelte Spottrufe laut.

Den Mädchen wurden die Plätze neben den Gästen angewiesen. Herbie konnte seine Schwester nicht entdecken, dafür aber – ein phantastisch glücklicher Zufall – Lucille, die genau wie er einen Platz in der ersten Reihe hatte. Leidenschaftliche Blicke über die gesamte Breite zu funken, war gewiß kein leichtes Unterfangen, aber Herbie tat sein Bestes. Und obwohl er die Züge seiner Herzliebsten gar nicht unterscheiden konnte, erkannte er doch, daß sie seinen Blick lächelnd erwiderte.

Jetzt lief die Manitou-Mannschaft unter Begleitung eines lebhaften, von Onkel Irish angestimmten «Oink-oink-bau-wau!» auf den Platz. Mit Ausnahme von Lennie Krieger waren alle Spieler Senioren oder Supersenioren. Obwohl Lennie für sein Alter recht groß war, machte er in dieser Gesellschaft doch eine kümmerliche Figur, und wenn Yishy nicht erkrankt wäre, hätte man ihn auch gar nicht aufgestellt. Er nahm den Platz von Boy Kaiser ein, der seinerseits für Yishy eingesprungen war. Als Lennie, ein Zwölfjähriger unter lauter Fünfzehnjährigen, auf den Platz getrabt kam, hegte man allerdings die größten Bedenken, die jedoch bereits innerhalb weniger Minuten vor Spielbeginn durch seine Lockerungs- und Vorübungen zerstreut wurden. Die Gewandtheit und Präzision seiner Wurfbewegungen, die Flinkheit seines Laufes zu sehen, tat allen wohl. Eine Welle der Sympathie schlug ihm entgegen, und selbst die Penobscot-Schlachtenbummler setzten ihre Gastgeber durch den Ruf «Pang-pang-pang!» in Erstaunen, den sie Lennie zu Ehren ertönen ließen. Die Mädchen stimmten, inspiriert und angeführt von Tante Tilly, zum Lobe Lennies ihr Leib- und Magenlied an:

«Blaubeertorte, Erdbeerkuchen
Hurra, hurra, hurra!
Was sollen wir noch lange suchen,
Lennie schafft es, ja, ja, ja!»

Danach blieb den Kameraden gar nichts anderes übrig, als Lennie mit einem «Oink-oink-bau-wau!» zu ehren. Lennie akzeptierte diesen höchst ungewöhnlichen Tribut mit bescheidenem Nicken und fuhr unberührt in seinen systematischen Übungen fort. Nie zuvor hatte Lennie so sympathisch gewirkt wie heute, da er in der Rolle des Schwächeren und Benachteiligten auftrat. Selbst Herbie spürte, daß er ihm alle Kränkungen der letzten Jahre vergeben könne, wenn er nur dazu beitrüge, das Spiel für Manitou zu gewinnen.

Aber so fehlerlos Lennie auch spielte, wurde es doch recht bald offenkundig, daß Yishys Leidenschaft für Blaubeeren das Camp teuer zu stehen kommen sollte. Man gewann den Eindruck, daß Boy Kaiser den Penobscot-Schlägern die Bälle förmlich zuwarf. Sie trafen jeden Ball, und schon nach kurzer Frist stand das Spiel 17:2 für Penobscot. Über dem im Sonnenschein badenden Spielfeld hing düstere Stille, die nur gelegentlich von dem Chor der Schlachtenbummler unterbrochen wurde. Schließlich löste Gooch Lefko, der noch nie zuvor geworfen hatte, Boy Kaiser ab, und damit gaben die Camper von Manitou das Spiel verloren.

Doch siehe, neue Hoffnung blühte auf. Gooch gelang es, drei allzu selbstsichere Penobscot-Schläger auszuspielen, und Manitou kam an die Reihe zu schlagen. Ein wahres Unwetter von Schlägen brach los, begleitet von dem anfeuernden «Oink-oink-bau-wau!» Dem kleinen Lennie gelang es, den Ball glatt über die Tennisplätze hinwegzuschlagen, und den überwältigenden Beifallskundgebungen war zu entnehmen, daß er in diesem Augenblick jedes weibliche Wesen im Lager Manitou, sei es Camperin oder Betreuerin, hätte heiraten können – ausgenommen wohl Tante Tilly. Diese Spielphase endete beim Stand 17:11, und als Lennie wieder auf seinen Platz getrabt kam, schnellte Herbie hoch und schrie gellend: «Los, Lennie, du kannst das Spiel alleine gewinnen! Für die gute alte Homer Avenue!» Und Lennie winkte tatsächlich grinsend zurück, was Herbie so stolz machte, als hätte er einen Brief vom Präsidenten erhalten.

Dieser Erfolg war jedoch der einzige und letzte. Die Penobscots erledigten Gooch Lefko, und die traurige Parade seiner Nachfolger konnte ihren Siegeslauf nicht stoppen. Die Heimmannschaft verlor jede Hoffnung und wünschte nur noch ein rasches Ende herbei. Während jedoch primitivere Wettkämpfe, wie zum Beispiel der Krieg oder das Boxen, damit beendet sind, daß eine Partei geschlagen ist, verlangen die Regeln des Baseballs die Einhaltung eines gewissen Zeremoniells, gleich wie die Kräfte verteilt sind. Schließlich endete dieses Schlachtfest zur ewigen Schande der Gauss'schen Kohorten mit 43:12.

Doch diese zerschmetternde Niederlage sollte in völlig unerwarteter Weise gleich darauf gerächt werden.

In den vergangenen Jahren hatte sich der Brauch eingebürgert, daß Zuschauer und Mannschaften gemeinsam vom Spielfeld zur Speisehalle marschierten, wobei sie vom Manitou-Hauptbetreuer zu Pferde angeführt wurden. In diesem Jahr aber hatten sich dank den Eigenheiten Clever Sams gewisse technische Schwierigkeiten ergeben: Onkel Sandy hatte, nachdem er einige Sträuße mit dem Pferd bestanden, lakonisch mitgeteilt, er werde dieses Biest nicht reiten. Von Mr. Gauss ins Verhör genommen, hatte er gestanden, daß nicht seine Abneigung gegen das Pferd den Ausschlag gebe, sondern vielmehr Clever Sams Antipathie gegen ihn. Da aber der Lagerbesitzer um jeden Preis den Eindruck vermeiden wollte, man verlebe den Sommer in Manitou unberitten, entschied er, daß Cliff das Pferd zum Spielfeld und auch wieder zurück reiten solle – vorausgesetzt, Clever Sam erhebe keine ernstlichen Einwände gegen die traditionelle grün-graue Decke mit der Aufschrift ‹Willkommen Penobscot›. Es erwies sich, daß der im Dienst ergraute Klepper sie mit philosophischem Gleichmut hinnahm.

Nach Spielende galoppierte Cliff, der sich bis dahin mit Clever Sam hinter einem Gebüsch verborgen gehalten hatte, auf das Spielfeld; die Decke mit ihrer verblichenen Botschaft flatterte fröhlich im Winde. Vor der Gastgruppe hielt er das Pferd einen Augenblick an, und die Penobscots stimmten zu Ehren Clever Sams ihr Feldgeschrei an. Darauf ritt Cliff auf seiner Mähre bis zu Onkel Sandy, wo er haltmachte. Zufällig war der Penobscot-Anführer, Onkel Husky, in diesem Augenblick in ein Gespräch mit Sandy vertieft. Tante Tilly hatte sich dazu gedrängt, und alle Manitou-Camper sahen mit scheelen Blicken, wie aufgekratzt und munter sie und dieser Bursche Husky waren, während Sandy als echter Manitouer recht geknickt dreinschaute. «Na, Sandy», fragte Onkel Husky jetzt, als Clever Sam sich schnaubend näherte, mit dröhnendem Lachen, «kriegen wir nun die Reitvorführungen zu sehen?»

«Nein», kam es verdrossen von Onkel Sandy.

Husky musterte Clever Sam aufmerksamer. «Neuer Gaul, was? Aber da sind ja schon die Motten drin.»

«Möglich, aber mir ist er jedenfalls über», gestand Sandy. «Er ist ein ganz vertracktes Luder, und der einzige im Lager, der ihn reiten kann, ist dieser Junge da.»

Jetzt ließ sich Tante Tilly vernehmen. Da ihre Stimme recht schrill war, konnten alle Jungen sie deutlich verstehen. «Aber das ist doch eine Schande, die Parade so zu verunzieren. Reit du ihn doch, Husky!»

Der schmucke Betreuer des Feindlagers lächelte selbstgefällig.

«Unsinn, Tilly!» protestierte Onkel Sandy. «Sie wissen doch ganz genau, daß das Biest nicht zu bändigen ist.»

«Für Sie vielleicht, aber Husky kann es bestimmt», trompetete Tante Tilly mit überlegenem Lächeln. «Er ist ein fabelhafter Reiter, er hat sogar schon Pokale gewonnen.»

Eine Welle von Haß schlug Tante Tilly entgegen; aber unter gewissen Umständen können Frauen ein unerhört dickes Fell haben.

«Ich würde ihn ganz gern mal ausprobieren», warf der Penobscot-Mann gleichmütig hin. «Vorausgesetzt natürlich, daß Sandy nichts dagegen hat.»

Der Hauptbetreuer druckste herum.

Die Jungen spitzten die Ohren. «Los, Onkel Sandy!» schrie Herbie plötzlich. «Soll er's doch versuchen!»

Sachte schwand Onkel Sandys bittere Miene, und so langsam, daß man vermeinte, die Zahnräder eines verborgenen Mechanismus in Tätigkeit zu sehen, breitete sich ein Grinsen teuflischer Schläue über seine Züge.

«Aber gewiß doch», sagte er blinzelnd und feixend. «Von mir aus gern, Husky. Los, gib ihm das Pferd, Cliff.»

Der Junge saß ab, reichte Onkel Husky die Zügel und machte, daß er aus Clever Sams Nähe kam. Einen Augenblick lang standen sich der Penobscot-Führer und Clever Sam Auge in Auge gegenüber. Onkel Husky schien bei dem, was er darin las, leicht zurückzuzukken. «Tilly», verkündete er, «ich glaube, ich sitze lieber ein Stückchen weiter entfernt auf», und er führte das gutwillige Pferd aus der Mitte des Spielfeldes.

Jetzt schwang er sich elegant in den Sattel, und kaum spürte Clever Sam die Schenkel an seinen Flanken, ließ er wie auf einen Federdruck den Schädel zu Boden sinken und begann zu grasen. Der schlanke, kräftige Reiter sah sehr verdutzt aus. In den Reihen von Manitou wurde unterdrücktes, höhnisches Kichern hörbar. In der nächsten Sekunde wurde Clever Sams Kopf mit energischem Ruck hochgerissen, und es war ein Wunder, daß sein Genick dabei heil blieb.

«Schluß jetzt mit den dummen Mätzchen!» Husky trat dem Tier kräftig in die Weichen. «Hü! Los!»

Clever Sam drehte den Kopf nach hinten und musterte seinen Reiter. Dann faßte er dessen rechten Turnschuh mit seinen Zähnen, riß ihn vom Fuß und ließ ihn zu Boden fallen.

Ganz Manitou jubelte.

Tante Tilly kreischte: «Husky, sei vorsichtig! Das Tier ist bösartig!»

Husky warf ihr einen verächtlichen Blick zu, gab seiner Mähre einen Schlag auf die Flanke, daß es wie ein Pistolenschuß zwischen den Hügeln widerhallte, und riß den Pferdekopf beinahe dreimal so hoch, wie dies überhaupt möglich war. «Marsch jetzt!» kommandierte er. Und Clever Sam setzte sich tatsächlich in Marsch, wenn auch auf seine eigene Art. Er machte einen höchst originellen Walzerschritt nach rückwärts, dann noch einen und wieder einen und so weiter im Takt. Während sein fluchender Reiter an den Zügeln riß und ihn mit Fäusten und Absätzen bearbeitete, walzte er rückwärts auf den Drahtzaun zu. Hier versuchte er seines Reiters ledig zu werden, indem er sich an einem Zaunpfahl rieb, doch Husky blieb tapfer im Sattel, auch wenn es ihm eine böse Schramme einbrachte. Die Jungen und Mädchen von Manitou wälzten sich halbtot vor Lachen im Gras. Die Penobscots gaben keinen Laut von sich. Tante Tilly flehte, in Tränen aufgelöst, man möge dem Reiter doch um Himmels willen zu Hilfe eilen, aber niemand schenkte ihr die geringste Beachtung oder bemerkte, daß ihre Sommersprossen streifenweise wieder zum Vorschein kamen.

Schließlich gab Clever Sam den Versuch auf, seinen Reiter abzustreifen. Er hopste seitwärts in die Mitte des Spielfeldes, wo er eine Pose einnahm, die nur als Kopfstand bezeichnet werden konnte und die er mit heiseren, rasselnden, wiehernden Lauten begleitete. Als er ein drittes Mal die Hinterbeine in die Luft warf, um sich aufs neue in den Kopfstand zu begeben, war Onkel Husky geschlagen und rollte zu Boden, und zwar an genau derselben Stelle, wo er sich so elegant in den Sattel geschwungen hatte. Augenblicklich stellte Clever Sam seine unwürdigen Freiübungen ein und widmete sich dem Graskonsum. Husky erhob sich, klopfte sich wütend den Staub von den Kleidern und ging zu seiner Gruppe, ohne sich um Tante Tillys angsterfüllte Rufe «Husky, Husky, ist dir auch nichts passiert?» zu kümmern.

Ohne jegliche Aufforderung und doch wie aus einem Munde ehrten die Jungen von Manitou Clever Sam durch das lauteste «Oink-oink-bau-wau!» aller Zeiten.

Cliff schlenderte auf das Pferd zu, stieg auf und ritt unter begeisterten Beifallsrufen zum Speisesaal. Gewiß hatten die Penobscots einen Wettkampf gewonnen, aber ebenso gewiß waren sie in einem anderen geschlagen worden; das Ergebnis stand eins zu eins.

Es folgte ein üppiges Mahl. Von den Wochenenden (an denen die meisten Eltern zu Besuch kamen) abgesehen, bestand das Mittagessen in Manitou aus einem recht undefinierbaren Eintopf oder allenfalls einmal aus Eierkuchen, Gerichte, die sehr bekömmlich sein mochten, ihre Entstehung jedoch einem Kompromiß zwischen dem Scheckbuch und dem Kochbuch zu verdanken hatten und nicht etwa dem Bemühen, Genuß zu bereiten. Heute aber gab es gebratenen Puter mit frischem Mais und Wassermelonen. Fanden die Spiele in Penobscot statt, veränderten sich die Mahlzeiten auch dort in der gleichen Weise zum Guten. Wahrscheinlich erhofften die Campeigentümer solcherart neue Anhänger zu gewinnen; dabei vergaßen sie aber die Rivalitätsgefühle einzukalkulieren, die sie selber hervorgerufen hatten. Freilich konnte man die Jungen glauben machen, daß ihre Feinde besser ernährt würden als sie, aber dies verbitterte sie nur um so mehr, nicht nur in bezug auf das andere Camp, sondern auch auf das eigene. Es war gang und gäbe, daß Manitou-Camper nach einem Sommer unter Mr. Gauss' Fuchtel in den nächsten Ferien ein anderes Lager besuchten, aber nach Penobscot gingen sie nie, und auch in Manitou traf man nie einen früheren Penobscoter. Somit dürfte dieses Festessen wohl die einzige unnütze Ausgabe gewesen sein, die die jeweiligen Campleiter machten, und trotzdem wiederholten sie sie Jahr für Jahr gleich hoffnungsvoll.

Nach dem Essen war eine Ruhestunde angeordnet worden, während der jedoch niemand ein Auge zutat. Jeder dachte an das bevorstehende Korbballspiel. Die Penobscots ruhten auf dem Rasen unter den Bäumen, sonnten sich im Ruhm der gewonnenen Schlacht und gierten nach neuen Siegen. Die Stimmung unter den Manitouern war trostlos. Dann aber, als man beobachtete, daß sich Onkel Gussie zu Yishy in die Krankenstube begab, wahrscheinlich um festzustellen, ob eine, wenn auch noch so geringe Aussicht bestand, den Sporthelden spielen zu lassen, ergriff ein Hoffnungstaumel das gesamte Camp. Wie stets in solchen Lagen gab die Hoffnung auch hier Gerüchten Nahrung. Ungeachtet der Ruhevorschrift rannte ein einsamer Junior die verlassene Lagerstraße entlang und schrie: «Yishy geht es besser! Yishy spielt!»

Und jeder glaubte ihm. Die Camper sprangen aus ihren Betten, stürmten aus den Bungalows und tanzten grölend auf der Lagerstraße umher. Onkel Sandy schoß aus seinem Zelt hervor und zerstreute den Auflauf durch schrille Pfiffe. Die Jungen verdrückten sich zwar in die Bungalows, setzten dort aber ihr wildes Freudenfest fort: sie sprangen von Bett zu Bett, schwangen sich an die Deckenbalken, schaukelten dort und fielen einander in die Arme. Man sah Mr. Gauss aus der Krankenstube eilen und ein paar hastige Worte mit dem Hauptbetreuer wechseln, der wutschnaubend mutterseelenallein auf der Lagerstraße stand. Wieder blies er in seine Trillerpfeife und brüllte dann durchs Megaphon: «Alle mal herhören!» Der Lärm brach ab, als habe man einen Schalter abgedreht. Die Jungen blieben lauschend auf einem Bein stehen oder hingen wie erstarrt an einem Balken. «Eure Zuchtlosigkeit findet ihre gerechte Strafe! Soeben teilt mir Mr. Gauss mit, daß Yishy nicht spielen kann! Zurück in die Betten! Und absolute Ruhe!»

Der letzte Befehl war völlig überflüssig. Die Jungen fielen vernichtet auf ihre Betten und verbrachten den Rest der Stunde unter trübsinnigem Vorsichhinstarren. Herbie, der ebenso ausgelassen herumgetollt war wie die übrigen Jungen, lag mit dem Gesicht in das Kissen vergraben. Die Ehre Manitous, dieser schäbige, von Mr. Gauss eigens erfundene Kunstgriff, um sein dürftiges Schulmeistergehalt aufzubessern, war für Herbie so wichtig geworden wie sein eigenes Wohlergehen.

Zur Überraschung aller begann das Korbballspiel sogleich als heftiger und erbitterter Kampf, bei dem sich ein Spieler ruhmvoll hervortat und alle anderen übertrumpfte: Lennie Krieger. Er spielte mit der Tollkühnheit eines Besessenen. Zwischen den Spielern, die einen Kopf größer waren als er, hin und her flitzend, sich auf den Ball stürzend, nach ihm angelnd, sich windend, springend und ihn, einer Wildkatze vergleichbar, aus den Armen anderer Spieler reißend, brachte er allein es zuwege, daß sich die Punkte während drei Viertel der Spieldauer die Waage hielten. Ja, selbst der Sieg schien nicht ganz unerreichbar, einzig und allein dank ihm. Seine Taten rissen die Zuschauer zu immer neuen Beifallsstürmen hin. Bei diesem Spiel konnte Lennie sich von der besten Seite zeigen. Er gehörte zu den

Jungen, die – oft zum eigenen Verhängnis – das Leben nur unter dem Aspekt des Fullballspielers sehen. Für ihn zählte allein die sportliche Leistung, darum versagte er in der Schule, darum war er ein rechter Flegel – ausschließliche Vorliebe für eine Sache zeitigt häufig schlechte Manieren –, und darum war er auch ein Tyrann, denn er maß die anderen nur nach seinem eigenen Maßstab und verachtete sie deshalb fast ausnahmslos. Jetzt aber fühlte sich Lennie herausgefordert, und er stellte sich dieser Herausforderung. Ein altes Wort sagt: «Verachte nichts und niemand, denn ein jeglich Ding hat seine Bestimmung und jeder Mensch seine Stunde.» Dieses Basketballspiel war Lennies Stunde, und sie war groß und erhebend.

Zu Beginn der letzten Spielphase sah man Lennie, der mit dem Spielführer der Penobscots um den Ball kämpfte, in einem wirbelnden Haufen von Armen und Beinen verschwinden. Als er auftauchte, hing sein einer Arm seltsam schlaff herab. Er konnte ihn nicht bewegen und hatte, obwohl er keinen Laut von sich gab, offensichtlich starke Schmerzen. Das Spiel wurde unterbrochen. Der Arzt untersuchte ihn und stellte eine Verrenkung und möglicherweise sogar einen Bruch fest und ordnete an, daß er das Spielfeld zu verlassen habe. Aus den Zuschauerreihen stieg ein Stöhnen auf, und selbst die Gegner bekundeten Mitgefühl. «Bitte, bitte, ich kann auch mit dem linken Arm spielen», flehte Lennie den Arzt an und griff gierig nach dem schweißnassen, staubigen Ball, um es ihm zu beweisen. Doch der Arzt hielt ihn zurück. Erst als Onkel Sandy kam und ihm den Arm um die Schulter legte, gab er sich geschlagen und ließ sich, weinend vor Schmerz und Enttäuschung, vom Feld führen. So wenig tröstlich es auch für ihn sein mochte, begleitete ihn ein donnernder Schlachtruf, der fast so laut war wie jener, mit dem man am Vormittag Clever Sam gefeiert hatte. Und so verschwand der Held in Richtung der Krankenstube.

Den Penobscots gelang es, mit 45:35 den Sieg zu erringen, und singend, lärmend und gemästet mit Triumphen fuhren sie in den Autobussen davon, Manitou in wahrer Begräbnisstimmung zurücklassend.

Am Abend gab es eine Filmvorführung. Im allgemeinen bekamen die Jungen und Mädchen den üblichen alten Wildwestfilm an verschiedenen Abenden zu sehen, hin und wieder aber, wenn Mr. Gauss die höhere Leihgebühr für einen neueren Film zu zahlen hatte, trafen sich alle Camper gleichzeitig, damit dem Rektor die

Ausgabe für eine zweite Vorführung erspart blieb. Bereits als man Yishy mit seiner Vergiftung ins Bett gesteckt, hatte Mr. Gauss in weiser Voraussicht des traurigen Ausgangs der sportlichen Begegnung einen unerhört aufregenden, neuen Douglas-Fairbanks-Film bestellt, der die betrübten Camper aufheitern sollte. Es war also eine durchaus menschliche Regung gewesen, die Mr. Gauss zu diesem Schritt getrieben hatte. Allein der Anblick des anderen Geschlechts an einem gewöhnlichen Wochentag gab der Vorführung einen festlichen Anstrich, ganz zu schweigen davon, daß man einen Film zu sehen bekommen sollte, der noch keine drei Jahre alt war. Bereits beim Einmarsch in den Saal hoben sich die Lebensgeister beträchtlich.

Onkel Sid empfing die Kinder mit einem schmissigen ‹Bulldog-Bulldog› auf dem alten Klavier. Das erste, was sie außer der weißen Leinwand und dem Projektor entdeckten, war Lennie, der, den Arm in einer sauberen weißen Schlinge, in einsamer Majestät in der ersten Reihe thronte. Um den Hals trug er ein Plakat, das seine Aufnahme in den Königlichen Orden der Nachtschwärmer verkündete. Der Anblick des im Kampf verwundeten und solcherart geehrten Helden ließ die Herzen der Kinder noch höher schlagen, und sie setzten sich in einem Gemütszustand, der bereits an Zufriedenheit grenzte.

Onkel Nig, der den Projektor bediente, legte die erste Rolle ein. Es herrschte die übliche erwartungsvolle Stille. Onkel Nig gab das Zeichen zum Ausschalten des Lichtes. In diesem Augenblick erhob sich Mr. Gauss, verkündete dramatisch: «Einen Augenblick, bitte!» und schritt zur Frontseite des Saales. Hier blieb er mit dem Rücken zur Leinwand stehen und bot den verdutzten Kindern sein berühmtes Lächeln.

17

Mr. Gauss' Siegesansprache

«Jungen und Mädchen», begann der Rektor, «ehe wir uns diesen herrlichen und aufregenden Film ‹Der schwarze Pirat› ansehen, möchte ich ein paar Worte zu den Ereignissen des heutigen Tages sagen.»

Er sah in die lauschend erhobenen Gesichter. Herbie, der in einer der hintersten Reihen auf seinen Sitz geflegelt dasaß, fragte sich, was es denn dazu zu sagen gäbe; war es denn nicht das beste, diesen Reinfall so schnell wie möglich zu vergessen?

«Jungen und Mädchen», fuhr Mr. Gauss fort, «was ich euch mitteilen möchte, ist, daß Manitou heute *nicht besiegt* wurde.»

Die Kinder waren so baff, daß sie ein paar Augenblicke mucksmäuschenstill und wie festgenagelt auf ihren Stühlen hockten, dann aber brach ein wilder Tumult los. Mr. Gauss duldete den Lärm wohl eine halbe Minute lang, dann beendete er ihn mit einer Handbewegung.

«Ich habe die Spiele gesehen», donnerte er, «und ich weiß, wie sie ausfielen, und trotzdem sage ich euch Campern von Manitou, daß wir heute nicht verloren haben. Wir haben gewonnen!»

Rauschender Beifall. Auch Herbie klatschte, obwohl ihm nicht recht klar war, worauf Mr. Gauss hinauswollte. Aber die Worte klangen unwiderstehlich und verheißungsvoll.

«Jungen und Mädchen, es gibt Wettkampfsiege, und es gibt moralische Siege. George Washington erfocht bei Valley Forge einen solchen moralischen Sieg. Auch General Custers letztes Gefecht war ein moralischer Sieg. Und selbst Moses, der das Gelobte Land von ferne sah, es aber selbst nicht betreten durfte, erfocht einen moralischen Sieg. Wollte man behaupten, daß Washington besiegt wurde und daß auch General Custer und Moses eine Niederlage erlitten, nun dann könnte man sagen, daß auch Camp Manitou heute geschlagen wurde. Gesteht man aber diesen historischen Helden letztlich doch den Sieg zu – und ihr wißt alle, daß man das tun muß –, dann hat auch Camp Manitou heute einen großen Sieg errungen!»

(Prasselnder Beifall und Schluchzer bei den Mädchen.)

«Was für eine Figur würden wohl die Franzosen in den Revolutionskriegen ohne Napoleon gemacht haben? Wie hätten wohl die Briten bei Waterloo dagestanden ohne Wellington? Denkt einmal darüber nach! Und dann fragt euch selbst, ihr Jungen und Mädel, ob ihr heute nicht den schönsten Kampf seit Bestehen des Camps geliefertet – auch ohne Yishy Gabelson?»

(Zurufe: «Ja, ja!»)

(Zuruf von Ted: «Yishy ersäufen wir im See!»)

«Soeben schlug jemand vor, Yishy im See zu ertränken.» (Gelächter.) «Nein, das wollen wir nicht tun, denn erstens würde das eine Flutwelle auslösen.» (Gelächter.) «Und zweitens würden wir damit, soweit ich über seinen Zustand informiert bin, das Wasser unbrauchbar machen, und wir wollen doch alle noch schwimmen.»

(Gelächter und Applaus. Bemerkung Herbies zu einem nicht identifizierten Nachbarn: «Du, der Gauss ist wirklich gar nicht so übel.» Antwort des Nachbarn: «Verdammt wahr!»)

«Nein, meine lieben Camper, das brauchen wir Yishy gar nicht anzutun. Es reicht vollauf, wenn wir ihn der Erkenntnis überlassen, daß er zufolge seiner unbeherrschten Gier nach Blaubeeren (Gelächter) von einem Jungen ausgestochen wurde, der nur halb so groß ist wie er. Ihr wißt alle, wen ich meine.»

(Hochrufe und Zurufe wie: «Wir wollen Lennie sehen! Lennie soll aufstehen!» Dem Helden steigt leichte Röte in das unbewegte Gesicht.)

«Jawohl, ihr Jungen und Mädchen, König Georg III. fand seinen Washington, Cäsar seinen Brutus, Goliath seinen David, und – Camp Penobscot seinen Lennie Krieger!» (Hochrufe.) «Komm her, mein Junge, wir wissen alle, daß Helden stets bescheiden sind.»

(Gelächter und Händeklatschen. Lennie erhebt sich. Onkel Sid spielt ‹Bulldog, Bulldog›. Unbeschreibliche Sensation! Herbie Bookbinder gesteht dem Nachbarn mit vor Stolz tränenfreuchten Augen: «Er ist mein Freund! Wir wohnen im selben Häuserblock. Sein Vater und mein Vater sind Geschäftspartner.» Antwort des Nachbarn: «Menschenskind, hast du einen Dusel! Ich wollte, ich wäre an deiner Stelle.» Mr. Gauss stellt die Ruhe wieder her.)

«Vielleicht glaubt ihr, Jungen und Mädchen, daß ich euren Kameraden nur deshalb so auszeichne, weil er heute auf so eindrucksvolle Weise wahren Campgeist bewiesen hat. Doch das ist nicht der Fall. Ich habe Lennie Krieger seit vielen Jahren besonders sorgfältig beobachtet. Ich habe mein Augenmerk in der Schule auf ihn gerichtet und im Camp. Und ich bekenne hier in aller Öffentlichkeit, daß ich nie zuvor während meiner Tätigkeit als Lehrer in einem Jungen stärker ausgeprägt die Anlagen gefunden habe, aus denen sich ein ‹Charakter› formt. Wenn ich also über ihn ein Urteil abgeben müßte, dann würde ich nur sagen: Er hat Charakter! Was aber versteht man unter einem Charakter? Bescheidenheit, Fröhlichkeit, Klugheit, Gutmütigkeit, Gehorsam, Hilfsbereitschaft, Achtung vor den Älteren, Wahrheitsliebe, Strebsamkeit und Güte – alle diese Eigenschaften machen einen Charakter aus, und alle diese Eigenschaften hat Lennie Krieger. Aber das ist noch immer keine Definition!

Laßt es mich in einem Wort sagen: Lennie Krieger ist die Verkörperung des Charakters!» (Applaus.) «Lennie, reich mir deine Hand! Ja, mein Freund, ich weiß, es muß die Linke sein, aber euch allen sage ich: Lieber schüttele ich Lennie Krieger die linke Hand als einem aus Penobscot, sei er Camper oder Betreuer, die rechte!»

Nach diesem Glanzbeispiel meisterhafter Beredsamkeit schwenkte Mr. Gauss Lennies Linke wie besessen. Händeklatschen, Gebrüll und Getrampel ließen den Saal bis in die Grundfesten erbeben, was keineswegs als bloße Redewendung zu verstehen ist, denn die Halle war aus billigem Material erbaut und erbebte leicht. Diesmal wartete Mr. Gauss das natürliche Ende der Beifallskundgebung ab und fuhr dann, noch immer Lennies Hand haltend, fort:

«Daß ich den Charakter dieses beispielhaften Campers lobe, soll jedoch nicht besagen, daß ich die übrigen heute vollbrachten Taten geringachte. Ihr wißt alle, wie großartig diese Leistungen waren, und ich brauche darauf nicht näher einzugehen. Es mag genügen, festzustellen, daß sie für alle Zeiten in die Annalen von Camp Manitou eingegangen sind, als leuchtendes Beispiel dafür, was wahrer Campgeist ist. Aber es dürfte wohl keiner unter uns sein, der Lennie nicht von Herzen danken möchte, ausgenommen vielleicht – ich sage *vielleicht* –» und jetzt legte sich Dr. Gauss' Gesicht mühsam in schelmische Falten, «ausgenommen vielleicht unsere liebe, gute Tante Tilly!»

Dieser Witz war der Höhepunkt in Mr. Gauss' langer Laufbahn als Redner. Nie wieder in seinem Leben sollte ihm ein solcher Erfolg beschieden sein wie das jetzt einsetzende Gekreische und Gequietsche, Gepruste und Gekichere aller Jungen und Mädchen, die mit verkrümmtem Körper hilflos lachend von den Stühlen rutschten, und die Tränen in den Augen der Betreuer.

Tante Tilly lief krebsrot an, versuchte tapfer zu lächeln, scheiterte jedoch kläglich. Sie schoß wütende Blicke auf Mr. Gauss ab und stand, als das Geschrei und Gelächter kein Ende nehmen wollte, resolut auf und verließ den Saal. Es war ein glorreicher Augenblick für das ganze Camp. Daß Mr. Gauss Tante Tilly den Wölfen zum Fraß vorgeworfen hatte, verschaffte ihm eine echte, wenn auch befristete Beliebtheit. In gleicher Weise hatten sich zu ihrer Zeit die römischen Tyrannen der christlichen Märtyrer bedient.

«Ernstlich, Jungen und Mädchen», sagte er schließlich, «ich bin über die Ereignisse des Tages froher, als wenn ihr Penobscot in jedem Spiel 100:1 geschlagen hättet. Was haben wir denn verloren? Nichts. Nichts als ein paar Zahlen. Und was haben wir gewonnen? Alles. Wir haben wahren Charakter schätzen gelernt. Also, Camper, ein dreifaches Hoch dem jungen Mann, der Charakter verkörpert, der der wahre Charakter ist, dem jungen Mann, der, was auch immer der Schiedsrichter sagen mag, Penobscot die größte Niederlage seit seinem Bestehen bereitet hat – Lennie Krieger, er lebe hoch!»

Onkel Irish nahm das Stichwort auf, und drei weitere donnernde Hochs prasselten auf Lennie herab. Dann wurde das Licht gelöscht, und der Film begann.

Diese historische Ansprache von Mr. Gauss mag kommenden Generationen als Muster dienen. Bei jedem Wettstreit muß eine Partei unterliegen, und für gewöhnlich findet sich bei jeder unterlegenen Partei ein Lennie, dessen Ruhm die unerfreuliche Tatsache der Niederlage verblassen läßt – wenn sich nur ein Mr. Gauss findet, der genügend lange und laut darüber redet. Mr. Gauss'sche Siege gibt es nicht nur bei sportlichen Spielen, sondern auch im Krieg und in der Politik. Und es ist gut, daß dem so ist, denn das Leben ist voller Kampf, und nicht jedem von uns ist ein echter Sieg beschieden. Aber einen Gauss'schen Sieg bringen wir fast alle noch zustande.

Seltsamerweise war die Begrüßungsansprache, die der Eigentümer von Camp Penobscot seinen heimkehrenden Helden hielt, sehr viel kürzer, und trotzdem war dort das ganze Lager noch tagelang in Hochstimmung, ohne daß die Camper zu begreifen schienen, welch eine vernichtende Gauss'sche Niederlage sie erlitten hatten. Dies eben ist der einzigartige Reiz eines Gauss'schen Sieges: er ermuntert die ‹Gewinner› und tut der Freude auf der andern Seite keinen Abbruch.

‹Der schwarze Pirat› war ein einziger seliger Traum von Liebe, Kampf und Seefahrt in ‹natürlichen Farben›. Er dauerte anderthalb Stunden, dann wurde das Licht angeknipst, der aufgerollte Film in eine Blechdose verpackt, und die blinzelnden Kinder erwachten wieder zur Wirklichkeit in der schäbigen Gemeinschaftshalle des Lagers Manitou.

Der Saal kam Herbie heute noch trostloser vor als sonst. Diese nackten elektrischen Glühbirnen, die an Drähten von der Decke baumelten, diese rohen, ungestrichenen Wände und Balken, dieser schäbige braune Bühnenvorhang, dazu all diese gleichbekleideten Jungen und Mädchen, die sich die Augen rieben und gähnten –

o Gott, wie öde, wie entsetzlich öde! Plötzlich hörte er von draußen scharf und eindringlich das Zirpen der Grillen und erschrak förmlich bei der Erkenntnis, daß er sich so an dieses Geräusch gewöhnt hatte, daß er es schon gar nicht mehr wahrnahm. Und doch war es ein sehr lautes Geräusch. Heimweh krampfte ihm das Herz zusammen, und er sehnte sich nach den schwülen, feuchten Abenden in der Homer Avenue, wo die städtisch gekleideten Jungen und Mädel unter den helleuchtenden Straßenlaternen herumlungerten, Eis aßen und sich neckten. Er sehnte sich nach den parkenden Autos, den Straßenbahnen, die quietschend um die Ecke der Westchester Avenue sausten, und nach den unbebauten Grundstücken, wo eine Grille ein seltenes und faszinierendes Ding war. Am meisten aber sehnte er sich danach, die Steinstufen zur Wohnung 3A hinaufzulaufen und die Eltern um den Küchentisch sitzen zu sehen, zu hören, wie sie vom ‹Betrieb› erzählten, und zuzuschauen, wie sie Obst aus der großen Muschelschale aßen. All das schien ihm, als er es jetzt vor sich sah, in ein mildes goldenes Licht getaucht. Was hätte er denn eigentlich in dieser Scheune unter lauter Fremden, am Rande eines namenlosen, versumpften Teiches, hundert Meilen von daheim entfernt, zu suchen?

Doch da stand auch schon Mr. Gauss wieder vor der leeren weißen Leinwand und sprach:

«– – wollen wir morgen mit einem Tanz für die Jungen und Mädel, die tanzen wollen, und mit Bratwurströsten am See für die Nichttänzer die heutigen Ereignisse feiern!»

Offenbar war Herbie nicht der einzige Camper, dessen sich tiefe Niedergeschlagenheit bemächtigt hatte. Normalerweise hätte die Ankündigung von Bratwurströsten oder einer Tanzveranstaltung einen Sturm von Begeisterung hervorgerufen, während sie jetzt nur matten Beifall fand. Die Kraftreserven der Kinder schienen durch das Feiern des Gauss'schen Sieges erschöpft zu sein.

«Und jetzt,» verkündete der Rektor wohlwollend lächelnd, «wollen wir alle noch einen Schwatz von zehn Minuten halten, bevor wir uns zur wohlverdienten Ruhe begeben.»

Diese kleine Vergünstigung brachte noch einmal Leben in die stumpfen Gemüter. Die Jungen und Mädchen sprangen von ihren Bänken auf und quirlten schwatzend und lachend, sich stoßend und schiebend im Gang durcheinander. Herbie, der bisher vergeblich Ausschau nach Lucille gehalten hatte, bahnte sich seinen Weg durch das Gewühl. Wieder einmal mußte er feststellen, wie wenig anziehend Mädchen doch im Grunde waren. Und in ihrer Campuniform sahen sie noch schlimmer aus als sonst. Ein- oder zweimal hatte er doch wahrhaftig schon das Gefühl gehabt, daß sogar Lucilles Strahlenglanz verblaßte, wenn er sie in ihrer weiten weißen Bluse und den flatternden blauen Pumphosen sah.

Plötzlich schlossen sich zwei weiche Patschhändchen von hinten über seine Augen. Voller Entzücken packte er sie und fuhr herum. Es war Felicia. Sein Entzücken verflüchtete sich.

«Hallo, mein Herzensbruder. Du hast wohl gedacht, ich wär jemand anders.»

«Erraten! Wir sehen uns noch, Felicia.» Er strebte davon, aber sie hielt ihn bei der Hand fest.

«Ja, du lieber Himmel, kannst du dich nicht mal eine Minute lang mit mir unterhalten. Wir sehen uns doch so gut wie nie. Ich bin zwar nicht Lucille, aber ich bin ja immerhin deine Schwester, nicht?»

In ihrem Ton lag etwas Flehendes, was Herbie überraschte. Er musterte seine Schwester. Woran es lag, hätte er nicht sagen können, aber sie sah hübscher und auch älter aus als früher. Leicht beschämt gestand er sich ein, daß er nie an sie dachte.

«Aber klar, Felicia. Ich wußte ja nicht, daß du Lust hast, mit mir zu reden.»

«Hab ich aber.»

«Na, ich auch!»

Darauf verstummten sie beide und sahen sich wohl eine halbe Minute lang verlegen an.

Schließlich fragte die Schwester: «Bist du eigentlich gern hier, Herbie?»

«Na, klar!» rief Herbie gekränkt, so als habe sie ihn eines finsteren Verbrechens beschuldigt. «Du etwa nicht?»

«Doch, natürlich. Tante Dora ist prima.»

«Onkel Sid ist zwar ein alter Idiot, aber mein Bunker ist okay.»

«Wie geht's denn mit Lennie? Ärgert er dich sehr?»

In Herbies Vorstellung trug sein Peiniger noch seinen blinkend neuen Heiligenschein. «Wer, Lennie? Ach wo! Der ist jetzt ganz anders. Der ist jetzt prima.»

Bei dieser Nachricht heiterte sich Felicia sichtlich auf. «Er ist wirklich der Held des Tages, nicht?»

«Ja. Für ihn ist das Camp eine prima Sache.»

«Und er ist auch prima für's Camp», fügte das Mädchen hinzu.

«Bestimmt!»

Während der jetzt folgenden Pause sah Felicia ihren Bruder prüfend an. «Ich wundere mich eigentlich, daß es dir hier gefällt, Herbie. Hier gibt es doch von früh bis spät nur Sport und Ballspiele.»

«Ach, ich lese eben 'ne Menge.»

«Genau wie zu Hause.»

«Ja, aber hier sitze ich ja unter einem Baum.»

«Also noch immer derselbe alte Bücherwurm.»

Die Geschwister lächelten einander ungewöhnlich herzlich an. Ich sollte mich eigentlich öfter mal mit ihr unterhalten, schoß es Herbie durch den Sinn. Dann fiel ihm wieder Lucille ein; er sah unruhig umher.

«Na, lauf schon los und such sie endlich», meinte Felicia, die seine Ruhelosigkeit bemerkte. «Wenn man so sieht, wie du hinter diesem rothaarigen kleinen Balg her bist, könnte man dich wahrhaftig schon für fünfzehn halten.»

Recht geschmeichelt darüber, als reifer Liebhaber gelten zu können, rief Herbie noch: «Bin gleich wieder da, Felicia!» und stürzte sich in den Trubel. Er entdeckte Lucille auch im nächsten Augenblick, allerdings in einer für ihn wenig erfreulichen Situation. Sie gehörte zu dem Dutzend Mädchen, die sich in einer dichten Traube um Lennie geschart hatten. Von dem Helden selbst war nur noch der Kopf sichtbar, der Rest wurde von Mädchenköpfen, weißen Blusen und blauen Turnhosen verdeckt. Herbie drückte sich unauffällig in der Nähe herum und versuchte Lucilles Blick zu erhaschen. Es dauerte mehrere Minuten, bis ihm dies gelang, dann aber lächelte sie strahlend und kam auf ihn zu.

«Hallo, hab dich überall gesucht», begrüßte sie Herbie, der zwar keinerlei Anzeichen dafür hatte entdecken können, über diese leidige Tatsache jedoch durch ihr Lächeln hinweggetäuscht wurde.

«War ein prima Film, was?» fragte er.

«Hm.»

«Komm doch mit rüber ans Fenster.»

«Ich muß aber gleich wieder zu meiner Betreuerin», wandte sie ein, folgte ihm aber doch. Sie lehnten sich auf das Fensterbrett und starrten hinaus auf die Bäume, den See und die Sterne.

«Hör bloß mal die Grillen», fühlte sich Herbie schließlich inspiriert zu bemerken.

«Kann die Viecher nicht ausstehen. Von mir aus brauchte es keine zu geben.»

«Von mir aus auch nicht. Du, das Würstchenessen wird bestimmt 'ne Wucht. Ted sagt, die Jungen und Mädchen dürften sich zu zweien ihr eigenes Feuer machen. Das wär doch fein, nicht?»

«Möchtest du nicht lieber tanzen gehen?» fragte das kleine Mädchen sehr diplomatisch.

«Quatsch! Tanzen tun doch bloß Affen!»

«Na, ich tanze aber gern.»

«Ich find es blöde.»

«Das sagst du nur so. Du weißt ganz genau, daß es Spaß macht.»

«Ja, Verrückten!»

Herbie beging den großen Fehler, etwas ins Lächerliche zu ziehen, was jenseits seiner Fähigkeit lag. Nur wenige Fehler lassen einen dümmer dastehen. Lucille warf ihm einen kühl abschätzenden Blick zu, bei dem ihm sehr unbehaglich zumute wurde. Kein Mädchen von elf läßt sich in solchen Dingen von einem gleichaltrigen Jungen hinters Licht führen.

«Ja, kannst du denn überhaupt tanzen?» fragte sie.

«Nein, und ich hab auch nicht die geringste Lust dazu, es zu lernen. So rumzuhampeln wie ein Affe.»

«Die Betreuer tanzen ja auch alle.»

«Kunststück! Sind ja auch alles Affen.»

Die eine Bemerkung immer dürftiger als die andere; auf dieser schiefen Bahn rutschte Herbie, nachdem er einmal den falschen Ausgangspunkt gewählt, unaufhaltsam abwärts. Er griff verzweifelt nach jedem Strohhalm, um seinen Fall aufzuhalten. «Menschenskind, Bratwürste, die sind vielleicht prima! Bratwürste, hmmm!»

«Ich esse Wiener lieber.»

«Ich nicht! Jedenfalls geb ich eine Bratwurst nicht für tausend Jahre tanzen! Und dann das Feuer! Kann's kaum abwarten!»

«Pa, Feuer!» sagte das kleine Mädchen verächtlich. «Feuer sind doch nur was für Babies.»

Nun ist das Wort Baby unter Erwachsenen ein freundlicher, ja sogar zärtlicher Ausdruck. Unter Kindern aber ist es die schwerste noch aussprechbare Beleidigung. Es machte Herbie einfach stumm.

«Ja», meinte die kleine rothaarige Schönheit nach einer erbarmungslos langen Pause, «jetzt muß ich aber wirklich zu meiner Betreuerin. Auf Wiedersehn.»

«Treffen wir uns beim Würstchenrösten?» brachte Herbie noch kläglich hervor, als sie sich bereits zum Gehen wandte.

Lucille blieb stehen und fingerte an dem gestärkten Kragen ihrer Bluse herum. «Aber ich hab doch eben gesagt, daß ich mir nichts aus Bratwürsten mache. Lieber würde ich im Bett bleiben, als zu so einer blöden Sache gehen. Nein, ich glaube, ich geh tanzen. Wiedersehen!»

«Ja», höhnte Herbie hinter ihr her, «weil Lennie Krieger hingeht, deshalb.»

Lucille fuhr herum wie der Blitz.

«Erraten, du Schlaukopf! Jawohl, weil Lennie hingeht. Was hast du denn heute so Großartiges fertiggebracht, daß du das Recht hast, dich über Lennie lustigzumachen, hm? Und wenn du es durchaus wissen willst: Er hat mich sogar dazu aufgefordert! Und dabei standen mindestens noch zehn andere Mädchen herum und sogar Seniorinnen, und ich hab nicht mal zugesagt, weil ich erst abwarten wollte, ob du auch hingehst. Aber wenn du dich wie ein *Baby* benimmst, dann geh ich eben hin. So! Und von mir aus kannst du so viele Bratwürste essen, bis du platzt!» Und damit rauschte sie davon – oder kam dem Davonrauschen doch so nahe, wie man es in einer blauen Turnhose kann.

An diesem Abend war im Bungalow dreizehn nicht das gewohnte trauliche Flüstern zu vernehmen wie sonst; es herrschte Grabesstille. Lennies Pritsche war leer, der junge Mann von Charakter verbrachte die Nacht in der Krankenstube. Herbie, der ausreichend Grund für ein bedrücktes Schweigen hatte, fragte sich, warum die Kameraden so still waren.

Schließlich hörte man Teds rauhe Stimme: «Hört mal, Jungs, ist dieser alte Gauss nicht ein ganz verdammt blöder Windmacher?»

«Und ob! Und wie! Ein richtiger Stinker ist er!» kam die Antwort im Chor.

«Uns diesen Stuß aufzubinden von wegen gewonnen!» fuhr Ted fort. «Abgesunken sind wir, und weiter gar nichts!»

«Ja, fertiggemacht haben sie uns!» bestätigte ein anderer.

«Ich könnte Yishy umbringen!»

«Charakter!» fauchte Ted. «Sicher, Lennie hat heute tadellos gespielt, aber darum ist er immer noch derselbe Schinder. Hackt ständig auf Schwächeren rum und baut niemals sein Bett.»

«Ach, laß man, Lennie ist okay», meinte Herbie.

«Und der Film war auch Mist», bemerkte Eddy Bromberg recht zusammenhanglos.

Wieder herrschte Schweigen, das nur von dem lauten Gezirp der Grillen unterbrochen wurde. Auf dem Kiesweg näherte sich jetzt mit knirschenden Schritten der Betreuer vom Dienst, leuchtete mit der Taschenlampe durch das Gazefenster und murmelte vor sich hin: «Was ist denn bloß los heute abend? Ist ja überall totenstill.» Dann entfernten sich seine Schritte wieder.

«Wißt ihr was?» flüsterte Eddy. «Das ganze Camp kotzt mich an. Ich wünschte, der Sommer wär schon zu Ende.»

«Du nicht allein», meinte Ted. «Wenn ich ein Zuhause hätte, würde ich auch lieber da sein als hier. Aber sogar im Internat ist's besser als in diesem Camp.»

Herbie sagte: «Ich habe ein Zuhause. Und bei Gott, ich wollte, ich wäre da.»

In dieser Stimmung endete die Unterhaltung des Abends. Die Jungen wälzten sich noch eine Weile in ihren Betten, bis einer nach dem anderen endlich einschlief. Der Nachteil eines Gauss'schen Sieges ist, daß er einen so üblen Nachgeschmack hinterläßt. Eine ehrliche Niederlage, die auch ehrlich zugegeben wird, ist zwar eine bittere Pille, aber man verwindet sie rasch. Warum können Erwachsene nicht einsehen, daß Rizinusöl, so widerlich es auch schmeckt, tausendfach schlimmer ist, verdünnt man es mit Orangensaft?

18

Der Tanzabend

Am nächsten Abend erklärte Herbie, er habe Kopfschmerzen, und ließ sich von der Teilnahme an den Festlichkeiten beurlauben. Onkel Sid war ernstlich beunruhigt. Er konnte sich nicht vorstellen, daß irgend etwas anderes als tiefe Bewußtlosigkeit einen Jungen von einer Bratwurstorgie abhalten könne. Nur mit Mühe konnte Herbie den Betreuer davon überzeugen, daß er nicht auf den Tod erkrankt sei, und erhielt die Erlaubnis, zeitig zu Bett zu gehen.

Als Herbie sich auszog und ins Bett kroch, während seine Schlafgenossen sich zur Feier in ihre weißen Anzüge warfen, sandte die

Sonne noch immer goldene Strahlen über den See. Mit Ausnahme von Ted hatten sich alle für die Tanzerei entschieden, um dort ihre neuerworbenen Fertigkeiten auszuprobieren. Nur Ted erklärte unumwunden, bisher noch kein Mädel getroffen zu haben, das ihm auch nur annähernd so viel Vergnügen bereiten könne wie eine Bratwurst.

Die anderen Jungen zischten ihn empört aus.

«Ich kann genauso gut tanzen wie ihr», parierte er die Hohnrufe, «aber das eine sage ich euch: Wenn man eine Bratwurst gegessen hat, dann weiß man, was man gehabt hat, wenn man aber getanzt hat, was hat man dann davon?»

Die Zeit verging wie im Flug, und schon blies die Trompete zum Antreten. Der bettlägerige Invalide hörte Onkel Sandy die üblichen Vorschriften für den Umgang mit den Mädchen durch das Megaphon brüllen, und dann erklang der muntere Gleichschritt der zur Vergnügungsstätte eilenden Knabenfüße. Sieht man von den Mehrfüßlern ab, die wie stets in Myriaden vertreten waren, dann war Herbie das einzige Lebewesen in der Umgebung der Lagerstraße.

Nun hauste im Bungalow elf ein gewisser junger Geizkragen, der eines der neuesten Tarzanbücher, nämlich einen knallroten Band ‹Tarzan und die Marsmenschen› sein eigen nannte. Seit Wochen hatte Herbie dem glücklichen Besitzer damit in den Ohren gelegen, dieses Epos leihen zu dürfen, aber dieser hatte es hartnäckig verweigert, ja er wollte nicht einmal gestatten, daß die Bewerber in seiner Gegenwart Kapitel daraus lasen. Er war ein mickriger, unglücklicher und reicher kleiner Junge, der Daisy genannt wurde, ein Versager im Sport und eine Niete für die Kameraden. Mit diesem Band sah er sich nun endlich im Besitz einer Kostbarkeit, die die anderen ihm neideten. Jetzt suchte er sich an der ganzen Welt zu rächen, indem er sie allen vorenthielt.

Kaum waren die Marschtritte in der Ferne verklungen, schlüpfte Herbie aus dem Bett, zog sich an, ergriff eine Taschenlampe und lief zum Bungalow elf hinüber. Dort, auf einem Brett über einer Pritsche, befand sich der Schatz. Herbie nahm das Buch, streichelte einmal liebevoll über den Einband und ließ sich, mit dem Rücken an das Fußende des Bettes lehnend, auf Daisys Koffer nieder. Hatte denn dieser Daisy das Werk etwa eigenhändig verfaßt, daß er das Recht gehabt hätte, es anderen zu verweigern? Der dicke Knabe hätte das Buch gewiß nie gestohlen, aber sein Instinkt sagte ihm, daß Eigentumsrechte im Bereich der Literatur nur begrenzt Geltung haben. Jeder, der sehen konnte, hatte auch das Recht zu lesen. Der Autor des Tarzan hätte sich vermutlich auf Daisys Seite geschlagen, da auch ihm daran gelegen sein mußte, daß jeder, der das Buch lesen wollte, es auch kaufte – aber Autoren sind ja bekanntlich ein habgieriges und mißgünstiges Pack.

Ob nun doch leichte Gewissensbisse Herbies Wohlbefinden beeinträchtigten oder ob vor seinem geistigen Auge astrale Bratwürste über die Seiten tanzten, jedenfalls fand er die Lektüre nicht sonderlich fesselnd. Tarzan war zwar unleugbar so stark und heroisch wie eh und je, und die Marsmenschen waren gleichfalls prächtige, wenn auch sehr grausame Burschen mit Riesenköpfen, grüner Haut, acht Spinnenarmen und durchsichtigen Körpern, aber trotz all dieser literarischen Reize war Herbie nicht im Bann der Erzählung.

Der Sinn seiner abendlichen Zurückgezogenheit war, zu demonstrieren, wie man den Verlockungen des Fleisches widerstand. Dabei würde sich erweisen, daß Herbert Bookbinder, der asketische Scholar, sowohl den Lockungen einer Lucille als auch denen etlicher Bratwürste gewachsen war. Nun ist es aber sehr viel leichter, einen solchen Vorsatz zu fassen, als ihn auszuführen. Die Eifersucht spiegelte ihm Lucilles Bild vor, wie sie sich elfengleich in Lennies gesunden Arm schmiegte. Hunger gaukelte ihm den Duft gerösteter Würste so deutlich vor, als brenne das Feuer neben ihm, und doch war er fast eine Viertelmeile von der Stätte dieses Vergnügens entfernt, ganz zu schweigen davon, daß der Wind aus der entgegengesetzten Richtung wehte. Mittlerweile erschlug Tarzan in rechtschaffenem Zorn alle Marsmenschen, sowie sie ihrem Raketenflugzeug entstiegen waren; sie fielen, von seinem Messer gefällt, von dem ihr grausig gelbes Blut herabtroff. Dennoch verfolgte Herbie diese Großtaten lustlos.

Jetzt bemächtigte sich seiner eine höchst erfreuliche Vorstellung, die den mitten in der Schlacht befindlichen Tarzan völlig verblassen ließ. Ihm fiel plötzlich ein, daß die Kameraden Lucille von seiner Krankheit berichten würden. Reue würde sie packen. Sie würde einsehen, daß seine Gesundheit ihrer Lieblosigkeit zum Opfer fiel. Gewiß würde sie sich nun, da sie die volle Tiefe seiner Neigung erkannte, vom Tanzvergnügen fortstehlen, ihn in seiner Hinfälligkeit aufsuchen und unter Tränen und mit liebreichen Worten seine Vergebung erflehen. Diese beglückende Vorstellung wurde für den Jungen so wahrscheinlich, daß er das Buch zurückstellte, in seinen Bungalow heimkehrte, sich auszog und sich wieder ins Bett legte, um auf das Erscheinen seiner Angebeteten zu warten.

Die Dämmerung ging in Dunkelheit über, und bald war es draußen stockfinster, denn es schien kein Mond. Mit der Zeit wurde es immer deutlicher, daß Lucille nicht zu erscheinen gedachte. Herbies Stimmung wechselte von Erwartung zu Ungeduld, von Ungeduld zu Erbitterung, und schließlich von Erbitterung zu heller Wut – Wut vor allem über die eigene Dummheit. Wieder einmal hatte ihm seine Phantasie einen Streich gespielt. Wieder einmal hatten seine Wünsche ihm ein Bild vorgezaubert und ihn sogar an die Wirklichkeit dieses Bildes glauben lassen. Der Abendwind wehte Fetzen von Jazzmelodien herüber, die Onkel Sid dem alten Klavier entlockte. Ja, dort drüben im Saal, da tanzte Lucille, amüsierte sich königlich und dachte ebensowenig daran, entgegen allen Vorschriften durch die Dunkelheit ins Jungenlager zu tapsen, wie es ihr etwa einfallen würde, die Arme zu schwenken, um zu ihm zu fliegen. Er sprang aus dem Bett und zog sich wieder an, verhedderte sich dabei im Finstern und beschimpfte sich selbst: «Nun mach schon, du Ochse!» und «Warum gehst du nicht hin und ersäufst dich?» und «Ein Mädel müßte ja vom blauen Affen gebissen sein, wenn sie mit dir ginge.» In dieser trübseligen Stimmung schlich er sich zum Saal und blickte verstohlen durchs Fenster.

Es war merkwürdig, wie sehr sich das Aussehen einer Baulichkeit innerhalb von vierundzwanzig Stunden verändern konnte. Noch gestern abend schien der Gemeinschaftsraum eine alte trostlose Scheune zu sein, jetzt aber kam es Herbie vor, als sei es ein prächtiger Festsaal. Und doch war nichts verändert – der Saal war nicht einmal dekoriert –, und derselbe Onkel Sid hämmerte in derselben Ecke auf demselben alten Klavier herum. Der Unterschied war nur der, daß Herbie heute draußen stand. Kaum ein Ereignis auf der Welt erscheint so verlockend wie ein Ball, den man von außen durch ein Fenster betrachtet und an dem man selbst nicht teilnehmen darf. Wir können hundert Bälle mitgemacht haben und genau wissen, daß es stickige, lärmende, überfüllte und banale Veranstaltungen sind – aber dann gehen wir eines Tages zufällig an einem Haus vorbei, aus dem Musik dringt, und sehen am Fenster Paare vorbeiwirbeln, und schon pressen wir die Nase an die Scheibe und wähnen, einen Blick ins Paradies zu tun. Dieses Erlebnis packte Herbie deshalb besonders stark, weil es ihm neu war und weil eine der Tänzerinnen seine Angebetete war. Kein Wunder also, daß der Saal ihm wie verzaubert erschien. Und wer wagt zu entscheiden, an welchem Abend er den Saal richtiger sah? Sein Standpunkt hatte sich verändert, und allein auf den Standpunkt kommt es im Leben an.

Wie Herbie es sich ganz richtig ausgemalt hatte, tanzte Lucille mit Lennie. Der rechte Arm des Helden war von der Schlinge befreit und, obwohl noch bandagiert, genügend gekräftigt, um die lächelnde Partnerin fest zu umfassen. Dieser Anblick schmerzte Herbie tief. Seine Kehle schnürte sich zusammen, in seinem Magen bildete sich ein Klumpen, und aller Lebensmut und aller Appetit schwanden dahin. Er hätte nicht die leckerste Bratwurst herunterwürgen können, nein, nicht einmal einen Frap. Der schwarze Tag, den Mr. Mortimer Gorkin ihm vor Wochen bereitet hatte, wiederholte sich. Doch diesmal noch qualvoller, denn jetzt hatte er die Geliebte nicht an einen Unbekannten verloren, sondern an seinen alten Feind.

Herbie war so in sein Elend verstrickt, daß er das Schluchzen in der Nähe eine gute Weile mit angehört hatte, ehe ihm klar wurde, daß dieser Fall eine Untersuchung erforderte. Das kummervolle Geräusch klang von der anderen Seite herüber. Behutsam schlich er sich an der Wand der Halle entlang und spähte um die Ecke. Auf den baufälligen Stufen zum Bühneneingang sah er die Umrisse eines Mädchens, das dort mit gesenktem Kopf und wirren Haaren hockte. Ehe er noch nachdachte, war ihm bereits ein «Nanu, was ist denn los?» entfahren. Das Mädchen sah auf. Es war seine Schwester Felicia. «Herbie! Ich denke, du liegst im Bett!»

«Bin ausgekniffen. Mir geht's wieder ganz gut. Warum heulst du denn, Felicia?»

«Ich heul doch nicht! Du bist wohl blöd! Ich schnappe bloß ein bißchen frische Luft.»

«Ich hab's doch gehört.»

«Nichts hast du gehört! Gott ja, vielleicht, daß ich mir die Nase geschnaubt habe.» Sie zog ein frisches Taschentuch hervor und trompetete kräftig hinein, ein Geräusch, das nicht die geringste Ähnlichkeit mit dem von Herbie vernommenen Laut hatte. «Ich glaube, ich habe mich heute beim Baden erkältet.»

Herbie war viel zu niedergeschmettert, um seine Schwester dieser Lüge zu überführen. Sie hatte wohl aus einem der tausend Gründe geheult, die Mädchen dafür zu haben pflegen. War es nicht auch nach allem, was er durchgemacht hatte, ganz egal?

«Macht dir das Tanzen Spaß, Felicia?»

«Spaß!» stieß sie erbittert hervor. «Das ist die dümmste Hopserei, die je stattgefunden hat. Lauter Wickelkinder, nichts als Babies, kleine Gören, wohin man auch tritt. Warum hat man denn nicht einen Extratanzabend für Senioren veranstaltet? Ich wollte, ich könnte in meinen Bunker zurück und ins Bett kriechen.»

«Da komm ich ja gerade her», sagte Herbie. «Und das ist noch schlimmer, sag ich dir.»

Die Geschwister verstummten, jeder hing dem eigenen Kummer nach. Herbie wurde von dem glanzvollen Bild verfolgt, wie Lucille in Lennies Arm dahinschwebte. Plötzlich schwante ihm auch, warum seine Schwester so bekümmert war.

«Hast du eigentlich schon mit Lennie getanzt?»

«Mit diesem eingebildeten Fatzke würde ich nicht tanzen, und wenn er mich auf den Knien darum bittet!» stieß Felicia hervor. «Auf den Knien! Babies sollen ruhig mit Babies tanzen!»

Dieser Ausbruch zeigte Herbie, daß er richtig vermutet hatte. Er hegte schon länger den Verdacht, daß Felicia Lennie bewunderte, auch wenn sie noch so erhaben tat. Da sie ein halbes Jahr älter war als Lennie, war es unter ihrer Würde, dies zuzugeben. Jetzt sah Herbie, daß sie um den charaktervollen Helden genauso litt wie er um den treulosen Rotkopf. Da er aber wußte, daß ihr Schmerz nicht annähernd so tief sein konnte wie seiner, hielt sich sein Mitleid in Grenzen, zumal sie sich mit der Beschimpfung «Baby» trösten konnte.

Unter Kindern spielen Altersunterschiede ungefähr die gleiche richtunggebende Rolle wie Einkommensunterschiede unter Erwachsenen: man verfügt damit über eine gültige und leicht zu begreifende Skala des Snobismus. Die Verachtung eines Dreizehnjährigen für einen Elfjährigen läßt sich nur mit der Überheblichkeit vergleichen, die ein Empfänger von hundert Dollar Wochenlohn gegenüber dem zur Schau trägt, der bloß fünfzig Dollar verdient. In beiden Fällen basiert das Überlegenheitsgefühl auf einer unerschütterlichen Zahlengrundlage, die ein jeder begreift und die niemand in Zweifel ziehen kann. Herbies Pech war es, jünger als Lennie und fast gleichaltrig mit Lucille zu sein, sonst hätte auch er sich wie seine Schwester in den arithmetischen Hochmut retten können.

Felicia war der verständnisvolle Blick des Bruders nicht entgangen, und so fragte sie recht kurz: «Warum bist du denn nicht drin, wenn es dir wieder gut geht?»

«Ich kann ja nicht tanzen.»

«Jetzt mach aber einen Punkt! Ihr habt doch alle Tanzstunde gehabt.»

«Ja, aber ich durfte nicht mitmachen.»

Er hockte sich neben die Schwester auf die hölzernen Stufen. Die Dunkelheit und die süß duftende Nacht forderten förmlich dazu auf, das Herz auszuschütten. Er erzählte ihr die Geschichte mit den leeren Briefbogen und gestand ihr, ermutigt durch ihr teilnahmsvolles Zuhören, auch seinen Streit mit Lucille. Hierauf reagierte Felicia überraschenderweise mit einem Wutausbruch.

«Was? Diese schnippische Kröte? Dieses freche, verwöhnte, faule, eingebildete Balg? Dieses Baby?» schrie sie. Noch nie in seinem Leben hatte Herbie so viel uneingeschränkte Unterstützung bei seiner Schwester gefunden. «Wie kann sie es wagen, dich abblitzen zu lassen! Dieses Zierpüppchen! Arbeiten will sie nicht, spielen kann sie nicht, und die ganze Zeit steht sie vorm Spiegel! Stell dir vor, ein elfjähriges Baby und egalweg vorm Spiegel! Sie pudert sich ihre Sommersprossen weg, ich weiß es genau.»

Felicia war aufgesprungen und wanderte jetzt wutschnaubend auf und ab.

«So, mein Bruder ist ihr nicht gut genug, was? Weil er nicht tanzen kann, ja? Na, das werden wir gleich haben! Los, Herbie, komm!» Sie zog ihn hoch. «Du lernst jetzt tanzen, hier auf der Stelle! Und dann gehst du rein und forderst jedes Mädchen auf – nur sie nicht! Dann kann sie ja mit ihrem sitzengebliebenen Dämlack tanzen, bis sie beide umfallen.»

«Ach, Felicia, laß doch», bat Herbie, den dieser heilig glühende Fanatismus erschreckte. Aber er war einer Kraft ausgeliefert, von der er noch keine rechte Vorstellung hatte.

«Du hältst den Mund! Los, wieviel hast du gelernt, ehe die Sache mit den Briefen rauskam?»

Es zeigte sich, daß Herbie die Grundschritte des Foxtrotts beherrschte und ihm nur das nötige Selbstvertrauen mangelte. Felicia hopste wohl eine Viertelstunde lang mit ihm auf dem Rasen umher und verkündete dann, jetzt tanze er genauso gut wie der geübteste Senior im Saal und «zehnmal besser als dieser lange Doofkopf Lennie.»

«Und jetzt gehn wir rein», befahl sie und zerrte ihn zum Eingang.

Herbie wurde, wenn auch unter Protest, mitgeschleift, bis er schließlich die Absätze in den Boden stemmte. «Felicia, ich hab doch meine alten Klamotten an, und die da drinnen tragen doch alle weiße Anzüge.»

«Das sieht kein Mensch.»

«Doch! Jeder! Und alle werden sich halb totlachen über mich.»

Felicia bedachte diesen Einwand kurz. «Also gut, du kriegst fünf Minuten zum Umziehen. Aber das sage ich dir, wenn du dann nicht wieder da bist, komme ich rüber und ermorde dich!»

Zu diesem Zeitpunkt war Herbie durch die vorwärtsstürmende Energie der Schwester bereits so gut wie willenlos. Er raste also zu seinem Bungalow, riß einen weißen Anzug aus seinem Koffer und zog sich in Windeseile um, wobei ihm durch den Kopf schoß, daß er diesen Abend offenbar nur mit An- und Ausziehen zu verbringen habe.

«Wie seh ich denn aus?» erkundigte er sich kleinlaut, als er sich bei der Schwester zurückmeldete, die in der Dunkelheit vor der Halle ungeduldig auf und ab wanderte.

«Fabelhaft!» antwortete sie, würdigte ihn jedoch keines Blickes und packte ihn bei der Hand. «Los jetzt!»

Bevor Herbie noch einmal Luft holen konnte, stand er bereits im grellen Licht des Saales. Er hatte damit gerechnet, daß sich alle nach ihm umdrehen und ihn anstarren würden, aber niemand ließ sich im Tanz oder im Geplauder stören, ganz so, als solle das große Ereignis – sein erster Ball – gar nicht stattfinden. Onkel Sids Klavier stand nahe beim Eingang.

«Hallo, mein Junge», rief Onkel Sid, ohne in der methodischen Zerhämmerung des Instruments innezuhalten, «geht's dir wieder besser? Na, das ist ja fein.»

Felicia schleifte ihn mitten auf die Tanzfläche.

«Halt, wart doch mal!» flüsterte Herbie entsetzt. «Können wir es nicht erst mal in der Ecke versuchen? Ich hab alles wieder vergessen.»

«Gar nichts hast du vergessen», erklärte die Schwester unerbittlich, pflanzte sich vor ihm auf, legte sich seinen Arm um die Taille und packte ihn mit eisernem Griff bei der Schulter. «Los jetzt, tanz!»

Und Herbie gehorchte. Mit äußerster, geradezu qualvoller Konzentration zählte er zum Takt der Musik «eins – zwei – drei – vier» und drehte sich steif zwischen den anderen Tänzern – ja er tanzte wahrhaftig wie alle anderen auch. Nachdem er es etwa eine Minute so getrieben hatte, überkam ihn der Rausch des Triumphs. Himmel, so geschwind wie im Traum war er mit einem Satz über diese Hürde gesprungen, die die Welt in Schafe und Böcke teilt. Er tanzte, *tanzte*!

«Hör doch auf, so laut zu zählen, du Idiot!» zischte Felicia.

Er hörte sich zählen und preßte verärgert die Lippen zusammen.

«Und starr nicht so auf deine Füße! Die fallen dir schon nicht ab!»

Herbie hob den Blick vom Fußboden, wo er bislang wie angeleimt gehaftet hatte. Schweigend und von seiner Schwester gewandt bald hierhin, bald dorthin gesteuert, um Zusammenstöße zu vermeiden, tanzte er weiter. Sie lächelte ihm zu.

«Du machst es ja prima. Ich hab dir ja gleich gesagt, daß du tanzen kannst. Jetzt wirst du es ihr aber zeigen!»

Die Musik bracht mit einem heulenden Mißton ab, den Onkel Sid wohl für den perfekten Schlußakkord einer Jazzmelodie hielt. Felicia löste ihren Klammergriff von Herbies Schulter und klatschte höflich. Der Junge entspannte seinen Körper, den er bis dahin so steif gehalten hatte wie einen Zaunpfahl, und äugte umher. In der nächsten Sekunde sah er Lennie in die Augen. Der Sportsmann hielt Lucilles Händchen. Herbies Herz hämmerte zum Zerspringen.

«Hei, General!» rief Lennie mit gutmütiger Verachtung. «Sag mal, Felicia, kannst du keinen besseren Partner finden?»

Felicia warf den Kopf in den Nacken. «Ich seh keinen besseren. Ich seh nur Jungen, die zwei Jahre älter sind als er und in der Schule ein Jahr hinter ihm.»

«Hier ist aber nicht die Schule, hier ist das wirkliche Leben», sagte Lennie grinsend. Die Musik setzte wieder ein, und Lennie ergriff Felicias Hand. «Also, du hochnäsiges Ding, dann wollen wir mal sehn, ob du noch tanzen kannst. Hei, Lucille, bis nachher!» Felicia protestierte errötend, ließ es dann aber doch zu, von Lennie davongewirbelt zu werden. Dabei verklärte sich ihr Gesicht, daß man fast von einem glückstrahlenden Lächeln hätte reden können. Das zweite Liebespaar blieb allein zurück.

«Schau mal einer an!» sagte Lucille mit schelmischem Blick. «Du kannst also doch tanzen. Warum hast du mir was vorgeflunkert?»

Herbie war so perplex darüber, sich jetzt ins Unrecht gesetzt zu sehen, daß es ihm die Sprache verschlug.

«Du machst dir aus Bratwürstchen eben mehr als aus mir, du dikker Mops!» Diese Kränkung wurde durch ein zärtliches Lächeln gemildert. Die Vergangenheit versank, die Gegenwart regierte, und Lucille war nie etwas anderes gewesen als seine anbetungswürdige, treu liebende Herzensfreundin.

«Ich werd dir schon zeigen, wer ein dicker Mops ist», antwortete Herbie übermütig. «Komm tanzen!» Er ergriff die Herzliebste bei der Hand und schwenkte sie zu einem feurigen Eins-zwei-drei-vier herum. Er fühlte sich so sicher wie in Abrahams Schoß.

«Oh, du tanzt ja fabelhaft», rief Lucille bewundernd und erhitzte damit seine Seligkeit bis zum Siedepunkt.

«Ach Quatsch, ich finde immer noch, daß Tanzen was für Affen ist. Aber wenn's sein muß, tu ich's eben.»

«Kannst du auch dippen?»

Plötzlich war der kleine Junge ernüchtert und bewegte sich wieder steif.

«Was meinst du denn mit dippen?» versuchte er so beiläufig wie möglich zu fragen.

«Na, eben dippen. Was dippen ist, weiß doch jeder. Da, was Felix und Sylvia gerade machen.»

Felix und Sylvia vollführten gerade unmittelbar neben ihnen einen eleganten ‹Dip›. Dieser bestand darin, daß sich der Junge auf einem gebeugten Knie nach rückwärts neigte, wahrend sich das Mädchen, das entsprechende Knie gebeugt, nach vorn neigte. Es dauerte nur einen Augenblick und sah ganz reizend aus, Herbie aber kam es wie ein kompliziertes, höchst gefährliches Manöver vor.

«Ach so, das», sagte er. «Das kann doch jeder. Aber icht tu's nie, sieht mir zu blöd aus.»

«Ich finde es aber schick. Los, wir dippen!»

«Nein.»

«Doch.»

«Und ich sag nein!»

«Du bist gemein!»

«Dippen», brachte Herbie schließlich der Verzweiflung nahe hervor, «dippen tun bloß Babies.»

«Babies? Du bist ja nicht bei Trost! Guck doch mal! Onkel Nig und Tante Bernice! Die haben es ja eben auch gemacht.»

«Von mir aus können sie! Ich tu's jedenfalls nicht.»

«Herbie Bookbinder, du bist ein Lügner! Du weißt nämlich genau, daß du es nicht kannst.»

«Nicht? Ich kann das nicht? Na schön, dann werd ich dir's beweisen.» Und blindlings, wie ein Pferd, das sich von einer Klippe in den Abgrund stürzt, machte sich Herbie daran zu dippen. Aber er lehnte sich viel zu weit zurück, versuchte sich aufzurichten, verlor die Balance, griff verzweifelt nach Lucilles Schultern und fiel, das Mädchen mit sich ziehend, mit einem furchtbaren Bums glatt auf den Rücken. Der Fußboden erbebte. Sofort bildete sich ein Ring kichernder Paare um die beiden. Die Musik brach ab. Lucille sprang auf, Tränen der Scham und der Wut in den Augen. Herbie aber saß völlig benommen da; der Schädel dröhnte ihm. Und dann widerfuhr ihm das Mißgeschick, vor zwei Dutzend gespannt lauschender Ohren zu sagen: «Ich hab ja gleich gesagt, daß mir das Dippen keinen Spaß macht.»

Natürlich brüllte alles vor Lachen. Lucille starrte in die Runde und lief dann hinaus. Herbie raffte sich auf und stürzte ihr nach. Als Onkel Sid sah, daß nichts Ernstliches passiert war, nahm er sein Klavierspiel wieder auf, und die Paare vergaßen den Zwischenfall und widmeten sich wieder ihrem eigenen Vergnügen.

«Scher dich bloß weg!» kreischte Lucille, als Herbie sich ihr in der Dunkelheit vor der Tür mit hängendem Kopf näherte.

«Es – es tut mir so leid, Lucille», stammelte der Junge.

Sie maß ihn aus verächtlich zusammengekniffenen Augen. «Mach, daß du wegkommst, und stopf dich mit Bratwürsten voll!»

Herbie ergriff ihre Hand. «Weißt du noch, was du mir im Museum versprochen hast? Du hast gesagt, du willst im Camp meine Freundin sein.»

«Ja, das war damals!» Sie zog ihre Hand zurück.

Solange die Welt besteht, wird es auf die Klage des verstoßenen Liebhabers nie eine andere Antwort geben. Dem weiblichen Wesen, das diese Worte spricht, scheinen sie stets eine erschöpfende Antwort, dem aber, der sie hört, sind sie unbegreiflich. Und so wird es ewig weitergehn: der Mitleid heischenden Frage folgt stets diese bündige Antwort, bis die Sonne ihre Kraft verliert, bis die Erde in Eis erstarrt. Und wenn das Gezänk der Liebenden schließlich erstirbt, dann werden es die letzten menschlichen Worte sein, die im eisigen Wind verklingen.

«Aber Lucille, bloß, weil ich ausgerutscht bin – –»

«Willst du mich endlich in Ruhe lassen? Du machst mich krank – General Mülltonne!»

Zum erstenmal vernahm er dieses Schimpfwort von den reizenden Lippen. Um welchen Preis auch immer, er hätte jetzt den winzigen Rest der ihm noch verbliebenen Würde zusammenraffen und sich entfernen müssen. Statt dessen aber stand er zaudernd da und flehte: «O bitte! Komm doch wieder zurück zum Tanzen. Es war doch so schön.»

Das Mädchen wandte sich ab, das Näschen in die Luft gereckt. «Jawohl, zurück gehe ich, aber allein! Und untersteh dich, gleich hinter mir herzukommen! Ich bin mit Lennie hier.» Und fort war sie.

Ohne zu wissen, was er tat, taumelte Herbie ins Dunkel hinein. Die Gefühlsstürme, denen er an diesem Abend ausgesetzt gewesen, hatten seine junge Seele völlig ermattet und einen fühllosen Greis aus ihm gemacht, der nichts mehr für sich erhoffte. Als er so apathisch und stumpf durch das betaute Gras auf den Schein des Lagerfeuers zuwankte, zog er im Geiste Bilanz. Ja, er war ein Hampelmann, ein kleiner, fetter Junge, eine Niete im Baseball, ein Versager beim Dippen, ein Schwindler, dessen Lügen so durchsichtig waren wie Glas und genauso leicht zerbrachen und ihn ins Fleisch schnitten, ein Jammerlappen von kümmerlich elfeinhalb Jahren. Alle diese Eigenschaften schienen endgültig und unausrottbar, das Alter nicht ausgenommen. Bis in alle Ewigkeit würde er elfeinhalb Jahre alt bleiben!

Er war am Seeufer angelangt. Durch das Gebüsch äugend, sah er, daß das Würstchenrösten vorüber war. Die Jungen und Mädchen standen mit erhobenen Armen um das verglühende Feuer, und Mr. Gauss, einen indianischen Federschmuck auf dem Kopf, reckte gleichfalls die Arme zum Himmel. Es war der Augenblick, da das Lagerfeuer mit einem letzten indianischen Gebet gelöscht wurde. Jetzt senkte Mr. Gauss langsam und steif die Arme. Die Kinder ahmten seine Bewegungen nach und näselten in spukhaftem Ton:

«Wa-ka dau-se den-du
Wen-ni kei-o-ete et-ti.»

Sie wiederholten diese trauervolle Weise dreimal, wobei sie die Arme jedesmal tiefer sinken ließen. Man hatte ihnen erklärt, daß es ‹Großer Geist, ein demütiger Indianer erfleht deinen Segen› bedeutet. Herbie hörte, daß die meisten Jungen die traditionelle bösartige Parodie sangen, die fast den gleichen Klang hatte wic das Original:

«Was könnte Gauss denn tun,
wenn er keine Moneten hätte?»

Dies war einer der gelungensten Witze im Camp, aber heute vermochte er Herbie nicht aufzuheitern. Bedrückt wandte er sich von diesem malerischen Bild ab, stapfte das Ufer hinan und trottete die Lagerstraße entlang bis zum Bungalow dreizehn. Wenige Minuten später lag der weiße Anzug, feucht vom Tau und schmutzig an Schultern und dem Hosenboden – dort also, wo Herbie mit dem Fußboden Fühlung genommen hatte – in einem unordentlichen Haufen am Fußende des Bettes, und unter den rauhen braunen Wolldecken zusammengerollt, lag Herbie. Er schlief auf der Stelle ein. Und damit endete ein wahrhaft grausamer Abend für Herbie Bookbinder.

Zwei Tage später, am Freitag, statteten Mr. und Mrs. Bookbinder dem Camp einen Besuch ab. Sie wohnten im Gästhaus mit der lieblichen Aussicht auf den Rasen des Mädchenlagers, sie aßen ein köstlich bereitetes Mahl und waren entzückt über den Anblick der weißgekleideten Kinder, die sich zum Gottesdienst auf der Wiese versammelt hatten. Am nächsten Tage besichtigten sie während der Besuchszeit die Sportplätze und Bungalows, die sich nach dem Großreinemachen vor der Penobscot-Invasion noch in bestem Zustand befanden. Am Abend wohnten sie einer Theateraufführung bei und erlebten, stolz und glücklich, daß ihr Sohn, als dicke alte Dame verkleidet, einen starken Heiterkeitserfolg für sich buchen durfte. Am Sonntagmorgen sahen sie ein Baseballspiel zwischen den Lucky Strikes und den Camels und staunten über die begeisterte und erregte Anteilnahme der Zuschauer. Das Maß ihrer Freude wurde vollgemacht, als sie unter den Spielern ihren Herbie entdeckten – eine Neuerung, die nicht allein Herbie, sondern auch die Mannschaft staunen ließ und die das Ergebnis diplomatischer Verhandlungen zwischen Onkel Sandy und Onkel Peewee, dem Führer der Lucky Strikes, war. Ehe sie am Sonntagnachmittag wieder abfuhren, verbrachten sie noch ein Stündchen in Gesellschaft ihrer beiden Kinder auf der kühlen Veranda des Gästehauses, wo jeden Sonntagnachmittag Eis gereicht wurde.

Als die Eltern abends in ihrem alten Auto davonratterten, waren sie zutiefst davon überzeugt, daß ihre Kinder beneidenswert privilegierte Wesen seien.

«Eins muß man sagen», bemerkte Jakob Bookbinder, als er den Wagen durch das baufällige Lagertor steuerte, «die beiden sehen wirklich ganz prächtig aus, gebräunt, gut ernährt und – –»

«Ja, das finde ich auch», stimmte seine Frau zu. «Es war wirklich eine Freude, sie so zu sehen.»

Sie holperten den Feldweg entlang und ließen die freundlichen Bilder, die sie gesehen, still an sich vorüberziehen.

«Ist dir auch aufgefallen, daß die beiden etwas stiller waren als sonst?» fragte der Vater. «Besonders Herbie.»

«Natürlich. Ja, sie haben tatsächlich bessere Manieren bekommen. Ich bin sehr froh darüber.»

Von dieser Erklärung des stillen Wesens seines Sohnes, dem einzig merkwürdigen Umstand, der ihm aufgefallen, war Jakob Bookbinder auch zu achtundneunzig Prozent befriedigt. Da er gern das Beste glaubte, nahm er diese achtundneunzig bald für hundert Prozent und dachte nicht weiter darüber nach. Er irrte sich auch nicht erheblich. Es fehlte Herbie eigentlich nichts.

Denn seelisch gebrochen zu sein, ist schließlich nur ein Gemütszustand.

19

Herbies Rutsche (1)

Und tatsächlich erholte sich Herbie so einigermaßen, aber mit dem Weg aus seiner Erniedrigung hatte es seine eigene Bewandtnis – er führte ihn nämlich auf die Bahn des Verbrechens.

Jungen kommen als freie, wilde Tiere auf diesen Planeten, und sie müssen erst gezähmt werden. Ja, die Achtung vor dem Gesetz stellt sich ein, jedoch nur langsam. Selbst der allerbravste kleine Hosenmatz maust – wenn auch vielleicht nur einmal – einen Apfel aus der Auslage; auch der engelhafteste Chorknabe ‹borgt› sich – wenn auch vielleicht nur einmal – einen Nickel aus dem Portemonnaie seiner Mutter. Was alle diese Bürschchen schließlich gesittet macht, ist teils Erziehung, teils das, was Mr. Gauss als ‹Charakter› bezeichnet, und nicht zuletzt der unsichtbare Stacheldraht des Gesetzes, an dem sich früher oder später – wenn auch vielleicht nur einmal – jeder Steppke eine tüchtige Schramme holt.

Es war die letzte Ferienwoche, und im Camp herrschte Öde und Langeweile. Onkel Sandys Programm war erschöpft. Die Pepsodents, die Cadillacs, die Lucky Strikes und die Greta Garbos hatten ihre kurzlebigen Triumphe gefeiert und sich aufgelöst. Und selbst der gigantische Kampf zwischen den Roten und den Gelben, an dem das ganze Camp, in zwei Parteien geteilt, drei ungeheuer aufregende Tage lang teilgenommen, war gleichfalls, und zwar als Sieg der Gelben, in die Geschichte eingegangen.

Dieser sogenannte Farbenkrieg war in den ersten Jahren nach der Gründung des Camps stets während der drei letzten Tage ausgetragen worden, eine Terminierung, die jedoch ihre schwachen Seiten offenbarte und deshalb Mr. Gauss veranlaßte, den Zeitpunkt des Kampfes zu verlegen. Nicht allein, daß dieser Wettstreit das halbe Camp so gründlich verbitterte, daß keine noch so erhebende Gauss'sche Siegesrede Linderung zu bringen vermochte (die besiegte Mannschaft errang jedesmal einen unerhörten Gauss'schen Sieg), sondern Sieger wie Besiegte kehrten erschöpft, nervös und oft geradezu elend zu ihren Eltern heim.

Also hatte Mr. Gauss eine seiner vielen unpopulären Weisungen erlassen und den Zeitpunkt des Farbenkrieges um eine Woche vorverlegt, um so die letzten sieben Tage für die Erholung und Mästung seiner Schützlinge zu reservieren. Der Preis dafür war freilich hoch: eine ganze lange Woche gähnender Langeweile. Wieder einmal eingeklemmt in die Zwickmühle von Zweckmäßigkeit und den Wünschen der Kinder, hatte Mr. Gauss den üblichen Ausweg beschritten.

Um dieser Nachkriegsöde abzuhelfen, hatte er zwei weitere Festtage eingeführt: Manitou *Mardi Gras*, der zwei Tage vor Ferienende abgehalten wurde, und den ‹Tag der Camper›, der jenem folgte. Der Junge, der nach Ansicht aller am *Mardi Gras* am meisten zur Unterhaltung beitrug – sei es durch eine gelungene Kostümierung, eine Vorführung oder sonst etwas –, wurde zum ‹Käpten des Tages› gewählt. Für diesen Tag herrschte er unumschränkt im Camp: er bestimmte, welche Jungen die Betreuer zu ersetzen hatten (die Betreuer ihrerseits mußten solange die Rolle der Jungen übernehmen), und erlangte alles in allem einen wahrhaft beneidenswerten Ruhm. Für gewöhnlich wußten Mr. Gauss und Onkel Sandy es so einzurichten, daß die Wahl auf einen vernünftigen und zuverlässigen Supersenior fiel, von dem man erwarten durfte, daß er Ausschreitungen zu verhindern wußte.

Es war zweifellos ein geglückter Einfall. Die Jungen verbrachten mehrere Tage mit den Vorbereitungen für *Mardi Gras*, der zumeist den Charakter eines munteren Karnevals trug. Der ‹Tag der Camper› dagegen bot ihnen Gelegenheit, den während eines langen Sommers angestauten Groll in deftigen Streichen abzureagieren. Der Höhepunkt dieses Tages bestand stets darin, daß man Onkel Sandy in Anwesenheit des versammelten Lagers in den See warf. Allein dieses wundervolle Ereignis war dazu angetan, viele Jungen mit den Verhältnissen in Camp Manitou auszusöhnen und in froher Erwartung der nächsten Sommerferien zu harren, nur um diese köstlichen Minuten noch einmal zu erleben. Jeden Sommer wurden die raffiniertesten Pläne geschmiedet, auch Mr. Gauss ins Wasser zu schubsen, was aber bisher nie gelungen war; im kritischen Augenblick war der Rektor stets auf geheimnisvolle Weise von der Bildfläche verschwunden.

«Was, zum Kuckuck, bedeutet denn eigentlich *Mardi Gras?*» fragte Lennie, der inmitten einer Gruppe von Jungen auf dem Rasen hockte. Die Bungalows zwölf und dreizehn hatten wieder einmal Reitstunde, was bedeutete, daß Cliff Clever Sam etwas Bewegung verschaffte, während sich die anderen in der Sonne aalten und schwatzten.

«Du, Lennie», fragte einer der Jungen, «wie heißt es denn überhaupt? *Mardi Gras*? Onkel Gussie sagt nämlich immer *Mardi Grah.*»

«Blödsinn. Hast du denn keine Augen im Kopf? Auf dem Plakat steht doch groß und breit *Mardi Gras* – Sonnabend, oder etwa nicht? Also *Mardi Gras* mit s.»

«Onkel Gussie sagt, es ist Französisch.»

«Möglich, aber ich bin ja kein Franzose.»

Dies rief brüllendes Gelächter hervor. Lennie hatte seine Position noch dadurch festigen können, daß er während des Farbenkrieges für seine Partei, die Gelben, zwei entscheidende Spiele gewonnen hatte. Nun erscheint an einem Helden alles glorios, und reißt er einen Witz, so ist dieser natürlich viel komischer, als wenn ihn ein gewöhnlicher Sterblicher gemacht hätte. Von dem Gelächter befeuert, fügte Lennie hinzu: «Aber vielleicht ist Onkel Gussie ja Franzose. Wenn man ihn hört, klingt es jedenfalls so, als ob er immer Frösche kaut.»

Dies wurde als unüberziehbar witzig aufgenommen, und etliche Jungen rollten sich, quiekend vor Lachen, im Gras.

«Aber dadurch wissen wir immer noch nicht, was es heißt», meinte Lennie.

Die Jungen kamen wieder zu sich und zermarterten sich das Hirn nach einer Erklärung.

«Vielleicht hat es was mit Gras zu tun», warf Ted ein. «Um diese Zeit mäht man ja wohl das Gras, ist also Heuernte, nicht? Na also, vielleicht heißt *Mardi Gras* auf französisch ‹Mäht das Gras!›»

Der Kreis blickte gespannt auf Lennie, um zu sehen, was er davon hielt. Der Held zog die Stirn in sinnende Falten und verkündete: «Klingt nicht schlecht. Bestimmt heißt es so!» Nun nickten auch alle anderen außer Herbie zustimmend, und einer sagte: «Köpfchen, Ted! Alle Achtung, daß du das rausgekriegt hast.»

«Ich – – ich hab im Lexikon nachgesehen», warf Herbie nun schüchtern ein. «Es heißt ‹Fetter Dienstag›.»

«Was?» Lennies Ton schwankte zwischen Verblüffung und Verachtung.

Zu diesem Zeitpunkt war Herbie in seinen eigenen und in den Augen aller anderen so tief gesunken, wie es überhaupt möglich war, denn er hatte im Farbenkrieg auf seiten der Roten kläglich versagt. Seine übliche gute Laune hatte sich nach jenem verhängnisvollen Tanzabend nicht wieder eingestellt, und Lucille hatte ihm seitdem die kalte Schulter gezeigt und sogar seinen Blick gemieden.

«Ja – – ich find ja auch – – es klingt komisch», stammelte er, «aber – da steht wirklich ‹Fetter Dienstag›.»

Abfälliges Murren wurde vernehmbar.

«General Mülltonne, das einzige, was du wirklich kannst, ist lügen», erklärte Lennie. «Wenn wir 'nen Lügenwettkampf veranstaltet hätten, dann wären die Roten bestimmt Sieger geworden.»

«Ha, ha, ha!» kam es im Chor.

In rascher Folge wurde nun ein Geistesblitz nach dem anderen hingeschleudert.

«Wieso kann ein ‹Fetter Dienstag› auf einen Sonnabend fallen?»

«Weißt du auch genau, daß da nicht ‹Magerer Mittwoch› stand?»

«Oder ‹Dickwanst-Freitag›?»

«Oder ‹X-beiniger Sonntag›?»

«Ha, ha, ha! Fetter Dienstag! Ha, ha, ha.»

«Leute, jetzt weiß ich, was er meint», rief Lennie. «Er meint, er ist dienstags nicht fetter als an anderen Tagen.»

Der Jubel, der diesem Epigramm folgte, währte so lange, daß Onkel Sid seine Unterhaltung mit Elmer Bean unterbrach, um sich auch den Witz erzählen zu lassen.

«Herbie behauptet», keuchte Lennie zwischen Lachkrämpfen hervor, «daß *Mardi Gras* ‹Fetter Dienstag› heißt.»

«Man spricht es ‹Mardi grah› aus, und es heißt ‹Fetter Dienstag› oder auch Fastendienstag. Es ist der Name eines religiösen Feiertages», tat der Besucher kund und schritt wieder davon.

Nach einer schweigsamen Pause wandte sich die Unterhaltung anderen Themen zu. Über den ‹Fetten Dienstag› wurde nicht mehr gewitzelt, Herbie aber wurde von seinen Kameraden geschnitten. Er hatte einen Fehltritt begangen, der sowohl unter Erwachsenen als auch unter Kindern unverzeihlich ist: er hatte es besser gewußt als der Führer.

Als sich die Gruppe zur Schwimmstunde zum See hinunterbegab, erhielt Herbie die Erlaubnis, zusammen mit Cliff und Elmer Bean das Pferd abzusatteln.

In Herbies Augen war Elmer Bean in allem, was das Camp betraf, ein wahres Orakel. Der junge, ungehobelte Arbeiter antwortete schlicht und geradeheraus und ohne Stellungnahme oder Hohn. Er schien Mr. Gauss' Handlungsweise besser zu verstehen als irgend jemand sonst und stand nicht wie die Betreuer von Amts wegen im Gegensatz zu den Campern.

«Sag mal, Elmer, hat ein Halbgarer eigentlich 'ne Chance, ‹Käpten des Tages› zu werden?» fragte Herbie, während er Elmer und Cliff zusah, wie sie sich an Clever Sams Zaumzeug zu schaffen machten.

Elmer unterbrach seine Tätigkeit und zwinkerte Herbie zu. «Wieso? Denkste, du kannst es schaffen?»

«Iwo, natürlich nicht! Aber schließlich kann man ja mal fragen, ob das überhaupt möglich ist.»

«Bislang war's immer ein Supersenior, Herb. Mr. Gauss will nämlich nicht riskieren, daß ihr 'nen Affenzirkus draus macht.»

«Okay, wollt es nur wissen.»

Cliff nahm Clever Sam den Sattel ab. «Warum denn, Herbie?» fragte er. «Hast du 'ne gute Idee für den *Mardi Gras?*»

«Ja, sie wär vielleicht nicht so dumm. Aber jetzt ist es ja schnurzegal.»

«Was hast du dir denn ausgedacht?»

«Ach, bloß 'ne Rutsche.»

«Was denn für 'ne Rutsche?»

«Och – och – das ist schwer zu erklären. Ist ja auch wurst jetzt. Hat ja sowieso keinen Zweck.»

Elmer nahm das Pferd beim Halfter und führte es zum Stall. «Also, raus mit der Sprache, Herb! Was hast du denn für 'ne Idee? Vielleicht wirst du der erste Halbgare, der es zum Käpten bringt.»

«Also, das ist nämlich so», begann Herbie, neben Elmer hertrottend, seine Erklärung. «Der *Mardi Gras* ist doch so was Ähnliches wie Coney Island, nicht? Mein Vater hat mich nämlich mal dahin mitgenommen, und da hat mir den meisten Spaß die Teufelsbahn gemacht. Das war ein großes Boot, das in einen Wasserbehälter rutschte. Junge, Junge, wenn das Ding aufs Wasser knallte – platsch, wumm!»

«Ja, bin auch drauf gewesen», sagte Cliff. «Aber du denkst doch wohl nicht daran, hier draußen 'ne Teufelsbahn zu bauen? Menschenskind, das würde doch mindestens ein Jahr dauern.»

«Aber sie ist ja schon da, Cliff!» rief Herbie aufgeregt. «Siehst du das denn nicht? Die blöde Wiese bei den Mädchen fällt doch zum See ab, nicht? Na, also! Man braucht nur 'nen Kahn auf Rädern zu stellen und fertig ist die Teufelsbahn.»

«Und wie», fragte Elmer trocken, «willst du den Kahn auf Rädern steuern? So daß er nicht in 'ne Bank oder in Tante Tilly reinkracht, he?»

Herbie machte ein langes Gesicht. «Daran hab ich nicht gedacht.»

«Na, Mensch, das könnte man doch mit Seilen oder sonst was steuern», schlug Cliff vor.

«Ein schweres Ruderboot voller Leute, das den Hügel runterdonnert? Dazu braucht man Stahlkabel und 'nen Riesen Goliath am Steuer, mein Sohn!»

Sie standen jetzt in dem baufälligen Stall, wo es schwach nach Stroh und stark nach Clever Sam roch. Elmer führte das Pferd in seine Box und machte die Tür zu. Clever Sam lehnte sich gegen die Wand und schloß die Augen mit einem friedlichen Seufzer.

«Jetzt weiß ich's! Man könnte doch zwei Schienen den Hügel runterlegen, genau wie in Coney Island. Das Boot könnte doch auf Schienen rutschen, und dann brauchte man bloß ein paar Bretter.»

«Du meinst geschmierte Bretter», sagte Elmer.

«Na klar, geschmierte Bretter!» antwortete Herbie, dem es gar nicht in den Sinn gekommen war, daß die Bretter geschmiert sein müßten.

«Hm. Dafür würden kaum hundertzwanzig Meter Bretter und ein Faß Achsenfett reichen.»

«Okay», sagte Herbie entmutigt. «Ich hab's ja gesagt: Es hat keinen Zweck.»

«Und wenn das Boot im Wasser ist, wie kriegst du es dann wieder rauf?»

«Okay, okay, Elmer.»

«Und wie willst du es machen, daß das Boot nicht aus den Schienen saust und am nächsten Baum landet?»

«Also, Elmer, du brauchst es mir nicht stundenlang unter die Nase zu reiben, daß die Idee blöde war. Dann gehe ich eben als Charleys Tante auf den doofen *Mardi Gras*. Du sagst ja, ich könnte sowieso nicht gewinnen.» Er hockte sich auf einen gebrechlichen alten Stuhl, dem ein Bein fehlte, kippte ihn gegen die Stallwand und ließ den Kopf hängen.

«Ja, was das betrifft», sagte Cliff langsam, so als spräche er zu sich selbst, «könnte Clever Sam das Boot ja den Hügel raufziehen.»

«Hergott, nun hör schon damit auf, Cliff!» rief Herbie.

«Warum bist du denn eigentlich so scharf darauf, Käpten zu werden?» fragte Elmer, hockte sich Herbie gegenüber hin und stopfte sich seine alte Pfeife. «Weil ich der Lagerdussel bin, deshalb!» stieß Herbie hervor. «Das Baby, der Fettmops, der nicht laufen kann, nicht Ball spielen kann, sich nicht prügeln kann und überhaupt gar nichts kann! Ja, das bin ich, und das weiß jeder. Und recht haben sie, genau das bin ich wirklich.»

«Nun mach aber 'nen Punkt, Herb! So 'ne schlechte Meinung darf man von sich nicht haben. Du bist ein netter Bengel, und Köpfchen hast du auch. Eines Tages wirst du noch die ganze Bande auslachen. Du weißt ganz gut, daß du nicht so 'ne Niete bist.»

«Lennie hat ihm ja seine Freundin ausgespannt», murmelte Cliff und starrte dabei über die sonnigen grünen Felder.

«Hm.» Elmer lächelte eine Sekunde, sah aber, als Herbie zu ihm hinüberspähte, gleich wieder ernst aus. «Na, Herb, jedes Mädchen, das sich in Lennie verknallt, kann ihn von mir aus auch kriegen, und du solltest froh sein, daß du die beiden los bist.»

«Warum muß denn das Boot überhaupt von den Schienen sausen, fällt mir gerade ein?» sagte Herbie. «Man hämmert einfach 'n paar Bretter unter das Boot, die genau in die Schienen passen, und wie soll dann das dämliche Boot von den dämlichen Schienen rutschen?»

Elmer lächelte und zündete sich seine Pfeife an. Cliff sah seinen Vetter bewundernd an. «Donnerwetter, Herbie, das ist gut! Siehst du, ich hab dir doch gesagt» – er wandte sich an Elmer –, «er hat Grips!»

«Sag mal, Herbie, welches Mädchen ist es denn?» fragte der junge Mann noch immer still grinsend.

«Ach, Quatsch, Cliff ist ja verrückt.»

«Glaub ich eigentlich nicht.»

«Okay, von mir aus kannst du es ruhig wissen. Es ist Lucille, die mit den roten Locken.»

«Ah, die!» Elmer nickte verständnisinnig. «Ja, solche Luder hab ich auch 'ne Menge gekannt. Größer natürlich, aber sonst haargenau dieselbe Sorte.»

«Luder!» rief Herbie entgeistert.

«So werden die Mädchen bei der Marine genannt», erklärte Cliff mit einem gewissen Stolz auf seine intimen Kenntnisse.

«Warst du denn bei der Marine, Elmer?»

«Er hat vier Jahre da gedient», antwortete Cliff statt seiner.

Herbie betrachtete den jungen Arbeiter mit neuer Bewunderung.

«Die ist es nicht wert, daß du dich ihretwegen grämst», sagte Elmer jetzt. Der Junge schlug die Augen nieder. «Aber daß ich das sage, ändert wohl nichts daran.»

«Und dabei hat sie versprochen, sie will meine Freundin sein. Und bloß, weil ich nicht so gut tanzen kann – –», schluckte Herbie.

«Und wo willst du fünfzig Dollar hernehmen?» fragte Elmer.

Herbie fiel aus allen Wolken. «Wofür denn?»

«Na, mit fünfzig Dollar für Holz und Schmiere und mit meiner Hilfe könnten wir vielleicht deine blöde Rutsche bauen.»

In Herbies Augen glühte Hoffnung auf. Er sprudelte hervor: «Na, das würde mir bestimmt Mr. Gauss oder Onkel Sandy, überhaupt jeder leihen! Mein Gott, wir nehmen fünfundzwanzig Cent für eine Fahrt – und wenn nun jeder zweimal fährt – und dazu noch die Eltern und dann die Besucher aus dem Dorf – und alle –, dann kann man im Umsehen hundertfünfzig Dollar einnehmen. Ich hab mir das alles schon ausgerechnet!»

Elmer schüttelte den Kopf. «Ja, kannst ja recht haben. Aber von den beiden Kerlen leiht dir keiner fünfzig Dollar. Dazu hört sich die Sache zu verrückt an. Vielleicht funktioniert's ja, aber das wirst du ihnen nie klarmachen können. Kannst du's denn nicht von deinen Eltern kriegen?»

Herbie dachte an die Kämpfe, die er mit seiner Mutter wegen fünfundzwanzig Cent zu bestehen hatte, und an die ständigen ernsten Gespräche der Eltern über das bescheidene Einkommen. Er zuckte die Achseln. «Versuchen könnt ich's ja, aber Mam ist ziemlich streng, und immer, wenn ich was will, sagt Paps genau dasselbe wie sie.»

«Ich hab fünf Dollar», sagte Cliff.

Alle drei schwiegen. Ein paar muntere Pferdebremsen flogen brummend zwischen dem Sonnenschein draußen und dem lockenden Duft des Pferdestalles hin und her. Clever Sam stampfte mit den Hufen und prustete im Schlaf.

«Es wär sowieso nicht fair, wenn du mir beim Bauen hilfst», meinte Herbie, «dann würden sie mich doch nur disqualifizieren.»

Elmer blies eine große blaue Rauchwolke aus, die reglos in der Luft hängenblieb. «Wenn's an dem wäre, dann würde überhaupt nie jemand Käpten. Ich baue ja so ziemlich den ganzen *Mardi Gras.* Letztes Jahr wurde Yishy Gabelson für sein Gespensterhaus Käpten, und der hat auch nichts weiter gemacht als gesagt: ‹Elmer, wir bauen aus Bungalow sechzehn ein Gespensterhaus.› Und ich hab mir selber die ganze Einrichtung ausgedacht und sie auch selber gebaut.»

«Ich würde beim Bauen mithelfen», erbot sich Cliff. «Mir ist nichts eingefallen, und dies klingt doch ganz gut.»

«Ja, übrigens», sagte Herbie jetzt langsam und zurückhaltend, «ich glaube, ich weiß, wo ich die fünfzig Dollar herkriegen kann.»

«Ja? Woher denn?» Der junge Mann riß die Augen auf.

«Ach, egal, jedenfalls kann ich sie kriegen.»

Elmer stand auf und klopfte graue Asche und rote Glut aus seiner Pfeife. «Also gut, du besorgst das Geld, und ich bau dir die Rutsche», sagte er. «Das heißt, ich helfe euch dabei. Ihr selber werdet aber auch schuften müssen wie die Schauerleute. Ich hab nämlich noch alles mögliche andere zu tun.» Und damit steckte er seine Pfeife in die Hemdentasche und ging hinaus.

Cliff flüsterte aufgeregt: «Du, Herb, wo, in drei Teufels – –» Er unterbrach sich, als er sah, daß Elmer seinen Kopf wieder zur Tür hineinsteckte.

«Und Herbie, ich sag's dir noch mal, sie ist's nicht wert. Gibt überhaupt kein Luder, um das sich soviel Arbeit lohnt.» Sein Kopf verschwand, und die Jungen lauschten den sich entfernenden Schritten.

«Cliff», flüsterte Herbie, obwohl jetzt zum Flüstern gar kein Grund vorlag, «weißt du noch den Sonntag in der Fabrik?»

«Ja.»

«Und den Tresor im Büro, und wie mein Vater sagte, die Zahlenkombination ist mein Geburtstag?»

Cliff starrte seinen Vetter mit offenem Munde an.

«Jawohl, ich hol mir die fünfzig Dollar aus dem Safe!» erklärte Herbie trotzig.

«Herb! Du willst doch nicht – nicht stehlen?»

«Stehlen! Wer redet denn von Stehlen! Ich *borge* mir fünfzig Dollar. Du hast doch selbst gehört, wie Elmer gesagt hat, daß wir damit im Handumdrehen hundertfünfzig Dollar machen können. Also ich hole das Geld heute nacht, dann bauen wir die Rutsche, und am Sonnabendabend verdien ich damit hundertfünfzig Dollar. Gleich am Sonntag schick ich dann mit der Post die fünfzig Dollar zurück – nein, fünfundsiebzig Dollar», verbesserte er sich in einer tugendhaften Anwandlung, «fünfundzwanzig Dollar Zinsen. Ist das nun anständig oder nicht?»

«Ja, aber Herbie – den Safe von deinem eigenen Vater aufmachen – –»

«Ich lege einen Zettel in den Safe, verstehst du? Und da steht drauf, daß das Geld nicht gestohlen ist, sondern nur geborgt.» Herbie erwärmte sich immer mehr für seinen Plan. «Und wenn die wissen, daß es nicht gestohlen ist, und ich weiß, daß ich nicht gestohlen habe, wer kann denn dann noch behaupten, daß es gestohlen ist?»

«Ich.»

«Wieso?»

«Na, weil's eben gestohlen ist.»

Diese Antwort war für Herbie höchst verdrießlich, um so mehr, als sie nach Wahrheit schmeckte. Er aber meinte, die Logik auf seiner Seite zu haben. «Nun hör mal zu, Cliff. Angenommen, ich führe Clever Sam hier raus, reite mit ihm weg und bringe ihn nie wieder, statt dessen aber ein prima Rennpferd, das ich hier in den Stall stelle. Wär das vielleicht Diebstahl?»

«Klar. Wenn du Clever Sam wegnimmst, wär's Diebstahl.»

«Quatsch! Was ist denn mit dem Rennpferd?»

«Wo willst du das denn hernehmen?»

«Aber das spielt doch gar keine Rolle! Ich tausche es eben gegen Clever Sam ein.»

«Aha, du hast also gar kein Rennpferd.»

«'türlich nicht, du Idiot! Wenn ich 'n Rennpferd hätte, brauchte ich doch Clever Sam nicht.»

«Nee, bestimmt nicht.»

«Na also! Jetzt hast du's endlich kapiert.»

«Ja. Wenn du fünfzig Dollar hättest, dann brauchtest du nicht zu klauen.»

Herbie lief rot an und brüllte: «Also schön, dann ist's eben Diebstahl! Du würdest ja lieber verrecken, als etwas zugeben. Aber mir ist's schnuppe, wie du's nennst, ich tu es jedenfalls!»

«Wie willst du denn nach New York kommen?»

«Trampen.»

«Und wie kommst du aus dem Lager?»

«Ich schleiche mich eben nach dem Zapfenstreich raus.»

«Und du glaubst, du kommst in einer Nacht nach New York und noch vor dem Wecken zurück?»

«Jawohl!»

«Mensch, Herbie, von hier bis zur Hauptstraße sind es allein drei Meilen. Und hier in der Nähe fahren abends überhaupt keine Autos vorbei.»

«Dann tipple ich eben bis zur Hauptstraße.» Herbies Antworten wurden immer lahmer und mißmutiger.

«Und morgen wieder zurück?»

«Jawohl.»

«Okay, Zapfenstreich ist um zehn, Wecken um sieben Uhr. Bleiben dir neun Stunden. Zwei Stunden mußt du laufen, sieben Stunden fahren – das heißt, wenn dich gleich jemand mitnimmt und du nicht zu warten brauchst –, und wenigstens eine Stunde brauchst du, um das Geld zu kriegen. Also Arbeit für zehn Stunden, die du in neun Stunden schaffen mußt.»

Jetzt sah Herbie die grenzenlose Dummheit des ganzen Vorhabens ein. Er lief im Stall auf und ab und trat verzweifelt nach Strohhalmen und Steinen.

«Also, du sollst recht haben. Dann geh ich eben als Charleys Tante. War sowieso nicht besonders scharf darauf, meinen Alten zu beklauen. Als was gehst du denn?»

«Weiß nicht. Mir fällt nie was ein.»

«Warum gehst du nicht als Tarzan? Wir könnten dir noch ein Leopardenfell – –»

«Jetzt weiß ich, wie du fast eine Stunde Weg bis zur Hauptstraße einsparen kannst», unterbrach ihn Cliff.

Herbie sah seinen Vetter zweifelnd an. Aber Cliff schien es ernst zu sein.

«Und wie?»

«Clever Sam.»

«Bei dir piept's wohl, was? Ich kann doch den Gaul nicht reiten.»

«Nein. Aber wir beide zusammen – glaub ich jedenfalls.»

«Mensch, Cliff, willst du auch noch reinsegeln? Ich dachte, du findest das Ganze nicht richtig.»

«Ich hab bloß gesagt, daß ich es für Diebstahl halte. Aber ob es nun richtig ist oder nicht, das weiß ich nicht. Wenn du es nicht für schlecht hältst, dann ist es vielleicht auch nicht schlecht. Vielleicht muß man manchmal klauen.»

Wäre Herbie ein Philosoph gewesen, so hätte er dieses Stichwort aufgegriffen, um eine lange Rede über die so populäre Doktrin vom Zweck, der die Mittel heiligt, vom Stapel zu lassen. Er war aber nur ein kleiner Junge, der seine verlorene Herzensdame wiederzugewinnen trachtete, und deshalb beschränkte er sich auf die Frage: «Meinst du, daß Clever Sam mitmacht?»

«Das können wir ja leicht mal feststellen.»

Cliff öffnete die Box und versetzte Clever Sam einen Puff in die Rippen. Der Gaul riß die Augen auf und sah sich mordlustig um, bis er den Störenfried erkannte. Dann wieherte er, gähnte, stieß sich von der Wand ab und ließ sich aus der Box führen. Cliff schwang sich auf den ungesattelten Pferderücken.

«Wir brauchen ihn nicht zu satteln. Stell dich da auf die Bank und steig auf.»

Herbie gehorchte, obwohl ihm das Herz in die Hosen zu rutschen drohte. Vor Cliff auf dem Rücken des Rappen hockend, hatte er das Gefühl, fünf Meter hoch über dem Boden zu schweben, und entsprechend bange war ihm zumute. Der lange Pferderücken schien unter seiner Doppellast etwas einzusinken. Clever Sam drehte den Kopf nach hinten und schnaubte entrüstet.

«Ja, du hast recht, Sam», tröstete Cliff, «aber wir sind im Druck. Aber wenn du nicht willst, dann sag's, und dann lassen wir's. Los, hü!»

Clever Sam scharrte, machte einen Schritt nach rückwärts, stampfte den Boden und stöhnte. Dann aber, nach ein paar aufmunternden Rucken an den Zügeln, trabte er aus dem Stall. Cliff ließ ihn etwa zwanzig Meter laufen und lenkte ihn dann zum Stall zurück. Ja, der Gaul war fügsam, aber dieser kurze Trab hatte ausgereicht, Herbies Knochen völlig durcheinanderzurütteln, jedenfalls kam es ihm so vor. Wieder im Stall angelangt, kletterte er mit zitternden Knien vom Pferd und empfand es als ungemein wohltuend, wieder festen Boden unter den Füßen zu spüren. «Er macht mit», stellte Cliff fest und führte das Tier in die Box.

«Du, ich glaube, das Ganze ist Wahnsinn», meinte Herbie jetzt und fuhr sich mit der Zunge über die trockenen Lippen. Nun hatte Cliff, dessen Zündpunkt später lag als der Herbies, Feuer gefangen. «Nein, nein, Herb! Ehrlich, ich glaub, du schaffst es!»

«Aber es *ist* Diebstahl! Du hattest ganz recht.»

«Ja, schon, aber wenn du fünfundsiebzig zurückgibst, dann ist doch eigentlich nichts dabei, nicht?»

«Trotzdem, es ist unmöglich. In der Nacht allein in die Stadt trampen – bei mir muß 'ne Schraube locker gewesen sein. Soll doch der Teufel Lennie holen, und Lucille auch! Wer macht sich schon was aus der? Dieses Luder!»

«Herbie – ich komme mit in die Stadt.»

Herbie verschlug es die Sprache.

«Bestimmt, ich tu's! Und dann klappt es auch. Ich binde Clever Sam in einem Gebüsch an der Straße fest, da kann er fressen oder schlafen, bis wir zurückkommen. Außerdem weißt du doch genau, daß du gar nicht allein in den Betrieb einsteigen kannst. Ich muß dich doch zum Fenster hochstemmen.»

Diese Kleinigkeit, die allein genügt hätte, den ganzen schönen Plan zunichte zu machen, war Herbies Aufmerksamkeit völlig entgangen. Obwohl ihn das Abenteuer aufs neue lockte, fragte er sich doch ängstlich, was für unerwartete Hindernisse noch auftauchen könnten. Bisher war das Ganze nichts weiter gewesen als einer der vielen Träume, die ihm seine Phantasie so mühelos bescherte. Aber er hatte den Fehler begangen, Cliff in diesen Traum einzuweihen, und konnte ihn jetzt nicht mehr aufgeben, selbst wenn er die Lust daran verloren hätte. Allein durch die Mitteilung hatte dieses Phantasiegebilde bereits zur Hälfte Gestalt angenommen.

«Und wenn sie uns schnappen, Cliff? Warum willst du denn mit reinfliegen? Sie können uns dafür ins Kittchen bringen.»

«Ach, Kohl! Wenn du es machen willst, dann mach ich mit. Also willst du nun oder nicht?»

«Ja – – klar will ich! Was glaubst du denn, warum ich mir das alles ausgetüftelt hab?»

«Okay. Wann hauen wir ab?»

So wie Herbie zuweilen seine Tagträume wirklich vorkamen, so erschien ihm jetzt diese Wirklichkeit fern und vage wie ein Traum. Außerstande, daran zu glauben, daß all dies wirklich geschehen sollte, hörte er sich mit der kühlen Gelassenheit eines Generalstäblers sagen: «Erst mal müssen wir unsere Sachen aus der Kleiderkammer holen. Wenn wir nachts in der Stadt in der Camp-Uniform rumlaufen, haben sie uns gleich beim Wickel.»

«Daran hätte ich nie gedacht!»

«Warte bis nach dem Zapfenstreich, und wenn dein Bunker schläft, schleichst du dich zur Kleiderkammer, wo wir uns treffen. Mit dem Betreuer vom Dienst geht es bestimmt glatt. Heute ist Onkel Sid an der Reihe, und der sitzt ja immer im Gemeinschaftsraum und schreibt egalweg nur Briefe.»

«Gemacht! Du, das wird prima!»

«Denkste!» Herbie fühlte leichte Herzbeklemmung. «Es ist eine Schnapsidee, und ich finde, daß ich es allein machen müßte.»

«Ach, hör schon auf damit! Also bis nachher in der Kleiderkammer.»

«Aber dichthalten, ja, Cliff?»

«Klar. Komm jetzt, es gibt Essen.»

Sie verließen den Stall und wanderten Arm in Arm den Hügel hinab. Herbie aß wenig. Er saß in Gedanken versunken da und entwarf im Geist den Brief, den er im Safe hinterlassen und worin er erklären wollte, daß das Geld nur geliehen sei. Sofort nach der Mahlzeit eilte er in das um diese Zeit verlassene Büro und tippte den Brief mühsam mit einem Finger auf der alten, ausgeleierten Schreibmaschine.

Den ganzen Nachmittag über plante er den nächtlichen Ausflug in allen Einzelheiten, und gleich einer Lawine wuchs die Schwierigkeit von Minute zu Minute und schwoll zu schrecklicher und gefährlicher Größe an. Das Ziel, der Bau der Rutsche für *Mardi Gras*, war ihm mittlerweile ganz aus dem Gedächtnis entschwunden. Halb hoffte er, Cliff werde einen Rückzieher machen, halb wünschte er das Gegenteil und träumte davon, daß das Ganze rühmlich ende und seiner nach einem fabelhaften Abenteuer Sieg und Preis harrten. Derart schwankenden Sinnes zählte er die dahinschleichenden

Stunden und verbrachte im Lauf des Nachmittags einige bemerkenswert zerstreute Handlungen – er zog nach dem Bad seine Hosen verkehrt herum an und aß zum Abendbrot unter den ungläubig starrenden Blicken seiner Kameraden einen gehäuften Teller voll Makrelenbrei, eine ekle Speise, die unter dem Namen ‹Gussies Glibber› übel berüchtigt war. Während der abendlichen Schreibstunde suchte er Cliff auf, um ihn noch einmal durch verschleierte Andeutungen auf die Gefährlichkeit des Unternehmens hinzuweisen. Aber Cliff ließ sich in seiner ruhigen Erörterung gänzlich abgelegener Dinge nicht beirren. Falls er andern Sinnes geworden sein sollte, ließ er sich jedenfalls nicht anmerken.

Die Nacht brach herein, der Zapfenstreich erklang, und die Lichter im Camp erloschen. Herbie, der gespannt wie eine Feder auf seiner Pritsche zusammengerollt lag, starrte auf die Leuchtziffern seiner Armbanduhr, ein hübsches Zwei-Dollar-Geburtstagsgeschenk, von dem er nie erwartet hätte, daß es ihm einst derart aufregende Dienste leisten werde. Die Zeiger standen auf zehn Minuten nach zehn. Von jetzt an war jede Sekunde kostbar. Der unpünktliche Trompeter hatte ihn bereits um zehn unersetzliche Minuten von den insgesamt neun zur Verfügung stehenden Stunden betrogen.

Da stellte sich ein neues Hindernis ein. Die Schlafkumpane waren heute nicht müde, sondern quicklebendig und zum Schwatzen aufgelegt. Während Herbie wie auf Kohlen lag, sich hin und her wälzte und von Minute zu Minute unruhiger wurde, hielt man eine gründliche Umfrage ab, ob Onkel Sid der unbeliebteste Betreuer des Lagers sei. (Die Ja-Stimmen erhielten die Mehrheit.) Anschließend debattierte man über die historische Frage, ob Jesus Jude gewesen sei oder Christ. (Keine Entscheidung.) Darauf unterzog man alle ‹halbgaren› Mädchen einer eingehenden körperlichen, geistigen und moralischen Inspektion, und als die Belegschaft schließlich nahe am Einschlafen war, betrat Onkel Sid mit der Taschenlampe den Bungalow und ließ ein Donnerwetter niedergehen, weil man nach dem Zapfenstreich noch redete. Die Folge davon war, daß alle wieder hellwach wurden und eine neue Unterhaltung über Onkel Sids miesen Charakter begannen. Glücklicherweise war dieses Thema schon einmal erschöpfend abgehandelt worden. Als das Gespräch schließlich erstarb und Herbie sich sehr vorsichtig aus dem Bett stahl, zeigte seine Uhr bereits zehn Minuten vor elf.

Vor der Kleiderkammer wanderte Cliff, eine schattenhafte, städtisch gekleidete Gestalt, bereits unruhig in der Dunkelheit auf und ab.

«Heiliger Bimbam, ich dachte schon, du hast es dir anders überlegt», flüsterte Cliff.

«Ich? Nie im Leben!» Beim Schein von Cliffs Taschenlampe durchwühlte Herbie die Kleiderkammer und zwängte sich, halb benebelt von dem dort herrschenden Kampfergeruch, in seinen städtischen Anzug.

«Wie hast du denn das Schloß aufbekommen, Cliff?»

«Hab's mit 'nem Stein losgeklopft. Das Holz ist doch ganz morsch.»

«Wir müssen's wieder annageln.»

«Ja, morgen früh, wenn wir zurückkommen.»

«Hast du Geld?»

«Ja, fünf Dollar. Und hast du auch den Zettel für den Safe?»

«Ja. In meiner hinteren Hosentasche. Erinnere mich daran!»

«Bestimmt.»

Von Schatten zu Schatten schleichend, klommen die Jungen den Hügel hinan. Oben angekommen, blieb Herbie einen Augenblick stehen und sah auf das schlafende Camp hinunter, auf die beiden Reihen der kleinen schwarzen Holzschachteln am Rande des mondbeschienenen Sees. Der kalte Nachtwind zauste ihm das Haar. Das Verbrecherische des Vorhabens überkam ihn in seiner ganzen Ungeheuerlichkeit.

«Du, Cliff, zum letzten Mal: Laß mich das alleine machen. Du setzt dich damit nur in die Tinte.»

«Ach, mach schon, wir haben keine Zeit, lange zu quatschen», antwortete der Vetter.

Sorgfältig den Lichtschein umgehend, der aus den Fenstern des Gästehauses auf den Rasen fiel, erreichten sie den dunklen Stall. Die Tür quietschte beim Öffnen erschreckend laut. Clever Sam wieherte auf und stampfte.

«He, Sam, nur mit der Ruhe! Wir sind's», flüsterte Cliff, führte das Pferd hastig aus der Box und sattelte es.

«Los, Herbie, jetzt auf die Bank und hinter mich!» befahl er und schwang sich in den Sattel. Herbie hatte das Gefühl, von einer mächtigen Strömung fortgerissen zu werden, gegen die anzukämpfen sinnlos war. Von der Bank aus erklomm er den gefährlichen Platz hinter Cliff. Der Vetter lenkte das Pferd hinaus, drückte die Stalltür zu und dirigierte das Tier zum Tor.

«Hü, los jetzt!» rief er leise. «Wir haben noch einen weiten Weg vor uns.»

Clever Sam machte erst ein paar Schritte nach links, dann nach rechts und setzte sich schließlich in leichten Trab. Ohne weitere Sperenzien trug er seine Doppellast zum Tor hinaus. Auf ein Zungenschnalzen von Cliff beschleunigte er sogar seine Gangart und trabte recht flott auf die Hauptstraße zu.

Klipp-klapp, klipp-klapp, wums, wums, wums! so zuckelten die beiden Jungen auf ihrer alten Schindmähre den einsamen Weg im Mondlicht entlang. Clever Sams Gang war steif und holperig. Cliff hatte sich dieser Eigenart recht gut angepaßt, nicht so sein Vetter. Herbie umklammerte Cliff und versuchte, nicht an die Stöße zu denken, die sein Hinterteil zu erdulden hatte. Seine Schenkel wurden warm, dann heiß, danach brannten sie, und schließlich glichen sie zwei rohen Beefsteaks, die auf einem rotglühenden Grill hin und her geschoben werden.

«Cliff», erklang es kläglich, «das ist ja Mord!»

«Oh, tut mir leid, Herbie. Mach's doch wie ich.»

«Wie – (wums, wums!) wie denn?»

«Na, wenn Sam hochgeht, gehst du mit hoch, und wenn er wieder runtergeht, gehst du auch runter, genau wie ich.»

Einige Augenblicke hopste Herbie im Takt mit seinem Vetter auf und nieder, verpaßte dann den Anschluß und plumpste gerade in dem Augenblick hinunter, als Clever Sam hochkam. Er erhielt einen kräftigen Stoß und purzelte vom Pferd hinunter auf den Weg. Cliff und Clever Sam verschwanden in der Nacht.

Herbie stand auf, klopfte sich den Staub von der Jacke, kratzte sich den brummenden Schädel und stöhnte: «Oh, du großer Gott, wer ist bloß auf diese Wahnsinnsidee gekommen!»

Jetzt kam der Vetter zurückgetrabt und reichte ihm hilfreich die Hand.

«Hier, stell den Fuß in den Bügel, ich zieh dich hoch.»

Herbie gehorchte. Er spürte einen kräftigen Ruck, ein dumpfes Knacken im Schultergelenk, und dann hockte er wieder hinter Cliff. Sein Anzug war feucht von Schweiß, und ihn fröstelte in der kühlen Nachtluft.

«Du, Herb, dieser Trab ist wohl nicht das richtige für dich. Ich will versuchen, Sam in den Paßgang zu kriegen.»

Clever Sam setzte sich wieder in Bewegung. Trotz all seiner reichen Lebenserfahrung schien er vom Paßgang nie etwas gehört zu haben, und Cliffs Bemühungen resultierten in einem noch holprigeren Getrotte als zuvor. Herbie war es, als werde er für alle je begangenen Sünden bestraft, als stehe er bis zu den Hüften in Flammen.

«Ooooh! Cliff!»

«Ist wohl auch nicht das richtige, wie? Will versuchen, ob er galoppiert. He, Sam! Hü, hü!»

Clever Sam besann sich ein Weilchen und fiel dann in einen leichten schaukelnden Galopp, der Balsam für Herbies Wunden war.

«Wunderbar, Cliff! Herrlich – puh!»

Und so galoppierten sie bis zur Hauptstraße. Als Cliff den breiten Betonstreifen vor sich sah, zügelte er Clever Sam. Die Jungen sprangen ab, und während Herbie hin und her wankte, bemüht, seine Beine wieder auf ihren normalen Gebrauch einzustellen, führte der Vetter das Pferd von der Landstraße fort ins Unterholz. Zwei Minuten später tauchte er wieder auf.

«Wo hast du ihn denn gelassen, Cliff?»

«Hab ihn angebunden und ihm gesagt, daß er warten soll. Dem passiert schon nichts, und finden wird ihn auch keiner.»

Zwei Autos kamen kurz hintereinander vorbeigerast.

«Los», sagte Cliff, «eins von den beiden hätte uns schon mitnehmen können.»

Sie liefen auf die Straße und warteten. Sehr bald leuchteten in der Ferne zwei Scheinwerfer auf. Der Wagen näherte sich. Sie winkten eifrig, aber er brauste vorüber. Danach wieder Stille und bewölkte Mondnacht.

«Sieht flau aus», meinte Herbie.

«Wie spät ist es denn?»

«Fünf vor zwölf.»

«Junge, Junge, das wird aber knapp.»

«Hab so das Gefühl», sagte Herbie jetzt, «daß dies der richtige ist.»

Und das war er auch. Auf ihr Zeichen verlangsamte der Wagen die Fahrt und hielt ein paar Meter hinter ihnen. Die Vettern rannten auf die Tür zu, die für sie aufgehalten wurde.

«Nur reinspaziert, Jungs», rief eine heisere Stimme.

Im nächsten Augenblick fühlte sich Herbie zurückgerissen. Cliff umklammerte seinen Arm und zerrte ihn in das dunkle Unterholz hinein, weiter und immer weiter.

«He, du, was ist denn los?»

«Pst!» Cliff zog den dicken Herbie erbarmungslos mit sich hinein in dichtes Gebüsch, ohne Rücksicht auf Schrammen und zerrissene Jacken. Schließlich hockte er sich nieder. «Ja, hast du denn das Zeichen am Wagen nicht gesehen? Das war doch die Polizei!»

20

Herbies Rutsche (2)

Herbie stockte der Atem, dann stöhnte er: «Puh! Donnerwetter, Cliff! Ich hab das gar nicht gemerkt. Ein Glück – –»

«Pst! Um Gottes willen!»

Die Jungen hörten, wie die Wagentür zugeschlagen wurde. Dann näherten sich Schritte, Blätter raschelten und Zweige knackten. Zwischen den dunklen Bäumen blitzte der Strahl einer Taschenlampe auf.

«Hallo, Jungens! Ihr braucht doch keine Angst zu haben! Los, kommt vor!» Die Stimme des Polizisten kam aus einiger Entfernung. Die Jungen blieben regungslos hocken. «Ich will ja nur wissen, was ihr so spät nachts auf der Straße treibt, und will euch helfen, wenn's nötig ist.»

Wieder knackten Zweige unter schweren Stiefeln. Der Lichtkegel traf das Gebüsch, worin sich die Jungen versteckt hielten, doch nur ein schwacher Strahl drang bis zu ihnen. Dann wanderte der Lichtschein weiter und ließ sie im Dunkeln.

«Also raus mit euch! Ich finde euch ja doch – –»

Pause. Dann Stampfen, Prasseln von Zweigen, Rascheln von Blättern und kreisende Bewegungen der Taschenlampe. Danach: «Na, wie ihr wollt. Von mir aus könnt ihr auch die Nacht im Walde verbringen. Hab schließlich noch was anderes zu tun. Aber ihr hättet gern mitfahren können. Ich fahr jetzt los.»

Die Schritte entfernten sich, die Wagentür wurde geöffnet und zugeworfen, der Motor heulte auf und wurde dann leiser. Cliff wollte sich den Weg aus dem Gebüsch bahnen, aber da hielt Herbie ihn an der Jacke fest.

«Bist du verrückt? Das ist doch bestimmt nur ein Trick. Bleib hier.»

Sie starrten auf das leuchtende Zifferblatt von Herbies Armbanduhr und warteten zehn Minuten. Wunderliche Geräusche ließen sie zusammenschrecken – ein Knacken, Seufzen, Stöhnen oder Heulen. Das Grillenorchester spielte mit großer Besetzung. Nach einer Weile machten Ameisen ihnen den Platz streitig.

«Sag mal», fragte Cliff, sich kratzend und klatschend, «bleiben wir hier eigentlich die ganze Nacht?»

«Wir können ja jetzt mal nachsehen», flüsterte Herbie.

Sie schlichen sich bis an die Straße, steckten die Köpfe aus dem Unterholz, zogen sie aber ebenso flink wieder zurück wie eine Schnecke ihre Hörner.

«Er – – er sucht uns noch immer», wisperte Herbie. «Hier kommen wir nie wieder weg.»

Kaum zwanzig Meter von ihnen entfernt stand ein Wagen mit eingeschalteten Scheinwerfern am Straßenrand.

«Ich finde, der Wagen sieht anders aus.» Cliff steckte den Kopf vorsichtig wieder hinaus. «Das ist ja auch gar nicht derselbe!» Er marschierte beherzt ins Scheinwerferlicht hinein. «Das ist ein Buick, und drin sitzt ein dicker Kerl. Los, komm!»

Sie gingen auf das Auto zu. Auch die Innenbeleuchtung war eingeschaltet, und jetzt sahen sie deutlich einen massigen, grauhaarigen Mann im zerknitterten grünen Anzug, der vornübergesunken mit dem Kopf auf dem Lenkrad lag; er war bleich und unrasiert, die Augen hielt er geschlossen. In einem Mundwinkel steckte ein ausgebrannter Zigarrenstummel. Mit der einen Hand hielt er eine flache braune Flasche an den Leib gepreßt.

«Der pennt!», meinte Cliff.

«Vielleicht ist er krank, oder ihm ist schlecht», vermutete Herbie und klopfte ans Fenster. Der Dicke schrak zusammen, riß die Augen auf und kurbelte das Fenster hinunter.

«Was wollt ihr?» fragte er krächzend und verschlafen.

«Fahren Sie vielleicht nach New York, Mister? Und würden sie uns wohl mitnehmen?» fragte Herbie.

Der Dicke kniff die Augen zusammen, schüttelte sich und rieb sich mit beiden Händen das Gesicht. «Klar, immer rein!» rief er und öffnete die hintere Tür. «Gut, daß ihr mich geweckt habt. Wär ums Haar beim Fahren eingepennt und mußte mal 'ne Pause einlegen, um ein Nickerchen zu machen. Hab ganz gern Gesellschaft auf solcher langen Fahrt. Hält mich munter.»

Die Vettern ließen sich dankbar zwischen Schachteln, Büchern und Gepäck auf dem Rücksitz nieder. Es roch eigentümlich streng im Wagen, sie sagten jedoch nichts. Der Fahrer startete den Motor, schaltete den ersten Gang ein, stellte aber plötzlich die Zündung wieder ab und drehte sich mit blutunterlaufenen, zusammengekniffenen Augen zu den beiden um.

«He, sagt mal, was treibt ihr beiden Lausebengels eigentlich mitten in der Nacht auf der Landstraße?»

Cliff und Herbie sahen einander ratlos an.

«Na, raus mit der Sprache! Wo kommt ihr her?»

«Vom Camp Manitou», brachte Herbie heraus.

«Wo liegt denn das?»

«Hier ganz in der Nähe.»

«Und wo wollt ihr hin?»

«Das haben wir doch schon gesagt, nach New York.»

«Und warum?» fragte der Mann mit dem schlauen Blinzeln des Betrunkenen.

«Mein Bruder liegt im Sterben.»

Das Mißtrauen im Blick des Dicken schwand. Er sprach nun sanfter.

«Oh! Und wer ist der da?»

«Das ist mein Bruder.»

Herbie spürte, wie Cliff zusammenzuckte.

«Was? Der sieht doch ganz munter aus.»

«Der ja. Der ist okay. Das ist mein Bruder Cliff. Mein Bruder Lennie liegt im Sterben.»

«Was fehlt ihm denn?»

«Er ist überfahren worden. Mein Vater hat telegraphiert, wir sollen sofort nach Hause kommen.»

«Warum nehmt ihr denn nicht den Zug?»

«Vor morgen früh geht ja keiner. Und da haben wir gedacht, wir können vielleicht mitgenommen werden und es so schneller schaffen, falls Lennie nun noch heute stirbt. Und Mr. Gauss hat's erlaubt, er hat uns sogar bis zur Straße gefahren.»

«Wer ist denn Mr. Gauss?»

«Dem gehört das Camp. Sie können ihn ja anrufen und ihn fragen. Aber bitte, bitte, Mister, machen Sie schnell!»

Jetzt wandte sich der Dicke an Cliff: «Stimmt das alles?»

«Warum soll Herbie denn lügen?» entgegnete Cliff.

Der Dicke versank in Grübeln. Dann schraubte er die Blechkappe von der braunen Flasche und nahm einen Schluck. Jetzt zog Herbie sein Taschentuch hervor und schniefte hörbar. Glücklicherweise hatte er im letzten Theaterstück weinen müssen, und die Darstellung war auch recht geglückt gewesen. «Bitte, bitte Mister, rufen Sie doch meinen Vater mit R-Gespräch an. Er heißt Jakob Bookbinder. Wir wohnen in der Bronx, und die Nummer ist Dayton 6174. Oder wenn nicht, dann lassen Sie uns wieder raus, damit wir einen anderen Wagen anhalten können. Wir müssen nach Haus! Vielleicht stirbt Lennie, ehe wir hinkommen.» Seine Klage wurde immer bewegter.

«Schon gut, mein Junge. Ich bring euch hin. Ich will bloß keine Scherereien haben, versteht ihr, davon hab ich nämlich gerade genug. Also ich fahr euch direkt nach Hause, muß sowieso durch die Bronx. Also macht's euch gemütlich, und nur keine Aufregung.»

Er ließ den Motor wieder an, und sie sausten wie mit Raketenantrieb in die Nacht hinein. Herbie schnupfte und schniefte noch ein Weilchen, aber es fiel ihm recht schwer. Seine eigene Erzählung hatte ihm ein lebhaftes Bild von Lennie Krieger vor Augen gezaubert, wie er sich schmerzverkrümmt auf einem Bett wälzte – eine durchaus angenehme Vorstellung. Er stellte seine Bemühungen also recht bald ein, zumal er sah, daß er den Dicken überzeugt hatte.

Während der nächsten anderthalb Stunden erfuhren die Jungen, daß der Fahrer Butcher heiße und aus Albany stamme. Daß er von Beruf Großhändler in Puppen sei. Daß das Puppengeschäft hundsmiserabel gehe. Daß er beabsichtige, in eine andere ‹Branche› überzuwechseln, die nicht eine wöchentliche Fahrt nach New York notwendig mache. Daß seine Frau eine miese, alte Ziege sei, die behauptete, er vertreibe sich die Zeit in New York mit hübschen Mädchen, was glatt gelogen wäre. Daß das Neueste in seiner ‹Branche› eine Puppe sei, die nicht nur Mama sage und die Augen schließe, sondern auch Wasser trinken könne und anschließend noch viel erstaunlichere Dinge vollbringe. Daß diese Puppe ‹Wimmer-Willi› gegenwärtig sein täglich Brot sichere. All diese Informationen ergossen sich in einem nicht endenden Strom über die Jungen und wurden einzig unterbrochen von gelegentlichem Räuspern, Schnaufen und Japsen. Weitere Charakteristika wurden ihnen durch eigene Beobachtung deutlich, zum Beispiel, daß Mister Butcher seinen Buick mit hundert Stundenkilometern fuhr, selbst in den Kurven. Daß er ganz außerordentlich durstig war, denn er nahm immer wieder einen Schluck aus der braunen Flasche. Daß er noch immer sehr müde war, denn ab und zu fiel ihm der Kopf auf die Brust, der Wagen geriet ins Schleudern, und Mr. Butcher wachte gerade noch in der letzten Sekunde auf, um durch Herumreißen des Steuerrades den Buick am Erklettern des nächsten Baumes zu hindern. Die Jungen teilten Mr. Butchers Müdigkeit nicht, ja sie waren nie in ihrem Leben so hellwach gewesen wie jetzt. Als sie gerade eine scharfe Kurve auf zwei winselnden Rädern durchbraust hatten, bedeutete Cliff Herbie durch Zeichen, die Tür zu öffnen und aus dem Wagen zu springen. Herbies weißes Gesicht wurde noch um einen Schein weißer, und er schüttelte nachdrücklich den Kopf. Vielleicht war seine Blässe auf die schlechte Luft im Wagen zurückzuführen, denn die Fenster waren geschlossen, und sie atmeten ein Dunstgemisch ein, das aus kaltem Zigarrenrauch, Schnapsgeruch und noch einem Ingredienz bestand, das sich nur als Mr. Butcher persönlich bezeichnen ließ. Während sie durch die Dunkelheit dahinrasten, hatte Herbie mehrfach das Gefühl, einen Alptraum zu erleben, und war fest davon überzeugt, Mr. Butcher werde beim ersten Trompetenstoß verschwinden. Im nächsten Augenblick zeigte ihm ein um Haaresbreite vermiedener Zusammenstoß, daß dieser vermeintliche Traum nur allzu wirklich war.

Es stand jedoch nicht in den Sternen geschrieben, daß die beiden Vettern in dieser Nacht auf dem Bronx River Parkway eines frühen Todes sterben sollten. Nachdem man ein weiteres Dutzend Male mit knapper Not einer Tragödie entronnen, flitzten Mr. Butcher und sein Gefährt mit einer Geschwindigkeit über die Ausfallstraßen der Stadt, daß den Jungen die Haare zu Berge standen. Während der Wagen zwischen den Trägern der Hochbahn über die White Plains Road dahinraste, drehte sich der Dicke unbefangen nach hinten um, um sich zu erkundigen, wo die Homer Avenue läge. «Sehen Sie geradeaus», gellte Cliff, was Mr. Butcher denn auch tat, um den Wagen von einem Eisenträger wegzusteuern, der im Begriff stand, das Auto mitsamt den Insassen an die Brust zu drücken.

Doch nach all diesen Schrecken hielt Mr. Butcher sein Wort und setzte die Jungen genau vor Herbies Haustür ab. Der Puppenhändler befand sich jetzt in einem Zustand weinerlicher Milde und schwor, daß sein Leben anders verlaufen wäre, hätte auch er zwei so prächtige Söhne wie Cliff und Herbie, anstatt einer säuerlichen

Tochter, die das Ebenbild ihrer Mutter sei. Er verabschiedete sich ausgiebig und liebreich von den Knaben, nötigte ihnen einen ‹Wimmer-Willi› auf und sauste dann seinem unbekannten Schicksal entgegen. Vielleicht braust er noch heute wie ein Wahnwitziger zwischen New York und Albany hin und her, denn auf diesen Straßen begegnet einem so mancher Wagen, dessen Fahrer sehr wohl Mr. Butcher sein könnte. Doch ach, leider ist es nur allzu wahrscheinlich, daß seine Glückssträhne ihr Ende fand und er längst unter grünem Rasen ruht.

Herbie sah auf seine Uhr, japste: «Guck mal, Cliff!» und streckte seinen Arm aus. Es war ein Viertel vor zwei. Ihr Wohltäter hatte für die hundert Meilen lange Strecke nur anderthalb Stunden gebraucht. Welch ein Wunderwerk ist doch das Benzin, das kurzatmigen, fetten Männern die kühne, flinke Behendigkeit von Adlern verleiht!

«Wir können von Glück sagen, daß wir noch leben», meinte Cliff, der auch noch nach Atem rang.

Herbie sah an dem dunklen Mietshaus empor, in dem seine Eltern schliefen. Daß er sich so plötzlich in tiefer Nacht in den vertrauten Jagdgründen wiederfand, verstärkte in ihm das Gefühl, zu träumen. Es schien ihm unfaßlich, daß er nur die Treppe hinaufzugehen und auf den Klingelknopf zu drücken brauchte, um in der gewohnten Umgebung der Mutter in die Arme zu sinken. In seiner Vorstellung waren die Wohnung und sie noch immer hundert Meilen weit entfernt. Er versuchte, diese verwirrenden Gedanken von sich abzuschütteln, ließ den ‹Wimmer-Willi› in den Rinnstein fallen und sagte: «Also los, Cliff! Jetzt können wir es noch schaffen.»

Die beiden liefen durch die stillen, erleuchteten Straßen zur Fabrik.

«Wird auch niemand da sein?» fragte Cliff.

«Bloß der Maschinist, der die Maschine bedient», stieß Herbie keuchend hervor. «Die Eismaschinen laufen die ganze Nacht. Aber der murkst in der Halle rum. Wenn wir an ihm vorbei sind, kann er uns nicht mehr hören.»

«Vielleicht wär es besser, wir überfallen und fesseln ihn.»

«Nee du, lieber nicht! Irving kann gerade Schicht haben, und der ist doppelt so groß wie Onkel Sandy.»

Vor Cliffs geistigem Auge erschien ein vier Meter großer Irving. Er ließ den Plan, ihn zu fesseln und zu knebeln, wieder fallen.

«Was – was ist denn das?» Herbie blieb einen Häuserblock von der Fabrik entfernt stehen und wies mit allen Zeichen der Verzweiflung auf das Gebäude.

«Was denn?»

«Da ist ja Licht! Da ist jemand im Büro!»

Jetzt sah auch Cliff, daß das kleine Bürofenster, das zur Straße hinausging, erleuchtet war.

«Vielleicht ist es nur der Maschinist, Herbie.»

«Der darf ja gar nicht ins Büro. Wer kann denn jetzt bloß da sein? Es ist doch schon zwei Uhr in der Nacht.»

«Sehen wir doch einfach nach», meinte Cliff. Er lief dem japsenden Vetter voran zur Fabrik. Unter dem Bürofenster blieb er stehen, klammerte sich mit beiden Händen an den Fenstersims, zog sich hoch und ließ sich wieder fallen, nachdem er einen Augenblick hineingespäht hatte. «Wer ist denn drin?» schnaufte Herbie, der jetzt auch angelangt war.

«Mr. Krieger und dieser Kerl Powers, sie hocken da über dicken Büchern.»

«Jetzt sind wir angeschmiert! Solange die da sind, können wir doch nicht an den Tresor ran! Was nun?»

«Weiß auch nicht.» Cliff schlich sich zur Tür neben dem Fenster und hielt das Ohr daran. «Man kann sie hören.»

Herbie folgte seinem Beispiel. Die Stimmen der beiden Männer drangen gedämpft, aber voll verständlich nach draußen.

Powers Stimme klang verärgert.

«– – also schön. Sie hätten für mich einen Auszug machen und ihn mir geben können, als ich bei Ihnen war.»

«Nicht mehr lange. Bald Kaffee. Wußte nicht, welche Zahlung Burlingame wollte. Vielleicht diese, vielleicht andere – –»

«Aber was einen Käufer interessiert, weiß doch jeder Geschäftsmann! Gewinn- und Verlustrechnung, Abschreibungen, Inventar, Buchwert – Herr des Himmels, Mann, was würden Sie denn wissen wollen, wenn Sie der Käufer wären?»

«Nicht so hastig kaufen. Burlingame sagt, blauer Zettel vielleicht gut. Hab neben ihm gesessen, wie er es sagte, und – –»

«Zum Teufel mit dem verdammten blauen Zettel! Burlingame macht uns ein festes Angebot unter der Bedingung, daß Bookbinder mit dem Verkauf einverstanden ist. Und wenn Bookbinder hört, wie hoch die Kaufsumme ist, schlägt er schon ein, ob mit oder ohne blauen Zettel. Es wird sich nämlich um eine hübsche, runde Summe handeln.»

«Jake nicht so. Verkauft nicht in tausend Jahren. Jake lieber arm, aber eigener Herr. Hier Inventar.»

«Gut. Und die Gewinn- und Verlustrechnung für die letzten zehn Jahre?»

«Dauert fünf Minuten – –»

«Mann Gottes, Krieger, das ist ja lachhaft! Wo steht denn der Ordner mit den Jahresbilanzen? Weiter brauch ich doch nichts.»

«Hat Jake. Hat Buchhalter. Nicht im Büro. Nur Bücher. Einfache Sache.»

«Ja, Herrgott noch mal, haben Sie nicht soviel Interesse für Ihr Geschäft, daß Sie die Bilanzen zu Hause haben? Sie schleppen mich hier mitten in der Nacht raus – –»

«Bitte! Alles letzter Minute. Meiner Ansicht nach: alles in Freundschaft. Sie rufen an, wollen Zahlen, plitz-plautz! Bis früh um acht. Wer schon Zahlen im Kopf? Wir kriegen's schon, bloß noch paar – –»

«Ja, entschuldigen Sie, aber ich bin müde und nervös. Können wir hier in der Nähe vielleicht eine Tasse Kaffee bekommen? Dann machen wir nachher den Rest.»

«Nun, sicher.»

Herbie, der der unbegreiflichen Unterhaltung lauschte, hörte jetzt Mr. Krieger rufen: «Irving! Mr. Powers und ich Kaffee trinken. Zehn Minuten zurück.» Aus dem Innern des Gebäudes klang ein undeutliches ‹Okay!› Zwei Zentimeter von Herbies Nase entfernt wurde die Klinke heruntergedrückt.

Wie zwei Katzen flitzten die Jungen um die Ecke und beobachteten von dort, wie die beiden Männer das Büro verließen, die Straße überquerten und in eine Seitengasse einbogen.

«Und jetzt?» flüsterte Cliff.

«Wir haben zehn Minuten Zeit. Machst du noch mit?»

«Klar.»

«Gut. Also du hebst mich rauf.»

Als sie hinter der Ecke hervorschlichen, kam Herbie eine andere Idee. «Wart mal», sagte er und faßte an die Klinke der Bürotür. Sie gab nach.

Die beiden schlüpften hinein und drückten die Tür so geräuschlos wieder zu, als sei der Rahmen gepolstert. Sie hörten Irving um den

Salzwassertank herumgehen und vernahmen das Zischen der Pumpe, die das schmutzige Wasser von den Eisbarren absog. Der Tresor, das Ziel ihrer abenteuerlichen Reise, stand in seiner ganzen eckigen Plumpheit vor ihnen.

«Okay, du stehst Schmiere», flüsterte Herbie. «Los!»

Cliff lief zwischen der Tür, die in die Fabrik führte, und dem Fenster nach der Straße hin und her, und Herbie stellte vorsichtig den Zahlenkranz ein. Der Safe öffnete sich nicht.

«Wahrscheinlich verkehrt gemacht», murmelte er und drehte noch einmal die Zahlenfolge seines Geburtstages: drei Drehungen rechts, zwei links und wieder eine rechts. Die Tür rührte sich nicht. Herbie war völlig geknickt.

«Du, Cliff, es funktioniert nicht.»

«Weißt du denn, in welche Richtung man drehen muß?»

«Nein, eben nicht. Ich weiß nur die Zahlen. Erst hab ich dreimal gedreht, dann zweimal und dann einmal – – aber wart mal, jetzt hab ich's! Man muß bestimmt erst nach links drehen, und ich hab mit rechts angefangen.»

«Mensch, Herbie, mach zu!»

Weitere fieberhafte Versuche, dann: «Cliff, er geht immer noch nicht auf.»

«Au wei, und ich dachte, du weißt die Kombination, Herbie.»

«Ja doch, ich weiß die Zahlen, weiß aber nicht, wo ich wie drehen muß. Ich hab gedacht, es geht drei, zwei, eins, genau wie die Schlösser in der Turnhalle.»

«Herbie, die beiden sind in zwei Minuten zurück!»

«Ich probier's noch mal mit vier.» Verzweifelt drehte er den Zahlenkranz, drückte auf den Knopf und zerrte an der Tür. Sie schwang so leicht auf, daß er der Länge nach hinfiel.

«Prima, Herbie! Jetzt schnell!»

Die Kasse stand hinter der mit J. B. bezeichneten Blechschachtel. Herbie nahm erst die Schachtel heraus und stellte sie auf einen Stuhl. Dann griff er nach der Kasse, setzte sie auf den Tisch und öffnete sie. Sie war voller Fünf-, Zehn- und Zwanzig-Dollar-Scheine.

«Mensch, Cliff, das sind ja Hunderte!»

«Wieviel nimmst du?»

«Nur soviel, wie ich mir borgen muß. Fünfzig und keinen Cent mehr», sagte Herbie mit strenger Moral und wählte zwei Zwanziger und einen Zehner.

«Herbie! Sie kommen!» zischte Cliff durchdringend. «Hab sie nicht eher gesehen. Sie sind schon ganz nah, wir kommen hier nicht mehr raus.»

«Los. Mir nach!»

Herbie stürzte, mit Cliff auf den Fersen, durch eine schwere, dem Eingang gegenüberliegende Tür. Sie befanden sich in einem langen, hohen und sehr kalten Raum, der vollgestapelt war mit bläulich blitzenden Eisstangen. Von der Decke herab baumelten nackte elektrische Glühbirnen. Neben der Tür gerade über ihren Köpfen hing mit ausgestreckter Zunge der steifgefrorene Körper eines Kalbes; die toten Augen starrten sie an.

«Der Kühlraum hat noch einen Ausgang», flüsterte Herbie. «Jetzt ist Irving da drin, aber in einer Minute können wir raus.»

«Hier ist's ja saukalt.»

«Und ob! Heb mich mal hoch, Cliff.»

Er trat auf Cliffs verschränkte Hände und äugte vorsichtig durch eine kleine Glasscheibe hoch an der Wand ins Büro. Krieger und Powers traten ein. Herbie sah, wie sich beim Anblick des geöffneten Tresors und der Kasse Staunen und Verblüffung in ihren Gesichtern malten.

«Irving! Irving!» brüllte Krieger. Ein riesiger, glatzköpfiger Mann im zerschlissenen blauen Overall kam mit fettverschmiertem Gesicht ins Büro gepoltert.

«Da, sehen Sie sich das mal an! Das ist während unserer Abwesenheit passiert», rief Krieger und wies auf den Safe. «Haben Sie denn nichts gesehen oder gehört?» (Mr. Kriegers Verhaltensweise war der normaler Menschen völlig entgegengesetzt: war er sehr aufgeregt, sprach er zusammenhängend und deutlich.)

«Nein, Mr. Krieger», sagte der Hühne, dessen Augen vor Staunen aus den Höhlen quollen. «Hab die Formen in Nummer acht ausgepumpt. Sie wissen ja, was das für einen Höllenlärm macht. Hab keinen Mucks gehört.»

«Und ich habe Ihnen ausdrücklich gesagt, Sie sollen aufs Büro aufpassen! Los, laufen Sie und holen Sie einen Polizisten!»

«Ja, Sir.» Irving wälzte sich durch die Tür.

«Du, Herbie, ich kann dich nicht mehr halten», stöhnte Cliff leise. Der Absatz seines Vetters bohrte sich schmerzhaft in seine Handfläche, und die feuchte Kälte ließ seine Arme erstarren. «Können wir denn nicht abhauen?»

«Die horchen doch jetzt auf jedes Geräusch, wir müssen noch warten», flüsterte Herbie zurück.

Plötzlich hörte er Powers ausrufen: «Da! Sehen Sie mal, Bookbinders Schachtel ist ja auch weg!» Er tastete mit der Hand das leere Fach ab.

«Mir ist das Ganze schleierhaft! Wieso haben sie denn nicht das Geld genommen?» sagte Krieger, hastig zählend. «Bloß fünfzig Dollar, alles andere – –»

«Spielt doch keine Rolle! Sagen Sie, hat Bookbinder Photokopien von dem blauen Zettel?»

«Keine Photokopien. Zettel hier im Safe besser – –»

«Na, dann Prost Mahlzeit!» rief Powers. «Der Wisch ist jedenfalls futsch, und Bookbinder damit erledigt.» Er schüttelte bedauernd den Kopf. «Pech für Bookbinder – tut mir leid, daß es so kommen mußte –»

«Sehen Sie mal hier, Mr. Powers!»

Krieger wies auf die mit J. B. gezeichnete Blechschachtel, die auf dem Stuhl lag. Beide starrten mit aufgerissenen Augen darauf. Dann sahen sie sich an. Gleichzeitig griffen beide nach der Schachtel. Krieger bekam sie zuerst zu fassen und drückte sie an die Brust.

«Was denken Sie? Ehrlicher Mann. Dreißig Jahre im Geschäft. Keine krummen Sachen. Jake mein Partner – –»

Im Kühlraum wankte Cliff unter seiner Last. Seine erstarrten Finger gaben nach. «Herbie, ich muß absetzen!»

«Nur noch eine Sekunde, Cliff!»

«Also hören Sie mal zu, Krieger», sprach Powers rasch und sehr eindringlich, «Sie können Bookbinder gar keinen größeren Gefallen – –»

Krach, bum! Herbie plumpste zu Boden; dem Vetter hatten die Hände versagt.

«Jetzt sitzen wir drin! Komm!» Herbie rappelte sich hoch und raste einen engen Gang zwischen blauen Eiswänden entlang. Als er den ersten Kreuzgang erreichte, bog er scharf rechts ein und stürmte durch eine dreißig Zentimeter dicke Isoliertür. Cliff wetzte hinter ihm her. Die Wärme im Maschinenraum traf die beiden wie ein Keulenschlag. Sie standen vor dem Salzwasserbehälter, dort, wo der Kran das fertige Eis absetzte. Der Kran stand ungefähr vier Meter von ihnen entfernt, beladen mit tropfnassen, frisch fabrizierten Eisblöcken.

«Bleib hier stehen! Bin gleich zurück!»

Herbie rannte mit Donnergepolter über die losen Bretter, die auf dem Rand des Behälters lagen, und zog an einer Kette, die vom Kran herabhing. Der Kran setzte sich schwerfällig in Bewegung und näherte sich klirrend und ratternd dem Vetter. Sie hörten Krieger rufen: «Ich höre sie! Sie sind hinten beim Kran!» Dann erklang Fußgetrappel. Herbie kam knapp vor dem heranrollenden Kran wieder bei Cliff an, keuchte: «Jetzt kann's gut gehen!» und zog seinen Vetter hinter sich her durch die Isoliertür und zwischen dem aufgestapelten Eis auf die Bürotür zu. Hinter sich hörten sie den Kran gegen das Ende der Laufschiene prallen und die aufgeregt hallenden Stimmen von Krieger und Powers.

«Jetzt kommt's drauf an!» flüsterte Herbie und öffnete die Tür. Das Büro war leer. Wie der Blitz schossen die Jungen auf die Straße und dort um die nächste Ecke. Von der Fabrik her hörten sie undeutliche Rufe. Herbie lugte um die Ecke und sah Irving mit einem Polizisten mitten auf dem Fahrdamm zur Fabrik laufen.

«Da kommt der Polyp», flüsterte Herbie und fügte geringschätzig hinzu: «Der ist ja nicht mal halb so groß wie Irving.»

«Junge, Junge, ich dachte schon, wir sind geliefert.»

Sie schlichen die Seitenstraße hinunter, kletterten hinter der Fabrik über eine Schutthalde und flitzten durch einen Gang zwischen zwei Lagerhäusern hindurch. Jetzt befanden sie sich in einer kleinen Ladenstraße, einen Häuserblock von der Fabrik entfernt. Am Ende dieser Straße lag eine Hochbahnstation.

«Herb, wollen wir die Hochbahn nehmen?»

«Ja, wir müssen's wohl versuchen. Aber vielleicht sehen sie uns raufgehen. In ein paar Minuten haben sie bestimmt eine ganze Horde Polizisten zusammengetrommelt.»

Atemlos und mit zitternden Knien liefen die Jungen die steile Treppe zur Hochbahn hinauf. Herbie glaubte, das Herz zerspringe ihm in der Brust. Sie hatten Glück. Kaum waren sie durch die Sperre getaumelt, donnerte ein fast leerer Lokalzug in den Bahnhof. Sie stürzten hinein, die Türen schlossen sich, und der Zug fuhr quietschend und dröhnend mit ihnen davon. Sie waren gerettet! Zwei Minuten lang blieben sie halb betäubt vor Erschöpfung und auch Erleichterung stumm sitzen. Dann murmelte Cliff dösig: «Wie spät haben wir's eigentlich? Fünf?»

Herbie sah auf seine Uhr und hielt dem Vetter schweigend den Arm hin. Es war fünf Minuten nach zwei.

«Was? Ja, geht die denn überhaupt?»

Herbie hielt seine Uhr ans Ohr und hörte ihr munteres, regelmäßiges Ticken. «Ja, später ist es noch nicht. Erst fünf nach zwei.»

«Donnerwetter, ist erst zwanzig Minuten her, seit Mr. Butcher uns abgesetzt hat. Zwanzig Minuten – –»

Stumm und überwältigt staunten sie über das wunderliche Betragen der Zeit. Diese wenigen, an Abenteuern reichen Minuten waren ihnen länger erschienen als manche Stunden.

«Weißt du was?» fragte Cliff bedächtig, während sein durch die Gefahr betäubter Denkapparat wieder zu arbeiten begann. «Dann schaffen wir es ja vielleicht noch, rechtzeitig im Camp zu sein.»

«Tatsächlich!» rief Herbie, neu belebt durch diese überraschende und freudige Aussicht. «Hätte ich nie gedacht! Komm, wir steigen an der nächsten Station aus.»

Sie fuhren wie elektrisiert von ihren Sitzen hoch, liefen zur Tür und preßten dort ungeduldig die Nasen an die Scheibe. Kaum hielt der Zug, waren sie auch schon draußen und polterten mit Getöse die Treppe hinunter. Eine gute Weile war all ihr Denken darauf konzentriert gewesen, sich nicht erwischen zu lassen, jetzt aber drang der eigentliche Zweck ihrer Reise wieder in ihr Bewußtsein, dieses Wagnis, das wie durch ein Wunder zu glücken schien. Es blieben ihnen ja noch gut vier Stunden für die Rückreise zum Camp Manitou.

Über ihren Köpfen ratterte der Zug von dannen; sie standen auf einer stillen, düsteren Straße. Zwei Häuserblocks von ihnen schlenderte ein Polizist mit schwingendem Gummiknüppel durch die Nacht. So still war die schlafende Stadt, daß die Jungen die Tritte seiner genagelten Stiefel auf dem Pflaster hören konnten. Auf der anderen Straßenseite stand ein baufälliges Taxi, und am Steuer döste ein Neger in grauem Hemd und brauner Mütze. Das Vehikel war knallblau gestrichen – ein mißglückter Versuch, darüber hinwegzutäuschen, daß es etwa im Jahre 1921 das Licht der Welt erblickt hatte.

«Das ist genau das richtige für uns!» rief Herbie. «Das heißt, falls die Karre überhaupt noch fährt.»

Sie gingen über die Straße und weckten den Fahrer, indem sie hinten einstiegen und die Tür kräftig zuknallten.

«Wo – – wohin?» fragte der Neger, sich mit einem Ruck aufsetzend.

«Bis dahin, wo der Bronx River Parkway anfängt», antwortete Herbie.

«Hä?» Der Farbige drehte sich zu seinen Fahrgästen mit großen Augen um, die noch größer wurden, als er die beiden Steppkes in kurzen Hosen sah. «Was wollen ihr Bengel in mein Taxi?»

«Ich hab Ihnen doch eben gesagt, Mister, wir wollen zum Bronx River Parkway.»

«Na, Junge, das kosten aber drei Dollar.»

«Zeig ihm das Geld, Cliff.»

Cliff wedelte kurz mit einem Fünf-Dollar-Schein vor der Nase des Fahrers herum und ließ ihn dann wieder in seiner Tasche verschwinden.

«He, was machen ihr beiden mitten in der Nacht? Türmen von zu Haus, was?»

«Ja. Wir haben einen Stiefvater, und der versohlt immer unsere Mami. Und da sind wir ausgerissen. Wir wollen zu unserm Onkel in Albany, der heißt – – heißt Butcher.»

Der Neger lachte. «Heißt Butcher! Verstehe gut. Du lügen ganz schön flott. Gerade ausgedacht, was?»

Herbie sah den Fahrer ein wenig unsicher an, lachte dann auch und sagte: «Ja, gerade ausgedacht.»

«Na, mir egal, was ihr Bengel am Bronx River Parkway wollen. Ich hab ein Taxi, und ihr habt das Geld, also machen wir Geschäft. Kann losgehn.»

Es stellte sich heraus, daß das knallblaue Vehikel ein forsches Tempo fuhr, wenn auch mit erheblichem Krachen und Geholper. Nach einer knappen halben Stunde setzte der Schwarze sie an der Einfahrt zum Parkway ab. Cliff reichte ihm die Fünf-Dollar-Note, und die Jungen warteten voll banger Befürchtungen, daß er ihnen darauf herausgäbe. Weit und breit war kein Mensch und kein Fahrzeug zu sehen. Der Fahrer, der ihre ängstlichen Mienen bemerkte, lachte in sich hinein.

«Hören wohl eine Masse Schlechtes über farbige Leute, stimmt, Jungens?» Er reichte Cliff zwei Ein-Dollar-Scheine, der dankbar danach griff. «Und nicht vergessen, daß ein farbiger Mann euch Gefallen getan, ohne viel Fragen.» Er winkte ihnen zu, und die blaue Kutsche rumpelte davon.

Herbies Uhr zeigte Viertel vor drei. Bis zum Wecken waren es noch vier und eine halbe Stunde.

«Du Cliff, das schaffen wir spielend.» Die Vettern setzten sich zuversichtlich, ja fast übermütig in Marsch.

Aber man soll das Schicksal mit solchen Bemerkungen nicht herausfordern. Fünf Minuten vergingen, zehn Minuten, fünfzehn Minuten. Es waren nur zwei Wagen an ihnen vorübergefahren, und keiner der beiden Fahrer hatte Notiz von ihnen genommen.

«Dann nimmt uns eben der nächste mit», tröstete Cliff.

«Klar, wir haben ja noch massenhaft Zeit», bekräftigte sein Vetter tapfer. Sie stapften weiter. Von den aufregenden Ereignissen der Nacht sprachen sie nur wenig. Nach der Anspannung der in letzter Sekunde geglückten Flucht überkam sie nun, da sie sich am Rande der breiten verlassenen Autostraße dahinschleppten, Furcht und Erschöpfung. Nebel stieg auf, und die Sicht zwischen den weit auseinanderliegenden Lampen wurde immer diesiger. Ja, für zwei todmüde Jungen mit wunden Füßen war es wirklich ein sehr einsamer Ort.

Eine weitere halbe Stunde verging, in der jede Minute zur Qual wurde, und noch immer wanderten sie dahin.

«Cliff, ich – – ich muß mich setzen.»

Herbie sackte auf der Böschung zusammen; sein nebelfeuchter Kopf sank ihm auf die Knie. Der Vetter blieb neben ihm stehen. «Klar, Herbie, ruh dich nur aus.»

«Wir schaffen es nicht, Cliff. Hätt ich dich bloß nicht in diese Sache reingerissen! Du wirst aus dem Camp fliegen, und alles nur meinetwegen.»

«Moment mal! Da kommt ein Wagen!»

«Der nimmt uns doch nicht mit! Keiner nimmt uns mit. Wir werden den ganzen Weg bis nach Manitou laufen müssen. Mir geschieht es ja ganz recht, aber du – –»

Doch das Schicksal machte sich abermals einen Spaß daraus, Herbie zum Narren zu halten. Der Wagen hielt, und die Jungen torkelten erlöst hinein.

Dieser Fahrer war so verschieden von ihrem ersten Wohltäter, Mr. Butcher, wie er in Anbetracht dessen, daß auch er der menschlichen Spezies angehörte, nur sein konnte. Ja, wäre der neue Gönner ein ausgewachsener Eber gewesen, hätte man mit Fug behaupten können, die Verschiedenheit sei weniger auffällig. Sein dürrer, ausgemergelter Körper krümmte sich über dem Steuer wie ein halber Faßreifen. Sein Gesicht war rund, glatt, rosig und haarlos wie das eines Babys; nur daß unter seinem Hut ein paar graue Strähnen hervorschauten und er eine lange und spitze Nase hatte, auf der überdies eine Stahlbrille balancierte, wollte zu dem babyhaften Eindruck nicht recht passen. An ihm hing wie auf einem Bügel ein grauer, formloser Anzug, der hier und da eine kantige Ausbuchtung zeigte und solcherart vermuten ließ, daß darunter ein menschliches Skelett verborgen sei.

«Wohin, Freunde?» Er sprach mit hoher Fistelstimme.

«Wir müssen bis kurz hinter Panksville, aber wir sind froh, wenn Sie uns so weit mitnehmen, wie Sie können, Mister.»

«Da fahr ich vorbei. Muß gegen sieben in Hudson sein», piepste das Gespenst und schaltete mit einer so dürren Hand, daß man befürchten mußte, sie bräche bei dieser Betätigung ab. Dies geschah jedoch nicht, und der Wagen, ein alter Pierce Arrow, inhalierte einen tiefen Schluck Benzin und schnaufte in den Nebel hinaus.

Der Fahrer gab keinen Mucks von sich und schenkte seinen Mitfahrern, nachdem sie eingestiegen waren, keinen einzigen Blick mehr. Er fuhr mit geradezu erbitterter Konzentration. Den schweren Wagen zu steuern beanspruchte all seine Kraft. Fuhr der Wagen über einen Buckel, flog der Mann in die Höhe, wobei er sich ans Steuer festkrallte, wie ein Jockey an die Zügel seines Renners. Herbie beobachtete diesen stummen Kampf fasziniert; zum erstenmal ging ihm auf, daß ein Auto ein Ding sei, das seinem Lenker an Kraft überlegen war. Doch die weisen Männer, die diese Ungeheuer in Detroit fabrizierten, haben sie so mit Zahnrädern gezähmt, mit Hebeln getrimmt und ihre Atmungsorgane so hart zusammengeschnürt, daß sie dem normalen Menschen harmlos erscheinen. Gewicht und Körperkräfte von Herbies neuem Chauffeur lagen jedoch so weit unter dem Durchschnitt, daß das Ungetüm, wiewohl gedrosselt und gefesselt, ihm noch immer einen harten Kampf liefern konnte, und das tat es denn auch mit der vernunftlosen Energie lebendig gewordenen Blechs und Öls. Aber Herbies Vorrat an Furcht wie überhaupt an Gefühlen war so gut wie aufgebraucht. Nachdem er einmal erkannt hatte, daß der Fahrer, mit wie knapper Not auch immer, bei diesem Kampf doch die Oberhand behielt, ließ sein Interesse merklich nach. Er fühlte Cliffs Kopf an seiner Schulter: der Vetter war eingeschlafen. Da Herbie dem schweigenden Gerippe am Steuer nicht traute, nahm er sich vor, die Augen offenzubehalten. Aber er war nun insgesamt zwanzig Stunden wach gewesen, Stunden, in denen er größere körperliche Leistungen vollbracht als je in zwanzig Monaten . . .

Der Wagen hielt mit einem Ruck, der beide Jungen wachrüttelte. Als sie hinausblinzelten, sahen sie zu ihrer Überraschung, daß es heller Tag war und der Himmel rosig erglühte.

«Panksville, Jungs», piepste der Fahrer. Sie hielten an der Kreuzung im Dorf, vor Scudders Kramladen.

«Oh, vielen Dank, Mister! Wir haben geschlafen», sagte Herbie, sich reckend. «Wir können hier aussteigen, aber eigentlich müssen wir noch ungefähr eine Meile weiter.»

«So? Na, da fahr ich euch mit Vergnügen hin.» Der Wagen fuhr wieder an. Herbie sah auf die Uhr und zeigte sie dem gähnenden Vetter. Fünf Minuten nach sechs.

«Wir schaffen es», flüsterte er.

«Habt ihr gut geschlafen, Jungs?» fragte der Fahrer mit seiner Piepsstimme.

«Ja, prima», antwortete Herbie.

«Ich hätte mich ja gern mit euch unterhalten, aber mir fällt das Fahren nicht leicht. Ich seh nicht gut, und dieser Wagen hier läßt sich schwer steuern. Ihr gehört wohl in eins der Camps hier in der Nähe?»

Herbie fühlte, wie er eine Gänsehaut bekam. «Ah – – ja – das stimmt.»

«Penobscot?»

Die Jungen tauschten verstohlene Blicke.

«Nein», sagte Herbie.

«Na, dann muß es Manitou sein. Reizender Herr, dieser Mr. Gauss. Immer sehr zuvorkommend. Da könnt ihr wirklich von Glück sagen, daß ihr in einem so schönen – –» Der Wagen schoß um die Ecke und versuchte, sich selbständig zu machen und in einem Graben zu landen. Kein Rudergänger hat je erbitterter in einem Hurrikan an seinem Steuerrad gekämpft als dieses Federgewicht an seinem Volant. Als er den Wagen schließlich wieder in der Gewalt hatte, rang er erschöpft nach Luft.

«Da – uff – da seht ihr's, Jungs! Uff! Sollte weiß Gott mit der Bahn fahren. Ist aber unmöglich in meinem Beruf. So, da wären wir!»

Herbie hätte zwar gern gewußt, was für einen Beruf dieses Gerippe wohl ausüben könnte, aber weit mehr verlangte es ihm danach, sich aus der Nähe eines Menschen zu verdrücken, der Mr. Gauss kannte. Die Jungen sprangen aus dem Wagen. «Vielen Dank, Mister.»

«Keine Ursache», zirpte das Klappergestell und fuhr davon.

Und damit glaubte Herbie ihn zum letztenmal im Leben gesehen zu haben. Doch er irrte sich. Es ist weder Jungen noch Erwachsenen gegeben, weiter in die Zukunft zu schauen als allenfalls zwei Tage.

Cliff lief ins Unterholz hinein und kam mit einem sehr steifbeinigen und widerborstigen Clever Sam zum Vorschein. Der Klepper war ganz offensichtlich empört darüber, daß man ihn die ganze Nacht in Tau und Dunkelheit angebunden hatte stehenlassen. Er grunzte, wieherte, warf den Kopf nach allen Seiten und bockte.

«Du, das geht nicht gut», prophezeite Herbie düster.

«Sieht ganz so aus», stimmte der Vetter zu und schwang sich in den Sattel. Clever Sam drehte sich nach ihm um, trottete dann auf eine alte Eiche zu, stellte sich schräg dagegen und streifte den Jungen ab. Cliff plumpste herunter, war aber sofort wieder auf den Beinen. Clever Sam begann sich dem Grasrupfen zu widmen und schielte dabei unter buschigen Brauen tückisch zu seinem Ex-Reiter auf.

«Cliff, es ist schon zwanzig nach sechs! Und zehn vor sieben steht der Trompeter auf!»

Cliff näherte sich dem Pferd behutsam. «Ich glaub, jetzt ist er wieder okay. Man kann's ihm ja auch nicht verdenken. He, Sam, tut mir schrecklich leid, ich hätt's auch bestimmt nicht gemacht, wenn ich nicht in Druck gewesen wäre. Wir müssen jetzt ganz schnell ins Camp zurück, hörst du? Also sei brav!»

Er stieg wieder in den Sattel. Das Pferd hob den Kopf und stand ganz still. Als Herbie aber herankam, legte es seine Ohren flach, wieherte und scharrte.

«Er ist dir auch böse, Herbie.»

«Glaubst du, daß er mir was tut?» fragte Herbie ängstlich.

«Steig auf, dann wirst du's ja sehen.»

Mit der tatkräftigen Unterstützung des Vetters gelang es Herbie, auf den Rücken des Pferdes zu krabbeln. Er klammerte sich an Cliff und machte sich auf das Schlimmste gefaßt. Und das Schlimmste erwies sich in der Tat als recht übel. Clever Sam stampfte augenblicklich in einem holperigen, wütenden Trab und mit einem erstaunlichen Aufwand an Auf und Ab in Richtung auf das Camp davon. Seine Flanken schaukelten wie Bojen im Sturm, und das ärgste Gebumse fand zwischen Herbies Schenkeln statt. Vergeblich versuchte Cliff, Clever Sam zu einem Galopp und schließlich, als Herbie wie ein Sterbender röchelte, zum Schritt zu bewegen. Der

Gaul hielt unverändert die gleiche und im wahrsten Sinne des Wortes aufreibende Gangart von der Straße bis zum Stall bei. Was Herbie dabei an Stößen und Gerüttel, an Schaben, Reiben und Brennen erdulden mußte, läßt sich nicht schildern, nur so viel läßt sich sagen, daß, wenn das Fegefeuer wirklich die Strafe für begangene Sünden ist, Clever Sam Herbie zweifellos von den Höllenstrafen erlöst hat, die seiner für die Taten dieser Nacht harrten.

Herbies Uhr zeigte zwanzig Minuten vor sieben, als Cliff das Pferd in seine Box führte und Elmer Bean im Stall erschien. Beim Anblick der beiden übermüdeten und verstaubten Jungen in ihrer Stadtkleidung blieb der junge Mann vor Schreck wie angenagelt stehen, und als Herbie ihm dann wortlos die fünfzig Dollar hinhielt, wurden ihm die Knie so weich, daß er sich auf die Bank setzen mußte.

«Ich hab doch gesagt, ich krieg das Geld, und ich hab's gekriegt», sagte Herbie.

«Wo, zum Teufel, seid ihr Bengels gewesen?»

«Spielt doch keine Rolle! Jetzt können wir die Rutsche bauen, oder etwa nicht?»

«Doch, ich glaub schon, aber – aber wo hast du das Geld her, Herb? Kennst du jemanden in einem andern Camp hier in der Nähe?»

«Ist doch schnuppe, Elmer! Also bis nachher. Wir müssen vorm Wecken in der Koje sein. Komm, Cliff!»

«Ihr – ihr habt's doch nicht etwa gestohlen?»

«Bewahre!» rief Herbie mit ungeheurer moralischer Entrüstung über die Schulter zurück. «Wir haben's uns geborgt.»

Sie liefen den Hügel hinab. Das Camp lag so still vor ihnen wie eine Reihe von Pyramiden. In fünfzehn Minuten würde es von Leben wimmeln. Cliff und Herbie drückten sich auf dem Weg zur Kleiderkammer im Schatten der Sträucher entlang, um nicht irgendeinem Frühaufsteher in die Arme zu laufen, stopften ihre Anzüge in den Schrank und legten das Schloß wieder lose vor.

«Wir nageln es lieber später fest, sonst wecken wir die ganze Bande», meinte Cliff und drückte mit der flachen Hand die Nägel fest. Als er sich fragend zu dem Vetter umschaute, um sein Einverständnis zu hören, sah er ihn bleich und mit entsetzt aufgerissenen Augen dastehn.

«Du Cliff», stöhnte Herbie mit Grabesstimme, «weißt du, was

passiert ist? Ich hab vergessen, den Zettel in den Safe zu legen, auf dem steht, daß wir uns das Geld nur geborgt haben. Jetzt haben wir es also doch gestohlen. Cliff, wir haben *gestohlen!*»

«Ach was, sie kriegen es ja mit Zinsen zurück.»

«Ja, aber bis dahin – bis dahin sind wir ganz gemeine Diebe.»

«Ach, Mensch, hör schon auf! Darüber können wir später noch nachdenken. Wir müssen doch in die Kojen.»

In ihren kurzen weißen Turnhosen schlichen sich die Jungen, die Lagerstraße umgehend, von hinten an ihre Bungalows heran und huschten auf Zehenspitzen zu ihren Betten. Herbies Bettgestell quietschte laut, als er sich drauflegte, und er hörte Onkel Sid schnarchen und röcheln, wie er es immer kurz vor dem Erwachen zu tun pflegte. Der Junge schloß die Augen und tat, als sei er bewußtlos. Eine Minute später war aus der Verstellung Wirklichkeit geworden: er war fest eingeschlafen. Als die Trompete zehn Minuten später seine Schlafgenossen aus den Betten scheuchte, gelang es ihr nicht, Herbie wach zu bekommen; er lag da wie ein Toter.

«Los, Jungens», rief Onkel Sid, «wecken mit Plumps für Herbie Bookbinder!»

«Au fein!» grölte Lennie. Mit einem Satz waren er und Eddy Bromberg bei Herbies Bett und kanteten es. Der Schläfer rollte zu Boden und blinzelte aus roten, verquollenen Augen in die Runde.

«Schönen guten Morgen, General Mülltonne», begrüßte ihn Lennie.

«Jetzt aber ein bißchen dalli!» befahl Onkel Sid. «Man könnte wahrhaftig denken, du hast die ganze Nacht kein Auge zugetan.»

Herbie raffte ächzend seine zerschundenen, müden Glieder zusammen, rappelte sich mühsam hoch und stolperte mit den anderen Jungen ins Freie hinaus – um den neuen Tag mit einer Viertelstunde Freiübungen zu begrüßen.

21

Herbies Rutsche (3)

Später am Vormittag wanderte Mr. Gauss in Gedanken versunken über den Rasen des Mädchenlagers. Er erwog übellaunig, welche Vor- und Nachteile es hätte, wenn er anstatt vier nur drei Omnibusse mietete, um die Kinder in der nächsten Woche zum Bahnhof zu transportieren. Gerade als er sich fast zu der Überzeugung durchgerungen hatte, daß der durch das Gedränge in den überfüllten Bussen hervorgerufene Ärger durch die Ersparnis wettgemacht werde, bot sich ihm ein Anblick, der so überraschend war, daß er alle diese Erwägungen im Nu verscheuchte. Von der Spitze des Hügels liefen zwei parallele Reihen frisch gesägter Bretter über ein Stück der Wiese hinunter zum See. Dort, wo die Planken begannen, stapelten sich Bretter und Kanister, und um diesen Haufen liefen eifrig wie die Ameisen sein Faktotum und drei Jungen. Als er sich das Ganze noch verblüfft betrachtete, kamen Herbie und Ted, vier lange Bretter schleppend, hinter dem Haufen hervor, trugen sie den Hügel hinunter, fügten sie den Reihen an und stürmten wieder hügelaufwärts.

«Halt! halt!» brüllte der Rektor und näherte sich der Gruppe mit tadelnd erhobenem Zeigefinger, seinem üblichen Kriegssignal. «Was soll denn das hier heißen?»

Herbie, Ted und Cliff ließen ihre Arbeit liegen und scharten sich schutzsuchend um Elmer. «Das ist für den *Mardi Gras*, Mr. Gauss – – Käpten», verkündete Herbie eifrig.

«Die Jungen haben sich so 'ne Art Rutsche ausgedacht», erklärte Elmer Bean. «Ich glaube, die Sache wird funktionieren.»

«Ja, aber – aber wer hat denn die Erlaubnis erteilt, so etwas hier zu bauen? Und wo habt ihr denn das Material her? Das muß ja hundert Dollar gekostet haben! Ich verlange sofort zu wissen, wer das bezahlt!»

Herbie sah flehentlich zu Elmer auf. «Ja, Sir, das ist nämlich so», begann der junge Arbeiter, «ich kenne doch Tom Nostrand vom Sägewerk in Panksville, und dem hab ich erzählt, daß die Jungens sich die Sache mit der Rutsche ausgedacht haben. Na, und Tom ist ja ein netter Kerl, und da hat er mir das ganze Zeug hier gegeben. Er hat nämlich selbst keine Kinder und darum 'ne Schwäche für solche Bengels.»

Es war jedenfalls nicht ganz und gar gelogen. Elmer Bean war bei weitem nicht so ein begabter Flunkerer wie Herbie. Es hatte sich nämlich gezeigt, daß fünfzig Dollar kaum für die Hälfte des benötigten Materials ausreichten, und so hatte Elmer seinem Freund Tom den Rest für einen Freundschaftspreis abgehandelt. In seinem Bericht hatte er vorsichtigerweise den mysteriösen Betrag unterschlagen, den die Jungen ihm ausgehändigt hatten.

Die Gewißheit, daß nicht er für diese Anlage zu zahlen hatte, stimmte Mr. Gauss zwar versöhnlicher, aber dennoch murrte er: «Was ist denn das für eine dumme Erfindung?»

Herbie begann seinen Plan mit glühender Begeisterung zu entwickeln, aber vor dem fischäugigen Blick und den verkniffenen Lippen des Rektors schwand seine Begeisterung rasch dahin: er verhaspelte sich, stotterte, brachte Entschuldigungen vor, jedoch keine vernünftige Erklärung.

«Und Onkel Sandy hat doch gesagt», stammelte er schließlich recht lahm hervor, «daß wir alles ausprobieren dürfen, wozu wir Lust haben.»

«Einen solchen Unsinn habe ich in meinem ganzen Leben noch nicht gehört!» rief Mr. Gauss entrüstet. «Und all dieses kostbare Material für einen derartigen Unfug! Elmer, ich muß schon sagen, ich bin tief enttäuscht von Ihnen. Sie hätten die Jungen doch keinesfalls in diesem Plan bestärken dürfen! Diese Bretter sind ja wie geschaffen dafür, den Bootssteg zu reparieren. Am besten, Sie schaffen sie sofort hinunter. Die Schmiere können Sie ja in die Garage stellen. Natürlich hat die Reparatur Zeit bis nach den Ferien.»

«Was? Sollen wir die Rutsche nicht bauen dürfen?» rief Herbie in heller Verzweiflung. «Wo wir schon soviel gemacht haben?»

«*Getan* haben, Herbie! – Jawohl. Es tut mir leid, aber die Sache würde ja sowieso nicht funktionieren. Ihr könnt mir dankbar sein, daß ich euch nutzlose Arbeit erspare.»

Herbies steifer, erschöpfter Körper gehorchte ihm nicht mehr. Er plumpste auf den Rasen und weinte jämmerlich.

«Aber, aber!» rief Mr. Gauss peinlich berührt. «Benimm dich wie ein Mann, Herbie! Steh auf!»

Der Junge erstickte sein Schluchzen im Ärmel, rührte sich aber nicht.

«Also, hören Sie, Mr. Gauss», ergriff jetzt Elmer wieder das Wort, «ich glaub nicht, daß ich Ihre Anordnung befolgen kann.»

«Was?» Der Rektor starrte den Meuterer zornig an.

«Na ja, sehen Sie, Tom Nostrand hat mir das Material doch für die Jungen gegeben. Und wenn Sie jetzt den Steg damit ausbessern wollen, dann müssen wir anstandshalber dafür bezahlen. Wenn ich also tu, was Sie mir befehlen, dann muß ich das Tom erzählen, und dann kriegen Sie schon morgen eine Rechnung über hundert Dollar. Oder wollen Sie etwa von mir verlangen, daß ich unehrlich bin und ihm nichts davon sage?»

Da drei Kinder mit gespitzten Ohren anwesend waren, setzte diese Frage Mr. Gauss in einige Verlegenheit. «Das hat gar nichts damit zu tun. Ich dachte ja nur, weil die Bretter nun einmal hier sind – natürlich will ich dafür nicht bezahlen. So nötig ist diese Reparatur am Bootssteg gar nicht.»

«Wir könnten die Planken schon für den Steg benutzen, Sir», meinte Elmer, «aber erst nach dem *Mardi Gras*. Sie bleiben ja in jedem Fall hier. Dann sind sie zwar nicht mehr so neu, aber gut sind sie immer noch. Wenn wir erst mal Herbies Rutsche damit gebaut haben, kann Tom das Zeug doch nicht mehr gebrauchen.»

Durch diese Darstellung war der Rektor geködert. Wenn er Holz im Werte von hundert Dollar umsonst ergattern konnte, hätte er den Jungen wahrscheinlich auch gestattet, dem Götzen Baal einen Altar zu errichten.

«Also, dann meinetwegen. Nichts liegt mir ferner, als meinen Jungen ihr Vergnügen zu rauben, solange es ihnen nicht schadet. Also macht nur weiter, Jungen, und rackert euch ab, Hauptsache, ihr habt euern Spaß. Dafür ist unser Camp ja schließlich da. Ihr habt hiermit meine Erlaubnis, die Rutsche zu bauen.»

Er verspritzte sein strahlendes Lächeln in die Runde, als benutzte er einen Gartenschlauch, um jeden Unmut fortzuspülen. Dann klomm er mit rhythmisch wackelndem Hinterteil zu seinem Büro hinauf.

Will man emsige und mühsame Arbeit beschreiben, bedient man sich gern des Vergleiches mit dem Biber. Aber hat wohl jemals ein Biber solche Leistung vollbracht wie Herbie an diesem Tag? Der dicke, kleine Junge hatte sechsunddreißig Stunden lang kaum ein Auge zugetan, sein ganzer Körper war ein einziger Muskelschmerz, und doch leistete er in dieser Verfassung das schwerste Tagewerk seines Lebens. Gewiß, auch Cliff war übel dran, aber er war kräftiger als sein Vetter und hatte nicht Clever Sams Stöße über sich ergehen lassen müssen wie Herbie, der noch jetzt jeden einzelnen in allen Gliedern spürte. Während er sich schwitzend abrackerte, um Elmer Beans Anweisungen auszuführen, wallte ihm roter Nebel vor den Augen. An Händen und Füßen bildeten sich Blasen. Oft war ihm, als würden Arme und Beine in der nächsten Sekunde den Dienst versagen. Und doch tat er, wankend, taumelnd und stolpernd, alles, was man ihm auftrug.

In Ted hatte sich unverhofft eine Hilfskraft offenbart. Früh am Morgen war er mit Lennie angeschlendert gekommen, um dumme Witze zu reißen, und war ohne Lennie geblieben, um zu arbeiten. Felicia, die im Laufe des Vormittags Gerüchte von dem Projekt ihres Bruders vernommen, war gleichfalls zur Hilfe herbeigeeilt. Während des Mittagessens nagten beide Teile des Camps beglückt an diesem Neuigkeitsknochen, und Herbie erlangte rasch einen gewissen Ruf, der freilich nicht unbedingt schmeichelhaft war. Ein paar Jungen und Mädchen äußerten sich zwar anerkennend über die Verwegenheit eines solchen Plans und sagten ihm Erfolg voraus, die meisten aber machten sich darüber lustig. Gelungene Witze über ‹General Mülltonnes Rutsche› machten die Runde. Als Herbie, Cliff und Ted, die die Erlaubnis erhalten hatten, später zum Essen zu kommen, die Speisehalle betraten, empfing sie ein spontaner Sprechgesang der übrigen Camper:

«Seht mal diesen Affen an,
wie der Affe rutschen kann!
Hurra für General Mülltonne!»

Doch Herbie war viel zu müde, um sich diese Spötteleien zu Herzen zu nehmen. Er ließ sich auf seinen Stuhl fallen, weit glücklicher darüber, ausruhen als sich sattessen zu können, und döste während des größten Teils der Mahlzeit vor sich hin.

Seltsamerweise erholte er sich im Laufe des Nachmittags. Seine Gelenke wurden beweglicher, seine Augen klarer, und er feuerte seine Mitarbeiter sogar durch lustige Bemerkungen an. Als Elmer sich anderen Arbeiten zuwenden mußte, übertrug er ihm die Aufsicht und sah bei seiner Rückkehr zwei Stunden später mit Staunen, daß die Schienen bereits bis zum See reichten. Jetzt folgte die mühselige Arbeit, die Bretter aneinanderzufügen und sie auf dem Erdboden zu befestigen, eine Plackerei, über der die Kinder noch schwitzten, als zum Abendessen geläutet wurde. Herbie ging, noch immer recht munter, in seinen Bungalow, um sich umzuziehen; als er sich aber aufs Bett setzte, um seine Strümpfe auszuziehen, sackte er wie vom Blitz gefällt zusammen und schlief ein. Seine Kraftreserve – dieser magische Energieausbruch, den uns die Natur in verzweifelten Situationen gönnt, wenn die normale Kraft erschöpft ist – war verbraucht. Seine Kameraden konnten ihn kaum dazu bringen, daß er die Augen öffnete, aber Onkel Sid befahl in einer ungewohnt lichtvollen Eingebung, ihn in Frieden zu lassen. So wie er umgesunken war, lag Herbie reglos bis Mitternacht, als er von wütendem Hunger und Durst gepeinigt aufwachte. Im Mondschein schlich er sich zur Speisehalle hinüber und durchsuchte die angrenzende dunkle Küche, wo er einen aufgeschnittenen Laib Brot fand, der einer ganzen Bungalowbesatzung zum Frühstück dienen sollte. Er schlang eine Scheibe nach der anderen hinunter, bis der ganze Laib verschwunden war, und spülte mit sechs Glas Wasser nach, wobei er zu dem Schluß kam, daß Wasser und Brot doch die köstlichste Speise der Welt sei. Dann torkelte er in seinen Bungalow zurück, zog sich aus und schlief bis zum Wecken wie ein Bronzegötze.

Er erwachte zu einem neuen Tag, erfrischt und gekräftigt, aber bedrückt. Das Wetter war schwül, Felicia machte in der Hitze rasch schlapp und ließ die kleine Gruppe schon früh am Vormittag mit der Arbeit allein. Elmer und die drei Jungen schufteten mit tropfender Stirn, verschwitztem Körper und glitschigen Händen an der Rutsche weiter. Noch nie zuvor hatte Herbie so redliche Arbeit geleistet. Dabei entdeckte er auch voll Dankbarkeit, daß die Arbeit der ‹Strom des Vergessens› ist, von dem die Märchen erzählen, und daß er den darin Badenden von seiner Vergangenheit befreit – wenn auch nur für ein Weilchen.

Tief im Herzen nagte an ihm die schuldbeladene Gewißheit, daß dieses gigantische Werk auf Diebstahl gegründet sei. Diese Tat hatte er vor sich selbst dadurch zu rechtfertigen versucht, daß er den Zettel hinterlassen werde, aber gerade das hatte er vergessen. Die Logik, die ihm vorgegaukelt hatte, ein durch einen Zettel erklärter Diebstahl sei kein Diebstahl, bescherte ihm nun das peinigende Vorgefühl übler Folgen. Er versuchte sich zwar einzureden, daß er sich durch die Erstattung des Geldes von aller Schuld reinwaschen könne, aber bis es so weit sein würde, fühlte er sich sehr sündig. Würde die Vergeltung ihn nicht treffen, ehe die Rutsche fertig war? Würde er überhaupt Gelegenheit haben, das Geld zurückzuzahlen? Gleich am Morgen, als er die Augen aufschlug, überfielen ihn diese quälenden Gedanken und ließen ihm erst dann Ruhe, als er bei Elmer auf dem Hügel angelangt war, wo sie im Hämmern und Sägen, im Schmieren und Schleppen untergingen.

Spät am Nachmittag war die Rutsche für einen ersten Versuch fertig. Das mit einem Schifferknoten an einem Pflock befestigte Ruderboot lag oben auf den geschmierten Schienen. Clever Sam, den man mit einer Schleppvorrichtung gezäumt hatte, befand sich in Cliffs Obhut. Eine erwählte Gruppe, Mr. Gauss, die beiden Hauptbetreuer, Yishy Gabelson, Onkel Sid und Herbies Bunkerbesatzung sowie einige Mädchen starrten neugierig auf das Bauwerk und die vier verschwitzten und verschmierten Gestalten, seine Schöpfer.

Während Elmer Bean und seine Helfer letzte Hand anlegten, tuschelten die Zuschauer miteinander; bisweilen hörte man sie lachen.

Schließlich strich sich Elmer die Haare aus der Stirn, richtete sich aus seiner knienden Stellung neben dem Boot auf und verkündete: «Fertig! Wer fährt zuerst?»

«Ich!» schrie Herbie eifersüchtig, da er einen ganzen Chor weiterer Freiwilliger erwartete. Er sah recht verdutzt drein, als er nur die eigene Stimme gellen hörte.

«Warum denn so ein Risiko eingehen?» ließ sich Mr. Gauss vernehmen. «Lassen Sie doch das Boot unbemannt rutschen, dann werden wir sehen, was passiert.»

«Ist doch viel einfacher, wenn jemand im Boot sitzt», meinte Elmer, «es muß doch an Land gepaddelt werden. Würd's gern selber probieren, macht bestimmt Spaß.»

«Aber ich hab's mir doch ausgedacht!» protestierte Herbie. «Bitte, Mr. Gauss, darf ich?»

Onkel Sandy meinte mit tückischem Grinsen: «Ich glaube kaum, daß es gefährlich ist, Käpten.»

«Na schön, wenn Sie meinen! Letzen Endes bin ich für den Jungen verantwortlich, aber daran denkt ja niemand – –»

Mit wild hämmerndem Herzen kletterte Herbie ins Boot, nahm auf dem Vordersitz Platz und griff nach einem langen, gelben Paddel.

«Hock dich lieber auf den Boden, Herb», rief Elmer, «sonst fliegst du vielleicht raus.»

Der Junge gehorchte.

«Und leg das Paddel hin! Das Ding kann dir leicht 'n paar Zähne ausschlagen, wenn das Boot aufs Wasser klatscht.»

Herbie ließ das Paddel fallen, als sei es glühend heiß.

«Fertig, Herb? Wenn ich jetzt das Tau losmache, haust du ab.» Elmer lockerte den Knoten.

«Alles – –» Herbie schluckte kampfhaft, denn plötzlich war ihm die Kehle wie ausgedörrt. «Alles fertig!»

«Also los!» Elmer zog den Knoten auf.

Das Boot rührte sich nicht vom Fleck.

Hier und da erklang ein Kichern. «Macht nichts», sagte Elmer. «Sitzt nur an der Schmiere fest.» Er gab dem Boot einen Stoß mit dem Fuß. Es rutschte etwa einen halben Meter und kam dann mit saugendem Geräusch zum Stillstand. Herbie drehte sich hilflos nach Elmer um; seine Miene war herzzerbrechend – aber wir Menschen sind eine grausame Rasse. Als die Zuschauer ihn so sahen, klang brüllendes Gelächter auf.

«Gib's auf, Robert Fulton!»

«Junge, was für ein fabelhafter Einfall!»

«Das Wasser ist'n bißchen trocken, was, Herbie?»

«Wird dir nicht schwindlig bei dem Tempo?»

«Mensch, geh zurück zu deiner Mülltonne, General!» (Dieser letzte Geistesblitz wurde von Lennie beigesteuert).

«Na, Yishy, ich glaube, du brauchst dir keine Sorgen mehr zu machen», kicherte eines der größeren Mädchen. Es hatte sich herumgesprochen, daß Yishy eine höchst originelle Monstrositätenschau plante und daß er außer Herbie keinen ernsthaften Konkurrenten zu fürchten hatte. Der kräftige, ein Meter achtzig große Supersenior, auf dessen Oberlippe bereits ein Schnurrbartflaum sproß, lächelte in sich hinein. Der kleine, dicke Junge, der ihm so wild entschlossen und so dummerhaftig den Rang streitig machen wollte, tat ihm geradezu leid.

«Was ist denn bloß los, Elmer?» schrie Herbie nervös.

Der junge Arbeiter kratzte sich nachdenklich den Kopf. «Weiß es auch nicht, Herbie. Hab keine Ahnung. Der Kasten müßte abhauen wie's Donnerwetter. Aber – wart mal, ja, das wird's sein! Die Schmiere ist noch zu frisch und zu dick. Die muß erst richtig einziehen. So wie Neuschnee, verstehst du? He, Ted und Cliff, faßt mal mit an!»

Die drei stemmten sich gegen das Boot. Kaum hatten sie es ein paar Meter geschoben, glitt es ihnen unter den Händen fort.

«Jetzt, Herb! Jetzt saust's ab!» schrie Elmer.

Ja, kein Zweifel, es sauste ab, mit jedem Meter an Geschwindigkeit gewinnend. Von Herbie, der gebannt geradeaus schaute, war nur der dunkle Schopf zu sehen. Schneller und schneller ratterte das seltsame Fahrzeug über die geschmierten Schienen. Sekunden später glitt es über die Böschung und landete mit gewaltigem Klatschen auf dem Wasser. Diesmal brachen die Zuschauer einmütig in Beifallsrufe aus, denn schließlich war es ein erregendes Erlebnis, mitanzusehen, wie der Traum eines Jungen Gestalt gewonnen hatte. Aber mit dem Aufklatschen verebbte auch der Beifall. Auf dem Wasser trieben Herbie und das gelbe Paddel. Das Ruderboot war verschwunden.

Mr. Gauss geriet in wilde Aufregung. «Rettet den Jungen! Ich wußte ja, daß das der reine Wahnsinn ist! Laßt das Paddel nicht abtreiben! Brecht sofort die Anlage ab! Sucht das Ruderboot!» brüllte er, wies mit den Armen in alle Himmelsrichtungen und sauste zweimal im Kreis um sein verdutztes Faktotum. Während er noch mit dieser nutzbringenden Tätigkeit beschäftigt war, stürmten Onkel Sandy, Ted und Cliff bereits den Hügel hinunter, und hinter ihnen galoppierte mit hängendem Zaumzeug Clever Sam.

Als diese seltsame Rettungskavalkade das Ufer erreicht hatte, wurde offenbar, daß es ihres Einsatzes nicht bedurfte. Herbie kam bereits stolpernd durch das seichte Wasser gestapft und watete alsbald, das Paddel hinter sich her schleifend, betrübt an Land. Hinter ihm tauchte das Ruderboot mit dem Kiel nach oben träge aus dem Wasser empor und rollte über, seine geschmierte Unterseite mit den beiden parallelen Gleitschienen zur Schau stellend – eine Szene, die in ihrer Lächerlichkeit wert gewesen wäre, unter dem Titel ‹Mißgeschick› von einem gutmütigen Karikaturisten verewigt zu werden.

Was in Herbie vorging, als er jetzt unter den Blicken der versammelten Mädchen, die sich auf die Meldung des Unglücks eingefunden hatten, triefend an Land stieg, läßt sich nicht beschreiben. Ted und Cliff hörten ihn verbissen vor sich hin murmeln: «Hab ich verdient! Geschieht mir ganz recht! Müßte noch viel schlimmer kommen», wieder und wieder, während er, jeden Beistand ablehnend, den Hügel hinaufkeuchte.

«Nimm's dir nicht so zu Herzen», tröstete ihn Onkel Sandy, der neben ihm herging. «Wir machen alle mal Pläne, die sich nicht verwirklichen lassen. Es war jedenfalls ein erstklassiger Versuch.»

Herbie antwortete nicht.

«Wie kam denn das, Herb?» erkundigte sich Elmer Bean, der ihm entgegengekommen war.

«Der verdammte Kahn setzte auf und ist dann einfach abgesoffen.» Herbie stützte sich auf Elmers Arm, zog einen Schuh aus und ließ ein Rinnsal schmutzigen Wassers herauslaufen. Das gleiche tat er mit dem anderen Schuh und trottete dann, die Schuhe in der Hand, auf tropfnassen Strümpfen über den Rasen.

«Irgendwas muß verkehrt sein, Elmer. Ich bin eben ein Pechvogel. Es wird nie funktionieren.»

«So leicht darfst du nicht aufgeben, Herb.»

«Ich geb nicht leicht auf. Aber ist man ein Pechvogel, dann kann man nichts dagegen machen. Hab so was schon kommen sehen.»

Sie waren jetzt am Anfang der Gleitbahn angelangt. Die Zuschauer starrten den Jungen schweigend an. Er war zu tief gestürzt, als daß man auf seine Kosten hätte witzeln können. Felicia drängte sich nach vorn und rief: «Ist dir auch nichts passiert, Herbie?»

«Ach, was! Wasser schadet keinem Menschen», antwortete der triefende Junge und wandte sich brüsk von ihr ab.

Mr. Gauss kam, noch immer, wenn auch gemäßigter, mit den Armen fuchtelnd, hinzu: «Hervorragender Campgeist, Herbie! Du trägst die Niederlage wie ein Mann. Du bist doch nicht etwa verletzt? Nein, siehst ja auch gesund und munter aus. Die Eltern zu benachrichtigen erübrigt sich wohl, sie würden sich unnötig aufregen. Du brauchst dich nur umzuziehen, und dann ein schönes warmes Abendbrot! Ja, Herbie, dein Plan verdient durchaus ruhmvolle Erwähnung. Du bist nicht gescheitert, mein Junge, hast Erfolg gehabt, einen moralischen Erfolg, der dich sicher viel gelehrt hat.»

Eine Dosis ‹Gauss'schen Sieg› verabreicht zu bekommen, war das letzte, wonach es Herbie in diesem Augenblick verlangte.

«Ja, ich zieh mich erst mal um», brummelte er. Als er den Weg ins Lager einschlug, sah er dicht hinter Mr. Gauss Lucille stehen, die ihn mitfühlend aus großen Augen ansah. Sie schenkte ihm ihr gewinnendstes Lächeln und nickte ihm aufmunternd zu. Plötzlich war sie für ihn nur ein albernes, dummes Ding, ein Mädchen in weißer Bluse und blauer Turnhose mit mohrrübenrotem Haar. Ihr Gesicht war voller Sommersprossen, und wenn sie lächelte, sah man, wie schief ihre Zähne standen. Die Vorstellung, daß er sich um der Gunstbeweise eines solchen Geschöpfes willen all dieser vergeblichen Plackerei unterzogen hatte, kam ihm in diesem Augenblick geradezu absurd vor. Er konnte sich nicht einmal dazu aufraffen, ihr Lächeln zu erwidern. Gebeugt und tropfend stapfte er von dannen. Das letzte, was er noch hörte, war der Befehl des Rektors: «Reißen Sie das Gerüst gleich nach dem Abendessen ab, Elmer. Ich wünsche, daß der Rasen morgen früh wieder in Ordnung ist», und darauf Elmers Antwort, ein mürrisches «Hm!»

Am Abend saß Mr. Gauss auf der Veranda des Gästehauses und lauschte mit innigem Vergnügen dem Sägen und Hämmern, das in der Dunkelheit vom Hügel herüberscholl. Einem Uneingeweihten hätte dieses Geräusch wohl schrill in den Ohren geklungen – ihm aber war es eine liebliche Weise, die von gratis gelieferten Brettern kündete. Er sann über den überraschenden Energieausbruch des kleinen Herbie Bookbinder nach, durch den die nun im Abbruch befindliche Konstruktion Form gewonnen hatte, und kam zu dem Ergebnis, daß alle Jungen Pulverfässern glichen, veritablen Pulverfässern. Selbst der ruhigste und trägste Junge konnte mit ohrenbetäubendem Knall Energie entwickeln, fand man nur den richtigen Zündstoff. Was hatte diesen kleinen, rundlichen Steppke dazu getrieben, nicht allein eigenhändig im Schweiße seines Angesichts zu arbeiten, sondern auch den lethargischen Elmer Bean mit seiner Begeisterung anzustecken? Und warum weigerten sich die Jungen, die gleiche Begeisterung für die schönen Aufgaben zu zeigen, die er ihnen stellte? Mr. Gauss seufzte und beförderte eine Mücke ins Jenseits. Eine neue sirrte voll Rachegelüsten heran. Da Mr. Gauss nicht in der Stimmung war, sich auf einen nächtlichen Zweikampf mit der Fauna von Manitou einzulassen, stand er auf und zog sich in das Zimmer zurück, wo er alsbald in Schlummer sank, das liebliche Geräusch des Hämmerns und Bohrens im Ohr und vor dem geistigen Auge das erquickende Bild säuberlich gestapelter Bretter.

Am nächsten Morgen weckte ihn ein unter seinem Fenster ausgestoßener Ruf: «Mr. Gauss! He, Mr. Gauss!» Er wälzte seinen widerstrebenden Körper aus dem Bett und sah mit überrascht blinzelnden Augen, daß der verbeulte, einbeinige Blechwecker auf seinem Nachttisch erst sieben Uhr zehn zeigte. Vor acht wagte man sonst niemals, ihn zu stören.

«Gucken Sie doch mal raus, Mr. Gauss!»

Es war Elmer Beans Stimme. Mr. Gauss schlurfte zum Fenster und sah hinaus, und im Nu hatten Staunen und Ärger jede Müdigkeit vertrieben. Herbies Rutsche erstreckte sich nach wie vor in ihrer ganzen Pracht über den Hügel. Wieder lag das Ruderboot, mit dem Schifferknoten vertäut, oben an der Bahn, und in der Nähe weidete still und zufrieden Clever Sam. Im Boot saßen Ted, Cliff und Herbie, und daneben stand Elmer mit dem Tauende in der Hand. Als er Mr. Gauss' Kopf auftauchen sah, brüllte er: «Jetzt ist die Rutsche okay, Mr. Gauss! Passen Sie mal auf!»

«Elmer, ich verbiete Ihnen –» kreischte Mr. Gauss, aber da hatte der junge Mann schon ungerührt die Vertäuung gelöst und ließ sich auf die Bank fallen. Das Ruderboot begann zu gleiten. Nach einigen Metern machte es raschere Fahrt und begann zu rasen. Kurz vor dem Ufer schien es einen Satz zu machen. Die Jungen zogen eine am Bug befestigte Schutzpersenning über sich, das Boot flog über das Wasser hin, setzte elegant auf wie eine Möwe und kam gischtumsprüht zum Stehen. Kaum hatten sich die Wellen beruhigt, ließen die Jungen die Persenning fallen, nahmen die Paddel zur Hand und winkten Mr. Gauss begeistert zu. Der teils vor Ärger, teils vor Erleichterung zitternde Rektor kleidete sich in aller Hast an und eilte zur Rutsche. Das Ruderboot war bereits wieder oben angelangt, und Cliff entließ gerade Clever Sam von seinem Schleppdienst.

«Die nächste Fahrt ist für Sie, Käpten!» verkündete Elmer strahlend und machte eine Ehrenbezeigung.

«Elmer, ich habe doch ausdrücklich angeordnet –»

«Ach, lassen Sie man, Mr. Gauss! Ich wußte doch, daß Sie die Jungen nach all der Schufterei nicht unglücklich machen wollen. Sind doch vier Kinder, und wir wollen ja schließlich, daß sie auch nächstes Jahr wiederkommen, stimmt's nicht? Na, und die Rutsche war ja auch prima, ich hatte bloß vergessen, die gute, alte Sprungschanzenkrümmung am Ende einzubauen, verstehen Sie? Das Boot traf nämlich mit der Spitze zuerst ins Wasser, anstatt mit dem Bauch aufzusetzen wie ein Vogel. Wir haben die Sache gestern abend noch ohne viel Schwierigkeiten ausgebügelt. Bloß'n kleines Gerüst und 'ne kurze Rampe.»

«Bitte, Mr. Gauss», flehte Herbie und sah ihn mit demütigem Hundeblick an, «bitte fahren Sie doch mal! Wir sind schon achtmal gerutscht. Es geht ganz prima! Und Sie sind dann unser erster richtiger Passagier.»

«Also gut, Herbie.» Mr. Gauss lächelte breit und tätschelte Herbie den Kopf. «Du hast den richtigen Campgeist! Ich ziehe meinen Hut vor dir.» Er stieg majestätisch ins Boot und setzte sich. Elmer löste den Knoten. Mr. Gauss wurde das Vergnügen einer flotten, aufregenden Fahrt zuteil, und nicht ein einziger Wassertropfen netzte ihn. Herbie am Heck und Ted am Bug paddelten das Boot flink ans Ufer zurück und halfen ihrem Rektor galant beim Aussteigen.

Mr. Gauss sah bewundernd zu, als die Jungen das Boot auf die eingefetteten Schienen setzten, Clever Sams Leine durch einen am Heck befestigten Ring zogen und das Ganze sich leicht und glatt bergauf bewegte.

Gegen den Erfolg gibt es keine Einwände, und Mr. Gauss wußte das sehr gut. «Herbie, ich gratuliere dir!» sagte er, während er hinter dem dicken Jungen hügelan stieg. «Du hast ein Wunder vollbracht, mein Junge.»

«Ich doch nicht! Elmer und Cliff und Ted – am meisten natürlich Elmer – die haben's gemacht. Ich kann nicht halb soviel arbeiten wie Ted. Ich tauge einfach nicht dazu.»

«Aber du, mein Junge, hast die Idee gehabt! Die Idee und den Unternehmungsgeist. Habe ich vielleicht Camp Manitou mit meinen eigenen Händen gebaut? Nicht zwei Bretter habe ich zusammengenagelt, und trotzdem ist es mein Camp, so wie dieses Werk hier deine Rutsche ist. Herbies Rutsche.»

Herbie hätte es zwar lieber gehört, wenn Mr. Gauss seine Rutsche mit etwas Besserem verglichen hätte als ausgerechnet mit Camp Manitou, aber er sah ein, daß der Rektor sich alle Mühe gab, wirklich nett zu sein. Darum erwiderte er höflich: «Es freut mich sehr, daß es Ihnen Spaß gemacht hat, Mr. Gauss – äh – Käpten», und eilte davon, den Hügel hinauf.

22

Herbies Triumph

So ging es also zu, daß Herbies Rutsche trotz allem schließlich Wirklichkeit wurde. Vier Tage zuvor war sie noch eine nebelhafte Vorstellung im Hirn eines kleinen Jungen gewesen, der lächerliche Traum von einem Ruderboot, das auf Rädern einen Hügel hinabrollt. Jetzt, da sie tatsächlich vorhanden war und reibungslos funktionierte, beherrschte diese Rutsche das ganze Gelände. Elmer hatte noch einen hübschen Einfall beigesteuert: einen Torbogen, der den Eingang zur Rutsche bildete und in riesigen Pappbuchstaben, hinter denen abends rote Glühlampen aufleuchteten, die Inschrift ‹Herbies Rutsche› trug. Von seinem Werk entzückt, war er noch vor Einbruch der Dunkelheit rasch in die Stadt gefahren, wo er einen Unterbrecherkontakt erstand, den er in die Leitung einbaute. Als die Jungen und Mädchen sich gegen Abend lustig kostümiert zur Feier des *Mardi Gras* versammelten, bot diese Inschrift, hinter der die Lampen aufflammten und erloschen, einen schlechthin überwältigenden Anblick. Es war das erste, was die Besucher, die von außerhalb ins Camp kamen oder vom Lager der Jungen hinübergingen, bemerkten. Nichts sonst in Manitou war auch nur annähernd so prächtig. Die anderen Buden, Spiele und sonstigen Unterhaltungen waren noch nicht einmal besichtigt worden, da staute sich vor dem Eingang zur Rutsche bereits eine Schlange von zwanzig wartenden Kindern und Erwachsenen.

Unter dem Torbogen stand, angetan mit Elmers Matrosenmütze und Jacke, Herbie. Die Mütze hatte zwar die fatale Neigung, ihm über die Ohren zu rutschen, und in der Jacke hätte auch Cliff noch Platz gehabt, aber der seemännische Effekt war dessen ungeachtet sehr wirkungsvoll. Zunächst machte Herbie einige marktschreierische Anstrengungen: «Immer hereinspaziert, Leute! So eine schöne Rutsche habt ihr noch nie gesehen! Nur fünfundzwanzig Cent für eine Rutschpartie auf der rutschigsten Rutsche der Welt! Nur fünfundzwanzig Cent, der vierte Teil eines Dollars!» und so weiter. Aber bereits nach wenigen Minuten, als zwei Dutzend Passagiere darauf warteten, an die Reihe zu kommen, und jeder Augenblick neue Interessenten herbeilockte und sich obendrein eine gaffende Menge eingefunden hatte, die die Rutsche mit Ausrufen der Bewunderung bestaunte, schienen ihm die Anpreisungen überflüssig, und er stellte sie ein.

Von da an war der Abend für ihn ein einziger Rausch von Glückseligkeit. Es regnete Geldstücke und Glückwünsche. Viele Fahrgäste stellten sich nach der ersten Rutschpartie sogleich zur nächsten an. Die Rutsche flitzte wie geölt. Ted und Felicia hatten ihren festen Platz im Boot, um es ans Ufer zu paddeln. Cliff und Clever Sam entwickelten im Laufe des Abends immer mehr Geschick darin, das Boot zurückzuschaffen. Herbie kassierte das Fahrgeld, das er in einer Zigarrenkiste aufbewahrte, und vertäute und löste das Boot ganz wie Elmer es ihm beigebracht hatte. Alle vier Kinder waren stolzgeschwellt über ihre Mitarbeit an diesem erfolgreichen Werk, und selbst Clever Sam zeigte sich fügsam und milde gestimmt und ließ sich sogar mit freundlich rollenden Augen von den Zuschauern streicheln und klopfen.

In dieser Stunde höchsten Glückes verdrückte sich Herbies Gewissen still in einen Winkel. In knapp zwei Stunden hatten sich fünfzig Dollar bei ihm angehäuft. Bereits am nächsten Morgen würde also die Sache mit dem ‹Borgen› aus seinem Sündenregister gestrichen werden müssen. Der Fluch war gebrochen. Alles stand zum besten. «Junge, Junge, du wirst bestimmt Käpten!» hatte man ihm wohl schon hundertmal versichert. Einfallsreichtum und Unternehmungsgeist hatten den Sieg davongetragen. Und der Himmel hatte gnädig entschieden, daß Diebstahl zuweilen kein Diebstahl sei, und das achte Gebot zu Herbie Bookbinders Gunsten außer Kraft gesetzt. Herrgott, was war es doch für eine wunderbare Welt!

Ja, selbst Lucille sah ihr Unrecht ein. Nachdem sein Triumph bereits drei Stunden währte und er von Lobpreisungen und dem Profit fast berauscht war, fühlte er ein zaghaftes Zupfen an seiner übergroßen Jacke.

«Ich gratuliere, Herbie», zwitscherte ein süßes Stimmchen.

Der Junge fuhr herum. Vor ihm stand eine allerliebste rothaarige kleine Piratin in einem zerrissenen goldenen Hemdchen, blutroter Schärpe und kurzen, am Hinterteil kunstvoll aufgerissenen Hosen. An ihrer Schärpe trug sie einen winzigen Dolch und über dem einen Auge eine schwarze Seidenklappe, dafür strahlte aus dem anderen Auge aber soviel Bewunderung und Liebe, daß es auch für beide ausreichte. Herbie, der sich erst gestern von seiner Liebesschwäche geheilt glaubte, befielen nun Zweifel an dieser Heilung. Hier näherte sich ihm in Demut Lucille, die strahlende, entzückende Lucille – und das war denn doch ein zu wonnevolles Erlebnis.

«'n Abend, Lucille! Moment mal.»

Er gab acht Passagieren, die gerade eingestiegen waren, ihr Wechselgeld zurück und fuchtelte dabei mit der geöffneten Zigarrenkiste vor Lucilles Nase herum, so daß sie einen langen Blick auf den Messing- und Silberüberfluß darin tun konnte. Dann löste er elegant und gleichmütig den Knoten, und das Boot donnerte die Rutschbahn hinunter.

«O Herbie, daß du dir so etwas ausdenken konntest! Du bist wirklich großartig.» Die Stimme des Mädchens klang zerknirscht und ganz verschüchtert vor Ehrfurcht.

«Ach, das haben doch Elmer und Cliff gemacht, mit mir ist doch nichts los», antwortete Herbie. Er machte eine Pause, sah sie an und – ja, man muß schon sagen – zielte sehr sorgfältig und fügte bedächtig hinzu: «Ich kann ja nicht mal dippen.»

Die Wangen der kleinen Piratin nahmen die Farbe ihrer Schärpe an. Sie streifte die Augenklappe ab – wahrscheinlich in der Überzeugung, für die bevorstehende Aufgabe beide Augen zu benötigen –, sah ihn mit Unschuldsmiene an und flüsterte: «Herbie, es tut mir ja so leid, daß ich so böse zu dir war. Aber weißt du was? Ich habe den ganzen Abend noch kein Wort mit Lennie gesprochen, nur als er mich zu einer Fahrt auf deiner Rutsche einladen wollte, da habe ich geantwortet, ich will alleine fahren.»

Unter dieser warmen, melodischen und flüsternden Stimme tauten Herbies erstarrte Gefühle auf. Aber er rief sich die ihm angetane Schmach ins Gedächtnis zurück und sprach gleichgültig: «Willst du jetzt gleich fahren?»

«Ja, Herbie.»

«Okay. Kannst umsonst rutschen und brauchst dich auch nicht in die Schlange zu stellen.»

Die aufflammenden Glühbirnen zeigten ihm Überraschung, Schmollen, Enttäuschung, wieder Schmollen und dann ein bestrikkendes Lächeln, das während mehrerer Leuchtzeichen auf dem Gesicht des kleinen Mädchens haftenblieb. «Fährst du denn nicht mit mir, Herbie?»

«Was denkst du denn! Ich muß mich doch um die Finanzen kümmern.»

«Oh! Aber vielleicht kommst du nachher in den Saal zum Tanzen? Ich möchte sehr gern mit dir tanzen, Herbie.»

«Vielleicht.»

Lucille verstummte und sah zu, wie Clever Sam das Boot heraufzog. Herbie zählte mit großer Geste sein Geld – jetzt waren es bereits einhundertundsieben Dollar – und wünschte sich sehr, Lucille möge noch ein bißchen betteln.

Doch das tat sie nicht. Schließlich fragte er: «Wie sieht denn der übrige *Mardi Gras* aus? Hab noch gar keine Zeit gehabt, ihn mir anzusehen.»

«Kümmerlich. Alle sagen, deine Rutsche ist das einzig Sehenswerte.»

«Wie ist Yishys Monstrositätenschau?»

Sie schnaufte nur verächtlich durch das Näschen.

«Was hat sich denn Lennie ausgedacht?»

«Ach, der! Der hat sich einen Baseballanzug mit ‹New York Yankees› drauf angezogen, sich mit einem Kissen ausgestopft und geht als Babe Ruth herum. So was Dummes!»

Herbie verglich diesen Einfall im stillen mit seinem eigenen und kam zu dem Schluß, daß es doch Stunden gab, in denen die stupide Kraft nicht das Übergewicht hatte. Daß Lennie den Baseballanzug nicht gestohlen hatte, kam ihm dabei nicht in den Sinn.

Jetzt war das Ruderboot oben angelangt. Während Cliff Clever Sam losmachte, vertäute Herbie den Kahn am Pflock. Dann half er Lucille hinein, wobei einige Camper, die in der Schlange standen, protestierend buhten. Felicia, die am Bug saß, drehte sich um. «So fängt das Theater schon wieder an», rief sie, warf ihr Paddel hin und verließ den Kahn.

«He, Felicia, wo willst du denn hin?» rief Herbie.

«Wenn das Gebalze wieder losgeht, geh ich lieber tanzen», zischte die Schwester und stolzierte von dannen.

«Macht nichts, Herbie», sagte der am Heck sitzende Ted, «ich komme auch allein klar.»

«Vielen Dank für die Fahrt, Herbie. Hoffentlich seh ich dich noch nachher», sagte Lucille sittsam. Jetzt stürzten sich die anderen Passagiere ins Boot und hielten Herbie ihr Geld hin. Lucille betrachtete ihn unterdessen anbetend. Herbie fühlte sich wie im siebenten Himmel, geradezu närrisch vor Glück und Stolz und auf dem Höhepunkt seines Lebens. Nur zögernd löste er den Knoten und schickte das Boot mit seiner lieblichen Fracht donnernd seewärts.

Nicht lange danach verkündeten drei anhaltende Pfiffe aus Onkels Sandys Trillerpfeife das Ende des *Mardi Gras*. Brummend und protestierend zerstreuten sich etwa ein Dutzend Fahrgäste, mit Ausnahme einer dicken Dorfbewohnerin und ihres jämmerlichen, weißblonden Kindes, alles Camper, die zum zweiten- oder drittenmal rutschen wollten. Während Ted das Boot an Land zog und Cliff das Pferd in den Stall brachte, machte Herbie Kasse. Felicia kam glückstrahlend vom Tanz zurück. Als sich die Freunde unter dem blinkenden Torbogen versammelt hatten, gab Herbie bekannt, welche Früchte ihnen die Arbeit eingetragen hatte: einhundertdreizehn und einen halben Dollar.

«Heiliger Bimbam, wir sind ja reich!» rief Ted.

«Wie wollen wir teilen?» fragte Felicia.

«Zunächst bin ich fünfundsiebzig für Material schuldig», sagte Herbie. Die anderen nickten. «Danach bleiben uns fast vierzig Dollar übrig, also zehn Dollar für jeden.»

Jetzt tauchte aus der Dunkelheit Mr. Gauss mit seinem strahlendsten Lächeln auf. Er trug etwa ein halbes Dutzend Zigarrenkisten, die alle der glichen, die Herbie in der Hand hielt.

«Sieh da, sieh da, die Goldgrube!» rief er munter. «Gib mir deine Kiste, Herbie. Ich bewahre sie für dich über Nacht im Safe auf. Das tu ich auch für die andern Jungen, die Geld eingenommen haben.»

«Ach – vielen Dank, Mr. Gauss», antwortete Herbie und beugte sich schützend über seinen Schatz. «Aber ich kann selbst drauf aufpassen.»

«Unsinn, mein Junge. Sieh mal, wir wollen niemanden in Versuchung führen.» Er griff unbeirrt nach der Kiste und zerrte sie dem Jungen unter dem Arm hervor. «Der Safe ist der einzig sichere Ort, wo man so viel Geld, wie du eingenommen hast, aufbewahren kann. Morgen früh lasse ich dich sofort holen und gebe es dir zurück. Ja, meine herzlichsten Glückwünsche für euch alle!» Und damit schritt er davon in Richtung auf das Gästehaus.

«Lebt wohl, ihr hundertdreizehn Dollar», krächzte Ted so laut, daß der Rektor ihn gehört haben mußte, was ihn jedoch nicht daran hinderte, schweigend weiterzuwandern.

«Na, hör mal», entrüstete sich Herbie, «er darf doch das Geld nicht für sich behalten.»

«Das kann er doch einfach gar nicht!» empörte sich auch Felicia.

«So hundsgemein ist er wohl doch nicht, er muß uns wenigstens einen Teil zurückgeben», sagte Cliff.

«Na, wartet's ab!» unkte Ted. «Ich bin oft genug hier gewesen. Wenn ihr auch nur fünf Cent von diesem Geld wiederseht, dann ist es das reine Wunder.»

«Die fünfundsiebzig Dollar für das Material *muß* er mir wiedergeben!»

«Mach doch bloß nicht solch Theater!» sagte Felicia gereizt. «Was soll denn das Geunke? Alles muß er uns zurückgeben! Was anderes kommt doch gar nicht in Frage. Ist er denn ein Gangster? Es ist unser Geld und nicht seines. Wie soll er da überhaupt einen einzigen Cent behalten können?»

Ted sah sie aus zusammengekniffenen Augen von der Seite an. «Ich bin jetzt zum sechstenmal in Manitou. In der Kiste ist Geld, und außerhalb der Kiste ist Mr. Gauss, und dazwischen ist nur der Deckel, und das reicht nicht ... na, hat jedenfalls Spaß gemacht.» Er zuckte mit den Schultern. «Mehr Spaß als ich in diesem Höllenloch je gehabt habe. Vielen Dank, daß du mich hast mitmachen lassen, Herbie.»

«Ach, du bist ja verrückt, Ted», begann Herbie, aber da wurde der Zapfenstreich geblasen, und mit Teds düsterer Prophezeiung im Ohr mußte man sich trennen.

Ein paar Minuten später hockte die Belegschaft von Bungalow dreizehn auf ihren Pritschen und wartete darauf, daß Onkel Sandy die Wahl zum ‹Käpten des Tages› verkünde.

«Wen wirst du denn zu Onkel Sandy ernennen, Herb?» fragte Lennie unterwürfig.

«Aber ich bin ja noch gar nicht gewählt!»

«Klar wirst du Käpten! Jemand anders kommt doch gar nicht in Frage.»

Alle anderen pflichteten Lennie bei. Sie waren jetzt sehr stolz auf Herbie. Aus den anderen Bungalows wurden Glückwünsche herübergerufen.

«Na, wir wollen's erst mal abwarten, bis er's bekanntgibt», meinte Herbie.

«Ich bin wirklich stolz auf dich, Herbie», ließ sich jetzt auch Onkel Sid vernehmen. «Du hast eine bemerkenswerte Leistung vollbracht. Ich bin sicher, daß du eine große Zukunft hast.» Dabei rauchte er verstohlen eine verbotene Zigarette hinter der vorgehaltenen Hand. Der arme Onkel Sid befand sich Herbies wegen in nervöser Spannung. Diesen gehetzten Erwachsenen und Halberwachsenen, die sich Betreuer nennen, ergeht es recht seltsam. Für ein paar Dollar und die Gelegenheit, den Sommer auf dem Lande zu verbringen, tauchen sie aufs neue in die Welt der Kinder unter, und zwar so tief, daß sie alles, was dort geschieht, heilig ernst nehmen. Aber schließlich sind die Dinge, die in der Welt der Erwachsenen ernst genommen werden, kaum weniger trivial oder auch nur verschieden von den Dingen, mit denen sich die Jungen in Manitou befaßten – dem Streben nach Erfolg, der Cliquenrivalität, der Vergnügungssucht und dem Umgehen unbequemer Vorschriften. Welche Erwachsenen könnten von sich behaupten, daß sie ihr Leben nicht mit Ähnlichem verbringen?

Ein vorbereitender Pfiff aus Onkel Sandys unverwechselbarer Trillerpfeife drang aus dem Dunkel und ließ jede Unterhaltung verstummen. Seine Stimme dröhnte durch das Megaphon. «Und jetzt das Ergebnis, auf das ihr alle schon wartet. Den Preisrichtern, also Tante Tilly, dem Käpten und mir, ist es schwergefallen, unter so vielen guten Einfällen die Wahl zu treffen. Das gilt besonders für zwei. Ihr wißt schon, welche ich meine. – Zum Käpten des Tages», hier folgte eine lange, quälende Pause, und dann kamen hastig die Worte: «wurde Yishy Gabelson für seine Monstrositätenschau gewählt. Besonders ehrenvoll erwähnt sei Herbie Bookbinder für seine hervorragende Rutsche. Ende.»

Doch das war keineswegs das Ende. Aus jedem einzelnen Bungalow entlang der Lagerstraße erscholl wüstes Geschrei.

«Buh!»

«Räuber! Halsabschneider!»

«General Mülltonne hat gewonnen.»

«Gauner!»

Ein paar wütende Pfiffe auf der Trillerpfeife beschwichtigten den Sturm. «Ruhe!» donnerte der Hauptbetreuer. «Noch seid ihr nicht zu Haus! Ihr seid im Camp! Hier geht es nicht danach, was ihr wollt, sondern danach, was wir beschließen.»

Dies war eine Provokation, die sich Onkel Sandy hätte ersparen können, aber er war nicht allein erbost, er hatte auch ein schlechtes Gewissen; überdies beurteilte er die Lage falsch.

«Ha! Hu!»

«Gemeinheit!»

«Wir wollen das nicht!»

«Nach uns geht es ja nie!»

«Hängt Onkel Gussie auf!»

Diese und zahllose andere unverschämte Ausrufe wurden durch die Gazefenster gebrüllt. Verwirrt und ratlos trat Onkel Sandy in sein Zelt zurück. Mittlerweile war Ted im Bungalow dreizehn von seinem Bett aufgesprungen und hatte Blechpfanne und Löffel aus seinem Rucksack gezerrt.

«Keine Bange, General!» zischte er dem verstörten und blassen Herbie zu. «Diesmal lassen wir's Onkel Gussie nicht durchgehn!»

«Ted! Hiergeblieben! Du kommst sofort zurück!» schrie Onkel Sid, aber da war Ted bereits draußen und marschierte die Lagerstraße entlang, wobei er im Takt mit dem Löffel auf die Pfanne schlug und brüllte: «Wir wollen Herbie! Wir wollen Herbie!» Dies war der bisher fehlende zündende Funke. Im Handumdrehen waren zwanzig Jungen auf der Straße, die auf alle möglichen Gegenstände einhieben, Gläser, Dosen, Blechbecher, Waschschüsseln, und im Sprechchor grölten: «Wir wollen Herbie!»

Die Betreuer waren außerstande, diesen Ausbruch einzudämmen, ganz abgesehen davon, daß auch keiner von ihnen sonderlich Lust dazu verspürte. Als die johlende Horde in Schlafanzügen Onkel Sandys Zelt erreicht hatte, bestand sie bereits aus der ganzen Lagerbesatzung. Die Meute wogte unter dem hellen elektrischen Licht am Ende der Straße auf und ab und schrie und lärmte, daß selbst die Mückenschwärme über ihren Köpfen vor Schreck zu erstarren schienen.

In dem stickigen gelben Zelt saß der mißmutige Mr. Gauss in Gesellschaft seiner beiden Hauptbetreuer. «Und ich frage Sie zum letzten Mal, Sandy», sprach der Rektor, «wollen Sie nicht endlich gegen diese Disziplinlosigkeit einschreiten?»

«Aber, Käpten, was soll ich allein denn ausrichten? Die einzelnen Betreuer hätten eben gleich von Anfang an scharf durchgreifen müssen. Aber sie scheinen ja derselben Ansicht zu sein wie ich, und ich finde –»

Plötzlich kam mit einem Satz Yishy Gabelson in seiner ganzen stattlichen Größe in das ohnehin enge Zelt gestürmt. «Mr. Gauss, das können Sie mit mir nicht machen! Die andern werden mich lynchen! Sie wissen ganz genau, daß der Kleine gewonnen hat!» stammelte der erregte Supersenior.

«Yishy, sei nicht kindisch», wies ihn Mr. Gauss zurecht. «Deine Monstrositätenschau war bewundernswert. Außerdem weißt du genau, daß es unmöglich ist, einen Elfjährigen zum Käpten zu ernennen. Das ist viel zu riskant.»

«Das hätten Sie sich vorher überlegen sollen», gab Yishy wütend zurück. «Dann hätten Sie bekanntgeben müssen, daß die Halbgaren nicht zur Wahl zugelassen werden! Jetzt ist es aber zu spät, die Regel zu ändern, Mr. Gauss. Der kleine Dicke hat gewonnen, das wissen Sie sehr gut. Machen Sie, was Sie wollen, ich werde jedenfalls nicht Ihr Käpten sein! Ich bin doch kein Betrüger!»

Er stürzte aus dem Zelt, und die drei Richter hörten ihn über das Begrüßungsgeschrei hinwegbrüllen: «Ich hab's ihnen gegeben! Ich hab's ihnen gesagt, daß ich nicht annehme!» Darauf zustimmende Rufe und erneut das durchdringende Geschrei: «Wir wollen Herbie! Wir wollen Herbie!»

«Mir scheint, Mr. Gauss», sagte Onkel Sandy, den Namen des Rektors betonend, während er seine dicken Brillengläser mit dem Taschentuch polierte, «daß wir entweder den ‹Tag der Camper› absagen oder aber Herbie Bookbinder zum Käpten ernennen müssen.»

«Unsinn. Wenn die Jungen sich erst mal ausgeschlafen haben, denkt keiner mehr daran. Man kann ihnen ja zum Essen etwas Gutes spendieren», widersetzte sich Mr. Gauss.

«Was micht betrifft», ließ sich Tante Tilly mit säuerlicher Miene vernehmen, «so war ich von Anfang an der Ansicht, daß der Junge einwandfrei gewonnen hat. Ich habe dem Käpten nur darin zugestimmt, daß wir die Lagerleitung allein in die Hände eines Senior legen können.»

«Der Senior hat sich aber gedrückt», sagte Onkel Sandy.

«Wir wollen Herbie! Wir wollen Herbie!» vernahm man von draußen in ungebrochener Lautstärke, dazu Gerassel, Getrommel, Gedröhn und Getrampel. Mr. Gauss sah seine beiden Hauptbetreuer an. Er blickte in zwei feindselige Gesichter.

«In Anbetracht der leidigen Tatsache, daß ich von Ihnen nicht die mir zukommende Unterstützung erhalte», erklärte er, «sehe ich mich gezwungen, den einzig sinnvollen Kurs aufzugeben. Tun Sie auf Ihre eigene Verantwortung, was Sie für richtig halten, Onkel Sandy, ich habe nichts mehr hinzuzufügen.»

«Ja, sagen wir nun den Feiertag ab, Sir, oder ernennen wir den Jungen zum Käpten?»

«Ich habe nichts mehr hinzuzufügen.»

Onkel Sandy trat aus dem Zelt. Die Meute witterte Neuigkeiten, und der Sprechchor erstarb. Der Hauptbetreuer musterte blinzelnd seine Camper, die hier in wüster Unordnung in Schlafanzügen zusammengeströmt waren. In der Mitte der Versammlung entdeckte er Herbie Bookbinder, der, nur mit einer weißen Turnhose bekleidet, auf den Schultern von Yishy und drei anderen Senioren thronte. Als Sandy den dicken Jungen auf diese Weise geehrt sah, lachte er dröhnend: «Komm runter, Herbie! Du hast gewonnen. Du bist der Käpten», rief er, noch immer vor gutmütigem Gelächter bebend.

Ein Triumphgeheul stieg zum Himmel. Obwohl die Jungen nicht ahnten, was im Zelt vorgegangen war, lasen sie doch aus Onkel Sandys Miene, daß ihm diese Veränderung genauso willkommen war wie ihnen. Sie drängten sich um ihn, schüttelten ihm die Hand und pufften ihn kameradschaftlich in den Rücken. Die vier Senioren, die Herbie auf den Schultern trugen, begannen einen Freudentanz, wobei sie den Helden des Abends ums Haar hätten fallenlassen. Glückwünsche und Rufe der Bewunderung drangen von allen Seiten auf den ehemaligen ‹General Mülltonne› ein, und alle waren an ‹Herbie› gerichtet.

Nur unter diesen besonderen Umständen war es möglich, daß Herbie gefeiert wurde wie weder Lennie noch Yishy je nach ihren Sportsiegen. Er war zum Symbol des Widerstandes gegen Mr. Gauss geworden, und mit seinem Sieg fühlte jeder Junge das Joch von der eigenen Schulter genommen. Gewiß, es war nur ein kurzer Erfolg – bereits morgen würden die strengen Gauss'schen Regeln wieder in Kraft sein –, aber einmal, wenigstens einmal war Onkel Gussie zum Nachgeben gezwungen worden. «Hurra, Herbie! Hurra, Herbie!» riefen die Jungen aus vollem Halse.

Und Herbie, auf seinem gefährlichen Sitz unter dem blendenden Schein der Lampe schwankend, umschwirrt von Mücken und umgeben von einem Meer freundlicher, bewundernd zu ihm aufgewandter Gesichter, überschüttet von Lob und Beifall, fühlte, wie ihm die warmen Freudentränen über das Gesicht liefen. Keiner seiner vielen Träume war je so süß gewesen wie diese Wirklichkeit. ‹Ein jeglich Ding hat seine Bestimmung, und ein jeder Mensch hat seine Stunde.› Endlich war auch für den dicken, den unsportlichen, den verachteten General Mülltonne die große Stunde gekommen.

23

Das Verhängnis

Am nächsten Morgen erwachte Herbie noch vor dem Wecken aus einem grauenvollen Traum. Vor den tropfenden Gazefenstern stand ein nebelgrauer Tag. Um ihn herum lagen die Kameraden im Schlaf. Onkel Sid schnarchte stoßweise. Die Grillen waren verstummt. Nebelschwaden wogten durch die Gazefenster herein und hingen feucht und kalt im Raum. Als jetzt die Ereignisse des Traums, den Nebelfetzen gleich, durch seine Erinnerung geisterten, schauderte Herbie.

Er hatte einen Mann ermordet und ihn in der Schutthalde gleich hinter dem ‹Betrieb› vergraben. Wer der Mann war, daran konnte er sich nicht mehr erinnern, nur daß der Mord bereits vor langer Zeit geschehen und von ihm vertuscht worden war und daß er ihn fast vergessen hatte. Dann aber hatte sein Vater aus irgendeinem Grund beschlossen, hinter der Fabrik ein Loch zu graben, und er hatte sich gerade den Platz ausgesucht, wo die Leiche verscharrt lag. Sein Vater, Mr. Krieger und Mr. Powers, sie alle drei hatten sich eifrig an die Arbeit gemacht, und bald war ein großes, braunes Loch ausgehoben, das mit jedem Spatenstich tiefer wurde. Von steigender Angst gepackt und wissend, daß die Leiche jeden Augenblick zum Vorschein kommen mußte, hatte Herbie zugesehen. Und plötzlich war ihm in schaudervollem Entsetzen eingefallen, daß man bei der Leiche etwas finden würde, das auf ihn als den Mörder wiese, und dieser Schrekken war so groß gewesen, daß er davon aufgewacht war. Noch ganz gelähmt von Grauen saß er aufrecht im Bett und versuchte sich daran zu erinnern, was es gewesen sein könne, das er bei der Leiche vergessen hatte.

Schließlich fiel es ihm ein. Er konnte zwar keinen Sinn darin sehen, aber es war die Zigarrenkiste gewesen, die ihm als Kasse für das Eintrittsgeld zur Rutsche gedient hatte.

So lebhaft stand ihm der Traum vor Augen, daß er, verschlafen wie er war, die Ereignisse jener Nacht in der Stadt noch einmal überdachte, um herauszufinden, ob er nicht doch vielleicht jemand umgebracht hätte.

Als er schließlich hellwach die Unsinnigkeit dieser Vorstellung erkannte, war er wie erlöst. Dann kreisten seine Gedanken um die Zigarrenkiste. Eine gute Weile dachte er sich Zwiegespräche mit Mr. Gauss aus: der Rektor versuchte, die Herausgabe des Geldes mit den verschiedensten Ausreden zu verweigern, er, Herbie aber machte verächtlich eine nach der anderen zunichte. Dann fielen ihm die rühmlichen Ereignisse des vergangenen Abends ein, und er malte sich das Vergnügen aus, das ihm als dem stellvertretenden Leiter des Camps heute bevorstand. Nach und nach verflüchtigten sich die düsteren Vorahnungen, die der Traum hinterlassen hatte, wie die Nebelfetzen vor der aufsteigenden Sonne. Und als die Trompete nach – wie ihm schien – endlos langer Zeit zum Wecken blies, war er ebenso munter wie die gerade Erwachten und sprang als erster aus dem Bett.

«Warum stehst du denn schon auf, Herbie? Du bist doch Onkel Gussie», gähnte Lennie.

«Das ist er noch nicht», widersprach Onkel Sid und fuhr sich mit dem Handrücken über seine blauen Bartstoppeln. «Der ‹Tag der Camper› fängt erst um zehn Uhr an.»

«Klar, sonst müßten die Betreuer ja zum Appell antreten», höhnte Ted, der in seine zerrissenen, schmutzigen Turnschuhe fuhr. «Diese Regel hat Mr. Gauss nach dem ersten Sommer eingeführt – Kunststück! Junge, Junge, das war vielleicht 'ne Sache, als die Betreuer den Fußboden schrubben und auch all den andern Mist mitmachen mußten! Jetzt macht der ‹Tag der Camper› keinen Spaß mehr.»

«Ruhe! Und raus mit euch zur Morgengymnastik!» ordnete Onkel Sid an und ließ sich, während die Jungen ihren Bungalow verließen, mit geschlossenen Augen wieder aufs Bett fallen.

Eine Stunde später beim Frühstück ging der Hauptbetreuer am Tisch der Gruppe dreizehn vorbei und sagte beiläufig zu Herbie: «Herbie, komm doch nach dem Frühstück in mein Zelt. Sie, Onkel Sid, bestimmen bitte einen anderen Jungen, der Herbies Bett macht.»

«Ja, Sir», sagte Onkel Sid.

Herbie senkte den Blick bescheiden auf seinen Teller, während die Kameraden ihn achtungsvoll und neidisch betrachteten.

«Du, Herb, wen machst du denn zum Hauptbetreuer?» erkundigte sich Lennie und füllte dem dicken Jungen eine Riesenportion Rührei auf den Teller. «Vergiß deine alten Freunde nicht! Wir sind doch seit Jahren alte Freunde, nicht?»

«Du?» schnaufte Ted und rümpfte angeekelt die Nase. «Das ist ja wohl die Höhe der Frechheit, ihn um so einen Gefallen zu bitten, wo du ihn den ganzen Sommer gequält hast. Das einzige, wozu du taugst, ist vielleicht, Clever Sam zu mimen.»

Die anderen Jungen kicherten.

«Gut gesprochen!» lobte Onkel Sid. «Übrigens bestimme ich dich, Lennie, dazu, Herbies Bett zu machen. Und falls du es nicht tadellos baust, kriegst du für die beiden nächsten Tage Stubenarrest.»

«Warum sollt ich's denn nicht tadellos bauen? Für Herbie mach ich das Bett doch gern!» erwiderte Lennie mit einem Grinsen, das freundlich sein sollte, aber recht gespenstisch wirkte. «Herbie und ich, wir sind doch alte Freunde. Stimmt's nicht, Herbie? Weißt du noch, Mrs. Gorkins Klasse, Herbie? Das waren noch Zeiten, was? Übrigens, würde gern mal wissen, was unsere Väter wohl gerade im Betrieb machen.»

Herbie, der sich bei der Erwähnung des ‹Betriebs› fast verschluckt hätte, tat, als habe er den Mund voll Rührei, und gab ein unverbindliches Gegrunze von sich. Lennie setzte seine Freundschaftsbeteuerungen während des ganzen Frühstücks fort und versicherte Herbie so eifrig seiner Zuneigung, daß er darüber das Essen vergaß. Herbie drückte sich, so gut es ging, um die Antwort herum.

«Mensch, Herb, was könnten wir beide nicht alles aufstellen, du als Käpten und ich als Sandy. Wir würden das ganze Lager umkrempeln und den andern mal zeigen, wie es bei uns in der Homer Avenue zugeht.»

Herbie stand auf. «Darf ich früher weggehen, Onkel Sid? Ich glaube, Onkel Sandy will mich so schnell wie möglich sprechen.»

«Aber natürlich, nur los – Käpten!» antwortete Onkel Sid lächelnd.

«Und vergiß nicht, Herbie», rief Lennie hinter ihm her, «du und ich, wir halten zusammen, was? Der alte Herbie und Lennie!»

Lennies neuerworbene Zuneigung bedrückte Herbie. Als er jetzt durch den Speisesaal ging, grüßten ihn von allen Seiten freundliche Zurufe, aber auch an diesen Ehrungen hatte er nicht die richtige Freude. Dies alles erinnerte ihn allzu stark an einen Vorfall, den er vor einer Woche miterlebt hatte.

Auch Daisy, der jämmerliche, verachtete kleine Daisy hatte sich einen kurzen Augenblick lang in dem Glanz der Beliebtheit sonnen können, als er nämlich ein Paket mit vier Salamiwürsten erhalten hatte. Aus den Achtungs- und Freundschaftsbeweisen, mit denen man ihn damals überhäuft hatte, hätte man schließen können, Daisy sei plötzlich zwei Meter gewachsen. In dem berauschenden Gefühl, über Nacht beliebt geworden zu sein, hatte er völlig den Kopf verloren, hatte zum Messer gegriffen, stehenden Fußes alle vier Würste in Stücke geschnitten und in die ausgestreckten Hände verteilt. Kaum war aber das letzte Stück verschwunden, schrumpfte er wieder zu seinem Normalmaß zusammen, und vor Herbies Augen stand noch sehr lebendig das Bild des mageren, bebrillten Jungen, der, das fettige Messer in der Hand, verlassen auf seinem teueren, messingbeschlagenen Koffer hockte und sich in dem leeren Bungalow umsah. Worin bestand denn der Unterschied zwischen Daisy mit seinen Salamiwürsten und General Mülltonne mit seiner Käptenwürde, so fragte sich Herbie bitter. Für einen elfjährigen Jungen auf der Höhe seines Glücks waren dies traurige Gedanken, aber wie alle menschenverachtenden waren auch sie nur halbwahr. Daisys Beliebtheit war von so kurzer Dauer gewesen, weil sie sich nur auf Salamiwurst begründet hatte und nicht auf Leistung. Bestehen blieb jedoch die Tatsache, daß Herbie in diesem Sommer beachtliche Fortschritte in der Erkenntnis der Welt gemacht hatte; und noch vor Sonnenuntergang sollte er um eine weitere Erfahrung reicher werden.

Er klopfte schüchtern an den Pfahl, der vor dem Eingang zu Onkel Sandys Zelt stand. Eine forsche Stimme forderte ihn auf, einzutreten.

«Nur hereinspaziert, Herb! Nimm Platz!» Onkel Sandy deutete mit der Tabakspfeife auf einen dreibeinigen Hocker neben dem schmalen Tischchen, das aus einer Kunststoffplatte und vier Beinen bestand. «Zunächst mal, meinen herzlichsten Glückwunsch! Du bist wirklich ein tüchtiger Kerl!»

«Ohne Elmer Bean und meinen Vetter Cliff hätte ich's nie geschafft. Ich habe eben Glück gehabt», sagte Herbie und setzte sich.

«Das weiß ich. Aber daß auch du es weißt, ist gut. Niemand erzielt einen Erfolg ohne Glück und ohne Hilfe. Du hast dir deine Belohnung ehrlich verdient.»

«Vielen Dank, Onkel Sandy.»

«So, und jetzt wollen wir uns beeilen.» Der Hauptbetreuer drückte ihm eine maschinengeschriebene Liste und einen Bleistift in die Hand. «Ich habe immer darauf gesehen, daß es am ‹Tag der Camper› ordentlich zugeht, Herbie, soweit – ja, soweit ich dazu freie Hand hatte. Deshalb ist es auch immer ein Erfolg geworden. So, und jetzt geh mal die Liste durch und kreuze die Namen der Jungen an, die in den einzelnen Bungalows die Rolle der Betreuer übernehmen sollen.»

«Ja, Sir.» Herbie prüfte die Liste und malte sorgfältig und bedächtig seine Kreuze.

«Übrigens, wen hast du eigentlich für mich vorgesehen?»

Ohne zu zögern, antwortete Herbie: «Cliff.»

Onkel Sandy grinste. «Na, dann dürfte das wohl der einzige Tag sein, an dem Onkel Sandy imstande ist, auf Clever Sam zu reiten. Ich glaube, Cliff wird seine Sache gut machen.» Er sah Herbie über die Schulter zu und nickte. «Gut! Gut gewählt! Ted für Onkel Sid, ja? Sehr gut! Der arme Ted ist während all der Jahre nicht einmal Betreuer gewesen.» Er kehrte an sein Tischchen zurück, wenige Minuten später übergab Herbie ihm die fertige Liste. Der Hauptbetreuer überflog sie und reichte sie ihm wieder zurück. «Du hast vergessen, jemand als Arzt auszusuchen. Und dann auch noch die Krankenschwester.»

«Die Krankenschwester?» Herbie kratzte sich den Kopf und starrte vor sich hin.

«Das machen wir immer zum Jux. Schreib irgend jemand hin, der in Schwesterntracht komisch aussieht. Yishy würde gut passen, aber du hast ihn ja schon als Onkel Peewee.»

Herbie überlegte einen Augenblick, dann kritzelte er zwei Namen aufs Papier. Als der Hauptbetreuer den Zettel las, lachte er laut heraus. Herbie hatte geschrieben:

Doktor – Daisy Gloster
Schwester – Lennie Krieger.

Onkel Sandy sah auf die große, billige Uhr, die an einem Nagel über seinem Bett hing. «Fünf Minuten vor halb zehn. um halb zehn wollte dich Mr. Gauss sprechen. Also lauf am besten gleich rüber, Herbie, und sobald du fertig bist, kommst du wieder zurück.»

«Weshalb will er mich denn sprechen?»

Der Hauptbetreuer sah nicht von dem Tisch auf. «Kann ich nicht sagen. Vielleicht wegen des Geldes von der Rutsche. Beeil dich, Junge.»

Die vorsichtige Zurückhaltung, die Onkel Sandy plötzlich an den Tag gelegt hatte, gefiel Herbie gar nicht. Er ging aus dem Zelt und trottete den Hügel hinauf. Wieder überkam ihn die düstere Vorahnung, die der Traum in ihm erweckt hatte. Keuchend und mit rotem Kopf erreichte er das Gästehaus, und als er stehenblieb, um sich zu verpusten, sah er zu seiner Überraschung, wie Yishy Gabelson kopfschüttelnd und zähneknirschend das Lagerbüro verließ.

«Oh, dieser –! Oh, dieser fette, alte –», murmelte der Supersenior vor sich hin, wobei er sich zweier Ausdrücke bediente, die aus der finstersten Ecke seines Vorrates an unanständigen Worten stammten. «Oh, dieser –!» fügte er hinzu, indem er ein noch schlimmeres Wort benutzte, das Herbie sogar neu war.

«He, Yishy, was ist denn los?» rief Herbie besorgt hinter dem anderen her, der, ohne ihn zu sehen, vorbeigestürmt war. Yishy drehte sich verblüfft um.

«Was willst du denn noch hier? Du weißt doch, was passiert ist.»

«Nein, nichts weiß ich», sagte Herbie zitternd.

«Was? Soll das etwa heißen, daß er mit dir noch gar nicht wegen des Geldes gesprochen hat?»

Herbie spürte einen bleiernen Klumpen in seinem Magen. «Nein, bestimmt nicht.»

«Oh, dieser verfluchte Gauner!» Yishy taumelte, preßte die Hand an die Stirn und stöhnte. «Oh, dieser –! Oh, dieser –» Er wiederholte einen seiner früheren Ausdrücke und fügte einen funkelnagelneuen hinzu. Dann torkelte er fluchend und die Fäuste schüttelnd den Hügel hinunter. Herbie sah diesem wilden Ausbruch erstaunt zu und stapfte beklommen die Stufen zum Büro hinauf.

Hier harrte seiner eine noch größere Überraschung. Mr. Gauss saß wie gewöhnlich lächelnd hinter seinem Schreibtisch und neben ihm auf einem schmutzigen, alten Plüschsessel – Herbie war einer Ohnmacht nahe – saß, so ausgemergelt und wunderlich wie eh und je, der klapperdürre Autofahrer, der ihn und Cliff von New York nach Panksville mitgenommen hatte.

«Ah, guten Morgen, Herbie», strahlte Mr. Gauss. «Ich möchte dich mit Mr. Drabkind bekanntmachen. Mr. Drabkind, dies ist einer unserer besten, klügsten und hervorragendsten Camper, Herbert Bookbinder. Ich darf mit Stolz sagen, daß er auch einer meiner Schüler ist.»

Mr. Drabkind reichte Herbie eine bläuliche Hand. Der Junge ergriff die kalten Fingerspitzen, schüttelte sie einmal kurz und ließ sie gleich wieder los. Der dürre Mann musterte ihn durch seine Brillengläser, die so dick waren wie Flaschenböden.

«Ich kann nicht gut sehen», entschuldigte er sich mit seiner unvergeßlichen Fistelstimme, «aber mir ist, als hätte ich dich erst vor kurzem gesehen, Master Bookbinder.»

Herbie zuckte die Achseln und versuchte sich auf seinen wankenden Knien aufrecht zu halten.

«Ich kann mir nicht vorstellen, wie das möglich gewesen sein sollte», sagte Mr. Gauss und sah Herbie durchdringend an. «Du, Herbert?»

Herbie, unfähig, auch nur einen Laut hervorzubringen, schüttelte nur den Kopf.

«Sie müssen sich irren, Mr. Drabkind», sagte der Rektor. «Sie sind in diesem Sommer doch zum erstenmal hier. Es sei denn», setzte er schelmisch hinzu, «Herbie hätte unerlaubterweise eine kleine Spritztour gemacht.»

Durch den Nebel der Angst, der sich um sein Hirn legte, fragte sich Herbie verzweifelt, ob dies ein Katz- und Mausspiel sei. Er erwartete den vernichtenden Schlag.

«Nun ja, ich treffe so viele Jungen, so furchtbar viele Jungen», piepste Mr. Drabkind seufzend und ließ sich wieder auf den Sessel nieder, wo sein Körper wie eine welke Blume hing. «Obwohl ich nicht das Gefühl habe, daß ich ihm in einer Menge begegnet bin, daß er einer unter vielen war.»

«Nein, das Gefühl können Sie auch nicht gut haben. Unser Herbie ist nämlich nicht einer unter vielen», erwiderte Mr. Gauss, und beide Männer grinsten höflich, was Herbie recht gespenstisch vorkam.

Es entstand ein kurzes Schweigen.

«Nun, Mr. Gauss, dann kommen wir wohl am besten gleich zur Sache», piepste der Dürre. «Sie wissen ja, ich kann mich nicht lange aufhalten.»

«Herbie, dir ist wohl nicht bekannt, wer Mr. Drabkind ist, oder doch?» fragte Mr. Gauss und betrachtete dabei seine verschränkten Finger.

Herbie schüttelte den Kopf mit großem Nachdruck.

«Natürlich nicht», sagte Mr. Drabkind. Er entnahm seiner schwarzen Brieftasche eine Karte und überreichte sie Herbie.

Der Junge las: *Henry Junius Drabkind – Beauftragter der Berkshire Lagerstiftung.*

«Mr. Drabkind vertritt eine der verdienstvollsten Einrichtungen, die mir bekannt sind, Herbert», erklärte Mr. Gauss. «Die Berkshire Lagerstiftung ermöglicht es Hunderten von armen Stadtkindern, genauso herrliche Ferien zu verleben wie du – natürlich nicht ganz so herrlich wie du hier in Manitou, aber, wenn man bedenkt, daß es sich um Wohltätigkeit handelt, doch sehr schöne Ferien.»

«Wofür wir zum guten Teil Männer wie Ihnen, Mr. Gauss, zu danken haben und solchen Jungen wie Master Bookbinder», warf der magere Mr. Drabkind ein.

Mr. Gauss lächelte und nickte seinem Besucher mechanisch zu.

«Nun, Herbie, wenn du schon früher einmal hier gewesen wärst, dann wüßtest du, daß wir jeden Sommer für diese Stiftung sammeln. Denn ihr alle, die ihr in der glücklichen Lage seid, Eltern zu haben, die euch die wunderbaren Ferien in Manitou ermöglichen, solltet doch solchen Jungen helfen, die weniger begünstigt sind – findest du das nicht auch?»

Obwohl Herbie nicht begriff, worauf der Rektor hinauswollte, sagte ihm sein Gefühl, daß es besser sei, dies nicht zu finden. Doch er sah keinen Ausweg. Er nickte.

«Sehr schön. Sehen Sie, Mr. Drabkind, es braucht nicht viel, um einen Jungen von der raschen Auffassungsgabe Herbie Bookbinders diesen einfachen Sachverhalt auseinanderzusetzen – – ich nehme also an, Herbie, es ist dir recht, daß ich diesen Scheck ausgeschrieben habe.»

Er hielt dem Jungen einen grünen Zettel hin. Herbie rührte ihn nicht an, las aber, was darauf stand. Der Scheck war auf zweihundert Dollar, zahlbar an die Berkshire Lagerstiftung, ausgestellt. Er sah Mr. Gauss fragend an.

«Die Summe von zweihundert Dollar stellt die gesamten Einnahmen des gestrigen Tages dar, aus deiner Rutsche, Yishy Gabelsons Monstrositätenschau, Gooch Lefkos Spiegelkabinett, sowie – äh – fünfunddreißig Dollar und fünfzig Cent aus meiner eigenen Tasche. Einige andere Schaubuden haben ebenfalls kleinere Einnahmen gehabt, aber meines Erachtens sind sie zu geringfügig, um dieser Ehre teilhaftig zu werden – – wolltest du etwas sagen, Herbie?»

Der Junge hatte in der Tat zu einem Protest angesetzt. Aber jetzt warf er nur einen ängstlichen Blick auf Mr. Drabkind, klappte den Mund wieder zu und schüttelte den Kopf.

«Also dann weiter. Es ist dir ja klar, Herbie, daß das Geld, das du durch deine Rutsche eingenommen hast, aus der Tasche deiner Campgefährten stammt. Dir ist der Ruhm zuteil geworden, dieses Geld – ich möchte sagen – einzusammeln. Und jetzt möchte ich von dir wissen, ob du genau wie Yishy, Gooch und ich selbst bereit bist, dieses Geld zu Mr. Drabkinds Sammlung für unbemittelte Kinder beizusteuern?»

Hin und her gerissen zwischen der Furcht, die fünfundsiebzig Dollar zu verlieren, die er brauchte, um seinen Diebstahl wiedergutzumachen, und der Angst, Mr. Drabkind könne seine Stimme wiedererkennen und ihn verraten, war Herbie wohl der unglücklichste

Junge in allen Ferienlagern im weiten Umkreis. Wie hätte er auch riskieren können, daß Mr. Gauss und damit auch seine Eltern erfuhren, daß er in jener Einbruchsnacht am Anfang des Bronx River Parkway von einem Auto mitgenommen wurde? Wut, Angst und Hilflosigkeit übermannten ihn.

«Nun, Herbie? Darf ich dein Einverständnis voraussetzen und Mr. Drabkind diesen Scheck überreichen?» fragte Mr. Gauss und wedelte das fatale Formular hin und her. «Yishy und Gooch haben bereits freudig, ja ich darf wohl sagen, begeistert ihre gesamten Einnahmen gespendet. Jetzt liegt alles an dir.»

Herbie dachte an Yishys Betragen, das man kaum als begeistert hatte bezeichnen dürfen. Ihm war klar, daß Mr. Gauss Yishy vorgeredet hatte, er, Herbie, habe bereits seine einhundertdreizehn Dollar gespendet.

Tatsächlich war folgendes geschehen: Yishy, den man in dieselbe Zwickmühle manövriert hatte, in der sich Herbie jetzt befand, dessen Lage aber nicht durch die Furcht vor Mr. Drabkind erschwert wurde, hatte eingewendet: «Na, ich weiß nicht, wollen Sie behaupten, daß Herbie jeden Pfennig gespendet hat?» Hierauf hatte Mr. Gauss erwidert: «Ich würde euch gewiß nicht darum ersuchen, wenn die Dinge anders stünden.» Darauf hatte Yishy mit einem bitteren «Na schön!» die Waffen gestreckt und war aus dem Büro gestürmt, worauf er in der beschriebenen Weise mit Herbie zusammengetroffen war. Genaugenommen hatte Mr. Gauss Yishy also belogen. Aber er hatte seine Antwort wohlerwogen und vorsichtig formuliert, und hätte man ihm den offenbaren Widerspruch vorgehalten, dann hätte er schlankweg erklärt, er habe mit seiner Antwort gemeint, daß er auch Herbie darum bitten wolle, seine gesamten Einnahmen zu spenden.

Oh, diese schmierige Welt der halben Wahrheiten, wo diese schmierigen Männer vom Typ Mr. Gauss' ihre schmierigen Stunden damit verbringen, sich schmierige kleine Vorteile zu verschaffen! Mit seinem komplizierten Manöver bezweckte Mr. Gauss nichts weiter, als sich selbst die Ausgabe von rund fünfzehn Dollar zu ersparen und gleichzeitig an Ansehen zu gewinnen. Die Sammlung für die Stiftung hatte in früheren Jahren stets den gleichen Betrag erbracht – fünfzig Dollar –, dem Mr. Gauss aus Lagerbeständen weitere fünfzig Dollar zugelegt hatte, um die Summe auf runde hundert zu erhöhen. Den gleichen Betrag pflegten auch Penobscot und andere Lager von der Größe Manitous zu spenden. Als Mr.

Gauss am Abend vorher die Zigarrenkisten der Jungen eingesammelt, hatte er durchaus noch die Absicht gehabt, das Geld zurückzugeben. Am nächsten Morgen aber hatte ihm der Versucher diesen Mr. Drabkind geschickt, und durch einen flinken Überschlag war er zu dem Ergebnis gekommen, daß er den Beitrag von Manitou verdoppeln und seinen eigenen verringern könne, indem er die drei erfolgreichsten *Mardi-Gras*-Schausteller aufforderte, ihre Einnahmen zu spenden. Diese Tat rechtfertigte er vor sich selbst und vor Onkel Sandy damit, daß das Geld ja ‹in Wirklichkeit› nicht Herbie, Gooch oder Yishy gehöre, sondern aus den Taschen der Camper geflossen sei. Auf jeden Fall, so hatte er seinem Hauptbetreuer auseinandergesetzt, stehe es ja den Jungen frei, die Spende zu verweigern. Dagegen ließ sich schwer etwas einwenden. Onkel Sandy, ein müdes Roß, das seinen Reiter wohl kannte, beugte sich noch ein wenig tiefer unter der Last dieses Sommers und schwieg. Er zählte die Stunden bis zu seiner Erlösung; es waren nur noch achtundvierzig.

Und so wurde Herbie denn vor die freie Entscheidung gestellt, zu spenden oder nicht zu spenden. Ihm blieb die Wahl angesichts eines bereits ausgeschriebenen Schecks, der nur noch wenige Zentimeter von der ausgestreckten Hand des Empfängers entfernt war, und angesichts zweier erwachsener Männer, die auf ihn einredeten und ihn drängten, seine Zustimmung zu etwas zu geben, was eigentlich schon als erledigt galt – oder aber im letzten Augenblick den Ablauf des Geschehens umzukehren und sich selbst in den schlechten Ruf der Engherzigkeit zu bringen. Ferner stand er unter dem Druck – für den man Mr. Gauss allerdings nicht verantwortlich machen konnte –, jeden Augenblick von Mr. Drabkind entlarvt werden zu können. Daß der Junge selbst unter diesen Umständen noch ein Fünkchen Zivilcourage aufbrachte, verdient Lob.

Er versuchte, seine Stimme dadurch zu verstellen, daß er sehr hoch sprach, und wieherte förmlich: «Muß ich – – alles geben?»

«Wie bitte?» fragte Mr. Gauss.

Herbie wiederholte: «Muß ich alles geben?», wobei seine Stimme mehr Ähnlichkeit mit der Clever Sams als mit seiner eigenen hatte. Mr. Drabkind hörte befremdet auf diese Laute, aber in seinen Augen blitzte kein Erinnern auf, und nur darauf kam es dem Jungen an.

«Bewahre – natürlich nicht, Herbert!» antwortete Mr. Gauss, der sich gleichfalls über diese seltsamen Töne wunderte, sie jedoch Herbies Nervosität zuschrieb. «Daß wir uns nur recht verstehen: du bist durchaus nicht gezwungen, auch nur einen einzigen Cent zu spenden. Mir ist ja bekannt, daß du dein Material durch Elmer Beans Freund umsonst bekommen hast, sonst hätte ich selbstverständlich fünfundsiebzig Dollar für deine Auslagen abgezogen, aber bitte, wenn du es wünschst, bekommst du alles Geld zurück.» Er faßte den Scheck zwischen Daumen und Zeigefinger, als wolle er ihn zerreißen. «Du brauchst es nur zu sagen, und Mr. Drabkind verläßt uns ohne diesen Scheck. Du brauchst es nur zu sagen, dann werde ich Gooch und Yishy auch ihr Geld zurückgeben und ihnen einfach mitteilen, Herbie Bookbinder denkt über Wohltätigkeit anders als wir alle! Du brauchst es nur zu sagen, Herbie, und die Stiftung bekommt nicht einen Cent von dir. Es steht dir völlig frei, wie ich ja bereits sagte. Soll ich nun Mr. Drabkind den Scheck geben oder soll ich ihn zerreißen?»

Von seinen eigenen Lügen zu Boden gedrückt, von der Furcht vor dem dürren Mann, der aus der Nacht des Verbrechens wieder aufgetaucht war, um ihm die Seelenruhe zu rauben, von Mr. Gauss gnadenlos unter Druck gesetzt, brach Herbie zusammen. Er hob die Schultern und nickte. Im selben Augenblick überreichte der Rektor dem Skelett den Scheck.

«Vielen Dank, Herbert!» rief er aus. «Ich habe mich nicht getäuscht, du bist der junge Mann, für den ich dich immer gehalten habe.»

«Und auch ich danke dir, Master Bookbinder», kreischte Mr. Drabkind, während er den Scheck in seiner schwarzen Brieftasche verschwinden ließ. «Im Namen von zweihundert Kindern danke ich dir, die von deiner Großzügigkeit – –»

Aber da wankte Herbie bereits zur Tür hinaus. Seine Miene zeugte von einer so tiefen Tragik, daß selbst den Rektor eine ungewohnte Empfindung ankam: Zweifel an der eigenen Rechtschaffenheit.

«Herbie!» rief er hinter dem Jungen her. «Komm zurück, so darfst du nicht weggehen!» Aber der Junge taumelte die Stufen hinab, ohne sich umzuwenden.

«Ja, nochmals vielen Dank für Ihre großzügige Spende, Mr. Gauss, und auf Wiedersehen», piepste Mr. Drabkind hastig. «Ein bewundernswerter Junge, dieser Master Bookbinder. Überhaupt Ihr ganzes Langer – einfach bewundernswert. Danke, danke, bemühen Sie sich nicht, mein Wagen steht vor der Tür. Auf Wiedersehen, auf

Wiedersehen!» In der Eile, mit der er seinen Hut aufstülpte und seine Brieftasche verstaute, vergaß der spindeldürre Wohltätigkeitsagent die Hand des Rektors zu schütteln und hastete von dannen.

Als Herbie Onkel Sandys Zelt erreichte, war es fünf Minuten vor zehn. Cliff war bereits da. Er trug den berühmten, alten blauen Pullover und die graue Baseballkappe des Hauptbetreuers und hielt das Megaphon in der Hand; um seinen Hals hing die Trillerpfeife, das Symbol unumschränkter Autorität. Während Sandy sich in Cliffs graugrün gestreiftes Sporthemd zwängte, das lächerlich winzig an ihm aussah, gab er seinem Nachfolger die letzte Instruktion. Herbie stand im dumpfen Gefühl des Überflüssigseins teilnahmslos dabei.

«Und – und was soll ich eigentlich machen, Onkel Sandy?» fragte er schließlich.

«Du hast überhaupt nichts zu tun, Herb. Du bist doch der Chef, genau wie der Käpten. Die ganze Arbeit ruht auf Cliff», antwortete der Hauptbetreuer, über seinen eigenen Witz grinsend. Er nahm eine große grüne Sonnenbrille und Mr. Gauss' Federkopfschmuck vom Regal. «So, das setzt du auf und spazierst herum und siehst wichtig aus. Los, Cliff, es ist zehn Uhr! Jetzt bist du der Hauptbetreuer.»

Sandy und sein Nachfolger traten hinaus. Herbie warf die Zeichen seiner neuen Würde beiseite und fiel aufs Bett. Über ihm malte die Sonne orangefarbene Kringel auf das Segeltuch. Es war sehr stickig im Zelt. Er hörte die bekannten Pfeifensignale, die die Belegschaft auf der Lagerstraße zusammenriefen, hörte das Füßetrappeln auf dem Kies, das Türenklappen und die freudigen Zurufe, die den Betreuern in ihrer komischen Jungenkleidung galten. Er schlug die Hände vors Gesicht und stöhnte. Er war ein Lump, der Geld von seinem Vater gestohlen hatte und es nie, nie wieder würde zurückzahlen können.

Jetzt hörte er Cliff rufen: «Also los, Jungs! Möchte richtigen Campgeist sehen, wenn ihr jetzt Onkel Gussie – – den Käpten begrüßt! Achtung, jetzt kommt er – unser heißgeliebter Käpten!»

Herbie erhob sich mühsam und wischte die Tränen fort. Während er schon zum Zeltausgang schritt, setzte er die Sonnenbrille auf und stülpte sich den Kopfschmuck über. Seinen Körper verrenkend, so daß Brust und Hinterteil sich gewaltig vorwölbten, trat er in den Sonnenschein hinaus und watschelte majestätisch die Lagerstraße entlang, wobei er mit zwei Fingern seine Mundwinkel zu einem dauerhaften Grinsen hochzog und die Füße einwärts setzte wie eine Ente.

Die Camper kreischten vor Entzücken und tanzten vor Wonne umher, und auch die Betreuer lachten schallend. Etliche Jungen wälzten sich quiekend und wimmernd auf dem Boden. Onkel Sandy, der unter den Jungen der dreizehnten Gruppe stand, behielt sein Gesicht etwa zehn Sekunden lang in der Gewalt, dann aber brach er in Salven hilflos bellenden Gelächters aus, die neue Lachexplosionen auslösten. In diesem Tumult watschelte Herbie, leutselig nach allen Seiten nickend, mit wackelndem Hinterteil die Straße entlang bis zum Ende, wo er in Richtung auf den See verschwand.

An diesem ausgelassenen Vormittag ward er nicht mehr gesehen. Er verbrachte ihn auf einer flachen, hinter Gebüsch verborgenen Felsklippe am Ufer, einsam und verlassen, so könnte man meinen. Doch ach, er war nicht allein. Zu seiner Rechten hockte der Kummer und zu seiner Linken die Scham, und beide sorgten dafür, daß keine Langeweile aufkam.

24

Lennie und Mr. Gauss kommen zu Fall

So wurde denn Herbies größter Ehrentag zugleich der bitterste Tag seines jungen Lebens, weil die Frucht seines Triumphes im Kern faulig war. Vielleicht hätte er sein Herz verhärten und sich getrost amüsieren sollen, aber das konnte er nicht. Bittere Reue nagte an ihm. Einem versierteren Beurteiler von Verbrechen – beispielsweise einem Polizisten – mag es vorkommen, als nage diese Reue reichlich spät an ihm, für Herbie aber wurde sein Vergehen erst zu einem Vergehen, nachdem ihn Mr. Gauss der Möglichkeit beraubt hatte, das ‹geborgte› Geld mit Zinsen zurückzuzahlen.

Jetzt zeigte sich, daß der Junge aus gutem Holz geschnitzt war, denn er vertat seine Zeit nicht damit, dem Rektor zu fluchen, sondern nahm allein die ganze Last der Schuld auf sich. Unzählige Schwächlinge jeden Geschlechts und jeden Alters begehen ständig irgendein Unrecht, das sie später wiedergutzumachen beabsichtigen. Werden sie dann aber durch das Eingreifen eines anderen an der

Bereinigung dieses Schadens gehindert, schieben sie gewöhnlich diesem die ganze Schuld an der Tat zu und waschen die eigenen Hände in Unschuld. Während des ganzen ‹Tages der Camper› versuchte Herbie den Gedanken an die eigene Ruchlosigkeit zu verdauen, was ihm nicht wenig Leibweh bereitete – aber nicht ein einziges Mal versuchte er sich Erleichterung zu verschaffen, indem er sich sagte: ‹Daran ist nur dieser verdammte alte Gauss schuld.›

Cliff und Herbie speisten in einsamer Majestät am Tisch des Hauptbetreuers. Sie trugen noch immer ihre Kostüme, und Herbies bunter Federschmuck hellte den kahlen und düsteren Speisesaal fröhlich auf.

«Was wollen wir während der Mittagsruhe machen?» fragte Herbie seinen Vetter.

«Ja, müssen wir uns denn nicht hinlegen?» fragte Cliff.

«Was? Wo wir doch die Chefs sind? Cliff, manchmal setzt bei dir tatsächlich der Verstand aus.»

Den beiden Jungen schwoll das Herz bei der Aussicht, die Stunde nach dem Essen nicht schweigend auf den Pritschen verbringen zu müssen.

«Weißt du was, Herb?» Plötzlich lächelte Cliff. «Wir können zum Stall gehen und uns von Elmer Bean und Clever Sam verabschieden. Morgen in dem Trubel vor der Abreise kriegen wir sie doch nicht mehr zu sehen.»

«Ja, fein! Los, wir gehen gleich. Ich hab gar keinen Hunger.»

Pfiffe, Gejohle und anzügliche Zurufe lenkten ihre Aufmerksamkeit ab. Lennie kam mit hochrotem Gesicht in seiner Schwesternkleidung in den Speisesaal geschlichen; Baseballstiefel und -strümpfe vervollständigten seine Tracht und erhöhten die lächerliche Wirkung noch beträchtlich. Er schielte verlegen in die Runde, versuchte zu grinsen und warf hier und da eine Antwort auf eine Anzüglichkeit hin.

«Wo hat der denn so lange gesteckt?» fragte Herbie.

«Der arme Teufel hat sich versteckt gehalten. Er hat sicher nicht mal das Signal zum Mittagessen gehört», meinte Cliff.

Lennie setzte sich an den Tisch Nummer dreizehn, und der Lärm ebbte ab. In seinem Fall war der Austausch der Identität nicht vollzogen worden, da die Lagerschwester sich nicht in einen Jungen zu verwandeln brauchte. Aber einen so bekannten Sporthelden in Frauenkleider zu stecken, war ein in seiner Komik allzu verlockender Einfall, als daß man ihn der Logik geopfert hätte, und die falsche Krankenschwester pflegte stets eine der gelungensten Verwandlungen des Tages zu sein. Der maulende und wenig schlagfertige Lennie war in dieser Rolle geradezu unübertrefflich. Nachdem man ihn am Vormittag wohl eine Stunde lang gehänselt hatte, war er verschwunden und hatte sich bis zum Mittagessen nicht mehr blicken lassen.

Herbie und Cliff verließen ihre Ehrenplätze und gingen durch den großen Speisesaal – und man beachte wohl, ohne daß Tumult entstand. Niemand riß einen Witz, und nur sehr wenige Camper unterbrachen überhaupt das wichtigste Geschäft des Tages, nämlich sich mit spanischen Omeletten vollzustopfen. In kluger Bescheidung hatte Herbie davon Abstand genommen, seinen Watschelakt nach dem ersten überwältigenden Erfolg zu wiederholen; es wäre nur langweilig gewesen. Cliff jedoch als Onkel Sandy hatte nie zum Lachen gereizt. So gingen die Vettern also unbemerkt hinaus. Lennies Auftritt aber war dafür um so sensationeller gewesen, einfach deshalb, weil eine Verkleidung nur dann komisch wirkt, wenn jemand dadurch erniedrigt wird.

Die Jungen hatten die Anhöhe zur Hälfte erstiegen, als ihnen Elmer Bean entgegenkam, der eine große, mit Säcken beladene Schubkarre vor sich herschob. «Hallo, Elmer», grüßte Cliff, «die letzte Wäsche, was?»

«Und überhaupt das letzte von allem, Jungs. Morgen um diese Zeit seid ihr frei, und heute in einer Woche bin ich's auch.» Der junge Mann stoppte die Karre mit Anstrengung und lehnte sich gegen einen Sack. «Also ihr beide seid heute die Bonzen im Lager, was?»

«Ja, und das haben wir nur dir zu verdanken», sagte Herbie.

«Ich wünsch mir was von dir an deinem einundzwanzigsten Geburstag, Herb.»

«Was denn, Elmer?»

«Daß du mir schreibst, wo ihr beide die fünfzig Dollar hergekriegt habt.»

Herbie sah plötzlich ganz elend aus, und Cliff fiel rasch ein: «Ist Clever Sam im Stall, Elmer?»

«Da hab ich ihn jedenfalls zuletzt gesehen. Willst ihm wohl 'nen Abschiedskuß geben, was?»

Cliff lächelte verschämt.

«Ja, dann Servus, Elmer! Wie wär's, wenn wir dir mal schreiben? Antwortest du uns dann?» fragte Herbie.

Der junge Arbeiter lachte. Er sah über den See und die Bungalows, auf die efeubewachsenen Bäume, deren Laub vorzeitig in herbstlichen Farben getönt war, und dann auf die beiden albern verkleideten Jungen. Die Federn an Herbies Kopfschmuck flatterten in einer auffrischenden, kühlen Brise, und plötzlich überkam Elmer Mitleid mit dem kleinen, dicken Jungen, den – das wußte er bestimmt – er morgen zum letztenmal sehen würde und der für ihn eine so wunderliche selbstquälerische Mischung von guten und schlechten Eigenschaften war.

«Ich will dir mal was sagen, Herbie. Ich bin auf Schiffen mit Jungs zusammen gefahren, denen ich bei jeder Abkommandierung geschworen hab, regelmäßig zu schreiben. Hab's auch während der ersten beiden Jahre ab und zu mal getan, aber es war nicht das richtige. Man denkt, ein Brief ist was, aber es ist doch nur ein Wisch. Da ist man auf demselben Schiff gefahren, und eines Tages fährt man auf einem andern, und damit ist alles anders. Weiß auch nicht, warum eigentlich.»

«Ich meine ja bloß, ab und zu mal einen Brief», bestand der Junge auf seinem Vorschlag. «Wo wir doch zusammen die Rutsche gemacht haben und alles.»

«Na klar, Herbie. Schreib nur immer, wenn dir so ist.» Elmer stockte einen Augenblick und stieß dann hervor: «Aber wundere dich nicht, wenn du von mir 'ne Antwort kriegst, die aussieht, als wenn du sie in der fünften Klasse geschrieben hättest. Schreiben ist nicht meine starke Seite, Herbie.»

«Und ich werde dir auch schreiben», beteuerte Cliff.

Beide Jungen schauten ganz unglücklich drein.

«Und jetzt will ich euch noch was sagen, Jungs», ergriff Elmer wieder das Wort. «Laßt euch vom alten Gauss nächstes Jahr nicht wieder breitschlagen. Ihr kennt ja den Dreh – erinnert ihr euch noch an den guten Elmer und das gute Dies und das gute Das? – Ich würde euch gerne wiedersehen und werde auch bestimmt wieder hier sein, weil ich mich auf was anderes nicht versteh, aber für euch ist's besser, ihr kommt nicht wieder. Gibt's denn was Schöneres als frei zu sein? Und wenn eure Ferien anfangen, dann seid ihr doch frei, einen ganzen Sommer lang frei. Der alte Gauss kommandiert euch doch nur herum. Aber wenn ihr eure Lieder singt, dann packt's euch vielleicht, und ihr bildet euch ein, daß das Lagerleben doch schön ist. Ich weiß, wie das mit dem Singen ist. In der Marine nannten wir das ‹Einwickelmärsche.› Immer wenn die Personaloffiziere uns für noch zwei Jahre verpflichten wollten, dann schmetterten sie los mit Pauken und Trompeten. Hab bei der Marine genug gekriegt von Ehrenbezeigungen und Trompetensignalen und dem ganzen Klimbim. Versteht mich nicht falsch, Jungs: ich bin stolz drauf, daß ich Matrose war – aber man hat mich auch dafür bezahlt, und was noch wichtiger ist, ich hab was geleistet. Ich bin zur See gefahren, um das Vaterland zu verteidigen, und hab mich nicht rumkommandieren lassen, um so einem alten Truthahn wie diesen Gauss zu mästen. Also kommt nicht wieder, Jungs! Ich hab euch beide gern. Cliff, du bist okay, du bist ein richtiger Kerl.» Er schüttelte dem Jungen die Hand. «Und du, Herb – ja, was soll ich dir sagen? Vielleicht bringst du es ja noch mal weit, und dann wüßt ich dir erst recht nichts zu sagen. – Lebt dein Vater eigentlich noch?»

Herbie nickte. Diese Frage brachte eine Lawine von Gefühlen ins Rollen, so daß er nicht zu sprechen wagte.

«Also, Herb, tu du, was dir dein Vater sagt, ja? In zwei oder drei Jahren wirst du wahrscheinlich glauben, daß er von nichts 'ne Ahnung hat. Vielleicht denkst du's schon jetzt manchmal. Aber ich sag dir, Herb: Tu du nur immer, was dir dein Vater sagt. So ein Junge wie du, der braucht seinen Vater.»

Er klopfte Herbie auf die Schulter, dann bückte er sich und packte die Griffe der Schubkarre.

«Na, Spaß haben wir jedenfalls gehabt! So was wie Herbies Rutsche hat's noch nie hier im Camp gegeben und wird's auch nie wieder geben. Dazu waren eben drei wie wir nötig und auch, daß Herbie eifersüchtig war wegen Lucille, und noch dies und das. So was kommt nur einmal zusammen.» Er hob die Karre und sagte über die Schulter: «Klar könnt ihr mir hierher nach Panksville schreiben, aber wundert euch nicht über meine Briefe. Bin eben nur vom Land.»

Sich weit zurücklehnend, um den Karren zu bremsen, ging er den Hügel hinab. Sein blondes Haar flatterte im Wind.

Die Jungen gingen schweigend zum Stall. Vor der Tür sagte Cliff: «Clever Sam schläft wohl, ich kann ihn gar nicht hören.» Sie gingen in den Stall und fanden ihn zu ihrer Verwunderung leer.

«Vielleicht ist er draußen und frißt», meinte Herbie.

«Aber Elmer hat doch gesagt, er ist hier», sagte Cliff besorgt. Er lief zur Reitbahn. Das Pferd war nicht dort und auch sonst weit und breit nicht zu sehen.

«Du, Herb, was kann denn bloß mit ihm los sein?»

«Weiß nicht. Vielleicht ist er ausgerissen, zur Landstraße getrabt.»

«Clever Sam trabt doch nicht freiwillig! Dem gefällt's am besten in seinem Stall. Da stimmt was nicht. Wir müssen Elmer Bescheid sagen.»

Sie liefen den Hügel hinunter; jeder Sprung trug sie zweimal so weit wie ein Schritt auf ebener Erde, und sie fühlten sich so behende wie Rehe. Als sie um die Ecke eines Bungalows in die Lagerstraße einbogen, blieben sie wie angewurzelt stehen. Auf der Mitte des Kiesweges, umgeben von einer Schar lachender und schwatzender Jungen, sahen sie Clever Sam. Er trottete langsam mit traurig gesenktem Haupt und hängenden Zügeln einher, und auf seinem Fell prangte in ungefügen, gekalkten Buchstaben eine Inschrift: *Herbie ist ein Jammerlappen.*

«Komm, Herb», rief Cliff, stürzte sich in die Menge und zwängte sich zu dem Pferd durch. Er legte Clever Sam den Arm um den Hals und murmelte: «Na, alter Bursche, was haben sie denn mit dir gemacht? Bist du auch okay?»

Als das Tier Cliffs Stimme hörte, hob es den Kopf, wieherte und drängte sich an ihn. Herbie, der mittlerweise auch bis zu Clever Sam vorgedrungen war, sah, daß das Pferd auch auf der anderen Seite beschmiert war: *Käpten Mülltonne.*

Die Witze und das Gelächter verstummten. Ein paar Jungen verdrückten sich in die Bungalows. Überall sah man, wie sich Nasen neugierig gegen die Gazefenster preßten.

«Also, wer war das?» wandte sich Cliff an die Jungen.

«Ich doch nicht!» – «Weiß von gar nichts!» – «Bin gerade erst gekommen.» – «Der Gaul kam schon so angetrabt.» – Diese und ähnliche Antworten erklangen im Chor. Dabei sahen sich die Jungen aber mit wissendem Grinsen an. In der Tür von Bungalow zwölf erschien jetzt der noch immer als Cliff verkleidete Onkel Sandy und beobachtete die Szene schweigend.

Cliff blickte zaudernd zunächst zu dem Hauptbetreuer, dann zu den Kameraden.

«Erst werde ich mich mal um das arme Vieh kümmern, dann aber werde ich feststellen, wer das hier verbrochen hat.»

Er führte das Pferd fort. Als er am Bungalow dreizehn vorbeikam, trat Lennie aus der Tür, hob den Saum seines weißen Schwesternkleides und macht tolpatschig einen tiefen Knicks. «Oh, Herr Hauptbetreuer, ist was passiert?» piepste er in weibischem Ton.

Herbie, der neben seinem Vetter herging, wisperte ihm zu: «Guck doch mal seinen linken Arm, Cliff!»

Und Cliff sah, daß Lennies Arm vom Handgelenk bis zum Ellenbogen mit Kalkfarbe beschmiert war. Als Lennie die Blicke der beiden bemerkte, versuchte er, die Farbstreifen mit der rechten Hand fortzuwischen, lächelte dabei aber unverschämt.

«Okay, Lennie, du warst es also?» fragte Cliff.

«Wer ist hier denn Lennie?» zwitscherte der Sportheld. «Ich bin doch Schwester Geiger, mein Herzblatt. Der fette, kleine Käpten neben dir hat mich ja dazu ernannt. Stimmt's vielleicht nicht, Käpten Mülltonne?»

Cliff nahm seinen Arm von Clever Sams Nacken und trat dicht an Lennie heran. Unter den Zuschauern wurde es ganz still. Es hatten sich auch ein paar Betreuer eingefunden, aber keiner griff ein.

«Lennie, du kommst jetzt mit und putzt den Gaul sauber.»

«Aber, Onkel Sandy», kreischte Lennie im Falsett, «ich bin doch Krankenschwester! Ich pflege nur Menschen, keine Gäule.»

Mit einem Satz sprang Cliff Lennie an, hielt ihn umklammert, warf ihn zu Boden und fiel auf ihn hinauf. Sekunden später hockte er auf Lennie und preßte mit den Knien die Arme des Gegners zu Boden.

«Wirst du das Pferd putzen?»

Lennie war zwar leicht verdutzt darüber, sich auf dem Rücken zu befinden, aber keineswegs eingeschüchtert. «O Gott, o Gott, Onkel Sandy», zwitscherte er, «Wie grob du zu mir bist!»

Es folgte eine schallende Ohrfeige. Cliffs Miene war unverändert feierlich ernst, nur als er Lennie die Ohrfeige versetzte, entblößte er einen Augenblick die Zähne.

«Wirst du jetzt das Pferd putzen?»

Lennie bäumte sich auf und warf Cliff ab. Beide Jungen sprangen auf die Füße. Lennie nahm Boxerhaltung ein und tänzelte erbost umher.

«Einen überfallen, wenn man nicht drauf gefaßt ist, was?» knurrte er. «Okay, Vetter Mülltonne, komm nur her und bezieh deine Dresche!»

Einer der Betreuer rief: «Soll ich sie auseinanderbringen, Onkel Sandy?»

Onkel Sandy, der noch immer nur wenige Schritte entfernt an der Tür von Bungalow zwölf lehnte, erwiderte: «Wenn du mich meinst, ich heiße bis fünf Uhr nachmittag Cliff. Sieht ja so aus, als ob Onkel Sandy straffe Disziplin halten will. Hoffentlich glückt's ihm.»

Lennie versetzte Cliff einen Stoß vor die Brust. Cliff hob ungeschickt die Hände und stand mit weitgespreizten Beinen da. Noch dreimal trafen ihn Lennies nicht sonderlich harte Schläge, dann aber holte er selbst zu einem weiten Schwinger aus, der den Gegner jedoch um einen halben Meter verfehlte. Der Faustkämpfer in Schwesterntracht lachte höhnisch auf und versetzte Cliff mit aller Kraft einen Schlag an den Schädel. Cliff taumelte. Wieder sprang er Lennie an, und wieder warf er ihn auf den Rücken genau wie beim erstenmal. Auf Lennie hockend, bearbeitete er das Gesicht des Sporthelden mit so schallenden Backpfeifen, daß man sie wohl eine Meile im Umkreis hören konnte.

«Wirst du das Pferd putzen? Wirst du das Pferd putzen? *Wirst du das Pferd putzen?*»

Lennie drehte und wand sich, vermochte aber seinen Feind nicht abzuschütteln. Cliffs Augen waren blutunterlaufen, und jedesmal wenn er Lennie einen Schlag versetzte, verzog er schmerzlich das Gesicht, als zwicke ihn ein kranker Zahn. Patsch! patsch! patsch! Zweimal bäumte sich Lennie in geradezu übermenschlicher Anstrengung auf, um seinen Peiniger abzuschütteln, doch Cliff hielt sich auf seinem Sitz. Patsch! patsch! Lennie gab auf und lag platt auf der Erde.

«Ich werde es putzen», kam es in halberesticktem Gemurmel von dem exemplarischen Charakter.

Augenblicklich sprang Cliff auf die Füße, half Lennie aufstehen und streckte ihm die Hand hin.

«Wieder Freunde, Lennie?» fragte er.

Die Tracht des Sporthelden war mehr schwarz als weiß, dazu verdrückt und zerrissen. Haarsträhnen hingen ihm bis über die Augen, und auf seinen Wangen glühten als Spuren der Überredungsversuche, denen er soeben ausgesetzt gewesen war, rote Flecken. Er schielte unter zusammengezogenen Brauen erst zu Cliff hin, dann verstohlen in die Runde, tippte kurz Cliffs Hand an und lief davon zu seinem Bungalow.

«Ich bringe das Pferd zum Stall», rief Cliff ihm nach. «Komm mit rauf.»

«Ich komme, wann's mir paßt», tönte es mißmutig aus dem Bungalow.

Cliff zeigte auf einen der als Jungen verkleideten Betreuer. «Du, Peanuts Wishnik, sorgst mir dafür, daß er in spätestens zehn Minuten im Stall erscheint.»

«Mach ich, Onkel Sandy», erwiderte der Betreuer grinsend.

Bereits zwei Minuten nachdem die Vettern mit dem lustlosen Gaul dort eingetroffen waren, trottete Lennie herbei, ohne daß weitere Zwangsmaßnahmen nötig gewesen wären. Cliff hatte sich schon Clever Sam vorgenommen und bearbeitete ihn mit einer großen Bürste und warmem Seifenwasser. Wortlos reichte er Lennie Eimer und Bürste hinüber, und während der Sportheld sich verdrossen daran machte, die Spuren seiner Untat zu tilgen, umarmte Cliff den alten Klepper.

«Wirst wieder schön sauber werden, Clever Sam», tröstete er, «also dann, auf Wiedersehn und alles Gute!» Er strich dem Tier zärtlich über die Schnauze und ging rasch aus dem Stall. Herbie eilte ihm nach. «Na, hör mal», rief er, «ist das alles? Soll das der ganze Abschied sein?»

Cliff sah seinen Vetter aus trüben Augen an. «Was soll ich denn weiter sagen?»

«Und ich hab gedacht, du hättest den Gaul gern.»

«Hab ich ja auch.»

«Na, dann könntest du ihm doch wenigstens sagen, wie leid es dir tut, daß du ihn jetzt verlassen mußt und daß du ihn nie vergessen wirst und so. Hast du denn nie das Gedicht gelesen ‹Eines Mauren Abschied von seinem Hengst?› Das ist mindestens fünfzehn Strophen lang. Ja, der Kerl wußte, wie man seinem Gaul Lebewohl sagt.»

«Doch, das Gedicht kenn ich, haben wir in 6B gehabt. Aber das sind eben Verse.» Cliff starrte einen Augenblick zu Boden und fügte dann hinzu: «Tust du mir einen Gefallen, Herb? Sag Onkel Sandy Bescheid, daß er mich entschuldigen soll. Von jetzt an erteilst du die Anordnungen, ja? Es sind sowieso nur noch zwei Stunden.»

Er machte auf dem Absatz kehrt und ging zum Stall zurück. Herbie stand zuerst verdutzt und unentschlossen da, doch dann siegte die Neugier. Er schlich sich zur Stalltür und spähte hinein. Lennie wischte sich gerade die Hände an ein paar alten Zeitungen ab und schlenderte mit einem glücklichen Lächeln auf den Lippen zur Tür. Cliff aber, mit einem noch viel glücklicheren Lächeln auf den Lippen, schrubbte hingebungsvoll und zärtlich Clever Sam.

Wie bereits mitgeteilt, hatte es sich Mr. Gauss zur Regel gemacht, am ‹Tag der Camper› unsichtbar zu bleiben. Vor sich selbst und seinen Betreuern erklärte er dies damit, daß es mit seinem ‹symbolischen Prestige› unvereinbar sei, sich an dem Spaß und Unfug dieses Tages zu beteiligen, so sehr er dies persönlich auch bedauere.

Von diesem ‹symbolischen Prestige› machte Mr. Gauss viel Wesen. So hielt er seinen Betreuern zu Beginn jeder Ferienzeit eine Rede, in deren Verlauf er diese Phrase hervorholte und eingehend von allen Seiten beleuchtete. Der Sinn seiner jährlich wiederkehrenden Ausführungen war, daß er in seiner Stellung als verantwortlicher Leiter nicht nur recht und schlecht der Mensch Mr. Gauss sei, sondern gleichzeitig ein Symbol des Camps Manitou, das zu Würde und Haltung verpflichte, was er auch von seinen Betreuern fordern müsse, um dieses symbolische Prestige unantastbar zu erhalten. Allgemeinverständlich ausgedrückt hieß dies, daß die Betreuer ihm, auch wenn ihnen gar nicht danach zumute war, respektvoll zu begegnen hatten – eine kluge Politik, der man überall im Leben begegnen kann.

In Wirklichkeit aber lag der Grund für Mr. Gauss' Verschwinden an diesem Tag nicht ausschließlich in der Besorgnis, sein symbolisches Prestige könne Schaden nehmen, sondern in der simplen Tatsache, daß er wasserscheu war und nicht schwimmen konnte und demzufolge von der panischen Furcht besessen, man könne ihn untertauchen. Diese Tatsache wurde jedoch niemals erwähnt.

In die unvermeidlichen Khaki-Shorts gekleidet, lag der Rektor, von Kissen gestützt, auf seinem Bett im Gästehaus ausgestreckt, schlürfte friedlich Eiskaffee und blätterte in den vier Wochen alten Buchbesprechungen der *New York Times*. Mr. Gauss schätzte diese Buchbesprechungen ungemein. Da er ständig auf der Jagd nach kleinen Nebenverdiensten war, blieb ihm zum Lesen keine Zeit; als Erzieher aber sah er sich genötigt, sich über die Neuerscheinungen in der Literatur auf dem laufenden zu halten. Diese Besprechungen nun machten ihn mit Buchtiteln und Autoren soweit bekannt, daß er seiner Konversation den nötigen Bildungsanstrich verleihen konnte. Er bemühte sich gerade, seinem Gedächtnis die Handlung eines mittlerweile längst vergessenen Romans einzuprägen, den der Kritiker großmütig mit den Werken von Dickens und Fielding verglichen hatte, als es an die Tür klopfte. Er sah auf die Uhr. Bis zum Ende des Festtages um fünf Uhr fehlte noch eine Stunde, und vorher schien es ihm nicht ratsam, sich draußen blicken zu lassen.

«Wer ist denn da?» fragte er verdrossen.

«Mrs. Gloster ist gerade mit ihrem Chauffeur angekommen», ließ sich Elmer Beans Stimme vernehmen. «Er stellt gerade den Wagen ab, und sie hat sich auf die Veranda gesetzt. Ich dachte mir, es ist besser, Ihnen Bescheid zu sagen.»

Mr. Gauss war mit einem Satz aus dem Bett. «Vielen Dank, Elmer», rief er, «sagen Sie ihr bitte, ich käme sofort.»

Mrs. Gloster war die Mutter des jämmerlichen kleinen Daisy und von vier Töchtern, die gleichfalls alle im Lager weilten. Von allen Manitou-Müttern war sie die vermögendste, und ihrer wohlwollenden Empfehlung hatte Mr. Gauss etwa ein Dutzend weiterer Kunden zu verdanken, was erklären mochte, weshalb er mit so lächerlicher Hast Toilette machte, einer Hast, die seinem symbolischen Prestige starken Abbruch getan hätte, falls man sie beobachtet hätte. Er warf sich in seine besten weißen Flanellhosen, ein schneeweißes Hemd mit kurzen Ärmeln, weiße Socken und frisch geweißte Schuhe, einen Staat, den er eigentlich für die Heimreise vorgesehen hatte. Zum Schluß fuhr er sich mit dem Kamm durch sein schütteres Haar, wobei er sich niederhocken mußte, um sein Bild im schiefen Spiegel des billigen Waschtisches erhaschen zu können, und stürzte aus dem Zimmer, in letzter Sekunde noch seine Sonnenbrille an sich raffend.

Mrs. Gloster, eine kleine, magere Person mit stechenden Augen, saß in ihrem gutgeschneiderten grauen Kostüm auf einem Korbstuhl in der Veranda, rauchte eine Zigarette und trommelte ungeduldig mit der Schuhspitze auf den Boden. Sie pflegte alljährlich nach Manitou zu kommen und ihre Kinder mit dem Wagen abzuholen, um ihnen die Fahrt in einem stickigen und schmutzigen Abteil zu ersparen, die alle anderen Kinder freilich ertragen mußten. Als sich der Rektor ihr näherte, warf sie ihre Zigarette fort und drückte sie mit dem Absatz aus.

«Ah, meine liebe Mrs. Gloster! Wie bringen Sie es nur fertig, so jung auszusehen! Jeder würde Sie für einc unserer Betreuerinnen halten, und kein Mensch käme auf den Gedanken, daß Sie schon Mutter von fünf prächtigen Kindern sind.»

Mrs. Glosters Züge verklärten sich. Ihr Mann, ein vielbeschäftigter und erfolgreicher Textilkaufmann, war zwar recht spendabel in bezug auf ihr monatliches Nadelgeld, jedoch nicht mit Komplimenten.

«Auch Sie sehen glänzend aus, Mr. Gauss. Ich kann kaum fassen, daß Ihnen die Last der Verantwortung für so viele Kinder so gut bekommt. Aber allem Anschein nach ist dies doch der Fall. Darf ich Raymond jetzt sprechen?» (Daisys offizieller Name lautete Raymond.)

Mr. Gauss warf heimlich einen besorgten Blick durch das Verandafenster auf die Uhr im Büro. Sie zeigte zwanzig Minuten nach vier.

«Hm – wollen Sie nicht lieber erst die Mädchen besuchen? Sie sind doch gerade in der Nähe, und vielleicht machen wir den Besuch im Jungenlager dann etwas später, gleich nach dem Abendbrot.»

Die vermögende Dame hatte nichts dagegen einzuwenden. Mr. Gauss beauftragte eine zufällig vorüberkommende Betreuerin damit, auf der Stelle die vier Gloster-Mädchen herbeizuschaffen, und Minuten später wirbelten auch die vier kichernden und quietschenden Töchter die Stufen zur Veranda herauf. Zu Mr. Gauss' Unglück schwatzten sie ausschließlich von Raymonds urkomischer Darstellung und Verkleidung als Lagerarzt. Der arme Daisy hatte sich mit Feuereifer in seine Rolle hineingekniet, die ihm endlich einmal eine Aufgabe stellte, und hatte im Mädchenlager wahre Lachorgien ausgelöst, als er dort beim Mittagessen mit gezücktem Stethoskop und einer Injektionsspritze erschienen war und versucht hatte, jede Camperin gegen ‹Gaussititis› zu impfen.

Die Schilderung ihres solcher Art geschäftigen Sohnes verdoppelte Mrs. Glosters Verlangen, ihn sofort zu sehen.

«Oh, es muß wirklich ein gottvoller Anblick sein! Das müssen wir uns anschauen, Mr. Gauss. Kommen Sie», drängte sie.

Mr. Gauss äugte wieder zur Uhr. Zwanzig Minuten vor fünf.

«Es wird mir das größte Vergnügen sein», versicherte er. «Aber erst wollen wir doch eine erfrischende Tasse Tee zu uns nehmen. Sie haben eine lange Fahrt in dieser Hitze hinter sich.»

«Du mußt dich beeilen, Mami», unterbrach ihn eines der Mädchen, «der Tag der Camper ist nämlich um fünf zu Ende.»

«Nun, Mr. Gauss, dann verzichten wir wohl lieber auf den Tee», sagte die Mutter, aber da tänzelte Mr. Gauss bereits rückwärts zur Tür hinaus.

«Es dauert nicht eine Minute – nicht eine Minute!» versicherte er schelmisch mit erhobenem, wackelndem Zeigefinger, während er sich zurückzog und im stillen hoffte, daß es zwanzig Minuten dauere. Er gab der Köchin, einer abgearbeiteten, grauhaarigen Frau in weißer Schürze, Anweisung, zwei Portionen Tee auf der Veranda zu servieren, und kehrte dann in der beruhigenden Gewißheit zurück, daß man seinem Wunsch mit der üblichen Trödelei, also frühestens in einer Viertelstunde, nachkommen werde. Nun wollte es aber der Zufall, daß die Köchin sich gerade selbst Tee aufbrühte. Verärgert über die Störung, beeilte sie sich, den Auftrag auszuführen, um dann ihren eigenen Tee in aller Ruhe schlürfen zu können. Sprachlos vor Staunen sah Mr. Gauss, wie nur vierzig Sekunden später ein Tablett, zwei Portionen Tee und die Köchin zum Vorschein kamen. Mrs. Gloster stürzte ihren Tee in einem Zug hinunter und setzte die Tasse mit einem bedeutungsvollen Klirren ab. Mr. Gauss aber ließ sich Zeit. Jetzt schickte die Dame ihre Töchter mit ein paar kurzen Worten fort, erhob sich, strich sich den Rock glatt, zog ihren Gürtel straff und schritt auf die Verandastufen zu. Mr. Gauss schlürfte noch immer gemächlich seinen Tee, und das hatte seinen guten Grund, denn noch fehlten zehn Minuten an fünf Uhr.

«Ach ja», seufzte er, «manchmal frage ich mich, ob die bezaubernden Damen Ihrer gesellschaftlichen Position, Mrs. Gloster, in dem ständigen Trubel nicht die stillen, kleinen Freuden des Daseins vernachlässigen. Sehen Sie, für mich ist so eine Tasse Tee ein Ritual.»

«Sie können meinen Kindern Manieren beibringen, Mr. Gauss, aber ich bin über das Alter für derartige Erziehungsversuche hinaus. Ihr Ritual zieht sich aufreizend in die Länge.»

Der Rektor sah ein, daß er zu weit gegangen war. Er setzte die Tasse ab und stand auf. «Aber meine sehr verehrte Mrs. Gloster! Natürlich gehen wir! Ich ahnte ja nicht – – Sie müssen mich völlig mißverstanden haben. – – Ich wünschte, alle unsere Eltern hätten auch nur ein Zehntel Ihrer Lebensart – falls ich mich ungeschickt ausgedrückt haben sollte, bitte ich ergebenst um Entschuldigung. Was ich eigentlich sagen wollte – –» so ebnete er Mrs. Gloster den Weg mit vielen Entschuldigungen und Schmeicheleien.

Das Lager der Jungen lag still und verlassen. Die Sonne schien zwischen den Bungalows hindurch auf die Lagerstraße.

«Wo sind denn die Jungen, Mr. Gauss?»

«Äh – ich vermute – äh – unten am Wasser.»

«Oh, dann taufen sie jetzt bestimmt Onkel Sandy», rief die Dame hell entzückt. (Ihre Töchter hatten ihr von dieser löblichen Absicht berichtet.) «Rasch, rasch, das müssen wir unbedingt sehen!»

Sie ergriff den Rektor beim Arm und zog ihn unerbittlich hinter sich her. Am Seeufer angelangt, sahen sie, wie eine Gruppe von Senioren und Supersenioren, Onkel Sandys schlaffen Körper hoch über sich tragend, den Badesteg entlangmarschierte.

«In das Wasser muß er plumpsen,
ja plumpsen,
ja plumpsen.
In das Wasser muß er plumpsen,
unser lieber alter Sandy.»

Die übrigen Camper standen jubelnd und lachend am Ufer. Am Ende des Laufstegs stand mit würdig gekreuzten Armen, den Federschmuck auf dem Kopf, Herbie. Die Senioren schleppten Sandy vor ihn hin, und Yishy rief: «Was sollen wir mit ihm tun, Käpten?»

Und Herbie verkündete: «Cliff Block, du bist in der Öffentlichkeit in unpassender Kleidung erschienen! Werft ihn ins Wasser!»

Sogleich packten die Senioren den widerstandslosen Hauptbetreuer an Armen und Beinen, schaukelten ihn mehrfach hin und her und ließen ihn mit Schwung ins Wasser fallen, so daß die Spritzer sie alle durchnäßten. Die Zuschauer johlten.

Mrs. Gloster klatschte entzückt in die Hände: «Nein, so ein Spaß! Aber ich sehe ja Raymond gar nicht. Hoffentlich sieht er auch zu.» Sie rief mit erhobener Stimme: «Raymond! Wo steckst du?» – wodurch sie die Blicke aller auf sich und auf Mr. Gauss lenkte. Aus der Ferne hörte man Raymonds Stimmchen piepsen: «Hier bin ich, Mami!»

Sein Antwortruf blieb jedoch unbeachtet, denn jetzt stolzierte Herbie den Laufsteg entlang und kommandierte: «Leute, da ist Herbie Bookbinder! Vor Sonnenuntergang in weißen Flanellhosen! Los, greift ihn!»

Die bloße Vorstellung, Hand an Mr. Gauss zu legen, war so über die Maßen verwegen, daß das ganze Lager den Atem anhielt. Aber schon trampelten die Senioren mit Geheul und Gebrüll hinter dem dicken Jungen her, und ihre Füße schienen dabei auf dem hölzernen Steg Sturm zu trommeln. Der Rektor zuckte zusammen, wich aber nicht. Die Jungen hielten ein paar Meter vor ihm an und traten nun verlegen murmelnd von einem Bein aufs andere.

«Also Jungens», donnerte Mr. Gauss und lächelte aus aller Kraft, «ihr wißt doch, daß der echte Käpten diesen Tag nach altem Brauch nicht mitmacht. Ich wünschte, ich könnte an eurem Spaß teilhaben, aber ihr seht ja, ich bin in Gesellschaft einer Dame. Es tut mir leid, aber es geht nun mal nicht.»

Aber da fiel Mrs. Gloster ein: «O bitte, Mr. Gauss, lassen Sie sich durch mich nur nicht abhalten!» und trat zur Seite, was bei den Jungen unsicheres Kichern hervorrief und den Rektor auf weiter Flur allein ließ.

«Greift ihn, sag ich!» gellte Herbie. Niemand wagte, sich dem Rektor zu nähern.

«Also, Herbie, du hast deinen Spaß gehabt», sagte Mr. Gauss, «und soweit ich weiß, hast du dich auch großartig amüsiert. Aber jetzt ist es fünf Uhr, und der Spaß hat ein Ende. Gib mir den Kopfschmuck! Von jetzt an bist du wieder Herbie Bookbinder, und damit basta!»

Herbie sah auf seine Uhr und fuchtelte dann mit seinem Arm den älteren Jungen vor der Nase herum.

«Da, seht doch, es ist erst drei Minuten vor fünf», rief er, «und nach Mr. Gauss' eigenen Bestimmungen bin ich immer noch Mr. Gauss. Und ich befehle euch, schmeißt Herbie Bookbinder ins Wasser!»

Durch die dichtgedrängt stehenden Senioren arbeitete sich jetzt eine kleine Gestalt nach vorn. Es war Ted, dessen Habichtsnase vor Aufregung bebte und dessen Vogelaugen blitzten. «Hört ihr denn nicht, was der Käpten befiehlt?» schrie er. «Los, auf ihn!» Und er duckte sich, um Mr. Gauss an die Beine zu greifen.

Und da beging Mr. Gauss in seiner panischen Angst vor dem Wasser einen folgenschweren Fehler: Er machte kehrt und lief davon.

Sofort hatte er zwanzig Verfolger auf den Fersen – selbst der feigste Dorfköter setzt ja einem Flüchtenden nach. Kläffend und bellend verfolgte ihn die Seniorenmeute und bekam ihn nach knapp zehn Metern zu fassen. Sekunden später schlug er schon, von Dutzenden starker Arme in die Luft gehoben, hilflos um sich.

«In das Wasser muß er, plums,
der liebe alte Gussi, bums!»

sangen seine Bezwinger.

Ach und Weh über das symbolische Prestige!

Mr. Gauss verstand es nicht, gute Miene zum bösen Spiel zu machen. Als die Jungen ihn zum Wasser schleppten, fuchtelte und zappelte er verzweifelt herum und schrie dabei: «Sandy, Sandy, nimm die Trillerpfeife! Unterbinde das! Laßt mich sofort runter, ihr dummen Bengels! San-dy!»

Da die Jungen nichts von seinem Wasserschreck ahnten, erschien ihnen sein Benehmen höchst absonderlich. Dadurch, daß er sich wie ein zitterndes Schlachtopfer gebärdete, verspielte Mr. Gauss auch die letzte Chance, sich in Sicherheit zu bringen, und wirkte nur noch wie ein komischer Hampelmann. Onkel Sandy befand sich in einer für eine Hilfestellung recht ungünstigen Lage: er kletterte gerade aus dem Wasser die Leiter zum Laufsteg empor. Allerdings läßt sich nicht leugnen, daß er sich schon fast auf den Laufsteg hinaufgearbeitet hatte, als die Horde mit ihrem Opfer noch ziemlich weit vom Ufer entfernt war, und wahrscheinlich hätte er seinen Meister dadurch retten können, daß er sich, triefnaß wie er war, mit einem Donnerwetter auf sie gestürzt hätte. Aber so unglaubwürdig es auch klingen mag, kaum hatten seine kurzsichtigen Augen wahrgenommen, was vorging, als er jeden Halt auf der Leiter verlor – er schwor später, dies sei seiner Überraschung zuzuschreiben gewesen – und hilflos ins Wasser zurückplumpste.

Mr. Gauss leistete bis zum letzten Augenblick erbittert Widerstand, und zwar in Form von Stößen, Tritten, Drohungen und Geschrei sowie einer Reihe von Körperverrenkungen, die für einen Mann seines Alters und Leibesumfanges geradezu staunenswert waren. Wenige Schritte vor dem Ufer rutschten den Jungen denn auch tatsächlich die langen Beine der strampelnden, weißgekleideten Gestalt aus dem Griff. Mr. Gauss gewann für kurze Zeit Boden unter den Füßen und setzte sich auf dem Laufsteg wie ein erboster Elefant zur Wehr. Aber sogleich ergriffen ihn zahllose Jungenarme aufs neue an den Beinen, und ohne die Zeremonie des Schwingens einzuhalten, stießen ihn seine Peiniger kurzerhand in den See.

Der Rektor klatschte mit dem Bauch aufs Wasser, daß es ein ohrenbetäubendes ‹Platsch!› auslöste, und versank in den Fluten. Nach ein paar Sekunden kam er prustend und spuckend an die Oberfläche und schlug so wild um sich, daß man meinen konnte, er habe zehn Arme und zehn Beine.

«Fünf Uhr, Leute! Der Tag der Camper ist zu Ende!» rief Herbie und warf seinen Federschmuck zu Boden. «Lauft! Lauft wie der Teufel!»

Und alle Jungen liefen wie der Teufel. Dieser Rückzug vollzog sich so blitzschnell, daß nur ein einziger Zuschauer übrigblieb, um Mr. Gauss' Rettung beizuwohnen. Als Onkel Sandy seinen schmutzigen, zitternden, krächzenden und röchelnden Arbeitgeber die Leiter hinaufwälzte, war allein Mrs. Gloster anwesend, die an einen Baum gelehnt stand und sich vor Lachen die Seiten hielt. Mr. Gauss hob mechanisch den Federschmuck auf und stülpte ihn auf den Kopf.

«Herrgott, Käpten, was machen Sie denn da?» fragte Onkel Sandy erstaunt.

Der Rektor sah ihn an wie durch Nebelschwaden und riß sich den Indianerschmuck wieder vom Haupt. Dann hörte er Mrs. Glosters Gelächter, das weit über den See schallte. Er lächelte abwesend und trottete den Laufsteg entlang; die Kleider klebten ihm am Körper, und seine Hosenbeine machten bei jedem Schritt ein schlürfendes Geräusch. «Sehen Sie, Mrs. Gloster», sagte er, auf die Dame zutretend, wobei er ein vermeintlich fröhliches Lachen hören ließ, das jedoch recht makaber klang, «hier in Manitou halten wir den demokratischen Geist hoch.»

Auf der Lagerstraße herrschte derweil eitel Freude und Fröhlichkeit. Herbie Bookbinder und Cliff Block wurden durch eine Prozession von hervorragenden Sportsmännern – unter denen allein Lennie fehlte – geehrt. Sie thronten hoch auf ihren Schultern, um den Hals Schilder, die kundtaten, daß ihnen die letzte und höchste Ehre zuteil geworden, die Manitou zu vergeben hatte: Noch in der letzten Ferienstunde hatte man sie zu Mitgliedern des Königlichen Ordens der Nachtschwärmer ernannt.

25

Die Heimkehr

Herbie preßte seine Stirn gegen die kalte Fensterscheibe des Zuges und warf einen letzten Blick auf die Berge, hinter denen Camp Manitou verborgen lag. Er starrte auf diese liebliche Szenerie, die er nun für immer verließ, nicht nur deshalb hinaus, weil ihm der Abschied so schwerfiel, sondern auch aus Scham, denn über seine Wangen rollten Tränen. Bereits als Onkel Irish beim Anblick des Zuges, der ihnen um eine Biegung qualmend entgegengedampft war und mit jedem Puff an Größe gewann, das berühmte ‹Bulldog, Bulldog› angestimmt hatte, war Herbie regelrecht zusammengebrochen. Übermannt vom Überschwang seiner Gefühle hatte er die Tränen noch so lange zurückhalten können, bis er im Zug war und sich dort an das Fenster gestellt hatte. Hier ließ er ihnen freien Lauf.

Cliff, der die sentimentale Schwäche seines Vetters nach Jahren gemeinsamer Filmbesuche, bei denen er neben dem schnüffelnden, heulenden Jungen in der Dunkelheit gesessen hatte, sehr wohl kannte, schirmte ihn taktvoll gegen beobachtende Blicke ab. Ihm ging der Abschied nicht nahe. Das einzige, von dem er sich in Manitou schweren Herzens getrennt hatte, war Clever Sam gewesen, aber mit dessen letzter Säuberung hatte er seinen Empfindungen hinreichend Ausdruck verliehen. Seine nüchterne Vernunft sagte ihm, daß die Trennung unvermeidlich sei, da es für Clever Sam in der Stadt kein Fleckchen gab, und darum schien es ihm sinnlos, darüber zu flennen.

Das Kuriose war, daß Herbie nichts und niemandem nachzutrauern hatte, nicht einmal einem Pferd. Er war rundherum und vorbehaltslos glücklich darüber, endlich Mr. Gauss' Camp verlassen zu können. Doch das war nicht das Entscheidende. Es war ein Abschied, man sang mit Inbrunst, ein Zug stieß Dampfwolken aus, und darum konnte Herbie es sich nicht versagen, in Gefühlen zu schwelgen. So preßte er denn die Stirn tieftraurig an die schmutzige Scheibe und gab sich seiner Trauer mit um so größerem Genuß hin, als er nichts zu betrauern hatte.

Im allgemeinen hält man diesen Charakterzug für typisch weiblich, und doch findet man ihn häufig auch unter Jungen und Männern, wo er sich – bei weniger wankelmütigen Naturen als Herbie – zumeist als gutmütige Derbheit tarnt. Es gehört dazu nur eine lebhafte Phantasie, die jedem Abschied den Beigeschmack eines tragischen ‹Für immer› abzugewinnen und davon abzusehen vermag, daß gewisse Episoden des Lebens besser für immer in der Versenkung verschwinden. So kann man mitunter Schüler sehen, die mit feuchten Augen aus Anstalten ausscheiden, wo sie todunglücklich waren, oder einen Buchhalter, der tränenumflort die letzte Eintragung in das Hauptbuch der Firma vornimmt, die ihn wie einen Hund gehalten hat. Gewiß ist es eine Narrheit, aber es ist eine ganz private und dazu vergnügliche kleine Narrheit. Und doch hat auch sie ihre Gefahr: sie verfälscht die Wirklichkeit. Herbie hatte sich bereits erfolgreich eingeredet, daß sein ganzes Herz an Manitou hänge und daß er es gar nicht abwarten könne, wieder hinzufahren, und viele seiner Kameraden im Zug gaben sich dem gleichen Wahn hin; die nüchternen von der Art Cliffs waren in der Minderheit. Ja, es war nicht zu fassen, aber ein paar Bänke weiter preßte selbst der bedauernswerte Ted sein Gesicht an die Scheibe. Sommerlager wird es immer geben, jedenfalls so lange, wie die Leiter pfiffig genug sind, die Kinder selbst dann noch zu Campliedern zu animieren, wenn der Zug schon auf dem Heimatbahnhof einrollt.

Herbie schwelgte so sehr in seinem Kummer, daß er enttäuscht war, als er sich schon nach wenigen Minuten verflüchtigte, ebenso schnell wie der Nachgeschmack einer Portion Eis. Er versuchte ihn dadurch am Leben zu erhalten, daß er ‹Bulldog, Bulldog› und die Töne des Zapfenstreichs vor sich hin summte und jede kleine Einzelheit der letzten Stunden im Camp an sich vorüberziehen ließ. Man wird sich daran erinnern, daß er nichts Derartiges tat, nachdem er sich vor zwei Monaten von seinen Eltern verabschiedet hatte, sondern daß er damals versuchte, sich so rasch wie möglich abzulenken und seine Empfindungen zu verdrängen. Wahrer Kummer ist eben schmerzhaft. Der Unterschied zwischen falschem und echtem Kummer ist ebenso groß wie der zwischen einer Fahrt auf der Achterbahn und einem Sturz vom Dach. Beides ist gleich aufregend, nur der Preis, den man dafür zu zahlen hat, ist verschieden. Geradeso wie ein Kind auf der Achterbahn Schreckensschreie ausstößt, um gleich darauf eine neue Fahrt zu erbetteln, bemühen sich gefühlsselige Personen wie Herbie, ihre Tränen nicht versiegen zu lassen, wenn es sich um unechten Kummer handelt. Natürlich sind sie sich dessen nicht bewußt, und Herbie hätte jeden Eid darauf geschworen, daß er todunglücklich sei.

Die Bilder, die er an sich vorüberziehen ließ, waren rührend genug, das Pumpwerk noch ein Weilchen in Gang zu halten.

Nach der Rache an Mr. Gauss und der überwältigenden Ehrung, die ihm durch die Aufnahme in den Orden der Nachtschwärmer zuteil geworden, war er am verlassenen Seeufer entlanggewandert, um noch einmal den Sonnenuntergang zu betrachten und wehmütigen Gedanken nachzuhängen. Da er bei einem letzten Vergleich der Sonnenbräune, die die Bungalowbesatzung unter sich angestellt hatte, bei weitem nicht der braunste gewesen, hatte er sich auf eine flache Klippe am stillen Wasser gesetzt, das Hemd ausgezogen und seine Brust den Strahlen der untergehenden Sonne dargeboten. Nun hätte ihn ein volles Jahr in dieser schwachen Bestrahlung auch nicht um ein Jota gebräunt, aber während er dort saß, fühlte er sich als muskulöser Naturmensch und gratulierte sich außerdem noch zu seiner ökonomischen Begabung: er nutzte die letzten kostbaren Sonnenstrahlen aus, die die anderen verpaßten.

Als er so in Betrachtung des Sees versunken dasaß und gleichzeitig versuchte, seinen Geist in höhere Regionen hinaufzuschwingen, sah er etwas höchst Merkwürdiges. In einem Boot, das gerade an der Landzunge auftauchte, die den Badesteg der Mädchen vor der Sicht vom Jungenlager schützte, paddelten in trauter Zweisamkeit Felicia und Lucille. Nun waren Kanufahrten im Sonnenuntergang ein Vorrecht, dessen sich im allgemeinen nur die Betreuer erfreuen durften, aber offenbar hatte Tante Tilly beschlossen, ihren Mädchen diese Vergünstigung einzuräumen, um ihnen den Sommer zum Schluß noch zu vergolden. Allmählich tauchten mehr und mehr Boote auf, die in allen Richtungen über das Wasser flitzten.

«Hallo, Felicia! Hallo, Lucille!» rief Herbie, mit beiden Armen winkend. Seine Stimme scholl weithin über das Wasser, und die Mädchen kamen alsbald eilig auf ihn zugepaddelt.

Diese neue Busenfreundschaft zwischen seiner Schwester und seiner Herzliebsten ging über Herbies Begreifen, denn in ihrem Kampf um Lennies Gunst hatte sich bei beiden mit typisch weiblicher Heftigkeit eine tiefe Abneigung entwickelt. Obwohl keine je zugegeben hätte, daß sie miteinander konkurrierten, war es nichtsdestoweniger ein erbitterter Kampf gewesen. Als das Kanu näherkam, konnte Herbie liebenswürdiges Geplauder hören. Das Geheimnis wurde zum Teil dadurch gelüftet, daß jetzt Yishy Gabelson aus dem Gebüsch am Ufer trat, das Kanu an Land zog und Felicia galant beim Aussteigen half.

Tatsächlich hatte sich im letzten Augenblick während des Tanzes am *Mardi Gras* zwischen Yishy und seiner Schwester eine zarte Beziehung entsponnen, die um so intensiver war, als nur wenig Zeit blieb, die Freuden der Liebe auszukosten. Felicias aufflammendes Interesse für den jüngeren Lennie war vor allem darauf zurückzuführen gewesen, daß er seine anbetende Haltung ihr gegenüber plötzlich aufgegeben hatte; es war also im Grunde eine von Mißgunst vergiftete und entwürdigende Neigung gewesen. Der fast drei Jahre ältere Yishy war vielleicht nicht so hübsch wie Lennie, dafür aber in jeder anderen Weise der passende Partner. Dieses Rendezvous mit ihrem neuen Verehrer hatte Felicia vermittels eines Zettelaustausches bewerkstelligt und Lucille dazu erwählt, ihr Geheimnis zu teilen. Sie ahnte, daß die kleine Rothaarige ihr Herz wieder dem berühmt gewordenen Herbie zuwenden wollte, und glaubte sich deshalb auf ihre Verschwiegenheit verlassen zu können. Und diese Vermutung war richtig. Die Unterhaltung im Kanu bestand ausschließlich aus hundert verschiedenen Arten von Äußerungen der Abneigung gegen Lennie und aus Lobsprüchen auf Herbie und den schrankähnlichen Supersenior. Als das Kanu landete, liebten sich die Mädchen schon fast.

Herbie knöpfte sein Hemd zu und lief zum Boot, wo er Lucilles verschämt gereichte Hand ergriff. Yishy und Felicia schlenderten bereits flüsternd und Hand in Hand das Ufer entlang.

«Werden sie euch auch nicht erwischen? Ihr dürft doch nicht ins Jungenlager!» fragte Herbie.

«Die Idee stammt von deiner Schwester. Außerdem – was wollen sie uns jetzt noch tun?»

Bei dem Gedanken, daß morgen um diese Zeit alle Gauss'schen Vorschriften genauso außer Kraft sein würden wie die Gesetze der alten Ägypter, schlug Herbie das Herz höher.

«Na, ich bin jedenfalls mächtig froh, daß ich gerade hier gesessen habe.»

«Ich auch.»

Er führte Lucille zu seinem Lieblingsfelsen, und dort saßen sie Seite an Seite. Seine Hand ruhte auf der ihren, die sich so kühl und winzig anfühlte. Die Sonne verschwand unter gewaltiger, rotgoldener Prachtentfaltung.

«Ich war sehr schlecht zu dir, Herbie.»

«Ach was, ist alles okay.»

«Ich mag dich tausendmal lieber als Lennie.»

«Und ich mag dich eine Million Mal lieber als irgend jemand anders – außer meinem Vater und meiner Mutter natürlich.»

Ein unbeteiligter Zuhörer hätte in diesen Erklärungen vielleicht die Poesie vermißt, aber den beiden Liebenden erschienen sie süß und erregend. Liebliche Stille senkte sich herab, und Herbie, der für einen Augenblick die ganze Misere seiner Geldtransaktion vergaß, fand die Welt so schön und beseligend, daß er es kaum ertragen konnte.

Infolge einer plötzlichen Schleuderbewegung des Zuges prallte Herbies Nase mit solcher Wucht an die Scheibe, daß echte Tränen den künstlichen Tränenfluß verstärkten. Die liebliche Szene am See zerrann unter der Macht des Schmerzes und wollte sich auch nicht wieder heraufbeschwören lassen. Er versuchte, das feierlich erhebende Gefühl der Vergänglichkeit wiederzuerwecken, das ihn bei den klagenden Tönen des letzten Zapfenstreiches im dunklen Bungalow überkommen hatte, aber auch das wollte nicht gelingen. Er hatte sich ausgeweint.

Bedauernd wischte er sich die Augen mit seinem Taschentuch und drehte sich zu dem lauten, überfüllten Wageninnern um.

«Sag mal, Herbie», überfiel ihn Cliff, der die ganze Zeit darauf gewartet hatte, daß sein Vetter sich endlich zusammenreiße, «was willst du denn nun wegen des Geldes machen?»

Das war die harte Wirklichkeit, die zu vergessen Herbie durch seinen tränenvollen Blick in die Vergangenheit bestrebt gewesen war. Eine böse Vorahnung überkam ihn. Unaufhaltsam rollte der Zug dem Wiedersehen mit dem Vater entgegen. Jetzt trennten ihn nur noch wenige Stunden von diesem gefürchteten Augenblick.

«Was kann ich denn überhaupt machen?»

«Wirst du es deinem Vater sagen?»

Herbie sackte auf seinem Platz zusammen und murmelte: «Weiß nicht.»

«Du hättest dir das Geld von diesem Gauss nicht abschwatzen lassen dürfen.»

«Weiß ich.»

«Dieser alte Stinker.»

«Ach, warum ihm die Schuld zuschieben! Ich hätte es nicht stehlen dürfen.»

«Aber so, wie du es ansahst, war es doch gar kein Diebstahl.»

«Ich war eben verrückt.»

Der Zug eilte durch die Felder und Wälder, Herbie aber spürte bereits die Nähe der Stadt. Ihm war, als könne er schon den Asphalt, die Auspuffgase und den scharfen, säuerlichen Geruch in der U-Bahn riechen. Er holte eine Pappschachtel aus der Tasche hervor und öffnete sie. Eine kleine, rosige Eidechse blickte den Jungen aus starren, hervorquellenden Augen an; der Kehlsack pulste heftig.

«Du, die verflucht dich bestimmt», meinte Cliff.

«Ja, weil ich sie in die Stadt mitnehme.»

«Ich bin gern in der Stadt.»

«Warum?»

«Och, weiß nicht. Gefällt mir eben da. Man kann Ball spielen, wenn man Lust hat, und nicht, wenn's einem so'n Betreuer befiehlt, und dann gibt's da prima Filme und überhaupt so allerhand.»

«Ja – und die Schule.»

«Na ja, Schule ist natürlich Mist», gab Cliff zu.

Die Eidechse setzte einen Fuß vor und machte einen schwachen Versuch, aus der Schachtel zu klettern. Herbie schubste sie zurück, machte den Deckel zu und steckt die Schachtel wieder ein.

«Die ist doch tot, ehe du nach Hause kommst, Herbie.»

«I wo, die fühlt sich ganz wohl. Ich setze sie in mein Goldfischglas. Ich möchte ein Andenken an diesen Sommer haben.»

Onkel Sandys Pfeife schrillte viel zu laut durch den geschlossenen Wagen. «Alle ‹Nachtschwärmer› versammeln sich im Raucherabteil.»

Noch etwas befangen ob dieser neuen Würde erhoben sich die Vettern und schritten den Gang entlang und durch die staubigen grünen Vorhänge in das Raucherabteil. Die Lageraristokratie hielt die schwarzen Polstersitze bereits besetzt. Ein paar Jungen hatten sich auf dem Rand der Metallwaschbecken niedergelassen. Onkel Sandy lehnte pfeiferauchend gegen einen Wandspiegel.

Der Orden der Nachtschwärmer bestand aus einigen jüngeren Betreuern, die früher einmal selbst hervorragende Camper gewesen waren, aus den führenden Sportlern wie Yishy, Gooch und Lennie sowie aus ein paar anderen Jungen, die sich gleich Herbie und Cliff auf sonstige Weise ausgezeichnet hatten. Zum Beispiel war da ein gewisser Willie Sutro, ein ganz gewöhnlicher Halbgarer, der aus Toledo in Ohio stammte. Da jedermann sonst aus New York kam, erfreute sich Willie eines sozusagen geographischen Ruhmes, der ihm sehr schnell die Aufnahme in den Orden eingebracht hatte.

Wie erhebend es war, dem Orden anzugehören, läßt sich nicht beschreiben und ist zum Glück auch gar nicht nötig. Denn es gibt keine Gemeinschaft, keinen Beruf und keine Altersgruppe ohne ihre ‹Nachtschwärmer›, und jeder Leser weiß aus Erfahrung, wie erlaucht man sich fühlt, wenn man ihnen angehört, und wie unsagbar trist es ist, aus diesem illustren Kreis ausgeschlossen zu sein. Ganz gleich wie sie heißen – Klubs, Logen, Verbindungen, Vereine oder was man sonst will –, sie alle sind ‹Nachtschwärmer›, und ihre Stärke beruht einzig darauf, daß sich ein paar Leute zusammengefunden haben, die sich feierlich bestätigen, daß sie besser sind als alle übrigen. Und so gewaltig strahlt diese Macht gegenseitiger Bewunderung, daß die Unglücklichen, die nicht dazu gehören, sie zumeist anerkennen. Erst beim Jüngsten Gericht werden all diese Rangunterschiede ausgelöscht und wir alle ‹Nachtschwärmer› sein.

Onkel Sandy steckte die Pfeife ein, richtete sich auf und hielt die rechte Hand hoch – den Zeigefinger und kleinen Finger hielt er wie Hörner vorgestreckt, während die mittleren Finger eingezogen blieben.

«Banja, Nachtschwärmer», intonierte er.

«Banja, Meister der Nachtschwärmer», respondierten die anderen und ahmten seinen Gruß nach.

Der Hauptbetreuer ließ die Hand sinken, gab seine priesterliche Haltung auf und zeigte sich von seiner gewohnten Seite.

«Ihr wißt ja, Leute, daß es Tradition ist, daß sich die Nachtschwärmer noch ein letztes Mal im Zug versammeln. Bei dieser Gelegenheit erklären die alten Mitglieder den neugewählten die Bedeutung des Geheimwortes ‹Banja.› Ich nehme an, ihr Neuen glaubt alle, dies sei der Name eines Flusses irgendwo in Polen.» Dabei grinste Onkel Sandy besserwisserisch. Die neuen Mitglieder sahen verlegen drein, und die alten tauschten Blicke überlegener Weisheit.

«Nun, dem ist nicht so. Die Alten werden jetzt die Neuen über die wahre Bedeutung aufklären.»

Gooch Lefko zog Herbie nahe an sich heran und flüsterte ihm heiser ins Ohr: «BANJA – ‹Bis auf nächstes Jahr!› Banja!»

«Banja!» flüsterte Herbie zurück, der merkte, daß dies von ihm erwartet wurde. Aber er war nicht mit dem Herzen dabei, und die Entschleierung dieses düsteren Geheimnisses sandte ihm keine Schauer den Rücken hinab. Die durch Cliffs Bemerkung hervorgerufene unerfreuliche Erinnerung an das gestohlene Geld lag wie ein Alp auf ihm.

«Okay, Freunde», sagte Onkel Sandy. «Und denkt daran, daß ihr ehrenwörtlich verpflichtet seid, dieses Geheimnis niemandem gegenüber zu erwähnen bis zur Heimfahrt im nächsten Jahr. Ja, Jungens, ihr seid die Elite des Lagers Manitou, und es war ja auch ein prima Sommer, was? Bestimmt! Also nochmal Dank für prima Zusammenhalt, und dann also: Banja!» Er machte noch einmal das Hörnerzeichen, und alle ‹Nachtschwärmer› erwiderten mit dem gleichen Gruß und dem Kennwort.

Herbie besah sich die Elite von Manitou. Noch vor einer Woche wäre es ihm ebenso unmöglich erschienen, in diesem erwählten Kreis Aufnahme zu finden, wie Präsident der Vereinigten Staaten zu werden. Diese Übermenschen, die so wunderbar laufen, schwimmen, springen und den Ball schleudern konnten, waren Giganten gewesen, während er selbst nur ein kleiner, kümmerlicher Sterblicher war. Hier aber, in ihrer Stadtkleidung und zusammengepfercht im Raucherabteil, sahen diese Giganten plötzlich nur aus wie Schuljungen, die sich in eine Straßenbahn gequetscht hatten. Außerhalb von Camp Manitou verblaßte der Glanz des Ordens erstaunlich schnell.

Onkel Sandy schaute noch einmal herein. «Das Raucherabteil steht den Nachtschwärmern noch für die nächste halbe Stunde zur Verfügung. Dann ist Schluß.» Damit ging er. Einer der Betreuer bot Zigaretten an. Zwei Supersenioren bedienten sich und pafften ungeschickt. Die Sporthelden begannen in abfälligem Ton eine Unterhaltung über die älteren Mädchen. Irgend jemand hänselte Yishy mit Felicia. Yishy gab eine mißmutige Antwort. Herbie fühlte, wie er rot wurde.

«Komm, wir hauen ab, Cliff!»

Die Vettern waren die ersten, die diese edle Versammlung verließen. Als sie durch den schwankenden Gang zu ihren Plätzen zurückkehrten, wurde ihnen manch freundliche Begrüßung und manch Scherzwort zuteil, denn ihre Taten waren noch frisch in aller Erinnerung. Aber diese Beliebtheit ließ Herbie recht kühl. Die Camper hatten sich nämlich verändert. Er war daran gewöhnt, ihre braungebrannten, halbnackten Körper zu sehen; in ihre Stadtanzüge gezwängt, den Hals von Schlips und Kragen beengt, wirkten sie plötzlich ganz anders. Und Herbie war auch nicht der einzige, der sich dieser Wandlung bewußt war. Im ganzen Wagen hatte die Unterhaltung den freien, munteren Ton der Sommertage eingebüßt und einem zögernden, unsicheren, verschämten oder auch zu lauten Gebaren Platz gemacht. Das gemeinsame Schicksal, das die Jungen aneinandergekettet hatte, war nicht mehr vorhanden, und die Kameradschaft wandelte sich rasch in Fremdheit. Abfällige Bemerkungen über Mr. Gauss waren noch das einzige, was die Gespräche belebte, aber selbst dieses einst so unerschöpfliche Thema neigte sich nun, da die Freiheit winkte, dem Ende zu.

«Ich wünschte, diese Fahrt wäre endlich zu Ende.» Seufzend ließ sich Herbie auf seinen Platz fallen.

«Ich auch», pflichtete Cliff ihm bei. «Und dabei hat die Hinfahrt solchen Spaß gemacht.»

Herbie legte seinen Kopf zurück und döste. Aber es war kein erfrischendes Nickerchen. Er verblieb in einem unangenehm halbwachen Zustand, in dem wieder und wieder das strenge Gesicht des Vaters vor ihm auftauchte, wie er seinem Schuldbekenntnis lauschte.

«Lunch, Herbie!»

Der Junge öffnete die Augen. Vor ihm stand Onkel Sid, der ihm ein eingewickeltes Butterbrot und eine Tüte Milch hinhielt. Cliff wickelte sein Brot bereits aus. Herbie nahm seine Ration dankend entgegen. Ein Blick aus dem Fenster zeigte ihm, daß sie jetzt der Stadt nahe waren. Autostraßen mit gepflegten Grünstreifen, Häusergruppen und saubere und zivilisierte Ortschaften flogen vorüber. Eine beklemmende Furcht raubte ihm jeden Appetit. Er biß einmal von seinem Sandwich ab und legte es dann beiseite. Die Milch nippte er so allmählich aus, aber jeder Schluck kostete ihn Mühe.

Und dabei hatte er gar nichts zu befürchten. Jakob Bookbinder, der keine Ahnung von der Schandtat seines Sohnes hatte, freute sich darauf, ihn in die Arme zu schließen. Aber der Gedanke, dem Vater ins Gesicht sehen zu müssen, war Herbie schrecklich. Er sprang auf und ging auf die hintere Plattform hinaus, wo er im Windzug auf und ab schritt und sich den Kopf darüber zerbrach, wie er der Falle entkommen könne, die er bereits über sich zuschnappen fühlte.

In diese quälende Suche nach einem Ausweg mischte sich immer wieder Verwunderung über die eigene verbrecherische Torheit, die ihn in diese Sackgasse getrieben hatte.

Die nächtliche Fahrt in die Stadt, der Diebstahl, der Triumph mit der Rutsche, all diese Fakten erschienen ihm sehr viel phantastischer und schemenhafter als viele Träume, deren er sich entsann. War denn das alles wirklich geschehen? Hatte er, Herbie Bookbinder, aus der Klasse 8B all diese Dinge wirklich angestellt? Nichts ließ mehr darauf schließen. Alles war verschwunden, und übriggeblieben waren nur sein gequältes Gewissen und die Gewißheit, daß aus dem Safe im Büro fünfzig Dollar entwendet worden waren – entwendet durch ihn. Wie eine gefangene Maus lief er, einen Ausweg suchend, hin und her und raufte sich verzweifelt die Haare.

So verging eine halbe Stunde. Bleich und düster kehrte er an seinen Platz zurück. «Weißt du was, Cliff?»

«Nein, was denn?» Cliff sah von einem zerfetzten Heft mit Gruselgeschichten auf, wo er gerade in eine Erzählung mit dem Titel ‹Die Gruft der Blutsauger› selig vertieft gewesen war.

«Ich weiß jetzt, was ich wegen des Geldes tue.»

«So? Was denn?» Cliff legte das Heft beiseite und sah seinen Vetter gespannt an.

«Ich werde es zurückzahlen!» verkündete Herbie dramatisch.

«Ja, aber wie denn?»

«Ich weiß schon, was du sagen willst. Ich habe kein Geld. Dann werde ich mir's eben zusammensparen. Ich kriege jede Woche ungefähr einen Viertel Dollar für Bonbons und Limonade und so. Also das Zeug brauch ich ja nicht zu kaufen, stimmt's nicht? Jede Woche fünfundzwanzig Cent, das macht im Jahr dreizehn Dollar. In vier Jahren hab ich also zweiundfünfzig Dollar. Dann gehe ich zu meinem Vater, gebe ihm das Geld und erzähle ihm alles.»

«Soll das heißen, daß du deinem Vater vier Jahre lang nichts davon sagen willst?»

«Aber ich habe dir doch eben erklärt», sagte Herbie aufgebracht, «daß ich mich selbst bestrafen und das Geld zurückzahlen will. Vielleicht kann ich mir ja auch noch das Kino verkneifen, dann bring ich es schon in dreieinhalb Jahren zusammen. Aber zurückzahlen will ich es, verstehst du das denn nicht? Nur alles zu beichten und nichts zurückzuzahlen, das ist doch nicht das richtige, das findest du doch auch, nicht?»

Cliff schwieg.

«Na, was sagst du dazu?» fragte Herbie, nachdem er eine halbe Minute gewartet hatte.

«Na ja, es ist ein bequemer Ausweg», meinte der Vetter.

Jetzt wurde Herbie ernstlich böse. «Was ist denn daran bequem, he? Vier Jahre lang keinen einzigen Bonbon und kein Eis – nennst du das vielleicht bequem?»

«Das stimmt schon, aber inzwischen brauchst du deinem Vater nichts davon zu sagen, und nur darauf kommt es dir doch an.»

«Okay, du Schlaukopf! Dann sag du mir, was du an meiner Stelle tun würdest.»

Cliff überlegte. «Weiß auch nicht. Ich würde wohl einfach nicht mehr dran denken.»

«Aha», höhnte Herbie mit wahrhaft vernichtender Ironie, «und das ist kein bequemer Ausweg, was?»

«Doch. Bequemer sogar als das, was du vorhast. Aber wenn ich zu großen Bammel hab, um es zu sagen, warum soll ich dann noch lange Theater machen und mir die Bonbons verkneifen? Davon wird's ja auch nicht besser.»

«Aber ich *will* es ja sagen – nach vier Jahren», schrie Herbie, durch Cliffs Dickfelligkeit fast zur Raserei getrieben.

«Okay, Herbie. Wenn du's so für richtig hältst, dann tu's doch. Ich weiß ja auch nicht, was das richtige ist. Nur, ich würde es entweder gleich sagen oder den Mund halten.»

«Also nimm's mir nicht übel, Cliff, wenn du das nicht begreifst, dann bist du dumm, einfach strohdumm.»

«Hab ja nicht behauptet, daß ich so schlau bin wie du», antwortete Cliff ohne Groll.

«Du machst mich krank! 'tschuldige, aber ich muß mich woanders hinsetzen.»

Herbie erhob sich, stolzierte zu einem freien Platz am Ende des Wagens, wo er einen Tennisschläger hinunterwarf und wutschnaubend über die Verbohrtheit des Vetters Platz nahm. Der von ihm ausgeklügelte Plan schien ihm jedes nur erdenklichen Lobes wert. Es war ein edler Plan. Es war ein aufopferungsvoller Plan. Er verlangte vier Jahre lang Enthaltsamkeit. Und er ersparte ihm die bittere Notwendigkeit, innerhalb der nächsten Stunde den Diebstahl bekennen zu müssen. Hätte Cliff das laut ausgesprochen, was beide Jungen wußten – nämlich, daß Herbie seinen Vierjahresplan aufgeben würde, sobald die erste Begegnung mit dem Vater glücklich überstanden war –, dann hätte Herbie ihn niederbrüllen können. So aber hatte Cliff den Plan seines Reizes beraubt und Herbie die Frage ungelöst wieder zurückgegeben. In dieser Stunde empfand Herbie für seinen Vetter fast so etwas wie Haß. Während der restlichen Fahrt wechselte er kein Wort mehr mit ihm.

Wieder wandelte sich die Landschaft: erst locker bebaute Vorstädte, dann gedrängtere und dichter besiedelte. Mietskasernen, diese backsteinernen Bienenkörbe, die auf die Anwesenheit von Stadtbewohnern so sicher schließen lassen wie Wigwams auf die von Indianern, flogen in immer größerer Zahl vorüber. Herbies Lebensmut sank mehr und mehr. Kurz darauf starrte er bereits auf die Hinterhöfe der Bronx. Die Gegend kam ihm plötzlich ganz vertraut vor, und jetzt entdeckte er etwas, was ihm auf der Hinfahrt entgangen war, da Onkel Sandys Rede ihn abgelenkt hatte. Der Zug fuhr ja am ‹Bach› entlang! Er fuhr über die Geleise, die er und Cliff an jenem Tage überschritten, als sie auf die beiden kleinen zerlumpten Banditen mit den Flaschen gestoßen waren. Er starrte angestrengt hinaus und erspähte tatsächlich eine Decke des Fabrikgebäudes mit der verblichenen rotweißen Inschrift ‹Bronx-River-Eis-Company.› Dann tauchte der Zug in den Tunnel unter dem East-River, in denselben Tunnel, aus dem an jenem denkwürdigen Tag der Güterzug gekommen war, der ihnen den Rückzug von den Banditen abgeschnitten hatte.

Es war sehr seltsam, diese beiden Welten – Camp Manitou und die Bronx – gleichsam aufeinanderprallen zu sehen. Lebhafte Erinnerungen an die belauschte Unterhaltung und die Entdeckung der Ziffernkombination des Safes überfielen ihn. Onkel Sandy brüllte Anweisungen für das Aussteigen, aber der in seine Erinnerungen und seinen Kummer versponnene Herbie hörte sie kaum. Die Szene, wie er das Gespräch belauscht hatte, stand ihm so deutlich vor Augen, als rolle sie draußen vor dem Fenster ab. Er sah den Vater die Ziffern einstellen und hörte ihn sagen: ‹Vielleicht interessiert es Sie, Mr. Powers, daß die Ziffernkombination für dieses Schloß das Geburtsdatum meines Sohnes Herbie ist, nämlich 14-1-17. Ich würdigte ihn dieser Ehre, weil er im Alter von drei Jahren mit seinen kleinen Händen den Grundstein zu diesem Gebäude gelegt hat ...›

Der Zug verlangsamte seine Fahrt, die Camper quirlten durcheinander, rissen Pakete an sich, schlüpften in Mäntel, schüttelten sich die Hände, tauschten letzte Geschenke und Witze aus, gaben geliehene Bücher zurück, griffen nach Schlägern, Fahnen, geschnitzten Stöcken und Tellern, Stücken weißer Birkenrinde, Fußbällen, Korbbällen, Faustbällen, Schlagbällen, Tennisbällen und all den anderen Ausrüstungsgegenständen dieses Sommers. Onkel Irish stimmte ‹Bulldog, Bulldog› an, aber es klang äußerst dürftig; nur wenige Stimmen fielen ein, während andere um so lauter ungehörige Bemerkungen dazwischenriefen. Onkel Sandy blies auf der Trillerpfeife und versuchte letzte Anweisungen zu geben, aber da lief der Zug auch schon fauchend, stampfend und zischend in die erleuchtete Halle ein, und niemand verstand, was er sagte. Die Wagen waren kaum zum Stehen gekommen, als die waghalsigeren Jungen schon mit wildem Hurra auf den Bahnsteig sprangen. Onkel Sandy galoppierte hinter ihnen her. Der Zug hielt. Dem einen Waggon entquollen die Mädchen, dem anderen die Jungen. In aller Hast bildeten die Betreuer eine Kette und trieben die ungebärdige Schar zu einem abgesperrten Teil des Bahnhofs, wo, genau wie vor zwei unendlich weit zurückliegenden Monaten, wiederum das große Plakat ‹CAMP MANITOU› prangte. Eifrig spähende Eltern drängten gegen die Absperrung, und Begrüßungsschreie durchschnitten die Luft.

Nur ein Junge konnte sich nicht freuen. Lustlos ließ er sich von der drängenden und schubsenden Menge vorwärtstreiben. Herbie suchte die Reihen der Erwachsenen nach den vertrauten Gesichtern ab, die wiederzusehen er herbeisehnte und gleichzeitig fürchtete. Dabei beobachtete er eine Szene, die ihn erstaunte. Er sah, wie Mr. Gauss unter dem Plakat von einer statiösen, blondierten Dame mit kohlschwarzen Augenbrauen in die Arme geschlossen wurde; sie trug trotz des warmen Wetters ein Silberfuchscape mit einer rosa Orchidee. Die kräftige Dame drückte Mr. Gauss, der einen halben Kopf kleiner war als sie, mit dem einen Arm an sich, mit dem anderen hatte sie ein langaufgeschossenes Mädchen von etwa dreizehn Jahren untergehakt. Herbie hatte von Ted allerlei Geschichten über eine Mrs. Gauss zu hören bekommen: sie hätte sich während der ersten beiden Sommerferien in Manitou aufgehalten und beide Male die weiblichen Betreuer zu Massenkündigungen getrieben. Seither verbrächte sie die Sommermonate mit ihrer Tochter Flora bei ihren Eltern in Kalifornien. Auch um das Mädchen Flora hatten sich gewisse Legenden gerankt, die jenen um die düstere Figur des Judas Ischariot nicht unähnlich waren. Jetzt wurde jedenfalls offenbar, daß sowohl Mutter als auch Tochter menschliche Wesen waren, und es kam Herbie höchst seltsam vor, daß auch Mr. Gauss familiäre Bindungen hatte. In seiner Vorstellung hatte der Rektor in majestätischer Einsamkeit residiert; er war eines der sieben Weltwunder gewesen, ein Koloß des Bösen. Als sich jetzt zeigte, daß er Weib und Kind hatte, büßte er plötzlich viel von seiner Monstrosität ein. Doch diese weiblichen Wesen waren unleugbar vorhanden, und damit war Mr. Gauss für Herbie nicht mehr derselbe. Auch er war nur ein Mensch. Ja, der Anblick der üppigen und herausgeputzten Gemahlin und der bleichen, zappeligen Tochter ließ in Herbie sogar die dumpfe Ahnung keimen, daß selbst Mr. Gauss nicht von Leid verschont blieb, ebensowenig wie die Jungen, die ihn so haßten.

«Herbie, Herbie! Hier sind wir! Hier, hier!» Über den betäubenden Wiedersehenslärm hinweg hörte er die Stimme seiner Mutter. Er drehte sich um und entdeckte in der Menge einen schäbigen braunen Damenhut, der ihm bekannt vorkam, und eine Hand, die über diesem Hut auf vertraute Weise winkte. Er stürmte auf diese heimatlichen Symbole zu, und dann folgte ein wildes Durcheinander von Küssen, Umarmungen und stürmischen Begrüßungen, wobei er in der Aufregung auch Felicia umhalste und abküßte, obwohl er sie erst vor einer Minute auf dem Bahnsteig gesehen hatte. Auf die ständigen Fragen der Mutter versicherten die Kinder ebenso ständig, daß sie sich prima fühlten, prima Ferien gehabt hätten und überhaupt alles prima gewesen sei. Die Familie begab sich zum Auto, wobei Mrs. Bookbinder bei jedem Schritt neue Fragen stellte, die sich auf Herbies späten Ruhm im Camp bezogen. Sie lauschte seinem Bericht mit verzückter Gier. Der Vater sah älter und müder aus, als Herbie ihn in Erinnerung hatte. Nach den ersten Begrüßungsworten kümmerte er sich wenig um die Kinder, sondern schritt schweigend und nachdenklich neben ihnen her.

Als sie beim Auto angelangt waren und der Vater die Tür aufschloß, konnte Herbie nicht länger an sich halten. Er unterbrach seinen Bericht und fragte: «Und wie geht's im Betrieb, Papa?»

Mr. Bookbinder ließ die Hand auf der Klinke ruhen. Er sah den Jungen nur an, preßte die Lippen zusammen und lächelte über den Kopf seines Sohnes hinweg seiner Frau verzerrt zu. Dann öffnete er wortlos die Tür und stieg in den Wagen.

Herbie drehte sich fragend zur Mutter um. Sie klopfte ihm begütigend auf den Rücken und sagte mit gezwungenem Lächeln: «Los, Junge, steig schon ein!»

Schweigend kletterten die Kinder und Mrs. Bookbinder ins Auto, und schweigend ließ der Vater den Motor an und steuerte den Wagen durch das Verkehrsgewühl.

«Aber was ist denn mit dem Betrieb?» rief Herbie, dem plötzlich Angstschauer von Kopf bis Fuß überrieselten.

«Papa hat den Betrieb verkauft», sagte Mrs. Bookbinder.

26

Die Wahrheit will ans Licht

Nach dieser niederschmetternden Eröffnung vollzog sich die Fahrt zur Bronx in düsterer Stimmung. Die Eltern sprachen nicht, Felicia sah, nachdem sie Anzeichen von Überraschung von sich gegeben, verträumt aus dem Fenster auf den Verkehr, die asphaltierten Straßen und die hohen, schmutzigen Gebäude hinaus, derweil ihre Gedanken um Yishy Gabelson und seine faszinierende Männlichkeit kreisten. In Herbies Schädel brausten die Gedanken durcheinander; er brannte darauf, Näheres zu erfahren, fürchtete sich aber, danach zu fragen.

«Warum verkauft Papa denn den Betrieb, Mama?» erkundigte er sich nach einer Stille, die ihm ewig lang erschien, in so kindlichem und harmlosen Ton wie möglich.

«Ja, Herbie, im Betrieb war inzwischen ein Einbruch.»

«Oh!» Herbie riß die Augen auf. «Und – und haben die Einbrecher alles Geld gestohlen, und müssen wir deshalb den Betrieb verkaufen?»

Mrs. Bookbinder schüttelte ob der Kindlichkeit ihres Sohnes nachsichtig den Kopf. «Nein, mein Junge, viel Geld haben sie nicht gestohlen, aber sie haben gewisse sehr wichtige Dokumente entwendet, und ohne diese – nun, ja, Papa wird schon wissen, was er tut. Es ist sicher am besten so.»

Herbie dachte sofort daran, wie Krieger und Powers sich in jener Nacht um die mit ‹J. B.› bezeichnete Blechschachtel gezankt hatten, worin sich der blaue Zettel befand.

«Wann – wann hat Papa denn den Betrieb verkauft?»

«Es ist gestern entschieden worden, und am Donnerstag kommen die Herren in unsere Wohnung, um die Verträge zu unterzeichnen.»

Jetzt unterbrach Mr. Bookbinder sein Schweigen und bemerkte mit bitterem Sarkasmus: «Erkläre dem Jungen doch gleich die Vertragsbestimmungen und nenne ihm mein zukünftiges Gehalt und alles, was dir sonst noch einfällt. Warum mußt du denn diese Sache mit den Kindern besprechen.»

«Schließlich ist Herbie unser Sohn, und ich finde es nur natürlich, daß ihn das interessiert», erwiderte die Mutter ungewöhnlich heftig. «Und ich finde es auch erfreulich, daß er Interesse zeigt und aufgeweckte Fragen stellt.»

«Papa», fragte Herbie jetzt verschüchtert, «was wird man denn mit den Verbrechern machen, wenn man sie schnappt?»

«An den Galgen gehörten sie oder auf den elektrischen Stuhl!» rief der Vater und drückte erbost auf die Hupe, weil plötzlich ein Lastwagen aus einer Seitenstraße hervorgeschossen kam. «Aber ich hoffe zu Gott, daß sie wenigstens zehn Jahre Gefängnis bekommen.»

«Und wenn – wenn es Jungens waren?»

Der Vater warf einen scharfen Blick auf seinen Sohn hinter sich und sah dann wieder auf die Straße. «Jungen? Jungen, die im Betrieb eingebrochen haben? Was für Jungen denn?»

«Ja – du weißt doch – die – die Bachbande», stammelte Herbie, «die haben doch Pistolen und Messer und bestimmt auch Einbruchswerkzeuge – und die wohnen doch nicht weit von der Fabrik –»

«Ammenmärchen!» unterbrach ihn der Vater.

«Aber wenn es nun doch Jungens waren», fragte Herbie hartnäkkig trotz des warnenden Gefühls, daß es unklug sei, weiter auf diesem Thema herumzureiten, «kriegen die auch zehn Jahre?»

«Wenn sie noch klein sind, wird man sie wohl in die Erziehungsanstalt stecken, und das ist genauso schlimm wie Gefängnis. Aber diesen Einbruch haben keine Jungen ausgeführt», antwortete Jakob Bookbinder kurz.

«Aber, Jake, vielleicht hat Herbie gar nicht so unrecht», meinte die Mutter. «Das würde doch vielleicht erklären, warum die Blechdose mit dem blauen Zettel weg ist, während das Geld so gut wie vollständig da war. Wer außer jungen Bengels würde denn –»

«Betätigst du dich jetzt auch noch als Detektiv? Die Polizei hat ausdrücklich betont, es waren zwei Männer. Was hätten denn Kinder um drei Uhr morgens dort zu suchen gehabt? Wie hätten sie überhaupt den Safe öffnen können?»

«Es könnten ja junge Burschen von fünfzehn oder sechzehn Jahren gewesen sein», mischte sich jetzt Felicia ein. «Ich kenne einen, der ohne weiteres die ganze Nacht aufbleiben kann und der so stark ist, daß er ein Safe mit den bloßen Händen aufbrechen kann.»

«Du meinst wohl Yishy Gabelson, was?» fragte Herbie.

«Wen ich meine, spielt ja hier gar keine Rolle», antwortete Felicia und errötete vor Vergnügen, den unaussprechbaren Namen laut zu hören.

«Jetzt tut mir den einzigen Gefallen und haltet den Mund vom Diebstahl und von der Fabrik», rief der Vater.

Damit wurde die Unterhaltung recht mühsam. Mrs. Bookbinder versuchte das Gespräch noch einmal auf das Lagerleben zu bringen, aber beide Kinder beantworteten ihre Fragen einsilbig und zerstreut. Nach einer Weile gab sie es auf. Für den Rest der Fahrt saß die Familie in düsterem Schweigen.

Kaum daheim, stürzte Herbie ans Telephon, während die übrige Familie in den Schlafzimmern war. «Intervale 6465», flüsterte er. «Hallo, Cliff? Hier ist Herbie. Du, tut mir furchtbar leid, daß ich im Zug so wütend war. Okay, ja? Also Cliff, hör zu. Kannst du mir einen Gefallen tun? Kannst du in einer Viertelstunde vor Lennies Haus sein? Ja. Ist sehr wichtig.» Er senkte die Stimme so, daß er die nächsten Worte nur noch in die Muschel hauchte. «Ist wegen des Geldes ... okay, bis gleich.»

Er schlich sich aus der Küche und öffnete vorsichtig die Wohnungstür.

«Wo willst du denn hin?»

Diese klassische Frage aller Mütter hallte durch den Korridor. Leider hatte Herbie noch nicht den einen Fuß aus der Tür gesetzt, was eine schnelle Flucht mit der Ausrede gerechtfertigt hätte, daß er die Frage nicht gehört habe. Er blieb wie angewurzelt stehen. Die Mutter musterte ihn mißtrauisch.

«Ich will bloß mal eben zu Lennie.»

«Zu Lennie? Du bist noch keine fünf Minuten zu Haus, und schon läufst du wieder weg. Freust du dich denn gar nicht, daß du wieder hier bist?»

«Doch, Mammi, natürlich freue ich mich. Bestimmt sogar. Ich muß bloß was holen, was Lennie noch von mir hat. Bin gleich wieder da.»

Er riskierte einen Satz aus der Tür, und die Flucht glückte.

Lennie wohnte in der Homer Avenue zwei Häuserblocks weit hinter der Schule, und zwar in einem Mietshaus, das der Bookbinderschen Residenz an Größe, Form, Alter und Verwohntheit in nichts nachstand. Herbie lief den ganzen Weg im Sturmschritt und erreichte sein Ziel schwitzend und keuchend. Cliff war noch nicht da. Unruhig lief er vor dem Eingang auf und ab. Zwei Minuten später bog Cliff um die Ecke, und Herbie stürzte auf ihn zu.

«Mensch, Cliff, wo steckst du denn so lange? Hör zu.» Herbie teilte dem Vetter atemlos die Neuigkeiten über die Fabrik mit. Cliff stand wie vom Donner gerührt.

«Au backe, Herb, das ist alles unsere Schuld! Unsertwegen muß dein Vater jetzt den Betrieb verkaufen.»

«Weiß ich doch», stöhnte Herbie verzweifelt. «Aber komm jetzt!» Er zog seinen Vetter in das Haus und stürmte mit ihm die Treppe hinauf.

«Was soll denn das? Was wollen wir hier?» japste Cliff.

«Erst mal sehen, ob jemand zu Haus ist.»

Sie waren im dritten Stock, und Herbie klingelte. Einen Augenblick später öffnete Lennie die Tür. Als der Sportheld sah, wer seine Besucher waren, verfinsterte sich sein Gesicht sofort.

«Was wollt ihr beiden?»

«Ach, Mensch, wir haben ja so'n Heimweh nach dem Lager», antwortete Herbie, «und weil wir gerade hier vorbeigingen, dachten wir, wir machen mal 'nen Sprung rauf und erzählen uns was vom Camp.»

Lennies Miene heiterte sich auf. Er trat zur Seite, um die Vettern einzulassen.

«Also geht's euch auch so?» fragte er. «Fehlt wirklich nicht viel, und ich setz mich hin und flenne. – Nur immer geradeaus ins Wohnzimmer.» Er folgte den beiden und fügte hinzu: «Wenn ich mir vorstelle, daß man den ganzen Winter in dieser Bude verbringen muß! Wißt ihr noch die Spielplätze und den See? Ich wünschte, ich könnte das ganze Jahr im Camp sein.»

«Ich auch!» beteuerte Herbie. Er sah sich forschend in dem Kriegerschen Etablissement um, das er nur selten besuchte. Was die Ausmaße und die Möbel betraf, glich es sehr der eigenen Wohnung, nur lagen hier überall Kleidungsstücke, Zeitungen und Zeitschriften herum, und Tische und Stuhllehnen waren mit einer dicken Staubschicht bedeckt. (Mrs. Bookbinder hatte für eine derartige Schlamperei nichts übrig und versäumte es nie, verächtlich darauf anzuspielen, sobald von der Kriegerschen Wohnung die Rede war.)

«Sind deine Eltern zu Haus?» fragte Cliff.

«Nein. Meine Mutter hat mich abgeholt, ist aber gleich einkaufen gegangen. Weißt du schon von dem Einbruch, und daß der Betrieb verkauft wird, Herbie?»

«Ja, schrecklich, nicht?»

«Na du, ich weiß nicht. Meine Mutter sagt, die Einbrecher haben nur fünfzig Dollar geklaut, und sie sagt auch, wir kriegen einen Haufen Geld für den Betrieb, und daß es gut ist, daß wir ihn verkaufen. Wieviel, glaubst du wohl, kriegen wir? Fünf Millionen?»

«Eher schon zehn», antwortete Herbie. «Ist doch 'ne ziemlich große Fabrik.»

«Und ob! Du, dann werden wir ja reich, Herb! Und wenn unsere Alten mal tot sind, dann können wir uns 'n Rennboot kaufen und in Florida wohnen und so. Junge, Junge, ein Rennboot, das wär 'ne Sache!»

«So was zu sagen, find ich gemein», entrüstete sich Cliff. «Wünschst du denn, daß deine Eltern sterben?»

«Ach, du spinnst wohl», erwiderte Lennie gereizt. «Aber es lebt doch keiner ewig, oder? Du bist ja bloß neidisch, weil du von dem Geld nichts abkriegst!»

«Fangt bloß nicht an, euch wieder zu prügeln», rief Herbie und setzte gerissen hinzu: «Außer ihr wollt Beinhakeln machen. Wetten, daß Cliff dich unterkriegt, Lennie?»

«Tut er nicht!»

Der Sportheld hatte es immer noch nicht verwunden, daß Cliff ihn besiegt hatte. Er war davon überzeugt, daß sein Gegner ihn nur dank der übernatürlichen Kraft unterbekommen hatte, die der Zorn ihm verliehen, und daß er Cliff in normaler Gemütsverfassung nicht zu fürchten habe. «Los, Cliff, wir probieren's mal», drängte er.

Cliff warf seinem Vetter einen fragenden Blick zu und erhielt die Bestätigung, daß diese Entwicklung in Herbies Absicht lag. «Meinetwegen», stimmte er zu, «aber wetten tu ich nicht, Herbie.»

«Ich hol mir nur mal eben 'n Glas Wasser, Lennie, ja?» Während sich die beiden Konkurrenten in Positur stellten, war Herbie aufgestanden.

«Klar, geh nur!» sagte der Sportsmann. Als Herbie das Zimmer verließ, standen die beiden Heroen in Ausgangsstellung und zählten: «Eins, zwei ...»

Herbie durchstöberte die Wohnung. Er sah unter Betten und Schränke, durchwühlte Schubladen und kletterte auf Stühle, um Regale zu untersuchen. Vom Wohnzimmer drang das Grunzen und Keuchen der Kämpfer herüber. Er suchte etwa fünf Minuten lang. Dann stellte er ganz plötzlich seine Inspektion ein und kehrte ins Wohnzimmer zurück. Die beiden Jungen standen atemlos und mit hochroten Köpfen Fuß gegen Fuß gestemmt und mit ineinander verkrampften Fingern. Als Herbie eintrat, rieß Lennie Cliff mit einem Ruck zur Seite und warf ihn zu Boden. Er lachte triumphierend. «Was sagst du nun, Herbie? Jedesmal gewonnen!»

«Darin ist mit mir nichts los», meinte Cliff gutmütig und stand auf.

«Du bist wirklich 'ne Wucht, Lennie», lobte Herbie. «Und jetzt komm, Cliff, wir müssen machen!»

«Warum denn so eilig?» fragte Lennie, der jetzt wieder Gefallen am Leben fand. «Bleibt doch noch 'n bißchen. Im Eisschrank steht Gelatinepudding, wir können es uns gemütlich machen.»

«Nein du, vielen Dank, aber wir müssen nach Haus. Wir wollten bloß mal kurz reinsehen.»

Er hakte Cliff unter und ging mit ihm aus dem Zimmer. Lennie begleitete sie bis zur Tür.

«Und laßt euch mal wieder blicken! Ist hier verflixt langweilig nach dem Camp.»

«Machen wir, Lennie!» versprach Herbie. Als die Vettern die Treppe hinuntergingen, rief Lennie ihnen noch nach: «Servus, Millionen-Herbie!»

«Servus, Rennboot-Lennie!» rief Herbie zurück. Sie hörten den Sporthelden lachen und die Tür schließen.

«Du, Herbie, was hast du gefunden?» stieß Cliff hervor.

«*Sie ist da, Cliff!* Die Blechschachtel mit ‹J. B.› liegt da in einem Wandschrank.»

Cliff pfiff durch die Zähne. Sie wanderten die Straße entlang zu Herbies Wohnung. Das Gesicht des dicken Jungen war sehr blaß, seine Stirn sorgenschwer.

«Cliff, mein Vater sagt, wenn es Jungens waren, dann kriegen sie zehn Jahre Erziehungsanstalt, und das ist genauso wie Gefängnis.»

«Ja, aber wenn wir ein Geständnis ablegen, schicken sie uns dann auch hin?» Cliff sah genauso bekümmert aus wie sein Vetter.

«Wieso nicht? Die Polizei sucht uns, Cliff. Sie glauben, es waren zwei Männer. Ich weiß ja auch nicht, kann ja sein, sie geben uns nur fünf Jahre, wenn wir freiwillig gestehen.»

«Also Herb, du mußt sagen, wir wir's halten wollen.»

Sie näherten sich Mr. Borowskys Laden. Herbie angelte zwei Zehn-Cent-Stücke aus der Tasche. «Es ist wohl anzunehmen», sagte er und schlug eine verwegene Bühnenlache an, «daß es in der Erziehungsanstalt keine Fraps gibt. Leistest du mir bei einem letzten Gesellschaft?»

«Du – du willst es also sagen?» japste Cliff.

«Ja, aber dich laß ich aus dem Spiel. Du hast mir ja auch bloß geholfen. Ich werde sagen, daß ich es allein gemacht hab.»

«Okay, Herb. Ist sehr anständig von dir.»

Die Antwort enttäuschte Herbie. Er hatte Widerspruch erwartet, und mannhaftes und hartnäckiges Daraufbestehen, die Strafe mit ihm zu teilen. Aber Cliff äußerte nichts dergleichen; er fand es richtig, daß Herbie gestehen wollte, und fand es auch richtig, daß Herbie für den Diebstahl allein verantwortlich war, und deshalb stimmte er dem Entschluß des Vetters erleichtert bei.

Die Jungen vertilgten ihre Fraps schweigend. Herbies Miene verriet hehre, edle Trauer; es war eine recht gelungene Nachahmung von Douglas Fairbanks in seiner Rolle als Robin Hood kurz vor der Hinrichtung. Jetzt, da Herbie seinen Entschluß gefaßt hatte, fühlte er sich als Märtyrer. Ja, er sah sogar seiner Einlieferung in die Erziehungsanstalt mit einer gewissen erwartungsvollen Neugier entgegen. Vor ihm tauchte eine Vision von riesigen Stahltüren auf, die sich hinter ihm für die nächsten fünf Jahre schlossen – ein schicksalhaftes und ergreifendes Bild. Gut, er war gestürzt, aber es war ein unerhörter, ein aufsehenerregender Sturz. Er würde seiner Familie und Lucille regelmäßig schreiben, und Lucille würde auf ihn warten. Und nach fünf Jahren würde er wieder ins Leben treten und alsbald ein berühmter Mann werden, ein General oder ein Senator. Er würde der Welt zeigen, daß ein Herbie Bookbinder auch durch fünf Jahre Besserungsanstalt nicht zu brechen war.

«Kratz doch nicht so auf dem Teller herum», sagte Cliff, «er ist doch längst leer.»

Jetzt erst merkte Herbie, daß er, ganz in seinen Traum vertieft, mit dem Löffel sinnlos auf dem Teller herumgeschabt hatte.

«Okay, gehen wir!» Er stand auf und marschierte aus dem Laden; sein Schritt war aber alles andere als forsch.

«Soll ich nicht doch lieber mitkommen?»

«Das nützt ja auch nichts», erwiderte der durch sein eigenes Urteil verdammte Knabe. Wieder überkam ihn das gleiche, unwirkliche Empfinden wie in jener Mondnacht, als er und Cliff den klapperigen, alten Clever Sam zu ihrer Reise nach New York bestiegen hatten.

«Ja, dann laß ich's wohl», meinte Cliff.

«Ja, ist wohl besser, ich bin dabei allein», sagte Herbie, tief in Gedanken.

Cliff streckte die Hand aus. «Ja, dann viel Glück, Herbie! Vielleicht geht ja doch noch alles glatt.»

Der dicke Junge ergriff die Hand seines Vetters. Solange er denken konnte, war dies das erste Mal, daß sie einander die Hand schüttelten; sie waren zu vertraut miteinander für eine derartige Geste. Jetzt wurden beide befangen.

«Lebewohl, alter Knabe», sagte Herbie. «Ich hab keine Angst. Was auch immer geschieht, ich werde mein Schicksal tragen. Mach du dir nur keine Sorgen über den alten Herbie. Der kann schon mal eine bittere Pille schlucken, und vielen Dank für deine Hilfe und alles. Servus, alter Knabe.»

Eigentlich hatte er ‹mein Gefährte› sagen wollen, da ihm dies besser zum Rest seiner Ansprache zu passen schien, aber dann hatte er das Gefühl, daß dieses Wort in der Steinwüste der Homer Avenue doch wohl fehl am Platze sei, und sich für ‹alter Knabe› entschieden. Cliff verstand sich durchaus nicht so gut wie Herbie darauf, dramatische Wechselreden zu improvisieren. Er antwortete nur: «Tja – dann Wiedersehn!», ließ die Hand des Vetters los und verschwand eilig und leicht verlegen die Straße hinunter.

Flammend von Entschlossenheit und edler Tugend, erklomm Herbie die Treppen zur Wohnung. Er traf seine Eltern im Wohnzimmer an. Sie waren in ein Finanzgespräch vertieft, und auf dem Boden und den Möbeln lagen Rechnungsbücher, gelbe Bankauszüge, Ordner und eindrucksvoll gravierte Formulare verstreut. Der Vater machte gerade eine Eintragung in ein Taschenbuch, das er auf den Knien hielt. Er sah auf: «Was ist? Wir haben zu tun!»

Ein einziger Blick auf das graue und versorgte Gesicht des Vaters, und Herbies flammende Entschlossenheit flackerte ängstlich und verlosch. «Oh, entschuldige, Paps, ich wollte nur ein bißchen Klavier spielen.» Er schlich davon.

Noch am selben Abend rief Cliff an, um sich zu erkundigen, ob er bereits auf dem Weg in die Erziehungsanstalt sei. Herbie bekannte leicht beschämt, daß er ‹noch keine Gelegenheit› gehabt habe, sein Geständnis abzulegen. Am nächsten Abend und auch am übernächsten sah er sich gezwungen, dem verwunderten Vetter die gleiche Mitteilung zu machen. Natürlich entsprach dies nicht der Wahrheit; er hätte dutzendfach Gelegenheit zu einer Beichte gehabt. Aber jedesmal, wenn er gerade den nötigen Mut gesammelt, hatte ihm das strenge und abweisende Gesicht des Vaters von neuem Angst eingeflößt.

Der Donnerstag nahte, und am Donnerstagnachmittag hatte Herbie seine bittere Pille noch immer nicht geschluckt, und der Vater tappte also nach wie vor im dunkeln. In seinem besten Anzug schritt Jakob Bookbinder ruhelos im Wohnzimmer auf und ab. Hin und wieder blieb er am Klavier stehen, wo er einen elenden Mißakkord anschlug. Sein Sohn stand derweil im Eßzimmer und starrte auf den mit Torten und sonstigem Gebäck üppig gedeckten Tisch. Aber er verspürte keinen Appetit. Sein Blick ging in die Ferne. Er versuchte sich einzureden, daß es vielleicht doch das beste sei, wenn die Fabrik für fünf Millionen Dollar verkauft würde, und daß es unrecht von ihm sei, dem Schicksal in letzter Minute in den Arm zu fallen. Und ums Haar wäre es ihm auch gelungen, daran zu glauben.

Seine Mutter trat ein. Über das schwarze Seidenkleid, das sie nur bei festlichen Anlässen trug, hatte sie eine grüne Schürze gebunden. Ihr Gesicht sah weniger verblüht aus als gewöhnlich, und über ihrer Schürze schaukelte die doppelreihige Bernsteinkette, ein sicheres Anzeichen dafür, daß große Dinge bevorstanden.

«Du brauchst dich nicht auf diese Sachen zu spitzen! In einer Minute bekommen wir wichtigen Besuch. Geh lieber auf die Straße und spiel da ein bißchen.»

«Mam, sind es die Leute, die den Betrieb kaufen wollen?»

Mr. Bookbinder donnerte aus dem Wohnzimmer: «Schick den Bengel aus dem Haus!» Seine Faust fuhr auf die Klaviatur hinab, was erheblichen Lärm verursachte.

Mrs. Bookbinder sah ihren Sohn verängstigt an: «Du hast gehört, was Papa sagt. Also lauf!»

«Wo ist denn Felicia?» In dieser letzten schicksalsschweren Minute versuchte Herbie, sich noch ein paar Sekunden zu erschachern.

«Die ist bei Emily. Und nun mach schon! Du hast jetzt hier nichts mehr zu suchen.»

Herbie ging langsam den Korridor entlang zur Wohnungstür. Er legte die Hand auf die Klinke. Dann machte er kehrt und schlich sich genauso langsam wieder ins Wohnzimmer zurück.

«Papa.»

Der Vater sah zum Fenster hinaus. Beim Klang von Herbies

Stimme schnellte er herum. «Wirst du wohl endlich machen, daß du runterkommst, Bengel!»

«Papa, suchst du vielleicht eine grüne Blechschachtel mit den Buchstaben J. B.?»

Der Vater starrte ihn an. Dann war er mit einem Satz bei dem Jungen und packte ihn rauh bei den Schultern.

«Was redest du da? Ja, solche Schachtel suche ich. Sie ist gestohlen worden.»

Herbies Schultern schmerzten, und er fürchtete sich mehr, als er sich je zuvor in seinem Leben gefürchtet hatte. Aber er holte tief Luft und sagte: «Ich hab sie am Montagabend in Kriegers Wohnung gesehen. In einem Wandschrank im Schlafzimmer, unter einem Haufen alter Schuhe. Ich hab mir gedacht, daß sie da sein muß, weil ich – –»

«Bist du verrückt, Junge? Weißt du überhaupt, was du da sagst?»

In diesem Augenblick klingelte es. Vater und Sohn hörten, wie die Flurtür geöffnet wurde. Sie hörten die Willkommensworte der Mutter und darauf Männerstimmen. Der Vater packte Herbie am Arm und zerrte ihn ins Eßzimmer. Mrs. Bookbinder trat mit Powers, Krieger und dem Rechtsanwalt Glass ein. Außerdem war da noch ein großer, breitschultriger und glatzköpfiger Fremder. Er hatte schwimmende, kleine Äuglein und war sehr formell in einen schwarzen Anzug gekleidet. Mr. Glass, der eine dicke Aktenmappe unter dem Arm trug, sagte: «Mr. Burlingame, darf ich Sie mit Mr. Bookbinder, dem Geschäftsführer der Bronx-River-Company, bekannt machen?»

Der Fremde streckte die Hand aus und sagte mit kaltem Lächeln: «Sehr angenehm. Sie haben einen ausgezeichneten Ruf in unserer Branche.»

Bookbinder ergriff die dargebotene Hand und schüttelte sie, sein Blick war dabei aber auf Krieger gerichtet, der die Augen abwandte.

«Meine Herren, ich bitte Sie, mich für einen Augenblick zu entschuldigen. Ich möchte zuerst ein paar Worte mit Mr. Krieger allein sprechen.»

Powers, der abgespannt und alt aussah, fiel sofort ein: «Ich glaube, daß alles, was es jetzt noch zu erläutern gibt, in unser aller Gegenwart gesagt werden kann, Mr. Bookbinder. Wir haben mit Mr. Burlingame eine Vereinbarung getroffen, von der wir uns nicht mehr distanzieren können. Unsere gegenwärtige Zusammenkunft ist eine reine Formalität, denn praktisch ist die Bronx-River-Company bereits Mr. Burlingames Eigentum.»

«Also gut», antwortete Jakob Bookbinder sehr ruhig. Aber Herbie spürte, daß sein Vater durchaus nicht so ruhig war, denn die Hand, die die seine umklammert hielt, zitterte.

«Krieger, hast du die Blechdose mit dem blauen Zettel?»

Krieger starrte ihn mit offenem Mund an. Aus diesem offenen Mund drang kein Laut.

«Was, zum Kuckuck, soll denn diese Frage? Sie wissen doch ganz genau, daß die Blechschachtel gestohlen wurde», stieß Powers hastig hervor.

«Mein Sohn Herbie hier behauptet aber, daß er die Schachtel in Kriegers Wohnung gesehen hat.»

Daraufhin brachen alle Anwesenden gleichzeitig aus:

Mr. Powers: «Er ist verrückt! Kommen wir doch zur Sache!»

Mrs. Bookbinder: «Herbie, ich hab dir doch gesagt, du sollst runtergehen!»

Mr. Krieger: «Herbie, Irrtum. Schachtel schon, aber anders als blaue Zettelschachtel.»

Rechtsanwalt Glass: «Was kann denn der Junge schon von dieser ganzen Sache wissen?»

Herbie: «Aber es stimmt! Ich hab sie gesehen!»

Alle diese Bermerkungen wurden so laut herausgeschrien, daß keiner den anderen verstand.

Jetzt hörte man Mr. Burlingames tiefe und gereizte Stimme das erregte Geschwätz übertönen: «Meine Herren, Sie haben mir erst gestern versichert, daß Sie sich über das sogenannte blaue Papier freundschaftlich geeinigt hätten, und einhellig dem Verkauf zugestimmt. Wenn über diese Sache auch nur die geringsten Zweifel bestehen sollten, dann ––»

«Es gibt keine, aber auch nicht die geringsten Zweifel», versicherte Poowers. «Bitte, legen Sie uns doch die Verträge vor, Mr. Glass. Das blaue Papier ist gestohlen und futsch.»

«Es ist aber nicht gestohlen!» beteuerte Herbie laut.

Alle Erwachsenen starrten ihn an.

«Und woher willst du das wissen?» fragt der Anwalt ungeduldig.

«Weil ich selbst die fünfzig Dollar aus dem Betrieb gestohlen habe, und ich hab die Blechschachtel nicht genommen!»

Jetzt war die Bombe geplatzt. In dem nun losbrechenden Sturm von Fragen und Ausrufen stürzte Mrs. Bookbinder zu ihrem Sohn und legte schützend den Arm um ihn.

Zunächst stockend, dann aber, als die Erwachsenen ihm mit immer gespannterer Aufmerksamkeit lauschten, in fließender Rede, erzählte Herbie den Verlauf des nächtlichen Abenteuers. Er bekannte, daß er die Idee dazu einer zu Unrecht belauschten Unterhaltung zu verdanken habe. Er erklärte, daß er das Geld für den Bau der Rutsche beschaffen wollte. Er beteuerte, daß er die Absicht gehabt habe, das Geld zurückzuzahlen, wobei er auf den Zettel verwies, den er geschrieben, jedoch zu hinterlassen vergessen habe. Er berichtete von Mr. Gauss' Tücke, ohne diese jedoch zum Vorwand für seine eigene Entlastung zu nehmen. Er verschwieg die Rollen, die Cliff und Clever Sam gespielt hatten, und erwähnte auch nichts von der Szene zwischen Krieger und Powers, deren Zeuge er vom Eiskeller aus gewesen war. Es dauerte eine gute Weile, bis er seine Beichte beendet hatte. Als er etwa die Hälfte hinter sich gebracht hatte, ließ der Vater seine schwitzende Hand los, lehnte sich, die Ellenbogen auf das Büffet gestützt, zurück und betrachtete seinen Sohn mit einer Mischung aus Ärger und Verblüffung, die nicht dazu beitrug, Herbies Seelenfrieden wiederherzustellen. Die andern folgten dem Bericht mit den unterschiedlichsten Anzeichen des Erstaunens und unterbrachen den Jungen hin und wieder mit kurzen Fragen. Rechtsanwalt Glass stellte weitaus die meisten Fragen. Zu guter Letzt beendete Herbie sein Schuldbekenntnis mit den atemlos hervorgestoßenen Worten: «So hab ich's gemacht, und ich bin froh, daß ich's gesagt hab, auch wenn ich jetzt in die Erziehungsanstalt muß, *aber die Blechschachtel hab ich nicht genommen!*»

Mrs. Bookbinder drückte ihn mit hochrotem Gesicht und tränenden Augen an sich. «Du wirst nicht in die Erziehungsanstalt geschickt, Herbie.»

Die Männer sahen sich forschend an.

Powers sprach wieder als erster: «Ich glaube, der Junge hat sich das alles nur eingebildet. Er will sich nur wichtig machen. Die ganze Geschichte ist doch von A bis Z völlig unglaubwürdig.»

Jakob Bookbinder hatte kein Auge von seinem Sohn gelassen. Jetzt sagte er mit heiserer und rauher Stime: «Du bist dein ganzes Leben lang der faulste Bengel in der ganzen Bronx gewesen, Herbie. Wenn du all diese wahnsinnigen Sachen wirklich angestellt hast, weshalb hast du sie gemacht?»

Herbie warf dem Rechtsanwalt einen Blick zu, errötete und sah dann zu Boden.

«Also raus mit der Sprache, Junge», befahl Mr. Glass. «Wenn du die Wahrheit sagst, tut dir niemand was, tut dir niemand was. Also, warum hast du das alles gemacht?»

Immer noch keine Antwort.

«Bitte, sag es uns, Herbie», bat die Mutter leise. «Du mußt es uns sagen.»

Herbie sah keinen Ausweg mehr. Mit puterrotem Gesicht stieß er hervor: «Also – also – ich wollte Eindruck schinden bei Lucille Glass.»

Alle Erwachsenen mit Ausnahme von Powers brachen in schallendes Gelächter aus. In Anbetracht der ernsten Situation mag dies befremdend erscheinen, aber so sind die Menschen. Jeder, der auch nur einmal an einer Beerdigung teilgenommen hat, weiß, wie unbändig in den heimkehrenden Kutschen gelacht werden kann. Es ist ein Sicherheitsventil. Die Ausgelassenheit verebbte denn auch recht bald, und Jakob Bookbinder fragte: «Nun, wenn er die Blechschachtel nicht genommen hat, dann lautet die nächste Frage: Wo kann sie sein?»

«Als ich mich damals im Eiskeller versteckt hielt, hab ich durch das kleine Fenster gesehen. Und da stand Mr. Krieger mit Mr. Powers vor dem offenen Safe, und sie zankten sich. Und Mr. Krieger hielt die Schachtel in der Hand –»

Hier unterbrach Krieger Herbie mit schriller Stimme: «Halt, warten, alles ehrliche Leute. Kenne Tatsachen, besser erklären. Ja, stimmt, Schachtel in meinem Verwahrsam. Nur zum Schutz, Jake, nur zum Schutz! Powers eisern, sagt, plitz-plautz, Papier verbrennen. Blauer Zettel jetzt sicher, weil in Verwahrsam –»

«Sie sind ein ganz hundsgemeiner, verdammter Lügner, Krieger», brüllte Powers und schlug so heftig auf den Tisch, daß die Tassen klirrten und zwei Stück Kuchen auf den Fußboden fielen. Mrs. Bookbinder bückte sich nach dem Kuchen und bat gleichzeitig: «Aber bitte, meine Herren, das Kind, das Kind!»

«Herbie, geh in dein Zimmer und zieh dich aus», befahl der Vater. Da es noch heller Nachmittag war, verhieß der Befehl nichts Gutes. Herbie wollte sich still verdrücken.

Jetzt fuhr sich Mr. Burlingame einmal mit der flachen Hand über die Glatze und nahm seinen Hut vom Stuhl: «Mr. Bookbinder, Sie haben einen bemerkenswerten Sohn. Sehr bemerkenswert in der

Tat. Meine Herren, wollen Sie bitte zur Kenntnis nehmen, daß Interborough sich von den Verhandlungen zurückzieht. Wir werden die Bronx-River-Company unter diesen Umständen keinesfalls erwerben. Ich wünsche Ihnen viel Glück.»

Powers sprang auf und versperrte ihm den Weg, wodurch er auch Herbie hinderte, das Zimmer zu verlassen. Der Junge drückte sich in eine Ecke und versuchte sich möglichst unsichtbar zu machen.

«Mr. Bulingame, dieser von meinem Vater geschriebene Wisch ist wertlos. Das bestätigt sowohl Mr. Glass als auch Mr. Sullivan von der Hypothekenbank. Ich kann es außerdem durch das Gericht feststellen lassen. Diese Sache mit dem Einbruch ist ein ganz dummes Mißverständnis. Sie können doch nicht vom Vertrag zurücktreten, Sir, bloß weil ein elfjähriger Junge irgendeinen Unsinn zusammenfaselt.»

Mr. Burlingame stülpte seinen Hut auf und zog ihn fest in die Stirn.

«Die Bronx-River-Company ist für uns ohne die Mitarbeit von Bookbinder wertlos, das habe ich Ihnen klipp und klar gesagt, Bob. Außerdem kauft Interborough nichts, wenn die Eigentumsrechte nicht völlig klar sind. Ich war mit Ihrem Vater bekannt, Bob, und der hätte sich über die Vorgänge des heutigen Tages nicht gefreut. Sie entschuldigen mich.»

Powers trat zur Seite, und Mr. Burlingame ging hinaus. Das hübsche Gesicht des jungen Mannes färbte sich grünlich. Er ließ sich in einen Sessel fallen und schlug die Hände vors Gesicht.

«Aber, aber, Bob!» Mr. Glass trat flink an seine Seite und legte ihm begütigend die Hand auf die Schulter. Man hörte die Wohnungstür ins Schloß fallen. «So tragisch ist es doch auch wieder nicht – auch wieder nicht.»

Powers sah zu dem rundlichen Gesicht des Anwalts auf. Seine Schultern hingen schlaff herunter, und in seinen Augen standen Tränen. Herbie hatte noch nie zuvor einen erwachsenen Mann weinen sehen. Gebannt starrte er aus seiner Ecke zwischen Wand und Schreibtisch auf diese Szene.

«Sie haben doch immer noch Ihre Aktien», tröstete der Anwalt und klopfte Powers auf die Schulter. «Immer noch Ihre Aktien. Ihr Anteil an der Company ist ohne weiteres fünfzigtausend wert.»

«Suchen Sie mir jemand, der ihn mir für dreißigtausend abkauft», stammelte Powers. «Warum glauben Sie denn, daß ich so versessen auf den Verkauf war? Ich muß dreißigtausend in bar aufbringen, Louis! O Gott, was für eine Katastrophe!»

Der Anwalt nickte ernst. So leise, daß Herbie es kaum verstehen konnte, fragte er: «Handelt es sich um diese Montauk-Sache, von der ich Ihnen abgeraten habe?»

Powers nickte. Mr. Glass zog die Mundwinkel nach unten und sah Bookbinder an.

«Tja, geschehen ist geschehen», murmelte er. «Hier haben Sie Ihre Chance, Bookbinder. Sie können die ganzen restlichen Aktien billig kaufen – billig kaufen. Wollen Sie Bobs Anteil für dreißig übernehmen?»

Herbies Vater drehte seine Handfläche in der zeitlosen Geste nach außen, die unter Wilden ‹Keine Waffen› und unter zivilisierten Menschen ‹Kein Geld› bedeutet. Der Anwalt sah Krieger an, der jedoch hartnäckig aus dem Fenster starrte und sein Gesicht vor den anderen verbarg.

«Herbie!» rief Jakob Bookbinder plötzlich, als sein Blick auf seinen Sohn fiel. Der dicke Junge war mit einem Satz an der Tür. «Ich habe dir schon vor zehn Minuten gesagt, du sollst in dein Zimmer gehen und dich ausziehen ‹Jetzt tust du, was ich dir sage, oder –»

Aber Herbie hörte nichts mehr. Seine kurzen, dicken Beine hatten ihn bereits vom Eßzimmer zum Schlafzimmer getragen, wo er die Tür leise hinter sich zuzog.

27

Die Wahrheit ist oft schmerzhaft

Wenige Minuten später betrat Mrs. Bookbinder Herbies Zimmer, wo sie ihren Sohn in einem blitzsauberen gelben Schlafanzug mit dem Gesicht nach unten auf dem Bett liegen fand. Sie setzte sich behutsam neben ihn, strich ihm zärtlich über die Schulter und sagte: «Was hast du denn, Herbie?»

Der Junge drehte sich um und setzte sich auf. Seine Augen waren zwar trocken, aber sein Blick verzweifelt.

«Was ich habe? Herrgott, Mami, das ist auch eine Frage!»

«Du brauchst nicht in die Erziehungsanstalt, mein Junge. Mr.

Glass ist ein sehr einflußreicher Mann, er wird zur Polizei gehen und dort alles erklären, und niemand wird dir etwas tun.»

«Ja, kann ja sein.» Als Herbie jetzt die Knie anzog und das Kinn in die aufgestützten Hände vergrub, sah er dennoch nicht gerade zuversichtlich aus. «Aber ich habe doch gestohlen!»

«Was ist denn eigentlich aus dem Zettel geworden, Herbie?»

«Aus welchem Zettel?»

«Na, ich meine den Zettel, den du im Safe hinterlassen wolltest, und worauf stand, daß du das Geld zurückgeben wolltest. Hast du den wirklich geschrieben, oder war das geflaust?»

«Klar hab ich ihn geschrieben», entrüstete sich Herbie, «und ich hätte ihn auch reingelegt, wenn Mr. Krieger und Mr. Powers nicht so schnell zurückgekommen wären. Aber die haben ja ihren Kaffee unheimlich schnell getrunken, das muß man schon sagen.»

«Wo steckt denn der Zettel jetzt?»

«Weiß ich nicht. Er war in meiner Jackentasche. Vielleicht ist er da noch.»

Mrs. Bookbinder stand auf, um seinen Anzug zu durchsuchen. «Was ist denn das hier?» fragte sie und zog eine Pappschachtel hervor.

«Auwei! Die ist bestimmt schon tot!» Herbie sprang aus dem Bett, nahm die Schachtel und öffnete sie. Die Eidechse bewegte sich. Er faßte das kleine rosa Reptil am Schwanz und setzte es aufs Bett. Durch den plötzlichen Wechsel erschreckt, blieb das Tier reglos sitzen. Herbie hockte sich daneben und studierte das kleine Geschöpf aufmerksam. Unterdessen nahm sich die Mutter Herbies Hosentaschen vor und brummelte etwas vor sich hin über den unnützen Kram, den Jungen mit nach Hause schleppen. Aus seiner hinteren Hosentasche holte sie einen zerknitterten gelben Zettel hervor.

«Das ist er!» rief Herbie, der bei dem Rascheln von Papier aufgesehen hatte.

Die Mutter entfaltete den Bogen, glättete ihn und las:

wir sind die bachbande und einer von uns braucht für, ein UNTERNEHMEN $ 50. (darum BORGEN wir uns $ 50 aus ihrem safe, die wir also nicht STEHLEN.) sie kriegen die $ 50 durch die Post bestimmt nächste woche zurück, also rufen sie nicht die polizei! denn sie kriegen das geld ZURÜCK. mit Zinsen macht es $ 75. die bachbande

Als die Mutter den Inhalt dieses fesselnden Dokumentes verdaut hatte, unterbrach sie Herbies naturwissenschaftliches Studium durch Umarmungen und Küsse.

«Gott schütze dich, mein Sohn! Du hast die besten Absichten gehabt.»

«Ja», antwortete Herbie und ließ die Liebkosungen teilnahmslos über sich ergehen.

«Warum hast du denn mit ‹Bachbande› unterschrieben?»

«Was sollte ich denn sonst schreiben?» fragte Herbie, so gut das nun ging, da sein Gesicht gegen den mütterlichen Busen gepreßt wurde. «Sollte ich denn meinen Namen hinsetzen? Ich wollte doch nur, daß Papa weiß, er kriegt sein Geld zurück.»

«Ja, ja natürlich! An allem ist nur dieser gräßliche Mr. Gauss schuld. Nie wieder laß ich dich in dieses abscheuliche Camp fahren!»

Herbie löste sich gerade noch rechtzeitig aus der Umarmung, um die Eidechse am Sturz von der Bettkante zu hindern. Er setzte sie behutsam wieder mitten auf die Bettdecke. «Wo ist denn Papa?» erkundigte er sich bedrückt.

«Immer noch bei den Herren.» Die Mutter setzte sich wieder zu ihm aufs Bett.

«Hat denn Papa keine dreißigtausend Dollar, um den ekligen Powers rauszukaufen?»

«Pst, das geht dich gar nichts an! Was verstehst du schon von Geschäften! Ich möchte dir ernstlich raten, nie wieder die Nase in Papas Angelegenheiten zu stecken, hörst du? Und dann möchte ich gern von dir wissen –»

«Ist denn Mr. Powers immer noch hier? Was machen die denn da drin, Ma? Ich möchte zu gern wissen – –»

«Mr. Glass telephoniert in der Küche, mit wem weiß ich nicht, und das geht dich auch gar nichts an. Was ich wissen möchte, Herbie, ist – bist du wirklich – ja, wie soll ich sagen – wirklich interessiert an dieser Lucille Glass?»

Herbie nickte kaum wahrnehmbar und streichelte den Rücken der Eidechse mit einem Finger.

«Findest du nicht, daß du noch reichlich jung bist, um dich für Mädchen zu interessieren?»

Noch unmerklicheres Nicken.

«Nicht daß ich etwas gegen Lucille hätte. Sie ist ein nettes kleines Ding, wenn auch sehr verzogen. Aber hübsch kann ich sie beim besten Willen nicht finden, doch da bist du wahrscheinlich anderer Meinung, hm?»

Eine leichte Kopfbewegung, die man als Nicken deuten, die aber auch durch einen tiefen, zitternden Atemzug ausgelöst sein konnte.

«Es ist ja auch nichts Schlimmes dabei. Jedenfalls nicht, solange du dir darüber klar bist, daß es nichts weiter zu bedeuten hat und daß ihr beide in ein paar Wochen alles wieder vergessen habt.»

Herbie und das Reptil verharrten in gleicher Reglosigkeit.

«Und das verstehst du doch, nicht wahr?»

Herbie ertappte sich bei dem sehnlichen Verlangen, die Mutter möge einkaufen, ins Kino gehen oder sonst irgend etwas vorhaben, das sie zum sofortigen Verlassen des Zimmers zwang.

«Ich sage dir das alles doch nur, weil ich es gut mit dir meine, mein Junge. Abgesehen von allem anderen, ist diese Lucille viel zu alt für dich. Wenn du erst sechzehn einhalb bist, dann ist sie schon sechzehn. Ein Junge in dem Alter ist aber noch ein Baby, ein Mädchen von sechzehn aber kann schon heiraten. Als ich Papa heiratete, war ich siebzehn.»

Herbie setzte die Eidechse auf seine Handfläche und vertiefte sich ganz in ihren Anblick.

«Nun, Herbie, was hast du mir dazu zu sagen?»

Der Junge brummte: «Mmmmmm», in einem Ton, der nicht das geringste besagte.

«Gut», sagte die Mutter rasch. «Es freut mich, daß du es einsiehst. Du bist ein vernünftiger Junge.»

Sie fuhr ihm liebkosend über den Schopf. Er ignorierte dieses Streicheln und konzentrierte sich auf die Eidechse. Licht und Luft hatten das Tierchen belebt, es flitzte auf Herbies Hand hin und her und versuchte an seinen Fingern hinaufzuklettern. Ihm tat das rosa, goldgefleckte Geschöpf, das unversehens in ein enges Zimmer in der Bronx verschlagen war, leid. Plötzlich sah er den weiten, lichten Himmel über Manitou vor sich, die Felder, den See und die moosbewachsenen Klippen am Ufer, wo er dieses lebendige Andenken gefangen hatte. Wie klein und eng ihm doch diese Wohnung vorkam und auch die Straße vor dem Fenster. Alles schien während seiner Abwesenheit auf halbe Größe zusammengeschrumpft zu sein.

«Ich laß dich laufen», versprach er der Eidechse. «Ich setz dich auf einem unbebauten Grundstück aus. Hätte dich gar nicht erst herbringen sollen.»

Die Tür zum Schlafzimmer wurde aufgerissen. Auf der Schwelle stand Mr. Bookbinder. Augenblicklich fuhr die Mutter hoch und stellte sich zwischen ihn und den Jungen.

«Wo sind die Herren?» fragte sie.

«Gegangen. Glass hat Powers Anteil gekauft. Wir haben einen neuen Teilhaber.»

Mrs. Bookbinder stand ganz verdattert ob dieser Neuigkeit. «Glass!» rief sie aus.

«Er hat eine Viertelstunde lang mit seiner Frau telephoniert und ihr alles auseinandergesetzt. Keine Sorge, das ist ein schlauer Fuchs. Dreißigtausend für Powers Anteil! So ein Anwalt hat schon eine Nase für ein gutes Geschäft.»

«Und der blaue Zettel?»

«Glass erkennt ihn an. Er will ihn formgerecht aufsetzen. Ja, er ist doch ein korrekter Mann. Powers ist draußen – erledigt.»

Die Mutter riß sich zusammen und versuchte, diese überraschende Neuigkeit für ihre Zwecke zu nützen. «Nun, dann ist ja doch alles zu einem guten Ende gekommen! Ich gratuliere, Jake! Worauf warten wir denn noch? Wir gehen aus und feiern das Ereignis!»

Der Ausdruck im Gesicht des Vaters wechselte. «Dieser Bursche hier etwa auch?» fragte er in einem Ton, der bewirkte, daß Herbie sich unwillkürlich duckte.

«Warum denn nicht? Sieh dir doch den Zettel hier an! Er hat doch nichts Böses tun wollen, Papa. Ist er denn nicht genug gestraft mit der Angst, die er ausgestanden hat?»

Sie hielt ihm den Zettel der Bachbande hin. Mr. Bookbinder las ihn, knüllte ihn zusammen und warf ihn in eine Ecke.

«Papa, schlag ihn nicht *zu* sehr! Er hat doch nichts Böses im Sinn gehabt.»

«Laß mich mit ihm allein.»

Jetzt stammelte Herbie vom Bett her: «So geh schon, Ma, laß uns allein.»

«Papa, bitte denke dran, daß er noch ein kleiner Junge ist! Denk dran!»

Sie verließ das Zimmer widerstrebend. Mr. Bookbinder schloß die Tür hinter ihr und machte sich daran, Herbie eine reelle Tracht Prügel zu verabfolgen. Nach ein paar schallenden Ohrfeigen und Klapsen hier und da beschloß er, methodisch zu Werke zu gehen. Er setzte sich aufs Bett, legte seinen Sohn über das Knie und bearbeitete sein Hinterteil gründlich und ausdauernd. Während der ganzen Prozedur sprach er kein Wort. Herbie hatte beschlossen, es ‹wie ein Mann› zu tragen, aber im Verlauf der sausenden Hiebe geriet dieser Entschluß ins Wanken, und das Ganze endete damit, daß er es doch wie ein Junge trug, nämlich mit dem dazugehörigen markerschütternden Gebrüll. Obwohl ihn seine Mutter als kleinen Jungen bezeichnet hatte, war er für eine derartige Behandlung doch schon recht groß und machte, über das Knie gelegt, gerade keine sehr vorteilhafte Figur, was den Vater jedoch in seinem Vorhaben nicht irre werden ließ. Vor der Tür stand, am ganzen Leibe zitternd, die Mutter und zuckte jedesmal zusammen, wenn sie das Klatschen vernahm, das ein neues Zusammentreffen von Handfläche und Hinterteil anzeigte. Nach etwa zwei Minuten konnte sie es nicht mehr ertragen, sie kam ins Zimmer gestürzt und schrie: «Hör auf! Hör schon auf! Willst du den Jungen denn umbringen?»

«Daran ist noch niemand gestorben», keuchte der Vater, beendete die Züchtigung aber mit einem letzten klatschenden Wirbel. Dann rollte er seinen brüllenden Sprößling mit überraschender Zartheit ins Bett und ging zur Tür, wo er sagte: «Wenn er will, kann er sich jetzt anziehen.»

Herbie machte ohne Zeitverlust von dieser Erlaubnis Gebrauch. Allerdings verzögerte die Mutter den Prozeß des Ankleidens durch fortgesetztes Herumfummeln, wobei sie ihn über die erhaltenen Prügel zu trösten suchte. Schließlich brach der Junge ungeduldig aus: «Du meine Güte, ich bin ja schließlich dadurch nicht zum Krüppel geworden, Ma. Ich kann mich immer noch selber anziehen.» Tief verletzt ob solchen Undanks, ließ sie ihn allein. Sie begriff nicht, daß Herbie durch diese Tracht Prügel wie erlöst war. Der Vater hatte das bedrückende Schuldgefühl aus ihm herausgeklopft. Ohne genau zu wissen, weshalb, spürte er auch, daß das drohende Verhängnis von fünf Jahren Erziehungsanstalt von ihm abgewendet worden war. Er füchtete sich zwar sehr vor der Strenge des Vaters, hatte aber blindes Vertrauen in seine Gerechtigkeit und wußte, daß sein Erzeuger einer düsteren Aussicht auf die Erziehungsanstalt nicht noch eine körperliche Züchtigung hinzugefügt haben würde. Die wehen Stellen an einem gewissen rundlichen Körperteil waren zwar nicht gerade angenehm, aber doch ein willkommener Ersatz für fünf Jahre hinter Gittern. Seine Stimmung besserte sich zusehends.

Er schob gerade eine leuchtend rote Krawatte unter seinen Kragen, als er den Vater nebenan sagen hörte: «Dann laß uns heute abend mal bei Golden essen, Mama.»

«Aber ich hab doch schon ein Roastbeef.»

«Du hast doch selbst gesagt, das müssen wir feiern, und ich finde, du hast ganz recht.»

Kurze Pause, dann die Stimme der Mutter zaudernd: «Herbie auch?»

«Selbstverständlich Herbie auch! Wir werden ihn doch nicht wie einen Verbrecher behandeln, denn er ist ja noch nicht einundzwanzig.»

Herbie hopste vergnügt vor dem Spiegel auf und nieder, wurde aber sogleich wieder ernüchtert, als der Vater eintrat.

«Wie lange dauert denn eigentlich dein Anziehen, hm?»

«Bin schon fertig, Papa.» Herbie band seinen Schlips mit rasender Geschwindigkeit.

«Dann wollen wir einen kleinen Spaziergang machen.»

«Ja, Papa.» Herbie sah sich im Zimmer um und nahm die Eidechse vom Fußboden auf. «Kann ich die irgendwo absetzen? Es ist doch nicht richtig, sie hier in der Wohnung einzusperren.»

Der Vater nickte. Er ging vor seinem Sohn zur Wohnungstür und rief zurück: «Mama! Komm mit Felicia um sechs Uhr zu Golden! Da treffen wir uns dann.»

«Schön! Schön! Schön!» Jedes ‹Schön› wurde von dem Zuschieben von Schubladen und dem Öffnen von Schranktüren begleitet, Geräusche, die anzeigten, daß Mrs. Bookbinder sich für einen Restaurantbesuch umkleidete.

Vater und Sohn wanderten stumm die Homer Avenue entlang in Richtung auf die unbebauten Grundstücke zu.

«Na», fragte Jakob Bookbinder an der Ecke der Cervantes Street – «was hältst du selber von der Tracht, die du eben bezogen hast?»

«Ich hab sie verdient», sagte Herbie demütig.

«Und warum?»

«Weil ich gestohlen hab.»

«Aber du wolltest doch den Zettel hinterlassen, den Mama mir gezeigt hat. Wäre damit nicht alles in Ordnung gewesen?»

«Das hab ich gedacht, aber das stimmt nicht.»

«Und warum nicht?»

Sie kletterten über die Gesteinsbrocken zu dem Bauplatz empor. Als sie oben angekommen waren, suchte Herbie noch immer die

Antwort auf diese Frage. Ringsum wucherte staubiges Unkraut, das ihm fast bis zur Hüfte reichte und vermischt war mit zählebigen, blauen und weißen Herbstblumen. Hier und dort sahen die nackten Felsen hervor. Der Junge schnupperte beglückt den starken, süßlichen Duft der heimischen Flora ein. Es roch hier nicht so gut wie auf einem Feld in den Berkshire Bergen, aber es war die Heimat.

«Ich weiß nicht, Papa, aber durch den Zettel wurde es jedenfalls auch nicht recht.»

Die Eidechse krabbelte in seiner Hand, als spürte sie, daß die Freiheit winkte. Herbie bückte sich und ließ sie ins Gras gleiten. Im Nu war sie davongeflitzt.

«Servus, Camp Manitou!» murmelte Herbie hinter ihr her.

«Ihr habt hier sicher viel Spaß, was Herbie?» fragte der Vater.

«Ja, mehr als irgendwo anders.»

Der Vater führte ihn zu einem großen Stein, auf dem sie sich beide niederließen. «Früher, als ich noch ein Junge war, da hab ich drüben in der alten Heimat jede freie Minute im Wald oder auf dem Feld verbracht. Ich fand es nirgends schöner.»

Herbie versuchte, sich den Vater als Jungen vorzustellen, es war aber unmöglich. In seiner Vorstellung war Jakob Bookbinders Erscheinung genauso unveränderlich wie das Bild von George Washington, das in jeder Schulklasse hing.

Gedämpft durch die Entfernung, wehten die Geräusche der Stadt in diese Einsamkeit herüber.

«Also, Herbie, was war denn nun mit dem Zettel nicht in Ordnung?»

«Ja – ich hab doch etwas Schlechtes getan, als ich gestohlen hab, nicht?»

«Ja.»

«Und ich hab doch nur *versprochen*, es später wieder gutzumachen.»

Der Vater sah ihn an, und es schien, als wolle er lächeln. Seit Herbie aus dem Camp zurückgekehrt war, sah er zum erstenmal im Auge des Vaters ein warmes, freundliches Licht blinken. Dadurch ermutigt, fuhr er stammelnd fort: «Und – und der Haken bei der Sache war doch – woher konnte ich denn wissen, daß ich das Geld auch wirklich zurückzahlen konnte? Du siehst ja, wie es mir ergangen ist: Mr. Gauss hat mich angeschmiert.»

Jakob Bookbinder nickte, und als er nun wirklich lächelte, verschwanden viele Falten aus seinem müden Gesicht. «Und was läßt sich daraus schließen, mein Junge?»

Herbie, der schon früher ähnliche belehrende Gespräche mit dem Vater geführt hatte, wußte, daß jetzt eine Zusammenfassung des Wesentlichen von ihm erwartet wurde. Einen Augenblick lang suchte er nach Worten, dann brachte er hervor: «Ich glaube – ich glaube, man darf nie was Schlechtes tun, bloß weil man vorhat, es später wiedergutzumachen.»

Der Vater legte ihm den Arm um die Schulter, drückte ihn an sich und stand auf. Es war nur eine kleine Geste, aber Herbie schien es, als sei er erst jetzt auf freien Fuß gesetzt: «Dann wollen wir zu Golden gehen», war alles, was der Vater sagte.

Für einen Elfjährigen hatte Herbie seine Lektion nicht übel zusammengefaßt: ‹Der Zweck heiligt die Mittel *nicht*›. Wenn man bedenkt, daß die ganze Welt seit Anbeginn ihrer Geschichte versucht hat, diese Lektion zu lernen und zur Zeit wegen schlechter Zensuren in der Ecke stehen muß, darf man wohl mit Fug behaupten, daß der Junge bei Beurteilung seiner Tat Milde verdiente.

Die Herren Bookbinder begaben sich also zu dem vereinbarten Rendezvous mit ihren Damen in Goldens Restaurant. Felicia, die in einem neuen rosa Kleid, Seidenstrümpfen, Pumps und bemalten Lippen betörend aussah, trug wenig zu der lebhaften Unterhaltung während der Mahlzeit bei. Am Nachmittag hatte sie einen Brief erhalten, den Yishy Gabelson noch im Zug verfaßt und der sie in einen amourösen Trancezustand versetzt hatte. Natürlich wurde diese Epistel vor den Augen der Eltern geheimgehalten, aber sie hatte sich dazu herbeigelassen, Herbie zuzuflüstern, daß man ihr ein richtiges, echtes Gedicht gewidmet habe. Der Leser dürfte sich wohl damit zufriedengeben, die erste Strophe kennenzulernen und kein Verlangen nach den übrigen tragen:

Felicia, du Wunderschöne
wie ich mich nach dir sehne ...

Was nun Herbie betrifft, so hatte er aus seinen letzten Abenteuern nicht allein die eine Lektion gelernt. Er bestellte sich nicht wieder gekochten Schellfisch, sondern ein Steak und beschränkte sich weise auf den Konsum von nur vier Törtchen.

28

Der Lohn der Mühe

Windung um Windung und höher und höher hinauf in ein seltsam grünliches Zwielicht klommen ein Junge, ein Mädchen und noch ein Junge, alle in ihrem Sonntagsstaat, die steile Wendeltreppe hinan. Über und unter ihnen erscholl das Getrappel vieler hundert Füße. Die drei vertrauten Gestalten in dieser Prozession sind Cliff, Lucille und Herbie, die die Wendeltreppe in der Freiheitsstatue emporklettern. Cliff lief die Stufen mühelos hinauf und legte ab und zu eine Pause ein, um seinen Begleitern Gelegenheit zu geben, ihn einzuholen. Lucille stapfte stetig voran, und hinter ihr keuchte, schwitzend und grimmig entschlossen, Herbie her, dem seine Selbstachtung nicht gestattete, daß sich der Abstand zwischen ihr und ihm weitete. Gerade als Herbies Herz, seine Lungen und seine Beine ihn klipp und klar davon unterrichteten, daß sie nicht länger gewillt seien, diesen Unsinn mitzumachen, schimmerte über ihnen gedämpftes Tageslicht, und mit ein paar letzten freudig beschwingten Sätzen erstürmten die Kinder die Plattform im Kopf der Statue.

Dort stürzten sie sofort zu den Fenstern, wo ein schöner Ausblick ihre Mühe lohnte. Die Wolkenkratzer Manhattans, die endlosen von Mietshäusern bedeckten Flächen, wo sich zahllose Straßen kreuzten, die Grünanlagen, die blinkenden, sich windenden Flüsse mit ihren Filigranbrücken und Volants von Werften – all dies lag vor ihnen ausgebreitet.

«Mensch, ich kann die Homer Avenue sehen!» rief Herbie.

«Wo?» fragte Cliff.

«Da drüben! Da am Fluß. Da ist die Homer Avenue!»

«Das ist doch Brooklyn.»

«Woher weißt du denn das?» fragte Herbie streitlustig.

«Hier neben dem Fenster ist ein Stadtplan, da kann man sehen, wo alles liegt.»

Alle drei verbrachten eine Viertelstunde damit, an Hand des Planes die Wahrzeichen der Stadt ausfindig zu machen.

«Kinder», sagte Herbie und sah zu den fernen bläulichen Hügeln jenseits der Stadt hinüber, «wenn wir ein Fernrohr hätten, könnten wir bestimmt das gute alte Camp Manitou sehen.»

«Wer darauf schon scharf ist!» versetzte Cliff.

«Ich jedenfalls nicht», kicherte Lucille. «Hoffentlich sehe ich es nie wieder! Das war ja das reine Zuchthaus.»

«Oh, ich fand es doch ganz schön», meinte Herbie.

«Na, mich kriegen keine zehn Pferde mehr in ein Camp», sagte Cliff. «Ich bin kuriert.»

«Wetten, daß wir nächstes Jahr alle Mann hoch wieder da sind?» fragte Herbie.

Sie verstummten. Jedes Kind hing seinen Lieblingserinnerungen nach. Nach einem Weilchen konnte Cliff fast deutlich einen schemenhaften Clever Sam sehen, der dunkel und knochig wie eh und je in der blauen Luft über dem New Yorker Hafen stand und dort ebenso schemenhaft Gras rupfte. Er spürte – eine ganz ungewohnte Empfindung –, wie sich ihm die Kehle zusammenschnürte. Da er völlig unsentimental war, wünschte er sich nur, dieses Gefühl möge rasch wieder verschwinden, was es denn auch sofort, gleichzeitig mit der Vision, tat. Er äugte zu Herbie und Lucille hinüber: sie standen Hand in Hand.

«Bin etwas müde», murmelte er vor sich hin. «Ich setz mich mal ein bißchen.» Er zog sich auf eine Bank in der Nähe zurück. Weder sein Vetter noch das kleine Mädchen bemerkten sein Verschwinden. Lucille sah befangen aus dem Fenster, und Herbie sah ebenso befangen auf Lucille. Schließlich sagte Herbie: «Soll ich dir mal was Komisches erzählen?»

«Was denn?» Das kleine Mädchen blieb in den Anblick der Landschaft versunken.

«Meine Mutter sagt, du wärst zu alt für mich.»

Jetzt sah Lucille ihn an, mit Augen, die so groß und rund waren wie Silberdollars. «Aber ich bin doch jünger als du!»

«Das schon, aber sie sagt, du kannst mit sechzehn heiraten, aber dann wäre ich noch ein – hm – junger Mann.» (Das Wort ‹Baby› war ihm im Halse steckengeblieben.)

«Ja, das ist wirklich zu komisch! Außerdem heirate ich gar nicht mit sechzehn.»

«Wann glaubst du denn, daß du heiratest?»

«Wann heiratest du denn?»

«Ach, ich heirate vielleicht gar nicht.»

«Ich auch nicht», versicherte Lucille.

«Dann stimmt das also nicht, was Ma gesagt hat?»

«Ach, Herbie, du weißt doch, wie Mütter sind!»

«Ja, aber trotzdem», beharrte Herbie recht betrübt bei diesem Thema. «Da du doch jetzt im Mosholu Parkway wohnst und in die andere Schule gehen wirst – ich wette, dann sehen wir uns nach einer Weile überhaupt nicht mehr.»

«O Herbie, wie kannst du nur so was sagen! Wir werden uns oft sehen. Regelmäßig, immer!»

Ein ungewöhnlich schmuck aussehender Knabe mit blondgelocktem Haar schlenderte in einem grauen Anzug und dunkelgrünen Hut an ihnen vorüber.

«Hallo, Lucille!» begrüßte er sie mit gespieltem Erstaunen.

«Oh, hallo, Davey, was machst du denn hier?»

«Ach, ich bin schon seit ein paar Jahren nicht mehr hier gewesen, und da kam mir so die Idee, der alten Statue doch mal wieder einen Besuch abzustatten.»

Herbie musterte Davey und fand ihn abstoßend schlank, hochgewachsen und gutaussehend.

«Nein, was für eine Überraschung!» rief Lucille. «Dies ist Herbie Bookbinder, ein alter Freund von mir aus meiner ehemaligen Volksschule. Herbie, das ist Davey Carmichael, er wohnt in unserm Viertel.»

Die Jungen nickten einander zu. Herbie mißmutig, Davey mit der unverfälschten und fröhlichen Anmaßung der Kinder, die fünf oder zehn Zentimeter größer oder ein bis zwei Jahre älter sind als die anderen.

«Wo wohnst du denn, Herbie?» fragte der andere, wobei er ‹Herbie› niederträchtig herablassend betonte. Der dicke Junge, brummelte nur: «Homer Avenue.»

«Ah so», sagte Davey mit hochgezogenen Augenbrauen, «also in der *östlichen* Bronx. Hm. – Na dann, Servus, Lucille.»

Er schlenderte von dannen.

«Hast du diesem langen Lulatsch da erzählt, daß du heute hier bist?» zischte Herbie wütend.

«Ja, hab ich», antwortete sie unschuldsvoll, «aber ich weiß genau, daß er nicht meinetwegen hergekommen ist.»

«Und woher weißt du das?»

«Weil er viel zu alt für mich ist. Er geht doch schon in die Oberschule.»

Diese Worte drangen Herbie wie Dolche ins Herz. Das einzige, was er an Auszeichnung vorzuweisen hatte, waren seine wissenschaftlichen Leistungen, seine Zugehörigkeit zur Klasse 8 B. Aber auch darin, wie in allen anderen mehr ins Auge fallenden Eigenschaften, stach dieser blonde Junge ihn aus, den er bereits jetzt nach einer Unterhaltung von 30 Sekunden glühend haßte.

«Okay, warum läßt du dich dann nicht von ihm nach Haus bringen?» fragte er bitter. «Er wohnt ja im selben Viertel! Cliff und ich haben bestimmt mehr Spaß, wenn wir nicht immerzu ein Mädchen mit uns rumschleppen müssen.»

«Warum bist du bloß so verbohrt, Herbie? Ich habe mit Davey kaum drei Worte gesprochen. Ich weiß nicht mal, in welchem Haus er wohnt. Willst du uns wieder alles verderben?»

Auf welche früheren Gelegenheiten sich dieses ‹wieder› bezog, wurde nicht näher erläutert. Aber dieses kleine Wort genügte vollauf, Herbie als griesgrämigen Flegel dastehen zu lassen und ihn zum Schweigen zu bringen. Solche Kniffe beherrscht auch ein kleines Mädchen, ohne daß es sie zu lernen braucht. Es bringt sie mit auf die Welt. Verträumt auf das Stadtbild hinabblickend, sagte Lucille: «Weißt du was? Wenn ich groß bin, möchte ich nicht in der Bronx wohnen, dann möchte ich in Manhattan leben.»

«Wo denn da in Manhattan?»

«Da!» Der Zeigefinger des Mädchens deutete durch mehrere Meilen leerer Luft hinunter auf ein Pünktchen am Westufer dieser mit Hochhäusern gespickten Insel.

«Riverside Drive, was?»

«Ja. Wär das nicht prima?»

«Und ob! Du könntest da immer den Fluß sehen.»

Sie schenkte ihm einen schelmischen Blick. «Gut, abgemacht! Wenn wir heiraten, ziehen wir an die Riverside Drive.»

Herbie schaute sie forschend an. Machte sie sich etwa über ihn lustig? Nein, ihr Blick war sanft und zärtlich. Sie schmiegte ihre Hand in die seine, und so standen sie in den Anblick der Heimatstadt versunken.

«Alles, was du willst, Lucille», sagte Herbie. «Dann wohnen wir also an der Riverside Drive.» Er versuchte ihren neckenden Tonfall zu treffen, brachte aber die Worte nur mühsam heraus. Ein paar Meter entfernt lehnte der blonde Bursche aus der Westbronx gegen die Wand und schielte zu ihnen herüber. Herbie war höchst unbehaglich zumute.

Und dann sah der dicke kleine Junge etwas, das ihm das Herz in Verzweiflung zusammenkrampfte: Lucilles Blick schweifte ab und glitt verstohlen und – wie ihm schien – kokett zu dem neuen Rivalen hinüber und dann blitzschnell zurück zum Fenster. Es war kaum mehr gewesen als ein Zwinkern. Vielleicht hatte er sich geirrt. Bestimmt, er mußte sich geirrt haben! Sie konnte doch unmöglich schon wieder treulos sein – nicht so schnell! All seine übermenschlichen Anstrengungen und ausgestandenen Qualen konnten ihm doch unmöglich nur den elenden Lohn eingebracht haben, noch vor dem Ende der Ferien ausgestochen zu werden. Nein, so grausam ging es in der Welt doch nicht zu! «Menschenskind, Lucille», rief er mit beherzter Munterkeit, «das wird ein prima Jahr für uns werden. Ich komme bestimmt jede Woche einmal bei dir vorbei, vielleicht sogar zweimal! Verlaß dich drauf!»

Cliff hatte von seiner Bank aus die ganze Szene beobachtet. Er schüttelte traurig den Kopf. Armer Herb, dachte er, es war alles umsonst – Elmer hatte doch recht.

Aber Herbie wußte es natürlich besser. Seine Eifersucht auf den blonden Jungen beruhte ja nur auf einem ganz dummen Irrtum. Bitte! Hatte Lucille ihm nicht eben die Hand gedrückt?